BASTEI
LÜBBE

Über die Autorin:

Tamara Petkewitsch wurde 1920 geboren. Sie lebt heute wieder in ihrer Heimatstadt St. Petersburg. Beeindruckend an ihrem Schicksal ist die seelische Kraft, die diese zarte Frau trotz aller Tiefschläge immer wieder aufbrachte. Voller Dankbarkeit und Bewunderung erinnert sie sich heute an jene Menschen, die ihr in den Momenten größter Verzweiflung geholfen haben und auch ihre Liebe zum Theater weckten, eine Leidenschaft, die die spätere Schauspielerin und Theaterkritikerin nie wieder losgelassen hat.

Tamara Petkewitsch

DIE LIEBE GAB MIR HOFFNUNG

Erinnerungen an eine russische Heimat

Aus dem Russischen von
Renate Reschke

BASTEI LÜBBE

BASTEI LÜBBE TASCHENBUCH
Band 60517

1. Auflage: Februar 2003

Vollständige Taschenbuchausgabe

Bastei Lübbe Taschenbücher ist ein Imprint
der Verlagsgruppe Lübbe

Titel der russischen Originalausgabe: *Žizn – sapožok neparnyj*
Originalverlag: Astra-Ljuks, St. Petersburg, 1993

Gefördert vom Literarischen Colloquium Berlin
mit Mitteln des Auswärtigen Amtes
und der Senatsverwaltung für Wissenschaft, Forschung und Kultur Berlin.

Die vorliegende gekürzte deutsche Fassung entstand
im Einvernehmen mit der Autorin.

Lizenzausgabe: Verlagsgruppe Lübbe GmbH & Co. KG,
Bergisch Gladbach
Titelbild: Eigenarchiv
Einbandgestaltung: Hilden-Design
Satz: Greiner & Reichel, Köln
Druck und Verarbeitung: Elsnerdruck, Berlin
Printed in Germany
ISBN 3-404-60517-9

Sie finden uns im Internet unter
http://www.luebbe.de

Der Preis dieses Bandes versteht sich einschließlich
der gesetzlichen Mehrwertsteuer.

1

Ich hatte keine rosarote Kindheit ...
ANNA ACHMATOWA

Anfang der zwanziger Jahre. Petrograd.

Vieles brach auseinander. Vieles war im Entstehen. Revolution, Bürgerkrieg, alles, was die Grundfesten der Gesellschaft und die Überzeugungen der Menschen erschütterte, fiel in die Jugendzeit meiner Eltern. Sie hatten sich während des Bürgerkriegs an der Front kennengelernt. Meine Mutter, Jefrossinia Fjodorowna, war Russin. Sie begeisterte sich wie so viele in ihrem Alter für die Revolution und ging nach dem Abitur an die Front, wo sie als Stenotypistin im Stab der Division arbeitete, deren Kommissar mein Vater war. Mein Vater, Wladislaw Iossifowitsch, war Pole, aber in Riga geboren. Kurz vor dem ersten Weltkrieg wurde er eingezogen. In der Armee dürfte sich seine Weltanschauung geformt haben. 1918 wurde er Mitglied der kommunistischen Partei.

Ein Foto, das er meiner Mutter schenkte, ist auf Februar 1919 datiert und trägt die Widmung: »Zur Erinnerung an Wilejka, Mosyr, Gomel, Bobruisk ...« – sicherlich Orte, an denen ihre Division gekämpft hatte. Wie es kam, daß sie beide in die Gefangenschaft Petljuras gerieten, weiß ich nicht. Solange man jung ist, interessiert man sich nicht für das Leben der Eltern. Ich weiß nur, daß beide zum Tod durch Erschießen verurteilt wurden, daß ihnen jedoch die Flucht gelang. Und ich weiß, daß mein Vater an der Front eine schwere Kontusion erlitt.

Meine Eltern heirateten nach dem Krieg. Ich kam 1920 zur Welt. Im selben Jahr übersiedelten wir nach Petrograd und bezogen ein sehr interessantes Haus. In dem Stadtbezirk hatte der Emir von Buchara Anfang des Jahrhunderts mehrere Mietshäuser bauen lassen. In die teuren Wohnungen waren vermögende Leute eingezogen: Ingenieure, Ärzte, Beamte. Zwischen 1918 und 1920 flohen viele von ihnen ins Ausland und nahmen nur Kleider und Wertsachen mit. Möbel und Geschirr blieben zurück. Die Hausmeister nahmen diese Wohnungen unter Verschluß und hielten sie instand für den Fall, daß die Mieter zurückkehrten. Die Sowjetmacht vergesellschaftete dann diese Häuser und gründete Wohngenossenschaften. Mein Vater trat in eine solche Genossenschaft ein und bekam eine Wohnung in einem der »Emir-Häuser«, Uferstraße 30 an der Karpowka.

Das Haus war mit Säulen geschmückt und hatte einen Turm; Stuckadler und auf Postamenten lagernde Löwen neben der Haustür sollten wohl vor bösen Kräften schützen.

Die Wohnung hatte mehrere Balkons. Sie schienen auf den muskulösen Armen von drei Atlanten zu ruhen, die gesenkten Hauptes mit leeren Kalkaugen auf die Passanten blickten. Beim Artilleriebeschuß der Stadt 1942 stürzten die Atlanten ab, die Balkons jedoch blieben heil.

Verkehrsmittel gab es in diesem Teil der Stadt überhaupt nicht. Wenn man eine Stunde lang aus dem Fenster schaute, konnte man fünf oder, wenn's hochkam, neun Passanten zählen. Das Wasser in dem Flüßchen Karpowka war trüb und schläfrig. Auf den Uferböschungen lagen Glasscherben und Ziegelschutt, überwuchert von gewaltigen Klettenpflanzen, Löwenzahn und weißem und rotem Klee. Wenn man dort mit dem Kescher herumkletterte, konnte man prachtvolle Libellen und Schmetterlinge fangen.

Am andern Ufer der Karpowka war ein Kloster. Gläubige knieten davor und beteten zu der dort eingemauerten Reliquie des Ioann von Kronstadt. Nonnen huschten hin und her.

Auf dem Kamennoostrowski-Prospekt ging es am lebhaftesten vor der Bierstube zu. Kaum daß es dämmerte, setzte sich dort ein alter

Geiger auf den Gehsteig und fiedelte immer ein und dieselbe traurige Melodie. Der Alte war arm. Wenn mir meine Mutter eine Münze gab, warf ich sie ihm auf das abgeschabte Samtfutter seines Geigenkastens und schaute im Gehen zurück, ob ihm noch jemand etwas spendete.

Bei uns zu Hause herrschte eine etwas düstere Ordnung. Die Wohnung war riesengroß, sechs Zimmer. Ein runder Saal mit Nischen, ein Eßzimmer, Vaters Arbeitszimmer, der Salon, das Kinderzimmer. Neben der Küche war noch ein Zimmer, das siebte, für die Hausangestellte. Ich muß wohl oft in der Wohnung allein geblieben sein, denn ich weiß noch, wie ich in der verdichteten Stille durch sämtliche Räume schlenderte.

Vaters Arbeitszimmer war höchst geheimnisvoll. Von den geschnitzten Rückenlehnen und Armstützen der Sessel und den Schubladen des Schreibtischs blickten hölzerne Löwenhäupter mit aufgesperrtem Rachen. Ängstlich steckte ich einen Finger hinein. Nein, sie schnappten nicht zu.

Den halbleeren Saal zierten zwei Rokokospiegel in Bronzerahmen. In dem Büfett, das die halbe Wand des kalten großen Eßzimmers einnahm, standen stapelweise Teller mit Kronen und Monogrammen und farbenprächtige Kristallgläser verschiedener Größe. Wenn Mutter mit den Fingerspitzen über den Rand der Gläser fuhr, sangen sie mit süßer Stimme. Aber der interessanteste Gegenstand im Eßzimmer war das silberne Glöckchen. Es hing über dem Tisch, ein wenig tiefer als die Perlenfransen des Lampenschirms aus weißem Glas. Mit dem Glöckchen wurde die Hausangestellte während des Mittagsmahls verständigt, das Hauptgericht oder die Nachspeise aufzutragen.

In der geräumigen Wohnung lebten wir Anfang der zwanziger Jahre zu viert: Mama, Papa, unsere Hausangestellte und ich.

Meine schöne, frauliche Mutter hatte einen sanften Charakter. Sie ging nicht arbeiten, sondern kümmerte sich um den Haushalt und um mich.

Der Vater, eine starke und leidenschaftliche Natur, war von der Idee, die Welt umzugestalten, voll in Anspruch genommen. Mit fanatischer Hingabe arbeitete er auf jedem Posten, der ihm übertragen wurde. Wie mir Bekannte erzählten, verwaltete er damals in Petrograd den Goldfonds. Er war selten zu Hause.

Sonntags hatten wir oft Gäste, hauptsächlich Frontkameraden meiner Eltern. Die Kompromißlosigkeit und Ehrlichkeit meines Vaters erhöhten noch das Ansehen, das er sich an der Front erworben hatte. Sie redeten ihn noch immer mit »Kommissar« an.

In Vaters Arbeitszimmer sprachen sie über die Vergangenheit, stritten, rauchten. Ihre Gespräche zeichneten folgendes Bild: Bald gibt es keine Armen mehr, allen geht es gut, auf den Dächern der neuen Häuser werden Blumen und Bäume gepflanzt und Schwimmbecken angelegt. Die Hausfrauen brauchen kein Essen mehr zu kochen, das erledigen Fabriken für sie. Aber am schönsten werden die Kindergärten: überall üppige Pflanzen und Aquarien mit exotischen Fischen. Die Kinder sind satt und gut angezogen. Die Eltern brauchen sich nicht um sie zu sorgen, haben mehr Freizeit und können deshalb jeden Tag nach der Arbeit ins Kino gehen, natürlich kostenlos.

Unsere Wohnung diente eine Zeitlang geradezu als Vorzeigebeispiel. Deutsche, bulgarische, spanische Kommunisten, gutgekleidete, gesetzte Leute, kamen mit ihren Dolmetschern zu uns, besichtigten die Wohnung, aßen bei uns zu Mittag, stellten Fragen.

Für die ersten Jahre der Sowjetmacht sah unser Leben vielleicht wirklich repräsentativ aus. Doch das interessierte mich begreiflicherweise nicht. Meine Aufmerksamkeit war voll in Anspruch genommen von den familiären Unstimmigkeiten, von denen unsere Umgebung wohl kaum etwas ahnte. Meine Eltern stritten sich oft. Sie schrien nicht, erhoben aber die Stimme. Die langwierigen Auseinandersetzungen endeten meist in lastendem Schweigen. Ich hatte nur den einen Wunsch, sie sollten sich wieder vertragen.

Oft führten auch Fragen meiner Erziehung zum Streit. Mehr als einmal hörte ich Vaters unnachgiebiges »Nein!«. So brachte uns der Hausmeister zu Weihnachten eine Tanne. Mama machte sich daran, sie zu schmücken. Papa sagte laut und deutlich:

»Ich als Kommunist kann eine Tanne im Haus nicht dulden!«

»Aber für das Kind ist sie wichtig«, widersprach meine Mutter.

»Das Kind soll ohne Tannen und Lichter aufwachsen!«

Die Tanne stand dann, von niemandem gebraucht, im Eßzimmer. Wenn ich sie sah, regte sich in mir Furcht vor dem Vater.

Ähnlich war es, wenn eine meiner beiden Großmütter zu Besuch kam. Vaters Mutter, Oma Ursula, lebte in Riga, also nach damaligen Begriffen im Ausland. Mamas Mutter war kurz nach der Entbindung gestorben. Ihre Tante hatte sie großgezogen und ihr die Mutter ersetzt, und ich nannte sie Oma Darja.

Immer wenn Oma Darja zu uns kam, brachte sie Wärme in mein Leben. Gierig nahm ich ihre Märchen in mich auf: von dem Wettstreit zwischen dem alten Prinzen Diamant und dem jungen Prinzen Glöckchen, vom Schlaraffenland, von Aschenputtel. Oma Darja brachte mir das Kartenspiel »Duratschok« bei und nahm mich mit in die Kirche. Deswegen gab es Krach.

»Wehe, du schleppst das Kind noch mal in die Kirche!« sagte Vater wutschäumend.

Großmutter flüsterte mir ungerührt zu:

»Ohne Gott geht es nicht. Wir gehen trotzdem in die Kirche, bloß heimlich.«

Trotz der Heimlichkeit kam es heraus. Die Oma reiste ab. Und ich begriff allmählich, was das bedeutete: »Dein Papa hat einen schwierigen Charakter.«

Ich hörte, wie Mutter ihrer Freundin gestand, welch schreckliche Angst sie an der Front vor dem gestrengen Kommissar gehabt hatte und wie verwirrt sie gewesen war, als er ihr plötzlich eine Liebeserklärung machte.

Ich teilte ihre Angst und litt mit ihr, aber Papas schwieriger Charakter machte mich auch neugierig. Er hat es bestimmt selber schwer, dachte ich, wenn ich ihn heimlich beobachtete. Und ich freute mich sehr, wenn er uns am Sonntagmorgen mit selbstgebackenen Brötchen überraschte. Dann war er wie ausgewechselt. Er neckte mich, scherzte mit Mama. An solchen Tagen strahlte sie vor Freude. Und ich wünschte mir sehnlichst, es möge immer so sein.

Als uns Oma Ursula aus Riga besuchen kam, kümmerte sich mein Vater liebevoll um sie, und das gefiel mir auch sehr gut.

Die »ausländische« Großmutter lernte erst jetzt meine Mutter kennen und war von ihr hingerissen. In der bestickten schneeweißen Bluse und dem Plisseerock sah Mutter wunderschön aus. Bekannte nannten sie Venus von Milo. Meine Eltern waren ein schönes Paar. Vater trug damals eine dunkelblaue Tolstoi-Bluse mit Gürtelschnur. Auf sein Verlangen wurde die ganze Familie mit der würdevollen Großmutter von dem bekannten Petrograder Fotografen German im Bild verewigt.

In Riga lebten noch die Schwestern meines Vaters und sein jüngerer Bruder. Ich sagte gern laut die Namen auf: Iogassia, Leokadia, Viktoria, Isidor. Und meine Kusine Benita. Später wurden zwei weitere Kusinen geboren – Veronika und Brigitta. Vater korrespondierte mit seinen Rigaer Verwandten.

Zwar fühlte ich, wie sehr er meine Oma und meine Mutter liebte, obwohl er mit ihr häufig Streit hatte, aber ich wußte nicht, was er für mich empfand.

Meine Eltern, die vom Wohlergehen aller Kinder und von den prächtigen Kindergärten der Zukunft träumten, hatten eine eigenartige Art, mit mir umzugehen. Sie sorgten dafür, daß ich immer gut angezogen war. Ich erinnere mich an schöne Haarschleifen und an ein weißes Kleid mit hellblauen Rosen, das ich zum Geburtstag bekam. Um mich zu beaufsichtigen, wurde sogar eine Bonne ins Haus geholt. Die blieb freilich nicht lange. Nach ihr war es wieder eine

Hausangestellte, die sich mit mir abgab, und im übrigen war ich mir selbst überlassen. Da ich mich von dem unverständlichen, hitzigen Leben der Eltern ausgeschlossen fühlte, scheute ich mich oft, sie etwas zu fragen.

Grausamer war etwas anderes.

Ich versuche mich zu erinnern, wofür ich damals bestraft wurde, und ich kann es nicht. Nur eine ferne elementare Angst ist noch da. Ich weiß, daß ich nicht gestohlen, nicht gelogen, keine schlimmen Wörter gebraucht habe. Bin ich durch die Wohnung getobt? Habe ich mir draußen die Knie aufgeschlagen? Aber ja! War ich ungehorsam? Bestimmt. Irgendeinen Grund muß es ja gegeben haben. Im Schlafzimmer meiner Eltern hing am Kopfende ihres Nickelbetts eine geflochtene Lederpeitsche. Die war für mich bestimmt.

Immer überraschend nahm Vater sie zur Hand und peitschte mich gnadenlos. Mein Geheul brachte ihn nur noch mehr auf.

»Papi, lieber Papi, nicht doch, Papi, ich tu's nie wieder!« schrie ich und wand mich im Schraubstock seiner Arme und Beine. »Papi, nicht schlagen, nicht schlagen, bitte!«

Aber »Papi« gerbte mir unbarmherzig das Fell, schlug und schlug, auf die Schultern, den Rücken, den Po, auf Beine und Arme.

Mit jedem Mal fiel es mir leichter, durchzuhalten, weniger zu schreien und nicht um Verzeihung zu bitten. Und so wurde denn wirklich ein »trotziges Mädchen« aus mir, obwohl ich vor Vater noch immer blinde Angst hatte.

Wenn ich nach der jeweiligen Bestrafung nicht um Verzeihung bat, mußte ich mich noch in die Ecke stellen. Einmal stand ich den ganzen Abend, es wurde Nacht, die Eltern legten sich schlafen und machten das Licht aus. Öd und leer war es in meiner Seele, die Tränen waren getrocknet, die Straßengeräusche verstummt. »Papi, verzeih« – das wollte ich nicht sagen. Die Welt war schlecht und grausam. Die Phantasie kam mir zu Hilfe. Die Dunkelheit füllte sich mit Lichterglanz, in dem silbernen Strahlen erhob sich das Schloß des

Prinzen Diamant aus den Märchen von Oma Darja. Unter dem Fußboden knabberten sehr reale Mäuse, die wirkliche Uhr schlug zwölf, und – Aschenputtel, vom Ball geflohen, verlor seinen Kristallschuh.

Mutter hielt es nicht aus und sprang aus dem Bett.

»Komm, Kind, bitte den Vater um Verzeihung – und geh schlafen.«

Muffig sagte ich nun doch »Papi, verzeih«. Ich durfte gehen und schlief sofort ein.

Manchmal träumte ich, Mutter wäre gestorben. Angstvoll sprang ich auf und huschte auf Zehenspitzen zum elterlichen Schlafzimmer, um zu horchen, ob sie atmete, danach konnte ich lange nicht wieder einschlafen. Draußen vor dem Fenster schwankte eine Laterne. Das Parkett knackte, dann knarrte die Schranktür. Nein, Angst hatte ich nicht, aber ich war einsam, und ich spürte, nachts stärker als am Tag, daß niemand mich brauchte.

Eine Treppe über uns wohnte Doktor D. mit seiner Frau und den beiden Kindern Ljolja und Wowa, die in meinem Alter waren. Manchmal kamen sie zu mir zum Spielen, doch meist bat ich:

»Mama, darf ich zu Wowa und Ljolja?«

»Höchstens eine Stunde«, sagte sie dann.

Wenn Wowas und Ljoljas Eltern von der Arbeit kamen und alle sich an den Abendbrottisch setzten, fragte der Vater: »Nun erzählt, wie war euer Tag?« Die Kinder erzählten von ihren großen und kleinen Erlebnissen. Ich stellte verwundert fest, daß die Erwachsenen sich für alles interessierten.

»Tante Maria, warum hat Vater mich nicht liebgehabt?« wagte ich einmal zu fragen, als ich schon erwachsen war und viel durchgemacht hatte.

Sie starrte mich an. »Nicht liebgehabt? Dein Vater hat dich sogar sehr liebgehabt.«

Warum hatte er mich, das noch unverständige kleine Mädchen, so gnadenlos geprügelt? Das mag mehrere Gründe gehabt haben. Möglicherweise war es eine Folge der Kontusion, die er an der Front erlitten hatte. Vielleicht reagierte er auch die Grausamkeit ab, die sich in den Jahren des Bürgerkriegs in ihm angesammelt hatte. Das wird mir jetzt niemand mehr erklären können, aber es quält mich bis auf den heutigen Tag. Wofür? Warum?

Jeder Mensch hat als Kind eine besondere Angst. Ich fürchtete mich vor dem Kinderheim. Allein dieses Wort flößte mir heimliches Entsetzen ein. Wie angewurzelt blieb ich jedesmal stehen, wenn aus dem Haus gegenüber graugekleidete Kinder paarweise herausgeführt wurden. Ungesteppte graue Wattejacken, graue Tuchmützen. In Reih und Glied trotteten sie ins Dampfbad oder zum Spaziergang. Wenn sie im Herbst aus dem Wald zurückkehrten, hatte jeder ein Ahornblatt in der Hand, im Winter einen Tannenzweig. Die Heimkinder wurden Waisen genannt. Meine Angst erreichte ihren Höhepunkt, als Mutter mich einmal bestrafte.

Ich sollte eine Tasse aus dem Büfett holen. Dazu mußte ich einen Stuhl heranschieben, darauf steigen und in die obere Hälfte greifen. Es ging aber viel schneller, wenn ich mit einem Fuß auf den Schlüssel stieg, der aus der unteren Büfettür ragte. So machte ich es. Der Schlüssel brach ab, ich flog zu Boden, die Tasse zerschellte. Mutter kam herein, sah alles und schrie:

»Was hast du da angestellt? Ich will dich nicht mehr sehen! Zieh dich an, und marsch ins Heim!«

Ich traute meinen Ohren nicht.

»Raus, ab ins Heim!« beharrte sie, nahm ein Brot aus dem Büfett, schnitt ein Stück ab und hielt es mir hin. »Da, für die erste Zeit! Zieh dich an und scher dich zu den Heimkindern!« Ihre Hand zeigte auf die Tür.

Ich begann zu zittern und muß wohl laut geheult haben. Natürlich wollte sie mich nicht im Ernst aus dem Hause jagen. Aber von diesem Moment an glaubte ich nicht mehr an Mutters grenzenlose Liebe, die für mich der wichtigste Halt meines Lebens gewesen war. Das Gefühl der Unsicherheit, das mich über Jahrzehnte nicht mehr verlassen sollte, hat hier seinen Anfang genommen.

Ein wichtiges Ereignis in meinem Kinderleben war Mamas Entschluß, mich in die »Gruppe« der Französin zu geben. Die »Französin« war eine Russin, Jekaterina Iwanowna, die Frau des Zarengenerals Balanin, der während des Bürgerkriegs auf die Seite der Sowjetmacht übergetreten war. Ein Zimmer in ihrer Wohnung ist mir besonders in Erinnerung geblieben. Die Wände hingen voller Fotografien von Damen mit breitkrempigen Hüten und von Offizieren in Uniform mit Epauletten. Ein schweigsamer Greis mit üppigem Schnauzbart, General Balanin persönlich, saß in einem Sessel und las.

Jekaterina Iwanowna hatte graues Haar, das sie zu einer Hochfrisur türmte, und trug stets eine weinrote Wolljacke und einen langen schwarzen Rock. Sie unterwies uns nicht nur in der französischen Sprache. Wir, zehn oder elf Kinder, lernten schreiben, rechnen, Buntpapier auf Pappe kleben und Kästchen und Schatullen basteln. Sie lehrte uns, einen Knicks zu machen. Für das Knicksen bekam ich später in der Schule mehr als einmal eine Drei in Betragen.

In der Weihnachtszeit wurde eine Tanne aufgestellt. Die Eltern wurden eingeladen. Wir führten die Krylow-Fabel »Die Maus und die Ratte« auf, und ich spielte meine erste Rolle – die Maus. Niemand konnte verstehen, warum ich nicht dazu zu bewegen war, den für diese Rolle genähten Kittel anzuziehen. Und ich traute mich nicht, zu gestehen, daß er mich an die Kleidung der Heimkinder erinnerte und mir darum angst machte.

Ich war Jekaterina Iwanownas »Liebling«, so nannte sie mich. Ihre Altfrauenhand strich mir über den Kopf, und ihre lebhaften Augen blickten mich voll Wärme an. Ich dankte es ihr mit großer Anhänglichkeit und mit Fleiß.

Die »Gruppe« aber existierte nicht lange. Ihr Ende hatte zu tun mit einem Wort, das mir damals gar nichts bedeutete: sie wurden »verbannt«. Ich begriff nur: Sie sind weit weg.

In den Sommermonaten fuhren Mutter und ich gern nach Weißrußland. Einmal bewohnten wir zu zweit ein verwahrlostes Gut, das von den Menschen, nicht aber von Gott verlassen war, das Gut Putschkowo. Gesegnet sei Mamas Entschluß! Für alle Zeiten!

Ich glaube noch heute, daß mein Leben in jenem freudvollen Sommer erst richtig begann.

Die Fahrt zu dem Gut ging zunächst durch Wald, dann durch Felder. Es folgte eine Wand aus gepflanzten Bäumen, eine Allee. Hinter einer Rechtskurve ein Garten, links ein weißes Steinhaus, von dem Jasmin- und Fliederalleen zu einem anderen Haus führten, einem zweigeschossigen Holzhaus mit Terrassen. Und keine lebendige Seele weit und breit. Das nächste Dorf, Popadino, lag anderthalb Werst entfernt.

Wir bezogen ein unversehrt gebliebenes Zimmer im Steinhaus. Es hatte einen hallenden Steinfußboden, die Glastür war teilweise zerschlagen, eine Wendeltreppe führte hinauf zum Dachboden. Rund ums Haus blühten weiße und rosa Margeriten. Hinter dem Haus war ein großer Obstgarten.

In jenem ungewöhnlichen Sommer konnten wir erleben, was sorglose Freiheit ist, um später das ganze Leben lang an diesen Erdenwinkel zurückzudenken.

Wir standen morgens früh auf. Mutter gab mir eine Schere, mit der ich Rosen schneiden sollte. In dem eingezäunten Rosengarten wuchsen Büsche mit weißen, roten, gelben und sogar fast schwarzen Rosen. Gras und Blätter waren noch von kühlem Tau bedeckt. Dornen bohrten sich in die Finger und zerkratzten die Hände, als wollten sie die Blüten verteidigen, dennoch schnitt ich sie ab. Die Sonne brannte noch nicht. Auf hellblauen Glasflügelchen schwebten Libellen. Surrend tafelten Wespen und Bienen. Vögel schmetterten ihre Lieder.

Hinter den Alleen und dem Garten begannen die Felder. Ich drang ein in ein Erbsengestrüpp, brach die Schoten auf, aß die süßen Erbsen und beobachtete eine winzige Lerche, die am heißen Mittag hoch droben ihr Lied trällerte. Am Waldrand sammelte ich Erdbeeren. Der Garten war reich an Himbeeren, Stachelbeeren, Johannisbeeren. Mama kochte in einem Kupferkessel Konfitüre.

In zwei tiefen Seen gab es Welse. Aber ich war überzeugt, daß dort auch Teufel lebten. Auf der schmalen sumpfigen Landenge zwischen den beiden Seen waren Bretterstege verlegt. Wenn wir beide durch den von Mondlicht beschienenen Garten zum Dampfbad ins Dorf gingen, traute ich mich nicht, der Mutter zu gestehen, daß ich mich vor Teufeln fürchtete, aber ich blickte nach rechts und links, ob nicht ein gehörnter Schwarzer gesprungen kam.

Mein Gott! Wie harmlos war diese Kinderangst!

Manchmal bekamen wir in unserer Einsamkeit Besuch. Wir Kinder spielten Fangen, schwangen uns auf der Schaukel immer höher, wurden immer kühner, um über den Zaun, den Garten hinweg zu fliegen, mit den Augen ein Stückchen des fernen Feldes zu erhaschen, ein Teilchen der schwindelnden Höhe zu schlucken. Was das ist – Freiheit, Tagesanbruch, Abenddämmerung –, das lernte ich hier.

Jahre später erfuhr ich: Vor der Revolution hatte Putschkowo dem Gutsbesitzer Schischkin gehört, der in Petersburg das Maly-Theater unterhielt. Wenn er das Gut besuchte, hatte er eine Schauspielerin bei sich, eine Zigeunerin, die er liebte. Und er hatte eine Marotte – er wechselte jedes Jahr die Möbel aus, und die ausgedienten Stücke wurden auf dem Dachboden abgestellt. Während der Revolution war der Gutsbesitzer ins Ausland geflohen, und die Bauern der umliegenden Dörfer hatten sich die Möbel geholt.

In Putschkowo verbrachten wir nur den Sommer 1925. In den darauffolgenden Jahren fuhren wir in das Nachbardorf Popadino, wo Verwandte meiner Mutter lebten, die Brüder von Oma Darja: Onkel Grischa und Onkel Kolja. Im ganzen waren es vier Brüder. Nach dem Tode ihres Vaters hatte jeder einen Anteil von neun Dessjatinen Land bekommen. Zwei Brüder hatten das Dorf verlassen. Die Häuser der beiden in Popadino gebliebenen Brüder standen nebeneinander, durch einen Zaun getrennt. Beide hatten Kühe und anderes Viehzeug. Beide bestellten ihr Land selbst. Der Garten lieferte Gemüse, Beeren und Äpfel.

Der Tag begann hier in aller Frühe. Die Bäuerinnen trieben die gemolkenen Kühe aus dem Stall, der Hirt führte die Herde auf die Weide. Im Hause erwachten alle, frühstückten und gingen aufs Feld. Mit den anderen ging auch ich durch die Morgenkühle. Manchmal durfte ich mit der Sichel arbeiten; oder ich rupfte Flachs und band ihn zu kleinen Garben; oder ich schüttelte mit einer kleinen Kinderharke das Heu auf und wendete es, damit es Wärme bekam. Meistens aber trieb ich das Druschpferd an, was mir großen Spaß machte. Mitten auf dem Dreschboden stand ein Pfahl mit einem Querbalken, an den das Pferd gebunden war. Ich saß seitlich auf dem Pferd, trieb es an und setzte so die Dreschmaschine in Bewegung. Wenn ich davon genug hatte, sprang ich herunter und sah zu, wie die Großen die Garben in die Dreschmaschine schoben und wie das Korn herausrieselte.

Wie schön war es, wenn wir zu Mittag Kwaß tranken und Gurken mit Honig und Brot aßen, danach ruhten sich alle im Schatten aus, bis die Arbeit weiterging.

Natürlich wurde ich früher nach Hause geschickt. Auf der Vortreppe sitzend, sah ich zu, wie die Bäuerin ihre Kühe in Empfang nahm und sie beim Namen rief. Dann holte sie einen Eimer und machte sich ans Melken. Wenn die Sonne zum Horizont rollte, erschienen vor dem Hintergrund des dunklen Himmels die jungen Mädchen, die singend vom Feld kamen. Es wurde rasch dunkel. Die Lampe wurde hereingebracht, frische Milch füllte die Deckelkrüge. Man setzte sich zum Abendbrot. Gegessen wurde schweigend, dann gingen die einen schlafen, die anderen sich amüsieren.

In diesem Dorf, unter Gleichaltrigen und Erwachsenen, in der Atmosphäre gemeinschaftlicher Arbeit verlor ich das Gefühl der Einsamkeit. Ich wurde wahrgenommen wie alle, bekam zu essen wie alle, und mit mir wurde gescherzt wie mit allen.

Es war eine in sich geschlossene heile Welt.

Doch plötzlich wurde im Dorf Popadino alles anders. Die idyllische Welt zerbrach, kaum daß irgendwo das Wort »Gold« gefallen war.

Wahrscheinlich würden diese Ereignisse mein Bewußtsein gar nicht berührt haben, wäre nicht mein Vater daran beteiligt gewesen. Der Staat beschlagnahmte das Gold der Kirchen. Die nächstgelegene Stadt war Newel. Die Leute im Dorf erzählten wütend und erschrokken, aus der Neweler Kirche sei das goldene und silberne Gerät weggeholt worden. »Welch eine Sünde!« Die Leute bekreuzigten sich furchtsam und raunten: »Gott wird strafen! Lästerung!« Die Männer, die solchen Frevel begangen hatten, wurden »Antichristen« genannt. Unter ihnen war mein Vater.

Ich wußte nicht, was »Antichrist« bedeutet, und sah mit Schreck und Neugier meinen Vater auf der Dorfstraße nach Hause kommen. Er wirkte ruhig und schien überzeugt, im Recht zu sein. Die finsteren Blicke der Dörfler folgten ihm, und ich glaube nicht, daß er wirklich so ruhig war.

Später, 1929, drangen zwei noch gnadenlosere Wörter in mein kindliches Bewußtsein: »Entkulakisierung« und »Verbannung«. In Onkel Koljas Familienalbum klebten Hochzeitsfotos von den beiden älteren Töchtern, schönen jungen Frauen in Brautkleid und Schleier. Neben diesen Fotos waren matte Amateuraufnahmen aus Jakutien und Solowki. Ich konnte nicht glauben, daß es dieselben Frauen waren, Maria und Nina. Die Großen erklärten mir, sie sähen so verändert aus, weil die eine jetzt an Tuberkulose erkrankt sei und die andere einen Herzfehler habe. Zuerst war die Familie von Marias Mann entkulakisiert und nach Jakutien verbannt worden. Ihre Schwester Nina hatte einen Mitarbeiter der OGPU geheiratet und lebte mit ihm in Moskau. Als Marias Mann aus der Verbannung floh, fand er bei ihnen Zuflucht. Die Nachbarn verrieten sie an die OGPU, woraufhin Nina und ihr Mann nach Solowki verbannt wurden.

Die Entkulakisierung erreichte auch Popadino. Es wurde nicht lange gestritten, ob die Familienoberhäupter zu den »Mittelbauern« oder den »Kulaken« zu zählen seien. Onkel Kolja, der mehr Land besaß (der ältere Bruder hatte ihm seinen Anteil überschrieben) und in der Erntezeit Hilfskräfte beschäftigt hatte, wurde als erster enteignet und verbannt, Onkel Grischa kurz danach. Der eine wie der andere hatte sechs Kinder. Die kleineren wurden in Kindersammelstellen für Schwererziehbare gesteckt, die größeren irgendwo untergebracht.

Auch in der Stadt änderte sich vieles. In den Jahren 1926 und 1927 wurde aus dem halbleeren Petrograd das übervölkerte Leningrad. Aus Dörfern und Kleinstädten strömten die Menschen hierher. In unsere Sechszimmerwohnung wurden mehrere Familien eingewiesen. Uns blieben bald nur noch zwei Zimmer.

Jeder neue Mieter stellte in der Küche seinen Tisch auf. Die Küche wurde zum Mittelpunkt der Wohnung, zu einem Raum, in dem laut geredet und gezankt wurde, in dem Primuskocher summten und Petroleumlampen blakten. Anfangs hatte ich gedacht, daß diese Leute nur zeitweilig bei uns wohnten, aber ich begriff bald, daß sie für immer eingezogen waren. Unsere Wohnung war, wie alle anderen auch, zu einer Kommunalwohnung geworden.

1927 gab es in unserer Familie ein wichtiges Ereignis: Ich bekam eine Schwester. Ein paar Tage mußte ich bei Verwandten meines Vaters wohnen. Als ich wieder nach Hause kam, war mein Schwesterchen da, es schlief in einem großen Kasten aus zart duftendem Sandelholz. Mama wollte sie Galina nennen. Papa aber bestand auf Valentina.

Drei Jahre später kam dann noch eine Schwester zur Welt – Renata, von allen Renotschka genannt.

Bei uns ging es nun hektischer und beengter zu, aber auch gemütlicher. Die Eltern hatten ihre Beziehungen geklärt und stritten nicht mehr. Vater kam noch immer spät von der Arbeit. Aber an den seltenen Abenden, an denen er daheim war, bemerkte ich, daß er zu meinen Schwestern unvergleichlich zärtlicher war als zu mir.

Plötzlich war mein Vater verschwunden. Jemand hatte auf der Straße in ihm einen zaristischen Offizier erkannt, er wurde verhaftet und kam in das Gefängnis in der Schpalernaja. Nach ein paar Tagen durfte Mutter ihn besuchen und nahm mich mit. Die Aufklärung des Irrtums dauerte einen Monat. Nach der Entlassung aus dem Gefängnis bekam Vater eine andere Arbeit, er wurde nach Sibirien zur Entkulakisierung geschickt.

Briefe von ihm kamen nur selten. Mama war nervös. Die Freunde, die uns besuchten, machten sich auch Sorgen um ihn. Ich war vollkommen niedergeschmettert von einem Foto, das er aus Sibirien schickte. Darauf erkannte ich ihn nicht. Er hatte sich einen Vollbart wachsen lassen und sah verhärmt und abgemagert aus. Nach einem Jahr kehrte er als ein ganz anderer, verschlossener Mensch zurück.

Aus Satzfetzen und vor allem aus einigen scheinbar unlogischen Handlungen ließ sich schließen, daß er in jenen Jahren hin- und hergerissen war zwischen Parteipflicht und Menschlichkeit. Ich weiß nicht, was für Erkenntnisse er in Sibirien gewonnen hatte, aber nach seiner Rückkehr holte er zwei Söhne des aus Popadino verbannten Onkel Grischa zu uns nach Leningrad: den älteren Kolja und meinen lieben Wolodja, der mit mir gleichaltrig war. Für Kolja fand er Arbeit, später ließ er ihn studieren. Mit Mutters Einverständnis holte er dann auch noch drei Kinder des anderen verbannten Onkels zu uns: Maria, Feofana und Schurik. Da wohnten wir schon in einer anderen Wohnung.

In den Gesprächen der Eltern tauchte immer wieder das Wort »Säuberung« auf. Es bedeutete, daß die soziale Herkunft überprüft und festgestellt wurde, ob jemand Verwandte im Ausland hatte usw. Vater bejahte die letzte Frage, denn seine Mutter und seine Schwestern lebten in Riga. Immer wieder wurde jemand aus der Partei »hinausgesäubert«, was daheim zu langen Auseinandersetzungen führte.

Vaters bester Freund, Iossif Kurtschewski, war zum Direktor des Kosizki-Werkes ernannt worden und wollte Vater zu seinem Stellvertreter machen. Vater willigte ein, und dabei mag das Versprechen einer eigenen Wohnung eine wichtige Rolle gespielt haben. Die »Kommunalwohnung« belastete meine Eltern doch sehr.

Wir zogen also in eine Wohnung, die schlechter war als die bisherige, aber wir hatten sie für uns. Sie befand sich in der Ersten Linie auf der Wassili-Insel, im Parterre; die Fenster blickten nach Norden, was die Wohnung trostlos machte. Aber uns drei Schwestern gefiel der Hof voller Holzschober. Beim »Räuber-und-Kosak-Spiel« boten die Schober gute Verstecke. Wenn es dunkel wurde, leuchteten in den Fenstern der vier Geschosse die Lampenschirme in orangenem, grünem und goldenem Licht. Der Hof wurde gemütlich, und wir mochten ihn gar nicht verlassen.

Es wurde immer schwerer, Lebensmittel und Kleidung zu beschaffen. Für die leitenden Funktionäre wurde damals das Parteimaximum festgelegt: höchstens sechshundert Rubel Gehalt im Monat. Obwohl Vater vierhundert bekam und im Sonderladen »Roter Stern« einkaufen konnte, reichte es vorn und hinten nicht. Um etwas zum Familienbudget beizutragen, nähte Mutter auf der Singermaschine für ein Artel Bezüge und Arbeitshandschuhe aus Segeltuch. Wir Kinder mußten Lebertran schlucken, danach aßen wir ein gesalzenes Stückchen Brot. Als wesentliches Ereignis blieb mir in Erinnerung, wie ich Vater einmal auf seiner Arbeitsstelle besuchte und er mich in die Kantine mitnahm, wo er mir Kartoffelpüree mit Fleisch spendierte.

Einmal brachte er von einer Dienstreise zwei lebende Gänse mit. Ein paar Tage sperrten wir sie in den Schuppen, dann siedelten wir sie ins Badezimmer um. Als mich Mitschülerinnen besuchten, führte ich sie sogleich in unsern »Zoo«. Ein paar Tage später wurden in der Schule die Namen derer verlesen, die in einer Diätkantine Mittagessen erhalten sollten. Da meldete sich eine Klassenkameradin, die bei mir gewesen war, und sagte: »Petkewitsch braucht das nicht. Sie hat im Bad Gänse.«

Einmal blätterte ich zu Hause in einem alten Zeitschriftenjahrgang mit Bildern aus dem ersten Weltkrieg. Da waren offene Gruben und gefallene Soldaten zu sehen, undurchdringlicher Schlamm, durch den sich müde Soldaten schleppten, und wieder Gräber, Leichen, Leichen. Das erschütterte mich, und ich fragte meine Mutter:

»Mama, was ist das Schlimmste auf der Welt?«

Überzeugt, sie würde antworten »der Krieg«, wunderte ich mich, als sie leise, aber fest antwortete:

»Der Hunger, mein Kind!«

Also nicht der Krieg! Aber was war Hunger? Ich wußte es noch nicht.

Die soziale Stellung meines Vaters änderte sich zu dieser Zeit spürbar. Mutter sagte, er habe in irgendwelchen Fragen seine eigene Meinung vertreten und sei »unbequem« geworden. Vater wurde bald an die eine, bald an die andere Arbeitsstelle versetzt.

Leningrad benötigte Brennstoff. Rings um die Stadt gab es Torf. Der sollte abgebaut werden. Vater wurde zum Direktor des Torfabbaus bei Tscherepowez ernannt.

Ich erinnere mich noch an den Sommer, in dem er seine neue Arbeitsstelle antrat. In einer hellen Juninacht setzten wir mit der Fähre ans andere Ufer der Suda über. Die Sonne ging auf, die glatte Oberfläche des Flusses dampfte, und ich versuchte, aus dem Pfeifen und Zwitschern der Vögel die Stimme der Nachtigall herauszuhören. »Hörst du? Da ist sie!« sagte Mama.

Als ich die für uns bestimmte Wohnung sah, ein Zimmer, durch einen geblümten Kattunvorhang in zwei Hälften geteilt, war ich betroffen. Mutter aber lachte und sagte: »Mir gefällt es hier!« Da gefiel es mir auch.

Schon nach kurzer Zeit wurde unsere Familie vor ein unerwartetes Problem gestellt. Meine mittlere Schwester Valentina hatte Tuberkulose. Nur durch bessere Ernährung konnte sie wieder auf die Beine kommen. Nach langen Überlegungen faßten die Eltern den Entschluß, Oma Darja kommen zu lassen; ich sollte mit ihr in Leningrad bleiben und zur Schule gehen, die Eltern wollten mit den beiden Jüngeren zu Vaters nächster Arbeitsstelle ziehen, zum Larjanstroi bei Tichwin, sich im Dorf ansiedeln und eine Kuh anschaffen, um die Schwestern mit Milch und Butter aufzupäppeln.

Das war ein radikaler Umbruch in meinem Leben.

Oma Darja und ich blieben zu zweit in Leningrad. In Wirklichkeit war ich mehr als je zuvor mir selbst überlassen.

In der Schule wurde mein Lieblingsfach die Literatur.

Ich entdeckte die Welt der Bücher und verschlang eines nach dem anderen – die Märchen Andersens und der Brüder Grimm ebenso wie die Klassiker, die Vater mir für gute Zensuren geschenkt hatte, und sogar zweifelhafte Unterhaltungsromane, die irgendwie ins Haus gekommen waren.

Auch die Musik weckte in mir Gefühlsstürme. Wenn ein Konzert von Beethoven oder Wagner übertragen wurde, schob ich das Sofa zum geheizten Ofen, sah zu, wie das Feuer die Holzscheite in schimmernde Glut verwandelte, und lauschte der Musik.

Ich war vierzehn, als der Gegensatz zwischen der wunderschönen Scheinwelt, die ich in den Stunden der Einsamkeit genoß, und dem wirklichen Leben eine schwere Seelenkrise in mir auslöste. Ich konnte Ungerechtigkeit nicht akzeptieren und reagierte empfindlich auf Grobheit. Ich fühlte mich vom Leben enttäuscht und traute kaum noch jemandem. Auch von meinen Freundinnen zog ich mich zurück und verkroch mich in den Schulpausen, um Fragen aus dem Weg zu gehen. Ich dachte an Selbstmord – das Leben hatte keinen Sinn.

Aber das Irdische meiner schulischen Interessen wirkte ausgleichend. Ich gehörte zu den besten Schülern. Um meinen Platz zu behaupten und origineller als die anderen zu sein, mußte ich mir ständig etwas einfallen lassen.

In der Schule wurde ich jedes Jahr zur Gruppenratsvorsitzenden gewählt. Von den Jungs bekam ich Zettel mit Liebeserklärungen. Darin wurde ich »Madonna« und »Zauberin« genannt. Auf einem stand: »Erst um Mitternacht bei rotem Licht öffnen.« Ich meinerseits verliebte mich nicht. Verblüfft war ich, als eine Mitschülerin mich nach dem Unterricht beiseite nahm und fragte:

»Was machst du, um den Jungen zu gefallen?«

Ich hätte nicht gedacht, daß man so sachlich darüber reden könnte. Außerdem hatte ich geglaubt, daß meine gleichaltrigen Freundinnen auch solche Briefchen bekamen.

In Diskussionen »über Liebe und Freundschaft« verteidigte ich den Glauben an die große Liebe und die große Freundschaft. Die Frage »Und wenn dich dein Freund oder der geliebte Mensch verrät?« empörte mich. Wir ahnten damals nicht, wie bald wir mit dieser Frage konfrontiert sein würden.

Am 1. Dezember 1934, dem Tag der Ermordung S.M. Kirows, war Vater zu Hause. Er saß mit aufgestütztem Kopf am Tisch und sprach mit niemandem. Ich mußte eine Zeitung kaufen gehen.

Es fielen trockene Schneeflocken. Vor dem Zeitungskiosk stand in Erwartung des Abendblatts eine lange Reihe schweigender Menschen. Nach Hause zurückgekehrt, fand ich Papa in derselben Haltung. Die Zeitung brachte keine Klarheit, wer Kirow ermordet hatte und warum.

Ein paar Tage später mußten wir am frühen Morgen, es war noch dunkel, in der Schule antreten, um von Kirow Abschied zu nehmen. Wir reihten uns ein in den endlosen Strom trauernder Menschen. Schweigend zogen wir an Kirows Sarg vorüber. Schwache Beleuchtung, Füßescharren, Trauermusik, und dann, vielleicht habe ich es auch später geträumt: oben auf der Galerie das Gesicht Stalins, das gleich wieder verschwand.

Das war für mich mit meinen vierzehn Jahren der erste politische Mord, der mein Bewußtsein erreichte.

Beim Eintritt in die Pionierorganisation hatte ich den Text des feierlichen Gelöbnisses gesprochen: »Ich verpflichte mich, für die Sache der Arbeiterklasse zu kämpfen.« Jetzt, nach der Ermordung Kirows, konnte ich Vaters Frage, ob ich mich bereit fühlte, in den Komsomol einzutreten, ehrlich bejahen. Ich wollte der Heimat nützlich sein.

Im Komsomolkomitee beantwortete ich ohne zu stocken Fragen nach der internationalen Lage und nannte die Namen der Volkskommissare, darauf wurde mir feierlich das Mitgliedsbuch des Komsomol ausgehändigt.

1936 wurden »Komsomolorganisatoren des ZK« an die Schulen geschickt. Zu uns kam der kluge, gebildete, gutaussehende David Heifiz, den alle sofort mochten. Wir brachten Wandzeitungen heraus, besuchten Museen und gingen häufig ins Theater. Im Theater nahm ich meine Umgebung nicht mehr wahr. Nach dem »Maskenball« von Lermontow war ich der Bühne für immer verfallen. Am meisten liebte ich das Alexandra-Theater.

Seit Heifiz an unserer Schule arbeitete, wuchs meine gesellschaftliche Aktivität. Ich wurde als Delegierte zu Konferenzen entsandt. Bei den Revolutionsfeierlichkeiten 1936 durfte ich während der Parade sogar auf der Tribüne stehen. Nicht nur ich, auch meine Eltern waren aufgeregt. Die Parade und die Demonstration, die ich am 7. November von der Tribüne aus sah, waren für mich das sichtbare Bild der Kraft und der freudigen Eintracht der Menschen.

Die hochfliegenden Pläne der Jugend, der Glaube an den Triumph der Gerechtigkeit, von der mein Vater so oft sprach, bekamen durch den Spanischen Bürgerkrieg geistige Nahrung. Wie bewunderte ich Dolores Ibarruri, die gesagt hatte: »Lieber stehend sterben als kniend leben.« Ich glaubte an das »no pasaran«, an das Scheitern jedweder Ungerechtigkeit, und verfolgte die Ereignisse in ungestümer Erwartung des Sieges. Heldenhafte Männer reisten nach Spanien. Ich war in diese Helden verliebt.

Viele Leningrader Familien nahmen dunkelhaarige Jungen und Mädchen aus Spanien bei sich auf. Auch das fand ich wunderbar. Ja, wir alle waren eine Familie, und der Sieg der Volksfront ließ sich schon absehen.

Aber dann wurde immer weniger, verworrener und nebuloser von den spanischen Ereignissen gesprochen und schließlich gar nicht mehr. Im Herzen blieb für viele Jahre ein Splitter stecken.

Und doch brachte mich der Krieg im fernen Spanien dazu, viel bewußter alles wahrzunehmen, was in meinem Land vorging.

Radio und Zeitungen waren unumstößliche Autoritäten. Der Glaube an die Zeitung entsprach dem uneingeschränkten Glauben an Wahrheit und Gerechtigkeit, das einzige, woran das Leben zu messen war.

Manchmal wurde meine verklärte Sicht etwas getrübt. Ein eher unbedeutender Vorfall jener Jahre saß lange wie ein Stachel in meinem Gedächtnis. Wegen Krankheit mußte ich einmal der Maidemonstration fernbleiben. Dabei wollte ich unbedingt hin. Mutter erlaubte mir, ein Weilchen vor der Haustür zu stehen. An mir vorbei fuhren festlich herausgeputzte Lastwagen mit Fahnen und den Bildern der Führer. Orchester spielten, Lieder wurden gesungen. Aeroplane warfen Flugblätter ab. Ich fing eines auf: »Wer heute nicht mit uns ist«, hieß es dort, »der ist gegen uns!« Diese poetisch-politische Zeile richtete sich auch irgendwie gegen mich, da ich ja nicht in der Kolonne mitmarschierte. Es waren böse Worte, die mich verurteilten, ohne sich für die Gründe zu interessieren. Die festliche Stimmung war weg.

Ich hatte mich daran gewöhnt, mit meiner Oma zu leben, und meine Eltern waren mir ein wenig fremd geworden. Meine gütige und zärtliche Oma liebte ich sehr, wenn ich sie auch mit meinen Launen quälte: Tust du nicht, was ich will, so esse ich nicht zu Mittag, erlaubst du mir nicht, rauszugehen, so setz ich mich gar nicht erst an den Abendbrottisch. Wenn die Eltern uns Lebensmittel schickten – Quark, Sahne, Butter –, dachte ich nicht darüber nach, wie mühsam sie das beschafft hatten, sondern lud meine Freundinnen ein, und die verputzten auf einen Sitz alles, womit Oma Darja zwei Wochen auskommen wollte. Großmutter war den Tränen nahe, und der Vater, wenn er in die Stadt kam, gab mir wieder den Riemen zu spüren. Mit der Zeit aber fand er andere Formen der Bestrafung.

Ich war schon sechzehn, als in der Schule Tanzabende eingeführt wurden. Das war bislang verboten gewesen. Einmal wurde sogar ein Maskenball angekündigt. Das war so neu und romantisch, daß unsere Phantasie verrückt spielte. Mit noch einem Mädchen erhielt ich den Auftrag, in die Theaterwerkstatt zu fahren und dort Kostüme auszusuchen.

Mit unbeschreiblichem Enthusiasmus wühlte ich in den Fundusräumen und suchte exotische Kostüme aus. Für mich selbst wählte ich ein polnisches Kostüm: einen Halbkaftan aus hellblauem Samt, mit Pelz verbrämt, und einen silberbestickten weißen Samtrock. Die Formalitäten dauerten sehr lange. Bis zum Beginn des Balls war nur noch eine halbe Stunde Zeit, als ich nach Hause kam, in die Wohnung stürmte und meine Mutter anherrschte:

»Gib mir schnell was zu essen!«

Und da donnerte Vater:

»Wie kannst du es wagen, in solchem Ton mit deiner Mutter zu reden?«

Der Vater hatte recht. Ich stürzte zu Mama und bat um Verzeihung. Sie verzieh mir. Aber Vater hatte schlechte Laune.

»Du bleibst zu Hause. Kein Maskenball!«

»Papi, verzeih mir, ich war im Unrecht. Bitte laß mich hingehen!«

»Nein.«

Alles war aus. Ich wußte, daß Vater unbeugsam bleiben würde. Mein Argument, daß in der Schule niemand wisse, wie die Säcke mit den Kostümen auszupacken seien, machte auch keinen Eindruck.

»Ruf an und sag's durch!«

Meine Schwestern weinten, Mama bat für mich – es half alles

nichts. Der Maskenball mußte schon in vollem Gange sein, und ich saß, von Tränen verquollen, eingesperrt zu Hause. Meine Schwestern hinterbrachten mir, daß mein Onkel Vater zu erweichen versuchte. Nach langem Kampf gelang es ihm, aber ich hatte inzwischen solche Qualen gelitten, daß ich nun nicht mehr wollte.

»Wie soll ich mit so verheulten Augen dort aufkreuzen?«

Als ich meine Eltern einmal im Winter in Tichwin besuchte, holte Vater mich mit dem Schlitten vom Bahnhof ab und fuhr einen großen Umweg durch den Wald. Die dunkelrote Sonne war am Untergehen. Der stille verschneite Wald war unglaublich schön. Ich bildete mir ein, daß Vater mir diese Schönheit zum Geschenk machte, damit ich seine frühere Grausamkeit mir gegenüber vergaß. Mein ganzes späteres Leben erinnerte ich mich immer wieder an unsere schweigsame Fahrt, an das Knirschen der Schlittenkufen, an die Kälte und den im Sonnenuntergang rötlich schimmernden Wald.

Später wurde Vater nach Irinowka versetzt. Das lag näher bei Leningrad als Tichwin. Ich besuchte die Eltern nun nicht nur in den Schulferien, sondern auch an den Wochenenden. Die Familie hatte hier ein Häuschen zugewiesen bekommen, eine Art Vorwerk, vom Bahnhof drei Werst entfernt. Es war eine abgelegene malerische Gegend.

Im Winter rodelte ich mit den Schwestern einen hohen Berg hinunter oder sauste in halsbrecherischem Tempo auf Skiern abwärts. Im Sommer lernte ich reiten.

Zum erstenmal im Leben hatte ich hier ein Zimmer für mich allein. Tagsüber war es von Sonnenlicht durchflutet, 'nachts schien der Mond herein.

Ich wanderte zu den Sümpfen und sah zu, wie der Torf zu Briketts geschnitten und diese gestapelt wurden.

Vater bestand darauf, daß die ganze Familie sonnabends an den freiwilligen Arbeitseinsätzen auf den Baustellen teilnahm. Keinerlei Vergünstigungen für die Familie! Wie oft hörte ich die Natschalniks der Versorgungsabteilung zu Mutter sagen: »Jefrossinia Fjodorowna, wenn schon Ihr Mann einen Sparren hat, kommen Sie doch mal ins Warenlager und suchen Sie für sich und die Kinder Stoff und Schuhe aus. So geht's doch nicht ...« Aber das hätte gegen die Prinzipien und Anschauungen der Familie verstoßen. Die persönliche Ehrlichkeit stand über allem. Das war ein heiliger Grundsatz der Eltern. Mutter zog es vor, ihre Kleider für mich umzunähen und meine für Valetschka und Renotschka.

Es war für mich sehr ungewohnt, zu sehen, wie Mutter die Kuh versorgte und im Eimer Kleie verrührte. Vor noch gar nicht langer Zeit hatten kluge und gebildete Leningrader Männer sie in Serenaden besungen. Jetzt war aus der »Prinzessin« eine Landarbeiterin geworden.

Vater hatte sich sehr verändert. In Segeltuchmantel und Stiefeln fuhr er zur Baustelle, wo er bis in die Nacht blieb. Seine Stimme klang erkältet. Immer wieder wurde er aus dem Schlaf gerissen: Mal war ein Güterzug mit Fracht eingetroffen, mal kam eine Lastwagenkolonne Torf abholen. Dann stand er auf und verschwand in der Dunkelheit. Ich kann mich nicht erinnern, daß er mal Urlaub gemacht hätte, und nie habe ich ihn fröhlich lachen hören. Der ehemalige Kommissar, der nachdenkliche Mensch, der leidenschaftliche Streiter war in Irinowka noch strenger geworden.

Zusammen mit Vater kamen erschöpfte, stets sorgenvolle Mitarbeiter ins Haus. Sie setzten sich an den Tisch, auf dem immer Wodka stand. Immer öfter sah ich den Vater betrunken. Das Trinken paßte so wenig zu den Idealen und der Persönlichkeit des Vaters, daß ich Mutter fragte:

»Warum hat Papa angefangen zu trinken?«

Mutter wollte mir das erklären und den Vater in meinen Augen reinwaschen, darum sprach sie von dem verfluchten Posten, den er jetzt innehatte. Als Bauleiter müsse er immer wieder Notwendiges »loseisen«: Bretter, Ziegel, Eisen, Transportmittel. Um aber die Vertreter der verschiedenen Behörden zu erweichen, müsse er mit ihnen trinken, mal eine Flasche, mal auch zwei. Einen Ausweg schien es nicht zu geben, und das tägliche Trinken war wohl das Los eines Bauleiters.

Ich sah, daß er sich zugrunde richtete. Aber eines Tages wich das Mitleid einem mir bislang unbekannten Gefühl – Haß. Und das kam so.

In einer weißen Juninacht waren wir auf der Heimfahrt von Bekannten. Wir fuhren in einem Reisewagen, die Schwestern schliefen aneinandergeschmiegt, ich döste beim Hufgetrappel und hörte im Halbschlaf, wie die Eltern sich beschimpften. Da ich wußte, daß Vater viel getrunken hatte, gab ich mir Mühe, nicht hinzuhören. Doch plötzlich versetzte er der Mutter einen so heftigen Schlag, daß sie aus dem Wagen fiel. Unter wildem Gebrüll sprang ich in voller Fahrt der Mutter hinterher. Vater zog die Zügel an, das Pferd blieb stehen, Mutter zerrte beide Schwestern aus dem Wagen. Das Ganze dauerte nur Sekunden, ich hatte mich vom Boden hochgerappelt und sah das wutverzerrte fremde Gesicht meines Vaters. Er gab dem Pferd die Peitsche, der Wagen sauste in wildem Zickzack auf die Brücke ohne Geländer. Die rechten Räder hingen in der Luft. Daß sich der Wagen nicht überschlug, nicht in den Fluß stürzte, ist mir unbegreiflich. Vater dürfte kaum etwas mitbekommen haben. Er donnerte über die Brücke und verschwand.

Mama und ich überzeugten uns, daß Arme und Beine heil waren, dann beruhigten wir mühsam die heulenden Schwestern und gingen zu Fuß nach Hause. Ich war ganz außer mir. Zum erstenmal im Leben hatte ich gesehen, daß Vater die Hand gegen Mutter erhob.

Zu Hause brannte Licht. Vater tigerte durchs Zimmer. Er suchte seine Brieftasche und konnte sie nicht finden. Sie enthielt ein dickes Päckchen staatlicher Gelder. Mutter wußte, was ihm drohte, sah mich streng an und sagte:

»Geh. Suche längs der Straße. Du mußt sie finden. Du mußt, verstehst du?«

Es war vier Uhr morgens. Ich unterdrückte die Angst um Mutter und die Schwestern und ging, aufmerksam nach rechts und links blickend, die Straße entlang. Nach zwei Werst sah ich Vaters dicke Brieftasche im Straßengraben liegen.

Die Vögel zwitscherten. Die ersten Sonnenstrahlen beschienen die Birkenstämme. Ich aber mußte zurück, in ein häßliches Leben, das ich nicht akzeptieren wollte. Zu Hause warf ich die Brieftasche auf den Tisch. Der Vater dankte mir nicht. Sein getrübtes Bewußtsein war schon von einer anderen Frage besetzt.

»Wo ist Mama?« fragte er böse.

Ich wußte, wo Mutter sich zu verstecken pflegte, wenn er betrunken nach Hause kam. Aber ich antwortete herausfordernd:

»Nicht da!«

Mein Ton brachte ihn zur Raserei.

»Sag, wo sie ist!«

Da schrie ich ihm ins Gesicht:

»Ich sag's dir nicht! Ich sag's nicht, verstehst du?«

Er kam auf mich zu. Furchtbar sah er aus. Seine Augen waren blutunterlaufen, seine Finger zu Fäusten geballt, bereit zuzuschlagen. Aber auch ich war in diesem Moment voll von brennendem Haß und wich keinen Schritt zurück. Ich wußte nur: schlagen ließ ich mich nicht, um nichts auf der Welt. Ich blickte ihm in die Augen. Er zischte durch die Zähne:

»Raus! Oder ich bring dich um!«

»Mach doch!« schrie ich wie von Sinnen. »Bring mich um!«

Er stockte, erschlaffte und setzte sich hin.

Nach diesem Vorfall versprach er, nie wieder zu trinken. Er hat sein Wort gehalten. Ich habe ihn nie wieder betrunken gesehen. Er hatte einen starken Charakter.

Ich aber war bestürzt, mit welcher Gewalt die Wut in mir aufgeflammt war. Scham und Schuldgefühle nagten an mir.

Einige von Vaters Mitarbeitern zogen mit ihm von Baustelle zu Baustelle. Der Ingenieur Michail Kasakow war einer seiner ständigen

Begleiter. Er war auch öfter als andere bei uns im Hause. Als ich klein war, hatte er mich oft geneckt, später nicht mehr. Einmal klopfte er in Irinowka an die Tür meines Zimmers. »Ich bin von ihnen ausgerissen«, sagte er, womit er die Erwachsenen meinte, die im Eßzimmer lärmten.

Sein Besuch war ungewöhnlich. Er sagte, er sei traurig über den Altersunterschied zwischen uns. Er sei schon alt, fünfunddreißig, und ich noch so jung. Und dann – küßte er mich.

Nun hatte ich ein Geheimnis. Von dem Kuß erzählte ich keinem Menschen.

Iossif Kurtschewski überredete Vater, ein weiteres Mal umzuziehen, diesmal zum Torfabbau von Nasija. In der Siedlung nahe der Station Shicharjowo gab es zweigeschossige Häuser, ein Stadion, einen Tennisplatz und einen Klub. Auf dem Bau arbeiteten viele junge Leute, und ich geriet sofort in einen Kreis Leningrader Hochschulabsolventen. Wenn ich sonnabends kam, wartete auf der Bahnstation schon eine fröhliche Truppe auf mich, und Vater fand sich damit ab, daß ich nun von jungen Leuten umgeben war.

Zeitungen und Radio meldeten neue politische Verschwörungen. Wir erfuhren, daß namhafte politische Führer des Landes Eisenbahnkatastrophen inszeniert, Bergwerksunglücke herbeigeführt, Lebensmittel vergiftet hätten usw. Die »Führer« hatten sich als »Feinde« entpuppt.

Die Sphäre, in der sich so unbegreifliche und grausige Dinge zutrugen, war mir so fern und fremd, daß sie mit dem realen Leben nichts zu tun zu haben schien. Aber das Wort »Feind« näherte sich auch unserer Familie. In Moskau wurde ein Frontkamerad meiner Eltern verhaftet. Meine Eltern wollten ihm ein Lebensmittelpaket schicken. Ich mischte mich sonst nie in ihre Angelegenheiten ein, doch diesmal trieb ich sie zur Eile. Aber wir hatten keine Adresse und mußten warten.

Ich sah, daß die Verhaftung des Freundes Vater bedrückte.

Immer öfter hörten wir, daß Bekannte, Nachbarn und Arbeitskollegen meines Vaters verhaftet worden waren. Damals sprach man mit anderen noch nicht darüber, daß man nachts nicht schlafen konnte, sondern auf Autogeräusche horchte, und daß man vor Angst erstarrte, wenn ein Wagen vor dem Haus hielt. Der Gedanke, auch meine Eltern könnten in den Konflikt zwischen Partei und Volk hineingeraten, kam mir freilich nicht in den Sinn.

Eines Tages bekam ich einen ungewöhnlichen Anruf. Meine Großmutter rief mich ans Telefon. Eine Stimme fragte:

»Tamara Wladislawowna?«

»Ja.«

»Guten Tag. Hier spricht ein Freund Ihrer Eltern.«

»Guten Tag. Wer sind Sie?«

»Sie kennen mich nicht.«

»Doch, ich kenne alle.«

»Mich nicht. Wie geht es Ihren Eltern?«

»Danke, gut.«

»Sie wohnen also noch in derselben Wohnung?«

»Waren Sie denn schon mal bei uns?«

»Mehr als einmal. Das Bett im großen Zimmer steht rechts, das Büfett auch. Der Spiegel ist in der Fensterecke. Richtig?«

»Richtig. Aber wenn Sie bei uns waren, kenne ich Sie ganz sicher. Wie heißen Sie?«

»Michail Michailowitsch.«

»Und Ihr Nachname?«

»Den sag ich Ihnen, wenn wir uns sehen.«

»Sie wollen uns besuchen? Aber die Eltern leben zur Zeit in Shicharjowo.«

»Weiß ich. Nein. Ich möchte, daß wir uns jetzt gleich treffen, Erste Linie Ecke Uferstraße. Dort warte ich auf Sie.«

»Wozu?«

»Ich muß Ihnen was für Ihren Vater geben. Sie fahren doch am Sonntag zu ihm?«

»Ja. Aber bringen Sie es lieber zu uns nach Hause.«

»Bitte kommen Sie zu dieser Stelle. Ich warte in einer Viertelstunde auf Sie.«

Er legte auf.

Den Namen Michail Michailowitsch hatte ich bei uns noch nie gehört. Das Gespräch hatte einen bitteren Nachgeschmack hinterlassen. Aber ich hielt mich nicht für berechtigt, mich vor der Begegnung zu drücken. Er wollte mir etwas für Vater mitgeben, also mußte ich hin. Da gerade eine Freundin bei mir war, bat ich sie mitzukommen.

Die Ecke Erste Linie und Uferstraße war ein beliebter Treffpunkt, dort standen immer Wartende. Auf meine Frage, wie ich ihn erkennen könne, hatte er geantwortet: »Ich komme auf Sie zu.«

Wir warteten. Niemand kam auf uns zu, doch als wir uns zum Gehen wandten, rief jemand: »Tamara Wladislawowna, kann ich Sie kurz sprechen?« Es war ein gepflegter Mann um die vierzig in einem teuren braunen Wollmantel, stark parfümiert. Der Geruch verfolgte mich noch lange.

Der Mann begann das Gespräch so:

»Warum haben Sie Ihre Freundin mitgebracht?«

»Darf ich nicht?«

»Natürlich nicht. Sie sollten allein kommen.«

»Was wollen Sie mir für Papa mitgeben?«

»Das gebe ich Ihnen besser das nächste Mal.«

Ich ging, ohne etwas begriffen zu haben. Der Mann, so respektabel er wirken mochte, war mir unangenehm.

Am Sonnabend fuhr ich nach Shicharjowo und erzählte Mutter von dem Anruf und der Begegnung. Auch sie konnte sich an keinen Michail Michailowitsch erinnern.

Der Chefingenieur des Baus, Jakow Iljitsch, war ein sehr zurückhaltender Mann. Von ihm hatte ich das Tennisspiel gelernt. Wenn ich die Eltern besuchte, rief er vor dem Fenster: »Tamara, der Platz erwartet uns!«

Eines Abends gingen wir alle – Mama, Jakow Iljitsch und noch ein paar Leute – in den Klub, setzten uns in die erste Reihe und sahen uns das Unterhaltungsprogramm an. In der Pause traten drei Unbekannte an Jakow Iljitsch heran, und einer sagte:

»Kommen Sie mit!« Sie nahmen ihn in die Mitte und führten ihn zum Ausgang.

Jakow Iljitsch sagte kein Wort, drehte sich nicht einmal um. Er ging einfach mit diesen Leuten mit. Die Verhaftung geschah vor aller Augen in dem überfüllten Klub. Die Wirklichkeit erschien irreal. Ich konnte nicht glauben, daß ich die Verhaftung eines guten Bekannten miterlebt hatte.

Ein Jahr später, als sich auch in unserer Familie viel verändert hatte, traf ich ihn auf der Straße. Ich war mir nicht sicher, lief voraus und drehte mich um: Ja, er war es. Jakow Iljitsch war ein »Glückspilz«, denn sie hatten ihn nach der Untersuchung wieder freigelassen. Er war wortkarg und erzählte fast nichts, aber er schob den Mantel- und Jackenärmel hoch und zeigte mir ein rund um sein Handgelenk eingebranntes »Armband«. Der Ermittler hatte auf diese Weise seine Zigaretten ausgedrückt. Wieder wollte ich nicht glauben, was ich mit eigenen Augen sah.

Michail Michailowitsch, der angebliche Freund meiner Eltern, rief nach einem Monat erneut an. Auch diesmal wollte er seinen Nachnamen nicht nennen. Doch ich blieb hartnäckig. Da antwortete er: Serebrjakow.

»Wie geht's zu Hause?« erkundigte er sich.

»Danke, gut. Ich habe meine Mutter nach Ihnen gefragt, sie erinnert sich nicht.«

»Na, davon später. Jetzt gibt es Wichtigeres. Sie wollen am Sonntag nach Shicharjowo fahren?«

»Ja.«

»Sie sollten nicht fahren.«

»Was? Warum nicht?«

»Kein Grund zur Besorgnis, aber fahren Sie lieber nicht.«

»Warum nicht? Ist etwas passiert?«

»Nein, nichts. Ich bitte Sie nur, nicht zu fahren. Das ist alles!«

Ich hatte schon Angst vor diesem Menschen. Ich fürchtete seinen Namen, seine Andeutungen, seine Halbsätze.

Am Sonntag fuhr ich zu meiner Familie, aber ich stieg mit gemischten Gefühlen in den Zug. Nach der Ankunft weihte ich Mama in alles ein. Sie mußte besser als ich wissen, ob Vater es erfahren sollte. Ich blieb den ganzen Tag im Haus. Wenn das Telefon klingelte, bat ich Mama, zu sagen, ich sei nicht da.

Am Abend mußte Vater zum Güterbahnhof, wo ein Zug mit Angeworbenen aus Zentralrußland eintreffen sollte. Ich bat ihn, mich mitzunehmen, denn ich hatte den unwiderstehlichen Wunsch, wie eine Erwachsene mit ihm über Serebrjakow zu reden.

Vater, in Stiefeln und Segeltuchmantel, stapfte voraus. Ich konnte ihm kaum folgen. Auf der Bahnstation wurden die neuen Torfarbeiter empfangen. Vater hielt eine Begrüßungsrede. Das Blasorchester, heiser in dem strömenden Regen, spielte einen Marsch. Wir fuhren nach Haus, als es schon dunkel wurde. Durch den Regenschleier flimmerten die Lichter der Baustelle.

»Papa«, begann ich, »ein paarmal hat ein Mann angerufen, der sich dein Freund nannte. Ich weiß nicht, was er will, aber er hat mich gebeten, heute nicht hierherzufahren.«

Vater winkte ab.

»Das sind deine Kavaliere, die dich verulken.«

»Aber nein! Ich hab den Mann ja gesehen. Er ist alt, er ...«

»Unsinn!«

Vater war nicht beunruhigt, er glaubte mir nicht, er wollte nicht weiter darüber reden. Ein Gespräch kam wieder nicht zustande.

Um zweiundzwanzig Uhr fuhr ich zurück nach Leningrad. Da mein

Besuch doch nicht geheim geblieben war, brachten mich wie gewöhnlich meine Freunde zum Bahnhof. Mutter kam auch mit.

Auf dem Trittbrett blickte ich zurück, wollte mich noch einmal verabschieden, und da sah ich aus dem Stationsgebäude Serebrjakow mit einem Hund zum Zug kommen. Mutter spürte, wie ich erschrak, und drehte sich nach ihm um. Er stieg in einen der vorderen Waggons. Der Zug fuhr an. Daß Mutter ihn gesehen hatte, war für mich ein Trost. Ich hatte Angst in dem halbleeren Vorortzug, in dem auch der unheimliche Mann saß, der etwas von uns wußte. Ich blickte unablässig zur Tür und wartete, daß er mit seinem Hund hereinkam.

Erst auf dem Leningrader Bahnsteig trat er auf mich zu.

»Na schön, nun weiß ich also, daß Ihnen nicht zu trauen ist, daß Sie kein seriöser Mensch sind.« Und ging an mir vorbei.

Ich gab keine Antwort, wußte wohl auch nicht, was ich sagen sollte. Seine Worte aber sind mir in Erinnerung geblieben. Sie kränkten und beunruhigten mich.

Ein paar Tage später wurde der Baudirektor Iossif Kurtschewski verhaftet. Vater war so erschüttert, daß er mit keinem Menschen darüber reden konnte. Ohne viel Federlesens schlossen sie ihn aus der Partei aus, weil er für den »Volksfeind« Kurtschewski gebürgt hatte. Vom Posten des stellvertretenden Direktors wurde er zum Leiter der Transportabteilung degradiert.

Mutter erzählte, daß Vater drei Nächte lang kein Auge zugetan und nur immer wieder gesagt hatte: »Was haben die für ein Recht, mich aus der Partei auszuschließen?« Mutter weinte. »Wladik, sie werden dich auch verhaften!« Vater schrie wütend: »Wofür? Red keinen Unsinn! Wage nicht, so etwas laut zu sagen!«

Am Freitag, den 22. November 1937, kam Mutter von Shicharjowo nach Leningrad, um irgendwelche Sachen zu holen. Am Sonnabend nach der Schule wollten wir zusammen wieder hinausfahren. Mutter übernachtete in unserer Wohnung. Als ich aus der Schule kam, war sie nicht mehr da.

»Wo ist Mama?« fragte ich die Oma.

»Setz dich hin und iß dein Mittag«, sagte sie weinend.

»Wo ist sie?«

»Setz dich und iß«, wiederholte sie.

Da kam David Abramowitsch herein, dem die Eltern ein Zimmer vermietet hatten.

»Tamara, Sie sind ein erwachsenes Mädchen«, sagte er, »Sie müssen tapfer sein. Ihr Vater ist letzte Nacht verhaftet worden.«

Noch verstand ich nicht, was mit uns geschah, mir dröhnten nur die Worte »Vater verhaftet« in den Ohren.

Die Telefonistin aus Shicharjowo hatte Mutter angerufen und ihr erzählt, daß sie in der Nacht gekommen waren, um Vater zu verhaften, und daß er binnen weniger Minuten weiße Haare bekommen hatte. Als sie ihn abführten, liefen meine kleinen Schwestern ihm nach bis zur Bahnstation. Man wollte sie wegjagen, aber sie wußten nicht wohin, liefen ihm weiter hinterher und weinten. Die Telefonistin nahm sich ihrer an und behielt sie bis zum Morgen bei sich. Nach diesem Anruf war Mutter zum Bahnhof gestürzt. Ich griff die Sachen, die sie liegengelassen hatte, und rannte ihr hinterher.

In der Straßenbahn unterhielten sich die Leute, als wäre nichts geschehen.

Im Zug stieg ich auf die obere Pritsche, um mit niemandem sprechen zu müssen, und sah zum Fenster hinaus. Es fiel schon Schnee. In der Tiefe meines Bewußtseins, in meinem Herzen tauchte Papa auf. Zwei Männer mit Gewehr führten ihn ab. Er trat fehl, stürzte in den Schnee ... die beiden stießen ihn vorwärts. Ich konnte das Bild nicht verscheuchen: Mein schweigender Vater ging und ging unter Bewachung in ungewisse Richtung. Ich wußte nun, daß ich meinen strengen, redlichen Vater sehr liebte. Fast hätte ich die Station verpaßt.

Zu Hause lag nach der Durchsuchung noch alles durcheinander. Aus einer Ecke guckten tränenlos meine verängstigten Schwestern.

Mutter lag auf dem Bett. Sie bat mich, das Zimmer zu heizen und etwas zu essen zu machen. Ich wollte zu der Telefonistin gehen, die in Leningrad angerufen hatte, aber Mutter hielt mich zurück.

»Das darfst du nicht tun. Sie hat gebeten, nicht zu ihr zu kommen. Um uns anzurufen, ist sie extra zur Nachbarstation gefahren.«

Da auf einmal begriff ich vieles, ohne zu fragen. Papa war weg. Die Welt, in der wir bislang gelebt hatten, gab es nicht mehr. Eine andere gab es auch nicht.

Es war der 23. November 1937.

Wir befanden uns schlagartig in völliger Isolation.

Es war nicht leicht, zu entscheiden, was als erstes zu tun sei. Mama weinte die ganze Zeit. Sie konnte keine Entschlüsse fassen. Ich begriff auch das.

Am nächsten Tag sagte ich unsicher: »Wir müssen nach Leningrad ziehen.« – »Ja«, antwortete sie gehorsam. Es war klar, daß ich jetzt volles Stimmrecht hatte. Aber ich war auf diese neue Situation nicht vorbereitet. Ich mußte erst festen Boden unter den Füßen spüren.

Wir fingen an zu packen. Die Sachen mußten zum Bahnhof gebracht werden. Mutter rief in der Bauleitung an. Doch der Frau des verhafteten Transportleiters wurden Transportmittel verweigert. Zu zweit schleppten wir die Sachen auf unserem Rücken.

Ich glaubte noch, daß meine Verehrer, die mir so einfallsreich ihre Liebe erklärt hatten, uns zu Hilfe eilen würden, wenn sie Mutter und mich so schleppen sähen. Aber nein. Die Siedlung war wie leergefegt. Aus den Fenstern guckten Bekannte, aber sie kamen nicht heraus.

Und doch, als wir die Nähmaschine schleppten, hielt es einer nicht aus und kam uns entgegen. Es war Michail Kasakow, der in der mondhellen Nacht in Irinowka bei mir angeklopft und mir den ersten Kuß meines Lebens gegeben hatte. Als er uns mit festen Schritten entgegenkam, war etwas von der so schnell verschwundenen Welt wieder da.

Kasakow mußte seine Seelenregung teuer bezahlen. Ein paar Tage später wurde er aus der Partei ausgeschlossen wegen »Verbindung mit der Familie eines Volksfeindes«.

Wir fuhren nach Leningrad, nach Hause. Wir mußten Vater beistehen, ihn in den Gefängnissen suchen. Wie machte man das? Wohin und an wen mußte man sich wenden?

2

Seit Vaters Verhaftung war ich die »Tochter eines Volksfeindes«. Das war sozusagen der erste politische Spitzname, den mir die Zeit verlieh. In der Schule riefen mich die Lehrer nicht mehr auf. Unter einem Vorwand mußte ich mich in die letzte Bank setzen. Doch die Ereignisse in der Familie hatten mich so erschüttert, daß ich die Begleitumstände schicksalsergeben hinnahm.

Es mußten viele Entscheidungen getroffen werden. Vor allem mußte ich mir eine Arbeit suchen. Ich las die Stellenangebote. Eine Mosaikwerkstatt, die Schülern ein Stipendium zahlte, schien mir am annehmbarsten. Beklommenen Herzens ging ich in die Schule, um mir meine Unterlagen zu holen.

Nachdem die Schulleiterin Nina Sapolskaja mich angehört hatte, schloß sie die Tür und sagte leise, aber entschieden: »Was auch passiert, Tamara, du mußt die Schule beenden. Es ist nur noch ein halbes Jahr. Ich laß dich nicht gehen. Du kannst mit Nachhilfestunden etwas Geld verdienen, ich regle das.«

Die Anteilnahme einer Schulleiterin am Schicksal ihrer Schülerin mag selbstverständlich erscheinen, aber nicht im Sumpf der Angst und Verwirrung Ende 1937, als sich schlagartig das Normale in sein Gegenteil verkehrte. Die Schulleiterin vermittelte mir Nachhilfeschüler. Das Wichtigste schien geregelt. Das Dilemma bestand jedoch darin, daß alles zugleich das Wichtigste war: die Suche nach meinem Vater, Mutters Gesundheit, die Beaufsichtigung meiner Schwestern, die Versuche, Schule und Arbeit zu verbinden. Der Ernst des Lebens begann.

Zwei Wochen nach Vaters Verhaftung wurde ich zum Komsomolkomitee bestellt. Der lange Tisch war mit rotem Fahnenstoff bedeckt. An der Wand hingen Bilder von Stalin und Jeshow. Man sagte mir, ich sei immer eine vorbildliche Komsomolzin gewesen, darum wolle man mir helfen. Aber es hänge alles von mir selber ab. Um meine Gesinnung als Komsomolzin und Bürgerin meines Landes zu verdeutlichen, müsse ich mich öffentlich von meinem Vater, der ein »Volksfeind« sei, lossagen. Das sei die Pflicht eines jeden aufrechten Menschen. Einen anderen Ausweg gebe es nicht. Zum Schluß fragten sie mich, wie ich dazu stünde.

Mich von meinem Vater lossagen? Daran war nicht zu denken.

»Mein Vater ist unschuldig!« sagte ich.

»Woher willst du das wissen? Wer hat dir das Recht gegeben, für deinen Vater zu bürgen?«

»Das Recht? Das hat mir keiner gegeben. Ich weiß es! Er ist unschuldig!«

»Dann beweise es!«

Ich hielt dieses Gespräch für ein Mittel, mich einzuschüchtern und zu prüfen. Die Forderung, mich von meinem Vater loszusagen, konnte doch nicht ernst gemeint sein.

Ein paar Tage später las ich in der Schule die Ankündigung einer Komsomolversammlung. Einer der Tagesordnungspunkte war ich.

Auf der Versammlung berichtete der Vorsitzende mit harter Stimme von einer gewissen Petkewitsch, der »Tochter eines Volksfeindes«, für die, man stelle sich vor, die Organe des NKWD keine Autorität seien. Sie glaube nicht, daß ihr Vater zu Recht verhaftet worden sei, und lehne es ab, sich von ihm loszusagen, womit sie sich außerhalb des Komsomol stelle.

»Wer ist dafür, daß Petkewitsch aus dem Komsomol ausgeschlossen wird?«

Ein Wald von Händen. Nur zwei stimmten nicht dafür: unser Klassenbester Ilja Granowski und ein Junge aus der Parallelklasse.

Der Beschluß wurde so formuliert: T. Petkewitsch wurde aus dem Komsomol ausgeschlossen – 1. wegen mangelnder politischer Wachsamkeit (hat in der eigenen Familie den Vater nicht als Volksfeind erkannt); 2. wegen Verleumdung des NKWD (denn der Glaube an die Unschuld des Vaters bedeutet Zweifel an der Richtigkeit der Handlungen des NKWD). Den dritten Punkt habe ich vergessen.

Ich dachte damals, irgend jemand müsse das alles unverzüglich annullieren. Darauf wartete ich. Außerdem gab es als letzte Instanz noch das Stadtbezirkskomitee, dort würde man den Beschluß der Komsomolversammlung mit Empörung aufnehmen. Mit dieser Vorstellung ging ich hin, als ich vorgeladen wurde.

»Leg deinen Komsomolausweis auf den Tisch. Der Beschluß wurde bestätigt. Du bist keine Komsomolzin mehr.«

Ich nahm den Ausweis aus der Tasche und legte ihn auf den Tisch des Sekretärs.

Noch lange verfolgten mich der »Wald von Händen« und die Szene im Komitee. Ich wurde krank, konnte meine Beine nicht mehr bewegen, nervlich bedingt, sagten die Ärzte. Bei uns zu Hause roch es nach Medikamenten und Kräuteraufgüssen.

Niemand klingelte an unserer Tür. Wir waren von der Welt, vom gewohnten Lauf des Lebens abgeschnitten. Doch die Not, die im Haus Einzug gehalten hatte, verlangte wie ein grausamer und zuverlässiger Arzt, daß wir uns selbst halfen.

Gleich nach unserer Ankunft in Leningrad machten wir uns auf die Suche nach Vater. Jemand riet uns, zum Durchgangsgefängnis zu fahren. Mutter guckte mich hilflos an, und ich begriff, daß ich hinfahren mußte.

Dort stand Vater nicht in den Listen. Auch nicht im Gefängnis Kresty. Frauen, die ich dort traf, erzählten mir, daß man sich zuerst an das Auskunftsbüro des Großen Hauses in der Litejny-Gasse wenden müsse. Das Haus war wirklich groß, besonders für damalige Verhältnisse. Das solide gebaute, moderne graue Gebäude verkörperte die Unerschütterlichkeit der Macht.

Das Durchgangsgefängnis, Kresty und das Große Haus eröffneten mir nicht nur einen anderen Blick auf die Stadt, in der ich bisher nur die Denkmäler und Schlösser, die Straßenbahn- und Buslinien gekannt hatte, sondern auch auf ein anderes Leben. Die Bezeichnungen der Gefängnisse, die Gitter vor den Fenstern, die verwirrten Gesichter der Menschen, mit denen ich in der Schlange stehen mußte, wurden zu einer sichtbaren Grenze, hinter der das Ende der Welt zu sehen war. Aber dort befand sich mein Vater, dem ich um jeden Preis helfen mußte.

Bevor ich im Auskunftsbüro des Großen Hauses war, hatte ich gedacht, wir gehörten zu jener besonderen, aber kleinen Gruppe von Menschen, die ins Unglück geraten waren. Der riesige, mit Säulen geschmückte Saal des Auskunftsbüros, der dem Wartesaal eines Bahnhofs glich, machte mich benommen. Er war voller Menschen. Ich konnte nicht erkennen, wo ich mich anstellen mußte. Stimmengewirr. Die allgemeine Erregung erfaßte auch mich sofort. Bevor ich das unermeßliche Leid begreifen konnte, sah ich es mit den Augen und fühlte es mit der Haut. Ich wunderte mich, daß die frische, alles erschütternde Gewalt des Schmerzes, die von dieser Menschenmasse ausging, nicht die Wände des Gebäudes zum Einsturz brachte.

Völlig niedergeschmettert suchte ich nach dem Ende der Schlange. Im Leib dieser Schlange vertrauten fremde Menschen halblaut einander an, wie alles vor sich gegangen war. Eine Frau erzählte ausführlich, wie ihr Mann, der viele Nächte hindurch auf jedes Geräusch gelauscht hatte, plötzlich ungewöhnlich ruhig geworden war, sie nur immer wieder gebeten hatte, nicht den Mut zu verlieren, und seltsam gelächelt hatte.

»Und mein Mann«, erzählte eine andere, »hat immer von neuem wiederholt: ›Glaub mir! Hörst du? Du mußt mir glauben, daß ich unschuldig bin! Du mußt auch den Kindern klarmachen, daß ihr Vater unschuldig ist. Das ist sehr wichtig. Weiter bitte ich dich um nichts!‹«

»Und mein Mann hat geschrien: ›Sie haben nicht das Recht! Das ist ein Mißverständnis! Wagen Sie nicht, einen unschuldigen Menschen zu verhaften!‹« fügte eine dritte hinzu.

Plötzlich fragte jemand mit leiser, entrückter Stimme:

»Was meinen Sie, ob man sie dort foltert? Ich habe gehört, daß man sie fürchterlich schlägt; einem haben sie die Rippen gebrochen.«

Von dieser schrecklichen Frage wurde mir ganz kalt. Irgendwer kann meinem Papa die Rippen brechen? Wofür? Weshalb? Das wollte mir nicht in den Kopf. Aber das Wort »Haft« klang jetzt noch entsetzlicher.

Die letzten in der Schlange waren eine ältere Dame und ihr erwachsener Sohn.

»Wer ist es bei Ihnen?« fragte mich der junge Mann.

»Mein Vater. Und bei Ihnen?«

»Auch der Vater.«

Er wollte wissen, wann mein Vater verhaftet wurde und wie groß unsere Familie war.

»Wie heißen Sie?« fragten die neuen Bekannten.

Ich nannte meinen Namen.

»Und Sie?«

»Ich heiße Erik. Und meine Mutter Barbara Ionowna.«

Über einer der Türen dieses Höllensaals schrillte alle zwei Minuten eine Klingel: der Nächste. Am Auskunftsschalter ging es schnell. Frage, Antwort, und das Fensterchen schloß sich. Von dort führte eine Tür direkt auf die Straße. Aber die Schlange war endlos. An jenem ersten Tag kamen wir nicht an die Reihe. Wir verabredeten, daß Mutter und Sohn mir am nächsten Tag einen Platz freihalten würden.

»Name?« fragte am nächsten Tag ein kahlköpfiger Mann am Auskunftsschalter.

»Petkewitsch, Wladislaw Iossifowitsch.«

»Im Gefängnis in der Schpalernaja.«

Krachend wurde der Riegel vorgeschoben.

In der Schlange des Großen Hauses hatte ich erfahren, daß man einmal im Monat dreißig Rubel im Gefängnis abgeben durfte, der genaue Tag war durch den Anfangsbuchstaben des Nachnamens vorgegeben. Eriks Nachname begann auch mit P. In der Schpalernaja erklärte man uns:

»Buchstabe P? Am zweiten jeden Monats.«

Die Gebrauchtwarenläden glichen 1937 und 1938 Abladeplätzen für kostbare Antiquitäten: Teppiche, Gemälde, erlesene Lüster, Silber, Kristall, Pelze und Kleidung. Auf dem Newski-Prospekt nahm ein solcher Laden das ganze Erdgeschoß ein. Mutter und ich mußten lange anstehen, bis wir ein paar Teller mit Monogramm und Kristallgläser abgeben konnten. Einen Teil der Sachen brachten wir in einen An- und Verkaufladen, wo wir sofort Geld bekamen. Auf diese Weise beschafften wir die Mittel, um Vater unterstützen zu können.

Am zweiten Dezember, dem Tag, an dem wir das Geld abgeben durften, stand ich früh auf und fuhr mit der ersten Straßenbahn zur Schpalernaja. Dort warteten schon mehr als zweihundert Menschen auf Einlaß. Wir zitterten in der Kälte. Um acht Uhr wurden endlich die Gefängnistüren geöffnet. Die Leute verstummten, formierten sich zu einer Reihe. Als ich das Gefängnisgebäude betrat, fiel ich plötzlich in Ohnmacht. Vielleicht lag es an der Atmosphäre im Gefängnis, vielleicht auch an einer tiefen, mir noch nicht bewußt gewordenen Vorahnung. Als ich an der Reihe war, übergab ich die dreißig Rubel auf Vaters Namen. Angesichts der Gefängniskorridore konnte ich mir nur schwer Läden vorstellen, in denen sich Papa etwas kaufen konnte.

Gemeinsam mit meinen neuen Bekannten – Erik und seiner Mutter – versuchte ich, einen Termin bei einem Staatsanwalt zu bekommen.

Während wir in den verschiedensten Wartezimmern saßen, erzählte mir Erik, daß er im dritten Studienjahr Medizin studiere. Er träume davon, Chirurg zu werden. Einmal fragte er mich:

»Was wird mit uns werden?«

»Wie meinen Sie das?« fragte ich vorsichtig.

»Wie schon. Die Familien der Verhafteten werden verbannt.«

»Warum denn? Wohin?«

»Weil wir Angehörige von ›Volksfeinden‹ sind. Wohin? Jedenfalls weit weg.«

Das hörte ich zum erstenmal. Nein! Das konnte doch nicht sein! Schrecklich! Ich beschloß, Mutter nichts davon zu sagen.

Eines Abends kam Papas treuer Frontkamerad Krassowski zu uns. Er hatte unseren Vater lange nicht gesehen und wollte ihn besuchen. Als er hörte, daß Vater im Gefängnis saß, heulte er buchstäblich auf, fiel vor Papas Bild an der Wand auf die Knie und rief mit grausiger Stimme:

»Kommissar! Unser Kommissar! Was haben sie bloß angerichtet? Dich haben sie verhaftet? Wenn sie dich … worauf ruht dann noch die Welt? Was machen sie dort mit dir?«

Ich hätte nie gedacht, daß ein Mann so weinen kann. Vaters früheres, mir unbekanntes Leben, für das ich mich nicht interessiert hatte, wurde plötzlich ganz wichtig. Krassowskis Worte: »Was machen sie dort mit dir?« riefen mir sofort in Erinnerung, was ich im Großen Haus über Folterungen gehört hatte.

Krassowski ging Wodka holen. Er saß bis spät mit Mutter zusammen, und sie sprachen über Vater, erinnerten sich an ihre Jugend im Krieg. Und mir schien, es werde nie wieder etwas anderes geben als Finsternis, Angst und Mühsal.

Nach Neujahr, am zweiten Januar, gab ich in der Schpalernaja weitere dreißig Rubel für Vater ab. Als ich einen Monat später dort Erik und seine Mutter wiedersah, wunderten wir uns, wie sich die Schlangen gelichtet hatten.

»Meiner ist auf Transport geschickt worden«, sagten viele, als sie vom Schalter zurückkamen.

Ich lernte neue Wörter. Die Wortverbindungen »die Troika hat das Urteil gesprochen«, »auf Transport geschickt« bargen einen unverständlichen furchteinflößenden Sinn.

Auch mir wurde gesagt: »Petkewitsch? Auf Transport geschickt.« Das gleiche bekam auch Erik zu hören. Auf Transport? Wohin? Und für wie lange? Ich sah Vaters gequälte Augen vor mir. Hatte man ihn durch dieses Tor getrieben? Nachts? In ein Auto gepfercht, dann in einen Waggon? Und welcher irrealen Ferne fuhr er jetzt entgegen?

Auf dem Weg zur Straßenbahn sagte Erik, er habe mir einen Brief geschrieben, bitte mich aber, ihn erst zu Hause zu lesen. »Es ist nicht schön, daß ich Ihnen das in dieser Zeit, in der sich solche Tragödien abspielen, sagen muß«, stand in dem Brief. »Aber wir wissen nicht, was morgen mit uns sein wird. Vielleicht verbannt man Sie und mich, jeden in eine andere Richtung. Ich kann nicht ohne Sie leben. Ich liebe Sie.«

Der Sinn des Geschriebenen erreichte erst nach einer Weile mein Bewußtsein. Ich fühlte nichts derartiges. Der Brief komplizierte nur alles, kam mir unecht vor. Ich antwortete nicht. Erik rief mich an. Er sagte, er verstehe, daß mich sein Geständnis irritiere, und bat mich, es zu vergessen. »Wir müssen Freunde bleiben.«

Wieder mußte ich in das Auskunftsbüro des Großen Hauses gehen. Nur dort konnte ich erfahren, zu wieviel Jahren die »Troika« meinen Vater verurteilt und wohin man ihn gebracht hatte.

Ich hatte mich inzwischen an diese Umgebung gewöhnt und nahm nun jede Einzelheit wahr. Nie wieder sah ich so viele bezaubernde Frauen auf einmal. Doch ihre würdevolle Anmut war von Leid und Qual überschattet. Solche Frauen verfallen nicht in Hysterie. Sogar hierher kamen sie elegant gekleidet und frisiert. Ihre geistige Erschütterung bewältigten sie mit der Kunst, den Lauf der Dinge klar und exakt einzuschätzen.

Eine bildschöne Frau sprach mich an:

»Wer ist es bei Ihnen, mein Kind?«

»Mein Vater.«

»Ihr Vater? Bei mir der Ehemann.«

Sie sprach das Wort »Ehemann« so melodiös aus, als offenbare sie mir, wie schön die Liebe und ihr Geheimnis sein kann. Sie fragte mich nach meiner Familie aus. Ich erzählte von mir und merkte gar nicht, wie leicht es mir fiel, offen zu ihr zu sein. Ich erzählte ihr, was ich noch niemandem anvertraut hatte, sagte ihr sogar, daß ich den ehemaligen Freunden, die sich von uns abgewandt hatten, nie verzeihen würde, auch denen nicht, die für meinen Ausschluß aus dem Komsomol gestimmt hatten. Sie hörte mir zu und sagte dann sanft und traurig:

»Merken Sie sich, mein Kind: Man darf nie voreilige Schlüsse ziehen.«

Vielleicht erschloß sich mir der Sinn nicht aus den Worten, sondern aus der Intonation. Jedenfalls merkte ich mir diesen weisen Rat für immer, und er ist mir mehr als einmal im Leben zugute gekommen. Die Schönheit ihres Gesichts, ihre mandelförmigen graublauen Augen, die zu einem Knoten gesteckten Haare, ihre gewählte Sprache und ihr Rat leben in mir als Erinnerung an eine verschwundene Kultur.

»Mich wird man natürlich verbannen, aber Sie sind ja noch so jung. Hoffentlich bleiben Sie verschont!« sagte sie zum Abschied.

»Eine Bekannte von mir«, erzählte jemand, »eine wunderschöne Frau, dazu ungewöhnlich mutig, ist, stellen Sie sich vor, bis zum Staatsanwalt vorgedrungen. Der hat in seinem Arbeitszimmer ein Sofa für Besucherinnen. Und er hat versprochen, daß er ihren Mann freiläßt, was er natürlich nicht getan hat. Jetzt sitzt er selber in der Patsche.«

Manche Leute, die sich hier ihren Kummer von der Seele redeten, hatten sich noch Splitter eines naiven Glaubens an »Garantien« bewahrt. Viele versuchten, eine Logik zu finden und ihren Fall als Irrtum zu sehen. Aber diese Versuche unterbrach irgendwer mit einer bitteren Bemerkung:

»Herrschaften, begreifen Sie denn nicht, daß alles wohldurchdacht ist und darauf hinausläuft, die Intellektuellen zu vernichten?«

Ich war siebzehn und konnte weder die Erzählung über den Staatsanwalt und die schöne Dame noch die scharfsinnigen Vermutungen über vorsätzliche Repressionen glauben.

Dann war ich an der Reihe. Wie immer war mir vor dem Schalter die Kehle wie zugeschnürt, und ich brachte nicht gleich Vaters Namen hervor.

»Zehn Jahre, Magadan«, wurde mir geantwortet. »Ohne Recht auf Briefwechsel.«

Den ganzen Heimweg ließ mich der Gedanke nicht los, daß die Nachricht Mutter umbringen könnte. Ich beschloß, ihr nicht alles auf einmal zu sagen, aber als ich ihre Augen sah, die mir direkt in die Seele blickten, sagte ich ihr alles.

Später brachte mich jemand auf den Gedanken, noch einmal ins Große Haus zu gehen. Wenn die Häftlinge an ihrem Bestimmungsort angekommen seien, erhalte man eine genauere Adresse.

Dieser letzte Besuch im Großen Haus hinterließ einen unauslöschlichen Eindruck. Ganz plötzlich verstummte das Stimmengewirr. Aus dem Innern des Saals breitete sich Stille aus. Wie viele andere begriff ich nicht gleich, was geschah. Aus den Seitentüren kamen Männer mit geschorenen Köpfen, Bündel in den Händen, und bahnten sich im Gänsemarsch einen Weg durch die Menge. Es waren zwölf oder fünfzehn. Wer waren sie? Wohin gingen sie? Instinktiv bildete die Menge sofort einen Korridor.

Der vorderste Mann blieb unvermittelt stehen und rief mit erstickter Stimme:

»Mütter! Ehefrauen! Töchter! Hört uns an! Setzt euch ein! Ihr seid hier nicht umsonst! Schreibt überallhin! Seht, wir sind die ersten, die dank eurer Bemühungen freigekommen sind! Ihr lieben Frauen, kämpft für die Wahrheit! Laßt nicht locker!«

Mein Gott, was ging hier vor! Sie werden freigelassen! Das Auskunftsbüro des NKWD verwandelte sich in einen Hexenkessel. Lautes Schluchzen, Ausrufe und eine Lawine von Fragen: Wo kommt ihr her? Vom Transport? Aus dem Gefängnis? Wie lange habt ihr gesessen? Wie ist die Verpflegung? Wie viele wurden freigelassen?

Und Erleichterung: Natürlich, es mußte ja so kommen! Der Alptraum ist vorbei! Es war alles ein Mißverständnis! Sie lassen sie frei!

Die Administration des Großen Hauses schaffte Ordnung und drängte die Männer hinaus, doch die Frauen setzten ihnen noch immer mit Fragen zu. Jubel herrschte. Die wiedergeborene Hoffnung reizte die Nerven, machte trunken. Man wollte so gern dem eben Gesehenen und Gehörten glauben und nicht dem, was schon zum Schicksal geworden war und sich nicht begreifen ließ.

Nicht alle ergaben sich dem Taumel. Viele kühlten gleich wieder ab. Auch ich hatte ein zwiespältiges Gefühl. Dennoch kam ich mit der Nachricht nach Hause gerannt: »Ich hab's gesehen, sie lassen sie frei!«

Wir tranken Tee, schmiedeten Pläne: Papa kommt zurück und muß sich kurieren; wir dürfen Leningrad jetzt nicht verlassen; zu ärgerlich, daß sie Papa schon auf Transport geschickt haben, darum wird sich die Rückkehr verzögern, es ist ja ein weiter Weg.

Nein, Vater kehrte nicht zurück.

Die kleine Gruppe, die den Saal im Großen Haus durchquert hatte, war wohl nur eine zufällige Partie von Freigelassenen. Vielleicht war es auch eine Inszenierung, eine Provokation, wie einige meinten.

Alles, was ich später sah, legt die Vermutung nahe, daß es im Parteiapparat wirklich mutige und ehrliche Menschen gab, die das Ruder herumreißen wollten. Aber sie hatten keinen Erfolg. Für ihr verzweifeltes Vorhaben, die Wahnsinnslawine der Verhaftungen zu stoppen, mußten sie dann selbst das Schicksal der Deportierten teilen.

Die Güterwagen mit Häftlingen ratterten weiter dem östlichen Ende des Landes, dem Ozean, der Nagajewo-Bucht, dem Tod entgegen. Die kostenlose Arbeitskraft der Häftlinge brachte dem Staat bereits Gewinn.

Ich dachte ständig an meinen Vater. Obwohl ich nie Zärtlichkeit von ihm erfahren hatte, fühlte ich mich doch fest mit ihm verbunden.

Eriks Vater hatte ebenfalls zehn Jahre bekommen. Auch Magadan, auch »ohne Recht auf Briefwechsel«. Eines Tages rief Erik uns an.

»Wir haben die Benachrichtigung bekommen. Wir werden aus Leningrad verbannt. In drei Tagen müssen wir die Wohnung räumen.«

Mein erster Gedanke: Also auch wir. Verbannung, das ist Finsternis, fast der Tod. Mutter wollte mit Barbara Ionowna sprechen. Aber ich redete es ihr aus, denn ich konnte mir vorstellen, was jetzt bei ihnen zu Hause vorging. Erik bat mich, am nächsten Morgen zu ihnen zu kommen.

In ihrer schummrigen Wohnung, die mit guten Möbeln vollgestellt war, herrschte Unordnung. Sachen wurden zum Verkauf zusammengelegt und verschnürt. Barbara Ionowna löste den in Jahrzehnten zusammengetragenen Haushalt auf, ohne zu weinen.

Erik und ich schleppten die Sachen zum An- und Verkauf; die überfüllten Kommissionsläden konnten nicht mehr aufnehmen, was die zur Verbannung verurteilten Familien anbrachten.

Für die frei werdenden Wohnungen gab es schon Anwärter. Meist waren es Ermittler und Mitarbeiter des NKWD. Nicht selten war eine schöne Wohnung der Grund, die Familie eines Verhafteten zu verbannen.

Den Verbannungsort hatte man Erik und seiner Mutter nicht mitgeteilt. Erst in Moskau sollten sie erfahren, wohin es ging.

Ich fuhr zum Bahnhof, um Erik und Barbara Ionowna zu verabschieden. Meine Mutter wollte mitkommen, aber ich fürchtete, sie würde die Abschiedsszene zwischen Barbara Ionowna und ihrem ältesten Sohn Valeri nicht ertragen. Warum dieser unbehelligt blieb, hatte mir Erik nicht gesagt.

So kam es, daß meine Mutter weder Erik noch seine Mutter kennenlernte. Nur meine lebhafte und gewitzte Schwester Valetschka hatte mich einmal überredet, sie zu einem Treffen mit Erik mitzunehmen. Sie war elf und bildete sich über alles ihr eigenes Urteil. Erik gefiel ihr. Auf die Frage, was ihr an ihm gefalle, sagte sie: »Er gefällt mir eben und basta. Er ist schön und gut.«

Erik hatte die Illusion, in Moskau die Aufhebung der Verbannung zu erwirken. Er ließ mich keinen Schritt von seiner Seite, ich mußte ihm schwören, auf seine Briefe zu antworten. Kurz vor Abfahrt des Zuges sagte er wieder:

»Ich liebe Sie. Das ist für immer und ewig, was auch mit mir geschehen mag.«

Barbara Ionowna weinte erst ganz zum Schluß.

Der Zug fuhr an. Die Leute, die Erik verabschiedet hatten, gingen auseinander, sie unterhielten sich, manche lachten sogar. Ich begriff, daß bei weitem nicht alle von dem Ereignis erschüttert waren. Manchmal ertappte ich mich dabei, daß ich Lachen oder eine fröhliche Unterhaltung als unnatürlich, ja, schändlich empfand. Der Spruch: »Das Leben geht weiter« blieb für mich lange Zeit unverständlich und kränkend.

Wir rechneten jeden Tag damit, die Mitteilung über unsere Verbannung zu erhalten, aber sie kam nicht. Unser Leben lief allmählich wieder in den gewohnten Bahnen. Manchmal glaubten wir, das Unglück der Verbannung werde an uns vorübergehen.

Unser Bekanntenkreis war auseinandergefallen. Zahlreiche Freunde meiner Eltern waren verhaftet, die Familien verbannt. Die anderen kümmerten sich eine Weile um uns und widmeten sich dann wieder ihren eigenen Problemen. Durch meinen Ausschluß aus dem

Komsomol hatte ich einen Großteil meiner Freunde verloren. Wir lebten wie in einem Vakuum.

Da bekamen wir Besuch. Als ich einmal bei meiner Freundin Nina übernachtete, kam früh am Morgen Valetschka angerannt.

»Komm schnell, bei uns ist was passiert!«

Meine aufgeregte Mutter empfing mich mit den Worten:

»Ein seltsamer Mann ist da, er fragt nach dir. Ich fühle, daß er von Papa kommt.«

Im Zimmer saß ein Mann von schwer zu schätzendem Alter, in einem stark abgetragenen Anzug, mit einem so bleichen, teigigen Gesicht, daß er unheilbar krank wirkte. Ich stellte mich vor. Er fragte, in welcher Klasse ich sei, ob meine Mutter arbeiten gehe, wie und wovon wir lebten.

Ich begriff, daß der Mann nicht aus purer Neugier fragte. Um ihn nicht zu brüskieren, antwortete ich bereitwillig. Zum Frühstück hatten wir nur Graupensuppe. Wir aßen sie gemeinsam. Erst danach zog der Mann einen Brief aus der Jackentasche. Auf dem Umschlag erkannte ich Vaters Handschrift. Der Brief war an mich adressiert: »Meine liebe Tochter, ich schreibe Dir, weil ich sicher bin, daß Mama mit den Kleinen verbannt worden ist. Ich denke, daß man Dir die Möglichkeit gibt, die Schule zu beenden ...« Vater beteuerte seine Unschuld, fragte, wo Mama sei und wie es ihr gehe, was die Schwestern machten, wovon wir lebten. Von sich teilte er mit, daß er in einer Bucht am Ochotskischen Meer arbeite, bis zu den Knien im Wasser. In dem Umschlag lagen hundert Rubel.

Mutter und ich bekamen Schüttelfrost. Wir hatten keine Vorstellung von Papas Lebensbedingungen, von seinem Gesundheitszustand und der Herkunft des Geldes und bestürmten den Mann mit Fragen. Er unterbrach unseren Fragestrom:

»Ich kenne Ihren Mann beziehungsweise Ihren Vater nicht. Ich habe ihn nie gesehen.«

Wir begriffen nicht. Und der Brief?

Da erzählte unser Besucher, daß in dem Lager, in dem mein Vater war, kaum einer den Namen des anderen kannte. Die Häftlinge hatten Nummern auf ihren Lagerjacken, den Buschlats. Nur in der Baracke wußte man mehr voneinander. Nachts wurde die Baracke verschlossen.

»Wie kommt es, daß Sie uns den Brief meines Vaters überbringen, wenn Sie ihn gar nicht kennen?« fragte ich.

Er erzählte uns, daß es eine Warteliste für die Häftlinge gab, die kein Recht auf Briefwechsel hatten. Jeder Entlassene mußte ein paar Briefe von ihnen mitnehmen. Bei der Entlassung unseres Besuchers war mein Vater an der Reihe gewesen.

»Sind Sie aus Leningrad? Wohnen Sie hier?«

»Nein, ich komme aus Zentralrußland.«

»Dann sind Sie nur nach Leningrad gekommen, um uns Papas Brief zu bringen?«

»Das kann man so sagen.«

Unsere Ideale waren zusammengebrochen, das Bedürfnis nach ihnen war jedoch gewaltig, darum lauschte ich diesem Mann begierig. Ich blickte ihm ins Gesicht und begriff, daß das, was er tat, echtes Heldentum war, das nicht auf äußere Effekte zielte, sondern von tief innen kam.

Wir mußten etwas für ihn tun, aber was?

Mama und ich ließen ihm Badewasser ein, machten ihm unser bestes Bett zurecht und baten ihn, ein paar Tage unser Gast zu sein. Dann lief ich los, um Theaterkarten zu kaufen. Ich entschied mich für mein geliebtes Alexandra-Theater.

In den bequemen dunkelroten Samtsesseln sitzend, sahen wir das Stück »Talente und Verehrer« von A. Ostrowski. Ich schaute hauptsächlich meinen Nachbarn an: Gefiel ihm die Aufführung? War er zufrieden? Ich merkte, daß ihn das Stück nicht sonderlich interessierte, daß ihm aber die Theateratmosphäre behagte. Er schien zu entspannen, zugleich aber weit weg zu sein.

Die Tatsache, daß dieser Mann, einer persönlichen Pflicht folgend, uns den ersten und einzigen Brief von Vater brachte, überzeugte mich davon, daß es doch noch Menschlichkeit auf der Welt gab.

Wir hörten nie wieder etwas von Vater. Siebenundzwanzig Jahre später bekam Valetschka auf ihre Anfrage die Antwort:

Sterbeurkunde P-B Nr. 29408

Der Bürger Petkewitsch, Wladislaw Iossifowitsch, ist am 10. Februar 1942 gestorben. Alter: 66 Jahre. Todesursache: Leberabzeß.

Entsprechende Eintragung im standesamtlichen Totenregister am 29. Juni 1956 unter Nr. 2.

Verstorben in: –

Registriert im Mginer Kreisstandesamt des Leningrader Gebiets.

Ausgestellt am 29. Juni 1956.

Der Beauftragte des Personenstandswesens

(Unterschrift)

Der Beamte, der die Bescheinigung ausgestellt hatte, war zu faul gewesen, das Alter meines Vaters auszurechnen. Wenn er wirklich 1942 ums Leben kam, ist er nur zweiundfünfzig Jahre alt geworden.

Einsam und verlassen ist mein Vater gestorben. Der Ort, in dem er starb, ist nicht genannt, an der Stelle ist ein Strich. Die Abfallgrube, die als Vaters Grab gilt, ist ein Staatsgeheimnis.

Und das unheilvolle Todesdatum: Februar 1942. Es wird noch in der Biografie unserer Familie auftauchen.

Die Versicherung Stalins, daß »der Sohn nicht für den Vater verantwortlich« sei, stammt aus der Zeit der Kollektivierung, als die Söhne und Töchter der entkulakisierten Bauern nach Jakutien und Solowki verbannt oder in Heime für Schwererziehbare gesteckt wurden. Wer verschont blieb, wurde an keiner Hochschule des Landes angenommen.

In den Jahren 1937 und 1938 erlangte diese Schlagzeile ein zweites Leben, als die »Kinder der Volksfeinde« größtenteils verbannt wurden.

Wir bildeten eine Ausnahme. »Ihr müßt dankbar sein!« wurde uns oft gesagt.

»Aber ich habe drei Kinder«, rechtfertigte sich meine Mutter.

»Na und, sie verbannen auch Frauen mit sechs Kindern«, wurde ihr entgegengehalten.

Das stimmte. Es gab keine Norm.

Ende 1938, als das unheimliche Wort »Verhaftung« seltener zu hören war, wurde ich unerwartet in das Komsomolkomitee bestellt, wo sie mir vor einiger Zeit den Komsomolausweis abgenommen hatten. Ohne eine Erklärung oder den Hauch einer Entschuldigung sagten sie diesmal:

»Du kannst deinen Komsomolausweis wieder mitnehmen.«

So einfach war das? Der Komsomol hatte für mich die besten und höchsten menschlichen Werte verkörpert. Nach meinem Ausschluß existierte der Jugendverband für mich nicht mehr. Ich mußte daran denken, daß ich danach wochenlang sehr krank gewesen war. Meinen Vater hielt ich immer noch für unschuldig. Auf seine Lagerjacke war eine Nummer genäht, und er stand bei der Arbeit bis zu den Knien im Wasser. Ich antwortete: »Ich brauche ihn nicht.« Und ging.

Meine Handlungsweise entsetzte alle. Man bezeichnete mich als dumm, stolz und arrogant. Besonders weh tat mir die »logische« Schlußfolgerung: »Dann haben sie dich ja zu Recht ausgeschlossen.«

Daraufhin wurde wohl auch eine Akte über mich beim NKWD angelegt.

Das Geld, das ich mit Nachhilfestunden verdiente, und der Erlös der verkauften Sachen reichten nicht, um eine fünfköpfige Familie zu unterhalten (meine Großmutter wohnte damals noch bei uns).

Ein Zufall kam uns zu Hilfe. Als Vater außerhalb arbeitete, hatte Mutter ein Zimmer an die Familie D. vermietet. Nach Vaters Verhaftung behielten die D.s das Zimmer. Sie erzählten meiner Mutter, ihre älteste Tochter, die so alt war wie ich, solle die Batik-Kunst erlernen. Eine Freundin von ihnen sei bereit, gegen Bezahlung die Ausbildung zu übernehmen. Als die Freundin sie eines Tages besuchte, klopfte sie auch an unsere Tür.

»Dürfte ich mal bei Ihnen telefonieren?«

Die imposante grünäugige Frau trug ein Schultertuch mit ungewöhnlich kühner Farbgebung: von matt-rötlich, orangegelb über sumpfbraun bis knallgrün. Ich konnte mich nicht satt sehen. Unvermittelt schlug sie mir vor:

»Tamara, wie wär's, wenn ich Sie auch ausbilde?«

Mama und ich lehnten dankend ab.

»Kostenlos natürlich«, fügte sie sogleich hinzu, denn sie erriet den Grund unserer Ablehnung.

Die erste Zeit arbeitete ich als Gehilfin bei Jelisaweta Jegorowna, auch »belle Lili« genannt. Sie war in einem Artel angestellt, übernahm aber auch Privataufträge. Zu ihren Kundinnen gehörten berühmte Leningrader Ballerinen und modebewußte Damen. Auf die einfarbigen Stoffe ihrer Kundinnen trug sie ein kompliziertes Muster auf. Die ungezwungene Atmosphäre der Unterrichtsstunden und die aufkeimende Freundschaft zwischen der dreißigjährigen Lili und mir beflügelten meinen Improvisationstrieb. Ich war mit Feuereifer bei der Sache, und das Lob meiner Lehrmeisterin machte mich oft verlegen. Schon bald legte ich im Artel eine Prüfung ab und wurde selbständige Heimarbeiterin. Vom Artel bekam ich Spannrahmen, Wachs, Anilinfarben und Fallschirmseide, aus der damals Schultertücher genäht wurden. Diese Arbeit gefiel auch meiner Schwester Valetschka, und sie wurde meine treue Gehilfin, die mich mit ihrer naiven Begeisterung oft zu neuen Kompositionen inspirierte. Der Verdienst war wirklich mehr als anständig, und wir konnten aufatmen. Unser Leben und Familienalltag schien eine gewisse Normalität anzunehmen.

Die Abschlußfeier in der Schule rückte näher. Lili ließ uns den billigsten Stoff kaufen, spannte ihn in einen Rahmen und trug ein Muster auf. Mutter fand noch ein Stück schwarzen Samt, und das Kleid war fertig.

Ich hatte gedacht, daß ich den »Wald von Händen« bei meinem Komsomolausschluß nie verzeihen könnte. Aber die Jugend verzeiht schnell. Ich galt als eines der schönsten Mädchen in der Schule, mein Verlangen nach Freundschaft war ungebrochen, und zur Abschlußfeier hatte ich die Kränkungen vergessen. Uns alle erwartete ein neues Leben, und in der bangen und freudigen Erwartung löste sich alles Vergangene auf.

Ich bewarb mich am Fremdspracheninstitut für ein Anglistikstudium. Mich lockte die Perspektive literarischer Übersetzungen. Lehrerin wollte ich eigentlich nicht werden, doch darauf lief die Ausbildung hinaus. Mit Mutter hatte ich alles abgesprochen – tagsüber studieren, abends arbeiten. Stipendium und Nebenverdienst. Ich bestand die Aufnahmeprüfung und begann mein Studium.

Die Dormitorien des ehemaligen Instituts für adlige Fräulein verströmten noch den romantischen Geist vergangener Tage. Ich war verliebt in das Gebäude, in den Garten, der zur Newa führte, in die halb zerfallene Steinmauer, in die wunderhübschen Mädchen, die mit mir die Prüfung abgelegt hatten, in meinen Status als Studentin, sogar in die Straßenbahnlinie zum Institut. Ich war achtzehn und hatte den Glauben an das Leben wiedergewonnen. Oh, wie wunderbar würde meine Zukunft sein! Siegesgewiß, vom Unglück nicht bezwungen, sprudelte in meinem Innern ein Lebensquell, von dessen Kraft ich nichts gewußt hatte.

Aus der Stadt Frunse in Kirgisien, wohin Erik und Barbara Ionowna verbannt waren, kam ein Brief nach dem anderen. Am meisten litten sie darunter, daß sie nicht wußten, wie lange ihre Verbannung dauern würde. Lebenslang? Fünf oder zehn Jahre? Darüber ließ man sie im unklaren. Als Arzt ohne Abschluß fand Erik nur als Sanitätsinspektor in einem Ambulatorium Arbeit, und das zu einem Viertel des Gehalts. Beide hatten Sehnsucht nach Leningrad. Erik beschrieb mir Kirgisien, das Klima, den Alltag. Sie wohnten in einem Zimmer mit Lehmfußboden, das sie bei einer Frau gemietet hatten. Das Wasser mußten sie vom Brunnen holen. In jedem Brief schrieb Erik, daß er mich liebte. Ich antwortete auf seine Briefe, ging aber nicht auf seine Gefühle ein. Im Innersten fühlte ich mich schuldig, weil ich studieren konnte und er nicht, weil es ihnen schlechter ging als uns.

Schon bald hatte ich einen festen Freundeskreis. Er gab mir das Gefühl, am wirklichen Leben teilzuhaben. Das gemeinsame Studium, die gemeinsamen Interessen und die Geheimnisse, die wir einander anvertrauten, machten allmählich mein eigenständiges Leben aus.

David N. kannte ich von klein auf, wir wohnten in demselben Haus, waren in dieselbe Klasse gegangen. In den schweren Zeiten hatte er zu mir gehalten. Anfangs war er auf kindliche, dann auf jünglingshafte Art in mich verliebt. Er warf mir Blumen ins Fenster und erkundigte sich bei Mutter, was ich am nötigsten brauchte, um mir ein Geburtstagsgeschenk zu machen.

Außerdem hatte ich vier Freundinnen. Wir studierten alle Anglistik. Meine beste Freundin war Nina I., mit der ich schon in die gleiche Schule gegangen war. Sie lebte allein mit ihrer Mutter. Der Vater hatte eine andere Familie, liebte aber seine Tochter und besuchte sie oft. Er hatte ihr eine umfangreiche Bibliothek geschenkt, die wir fleißig nutzten.

Nina war ein herzensguter Mensch, sie sprach leise, sagte kein überflüssiges Wort. Mit ihren großen braunen Augen schaute sie so nachdenklich in die Welt, als kenne sie das Geheimnis des Seins.

Lisa R., gertenschlank, mit lebhaften schwarzen Augen, war temperamentvoll und verliebte sich oft, und zwar immer in schöne junge

Männer. Sie stammte aus einer kinderreichen Familie. Für ihre Mutter, eine herrische, despotische Frau, war Geld das Wichtigste im Leben. Sie hatte Lisa mit einer Unmasse von Vorurteilen vollgestopft und ständig reglementiert.

Die interessante, skeptische und ironische Raja Sch. war die klügste und ernsthafteste von uns. Sie hatte sich in einen Studenten des hydrographischen Instituts verliebt, und obwohl ihr das wenig Freude brachte, blieb sie ihrer Herzensneigung treu.

Wir waren alle grundverschieden, empfanden uns aber als eine »organische Legierung«.

Unserem Kreis schlossen sich zwei Kirills an. Den Blonden nannten wir »weißen Kirill«, den Brünetten »schwarzen Kirill«. Beide studierten am hydrographischen Institut. Der scharfsinnige weiße Kirill war die Seele unserer Gruppe. Er würzte seine Rede immer mit englischen Wörtern. Der schwarze Kirill hingegen war schweigsam und verschlossen. Er war gebildet, aber sehr von sich eingenommen.

Die meiste Zeit verbrachten wir bei Kolja G., einem Kommilitonen, der drei Häuser von uns entfernt in einer wunderschönen Altbauwohnung mit Stuckdecken wohnte. Im Zimmer stand ein Flügel, auf dem die beiden Kirills oft spielten. Später versammelten wir uns auf Wunsch meiner Mutter auch oft bei uns zu Hause.

Uns verband die Liebe zur Musik, zur Dichtung. Wir hörten Skrjabin, Chopin, Schubert, lasen Jessenin, Achmatowa, Sewerjanin. Wir sprachen über Bücher, stritten über Gott und die Welt und waren voll von jugendlichem Übermut.

Von Zeit zu Zeit stießen auch Neue zu unserem Kreis. Ich war ganz verwirrt, als eine Studentin von der französischen Fakultät, Roxana Siobori, mir eröffnete, daß sie nur deshalb in unsere Fakultät komme, um mich zu sehen. Ich murmelte etwas Höfliches. Sie ließ nicht lokker und bat, mich zu Hause besuchen zu dürfen.

Ich sagte jedem, mit dem ich etwas näher bekannt wurde, daß mein

Vater im Gefängnis saß, so auch Roxana. Sie reagierte besonders mitfühlend, womit sie Mutter und mich für sich einnahm.

Als Roxana uns einmal besuchte und bis spät blieb, fühlte sie sich plötzlich schlecht. Wir ließen sie bei uns übernachten. In den nächsten Tagen ging es ihr nicht besser. So verbrachte sie etwa zwei Wochen bei uns. Mutter und ich pflegten sie, und sie gehörte schon fast zur Familie.

Roxana war im fünften Studienjahr und sieben Jahre älter als ich. Sie war eine auffallende Erscheinung, häßlich und mager, mit vorstehendem Unterkiefer. Trotz des Altersunterschieds und obwohl wir per Sie waren, konnten wir über alles reden. Meine anderen Freundinnen hatten Familie, sie stand allein da. Unsere Freundschaft wurde dadurch erschwert, daß die anderen Roxana kategorisch ablehnten. Als treue Freundin erkämpfte ich für sie Zentimeter um Zentimeter.

»Kann ich Roxana heute abend mitbringen? Sie ist so deprimiert.«

Zähneknirschend willigten sie ein. Obwohl Roxana wenig von sich erzählte, bekannte sie mir, daß ihr ein Mann gefalle. Sie sagte, sie wolle meine Meinung über ihn hören, und brachte eines Tages einen blauäugigen interessanten Mann mit graumeliertem Haar mit. Er hieß Jaworski.

Er gefiel mir nicht, und das sagte ich Roxana.

»Solche Männer gefallen immer«, antwortete sie giftig. »Wenn Sie behaupten, daß er Sie kaltgelassen hat, glaube ich Ihnen nicht. Sie sind nicht offen zu mir. Und überhaupt, Sie haben so viele Verehrer und wollen mir weismachen, daß Ihnen keiner gefällt, ja?«

»Mir gefällt wirklich keiner«, versuchte ich sie zu überzeugen.

Da ging Roxana plötzlich in die Luft:

»Ihnen läuft ein ganzer Schwarm junger Männer hinterher, aber Sie wollen keinen. Sie denken wohl, wenn ich Jaworski nicht gefalle, macht mir auch kein anderer den Hof? Aber da irren Sie sich. Ich habe genug Liebesabenteuer. Stellen Sie sich vor! Er holt mich nachts mit dem Wagen ab, und wir fahren zu ihm; dort fällt er vor mir auf die Knie und küßt den Saum meines schäbigen Rocks. Jawohl!«

Aus Roxanas Monolog sprachen der verzweifelte Versuch, sich selbst zu bestätigen, und zugleich eine aufbrechende Feindseligkeit mir gegenüber. Es ist schwer zu sagen, warum ich ihr vorbehaltlos glaubte: Nacht, ein Auto, er kniet nieder und küßt ihren Rocksaum. Ich wußte damals noch nicht, wie wichtig es ist, auf das Unausgesprochene zu achten, in dem oft mehr Wahrheit steckt als in den Worten.

Serebrjakow rief seit der ersten Begegnung regelmäßig an und stellte mir mit seinem einschmeichelnden Bariton verblüffende Fragen. Sowie ich begriff, daß er am andern Ende der Leitung war, vibrierte alles in mir, als stünde ich unter Strom. Ich wußte nicht, was ich ihm antworten sollte.

Vater war noch in der Schpalernaja, als Serebrjakow wieder einmal anrief.

»Tamara Wladislawowna, soll ich für Sie eine Begegnung mit Ihrem Vater arrangieren?«

Das war zu der Zeit, als ich vor den Gefängnismauern hin und her ging, in der Hoffnung, Vaters Zellenfenster blickten auf die Straße, und er könne mich sehen. Und nun so eine Frage. Ich begriff nur nicht, warum uns Serebrjakow etwas Gutes tun wollte.

»Ja«, antwortete ich und war einer Ohnmacht nahe.

»Wunderbar. Ich habe gewußt, daß Sie so antworten. Warten Sie vor dem Haus auf mich, bringen Sie Ihren Paß mit. Ich hole Sie gleich ab.«

Den Paß? Ich wußte, daß man ihn keinem Fremden anvertrauen durfte. Aber Serebrjakow hatte sich als Vaters Freund ausgegeben. Was sollte ich tun? Schließlich ging es darum, meinen Vater wiederzusehen.

»Bei der Haussuchung hat man ein Frontfoto Ihres Vaters und die

›Geschichte der Partei‹ von Knorin beschlagnahmt«, hatte Serebrjakow kurz nach der Inhaftierung meines Vaters gesagt. Mama hatte nachgesehen: Es stimmte. Wer war er?

Ich nahm den Paß nicht mit.

»Wozu brauchen Sie den Paß?«

»Vertrauen Sie mir nicht?«

»Doch«, antwortete ich, denn ich wollte ihn nicht kränken.

»Dann haben Sie also keine große Sehnsucht nach Ihrem Vater.«

Ich versuchte logisch zu denken: Habe ich je von einer Besuchserlaubnis gehört? Nein. Wenn Serebrjakow aber ein heimliches Treffen arrangieren kann, wozu braucht er dann den Paß? Gleich darauf die Überlegung: Vielleicht sind solche Gedanken nur eine Ausflucht, um meine Feigheit zu rechtfertigen? Womöglich hätte ich wirklich meinen Vater sehen dürfen? Vielleicht hatte Serebrjakow einen kühnen Plan, in den er mich nicht einweihen konnte?

Auch später, als Papa in Magadan war, rief Serebrjakow ständig an, dachte sich »wohltätige« Aktionen aus.

»Ich muß Sie dringend sprechen. Kommen Sie ans Haustor. Ich bin gleich da.«

Er erschien mit einem schick gekleideten Mann von kleinem Wuchs.

»Darf ich vorstellen? Das ist Mister Richmond.«

Richmond hielt mir die Hand hin. Mir wurde ganz schlecht. Bekanntschaft mit einem Ausländer im Jahre 1938? In einer Zeit, wo schon der Briefwechsel mit Rigaer Verwandten als »Verbindung mit dem Ausland« galt?

»Tamara Wladislawowna, ich weiß, wie schwer Sie es haben. Mister Richmond muß Russisch lernen. Er zahlt gut, und Sie können das Geld gebrauchen. Abgemacht?«

Richmond lächelte, als verstehe er nichts. Ich fühlte, daß das eine unsaubere Inszenierung war, und lehnte dankend ab, sagte, daß ich dazu nicht imstande sei.

Meiner Mutter erzählte ich nicht alles von Serebrjakow. Die Geschichte mit Richmond übertraf alles bisherige. Waren sie Spione? Mitarbeiter des NKWD? Bei dem Gedanken an künftige Anrufe bekam ich eine Gänsehaut. Ich mußte mich jemandem anvertrauen. Aber wem?

Meine Freunde wußten nur, daß Serebrjakow ein merkwürdiger Freund meines Vaters war. Ich beschloß, wenn auch mit einigen Bedenken, den ehemaligen Komsomolorganisator meiner Schule, David Samuilowitsch H., ins Vertrauen zu ziehen.

Er sagte mir, ich solle ihn vor dem nächsten Treffen mit Serebrjakow unbedingt informieren. Dessen Anruf ließ nicht lange auf sich warten. Ich sagte David Bescheid. Diesmal lud mich Serebrjakow ins Kino ein.

Die Vorstellung hatte schon begonnen, als wir hinkamen. Serebrjakow beugte sich zum Kassenschalter, und ich glaubte eine Geste zu sehen, von der ich gehört hatte: Mitarbeiter des NKWD drehten das Jackenrevers um, wenn sie »grünes Licht« brauchten. Es lief der Film »Komsomolsk«, in dem die Heldin einen Spion dingfest machte.

»Könnten Sie so etwas tun?« fragte Serebrjakow.

Seine plumpe Frage kränkte mich.

Auf der Rückfahrt sah ich David in unserem Bus und beruhigte mich. Aber genau das wollte Serebrjakow verhindern.

»Haben Sie sich letzte Nacht an der Newa auch nicht erkältet?« fragte er scheinbar besorgt.

Gegen zwei Uhr nachts war ich tatsächlich mit unserm Nachbarn zur Newa gegangen, um nach dem Hochwasser zu sehen. Immerhin wohnten wir im Erdgeschoß. Woher wußte Serebrjakow, daß ich nachts an der Newa war? Ich bekam Angst.

»Das grüne Kleid steht Ihnen«, setzte er noch eins drauf.

In dem grünen Kleid hatte ich vor einigen Tagen Bekannte besucht. Serebrjakow war nicht dortgewesen. Was hatte das alles zu bedeuten? Ich war den Tränen nahe.

David sagte, er brauche ein paar Tage Zeit. Ich konnte seinen Anruf kaum erwarten.

»Na, wer ist er? Was will er?«

»Beruhige dich«, antwortete David, »er wird dich nicht mehr anrufen.«

»Aber wer ist er? Wer ist er?« fragte ich ungeduldig.

»Ich hab dir gesagt, was nötig ist. Du brauchst dir keine Gedanken mehr zu machen.«

Seine Antwort kam einem Verrat gleich. Er sagte mir nicht, was er wußte. Ich begriff: Es war ihm verboten worden.

Warum hatte ich nicht einfach zu Serebrjakow gesagt: »Lassen Sie mich in Ruhe, rufen Sie mich nicht mehr an«? Ich hatte in ihm instinktiv den Vertreter einer mir unverständlichen Kraft und Macht gespürt. Und ich konnte dem nur sklavische Geduld entgegensetzen. Das Jahr 1937 hatte mich gelehrt: für die Macht gibt es keine verschlossenen Türen.

Nein, Serebrjakow verschwand nicht. Unter allen möglichen Vorwänden brachte er sich noch oft in Erinnerung. Doch nach Davids Einmischung trat eine gewisse Pause ein.

Etwas richtete mich immer wieder auf: die mir von der Natur mitgegebene Lebenseinstellung. Sie half gegen die verfluchte Niedergeschlagenheit.

Schon ein kleiner Ausflug, zu dem uns Kirills Vater vor den Maifeierlichkeiten einlud, machte mich glücklich. Wir besichtigten das Ruderhaus eines Schiffs und das Mannschaftsdeck, jeder bekam ein großes Stück Fleischpastete, dick mit Zucker bestreut. Alles war ungewöhnlich. Die Maisonne schien, die Newawellen schlugen gegen den mächtigen Schiffsrumpf. Alles strahlte Harmonie und makellose Ordnung aus. Ich fühlte, daß ich zu diesem Leben gehörte, daß ich es liebte. Und ich dankte dem Schicksal, daß ich dabeisein durfte, daß ich nicht ausgestoßen war. Ich glaubte an das Glück, an das Besondere im Leben.

Und es gab ja auch viel Gutes. Ich hatte meine Schwestern, meine Mutter, und schließlich war mein Vater am Leben. Ringsum pulsierte die Stadt, die ich über alles liebte. Es gab tausenderlei Dinge, die mit achtzehn Jahren wichtig sind.

Eines Tages tauchte Wowa, der beste Freund meiner Kindheit, wieder auf. Acht Jahre, seit unserem Umzug auf die Wassili-Insel, hatte ich ihn nicht gesehen. Er studierte inzwischen Medizin, war voller Enthusiasmus und strotzte vor Selbstbewußtsein.

In den weißen Nächten sausten wir auf Fahrrädern über die verwaisten Straßen und Uferpromenaden oder gingen spazieren. Wir waren fröhlich und ausgelassen.

Nach den Vorlesungen ging ich ins Artel, um zu batiken (es war ein Gesetz herausgekommen, das Heimarbeit verbot, und ich mußte wie zum Dienst ins Artel gehen). Ich fühlte mich fremd unter den älteren Frauen, ehemaligen Pianistinnen, Lehrerinnen und Hausfrauen, die sich bei der Arbeit unterhielten und sachkundig über die Männer herzogen.

»Die Kerle taugen alle nichts«, sagte eine von ihnen, »die wollen immer nur das eine. Welcher Esel würde es zum Beispiel ablehnen, unsere Tamara zu küssen? Aber kümmert sich einer darum, daß sie nicht in geflickten Schuhen herumlaufen muß? Bringt ihr einer bei Regen Galoschen und einen Schirm?«

Diese Gespräche stießen mich ab. Ich glaubte an große Gefühle und aufrichtige Beziehungen. Als erste tastete Lili diesen Glauben an.

Wenn sie ihre Privataufträge nicht schaffte, bat sie mich manchmal, ihr zu helfen. Ein junger Mann namens Ljowa half ebenfalls mit. Als wir an einem Sonntag wieder einmal zu dritt arbeiteten, rief Lili schmachtend:

»Ach, Tamara, sagen Sie mir irgend etwas Schönes!«

Ich erfaßte ihren glücklichen Gemütszustand und wollte sie darin bestärken. Im Märchenton begann ich:

»Wir lieben Sie. Ich liebe Sie. Ljowa liebt Sie …«

Ljowa unterbrach mich barsch:

»Wer hat Sie darum gebeten? Was fällt Ihnen ein?«

Im ersten Moment war ich wie vor den Kopf geschlagen, doch gleich darauf begriff ich, was hier vorging. Ich lief zur Tür und wollte hinaus, aber Lili kam mir zuvor und drehte den Schlüssel herum.

»Nicht doch, Tamara, bleiben Sie. Sie müssen uns verstehen und uns verzeihen. Wir lieben uns.«

Das Ganze war mir peinlich und unangenehm, und ich forderte Lili auf, die Tür zu öffnen.

Als Lilis Mann, zu dem ich ein gutes Verhältnis hatte, von Ljowa erfuhr, glaubte er nicht, daß ich nichts davon gewußt hatte.

Meine Beziehungen zu Lili brachen ab. Ich durchlebte eine schwere Krise, wurde richtig krank.

Ein paar Monate später rief Lili mich an. Mit schwacher Stimme sagte sie:

»Tamara, kommen Sie schnell her, ich sterbe!«

Ihr Mann hatte sie verlassen. Und Ljowa hatte auch das Weite gesucht. Sie hatte über vierzig Fieber und phantasierte, und wenn sie zu Bewußtsein kam, bat sie mich, auf keinen Fall den Notarzt zu rufen. Sie hatte eine Blutvergiftung und konnte gerade noch gerettet werden.

Lili fühlte sich schuldig mir gegenüber. Wir konnten lange Zeit nicht unbefangen miteinander umgehen. Es entwickelte sich eine Art gegenseitiges Mitgefühl. Viele nannten Lili meine Ersatz-Mama. Sie versuchte sich oft schützend vor mich zu stellen.

Durch sie lernte ich viele Leute kennen, überwiegend Dramatiker und Journalisten. So auch Platon Romanowitsch, einen ihrer Moskauer Bekannten. Er war zweiunddreißig und arbeitete im Volkskommissariat für Filmwesen, wo er für den Filmaustausch mit dem Ausland zuständig war. Er gehörte zu den Männern, die eine Frau bei Regen mit Schirm und Galoschen erwarten. Kurz nachdem wir uns kennengelernt hatten, sagte er zu mir:

»Kommen Sie, wir gehen in die ›Passage‹ und kaufen ein Paar Schuhe für Sie.«

Ich lehnte ab, doch seine Fürsorge rührte mich. Ich begriff, daß ein aufmerksamer und gütiger Mensch in mein Leben getreten war. Auf seine Verliebtheit antwortete ich mit Freundschaft. Wir sollten uns später an einem seltsamen Ort wieder begegnen.

Mich zog es zu Gleichaltrigen.

Sich verlieben? Heiraten? Ja, natürlich, das alles wartete auf mich, aber noch war es nicht soweit. Meine Freundin Nina hatte sich verliebt.

»Du kannst dir nicht vorstellen, was für ein Glück das ist!« sagte sie geheimnisvoll, und ihre Augen füllten sich mit Tränen. Ich sah, daß sie glücklich war.

»Mein J. bereitet sich auf eine Expedition zum Nordpol vor. Wenn ich doch mitfahren könnte!« sagte die kluge Raja träumerisch und verliebt.

In unserem Freundeskreis herrschte damals unbedingtes Vertrauen. Wir hatten das Bedürfnis, unsere Gedanken über das Leben und die Menschen auszutauschen. Wir wußten alles voneinander und sahen uns täglich. Darum war es so beunruhigend, als auf einmal der Rhythmus unserer Begegnungen durcheinandergeriet; mal ließ sich der eine lange nicht blicken, mal ein anderer.

Eines Tages kam Lisa mit einer erschreckenden Nachricht zu mir.

»Schwöre, daß du keinem was sagst! Man hat mich hinbestellt.«

»Wohin?«

»Ins Große Haus. Sie haben mich über unseren ganzen Kreis ausgefragt. Auch über dich.«

»Was?«

»Über dich wollten sie wenig wissen. Sie haben nur gesagt: ›Die Haltung dieses Mädchens ist uns verständlich. Ihr Vater sitzt im Gefängnis. Sie kann keine gute Einstellung zur Sowjetmacht haben.‹ Warum bist du so erschrocken? Sie haben doch nach allen gefragt.«

»Und du?«

»Ich hatte zuerst Angst. Aber der Mann dort war so zuvorkommend. Er hat mir den Mantel abgenommen, mir Platz angeboten. Es war mir natürlich angenehm, daß sie mir vertrauen. Sie haben nach Raja gefragt.«

»Sie? Waren es mehrere?«

»Zwei.«

»Und was wollten sie wissen?«

»Sie sagten: ›Sie sind alle so ärmlich gekleidet, aber Ihre Freundin Raja trägt einen Fehpelz. Haben Sie sich keine Gedanken darüber gemacht, wo sie den her hat? Rajas Mutter verdient doch wenig.‹«

»Was geht die der Pelz an?«

»Aber es stimmt doch, wo hat Raja den Pelz her? Sie hat was von einem Onkel erzählt. Vielleicht hat er ihn ihr gekauft? Wir haben uns doch wirklich keine Gedanken darüber gemacht.«

Die Fragen, die Lisa im Großen Haus, diesem für meine Familie so verhängnisvollen Ort, gestellt worden waren, erfüllten mich mit Entsetzen. An Lisas Erzählung merkte ich, daß sie keineswegs bestürzt war. Im Gegenteil, die Vorladung machte ihr Leben bedeutsamer, erfüllte sie mit Stolz. Lisa war, wie wir alle, einfältig. Sie begriff nicht, daß damit die Seuche des gegenseitigen Mißtrauens eingeschleppt wurde.

Bis dahin hatte ich von solchen Vorladungen nichts gehört. Jetzt betrachtete ich jeden meiner Freunde mit Argwohn.

Der nächste war David.

»Reg dich nicht auf, Tomotschka. Sie haben mich ins Große Haus bestellt. Sie wollten wissen, was wir so machen, wann wir uns treffen, worüber wir reden. Warum wir uns bei dir und Kolja treffen. Ich hab mich dumm gestellt, hab gesagt: ›Wir treffen uns einfach so, wie andere auch.‹«

Sonst erzählte niemand mehr von einer Vorladung. Vielleicht schwiegen sie, weil es ihnen so befohlen war. Ich fragte keinen danach. Lisa und David gegenüber bewahrte ich eine tiefe Dankbarkeit für ihre Offenheit.

Das Große Haus! Dort brannte immer Licht. Dort beschäftigte man sich mit den »Volksfeinden«. Und jetzt mit mir. Lisas unbefangene Erzählung lieferte mir unerschöpflichen Stoff zum Nachdenken.

Es gab so viele Unklarheiten, angefangen damit, daß wir nichts mehr über Vaters Schicksal erfuhren. Unverständlich war, warum Serebrjakow sich immer wieder in Erinnerung brachte, warum mein ehemaliger Komsomolorganisator mich nicht über ihn aufklärte. Alles war undurchschaubar. Aber nach dem, was Lisa mir erzählt hatte, wußte ich ungefähr, wie die Machtorgane über mich, über unsere Familie dachten. Man hatte mir faktisch das Etikett »Ausschuß« verpaßt, mich aus dem wirklichen Leben ausgeschlossen.

Kolja G. war der zurückhaltendste, schweigsamste von uns. Meine Angehörigen mochten ihn am meisten. Er schlug Mutter keine Bitte ab: brachte die Elektrik in Ordnung, baute ein Türschloß ein. Er verwöhnte meine Schwestern. Mich liebte er.

Als wir uns alle wieder einmal bei Kolja trafen, bat er mich in das Zimmer seines Vaters, um mir etwas Wichtiges zu sagen. Nachdem ich in einem Voltaire-Sessel Platz genommen hatte, faßte er sich ein Herz und sagte: »Ich liebe dich. Werde meine Frau.«

Diese Worte komplizierten unsere Beziehung. Ich liebte Kolja nicht und mußte schweren Herzens nein sagen. Wir kehrten ins große Zimmer zurück, wo der weiße Kirill Klavier spielte.

Von der Straße drang ungewöhnlicher Lärm herein. Anfangs achtete niemand darauf, doch er verstärkte sich. Draußen marschierten Soldaten, fuhren Feldküchen und Panzer vorbei.

Aus den umliegenden Häusern traten Leute auf die Straße. Es wurden immer mehr. So sahen wir an jenem Abend den Beginn des Finnischen Kriegs. Am nächsten Morgen hörten wir es im Radio.

Nach ein paar Tagen wurden beide Kirills zu einem Ski-Bataillon eingezogen. Kolja meldete sich als Freiwilliger an die Front. Als wir zum Kriegskommissariat gingen, um die Jungs zu verabschieden, kamen sie uns fremd und abgemagert vor. Die Angehörigen weinten. Doch keiner glaubte, daß einer von ihnen fallen könnte. Ich machte mir Vorwürfe wegen Kolja. Zu Hause bedauerten ihn alle und sahen mich wie eine Verbrecherin an: Du hast ihn dazu getrieben!

Leningrad versank in Finsternis. An den Laternenmasten und in den Toreingängen brannten blaue Lämpchen, die kaum den Gehweg erhellten. Es war ein grimmiger Winter. Ohne elektrische Beleuchtung sahen die Straßen der Stadt fremd aus.

Als der Krieg vorbei war, kehrten unsere Jungs zurück. Der weiße Kirill war von einem Sprenggeschoß am Bein verletzt worden. Er heiratete bald darauf meine ehemalige Klassenkameradin Sara. Völlig überraschend zeigte uns auch Kolja, der mir noch vor kurzem ewige Liebe geschworen hatte, seine Heirat an. Nun mußte ich ihn zu Hause verteidigen.

Wenn Platon Romanowitsch aus Moskau nach Leningrad kam, versuchte er ständig, mich zu einem Theater-, Operetten- oder Restaurantbesuch zu überreden.

»Wie? Sie waren noch nie in einem Restaurant?« wunderte er sich.

»Nein.«

»Dann gehen wir ins ›Europa‹.«

Ich war schon neunzehn, unternahm aber nichts ohne Mutters Erlaubnis.

»Na geh schon«, willigte sie ein.

Platon Romanowitsch brachte einen rothaarigen Freund mit.

»Das ist Sjoma. Mein bester Freund. Macht euch bekannt.«

Der elegante Restaurantsaal mit seinem Lichtergefunkel, den gestärkten Tischdecken, den Marmorsäulen, den Wandleuchtern, den verschiedenfarbigen Gläsern weckte in mir unbekannte Gefühle. Gegen meinen Willen hatte ich den Wunsch, anders aufzutreten, anders gekleidet zu sein. Ich kam mir verloren vor.

Als geschulte Kellner an unseren Tisch traten und Platon Romanowitsch mich nach meinen Wünschen fragte, brachte ich kein Wort hervor. Meine Begleiter begriffen instinktiv, daß sie mich eine Weile in Ruhe lassen mußten.

Als ich mich mit der ungewohnten Umgebung etwas vertraut gemacht hatte, sah ich einen großen Mann mit weizenblondem Haar hereinkommen. Er ging gemächlich bis zur Mitte des Saals, lehnte sich melancholisch an eine Säule und ließ den Blick über die Leute an den Tischen gleiten.

Ich erkannte in ihm Jachontow, einen berühmten Vortragskünstler, den ich zum erstenmal auf der Bühne erlebt hatte, als ich in die achte Klasse ging. Und nun war er hier im Saal. Unsere Blicke trafen sich, und ich sah, daß er direkt auf unseren Tisch zukam. Mir schlug das Herz bis zum Hals. Wie im Traum hörte ich Platon Romanowitsch rufen:

»Wolodja! Sie sind auch in Leningrad? Setzen Sie sich zu uns.«

Jachontow antwortete kaum auf die Begrüßung, verzichtete auf das Ritual der Vorstellung, zog sich einen Stuhl heran, rückte ihn etwas hinter den meinen, beugte sich zu mir und trug lautstark eine amüsante Geschichte vor. Ich war unendlich glücklich und lauschte gebannt.

Als er fertig war, wurde ihm applaudiert. Platon Romanowitsch schenkte Wein ein, und sie unterhielten sich, ich aber war noch immer berauscht von der Atmospäre der Welt, in die ich so unverhofft geraten war.

Später brachten mich die drei Männer nach Hause. Jachontow rezitierte Majakowski.

»Na, wie war's?« fragte er.

»Ich verstehe Majakowski nicht«, antwortete ich schülerhaft.

»Wundervoll. Darüber unterhalten wir uns morgen mittag um zwölf am Ehernen Reiter.«

Rätselnd, ob er das wirklich ernst gemeint hatte, sprang ich mit wilden Sätzen über die Pfützen in unserm Hof und stürmte ins Haus.

»Mama, morgen mittag treffe ich mich mit Jachontow!«

Ich tat die ganze Nacht kein Auge zu. Am nächsten Tag schwänzte ich die Vorlesungen und lief um zwölf zum verabredeten Treffpunkt.

Die Stadt war in dichten milchigen Nebel gehüllt. Ganz plötzlich standen wir voreinander. Der stattliche Mann hakte mich unter und deklamierte wieder: »Ich lieb dich, Schöpfung Peters, deine gestrenge, einheitliche Pracht!« Ich begriff: Das Wichtigste für Jachontow war er selbst. Peters Stadt und ich waren sein Auditorium. Aber mein Gott, war das nicht genug Glück?

Wir gingen die Uferstraße entlang, hörten die Wellen gegen ihr Granitkleid schlagen.

Wahrscheinlich war dieser Tag, an dem ich Arm in Arm mit Jachontow im Ozean des »weltweiten« Nebels spazierenging, der schönste meiner ganzen Jugend.

Am Abend würde er in der Philharmonie »Romeo und Julia« vortragen.

»Ich lasse auf Ihren Namen zwei Karten reservieren«, sagte er.

Wen sollte ich mitnehmen? Eine Freundin, die nicht viel redete. Am Schalter bekam ich zwei Karten für die fünfte Reihe.

Im Saal der Philharmonie zu sitzen, einem Märchen aus Kristall, war allein schon ein Festtag. Und als dann die kräftige melodische Stimme erklang und ich begriff, daß sie an mich gerichtet war (Jachontow hatte mich zum Adressaten erkoren), verlor ich vollends den Kopf.

In der Pause blieben meine Freundin und ich auf unseren Plätzen sitzen. Die Leute drehten sich neugierig nach mir um. Meine Freundin ächzte. Ich saß reglos, um das Wunder nicht zu verscheuchen.

Aber da erregte eine Frau, die aussah wie eine Zigeunerin, meine Aufmerksamkeit. Sie schritt stolz, ja herausfordernd, vom obersten Rang herunter. Offenes Haar, goldene Ohrgehänge und Armreifen, die man beinahe klirren hörte. Mir war plötzlich klar – sie geht zu ihm, hinter die Kulissen. Und nicht das erste Mal! Die »Zigeunerin« löschte den Zauber.

»Warum sind Sie nicht zu mir gekommen? Warum haben Sie nicht auf mich gewartet?« fragte mich Jachontow am nächsten Tag am Telefon.

Die »Zigeunerin« wagte ich nicht zu erwähnen. Über den Anruf freute ich mich. Gegen sein Angebot: »Ich erwarte Sie um drei im Foyer des Hotels. Warum sagen Sie nichts? Ich erwarte Sie!« sträubte ich mich, denn im Hotelzimmer würde ich mit ihm allein sein. Andererseits reizte mich das Ungewöhnliche.

Ich ging hin. Jachontow erwartete mich unten. Wir gingen hinauf in sein Zimmer. Er bestellte beim Zimmerkellner Früchte und Sekt. Wieder deklamierte er Majakowski, sagte, daß man diesen Dichter lieben müsse. Er schenkte Sekt ein, schnitt Äpfel auf und zupfte Weinbeeren für mich ab. Ich dachte daran, wie schön es sein würde, das alles meinen Freundinnen zu erzählen, und wie schlecht es wäre, wenn er sich mir jetzt näherte. Was er prompt tat. Ich aber war von solchen Erwachsenenspielen weit entfernt.

Nachdem ich weggelaufen war, versuchte ich die Situation mit seinen Augen zu sehen. Ganz banal betrachtet, war ich beinahe eine Betrügerin: Weshalb war ich hingegangen?

Doch zu meiner Freude war sein Interesse nicht erloschen. Er lud mich zum nächsten Vortragsabend ein. Auf dem Programm stand Michail Sostschenko, dessen Erzählungen sich damals außerordentlicher Beliebtheit erfreuten.

Bevor Jachontow wieder nach Moskau fuhr, bat er mich, ihm zu schreiben. Ich hätte den Inhalt meiner naiven Briefe vergessen, wenn Jachontow mich nicht angerufen und mir erzählt hätte, was ihn an meinen Briefen beeindruckte. Er sagte, daß er sie immer als erste aus dem Wust von Briefen heraussuche.

Eines Tages fragte meine Mutter:

»Tamarotschka, hättest du was dagegen, wenn ein Mann zu uns käme?«

»Wozu?« fragte ich argwöhnisch und kalt.

Mutter schwieg. Sie hatte darauf vertraut, daß ihre älteste Tochter sie verstehen und ihr Recht auf eigene Wünsche und Bedürfnisse akzeptieren würde. Sie war ja erst neununddreißig. Wir hätten damals enge Freundinnen werden können. Aber da war mein Vater, der irgendwo in der Nagajewo-Bucht, bis zum Gürtel im Wasser, Steine verlud. Auf seinen Buschlat war eine Nummer genäht. Er hatte nicht das Recht, uns zu schreiben und von uns Briefe und Hilfe zu erhalten. Lebte Mama etwa nicht damit? Ihre Verzweiflung wurde erst richtig deutlich, als sie immer öfter Schnaps kaufte und in aller Einsamkeit ein Gläschen nach dem anderen trank. Obwohl sie sich schämte und ihre Augen unendlich traurig blickten, suchte sie darin ihre Rettung.

»Wo ist mein Kleid, Mama?«

»Es ist ... Ich hab's verkauft, Kind.«

Als ich merkte, daß sie nicht scherzte, war ich entsetzt und empört. Ich tobte und drohte auszuziehen. Eines Tages zog ich auch wirklich ins Studentenwohnheim. Als ich aber zu Hause vorbeischaute und Mutter im Bett vorfand, eine Kompresse auf dem Kopf, und meine verschüchterten Schwestern sah, kehrte ich sofort zurück.

»Mama, hör auf damit!«

»Ja, ich hör auf.«

Aber alles begann von vorn. Unser Leben war zerbrochen. Mama eine Trinkerin? Sie hatte Front und Gefangenschaft durchgestanden. Sie hatte gern alte Romanzen gesungen. Die Männer hatten ihrem weiblichen Charme gehuldigt. Als Vater wegen seiner Prinzipienfestigkeit für die Parteiarbeit nicht mehr taugte und auf Baustellen versetzt wurde, war sie ihm ohne Murren gefolgt.

Das Jahr siebenunddreißig aber hatte meine Mutter nicht verkraftet. Trotz der »Krankheit«, die wir geheimzuhalten versuchten, blieb sie das Familienoberhaupt.

Als alle Sachen verkauft waren, die Schwestern aber Kleidung brauchten, raffte sich Mutter plötzlich auf und suchte sich eine Arbeit. Drei, vier Monate arbeitete sie, dann siegte die Willenlosigkeit.

In Leningrad wüteten verschiedene Epidemien. Auch ich wurde schwerkrank und kam ins Krankenhaus. Dort lag ich ziemlich lange und galt als hoffnungsloser Fall. Darum probierte der behandelnde Arzt ein neues Medikament an mir aus. Es schlug an. Als ich entlassen wurde, sagte der Arzt zu mir:

»Wenn Sie Ihre Sachen bekommen und sich angezogen haben, gehen Sie nach rechts zum Tor. Ich werde dort mit dem Wagen auf Sie warten.«

Ich wollte die »ausdrucksvollen« Blicke des sechsunddreißigjährigen Arztes nicht bemerken und erst recht nichts von dem Wagen hören. Valetschka brachte mir meine Sachen ins Krankenhaus, dann fuhren wir mit der Straßenbahn nach Hause. Dort duftete es nach Hühnerbouillon. Der für unsere Verhältnisse fürstliche Empfang rührte mich.

Es verging keine halbe Stunde, als es an der Tür klingelte und der Doktor erschien.

»Erlauben Sie? Guten Tag! Nein so was, Tamara ist doch noch so schwach, warum wollte sie sich nicht von mir nach Hause bringen lassen? Ach, Sie haben noch zwei Töchter? Da haben Sie es gewiß nicht leicht.«

Der Arzt bezauberte meine Mutter, die Nachbarn und die Tante. Er besuchte uns nun häufig, nahm meine Schwestern auf den Schoß, interessierte sich für die Belange meiner Tante und plauderte lange mit den Erwachsenen.

»Wie ist das möglich«, sagte er zu Mutter, »Sie haben so viele Jahre keinen Urlaub gemacht? Die Kinder brauchen das, und Sie auch. Ich habe ein Haus in Wyriza und lade Sie für den ganzen Sommer dorthin ein. Da ist Wald in der Nähe und auch ein Fluß.«

Ich haßte ihn und konnte nicht begreifen, was die anderen an ihm fanden. Angefangen bei seinem Äußeren, seiner Stimme, seiner süßlichen Redeweise war mir alles an ihm zuwider.

»Was möchte denn Tamara?« fragte er mich in der dritten Person.

»Eine Kiste Konfekt«, platzte ich heraus, um ihn zu ärgern.

Mutter verschlug es die Sprache, als er am nächsten Tag eine Kiste Süßigkeiten auf den Tisch stellte.

»Ich will nicht, daß er zu uns kommt«, rechtfertigte ich mich vor Mutter, als er weg war.

Kurz darauf machte er mir einen Heiratsantrag. Er hatte seine Dissertation verteidigt, besaß ein Sommerhaus, eine Wohnung, ein Klavier. Meine Freundinnen lästerten: Man hat ja schon gehört, daß jemand sein »Glück« im Kurort gefunden hat, aber im Krankenhaus? Keine nahm ihn als Bräutigam ernst.

Die Nachbarn und die Tante aber redeten auf mich ein:

»Tamara, du bist die Älteste, hast die Schule beendet. Jetzt müssen deine Schwestern auf den Weg gebracht werden. Man darf nicht nur an sich denken. Der Mann hat eine gute Stellung. Er liebt dich. Was willst du noch? Denk an Mama und deine kleinen Schwestern. Außerdem hast du das Alter zum Heiraten.«

Die Vernunft Außenstehender. Lebenserfahrung. Forderungen, Vorwürfe. Das alles beengte und belastete mich. Ich blickte Mutter an, die zu all dem nichts sage, was mich noch mehr irritierte. Konnte sie denn wollen, daß ich einen ungeliebten Mann heiratete?

Bei dem Gedanken, Doktor M. zu heiraten, vereiste ich innerlich. Lieber in die Newa springen. Wie auf eine wichtige Prüfung bereitete ich mich auf ein Gespräch mit meiner Mutter vor. Zu Hause waren wir nirgends unter vier Augen. Darum bat ich sie, mit mir ein paar Schritte zu gehen.

»Mama, willst du wirklich, daß ich den Doktor heirate?«

Im stillen hoffte ich, daß sie aufbrausen würde: Wie kommst du auf so einen Gedanken? Bist du verrückt geworden?

Aber sie brauste nicht auf. Mit unendlicher Müdigkeit in der Stimme antwortete sie:

»Wenn du ihn nicht liebst, dann nicht. Natürlich möchte ich, daß du glücklich wirst.«

Doch hinter ihren ausweichenden Worten spürte ich den Wunsch, ihre älteste Tochter mit solch einem Mann verheiratet zu sehen.

Ich dankte ihr für ihre Worte und behielt für mich, daß ich ihre Gedanken lesen konnte. Machtvoll brach es aus mir heraus: »Ich kann nicht.«

Von Serebrjakow kam ein Brief von der Krim. Außer einem Gruß und Mitteilungen über das Wetter stand nichts drin. Er wollte an seine Existenz erinnern und mich in ständiger Angst halten.

Etwa zwei Wochen später erzählte meine Tante, ein ganz in Leder gekleideter Mann habe einen erlegten Hasen gebracht.

Kurz darauf rief Serebrjakow an:

»Ich war auf der Jagd und habe Ihnen durch meinen Fahrer ein Geschenk vorbeibringen lassen.«

Ich wußte nicht, was ich darauf antworten sollte, aber plötzlich riß mir meine Mutter den Hörer aus der Hand.

»Ich lade Sie zum Hasenbraten ein!« sagte sie zu meiner Verwunderung. Sie wollte sich über den unverständlichen Menschen selbst ein Urteil bilden.

Serebrjakow kam mit seinem Cousin (so stellte er seinen Begleiter vor, der drei Streifen auf den blauen Kragenspiegeln seiner Uniformjacke trug). Sie brachten teure Pralinen und eine Flasche Sekt mit.

»Sie haben meiner Tochter gesagt, daß Sie meinen Mann kannten, aber ich habe Sie nie gesehen«, sagte meine Mutter.

Serebrjakow war nicht in Verlegenheit zu bringen. Er antwortete freundlich:

»Nun ja, wir haben uns vor allem im Dienst gesehen. Aber ich war auch bei Ihnen zu Hause. Sie haben es sicherlich vergessen.«

Ich konnte mir nicht vorstellen, worüber wir reden sollten, aber Serebrjakow begann lebhaft von der Jagd zu erzählen.

Vor uns saß ein harmloser Mann, der schwärmerisch das morgendliche Erwachen des Waldes beschrieb, aber in mir verstärkte sich die Angst. Wenn er gesagt hätte: »Ja, ja, wir beobachten Sie«, wäre alles viel leichter gewesen.

»Ein unsympathischer Mensch«, sagte meine Mutter, nachdem die beiden Männer gegangen waren. »Nein, ich habe ihn nie zuvor gesehen.«

Die Nachbarin urteilte auf ihre Weise: »Er ist einfach in dich verliebt. So ein respektabler Mann!«

Damals wurde mir oft gesagt: »Du bist zu sensibel. Dein mystisches Empfinden hindert dich zu leben.« Mystisch? Aber die Menschen, die dieses »mystische Empfinden« hervorriefen, waren real und aktiv. Warum war meine Umgebung blind?

Ich teilte mich niemandem mehr mit. Als ich eines Tages vom Institut mit der Straßenbahn nach Hause fuhr, fiel mir ein Fausthandschuh herunter. Der neben mir sitzende Mann hob ihn umgehend auf. Ich wollte mich gerade bedanken, als er mir zuflüsterte: »Sie dürfen nicht so zerstreut sein, Tamara Wladislawowna!« Ich sah ihn erschrocken an. Nein, ich hatte den Mann noch nie gesehen. Woher kannte er mich? Wer war er? Sein farbloses Gesicht wirkte so geistesabwesend, als wäre nicht er es gewesen, der gerade meinen Namen genannt hatte. Für einen Moment zweifelte ich sogar an meinem Verstand. Doch dann begriff ich, daß sich ein Spitzel einfach einen Spaß erlaubt hatte.

Serebrjakows Besuch und der Vorfall in der Straßenbahn waren schwer zu ertragen, aber was dann folgte, war noch schmerzhafter.

Meine Kommilitonin Ira Scharnopolskaja besuchte mich einmal mit zwei Landsleuten aus Sewastopol. Beide hießen Mischa und studierten an der Leningrader Marineakademie. Der ältere von beiden, Mischa K., kam von da an häufig zu uns. Er war nicht sehr gesprächig, griff sich immer ein Buch und saß sonntags ein paar Stunden bei uns. Beim Abschied fragte er, ob er am nächsten Sonntag wiederkommen könne. Mutter sagte häufig: »Ein netter junger Mann!« Er war wirklich nett. Irgendwie aus einem Guß. Sehr zuverlässig. Manchmal gingen wir zusammen Schlittschuh laufen. Eines Tages kam er sehr niedergeschlagen zu uns und bat mich, mit ihm hinauszugehen.

Mischa sagte ohne Überleitung:

»In der Akademie hat man mich vor die Wahl gestellt: entweder Sie oder die Akademie!«

Zuerst tat es nicht einmal weh. Hastig sagte ich:

»Sie haben sich richtig entschieden, Mischa. Natürlich die Akademie!«

»Verstehen Sie, meine Mutter setzt große Hoffnungen auf mich.«

Ich warf noch einmal hin: »Richtig entschieden!« und rannte weg. Der Schmerz nahm zu und jagte mich. Woher weiß man in der Akademie, daß er uns besucht? Warum darf er nicht zu uns kommen? Habe ich die Pest? Was soll ich tun? Wie leben? Wird das immer so sein?

Ich tröstete mich damit, daß mir meine Freundschaft mit Roxana, Raja, David, Nina und Lisa geblieben war, daß ich trotz allem glücklich werden würde. Bestimmt!

Zu den Revolutionsfeiertagen im November bekam ich Telegramme von Erik aus Frunse, von Jachontow und Platon Romanowitsch aus Moskau und war in bester Stimmung. Doch als am nächsten Tag von

Erik eine Geldüberweisung (»für die Reise«, wie darauf stand) eintraf, blieb von meiner guten Laune nichts mehr übrig.

Die Überweisung bohrte schmerzhaft in der Seele. Alles, was Erik betraf, war eng mit dem Unglück unserer Familie verbunden und nahm in meinem Leben einen besonderen Platz ein. Doch die Geldüberweisung verletzte den Charakter unserer Beziehungen. Sicherlich hatte ihn jemand zu diesem Schritt ermuntert. Ich konnte mir auch denken, wer. Eriks älterer Bruder Valeri hatte in Frunse seine Angehörigen besucht und nach seiner Rückkehr zu mir gesagt: »Ihr solltet so schnell wie möglich heiraten. Warum zieht ihr es hin? Denk daran, hinter Erik sind viele Mädchen her.« Daraufhin hatte ich eine Zeitlang Eriks Briefe nicht mehr beantwortet.

Wie auch immer, ich mußte auf die Überweisung reagieren, eine klare Antwort geben. Ein Mensch, der selbst nicht reisen durfte, bat mich, zu ihm zu kommen. War es meine Pflicht? Hatte ich gar die heimliche Hoffnung auf Glück?

Die Familie, das Institut, Leningrad – alles aufgeben?

Um meine pädagogische Zukunft tat es mir nicht leid. Das war sowieso nicht das Richtige für mich.

»Was soll ich Erik antworten, Mama?«

»Das mußt du selber wissen.«

Die Überweisung zurückschicken? Dazuschreiben, daß ich nicht komme, und weiterleben wie bisher? Ich ärgerte mich über Eriks Überweisung, doch ich schrieb: »Ich komme.« Ich zweifelte nicht, daß ich meiner Familie, sollte ich dortbleiben, helfen könnte.

Damals wußte ich eines noch nicht: wie sehr ich meine unglückliche Mutter, meine Schwestern und meine Stadt liebte.

Als ich kurz vor der Abreise meinen Freunden und Bekannten meinen Entschluß mitteilte, erhob sich ein unbeschreiblicher Tumult. Sie nannten mich verrückt, beschworen mich, es mir zu überlegen, zu bleiben. Sie sagten: »Das kannst du doch nicht machen.«

Aber ich konnte es. Mir war kalt ums Herz, aber ich konnte.

Mein ganzes Leben gefiel mir damals nicht. Mein Äußeres kam mir aufgezwungen und fremd vor, die Arbeit mechanisch und formal. Dann die ständige Angst, das hilflose Warten auf einen Schlag von irgendwem, die Verfolgung durch Spitzel, die Unzufriedenheit meiner Familie, weil ich den Doktor nicht geheiratet hatte. Ich lebte in dem Gefühl: Vaters Verhaftung hatte mich von meinem Platz weggerissen, ich raste mit einem Irrsinnstempo im Schlitten bergab, auf einen Punkt zu, der von einem fremden Willen bestimmt war, und ich wollte mit aller Gewalt von dem Schlitten abspringen, dem vorbestimmten Punkt ausweichen, dem fremden Willen meinen eigenen, wenn auch unvernünftigen, entgegensetzen. Ich hatte ja noch gar nicht angefangen zu leben. Es war an der Zeit, zu mir selbst zu finden. Brauchte jemand meine Phantasie und meine seelische Stärke? Vielleicht wurden sie gerade dort gebracht.

Mich trieb noch eine andere Kraft, deren Wesen sich dem Menschen nicht bis ins letzte erschließt. Man nennt diese unerforschte, gebieterische und furchteinflößende Kraft gemeinhin Schicksal.

Der einzige Mensch, der mich bestärkte, war Lili.

»Erik ist jung und schön. Erstaunlich, wie sehr er Sie liebt. Aber merken Sie sich: In dem Moment, wo Sie ihn sehen, werden Sie wissen, ob Sie bleiben müssen oder nicht. Es ist nur ein Augenblick, aber Sie werden es sofort spüren. Wenn er nicht der Richtige ist, telegrafieren Sie mir, und ich schicke Ihnen Geld für die Rückreise.«

Das beruhigte mich ein wenig. Doch als ich in dem Tohuwabohu der Reisevorbereitungen plötzlich begriff, daß ich mich wirklich von Mutter und den Schwestern trennen mußte, war mir so elend zumute wie noch nie in meinem Leben.

Alles lief schon von selbst. Ich klammerte mich an Lilis Worte wie ein Ertrinkender an den Strohhalm. Sie kümmerte sich um alles, sammelte sogar eine Art Aussteuer und erklärte, sie wolle mich bis Moskau begleiten. Am Tag vor der Abreise bestellte sie telefonisch ein Zimmer im Hotel »National«.

Dreißig Leute, vielleicht auch mehr, kamen zum Zug, um mich zu verabschieden. Außer Mutter und den Schwestern nahm ich niemanden wahr. Bis zu diesem Zeitpunkt hätte ich nicht gedacht, daß das Herz einen so qualvollen Schmerz, einen so tödlichen Kummer empfinden kann. Mutter und ich, wir sahen uns an und begriffen das, was wir bis dahin weder mit dem Verstand noch mit dem Herzen erfaßt hatten – unsere Irrtümer und Fehler, das Größte und Tiefste. Alles in mir schrie: Mama, Valetschka, Renotschka! Ich will nicht, ich kann nicht von euch wegfahren! Ihr seid alles, was ich habe! Ich begreife nicht, was ich tue, was vorgeht!

Der Zug fuhr an. Schon waren Mama und die Schwestern nicht mehr zu sehen. Neben dem Waggon lief bis zum Ende des Bahnsteigs David. Im letzten Moment steckte er mir etwas zu: ein braunes Ledertäschchen mit Monogramm – »Für Tomotschka von David«. In dem Täschchen lagen fünfzig Rubel und ein Zettel: »Liebe Tomotschka! Warum machst du das?«

In die Ecke des Windfangs gedrückt, schluchzte ich laut und hemmungslos. Der Zug gewann an Tempo.

In Moskau holten uns Platon Romanowitsch und sein rotblonder Freund Semjon ab. Es war ein klarer kalter Novembertag. Das im »National« bestellte Zimmer war ungewohnt elegant. Die Fenster gingen auf den Manegeplatz, direkt auf den Kreml.

Ich war zum erstenmal in Moskau. Durch die Straßen fuhren Doppelstockbusse. Die krummen Gäßchen mit den Holzhäusern wirkten gemütlich. Moskau gefiel mir.

Lilis Gegenwart bewahrte mich vor Einsamkeit und Verlorenheit. Vorübergehend vergaß ich sogar den Sinn und das Ziel dieser Reise. Aber dann wurde telefonisch die Platzkarte nach Frunse bestellt. In zwei Tagen würde ich weiterfahren.

In meiner Verfassung mochte ich vor allem eins nicht – Erklärungen abgeben. Doch Platon Romanowitsch bestand darauf. Als er hörte, wohin ich fuhr und weshalb, glaubte er nicht recht, daß ich die Wahrheit sagte.

»Freiwillig dorthin fahren, wohin Leute verbannt werden? Dafür muß es gewichtige Gründe geben. Da muß man einen Menschen sehr lieben. Wenn es so ist, kann ich es verstehen. Aber es ist doch nicht so?«

»Ich weiß es nicht.«

»Das muß man doch aber wissen! Mein Gott, Sie lieben ihn nicht! Genausowenig wie mich. Da können Sie auch mich heiraten. Ich liebe Sie. Überlegen Sie es sich! Hören Sie mich an, ich liebe Sie!«

Aber ich war nicht mehr aufzuhalten und hoffte, wie schwer es auch war, auf eine glückliche Zukunft.

Ich ging mit Lili zum Roten Platz. In der vorabendlichen Dämmerung erstrahlten die üppigen Kremlsterne. Sie schienen aus flüssigem Feuer zu bestehen. Es herrschte leichter Frost. Plötzlich kam uns der winterlich gekleidete Jachontow entgegen. Ich war nicht sicher, ob er mich erkennen würde, und konnte mich nicht entschließen, ihn anzusprechen. Aber er erkannte mich.

»Wie? Sie sind in Moskau? Und haben sich nicht gemeldet?«

Er hatte einen freien Abend. Wir gingen zurück ins Hotel und saßen dort ein Weilchen beisammen. Dann bat er mich, mit ihm durch Moskau zu spazieren. Anschließend führte er mich in ein Restaurant. Er bestellte sich einen Berg Krebse, aß mit großem Appetit und deklamierte dabei einen mir unbekannten literarischen Text über jemanden, der ebensolche Krebse verzehrt. Die Gäste an den Nachbartischen erkannten Jachontow, das Stimmengewirr verstummte. Als er die Aufmerksamkeit spürte, sprach er lauter. Es wurde ein improvisierter Rezitationsabend, und am Schluß gab es dankbaren Beifall.

Beim Hinausgehen fragte er mich, wohin ich reiste und warum. Das ist Neugier und kein wirkliches Interesse, dachte ich und antwortete verworren. Er hörte mir aufmerksam zu und sagte überraschend besorgt:

»Sie machen einen Fehler. Das dürfen Sie nicht tun!«

Ich nahm das als eine allgemeine Feststellung, doch er fragte sehr ernst:

»Und wenn ich Ihrer Mutter jeden Monat fünfhundert Rubel schikke, fahren Sie dann nicht nach Frunse?«

Die Frage klang vielleicht merkwürdig, doch für mich hatte sie etwas Beschützendes und Großherziges. Es tat gut, daß jemand solch eine Frage stellte. Die Welt beschenkte mich, wohl weil ich sie trotz allem wunderbar fand.

Die Versuche Platon Romanowitschs und Jachontows, mir die Reise auszureden, legte ich bei dem einen als Liebe und bei dem anderen als Fürsorge aus. Doch beide waren mir nicht vom Schicksal bestimmt. Vielleicht war es der Mann, zu dem ich fuhr. Ich selbst mußte lieben. Damit würde das wahre Leben beginnen. Ob in der Verbannung oder in der Hauptstadt, war unwichtig.

Platon Romanowitsch brachte einen Korb zum Zug: einen Vorrat an Lebensmitteln und eine Schachtel Konfekt – »für Ihre künftige Schwiegermutter«. Lili weinte: »Ich möchte so sehr, daß Sie glücklich werden! Aber wenn was nicht in Ordnung ist, telegrafieren Sie und kommen Sie zurück!«

Wieder kam mir alles irreal vor. Die Tränen hinderten mich, etwas Vernünftiges zu sagen. Ich bat Lili, meine Angehörigen zu grüßen.

Der Zug fuhr an. Ich nahm schicksalsergeben meinen Platz ein. Vor mir lagen fünf Tage Bahnfahrt nach Frunse, zu Erik.

3

Auf dem Weg nach Mittelasien kam ich mir vor wie ein durchgefrorenes, verlorengegangenes Hundejunges. Ich fuhr in ein fremdes Land und eine fremde Stadt, zu einer Familie und vor allem zu einem Mann, den ich kaum kannte. Mit aller Kraft bemühte ich mich, mir Erik und Barbara Ionowna nicht so vorzustellen, wie ich sie vor drei Jahren in der Schlange vor dem Auskunftsbüro gesehen hatte, sondern so, wie sie jetzt waren. In Barbara Ionowna sah ich die verkörperte Intelligenzija. Eriks Bild ergab sich aus seinen Briefen. Sogar für meine Freunde war der Name Erik gleichbedeutend mit Liebe und Beständigkeit.

An Erik zweifelte ich nicht. Alles hing von mir ab: Würde ich seine Liebe erwidern können? Würde sich bei unserer Begegnung das geheimnisvolle Erwachen der Natur einstellen, von dem mir andere soviel erzählt hatten?

Nach fünf Tagen kam ich in Frunse an. Der Zug fuhr in den Bahnhof ein, ruckte ein letztes Mal und blieb stehen. Arme und Beine füllten sich mit Schwere, der Kopf dröhnte. Das hörte gleich wieder auf. Vor dem Wagenfenster erschien Eriks Gesicht. Ich erkannte ihn sofort. Er war zum Mann geworden. Wie im luftleeren Raum hörte ich seine Stimme:

»Mama, sie ist hier!«

Erik zwängte sich gegen den Strom der Aussteigenden in den Wagen. Wir sahen uns kurz an. Ein Lächeln unbändiger Freude erhellte sein Gesicht.

»Wo ist dein Koffer?«

»Da oben.«

Barbara Ionowna wischte sich die Tränen weg, umarmte mich und sagte unbestimmt:

»Tjaaa, Tamara!«

Die Stadt war eingerahmt von Bergen mit schneebedeckten Gipfeln. Entlang der Straßen murmelte Wasser in den Aryks. Hinter Pappeln, die das letzte Laub verloren, standen Lehmhäuser. Im Verkehrsstrom bewegten sich neben Bussen und Autos schwerbeladene Esel und Kamele.

Unterwegs wechselten wir ein paar nichtssagende Sätze. Alles war wie in einem sonderbaren Traum. Von Eriks Gesicht wich nicht das Lächeln, das Triumph und zugleich Unsicherheit ausdrückte. In der ungewohnten neuen Welt war dieses Lächeln der einzige Halt.

In der Toktogul-Straße stand das langgestreckte Haus, in dem sie wohnten. Die Türen aller vier Zimmer führten direkt in den umzäunten Vorgarten. Wir gingen in das gemeinsame Familienzimmer. Dort saßen Eriks Bruder Valeri, dessen Frau Lina und ihr Töchterchen Tatotschka. Ich hatte nicht gewußt, daß sie auch zu Besuch waren.

Erik mußte zur Arbeit, er bat Valeri, mich später, nachdem ich mich ausgeruht hatte, in die Poliklinik zu bringen.

»Was gibt's Neues in Leningrad? Haben Sie etwas von Ihrem Vater gehört? Ist jemand aus der Verbannung zurückgekehrt? Was hört man darüber?«

Obwohl Valeri und Lina gerade erst aus Leningrad gekommen waren, interessierte sich Barbara Ionowna für alles.

»Stimmt es, daß auf dem Newski-Prospekt die Straßenbahngleise entfernt werden? Stehen noch die alten Laternen?«

Ich verteilte die Mitbringsel und antwortete auf die Fragen. Valeri drängte:

»Na, gehen wir, gehen wir, ich bring dich zu Erik.«

Ohne mich nach der Reise einen Moment ausgeruht zu haben, erreichte ich in aufgekratzter Stimmung die Poliklinik. Erik, in weißem

Kittel und weißer Kappe, kam uns entgegen. Valeri ging. Wir blieben allein.

Da verstummte der ganze Lärm der Welt, ich hörte nur noch leidenschaftliche Worte, die mir in die Seele gingen:

»Ich hab nicht geglaubt, daß du kommst. Ich hab's nicht geglaubt! Verstehst du, was deine Ankunft für mich bedeutet? Natürlich verstehst du es nicht!«

Erik sprach davon, wie er gewartet und geträumt hatte, wie er mich liebte.

Und da wußte ich, daß ich bleiben würde, weil Ruhe, fast Frieden, fast Freude eingetreten war, weil ich zum erstenmal im Leben begriff, wie schön es war, einen Menschen glücklich zu machen. Und ich hatte noch nie so nah ein anderes Herz klopfen hören. War das der von Lili vorausgesagte Augenblick? Ja, er war es.

Ich bekam Eriks Zimmer, das hinterste. Elektrisches Licht gab es nicht. Nach dem Abendtee, zu dem sich die ganze Familie um den Tisch versammelte, ging ich mit Erik in die Stadt, und wir erzählten einander, was sich in den letzten drei Jahren, in denen wir uns nicht gesehen hatten, ereignet hatte. Beim Geplätscher der Aryks gingen wir über die weiche Erde der ungepflasterten Straßen. Über uns strahlte der Sternenhimmel. Warum ist er in der Fremde so hell?

Am 26. Dezember 1940 war unsere Hochzeit.

Die Verbannten besaßen keinen Paß. Alle zehn Tage mußten sie sich bei der Miliz melden. Da Erik keinen Paß hatte, weigerte sich das Standesamt, die Eheschließung vorzunehmen. Es kostete große Anstrengungen, wenigstens einen provisorischen Personalausweis für ihn zu erwirken. In diesen wurde der Heiratsvermerk gestempelt. Ich bekam den Stempel in meinen Paß. Die Zeremonie war kurz und sachlich. Ohne Zeugen. Zu Hause sagten Barbara Ionowna und Valeri nacheinander: »Also, herzlichen Glückwunsch.«

Aus Leningrad kamen von Mutter und den Freunden Glückwunschtelegramme.

Ich war zwanzig, Erik zweiundzwanzig. Er hatte ein gewinnendes Lächeln, weiche, einschmeichelnde Bewegungen.

Die erwachte Liebe führte mich in ein unbekanntes festliches Land. Auf Erik zu warten, ihn an den Schritten zu erkennen, ihm jeden Wunsch von den Augen abzulesen, ihn mit Dutzenden Einfällen zu überraschen, wurde zum Sinn meines Lebens und verdrängte alles andere. Von der Einzigartigkeit unserer Beziehung überzeugt, lieferte ich ihm meine Seele aus.

Mit dem Alltag kam ich mühelos zurecht: Ich holte Wasser vom Brunnen, reinigte die Fußböden, kaufte auf dem Markt Lebensmittel für die ganze Familie. Ich bemalte alle möglichen Stoffe und schmückte unsere Behausung mit »Teppichen«. Aus doppelt gelegtem Mull nähte ich Bettlaken.

In welchem Ende der Stadt Erik auch war, in der Mittagspause kam er nach Hause. Manchmal nur für fünf bis zehn Minuten, um zu »prüfen, ob es wahr ist«. Wenn er es in dieser Zeit nicht schaffte, bei seiner Mutter vorbeizuschauen, war sie böse. Ich verstand sie und schalt Erik: Sie war daran gewöhnt, den Sohn ganz für sich zu haben, und es tat ihr weh.

Über dem alten Sofa im Familienzimmer hing eine wunderschöne Fotografie meiner Schwiegermutter: ein blutjunges Mädchen in einem weißen Kleid, mit weißer Rose, am Tag ihres ersten Balls. Barbara Ionowna lebte nur in der Vergangenheit. Ich empfand größte Achtung und Anteilnahme für sie. Jeden Tag dachte sie an ihren Mann und hoffte, daß er noch lebte. Sie legte an alles auf der Welt nur ein Maß an: »Wenn Tolja mich in dieser Umgebung sehen könnte!«, »Tolja wäre entsetzt!«, »Tolja würde mich rächen!«

Aus Büchern hatte ich die Vorstellung, daß Verbannte in ständigem regem Gedankenaustausch lebten und über die Wahrheit stritten. Ich hoffte hier bedeutende und kluge Menschen zu treffen, die mir helfen würden, das Chaos in meinem Kopf zu bändigen. Doch die Verbannten in Frunse lebten still und isoliert.

In der Stadt fragte ich Erik häufig: »Wer ist diese Dame? Und diese da?« Er erklärte: die Frau, Tochter, Schwester eines Diplomaten, eines Korpskommandeurs, eines Handelsvertreters, eines Divisionskommandeurs usw. Die Frauen mit den bildschönen Gesichtern und vollkommenen Figuren vermischten sich in den Straßen mit der einheimischen Bevölkerung. Manche pflegten sich noch, andere ließen sich allmählich gehen.

Wie unterschiedlich die Interessen und Ansprüche auch sein mochten, alle Verbannten in Frunse hielten sich für Glückspilze, weil sie in einer Stadt leben durften.

»Stellen Sie sich vor, eine Ex-Frau von Tuchatschewski, von der er sich zehn Jahre vor seiner Verhaftung scheiden ließ«, hörte ich in einem der Gespräche, »wurde in einen Kischlak verbannt. Zuerst hat sie sich gut gehalten und auf ihre Kleidung geachtet. Dann hat sie angefangen zu trinken, und jetzt ist sie völlig heruntergekommen.«

»Ich habe gestern einen Brief von der Tochter meiner Freundin bekommen, auch aus einem Kischlak«, antwortete die Gesprächspartnerin. »Sie schreibt, daß ihre Mutter nicht mehr weiter wußte und sich aufgehängt hat. Die Tochter ist völlig verzweifelt. Man muß ihr irgendwie helfen. Ich würde mich ja dafür einsetzen, daß sie in Frunse leben darf, aber ich habe Angst.«

Statt eines pulsierenden geistigen Lebens sah ich nur das bittere Bestreben der Verbannten, einfach zu überleben.

Barbara Ionowna hatte einen kleinen Bekanntenkreis. Ein Freund von ihr, Nikolai Michailowitsch, war ein extrem penibler Mann und hielt auch im Verbannungsalltag an seinen Gewohnheiten fest. Er kochte selbst, deckte in seiner Hütte den Tisch, steckte sich eine schneeweiße Serviette in den Kragen. In seinem Wunsch, sich vor allen Problemen durch die äußere Form zu schützen, wirkte er tragisch und kläglich.

In der Familie wurde oft von Anna E., einer Freundin, gesprochen. Ihr Mann war auch zu zehn Jahren Lager verurteilt worden. Das reichte aus, um Mitgefühl für sie zu haben. Die dreißigjährige zierliche Frau lud uns zu sich ein. Nachdem sie uns Platz angeboten hatte, lief sie immer wieder in die Küche, blieb lange weg und weinte. Ich begriff nicht, warum wir nicht gingen, denn offensichtlich waren wir zu unpassender Zeit gekommen. Barbara Ionowna erklärte mir, Ursache der Tränen seien Probleme mit dem Sohn. Ich spürte, daß ich Anna E. heftig mißfiel. Beim Abschied sagte sie ziemlich giftig, sie könne beim besten Willen nicht begreifen, warum ich von Leningrad nach Frunse gekommen sei. Ihr Ton und ihre Worte verletzten mich, aber ich bemühte mich, mir nichts anmerken zu lassen.

Von allen Verbannten gefiel mir Warwara Krestinskaja am besten, die Schwester des ehemaligen stellvertretenden Volkskommissars für auswärtige Angelegenheiten. Er war eine Zeitlang Botschafter in Berlin und dann in Paris gewesen.

Zurückhaltend, streng, stets in einer makellos weißen Bluse, lenkte sie das Gespräch immer auf das Eigentliche, Lebenswichtige. Bald wurde sie für mich die höchste sittliche Autorität.

Von seinem Vater, einem Advokaten, hatte Erik das Interesse für die Rechtswissenschaft geerbt. Natürlich hatte er die damals erschienene zweibändige Ausgabe der Verhöre von Pjatakow, Kamenew, Bucharin, Krestinski und den anderen gekauft. Er las mir daraus vor. Die bereitwilligen Geständnisse der Angeklagten, vorsätzlich dem Staat geschadet zu haben, rührten wieder die Fragen von 1937 auf. Sollte es wahr sein? Aber wenn sie unschuldig waren, wozu gestanden sie dann Verbrechen, die sie nicht begangen hatten? Ich sträubte mich nach wie vor gegen den Gedanken, ihre Geständnisse könnten durch Folter erpreßt sein.

»Was meinst du?« fragte ich ängstlich Erik.

»Man hat Medikamente eingesetzt«, sagte er.

»Was bedeutet das?«

Als ich einmal Warwara Krestinskaja recht taktlos fragte, was sie von den Geständnissen ihres Bruders halte, antwortete sie scharf:

»Ich lese keine Fälschungen. Ich kenne meinen Bruder. Er ist unschuldig.«

Ich glühte vor Scham. Unbewußt hatte ich auf politische Aufklärung gehofft. Doch ihre Antwort lehrte mich etwas anderes. Der öffentlichen Psychose der Beschuldigungen zu widerstehen war nicht nur das persönliche Recht eines Angehörigen, sondern seine Pflicht. Warwara »machte zum Gesetz«, was ich nach Vaters Verhaftung instinktiv erkannt hatte.

In meine Herzensdinge eingesponnen und vollauf mit dem Haushalt beschäftigt, merkte ich nicht gleich, daß mir Eriks Verwandte immer öfter Kälte, ja, offene Feindseligkeit entgegenbrachten. Doch bald konnte es keinen Zweifel mehr daran geben. Sie sprachen in ihrem Zimmer häufig mit erhobenen Stimmen, aber sowie ich hereinkam, verstummten sie. Erik war niedergeschlagen, wenn er von ihnen kam, schwieg sich aber aus.

Wir aßen immer gemeinsam zu Mittag. Barbara Ionowna saß an der Stirnseite des Tisches, schnitt das Fleisch in Portionen und legte es jedem in den Teller mit Suppe. Einmal überging sie mich. Ich hätte dem keine Bedeutung beigemessen, wenn Erik nicht seine Mutter wütend angeguckt und sein Fleisch demonstrativ in meinen Teller gelegt hätte. Vor den Augen der ganzen Familie geschah etwas Beschämendes. Ich wußte nicht, wie ich mich verhalten sollte.

Die finanzielle Situation in Eriks Haus war verworren und kompliziert.

Wie ich später erfuhr, durfte Valeri, der als Ermittler bei der Miliz arbeitete, damals in Leningrad bleiben, weil er sich von seinem Vater losgesagt hatte. Das hatte ihn zwar vor der Verbannung bewahrt, aber einige Zeit später wurde er entlassen. Valeri war zu Tode beleidigt, er suchte sich keine neue Arbeit, sondern fuhr nach Frunse, nicht zu Besuch, sondern um dortzubleiben. Konkrete Pläne hatte er nicht. Die Familie diskutierte endlos darüber, aber ich wurde nicht eingeweiht.

Da es in Frunse von Verbannten wimmelte, war es praktisch unmöglich, eine Arbeit zu finden. Also lebte die sechsköpfige Familie nur von Eriks Verdienst.

Hätte ich mehr praktischen Scharfsinn besessen, so wäre ich mir als »überflüssiger Esser« in der Familie vorgekommen. Im Grunde war ich die arme Schwiegertochter, die keinen Wohlstand ins Haus gebracht hatte und sich obendrein noch Sorgen um die eigene Sippe machte. Ich suchte mir Akkordaufträge wie die Anfertigung von Tafeln und Schildern für Krankenhäuser und Ambulatorien. Erik fügte noch etwas von seinem Zweitverdienst hinzu, und so konnte ich Mutter jeden Monat eine geringe Summe schicken.

Alles Ungerechte, was mir von Barbara Ionowna widerfuhr, entschuldigte ich damit, daß die Verbannung für sie ein großes Unglück war.

Da geschah folgendes. Ich schenkte ihr ein Foto von Erik und mir und schrieb darunter: »Für die liebe Mama von ihren sie liebenden Kindern.« Als sie das gelesen hatte, versetzte sie mir einen Hieb, der meine empfindlichste Stelle traf.

»Ich bin die Mutter meines Sohnes. Und Töchter wie dich kann ich Dutzende haben!«

Ich war von ihren Worten und ihrem Ton so niedergeschmettert, daß ich kein Wort herausbrachte.

In meiner Ratlosigkeit fragte ich Erik, ob wir nicht unseren eigenen Haushalt führen sollten. Er freute sich und teilte es seiner Mutter mit.

Die Hausherrin, bei der wir die Wohnung gemietet hatten, sah mich oft weinen und sagte:

»Da hast du eine Pfanne und einen Teekessel, ein paar Töpfe geb ich dir auch, einen Primuskocher hast du, und nun koche nach Herzenslust. Möglichst weit weg von denen.« Sie nickte in Richtung des Familienzimmers.

Aber ich konnte nicht kochen. Ich lauschte auf dem Markt den Gesprächen der Hausfrauen und sprach eine sympathische Frau an:

»Sagen Sie bitte, was kann man aus so einem Stück Fleisch machen? Wenn Sie gestatten, begleite ich Sie ein Stück, und Sie beraten mich unterwegs ... Und erzählen Sie mir bitte, wie man Wareniki macht.«

Die Welt war von guten Menschen besiedelt. Ausgerüstet mit zahlreichen Rezepten, machte ich mich ans Kochen, brachte meine Werke stolz auf den Tisch und freute mich über Eriks Worte:

»Köstlich, so was Gutes hab ich noch nie gegessen!«

Mein Haus! Mein Erik! Seine Liebe und seine schlichten Märchen wie das von der Eule, die jede Nacht, sowie ich eingeschlafen sei, angeflogen komme, sich auf einen Zweig der Ulme setze und zu uns ins Fenster schaue, dämpften die Bitternis des Familienzerwürfnisses.

Der Frühling kam. Nicht so zaghaft wie in Leningrad, sondern gebieterisch und stürmisch. Die Sonne tränkte mit ihrer Wärme die Erde und die Bäume. Die Knospen schwollen und platzten im Nu auf. Von den Bergen donnerte ein trüber Wasserstrom und füllte die Aryks. Eines Tages stand ich im rebellischen Wind, hängte Wäsche auf und scherzte mit der Hauswirtin. Dann ging ich ins Haus, um etwas in Waschblau zu spülen, und als ich mit der Schüssel wieder herauskam, hörte ich, wie die Nachbarin über den Zaun hinweg zu meiner Hauswirtin sagte:

»Die Jetzige ist viel besser als die andre, die aufgeblasene Ziege!«

»Die war mächtig hochnäsig ...«

»Außerdem häßlich.«

Die Jetzige? Die andere? Über wen redeten sie? Über mich? Und über wen noch? Das kann nicht sein! Ich bin einfach verrückt! Dennoch stockte mir der Atem. Es gab keinen Zweifel: Es ging um mich und eine andere Frau, zu der Erik eine Beziehung hatte. Ich konnte es nicht glauben. Nein! Nein!

Da ich nicht wußte, wie ich Erik danach fragen sollte, wurde ich immer verschlossener. Einmal hörte ich, wie Valeri im Garten Erik die Leviten las.

»Du bist mir auch gut! Deine Ljalja tanzt hier an, wackelt mit dem Hintern und schwirrt wieder ab! Denk daran und gib auf Tamara acht, du Esel!«

Einer Ohnmacht nahe, stellte ich Erik diesmal zur Rede:

»Erik, wer ist Ljalja?«

»Was für eine Ljalja?«

»Das fragst du mich?«

»Ich weiß von nichts. Von wem sprichst du?«

»Von der Ljalja, die hier war.«

»Was hab ich damit zu tun? Wer hat dir das gesagt?«

»Erzähl's mir selber.«

»Niemand war hier. Ich weiß von nichts.«

»Erik, bist du imstande zu lügen?«

Mir wurde heiß und kalt. Er schaute mir in die Augen und log. Ich sah es.

Erik hatte Ljalja geliebt. Aus ihrer Kinderfreundschaft war mit der Zeit Liebe geworden. Ja, Ljalja war in Frunse gewesen. Sie hatte sich das Leben der Familie angeguckt und gesagt:

»Ich bin nicht zur Dekabristenfrau geboren.«

Und sie war wieder abgefahren. Aber was war mit Erik? Hatte er auch sie gebeten, nach Frunse zu kommen? Wen hatte er zuerst eingeladen? Sie? Mich? Beide gleichzeitig? Hatte er beiden die gleichen Briefe geschrieben?

Es war ein Erdrutsch. Ich war unter den Trümmern begraben.

Eheliche Untreue war für mich in erster Linie menschlicher Verrat. Und Verrat konnte und wollte ich nicht verzeihen. Dennoch dürstete ich nach Eriks Beteuerungen, daß er nur mich liebe, nach seinem kläglichen: »Verzeih mir.« Ich saugte gierig seine Worte über meine Einmaligkeit, meine Unvergleichlichkeit in mich ein, um irgendwie das Gleichgewicht zu bewahren. Und Erik sparte nicht mit Worten.

Als Barbara Ionowna und Lina merkten, wie mich die Sache mit Ljalja mitgenommen hatte, gingen sie zum Angriff über.

Eines Tages kam ich aus der Stadt nach Hause und fand im Zimmer einen anonymen Brief, der unter der Tür hindurchgeschoben war. Darin standen nur wenige Worte: »Erik hat immer nur Ljalja geliebt und liebt sie auch jetzt noch. Dich hat er geheiratet, weil er sich an ihr rächen wollte.«

Die böse Kraft dieses Briefes preßte mir die Kehle zu. Ich bekam keine Luft. Weg, bloß weg! Aber ich hatte kein Geld. Ich stürzte zu den Wirtsleuten. Kopfschüttelnd zählten sie mir Geld für die Reise ab. Ich wollte gerade zum Bahnhof laufen, als Erik von der Arbeit kam.

»Nein, nein!« schrie er. »Ich sterbe, ich werfe mich vor den Zug, ich mache was ganz Schreckliches! Ich kann nicht ohne dich leben!«

Er flehte, bettelte, versprach, alles aufzuklären, und schleppte seine Mutter an der Hand herbei.

»Sag, warum hast du das getan?«

Barbara Ionowna war bleich und zitterte. Sie schrie Beschuldigungen gegen ihren Sohn heraus, als suche sie jetzt in mir eine Verbündete.

»Als er zwölf war, hat er mir alte Goldmünzen gestohlen und verkauft. So einer ist er! Du kennst ihn noch nicht! Er ist ein Lügner! Er taugt nichts!«

»Was faselst du da, Mama?« beschwor Erik seine Mutter. »Was machst du? Sei still!«

Offenbar hatte sich zwischen Mutter und Sohn seit langem vieles angestaut, was sich jetzt in widerlichen und lächerlichen Vorwürfen Bahn brach. Der Mythos von der klugen Barbara Ionowna und ihrer Familie zerfiel zu Staub. Um nicht Zeuge ihrer Abrechnung zu sein, lief ich in den Garten und versteckte mich dort. Erik kam heraus und rief nach mir. Aus meinem Versteck sah ich, wie er ohne Brille mit vorgestreckten Händen in die Dunkelheit tappte und in alle Winkel spähte. Ich spürte das Ausmaß seiner Hilflosigkeit, seiner Scham und Verwirrung. Was ihn in meinen Augen eigentlich hätte vernichten müssen, rief unverhofft einen Anfall von Mitleid hervor.

Aus Angst, ich könnte abreisen, kam Erik oft von der Arbeit nach Hause, um zu sehen, ob ich noch da war. Seine ständige Besorgnis war so groß, daß ich sie für Liebe nahm.

Es fiel mir schwer, mich damit abzufinden, daß es in seiner Vergangenheit eine Ljalja gab, daß er sich mir nicht anvertraut, sondern sich in Lügen verstrickt hatte. Aber schließlich glaubte ich, er habe nur gelogen, um mich nicht zu verlieren.

Meine Mutter fragte in jedem Brief: »Bist du wirklich glücklich?« Sie schien meine überschwenglichen Beteuerungen nicht recht zu glauben. Ich bekam eine Unmenge Post von meinen Freunden. Alle schrieben mir: David, die beiden Kirills, Raja, Lisa, Roxana, Lili.

Ich ging täglich zum Postamt. Die Angestellte, die mir immer die postlagernden Briefe aushändigte, rief eines Tages jemandem hinter mir zu: »Für Sie ist auch was da!« Ich drehte mich um und sah Erik. Ihm blieb nichts weiter übrig, als den Brief in Empfang zu nehmen.

»Von wem?« fragte ich, und mir wurde kalt. Ich hatte nicht gewußt, daß er auch postlagernde Briefe bekam.

Er murmelte etwas Unverständliches und steckte den Brief in die Tasche.

»Zeig ihn mir!« forderte ich.

Er trat von einem Fuß auf den andern, holte den Brief aber nicht hervor.

»Entweder du zeigst mir auf der Stelle, von wem der Brief ist, oder ich reise ab!« beharrte ich.

Da zog er den Brief hervor, zerriß ihn ungeöffnet und warf ihn in einen Abfalleimer.

Es war klar, daß Erik ein Doppelleben führte, daß er heimlich zum Postamt ging, daß Ljalja nicht nur Vergangenheit, sondern auch Gegenwart war. Mein Entschluß stand fest. Ich kaufte eine Fahrkarte nach Leningrad. Erik stand niedergeschlagen auf dem Bahnsteig. Er schwor mir immer wieder, nur mich zu lieben, flehte mich an, ihn nicht zu verlassen, und versprach, mir nie wieder Kummer zu bereiten.

Ich war mir nicht mehr sicher, im Recht zu sein. Als ich von Erik verlangte, mir den Brief zu zeigen, hatte ich mich unwürdig benommen. Erik konnte nicht mit mir fahren, und mit meiner Abreise schlug ich einen am Boden Liegenden. Aber ich sehnte mich bis zum körperlichen Schmerz nach meinen Angehörigen, ich mußte die Luft meiner Familie atmen. Mit mir selbst im unreinen, versprach ich Erik, in ein paar Wochen zurückzukehren.

Ich stand mit einem Mitreisenden im Gang des Waggons. Die Räder ratterten gleichmäßig, Siedlungen und kleine Eisenbahnstationen glitten vorüber.

»Sehen Sie den Bahnhof?« fragte der Mann. »Jetzt macht er einen ordentlichen Eindruck. Aber für mich ist er noch so, wie ich ihn im Bürgerkrieg gesehen habe: schmutzig, voller Typhuskranker und Toter.«

Nach einer Pause fügte er nachdenklich, als frage er sich selbst, hinzu:

»Ob wir so etwas noch einmal erleben müssen?«

Das war im März 1941. Bis zum Ausbruch des Krieges blieben drei Monate.

Ich hatte mich bei meinen Angehörigen nicht angekündigt, denn ich wollte ihre freudig erstaunten Ausrufe hören. Als ich am Morgen unseren Hof betrat, sauste Valetschka an mir vorbei, ohne mich zu erkennen. Vor unserem Aufgang stand ein Lastwagen, voll beladen mit unseren Möbeln und Sachen. Mama und Renotschka standen daneben und warfen etwas hinauf. Verwirrt ging ich zu ihnen, die zurechtgelegten Begrüßungsworte waren mir entfallen. Mama ächzte auf.

»Was ist mit dir? Warum bist du so mager? Was ist passiert?«

Ich wußte selbst, daß ich mich sehr verändert hatte, aber ich hatte es vergessen.

»Und was geht bei euch vor?«

»Wir ziehen um.«

Mir blieb nur noch, in die Wohnung zu gehen und Abschied von den leeren Zimmern zu nehmen. Das häusliche »Nest« existierte nicht mehr. Schweren Herzens stieg ich mit den anderen auf den Laster und fuhr zum neuen Wohnort.

Mutter hatte sich in ihrer Geldnot nicht anders zu helfen gewußt, als für einen geringen Betrag unsere zwei Zimmer gegen eines zu tauschen. Das Zimmer befand sich in der Nähe des Witebsker Bahnhofs, im vierten Stock, in einem Haus ohne Lift. Das Fenster ging auf eine Wand.

Die halbdunkle Behausung war wie eine Anklage.

Die Tatsache, daß Mutter umgezogen war, ohne sich mit mir zu beraten, ohne mir ihren Plan auch nur mitzuteilen, bedrückte mich, ich fühlte mich schuldig. Bloß gut, daß keine Zeit war, von meinen eigenen Mißhelligkeiten zu erzählen, wir hatten mit dem Einrichten des Zimmers zu tun.

Meine Freundinnen waren inzwischen im dritten Studienjahr. Sie erzählten von ihren Schulpraktika, machten mir Vorwürfe, daß ich sowenig Zeit für sie hatte, und berichteten, daß unser Kreis ohne mich auseinandergefallen sei. Ihre Beteuerungen, wie sehr sie mich brauchten, wärmten mir das Herz. Ich liebte sie alle sehr.

Einst hatte ich von Lili gehört, wie belastend ein Familienleben sein kann. Dennoch hatte sie selbst nie ihre Lebensfreude und ihren Optimismus verloren. Ich wollte mit ihr sprechen, um zu begreifen, wie ihr das gelungen war.

Eine unbekannte Männerstimme sagte am Telefon, sie sei krank und für niemanden zu sprechen.

Ich nannte meinen Namen, da wurde mir erlaubt, für eine halbe Stunde vorbeizukommen.

Ein imposanter Mann öffnete mir die Tür.

Lili lag im Bett, weiß wie die Wand, und streckte mir die Hände entgegen. Ihre beiden Söhne saßen am Tisch und machten Hausaufgaben. Sie sprangen auf, um mich zu begrüßen, doch der neue Papa erlaubte ihnen nicht, sich ablenken zu lassen. Lilis beredte Blicke und Gesten gaben mir zu verstehen, daß sie nicht nur unglücklich war, sondern sogar Angst vor diesem Mann hatte. In den wenigen Minuten, die wir allein waren, flüsterte sie:

»Er ist ein richtiger Sadist! Er entfremdet mir die Kinder, ist schrecklich eifersüchtig auf sie!«

»Wieso hat er eine solche Macht über Sie?« fragte ich, denn ich kannte ihre Freiheitsliebe.

»Das weiß ich selber nicht«, antwortete sie kleinlaut.

Ich hatte gehofft, mit ihr über mein Leben in Frunse reden zu können. Ich wollte ja wieder zurückfahren, hatte Sehnsucht nach Erik. Aber sie brauchte keine Erklärungen.

»Ich sehe, ich habe Sie schlecht beraten! Sie sind unglücklich! Ich fühle es! Wie schrecklich!«

Ich setzte mich zu ihr auf den Bettrand. Wir sahen einander in die Augen und weinten.

In einem späteren Telefongespräch sagte sie mir, sie habe mir nicht von ihrer Heirat geschrieben, weil sie befürchtete, nicht verstanden zu werden. Mutter hatte mich nicht in ihre Umzugspläne eingeweiht, Lili nicht in ihre Heiratsabsichten. Ich kam nicht ohne sie aus, aber sie kamen ohne mich aus.

Ich liebte meine Familie unendlich und fühlte mich ihr gegenüber schuldig. Das Geld, das Mama für den Wohnungstausch bekommen hatte, würde höchstens ein halbes Jahr reichen. Valetschka ging in die sechste Klasse, Renotschka in die dritte. Ich klammerte mich an den Gedanken, daß mir in Frunse etwas einfallen würde, und beschloß, meine Familie zu mir zu holen.

»Mama, willst du nicht nach Frunse kommen?« fragte ich.

Sie schwieg und lächelte.

Schließlich sagte sie:

»Na schön. Aber sollen die Mädchen erst das Schuljahr hier beenden. Im Sommer ist es auch leichter umzuziehen.«

Nach einer Pause fügte sie hinzu:

»So machen wir's. Ich hoffe, daß sich auch bei dir bis dahin alles eingerenkt hat.«

»Was denn?«

»Du siehst nicht glücklich aus.«

Mutters Einverständnis, nach Frunse zu ziehen, nahm mir den Schmerz und verminderte das Schuldgefühl. Wir atmeten beide auf.

Von Erik kamen Telegramme, die nicht nur an mich, sondern auch an meine Mutter gerichtet waren. Er bat mich, so bald wie möglich zurückzukommen.

Zweieinhalb Wochen vergingen wie im Flug. Die Fahrkarte nach Frunse lag in meiner Tasche. Mutter kaufte mir von dem Wohnungsgeld Schuhe und ein Kleid. »Ich habe keine Aussteuer für dich. Nimm wenigstens das.«

Und wieder der Bahnhof! Wieder Abschied.

Liebe zerquälte Mama! Ich habe dir nichts von meinem Leben erzählt, weil es dich erschreckt hätte. Wir müssen unbedingt zusammensein. Dieser Entschluß beruhigte mich.

Der Zug hatte noch nicht das Signal erreicht, als Mamas Gesicht, das ich unverwandt bis zuletzt angeschaut hatte, plötzlich aus meinem Gedächtnis verschwand. Es war weg. In Panik versuchte ich es aus dem schwarzen Abgrund wieder hochzuholen. Es gelang nicht. Mein Gott, was war das? Nach und nach stellte das Gedächtnis die vertrauten Züge wieder her, aber der furchtbare Schreck verließ mich lange nicht.

In Moskau rief ich Platon Romanowitsch an. Er kam zum Bahnhof und machte mir Vorwürfe, daß ich mich nicht eher gemeldet hatte. Er fragte: »Bist du glücklich?« Ich bejahte. Wir gingen auf dem Bahnsteig auf und ab. Er versuchte mich unterzufassen. Ich wehrte seine Hand ab.

»Ja, richtig, du bist ja verheiratet. Wie bist du doch ...«

Ich erwartete, daß er aus gekränkter männlicher Eigenliebe gleich etwas Beleidigendes sagen würde, doch er schloß unerwartet bitter: »... meinem Herzen so nahe!«

In jeder Kleinigkeit war er großzügiger, als ich es erwartete.

»Ich habe eine Bitte«, sagte er. »Sei glücklich, unbedingt. Und wenn du einen Sohn zur Welt bringst, nenne ihn Serjosha. Versprich es! Abgemacht? Ich habe immer davon geträumt, einen Sohn Serjosha zu haben.«

Der Zug fuhr an, als er noch einmal rief:

»Serjosha! Ja? Ser-jo-sha!«

Erik brachte mich direkt vom Bahnhof in ein neues Zimmer, das er für uns gemietet hatte. Es war ein schönes Zimmer im Stadtzentrum. Außerdem erwartete mich noch eine umwerfende Neuigkeit: die Aussicht, in den Theaterwerkstätten als Bühnenbildassistentin zu arbeiten. Das kirgisische und das russische Theater hatten ihre eigenen Werkstätten, die für die Gestaltung der Kulissen, das Nähen der Kostüme und die Beschaffung der Requisiten zuständig waren. Eine Arbeit im Theater! Davon hätte ich nicht zu träumen gewagt.

Ich mußte mich bei der Bühnenbildnerin Trussowa vorstellen, die mich examinieren sollte. Die unschöne und unfreundliche Frau stellte mir eine Aufgabe, war mit der Ausführung zufrieden, und ich war angenommen.

Die Arbeit gab mir neue Zuversicht. Ich fühlte mich selbständig, und vor allem konnte ich meiner Mutter mehr Geld schicken. Erik war mit Mutters Umzug nach Frunse einverstanden, freute sich sogar darauf. Mutter und ich verständigten uns darauf, daß ich zum Ende des Schuljahres eine Wohnung für meine Familie suchen sollte.

Erik war unheimlich aufmerksam und fürsorglich, er kaufte mir schwarzen Seidensamt für ein Kleid und verhandelte sogar mit der Schneiderin. Es war das schönste Kleid, das ich je hatte.

Einmal kam er aufgeregt von der Arbeit. Der neue Direktor, der nichts von Eriks Verbannung wußte, hatte ihm eine Dienstreise nach Osch angeboten. Da Erik erst am Vortag bei der Miliz gewesen war (er mußte sich alle zehn Tage dort melden), blieb genügend Zeit. Die Fahrt nach Osch führte auch durch Usbekistan. Es war für Erik, der an Frunse gefesselt war, eine große Versuchung, der Stadt einmal zu entrinnen. Ich unterstützte ihn in seiner Unbesonnenheit und nahm mir ein paar Tage Urlaub. Wir rüsteten zu unserer verspäteten Hochzeitsreise durch Mittelasien. Als uns Bekannte, ebenfalls Verbannte, am Zugfenster sahen, schlugen sie entsetzt die Hände vors Gesicht. Aber auch das konnte unsere Freude nicht trüben.

Die ganze Zeit wichen wir nicht vom Fenster: Wir fuhren durch kirgisische Steppen, durch Tunnel, näherten uns den Bergketten, die sich parallel zur Bahnlinie erstreckten, und entfernten uns wieder von ihnen. Es roch nach Wermut und verbranntem Gras. In den Bergen fanden Militärmanöver statt, die überhaupt nicht zu dieser friedlichen Landschaft paßten. In den Städten stiegen wir aus und liefen auf den Basar, wo die Früchte direkt auf der Erde lagen. Von der Vielfalt der Farben, dem Überfluß und den niedrigen Preisen schwirrte mir der Kopf. In Taschkent freuten wir uns an den kleinen Gassen, den Ornamenten, Springbrunnen und den vielen Rosen. Wir fühlten uns als freie, sorglose Reisende.

In der Bergstadt Osch war die zermürbende Hitze noch schwerer zu ertragen als während der Bahnfahrt. Erleichterung brachte nur der Abend. Wir saßen auf der Fensterbank unseres Hotelzimmers, lauschten dem Blasorchester, das im Stadtpark Walzer spielte, und beteten zu Gott, daß alles gutging, denn nur ich hatte mich im Hotel angemeldet, der paßlose Erik übernachtete illegal bei mir.

Erik ereiferte sich bei dem Thema, was er tun würde, wenn jemand etwas gegen uns, besonders gegen mich, zu unternehmen versuchte. Seine naiven und lächerlichen Versprechen rührten mich.

»Sie sollen nur wagen etwas zu sagen!«

Unser Ausflug blieb ohne Folgen. Wir fanden das ganz natürlich.

Erik arbeitete in der Klinik unter der Leitung des Chirurgen Zarew, der ihn hin und wieder auch operieren ließ. Darüber war Erik unendlich glücklich. Die Chirurgie faszinierte ihn am meisten.

Er konnte stundenlang über berühmte Chirurgen und die Chirurgie erzählen.

»Erik, du mußt das Studium abschließen!«

Diese Idee nahm allmählich Gestalt an. Von einem »Serjosha« wollte Erik nichts hören, er sagte, in der Verbannung an ein Kind zu denken sei verbrecherisch. Für ihn waren alle Gedanken an die Zukunft mit dem Ende der Verbannung verbunden. »Wenn das vorbei ist, fahren wir weg und fangen neu an ...« Das war der Refrain eines jeden Gesprächs.

Als Erik mich eines Tages fragte: »Darf Mama zu uns kommen, sie möchte sich mit dir versöhnen«, freute ich mich. Jedes Zerwürfnis quälte mich, erst recht das mit der Schwiegermutter. Ich machte im Garten auf Steinen ein Feuer und bereitete Kohlrouladen zu. Barbara Ionowna trat zu mir und fragte ungläubig:

»Tamara, kannst du mir verzeihen?«

»Ich hab dir schon verziehen.«

Inzwischen hatten die Hühner die Kohlrouladen aufgepickt. Die Verwirrung erleichterte unsere Versöhnung.

Ich ging in meiner Arbeit auf. Am Theater wurde das Stück »Coppelia« einstudiert. Wir arbeiteten bis spätabends. Erik brachte mir immer das Essen ins Theater.

Eines Tages fragte mich der Regisseur:

»Tamara, Sie müssen auf die Bühne! Probieren wir's mit der ›Bresche‹, mit der Rolle der Xenia?«

Ich hatte das Stück von Lawrenjow in Leningrad gesehen. In die Rolle der Xenia war ich verliebt. Aber ich auf der Bühne? Mein Gott! War das möglich?

Ich lief nach Hause und erzählte Erik mit klopfendem Herzen von dem Angebot.

»Nein, kommt nicht in Frage«, unterbrach er mich. »Theater spielen? Du machst doch Witze, oder? Das geht nicht. Wir leben in der Verbannung. Ich bitte dich. Ich bitte dich sehr: Schlag dir das aus dem Kopf.«

Ja, wir lebten in der Verbannung. Ich mußte mit der Arbeit zufrieden sein, die ich hatte. Etwas Eigenes zu haben war nicht so wichtig. Warum nicht? Das wußte ich nicht.

»Nein«, antwortete ich dem Regisseur am nächsten Tag betrübt.

Vor der Premiere der »Coppelia« mußten wir alle in den obersten Rang, um uns von dort den Hintergrundvorhang anzuschauen, der auf dem Boden ausgebreitet lag. Ich stieg mit Natalja Trussowa hinauf. Die Künstlerin, deren Talent alle schätzten, sie selbst aber schrullig nannten, sah wirklich sehr komisch aus. Trotz ihres vorgerückten Alters trug sie zwei dünne Zöpfchen mit roten Schleifen. Ihr Gesichtsausdruck war traurig.

»Wenn Sie wüßten, wie ich von so einem Abend geträumt habe, dort, im Lager!« sagte sie plötzlich.

»Wo?« fragte ich vorsichtig.

Ihr Vater war als ehemaliger Hausbesitzer schon 1927 verhaftet worden. Und verschollen. Natalja Trussowa hatte in der privaten Kunstschule des Baron Stieglitz studiert. Als eine der begabtesten Schülerinnen wurde sie nach Italien geschickt, um ihre Kenntnisse zu vervollkommnen. Nach ihrer Rückkehr in die Sowjetunion heiratete sie. Ein paar Monate nach der Hochzeit wurde sie verhaftet. Sie kam für acht Jahre ins Lager. Ihr Mann, mit dem sie nur so kurz zusammenleben konnte, wartete auf sie. Doch zwei Wochen nach ihrer Rückkehr starb er in ihren Armen.

»Wie leben Sie jetzt?« fragte ich sie erschüttert.

»Wie? Ich habe meine kleinen Freuden. Wenn ich nachts aufwache, kann ich Licht anzünden und lesen. Ich kann das Fenster in den Garten öffnen und zu den Sternen blicken. Oder ein Glas Saft trinken.«

Über ihre Schleifen sagte sie selbst:

»Ich weiß, daß ich alt bin, aber manchmal vergesse ich das. Es ist, als hätte ich jene Jahre nicht gelebt, darum komme ich durcheinander und flechte mir Schleifen ins Haar. Sicherlich lacht man über mich. Doch das ist mir egal.«

Später fand ich in Bildbänden viele Fotos von Gegenständen, die nach ihren Entwürfen angefertigt worden waren: kleine Intarsientische, Sessel, Geschirr.

Die Bekanntschaft mit Natalja Trussowa hinterließ in meiner Seele eine tiefe und bittere Spur.

Im Theater lernte ich auch den Regisseur Alexander Anissow und seine Frau, die Pianistin Maria Konstantinowna Butakowa, kennen. Die Anissows waren fünfunddreißig Jahre älter als Erik und ich, aber ich merkte den Altersunterschied nicht. Ich fühlte mich sehr zu diesen gütigen, gastfreundlichen Menschen hingezogen und genoß die gemütlichen Abende in ihrem Haus.

Als ich am Morgen des 22. Juni 1941 die Küchentür öffnete, hörte ich im Lautsprecher die angespannte Stimme des Sprechers: »... deutsche Truppen ... eingefallen ...«

Krieg? Aus! Das Ende! Alles vorbei! Ich rief Erik. Er hörte zu und sagte auch:

»Jetzt ist alles aus!«

Mit einem Schlag war alles zu Ende, was vor fünf Minuten noch einen Sinn gehabt hatte.

Mein erster Gedanke galt meiner Familie: Mama mußte mit meinen Schwestern sofort herkommen. Ich raste zum Postamt, um ihr Geld für die Reise zu überweisen und um zu telegrafieren: »Sofort herkommen.«

Im Postamt herrschte Gedränge. Alle wollten sich mit ihren Angehörigen in Verbindung setzen.

Und Erik? Was wird mit ihm?

Anfang Juli wurden alle Mitarbeiter des Theaters in den Zuschauerraum gerufen, in dem ein Lautsprecher installiert war. Wir warteten auf die Rede Stalins. »Soldaten, Mütter ... Brüder und Schwestern!« Er wählte die einzig mögliche Intonation: Alle wurden zum Kampf, zur Verteidigung aufgerufen.

Von Mutter kam ein Telegramm, dann ein Brief: Die Abreise verzögere sich etwas, denn sie sei zum Ausheben von Schützengräben verpflichtet worden. Wer sich um die Schwestern kümmerte, stand nicht in dem Brief. Unklar war auch, für welchen Zeitraum Mama verpflichtet war.

Drei Wochen nach Kriegsausbruch bekam Valeri den Einberufungsbefehl.

In Frunse trafen Evakuierte ein. Ich sah Roxanas dubiosen Verehrer Jaworski. Unsere Blicke trafen sich. Er erkannte mich, grüßte aber nicht. Von dem Moment an setzte sich ein ungutes, quälendes Gefühl in mir fest. Ein fünfunddreißigjähriger Mann war hierher evakuiert worden, während meine Mutter in Frontnähe Schützengräben aushob.

Sie schrieb, daß sie an einen anderen Ort verlegt worden sei. In panischer Angst beschwor ich sie in Gedanken: Beeilt euch! Schneller! Kommt! Ich versetzte mich in Mutter, drang bis in ihr Herz vor und begriff plötzlich: Mit dem Ausheben der Schützengräben holte sie nach, was sie in den untätig verbrachten letzten Jahren versäumt hatte.

Endlich kam der Brief, in dem sie mitteilte, daß sie in den nächsten Tagen nach Frunse abreisen würden.

Nach langer Pause erhielt ich auch Post von meinen Freunden. Die Umschläge waren in den unterschiedlichsten Städten gestempelt. Lisa meldete sich aus Birobidshan, Raja aus dem Nowosibirsker

Gebiet. Beide beschrieben die Mühsal der Evakuierung, den Alltag im Waggon, das armselige Leben am neuen Wohnort und fragten, ob sie nach Frunse kommen könnten. Nur Nina und meine Mutter waren noch in Leningrad. Die Kirills und Kolja waren an der Front. Über Roxana wußte niemand etwas. Platon Romanowitsch schrieb mir von der Front. Er erkundigte sich nach meiner Mutter und den Schwestern und bat mich, ihm zu schreiben, denn ich sei für ihn der kostbarste Mensch. Zum erstenmal glaubte ich, daß es wirklich so war.

In den Behörden der Stadt wurden Lehrgänge für Krankenschwestern eingerichtet. Erik bekam den Auftrag, solche Lehrgänge beim Obersten Sowjet Kirgisiens zu leiten.

Einmal besuchten wir Barbara Ionowna. Wir saßen lange zusammen und übernachteten schließlich bei ihr. Es war eine schwüle und mondhelle Nacht, und die Tür zum Garten stand offen. Das Geräusch der auf die Erde plumpsenden überreifen Äpfel erinnerte mich an die Sommermonate meiner Kindheit in Weißrußland. In solch einer Nacht schien der Krieg ein dummes Hirngespinst zu sein. Ich unterhielt mich noch mit Erik, als in der Nähe ein Wagen bremste. An die Tür des Nachbarhauses, in dem auch Verbannte wohnten, wurde geklopft. Dann der Befehl »Aufmachen!«, Stimmen, Lärm, Weinen.

Wir saßen wie angenagelt auf unseren Plätzen, lauschten auf die Geräusche und wußten, was sie bedeuteten. Eine Haussuchung fand statt. Von außen Krieg, von innen Verhaftungen. Der Nachbar wurde abgeführt. Am Morgen erfuhren wir, daß in der Nacht sechs Verbannte verhaftet worden waren.

Wieder fürchteten wir uns vor den Nächten, vor Autos, die vor dem Haus bremsten. Ich hatte jetzt ständig Angst um Erik. Wenn er nicht pünktlich von der Arbeit nach Hause kam, war ich sicher, daß sie ihn verhaftet hatten. Ich lief zu seiner Arbeitsstelle. Wenn er dort nicht war, rannte ich zu Barbara Ionowna oder zu den Krankenschwester-Lehrgängen. Manchmal kehrte ich unverrichteter Dinge nach Hause zurück. In mir war alles erstarrt. Aus! Aber da kam er.

»Wo warst du, Erik? Ich bin bald verrückt geworden.«

»Auf Arbeit.«

»Ich komme gerade von dort. Warum lügst du schon wieder? Sag mir endlich, warum du lügst!«

»Entschuldige, das war dumm. Ich habe Bragin und Worobzow getroffen und bin mit zu ihnen gegangen. Ich tu's nicht wieder, Ehrenwort.«

In meinem fanatischen Verlangen nach Aufrichtigkeit und Übereinstimmung konnte ich mich nicht an den Gedanken gewöhnen, daß ein mir naher Mensch nicht bis ins letzte offen war. Ich verlangte, daß er nicht log. Mit einem Gefühl innerer Leere lief ich wieder in den Garten. Und wieder kam Erik unsicheren Schrittes, kurzsichtig blinzelnd und die Hände vorgestreckt, mich suchen und murmelte: »Mein Gott, wo bist du?«

Als ich einmal beim Saubermachen war, hörte ich die Pforte knarren. Weder Erik noch die Wirtin waren im Haus. Ich lief rasch hinaus. Im Hof standen vier Männer.

»Zu wem möchten Sie?«

Sie standen da, blickten mich an und antworteten nicht.

»Was wollen Sie?« fragte ich noch einmal.

»Wir sind gekommen, um Sie zu verhaften«, antwortete einer.

Alles Blut wich mir aus dem Herzen und dem Gehirn. Kraftlos lehnte ich mich an den Türpfosten. Da sagte einer mit unmenschlich kaltem Grinsen:

»Sie sind ja mächtig erschrocken! Mächtig blaß geworden! Wer unschuldig ist, kriegt nicht solch einen Schreck! Wir wollen zu Ihrer Wirtin. Wo ist sie?«

Nach diesem »Scherz« gingen sie zur Pforte.

Wie eine heimliche Sünde hatte ich die seit Leningrad in mir sitzende Angst verdrängt. Aber nun übermannte sie mich, ich empfand tödliche Schwermut.

Die Verbindung mit Mutter war wieder abgerissen. Ich fand nirgendwo mehr Ruhe.

Der Winter begann im November. Schnee fiel in dichten nassen Flokken. Ich ging mit Erik ins Stadtzentrum. An den Zaun des Stadtparks war ein Schild gelehnt. Auf der halb zugeschneiten Leinwand waren nur die Buchstaben »JACH« zu erkennen. Ich trat näher, wischte mit dem Handschuh den Schnee weg und las: Am 28. November findet im Saal der Philharmonie ein Abend mit Jachontow statt.

Hier in Frunse? Noch dazu an seinem Geburtstag? Unglaublich!

Wir kamen bei der Philharmonie in dem Moment an, als vor der Auffahrt ein Wagen hielt, dem Jachontow entstieg. Er streifte mit einem flüchtigen Blick die Umgebung, auch mich, und schritt rasch zum Säulengang, drehte sich aber mit einem Ruck gleich wieder um.

»Sie?«

»Ja, ich, Wladimir Nikolajewitsch. Darf ich vorstellen, mein Mann.«

Jachontow wandte sich an Erik:

»Geben Sie mir Ihr Wort, daß Sie beide nach der Vorstellung zu mir kommen. Versprechen Sie es. Ich muß sicher sein.«

Der Saal war überfüllt. Zusätzliche Stühle mußten aufgestellt werden. Das Publikum war gemischt: Einheimische, Evakuierte, Verbannte. Auf dem Programm stand Dostojewski.

Als der imposante Jachontow die Bühne betrat, wurde er mit Beifall begrüßt. Drei Stunden hörte ich ihm gebannt und verzaubert zu.

Nach der Vorstellung gratulierte ich ihm zu seinem Geburtstag.

»Tatsächlich. Das hab ich ganz vergessen. Wie haben Sie sich das gemerkt?« fragte er verwundert.

Am nächsten Tag erzählte ich den Anissows von der Vorstellung. Sie hörten mir zu und lächelten rätselhaft. Dann sagten sie, daß uns am Abend eine Überraschung erwarte. Die Überraschung war Jachontow.

Anissow war in Nishni Nowgorod Jachontows Nachbar gewesen. Er hatte ihn schon als kleinen Jungen gekannt und nannte ihn Woloditschka.

Maria Konstantinowna schmorte im Rohr eine große Pfanne geschnittener Zwiebeln und stellte die knusprig braune Köstlichkeit auf einen runden Tisch. Die Männer erörterten die Lage an der Front. Jachontow äußerte seine Meinung über die »zweite Front«. Als ich einige Zeit später an seine Prognosen dachte, verblüffte mich seine Weitsicht. Wenn ich in die Küche ging, um der Hausfrau zu helfen, sagte Jachontow jedesmal ärgerlich:

»Bleiben Sie. Wenn Sie da sind, ist es hell und warm.«

Jachontow schrieb gerade ein Buch über die Jahrmärkte von Nishni Nowgorod und las bei den Anissows seine Entwürfe vor. Auch seine Frau war in Frunse. Manchmal sah ich die stille und völlig in sich versunkene Frau an Anissows Fenstern vorbeigehen. Jachontow sprach nie von ihr und nahm sie wohl auch nirgendwohin mit.

Er war am 16. Oktober 1941 aus Moskau abgereist, und die überstürzte und chaotische Evakuierung, die Angst, die er unterwegs ausstand, und die Massen von Flüchtlingen, die er sah, hatten ihn stark verändert. Er wurde nicht müde, zu erzählen, wie sie bei deutschen Luftangriffen aus dem Bus gesprungen und übers Feld zum erstbesten Graben gelaufen waren, um sich vor den Bomben in Sicherheit zu bringen. Aus der Sphäre der gewohnten Anbetung herausgerissen, kam er nur schwer mit der neuen Situation zurecht.

Manchmal traf ich ihn in der Stadt. Er erbot sich, mir eine Melone oder Kartoffeln vom Markt nach Hause zu tragen. Unterwegs erzählte er Geschichten.

Ein paarmal brach er mitten im Wort ab und bat mich:

»Drehen Sie sich unauffällig um: Wer geht hinter uns? Mir starrt jemand ins Genick.«

Ich drehte mich um. Hinter uns gingen ganz unauffällige Leute.

Und wieder:

»Schauen Sie, irgendwer verfolgt mich!«

Einmal bat er mich, zu ihm ins Hotel zu kommen, um ein Manuskript zu holen. Ich blieb an der Tür seines Zimmers stehen.

»So kommen Sie doch rein!«

Ich machte unentschlossen ein paar Schritte. Er faßte mich an den Armen und zog mich an sich.

»Fühlst du denn nicht, wie sehr ich dich brauche?«

Ich lief erschrocken weg. Wieder hatte ich mich als »unreif« erwiesen, diesmal in einem für Jachontow sehr kritischen Moment. Seinem Ausbruch lag kein banales Gefühl zugrunde. Vielmehr war er ein Ausdruck von Gehetztsein, Verwirrung und seelischer Not. Als Künstler erfühlte er die unheilbare Krankheit seiner Zeit. Darum hatte er hilfesuchend die Hände ausgestreckt.

Sehr bald erwartete die Erfahrung einer solchen Einsamkeit auch mich.

Inzwischen stand fest, daß meine Familie wegen der Blockade nicht mehr aus Leningrad herausgekommen war. Sie brauchten dringend Geld und Lebensmittel. Sogar in Frunse kostete ein Brot auf dem Schwarzmarkt inzwischen ein Vermögen. Ich stand stundenlang auf dem Trödelmarkt und verkaufte nicht nur das letzte Kleid, sondern auch meinen Badeanzug. Fieberhaft malte ich mir aus, wie ich mit einem Sack Dörrbrot und Konserven nach Leningrad komme, wie wir uns alle nach Frunse durchschlagen, wo ich die drei aufpäpple. Mich verfolgte immer wieder derselbe Traum: Auf der Suche nach meinen Angehörigen krieche ich durch Keller und drehe halbtote Menschen um, die ein Schild um den Hals haben. Es sind so viele, aber man hat mich nur für ein paar Stunden hineingelassen. Und ich finde weder Mama noch die Schwestern. Am Tage starrte ich allen Passanten ins Gesicht, in der Hoffnung, meine Familie zu sehen. In den Gesichtern von Männern und Frauen, von Jungen und Alten sah ich immer nur Valetschkas Gesicht.

In mir reifte der Entschluß, nach Leningrad zu fahren. Ich sagte es Erik. Es beunruhigte ihn erst, als ich ins Kriegskommissariat ging. Aber dort schickte man mich in die Politverwaltung. Nach zwei Wochen bekam ich eine Ablehnung.

Jeden Tag lief ich mehrmals zur Post.

Endlich gab man mir einen Brief mit dem Leningrader Stempel. Ich rannte auf die Straße und riß den Umschlag auf. In ungelenker Schrift stand geschrieben: »Tamara, du mußt die Wahrheit wissen. Deine Mama ist verhungert. Ich selbst kann mich kaum noch bewegen. Es war keiner da, um sie zu beerdigen. Wir konnten sie nur ins Treppenhaus tragen. Valja und Rena sind im Krankenhaus. Jewdokia Wassiljewna.«

Ich schrie. Lange. Wie von Sinnen. Der Schmerz war ungeheuerlich, unerträglich. Meine Mama war verhungert. Man hatte sie ins Treppenhaus geworfen. Keine Wahrheit darf so unmenschlich sein. Meine tote Mama im Treppenhaus. Der Schmerz zerriß, tötete, vernichtete.

Wie aus weiter Ferne hörte ich Eriks Stimme: »Hör auf. Ist doch peinlich ...« Aber ich konnte nicht aufhören. Ich lief davon. Irgendwohin, wo ich mich auf die Erde werfen konnte. Ich weigerte mich zu glauben, was ich gelesen hatte. Verhungern gehörte nicht zu dem, was über Leningrad bekannt war.

»Mama, was ist das Schlimmste auf der Welt?« – »Der Hunger, mein Kind!« So hatte mir Mutter geantwortet, als ich elf war. Hatte sie etwa ihr Ende vorausgesehen?

Ich hatte mich in eine Allee geflüchtet, dort hängte sich ein Betrunkener mit albernem Gerede an mich.

»Meine Mutter ist in Leningrad verhungert«, stieß ich hervor.

»Verzeihung, Verzeihung ...«

Der Betrunkene wich zurück, und das tröstete mich irgendwie. Völlig durchgefroren und entkräftet ging ich nach Hause, zu dem einzigen Menschen, der mir helfen mußte und dem meine wilden Schreie peinlich gewesen waren. Ich mochte nicht zu ihm gehen, aber sicherlich wartete er auf mich.

In welchem Krankenhaus waren meine Schwestern? Wie ging es ihnen? Erik bat seine einflußreichen Bekannten im Obersten Sowjet, Erkundigungen über meine Schwestern einzuholen. Die Antwort kam umgehend. Beide Schwestern befanden sich im Krankenhaus Nr. 4 am Obwodny-Kanal. Es ging ihnen sehr schlecht. Wieder schrieb ich einen Antrag an die Politverwaltung und bat um die Erlaubnis, nach Leningrad zu reisen, um meine Schwestern nach Frunse zu holen.

Ich schickte an den Chefarzt des Krankenhauses Telegramme und Briefe. Meine Reise wurde zum zweitenmal abgelehnt. Der Chefarzt schrieb mir, man habe meinen Schwestern Blut übertragen, doch ihr Zustand sei kritisch.

In Leningrad, wo Menschen verhungerten, spendete jemand Blut? Und meinen Schwestern wurde es übertragen? Ich ging sofort zu einer Blutspendestelle. Von da an spendete ich jeden Monat fünfhundert Gramm Blut. Dafür bekam ich ein Lebensmittelpaket, in dem auch Butter war. Die ließ ich aus und bewahrte sie in Tontöpfchen auf. Damit wollte ich meine Schwestern wieder auf die Beine bringen. Der Chefarzt, von der Regierungsanfrage unterrichtet, versprach, bei der ersten Gelegenheit meine Schwestern mit einer Begleitperson nach Frunse zu schicken.

Doch nichts geschah. Der Chefarzt wurde an die Front versetzt. Der neue Chefarzt antwortete nicht. Ich bombardierte die wenigen Freunde, die noch in Leningrad waren, mit Bitten, meine Schwestern nicht im Stich zu lassen und mir mitzuteilen, wie es ihnen ging. Eine Bekannte schickte ein Telegramm, das mich fast um meinen restlichen Verstand brachte: »Mama Valja im Krankenhaus.«

Also lebte Mama? War im Krankenhaus? Aber wo war Renotschka?

Jachontow kam ins Postamt. Als er sah, in was für einer Verfassung ich war, nahm er mir das Telegramm aus der Hand und ging zum Leiter. Nach vielen Nachforschungen stellte sich folgendes heraus: Die Zensur hatte angenommen, »Mama« sei die Anrede und hatte das Wort stehen lassen, »Renotschka gestorben« war gestrichen worden. Der volle Text lautete: »Mama Renotschka gestorben Valja im Krankenhaus.«

Renotschka lebte auch nicht mehr? Renotschka, die Jüngste, die Gütigste und Zärtlichste, die sich immer für alle eingesetzt hatte, war nicht mehr. Diesmal schrie ich nicht. Ich konnte auch nicht weinen.

Viele Jahre später erzählte mir Valetschka, wie Renotschka, die im Nebenbett lag, sie kurz vor ihrem Tod angefleht hatte: »Valetschka, es tut so weh! Ich sterbe, hilf mir, es tut so weh! Hilf mir!«

Wie durch ein Wunder überlebte die mittlere Schwester. Als sie aus dem Krankenhaus entlassen wurde, schleppte sie sich nach Hause. Das Zimmer war verwüstet. Sie ging zur Nachbarin. Die sagte:

»Verwandte von Ihnen haben alles mitgenommen. Den Rest hab ich verkauft. Ich dachte, du stirbst.«

Die entkräftete und einsame Valetschka ging zu einem Waisenhaus und bat um Aufnahme. Das lange Hungern hatte ihre Beine so geschwächt, daß sie kaum gehen konnte. Für einige Zeit verlor ich wieder ihre Spur. Erst aus Uglitsch, wohin ihr Waisenhaus verlegt worden war, erhielt ich ihren schrecklichen Brief.

Meine vierzehnjährige Schwester schrieb offen und untröstlich über das, was sie quälte: Als sie einmal auf die Lebensmittelkarten der Familie Brot bekommen hatte und damit zum vierten Stock hinaufstieg, wobei sie die vom Hunger geschwollenen Beine kaum bewegen konnte, brach sie ein Stückchen Brot nach dem anderen von der gemeinsamen Ration ab, bis sie alles aufgegessen hatte. Nur ich hätte die Seele meiner Schwester wärmen können. Ich beschwor die Leiterin des Kinderheims, Valetschka zu mir zu schikken. Sie verlangte Geld für eine Begleitperson, das ich umgehend überwies. Nun wartete ich jeden Tag auf die Ankunft meiner Schwester.

Ende 1942 drang ich darauf, daß sich Erik am medizinischen Institut bewarb. Er mußte sein Studium beenden, um das Arztdiplom zu bekommen.

Erik stellte eine Bedingung: »Nur wenn du auch Medizin studierst. Wir müssen alles gemeinsam machen. Studieren und in irgendeinem Krankenhaus arbeiten.«

Ich willigte ein.

Meine Angst vor der Anatomie überwindend, bestand ich die Aufnahmeprüfung und kam ins erste Studienjahr. Erik ins vierte. Wir wurden beide am Charkower Medizinischen Institut immatrikuliert, das nach Frunse evakuiert worden war.

Die meisten meiner Kommilitoninnen hatten gerade erst die Schule beendet. Ich war die Älteste. Im Anatomieunterricht holten die Mädchen parfümierte Taschentücher hervor. Ich bot allen Willen auf, um ohne Tücher auszukommen. Erik beschaffte aus der Bibliothek Bildmaterial und Bücher. Ich stürzte mich in die Arbeit und kam in allen Fächern gut voran. Es machte mir großen Spaß, nach den Vorlesungen noch dazubleiben, um anderen den durchgenommenen Stoff zu erklären. Besonders oft büffelte ich mit einem kirgisischen Jungen namens Tschingis Latein und Anatomie. Ich las zusätzliche Literatur und war bald die beste Studentin. Es bestand kein Zweifel, daß ich das Stalin-Stipendium bekommen würde. Das brauchte ich auch, denn die Arbeit im Theater hatte ich aufgegeben.

Im Januar 1943 hatten wir Semesterprüfungen, die Erik und ich erfolgreich ablegten. Ich fürchtete nur für die letzte Prüfung. Kurz davor mußte ich nämlich wieder Blut spenden. Den Termin wollte ich unbedingt einhalten. Nach der Prozedur war ich sehr schwach, und der Kopf drehte sich. Erik holte mich ab.

Nach wie vor machte ich aus der Butter, die ich fürs Blutspenden bekam, Butterschmalz, jetzt nur noch für Valetschka, auf die ich wartete. Einen Teil der Lebensmittel verwandte ich für ein Festessen, um mit Erik den Abschluß der Zwischenprüfungen zu feiern. Ich backte Fladen, von denen damals viele nur träumen konnten. Erik brachte ein Paar Schuhe zum Vorschein.

»Probier sie an. Sie sind für dich. Wenn du nicht wärst … Ich danke dir für alles.«

Wir saßen beide vor dem noch nicht abgekühlten Ofen und wärmten uns. Ich hatte nur einen Wunsch: schlafen, schlafen, schlafen. Als ich das Bett zurechtmachte, glaubte ich Schritte vor dem Fenster zu hören.

»Hörst du das?« fragte ich Erik.

»Ja, ich hör's, das ist der Wind.«

»Jetzt wieder.«

»Du bist mit den Nerven runter. Morgen beginnen die Ferien. Da wirst du dich erholen.«

Ausschlafen? Das war gut. Nach den Prüfungen, der Blutspende, nach all dem Kummer und Leid fühlte ich mich krank.

»Schlaf jetzt«, sagte Erik. »Wenn ich morgen früh zur Arbeit gehe, werde ich dich nicht wecken. Abgemacht?«

»Ja.«

»Nun schlaf.«

4

Am 30. Januar 1943 begannen die Winterferien. Ohne richtig wach zu werden, sagte ich schuldbewußt zu Erik, daß ich liegenbliebe. Er schloß vorsichtig die Tür hinter sich und ging in die Küche. Im Halbschlaf hörte ich seine behutsamen Schritte, das Klappern der Eisenstange im halbleeren Wasserspender, das Knarren der Küchenschranktür. Die Laute waren gedämpft. »Ich werde behütet und geliebt«, wiegte ich mich selbst in den Schlaf.

Nachdem Erik Tee getrunken hatte, kam er noch einmal ins Zimmer, um seine Tasche zu holen. Er zog den Mantel an, beugte sich zu mir herab und gab mir einen Kuß.

Erst als er hinausging, öffnete ich die Augen einen Spalt. Das Licht aus der Küche beleuchtete Erik und fixierte seine Silhouette im visuellen Gedächtnis. Die Tür schloß sich hinter ihm. Ich drehte mich zur Wand und schlief wieder ein, ohne zu ahnen, daß Erik in diesem Moment für immer aus meinem Leben ging.

Gegen neun sprang ich aus dem Bett. Barbara Ionowna wollte am Vormittag kommen, und bis dahin mußte ich noch auf den Markt. Mir fiel ein, daß ich draußen nach Fußspuren gucken wollte. Hatte ich es mir nur eingebildet, oder war wirklich jemand am Fenster vorbeigegangen? Doch erst probierte ich die neuen Schuhe an. Sie paßten; ich zog Galoschen darüber und lief auf den Markt. Die Spuren waren vergessen.

Der Frost hatte nachgelassen. Morgens war es neblig und feucht. Am Tage jedoch wärmte eine schon frühlingshafte Sonne. Zum Markt war es ein ganzes Stück zu gehen. Die neuen Schuhe rieben. Zurück ging ich langsam, atmete die Frische, die von den Bergen des Alatau herabkam.

Schon von weitem sah ich, daß eine unbekannte Frau in einem Persianermantel und mit einer Persianermütze aus unserem Hof kam. Endlich! Sie haben Valetschka gebracht! Mein Herz pochte freudig. Trotz der aufgeriebenen Füße humpelte ich eilig der Frau entgegen und rief: »Wollen Sie zu Petkewitsch?«

Die Frau nickte und blieb stehen. Als ich heran war, riß ich die Pforte auf. Keine Valetschka zu sehen. Dann brachte die Frau wohl eine Nachricht von ihr.

»Woher kommen Sie? Aus Uglitsch? Aus Leningrad? Treten Sie ein. Legen Sie ab. Nehmen Sie Platz.«

Doch die Frau setzte sich nicht. Ihre Antwort war unerwartet prosaisch:

»Ich soll Sie zum Institutsdirektor bringen.«

»Weshalb?«

Mich durchzuckte der Gedanke: etwas mit Erik. Dann fiel mir ein, daß man mir das Stalin-Stipendium angekündigt hatte. Sicherlich ging es darum.

»Gut«, sagte ich, »aber gleich kommt meine Schwiegermutter. Solange muß ich noch warten. Außerdem, sehen Sie, wie ich mir den Fuß wund gerieben habe.«

Die Frau ging ohne Umstände zum Regal, suchte ein Stück Pappe, faltete es zweimal und hielt es mir hin.

»Legen Sie es unter die Ferse und kommen Sie. Er wartet auf Sie.«

Warum wollte mich der Direktor so dringend sprechen? Und was für eine merkwürdige Frau! Ihr ungeniertes Benehmen stieß mich ab. Ohne zu antworten, legte ich die Pappe in den Schuh.

»Na, wie ist's?«

»Danke. Besser.«

Hastig schrieb ich für Erik ein paar Worte: »Wurde ins Institut gerufen. Bin bald zurück«. Merkwürdigerweise hinterließ ich für Barbara Ionowna keine Nachricht. Nachdem ich den Schlüssel und den Zettel unter einen Stein gelegt hatte, folgte ich der Frau.

Wie kommt es, daß wir uns einem fremden rücksichtslosen Willen nicht widersetzen ? Daß wir uns dem Erstbesten unterordnen? Einem Befehl gehorchen?

Ich hinkte. Die Frau machte den Versuch, mich unterzufassen. Instinktiv riß ich mich los. Ich hätte wenigstens die Schuhe wechseln sollen. Schweigend gingen wir die Straße hinunter. Einen halben Häuserblock.

Am Straßenrand stand ein Auto. Ich hatte es bemerkt, als ich vom Markt zurückkam, aber in meiner Ungeduld, Valetschka zu sehen, war ich daran vorbeigegangen, ohne hineinzuschauen.

Die Frau blieb neben dem Auto stehen, öffnete den Wagenschlag und sagte scharf:

»Da hinein!«

Im Wagen saßen zwei Männer in NKWD-Uniform. Alles in mir verhärtete sich.

»Warum haben Sie das nicht gleich gesagt?« entfuhr es mir.

»So ist es besser.«

Die Wagentür schlug zu und schnitt mich von allem ab: von meiner Umgebung, meinen Vorhaben, von allem, woran ich hing, sogar von der Luft, die ein Mensch in Freiheit atmet. Verhaftet? Nein, das kann nicht sein!

Es war noch gar nicht lange her, daß Eriks Freunde vorgeladen worden waren. Sie hatten uns erzählt, daß man sich dort für uns interessierte. Damals in Leningrad waren meine Freunde auch vorgeladen worden. Und jetzt wollte man offenbar mich befragen.

Aber warum saßen so viele Leute im Wagen? Ich blickte die neben mir sitzenden Männer nicht an. Die Frau schien die Chefin zu sein.

Der Wagen fuhr ins Zentrum und hielt vor dem NKWD-Gebäude, das einen ganzen Häuserblock einnahm.

Die Intuition ist klüger als der Verstand. Nachdem ich am Haupteingang den Paß abgegeben hatte, fühlte ich, daß ich hier nicht mehr herauskommen würde.

Man führte mich durch Korridore. Mit Aktendeckeln unter dem Arm hasteten Militärs beiderlei Geschlechts vorbei. Hinter den Türen klapperten Schreibmaschinen. Uniformen, Stiefel, Riemen. Schon beim Gedanken an diese Behörde hatte ich immer Angst bekommen. So sah sie nun von innen aus.

Der Uniformierte, der mich begleitete, stieß eine der zahlreichen Türen auf und sagte:

»Da hinein!«

Die Fenster des schmalen Zimmers waren vergittert und gingen auf den Hof.

»Setzen Sie sich.« Er wies auf einen Stuhl neben der Tür.

Dann kramte er in den Schubfächern, nahm etwas vom Tisch und ging hinaus.

Ich war mir selbst überlassen. In der Brust saß ein dumpfer Schmerz. Meine Gedanken kreisten um Erik: Er kommt zum Mittagessen, wundert sich, liest die Nachricht, macht sich Sorgen und läuft los, um mich zu suchen. Aber wo?

Eine Stunde verging. Eine zweite. Niemand kam. Aufstehen und gehen. An die Barriere treten, wo ich den Paß hatte abgeben müssen, und sagen: Ich werde dort nicht mehr gebraucht. Nein, ich brachte es nicht einmal fertig, mich zu erheben. In dem Zimmer schienen hundert Augen und Fallen zu lauern.

Schließlich bildeten Müdigkeit, Hunger und Aufregung ein explosives Gemisch. Ich schnappte nach Luft. Ich muß raus, egal wohin! Bloß weg von hier! Sofort! Auf der Stelle! Tränen brannten mir in den Augen, der Kopf glühte. Da kam der Uniformierte wieder herein.

»Wenn Sie mich brauchen, komme ich später wieder. Jetzt muß ich gehen. Mein Mann macht sich Sorgen«, sagte ich mit überkippender Stimme.

»Sie werden warten, solange es nötig ist«, sagte der Uniformierte prononciert und fügte weicher hinzu: »Den Männern tut es manchmal ganz gut, wenn sie sich Sorgen machen.«

Er kam noch ein paarmal herein.

Ich war mit meiner Geduld am Ende und hätte vor rasender Wut um mich schlagen mögen. Ich wollte raus aus diesem Haus. Da draußen irrte Erik herum. Ich wollte ihn beruhigen und von ihm getröstet werden. Aber man mußte mir nicht erklären, daß dieses Warten eine Foltermethode war. Ich wußte es so genau, als hätte ich es irgendwann schon erlebt.

Als ich den äußersten Grad von Müdigkeit erreicht hatte, begriff ich plötzlich mit völliger Klarheit, nicht mit dem Kopf, sondern mit meinem ganzen Wesen, daß ich noch viel mehr würde erdulden müssen. Unmenschlichkeit würde mich von nun an ständig umgeben.

Man hielt mich schon mehr als zehn Stunden fest. Wie ich auf meiner Armbanduhr sah, war es neun Uhr abends, als der Uniformierte endlich am Tisch Platz nahm und die Befragung begann: Nachname, Vorname, Vatersname, Geburtsjahr, Ausbildung, Name des Vaters, der Mutter, Geschwister, Ehemann?

Der Fragebogen war ausgefüllt. Nach meinem Verständnis mußte der Uniformierte nun zum Wesentlichen kommen, mußte mir sagen, weshalb ich hier war. Aber er ging wieder hinaus. Hinter den Wänden klapperten keine Schreibmaschinen mehr, waren keine Schritte zu hören.

Erst um eins kam er wieder, und diesmal für lange, wie ich begriff. Er befahl mir, mich an den Tisch zu setzen, ihm gegenüber, hob die Augen und sagte langsam und deutlich:

»Petkewitsch! Sie sind ver-haf-tet!«

Alles Lebendige in mir, mein ganzes Ich zog sich zu einem Knäuel zusammen, riß sich vom Herzen los und rollte mit schrecklicher Geschwindigkeit in die Dunkelheit, in die Hölle. Das Schrecklichste, vor dem ich mich schon so lange fürchtete, war eingetreten.

Der Ermittler zeigte mir den Haftbefehl und setzte sich bequem zurecht.

Das erste Verhör begann.

»Also, Petkewitsch, erzählen Sie von Ihrer konterrevolutionären Tätigkeit. Alles! Die ganze Wahrheit!«

Mußte ich etwa darauf antworten? Ich konnte diese Stimme nicht mehr hören.

»Ich habe mir keine konterrevolutionäre Tätigkeit zuschulden kommen lassen. Sie irren sich.«

»Wir irren uns nicht. Besser, Sie erzählen alles selbst.«

»Ich habe nichts zu erzählen.«

»Beginnen Sie damit«, fuhr er fort, »mit welchem Auftrag die Leningrader Zentrale Sie nach Frunse geschickt hat. Was haben Sie transportiert? Wie ist der Name des Mannes, mit dem Sie sich nach Ihrer Ankunft in Frunse in Verbindung gesetzt haben? Wer hat Sie in Leningrad vor Ihrer Abreise instruiert?«

Hatten diese Fragen wirklich mit mir zu tun?

»Geben Sie mir Ihre Handtasche«, forderte er, »und nehmen Sie die Armbanduhr ab. Legen Sie alles auf den Tisch.«

Etwas sträubte sich in mir. Die Tasche mit allem Krimskrams abgeben? Mit der Nagelschere, den Briefen, der Puderdose, auf der eingraviert war: »Für Tomotschka von David«? Eben hatte man mir mein Leben weggenommen, aber um die Tasche tat es mir leid. Wollte man mir zu verstehen geben, daß mir nichts mehr gehörte? Ja, so war es.

Ich saß reglos da.

Der Ermittler stand auf, beugte sich über den Tisch und riß mir die Tasche aus den Händen. Die Uhr machte ich selber ab, damit er mich bloß nicht berührte.

»Und was haben Sie von Frunse nach Leningrad transportiert, als Sie im Frühling so überstürzt hingefahren sind?« fragte er.

Ich antwortete, daß ich von irgendwelchen Zentralen nichts wußte, daß mich niemand instruiert und ich nichts transportiert hatte.

»Mit welchem Geheimdienst standen Sie in Verbindung? Was für Sabotage sollten Sie hier verüben?« Er drängte mich immer weiter an den Abgrund.

Die Fragen flogen wie Steine auf mich nieder: ungeheuerliche, idiotische Fragen, die sich ein normaler Mensch gar nicht vorstellen kann. Unermüdlich stellte der Ermittler Fragen und schrieb Protokoll. Der Glaube an die Logik, an die Wahrheit hatte mich verlassen.

»Sie verwechseln mich mit jemandem.« Ich versuchte, die Atmosphäre im Zimmer zu ernüchtern.

»Nein, Petkewitsch, wir verwechseln Sie mit niemandem. Verstehen Sie doch: Ein offenes Geständnis ist der einzige Ausweg für Sie.«

Er fragte wieder und wieder: Welcher Geheimdienst, welche Aufgabe?

Unvermittelt unterbrach er das Verhör. Im Ton des Bedauerns über das »unverzeihliche Versäumnis«, fast mit schlichter menschlicher Intonation, die jetzt nach Heuchelei klang, rief er:

»Sie müssen ja hungrig sein! Seit dem Morgen haben Sie nichts gegessen!«

Er läutete nach dem Diensthabenden und befahl ihm, zwei Portionen Boeuf Stroganoff zu bringen. Nachts um drei in einem Dienstzimmer des NKWD war Boeuf Stroganoff ein Höllenmahl. Wenn Starrsinn ein Zeichen von Leben ist, so lebte ich. Ich wußte, daß ich das Essen nicht anrühren würde.

Nachdem der Ermittler allein sein Boeuf Stroganoff gegessen hatte, setzte er das Verhör fort.

Außer »ich weiß nicht«, »nein«, »nie gehört« hatte ich nichts zu antworten.

Er appellierte an meine Vernunft: erstens »die Wahrheit zu sagen«, zweitens doch etwas zu essen. Und fragte wieder:

»Was für eine Auszeichnung haben Sie von Ihren Auftraggebern erhalten?«

Plötzlich rief er den Diensthabenden.

»Führen Sie die Inhaftierte in die Zelle!« befahl er.

Konnte das Herz noch schwerer werden? Ja. Ich hatte viel über die Zellen des Jahres siebenunddreißig gehört.

»Geradeaus«, wurde mir befohlen, »nach links, nach rechts, hinunter, nach links.«

Endlich öffnete sich eine der Türen in den Hof, in die Nacht, und gab ein Quadrat des Sternenhimmels frei. Noch ein paar Stufen hinunter, und ich befand mich im Inneren Gefängnis des NKWD. Aufseher öffneten das Tor und schlossen gleich wieder ab. Ein langer Korridor. Zu beiden Seiten viele Türen. An der Decke trübe Glühbirnen. Schlüssel knirschten. Eine Zellentür ging auf. Undurchdringliche Finsternis. Ein Abgrund. Ich drehte mich um. Hinter mir standen der Diensthabende und mein Ermittler. Im letzten Moment gab er mir meinen schwarzen Hut, den er die ganze Zeit in der Hand gehalten hatte.

Das ist der Karzer, dachte ich. Und ging hinein. Hinter mir wurde zugesperrt.

Ich hatte nur den Wunsch, mich hinzulegen. Mit Händen und Füßen tastete ich den Raum ab. Nichts. Außer den Wänden und dem Zementboden gab es nichts.

Erschöpfung. Kraftlosigkeit.

Eine Weile blieb ich stehen, an die Wand gelehnt, dann glitt ich abwärts und setzte mich auf den Zementboden. Ich fror. Doch im Innern brannte es. Mein Kopf glühte. Ich stand wieder auf. Und rutschte erneut wie ein Sack auf den Boden. Dumpf rief ich: »Erik! Mein Erik, wo bist du? Ich will nach Hause! Warum bin ich hier? Ich kann nicht! Ich will nicht! Hilf mir! Helft mir doch!«

Mich aufbäumend und alle Beherrschung verlierend, schlug ich mit dem Kopf gegen die Wand. Ich mußte diesen Apparat, der die ganze Hoffnungslosigkeit meiner Situation erfaßte, zertrümmern.

An die Gerechtigkeit appellierte ich nicht. Ich wußte schon, daß es sie nicht gibt. Plötzlich hatte ich eine ganz dumme und naive Hoffnung. Erik hatte oft gesagt: »Die sollen nur versuchen, dir etwas zu tun … Dann werd ich ihnen …« Ja! Er wird's ihnen zeigen! Aber auch das ging vorbei. Es blieb nur der Zementfußboden.

Als ich mit meinen Kräften am Ende war, kam mir ein einfacher Gedanke: Diese Zelle ist der Raum, der mir auf Lebenszeit gegeben ist. Wie unbändig meine Seele später auch sein mochte, in was für offene Welten ich auch gehen mochte, ich wußte: Ich mußte in mein einsames Haus zurückkehren. Und kein Psychiater konnte daran etwas ändern. Höchstens Liebe und Wärme.

Damals, am 30. Januar 1943, einem nicht enden wollenden Tag, an dem ich alles verlor, begriff ich das Grausamste im Leben. Ich begriff auch, wie man meinen Vater verhöhnt, welche Qualen er gelitten hatte.

In der Nacht entdeckte ich in meinem Hut, den mir der Ermittler in die Hand gedrückt hatte, ein Stück Brot. Das hatte es zum Boeuf Stroganoff gegeben.

Der Morgen kündigte sich dadurch an, daß an der Decke ein eitriggelbes Lämpchen aufleuchtete. Bei Licht war die Zelle noch schrecklicher als im Dunkeln. Die Wände des Steinsacks waren voller Spritzer und Flecke undefinierbarer Herkunft, sie schrien Namen und Inschriften heraus, die mit Löffelgriffen, mit Fingernägeln eingeritzt waren.

Das Gefängnis erwachte. An der Tür schlurften viele Füße vorbei. Irgendwer hustete krampfhaft. Metallgeschirr klapperte. Mehrmals guckte jemand durch den Spion.

»Der Kübel ist in der Ecke«, sagte der Aufseher durch die Klappe.

Ich hatte von allein begriffen, was das Ding zu bedeuten hatte. Obwohl ich vor Kälte zitterte, rollte ich meinen Mantel und den Hut zusammen und setzte mich darauf, mit dem Rücken zum Spion. Dann ging die Klappe in der Tür wieder auf, und mir wurden ein Becher mit trüber Flüssigkeit und ein Stück Brot hereingereicht.

Die Zeit wurde durch die unterschiedlichen Geräusche im Gefängnis markiert: Mittagessen, Abendessen. Ab und zu wurde irgendwo eine Zellentür geöffnet, dann erklang der Befehl: »Raustreten.« Ich erwartete, auch herausgerufen zu werden, aber als die nächste Nacht anbrach, hatte man mich noch immer nicht zum Verhör geholt. Und man entließ mich auch nicht unter tausend Entschuldigungen in die Freiheit, wie ich mir ausmalte.

Der Karzer befand sich unter der Treppe. Leute in eisenbeschlagenen Stiefeln liefen hinauf und hinab. Die knallenden Geräusche bombardierten den Kopf. Ihnen war nicht zu entkommen. Ich zitterte vor Kälte und war benommen von dem Getöse. Ich glaubte den Verstand zu verlieren, dann wäre auch der Schmerz vorüber. Aber ich verlor nicht den Verstand.

Man ließ mich drei Tage im Karzer. Am vierten Tag wurde die Tür aufgeschlossen.

»Raustreten. Geradeaus, nach rechts, nach oben ...«

Mit hölzernen Schritten ging ich durch den Korridor. Dann stand ich vor einer Tür. Als sie aufging, stach mir Tageslicht in die Augen. Ich begriff, daß es der Gefängnishof war. Alles drehte sich und flog irgendwohin. Ich brach zusammen, kam aber allein wieder auf die Beine. In der Nähe stand auf einem Dreibein ein Fotoapparat. Mir wurde ein Schild mit einer vierstelligen Nummer umgehängt.

»Drehen Sie sich ins Profil! Jetzt von vorn!«

Ich wurde in ein Zimmer geführt. Eine Frau in meinem Alter, in der NKWD-Uniform, nahm Fingerabdrücke von mir. Jede dieser Gefängnisprozeduren war erniedrigend. Schon die Abkürzung NKWD flößte mir Todesangst ein. Bis dahin hatte sie mich nur anfallsweise gepackt, aber nun ergriff sie Besitz von mir und paralysierte mich.

Der Rückweg durch den Korridor war länger. Also kam ich nicht wieder in den Karzer. Die dreitägige Folter durch Einsamkeit war zu Ende. Der Aufseher schloß die Tür zu einer Zelle auf. Darin waren Menschen! Ich freute mich. Menschen!

Alle Frauen, die ich sah, kamen mir nett vor, alle verschmolzen zu einem Gesicht, einer Brust, an die ich mich schmiegen wollte. Ich brach in Tränen aus. Stimmen redeten durcheinander:

»Nicht weinen ... Soll sie doch weinen ... Rührt sie nicht an! Kommen Sie hierher. Hier ist Ihre Pritsche ... Ach, ich kenne Sie doch. Wie oft hab ich Sie in der Stadt mit Ihrem Mann gesehen. So ein schönes Paar! Kommen Sie jetzt von draußen? Wie ist es da? Weshalb sind Sie hier?«

Die vielstimmige Anteilnahme dämpfte ein wenig das Leid.

»Nicht hinlegen, das ist tagsüber verboten. Man darf nur sitzen«, warnten mich die Frauen.

Aber nach der dreitägigen Qual fiel der Kopf von selber aufs Kissen. Die Klappe wurde geöffnet.

»He, aufstehen! Oder willst du in die Isolierzelle?«

Das galt mir. Und wieder sagte mir mein Gefühl: Es wird eine ewige Qual. Gewöhne dich daran.

In der Zelle standen zehn Pritschen mit dünnen Strohmatratzen und ebensolchen Kopfkissen. Darüber lagen weißliche, fadenscheinige Decken. Neben der Tür stand ein Kübel für alle. Da durfte man nicht genierlich sein, mußte selbst den Gedanken an Scham tilgen. Ob das möglich war? Entsetzlich!

Die Zelle lag im Keller. Die Fenster waren in Höhe des Hofasphalts. Sie waren vergittert und hatten Blenden. Der Himmel war nicht zu sehen. Auf einem Holzbord standen Aluminiumnäpfe, Becher und eine Schüssel zum Abwaschen. An der Wand hingen die »Verhaltensmaßregeln für die Strafgefangenen im Gefängnis des NKWD«. »Verboten«, »untersagt« – an die fünfzig Punkte. Ein strenger Plan regelte den Tagesablauf: Aufstehen, Hinaustragen des Kübels, Hofgang, Verhöre, Verhöre, Verhöre, Essen, ein wenig Schlaf zu Beginn der Nacht und dann die nächtlichen Verhöre. Während wir draußen waren, wurden die Zellen durchsucht. Nach dem Hofgang wurden wir durchsucht. Fremde Hände tasteten den Körper ab. Man mußte lernen, unempfindlich zu werden. Die Aufseher konnten uns durch den Spion jederzeit beobachten.

Im Gefängnisleben gab es zwei Etagen: oben – die Verhöre; unten, der Keller – die Zelle. Oben sollte ich begreifen, daß ich nicht taugte für meinen Staat.

Ich wurde in ein anderes Zimmer zum Verhör gebracht. Der Ermittler war der alte. Er war dreiunddreißig oder fünfunddreißig. Größer als mittelgroß. Blond. Etwas vorstehende Augen. Ein schlichtes, aber nicht dummes Gesicht. Vor allem war er der bevollmächtigte Vertreter des Bösen.

»Haben Sie nachgedacht? Über alles? Begreifen Sie, Petkewitsch, Ausflüchte sind sinnlos. Also, mit welchem Auftrag wurden Sie von der Leningrader Zentrale nach Frunse geschickt?«

»Ich kenne keine Leningrader Zentrale. Nach Frunse bin ich zu meinem jetzigen Mann gekommen«, antwortete ich wieder in der Hoffnung, daß man mir vielleicht doch noch glaubte.

»Sie bleiben also stur? Wir wissen alles. Begreifen Sie das? Begreifen Sie das oder nicht? Antworten Sie: Mit welchem Geheimdienst standen Sie in Verbindung?« wiederholte er immer dasselbe.

Eines der Verhöre führte die »Persianerdame«, die mich verhaftet hatte.

»Sie sind jung. Aus Ihnen kann noch ein Mensch werden. Ich rate Ihnen, alles freimütig zu gestehen. Dann werden wir Ihnen helfen, den richtigen Weg zu gehen.«

Dieser Ton einer Kindergärtnerin war noch unerträglicher. Als sie auf Schweigen stieß, begann sie zu schreien:

»So eine sind Sie also! Die Sorte haben wir auch schon erlebt. Vergessen Sie, daß Sie einen Charakter haben!«

Sie war von dem Wunsch besessen, mich in Plasma, in Rohmaterial zu verwandeln, das sie nach Belieben drehen und biegen konnte. Aus einem unerfindlichen Grund haßte sie mich.

»Vergessen Sie, daß Sie eine Frau sind! Ja, ja, das müssen Sie vergessen«, keifte sie.

Das nächste Mal verhörte mich wieder der Ermittler.

»Also, kommen wir auf den Auftrag der Zentrale zurück. Wer war Ihr Kontaktmann? Nennen Sie die Namen.«

Er wollte nicht glauben, daß ich aus privaten Motiven nach Frunse gekommen war. Meine Antworten brachten ihn außer sich. Er schrie nun auch:

»Sie wissen es! Nennen Sie die Namen!«

Dann stellte er eine Frage, die mich niederschmetterte:

»Sie haben zum Beispiel gesagt, Sie wollen, daß Hitler kommt. Was für Pläne verbanden Sie damit?«

Er wußte: In Leningrad waren gerade erst meine Mutter und meine Schwester gestorben, schuld daran war die Blockade, der Krieg, Hitler; wie konnte ich wollen, daß Hitler kommt?

»Ich habe nichts dergleichen gesagt. Ich konnte es gar nicht wollen.«

»Sie haben es gesagt, Petkewitsch. Sie wollten es.«

Nach zehn oder zwölf Verhören hatte ich noch immer nicht begriffen, was die Hauptbeschuldigung war. Man warf mir alles mögliche vor. Mir wurde alles gleichgültig.

Mehr als der Gang der Untersuchung beschäftigte mich der Gedanke: Wie kann ich einen Moment abpassen, um nach Erik zu fragen? Weiß er von meiner Verhaftung? Wie geht es ihm? Schließlich faßte ich mir ein Herz.

»Sagen Sie, wie geht es meinem Mann? Haben Sie ihm erklärt, wo ich bin?«

Unerwartet wütend antwortete er:

»Machen Sie sich keine Sorgen um ihn, sondern um sich. Das wäre angebrachter.«

Mir war keinen Augenblick der Gedanke gekommen, daß Erik auch im Gefängnis sitzen könnte, aber jetzt durchzuckte es mich: er auch? Wir beide? Nein! Das kann nicht sein!

Die Verhöre begannen häufig nach dem Signal zur Nachtruhe. Sie holten mich zwei-, manchmal auch dreimal in der Nacht. Doch wie zermürbt ich von den nächtlichen Verhören auch war, ich mußte morgens aufstehen, tagsüber zu schlafen war streng verboten.

Die Beziehungen der Frauen untereinander waren ein Rettungsring, an dem sich alle festhielten, die in den trüben Ozean von Verhören, Schlaflosigkeit und Neuropathie geraten waren. Mal bekam die eine, mal die andere einen hysterischen Anfall, und man versuchte einander zu beruhigen. Das Beichten, Erzählen, Helfen imitierte das Leben einer »Familie«.

In der Zelle waren Frauen mit den unterschiedlichsten Charakteren und Verhaltensweisen zusammengepfercht. Olga Krushko, meine rechte Pritschennachbarin, war Zeichnerin, sechsundzwanzig, verheiratet und Mutter von zwei Kindern. Flüsternd erzählte sie mir, wie glücklich sie sich in ihrer Familie fühlte. Dabei lachte und weinte sie.

Sie wurde beschuldigt, Witze erzählt zu haben, die »die Grundlagen der Sowjetgesellschaft untergruben«. Die Verhöre verliefen bei ihr milde, und sie zweifelte nicht, bald freigelassen zu werden.

Die zurückhaltende, nicht mehr junge Ärztin Alexandra Wassiljewna reagierte auf alle äußeren Reize gelassen. Wurde ein Aufseher ausfallend, so erklärte sie es damit: »Er hat schlecht geschlafen.« Beklagte sich jemand über die Hungerrationen, so sagte sie ruhig: »Und die an der Front?« Über sich erzählte sie wenig. An ihre Freilassung glaubte sie nicht. Ihr Mann und ihr Sohn waren am selben Tag eingezogen worden. Als sie von ihnen Abschied nahm, hatte sie sich an sie geklammert und geschrien: »Ich geb euch nicht her! Ich laß euch nicht weg! Diese Blutsäufer! Stalin und Ribbentrop haben sie zusammen fotografiert, die Halunken!« Ihr wurde »konterrevolutionäre Agitation« vorgeworfen.

Zwei Kirgisinnen, beide um die neunzehn, hielten sich abseits von den anderen. Die eine, Raja K., hatte sich als Frau eines Helden der

Sowjetunion ausgegeben, um Vorteile zu ergattern. Die andere hatte sich auf ein ähnliches Abenteuer eingelassen.

Die Schweigsamste von allen, die Georgierin Tamara, bekam plötzlich einen hysterischen Anfall. Sie heulte hemmungslos, stürzte zur Tür und hämmerte mit aller Kraft dagegen.

»Bringt mich sofort zum Ermittler! Auf der Stelle! Sonst erzähle ich allen, daß ich die Tochter von Ordshonikidse bin!«

Sie hatte tatsächlich Ähnlichkeit mit Ordshonikidse.

»Wie sind Sie hierhergeraten? Weshalb hat man Sie verhaftet?« fragten wir durcheinander.

»Wegen nichts! Sie verlangen, daß ich für sie arbeite, aber ich weigere mich. Darum halten sie mich fest. Sie sagen, daß sie mich freilassen, wenn ich einwillige ... Aber ich werde nicht länger schweigen.«

Die vierzigjährige Polina, eine Ärztin im Sanitätsdienst, war groß, schön und etwas vulgär. Manchmal sang sie mit heiserer Säuferstimme oder sprang auf die Pritsche und warf ihre nicht mehr jungen sehnigen Beine im Cancan hoch.

»Einmal geh ich mit meiner Freundin spazieren«, erzählte sie, um jemanden aufzuheitern, »und da kommen wir an einer Werkstatt vorbei, in der Schuhmacher sitzen und arbeiten. Die Werkstatt ist im Keller, und das Fensterchen steht offen. Ich raff mein Kleid hoch, zieh das Höschen runter und setz mich mit meinem Prachtarsch direkt vors Fenster. Die Schuster lassen die Nägel fallen und denken, sie träumen. Einer greift sich eine Ahle und kommt zum Fenster ... Ich konnte gerade noch meinen Hintern in Sicherheit bringen.«

»Mein Liebhaber war in der Anders-Armee«, erzählte sie in munterem Ton von ihrem Fall. »Er ist bei den Deutschen gelandet, und ich bin seinetwegen hier.«

Von den Verhören kam Polina wie von einem Rendezvous zurück: aufgekratzt, mit glänzenden Augen. Von dem Ermittler sprach sie mit zweideutigem Lächeln.

»Sie sind die einzige von uns, Polina, die im Lager nicht zugrunde gehen wird«, sagte Alexandra zu ihr.

»Ich gehe nicht zugrunde! Wenn's nur bald soweit wär, im Lager gibt's mehr Kerle! Und beten Sie zu Gott, daß Sie in dasselbe Lager kommen. Dann laß ich auch Sie nicht zugrunde gehen«, antwortete Polina lachend.

Vera Nikolajewna Saranzewa war zwanzig Jahre älter als ich. Ihre leuchtendblauen Augen und ihr kluger Mund wechselten ständig den Ausdruck, gaben ihre Stimmung wieder. Sie war Juristin und beherrschte mehrere Sprachen, war gebildet, belesen und kategorisch in ihren Urteilen. Mich trennten Welten von dieser unabhängigen und besonnenen Frau.

Ihr wurde Antisemitismus vorgeworfen. Die anderen Beschuldigungen waren noch absurder. Vera zweifelte nicht daran, freizukommen. Doch sie verließ sich nicht auf die Gnade des Ermittlers, sondern auf ihre juristischen Fähigkeiten. Ich fühlte mich zu ihr hingezogen. Mich faszinierten ihr Selbstwertgefühl, ihre innere Würde und ihre Kenntnis der Gesetze. Im Gefängnis hatte sie erfahren, daß auch ihre Mutter verhaftet worden war. Um sie machte sie sich weitaus mehr Sorgen als um sich selbst. Sie befürchtete, die Impulsivität ihrer Mutter könne ihnen beiden schaden.

Wenn Vera Päckchen bekam, bat sie jedesmal die Aufseher, ihrer Mutter den gößeren Teil zu bringen.

Im Gefängnis gab es einen Trost: die Bibliothek. Und was für eine! Sie bestand aus Büchern, die bei Verhafteten beschlagnahmt worden waren. Die Namen der Besitzer waren mit Tinte übermalt. Vera und ich verschlangen Tolstoi, Stendhal, Zweig und andere. Über das Gelesene debattierten wir.

Äußerlich ähnelte Vera einer Volkstümlerin. Wenn sie in der Zelle auf und ab ging, sang sie manchmal vor sich hin. Ich hatte sie früher nie gesehen, dennoch löste sie eine Erinnerung aus. In der Hauptstraße von Frunse stand ein Haus, in dem häufig Chopin und Rachmaninow gespielt wurden. Ich hatte jedesmal den Schritt verhalten, um der Musik zu lauschen.

»Wohnen Sie in der Dzierżyński-Straße sieben?« fragte ich Vera.

»Ja«, bestätigte sie erstaunt.

Die mit ihr in der Gefängniszelle geschlossene Freundschaft half mir, die Monate der Untersuchungshaft und andere Prüfungen durchzustehen. Sie hielt das ganze Leben.

Sonntags wurden die Pakete von den Angehörigen ausgegeben. Nur die Georgierin Tamara und ich bekamen keine.

Natürlich hoffte ich auch meinen Namen zu hören, denn ein Päckchen würde mir Aufschluß darüber geben, was mit Erik war. Eines Tages wurde ich wirklich aufgerufen. Der Diensthabende gab mir ein Päckchen und die drei Tontöpfchen, in denen ich das Butterschmalz für Valetschka aufbewahrt hatte. Hastig wickelte ich das Päckchen auf. Da waren meine Wäsche, der Hornkamm und andere Kleinigkeiten. Wer hatte das zusammengepackt? Barbara Ionowna? Erik? Das Paket enthielt alles Notwendige, wirkte aber irgendwie lieblos. Die Tontöpfchen bedrückten mich besonders.

Wie würde Valetschka in ihrer Not nun allein zurechtkommen? Wie würde sie mein Schweigen auffassen?

Trotz allem munterte mich das Päckchen etwas auf. Ich gab allen einen Löffel Butterschmalz in die Wassersuppe. Als ich zu Vera kam, zog sie ihren Napf weg und sagte:

»Nein! Heben Sie es für sich auf. Wer weiß, wie lange Sie sitzen müssen.«

Sie ließ sich nicht umstimmen. Da ging ich zum Kübel und warf ihre Portion hinein.

»Was haben Sie bloß für einen Charakter!« sagte sie empört, unterstützt von der allgemeinen Mißbilligung.

Charakter? Das, was ich auf Befehl der »Persianerdame« vergessen sollte? Es schien gar keiner da zu sein. Wer weiß, unter welchen Umständen er zum Vorschein kommen würde. Meine Apathie bei den Verhören, meine Verstörtheit und Stumpfheit erschreckten mich. Außer Angst und Schmerz schien nichts in mir zu sein.

»Haben Sie das Päckchen bekommen?« fragte mich der Ermittler beim nächsten Verhör.

»Ja. Wissen Sie, wer es gebracht hat? Mein Mann? Oder meine Schwiegermutter?«

»Ich.«

»Was heißt das?«

»Wir haben erst gestern in Ihrer Wohnung eine Haussuchung vorgenommen. Da habe ich zusammengepackt, was Sie brauchen können.«

Ich haßte ihn seit langem. Für dieses »zusammengepackt« und seine mildherzige Geste, mir das Butterschmalz zu bringen, haßte ich ihn noch mehr.

Eine Haussuchung? Erst jetzt? Und was war mit den Sachen, die uns Barbara Ionowna zur Aufbewahrung gebracht hatte? Diese Sorge nahm er mir sofort.

»Wir wissen, daß Ihre Schwiegermutter Sachen bei Ihnen hatte. Sie hat sie zurückbekommen. Wo und wie haben Sie Serebrjakow kennengelernt?« wechselte er das Thema.

»Was für einen Serebrjakow?« Ich wußte nicht, wen er meinte.

»Wieder Ausflüchte? Ja, Serebrjakow! Sie kennen ihn nicht? Erinnern sich nicht?«

»Ich kannte einen Serebrjakow. Aber in Leningrad«, sagte ich und fragte naiv: »Sagen Sie, wer ist das? Das habe ich nie begriffen.«

Eine Antwort bekam ich nicht. Doch mein Leningrader Leben interessierte den Ermittler plötzlich am meisten.

»Was können Sie über Nikolai G. sagen? Über Raja? Über Lisa?«

Was sollte ich über meine Freunde sagen? Ich liebte sie und vertraute ihnen bedingungslos.

»In Leningrad haben Sie sich in G.s Wohnung getroffen und verbotene Gedichte von Achmatowa und Jessenin vorgetragen. Danach haben Sie antisowjetische Gespräche geführt. Wer hat gewöhnlich damit angefangen?«

Der Ermittler kannte sich in unserem Leningrader Kreis aus und nannte Namen: die beiden Kirills, Nina, Roxana.

Ich wunderte mich: Was haben unsere harmlosen Leningrader Zusammenkünfte mit meiner Verhaftung zu tun?

»Wir haben keine antisowjetischen Gespräche geführt«, antwortete ich.

»Doch, das haben Sie. Wir wissen alles, Petkewitsch!«

Der bis zum Überdruß bekannte und scheinbar sinnlose Refrain »Wir wissen alles« erlangte plötzlich eine wahre Bedeutung. Die Papiere, die auf dem Tisch des Ermittlers lagen, enthielten einen großen Vorrat an Informationen über uns alle.

»Wer hat den und den Witz erzählt?« fragte er. »Sie haben gesagt, daß bei einem Pianistenwettbewerb die Preise falsch vergeben wurden. Sie haben gesagt, daß das Unterrichtssystem in den Schulen nicht durchdacht ist. Auf jegliche Weise haben Sie die Sowjetmacht verunglimpft.«

Durch das Prisma irgendwelcher Denunziationen in die eigene Vergangenheit zu schauen war heller Wahnsinn. Ich konnte weder mich noch die Fakten wiedererkennen. Die Ereignisse meines Lebens wurden aus fremder, offizieller Sicht beurteilt. Unwillkürlich entstand auch in mir eine »doppelte Sicht«. Die Entstellungen hatten die Kraft und Autorität des Staates auf ihrer Seite. Das schlimmste war, daß mir die harmlosen Gespräche allmählich selbst kriminell vorkamen.

»Wissen Sie, Petkewitsch, daß wir Sie schon in Leningrad verhaften wollten?« sagte der Ermittler.

Ob ich es wußte? Demnach hatte ich recht gehabt, als ich nicht den Verlauf des tatsächlichen Lebens – die Vorlesungen, die Arbeit, das Lachen, die Unterhaltungen mit den Freundinnen – für die Realität nahm, sondern das Vorgefühl von Unheil. Wie ein gejagtes Wild hatte ich gefühlt, daß alles um mich herum verstummte und erstarb, daß mir die Luft knapp wurde. Ich hatte es also »gewußt«. Darum war ich davongelaufen.

»Was ist mit meinem Mann? Wo ist er?« fragte ich mit einem Nachdruck, der mich selbst überraschte.

»Mit Ihrem Mann? Ihr Mann ist verhaftet! Am selben Tag wie Sie. Am frühen Morgen.«

Erik wurde vor mir verhaftet? Schon bevor ich ihm die Nachricht schrieb? Er war jetzt hier ganz in meiner Nähe? Diese Nachricht lähmte mich. Ich konnte mich auf nichts mehr konzentrieren. Ich fürchtete, er werde Haft und Gefängnis nicht überstehen. Die Fragen des Ermittlers erreichten mich kaum noch. Aber er setzte das Verhör fort, als habe er mir lediglich mitgeteilt, wie das Wetter draußen war.

»Erlauben Sie, daß mein Mann die Hälfte des Butterschmalzes bekommt«, bat ich den Ermittler.

»Nein«, antwortete er scharf.

»Ich bitte Sie sehr darum.«

»Nein!«

»Warum nicht?«

»Weil Ihre Schwiegermutter ihm Päckchen bringt, Ihnen aber nicht.«

»Egal, erlauben Sie's. Bitte.«

»Dieser Lump kommt auch ohne Ihr Butterschmalz aus. Schluß!«

Erik, ein Lump? Vielleicht ist er beim Verhör ausfallend geworden? Oder handgreiflich? Nein, das sieht Erik nicht ähnlich. Was ist es dann?

Später erfuhr ich, daß der Ermittler am 30. Januar Eriks Verhör beigewohnt hatte, bevor er in das Nebenzimmer kam, in dem ich ewig warten mußte. Sitzen wir wegen einer »gemeinsamen Sache«? Oder wird jedem etwas anderes vorgeworfen? Warum bringt Barbara Ionowna ihrem Sohn Päckchen, mir aber nicht? Hält sie mich für die

Hauptschuldige? Es geht ja nur noch um Leningrad. Von Frunse ist kaum die Rede. Also sind wir beide wirklich meinetwegen verhaftet worden. Dann hat Barbara Ionowna recht?

Ein Verhör löste das andere ab. Ich war an allem auf der Welt schuld. Und als auf die Erklärung, daß ich schon in Leningrad verhaftet werden sollte, die Mitteilung folgte: »Wir wollten Sie beide bereits in Taschkent verhaften« (wo wir uns während Eriks illegaler Dienstreise an den mittelasiatischen Ornamenten und Gassen begeisterten), fühlte ich mich endgültig zermalmt: Die ganze Zeit war ich verfolgt und beobachtet worden.

Nachdem der Ermittler meine Leningrader Vergangenheit »entlarvt« hatte, kam er auf die Gegenwart zurück.

»Also, Sie wollten, daß Hitler kommt. Was für Pläne verfolgten Sie damit?«

»Warum stellen Sie mir diese Frage? Ich habe nichts dergleichen gesagt. Verstehen Sie, ich konnte gar nicht wollen, daß Hitler kommt.«

»Aber Sie haben es gesagt.«

»Zu wem habe ich so etwas gesagt? Zu wem?«

»Zu wem? Zur Muralowa haben Sie's gesagt.«

»Muralowa? Kenne ich nicht.« Ich hörte den Namen zum erstenmal.

»Sie kennen sie nicht?« Er nahm ein Blatt Papier vom Tisch und las vor: »Ich, Muralowa (es folgten Vor- und Vatersname), habe bei der Frau saubergemacht, bei der Petkewitsch wohnte. Dort habe ich gehört, wie Petkewitsch sagte: ›Wenn doch Hitler bloß bald käme, dann würde das Leben sofort leichter.‹«

Alles weitere war auf demselben Niveau.

Zu meiner Wirtin kam tatsächlich eine Frau zum Saubermachen. Wir grüßten uns, und darauf beschränkte sich unsere Bekanntschaft. Wer hatte sie genötigt, diesen Unsinn zu schreiben?

»Veranlassen Sie eine Gegenüberstellung mit der Muralowa. Sie soll in meinem Beisein bestätigen, daß ich das gesagt habe.«

»Das werden wir auch machen«, versprach der Ermittler.

Dann nahmen die Verhöre eine neue Wendung.

»Erzählen Sie, was Ch. sagte, als sie Ihre Schwiegermutter besuchte.«

»Ich war selten bei meiner Schwiegermutter und habe mich nicht an den Unterhaltungen beteiligt.«

»Uns interessieren die antisowjetischen Äußerungen von Ch. Versuchen Sie sich zu erinnern. Es ist wichtig.«

»Ich kann mich nicht erinnern.«

»Ich helfe Ihrem Gedächtnis auf. Bei einem ihrer Besuche erzählte Ch., Stalin hätte Lenins Testament vernichtet. Erinnern Sie sich an so ein Gespräch? Dann sagte sie noch, Stalin hätte sich an der Krupskaja gerächt. Stimmt das?«

»Nicht in meiner Gegenwart. Ich habe so etwas nicht gehört.«

»Dann sagen Sie mir, wer von Ihnen lügt: Sie oder Ihr Mann? Er sagt, daß Sie beide an dem Gespräch teilgenommen haben.«

»Ich kann mich nicht daran erinnern.«

»Sie behaupten doch, immer die Wahrheit zu sagen. Wo ist denn Ihre gepriesene Wahrheitsliebe im vorliegenden Fall?«

Es kommt der Moment, wo man versteht, daß die nackte »Wahrheit« aufhört, eine zu sein, daß sie sich in eine Denunziation verwandelt und man selber sich in einen Denunzianten. Ja, ein oder zwei solcher Gespräche hatte es wirklich gegeben.

Im Verlauf der Untersuchung stellte sich heraus, daß ich auch des Antisemitismus beschuldigt wurde. Als Begründung diente irgendwessen Aussage, ich hätte in der Post zu einem Bürger gesagt: »Sie Jidd, stellen Sie sich hinten an.«

All diese Unsinnigkeiten wurden schließlich in Anklagepunkte zusammengefaßt: Verbindung zur Leningrader terroristischen Zentrale, konterrevolutionäre Agitation und Antisemitismus.

Anders als Vera hatte ich von Rechtsdingen keine Ahnung. Ich konnte weder eine Widerlegung noch eine Präzisierung der Beschuldigungen fordern. Ich begriff nur eins: ob mehr oder weniger Punkte, war ohne Bedeutung. Es reichte schon einer, um nicht freigelassen zu werden. Erik und ich waren potentielle Feinde der Sowjetmacht. Basta.

Ich konnte mich kaum noch aufrecht halten. Ich hatte kein Zuhause, keine Familie mehr. Erik saß im Gefängnis. Barbara Ionowna hatte sich von mir losgesagt. Nur im Schlaf konnte ich Kraft zum Weiterleben finden. Doch wegen der nächtlichen Verhöre schlief ich wenig. Obendrein wurde der schwere Gefängnisschlaf mitunter von so unmenschlichem, tierischem Geschrei unterbrochen, daß uns das Blut gefror. Irgendwo in der Nähe wurde ein Häftling gequält. Er konnte schuldig sein oder auch nicht. Was änderte das? Ein lebendiger Mensch wurde gefoltert. Der fremde Schmerz erschütterte uns nicht nur für eine Stunde, sondern fürs ganze Leben. Diese Todesschreie rissen uns im tiefen mittelasiatischen Hinterland aus dem Schlaf.

1937 hatten die Untersuchungsgefangenen den Ermittlern noch am Tisch gegenübergesessen. Es war vorgekommen, daß ein von aberwitzigen Beschuldigungen zur Raserei gebrachter Mensch ein Tintenfaß oder einen Briefbeschwerer ergriffen und gegen seinen Peiniger geschleudert hatte. Aufgrund dieser Erfahrung wurde in den folgenden Jahren der Stuhl des Häftlings neben die Tür gestellt.

In Erwartung der Fragen saß ich bei einem der Verhöre eben dort. Der Ermittler studierte schweigend die Protokolle. Ich blickte ihn an und dachte: Womöglich schlägt und foltert er auch irgendwen?

»Es ist zwar nicht erlaubt«, sagte er plötzlich, »aber ich schalte das Radio ein. Hören Sie Musik. Das hat Ihnen doch bestimmt gefehlt. Entspannen Sie. Ruhen Sie sich aus. Ich verhöre Sie heute nicht.«

Im Zimmer war es warm und hell. Anders als in der Zelle. Die Anspannung fiel allmählich von mir ab. Draußen war es dunkel. Im Radio wurde Tschaikowskis »Schwanensee« übertragen. Die Musik schien nicht von dieser Welt zu sein. Die mir geschenkte Ruhe schläferte mich ein. Unmerklich war ich dieser Welt entrückt. So merkte ich nicht gleich, daß der Ermittler, der immer wieder zum Schrank ging, neben mir stehenblieb.

»Was für schönes Haar Sie haben, Tamara!« Diese Worte betäubten mich wie eine Explosion, wie ein Erdbeben.

Das war schlimmer als ein Schlag, auf den ich ständig gefaßt war. Hinterhältigkeit? Ein jesuitisches Manöver? Ich wußte nicht, wie ich mich dem widersetzen sollte. Der Ermittler kniete plötzlich nieder. Ich sprang auf. Das Herz hämmerte wie verrückt.

»Haben Sie keine Angst vor mir«, sagte er. »Ich liebe Sie, Tamara!«

Das Unglaubliche, Irrsinnige seiner Worte stürzte mich in Panik. Dennoch sagte ich mit einer Kaltblütigkeit, die mich selbst verwunderte:

»Wann ist denn das passiert?«

Er antwortete:

»Vor einiger Zeit.«

Das alles war widernatürlich.

»Ich kenne Sie«, sagte er. »Sie sind rein und unschuldig. Ich kenne Ihr ganzes Leben. Ich kenne Sie besser als Sie sich selbst. Ich weiß, wie Sie in Leningrad gelebt haben, wie schwer Sie es hatten. Ich weiß von Ihren Schwestern, Ihrer Mutter. Ich weiß von Ihrem Leben in Frunse. Erinnern Sie sich denn nicht an mich? Ich bin ins Medizinische Institut gekommen, in Ihre Seminargruppe, in Zivil natürlich. Sie haben mich einmal durchdringend angesehen. Dann waren wir bei Ihnen zu Hause. Einer von uns hat gesagt: ›Wir sind gekommen, um Sie zu verhaften!‹ Sie sind damals schrecklich blaß geworden.«

Er redete und redete. Ich hatte das Gefühl, daß die zu einem ungeheuerlichen Schlag ausholende Hand auf halbem Wege innegehalten hatte, aber unbedingt noch zuschlagen würde. Ich hatte entsetzliche Angst.

»Lassen Sie mich in meine Zelle bringen.«

Nach dem Verhör mit »Liebeserklärung« suchte ich nach einem Ausweg. Endlich fand ich ihn. In der Zelle hatte man erzählt, daß ein Häftling das Recht habe, einen anderen Ermittler zu verlangen.

Beim nächsten Verhör verkündete ich sogleich:

»Ich bitte Sie, meinen Fall abzugeben ... Wenn Sie das nicht tun, wende ich mich an den Gefängnisdirektor.«

»Gut, daß Sie es zuerst mir sagen«, antwortete er. »Wissen Sie, was mit Ihnen passiert, wenn ich Ihren Fall einem anderen Ermittler übergebe? Dann bekommen Sie garantiert fünfzehn Jahre!«

»Meinetwegen. Ist mir egal.«

»Aber mir ist es nicht egal. Ich gebe die Hoffnung nicht auf, daß Sie als freier Mensch von hier weggehen.«

Er ermahnte mich:

»Vergessen Sie den Gedanken an einen anderen Ermittler. Sie sind für mich eine Untersuchungsgefangene und nichts weiter.«

Doch ich beharrte auf meiner Forderung.

»Begreifen Sie doch endlich, das wäre für Sie tödlich!«

»Wieso?«

»Lesen Sie!« Er hielt mir einen Packen maschinegeschriebener Blätter hin.

Ich las: »Petkewitsch hat Hitlers Technik gepriesen. Sie hat gesagt, daß sie auf ihn wartet ... daß sie die Sowjetmacht haßt« usw. Das hatte bestimmt nicht die Muralowa formuliert.

Ohne mich auch nur ein Zehntel des Textes lesen zu lassen, nahm mir der Ermittler die Blätter aus der Hand und riß sie in kleine Fetzen.

Nach der Lektüre dieser Denunziation begriff ich, daß ich auf Dauer in diese Mauern einzementiert war. Freikommen konnte ich nur, wenn die Mauern einstürzten.

Morgens erzählten wir uns in der Zelle unsere Träume und deuteten sie. Für Olga, die von ihrem Zuhause und gestärkten Bettlaken träumte, führten alle Träume in die Freiheit.

Und wirklich, sie wurde freigelassen. Aufgeregt machte sie sich fertig und schwor, uns Päckchen zu bringen. Vor allem mir.

»Und überhaupt«, sagte sie, »wenn ihr eine Bitte habt, dann laßt es mich über die Ärztin wissen.«

Die Ärztin, eine schweigsame Frau, die überhaupt kein Interesse für uns erkennen ließ, bekamen wir äußerst selten zu Gesicht.

Olga wurde zur Eile gedrängt. Sie küßte uns alle und ging.

Ihre Freilassung machte auf alle einen starken Eindruck. Nur Vera teilte aus irgendeinem Grund die allgemeine Freude nicht. Sie setzte ihren Kampf fort, hielt sich in Form und ging nach wie vor stundenlang in der Zelle auf und ab. Sie brachte mir französische Sprichwörter bei, die ihr besonders gefielen, und verbesserte meine Aussprache. In Alltagsdingen war diese kluge, mutige und würdevolle Frau jedoch oft hilflos und rührend. Ich schloß sie immer mehr ins Herz.

An Erik dachte ich die ganze Zeit. Wenn der Aufseher fragte: »Wer schrubbt im Korridor den Fußboden? Es gibt eine Zusatzration«, meldete ich mich sofort. Nicht wegen der Zusatzration, sondern in der Hoffnung, hinter einer Zellentür Eriks Stimme zu hören oder ihm ein Zeichen geben zu können. Aber die Zellentüren waren mit Eisen beschlagen. Nur manchmal drang ein Stöhnen oder ein Lachen heraus. Ich schrubbte den Zementfußboden, und wenn ich das Wasser im Hof ausgoß, schnappte ich eine zusätzliche Portion Luft. Das war alles.

Es war Mitte März. Anderthalb Monate Untersuchung lagen hinter mir.

»Ah, die Fürstin Tarakanowa! Setzen Sie sich«, versuchte der Ermittler zu scherzen. »Kennen Sie das Bild? Von Flawizki, glaube ich.«

Doch gleich darauf wurde er wieder offiziell.

»Also, Sie haben gesagt, Sie wollen, daß Hitler kommt.«

»Das habe ich nicht gesagt.«

»Doch, Sie haben es gesagt.«

»Nein.«

»Doch.«

»Nein.«

»Doch.«

Sein Ton war unerbittlich. Ich wußte schon, daß er nicht davon ablassen würde. Wie immer in solchen Fällen verlor ich das Gefühl für die Realität. Die seelische Erschöpfung ging in körperliche Müdigkeit und Gleichgültigkeit über.

»Kann man denn wollen, daß Hitler kommt?« widersetzte ich mich dennoch.

»Sie haben es gesagt.«

Sollte ich das alberne Gefecht fortsetzen? Dieses dumme Spiel? Der Kampf um mein »Nein« kam mir plötzlich demütigend vor. Nicht mutig, sondern feige.

»Ich wollte es! Ich habe es gesagt!« stieß ich hervor.

»Was wollten Sie? Was haben Sie gesagt?« fragte er zurück.

»Ich habe gesagt, ich will, daß Hitler kommt!«

»Aber Sie wollten es doch gar nicht. Und haben es nicht gesagt«, entgegnete er auf einmal schlicht und vorwurfsvoll. »Ich habe das Verhör nicht auf die schlechteste Weise geführt, Tamara Wladislawowna. Sie haben einen anderen Ermittler verlangt, aber der hätte Sie ganz anders verhört«, sagte er ernst und leise. »Merken Sie sich: bei Tag und in der Nacht, unter allen Umständen muß Ihre Antwort immer dieselbe sein: Nein! Das habe ich nicht gesagt! Haben Sie das verstanden?«

Ich begriff, daß er mir eine Lektion in Strategie erteilt hatte. Aber wozu? Er verhaftete mich, um mich dann zu lehren, wie ich freikommen konnte? Bestand der Sinn des Lebens etwa darin, Verleumdungen und Niederträchtigkeiten abzuwehren? Das konnte ich nicht! Wollte ich nicht!

In derselben Nacht wurde ich mit konsequenter Unerbittlichkeit noch einmal zum Verhör geholt. Der Ermittler war wieder von schneidender Schärfe und teilte mir noch eine Anschuldigung mit.

»Hier ist eine Aussage, wonach Sie gesagt haben, im Jahre siebenunddreißig wären Häftlinge gefoltert worden.«

»Ja, das habe ich wirklich gesagt.«

»Aber das ist doch eine Lüge!« unterbrach er mich.

Zum erstenmal während der Verhöre richtete sich in meinem Innern etwas auf, das Atmen wurde leichter.

»Keine Lüge! Es ist die Wahrheit! Ich kenne einen Mann, der achtunddreißig freigelassen wurde, und ich habe mit meinen eigenen Augen das Armband gesehen, das ihm der Ermittler mit Zigaretten eingebrannt hat. Und ich habe einen Menschen gesehen, dem man beim Verhör die Rippen gebrochen hatte. Siebenunddreißig wurde gefoltert. Das ist die Wahrheit. Und ich habe es gesagt!«

»Lüge! Verleumdung! Es gab keine Folterungen«, fuhr er mich an. »Verstanden?«

»Es gab sie«, beharrte ich.

»Nein.« Er sprang auf.

Ich wandte seine wertvolle Lektion nun gegen ihn selbst an.

»Doch.« Mein plötzlicher Jähzorn und mein wiedererwachtes Selbstbewußtsein triumphierten. »Es gab Folterungen!«

Er trat dicht an mich heran. In diesem Moment fürchtete ich ihn nicht. Er schaute mir in die Augen. Schwieg ein paar Sekunden.

»Sehen Sie das hier?« fragte er, schob die Lippen auseinander und fuhr mit dem Finger über die Reihe seiner Metallzähne.

»Ich sehe es«, sagte ich.

»Die wurden mir«, sagte er langsam, »siebenunddreißig ausgeschlagen ... aber ... das hat es nicht gegeben!«

In den folgenden Jahren erlebte ich noch viele Erschütterungen. Aber diesen Schock konnte ich nicht vergessen.

Ich war völlig benommen. Der Ermittler hatte sich wieder auf seinen Platz gesetzt und schrieb etwas. Ich brachte kein Wort, keinen Ton hervor.

Wieder in der Zelle, dachte ich: Was ist das für ein Mensch? Warum siebenunddreißig? Sagt er die Wahrheit? Lügt er? Wieso ist er dann jetzt Ermittler? Warum hat er gewagt, mir das zu sagen?

Am 29. März 1943 wurde ich dreiundzwanzig. Es war ein Sonntag. Die Zellentür öffnete sich, der Diensthabende verkündete: »Paketausgabe.« Er nannte auch meinen Namen.

Vor allem freute ich mich darüber, daß Barbara Ionowna endlich milder gestimmt war. Ich schüttete den Inhalt des Säckchens aus: Zwiebeln, Knoblauch, gekochte Eier, Quarkkuchen. Irgend etwas irritierte mich, aber ich dachte nicht weiter darüber nach, sondern bewirtete die anderen.

Obwohl die Ermittler sonntags frei hatten, wurde ich zum Verhör gerufen. Die Arbeitszimmer waren leer, in den Korridoren hallte es.

»Haben Sie das Päckchen erhalten?« fragte der Ermittler.

»Ja, danke, daß Sie es erlaubt haben.«

»Sie haben doch heute Geburtstag. Ich gratuliere Ihnen. Das Päckchen hat Ihnen meine Mutter gebracht. Sie gratuliert Ihnen auch.«

Die Mutter des Ermittlers? Also war Barbara Ionowna auch heute nicht zu mir gekommen?

Plötzlich begriff ich, daß er den Kuchen und die Eier im Gefängnisladen gekauft hatte. Ich fühlte mich unendlich gedemütigt und gekränkt und konnte kaum die Tränen zurückhalten.

»Was können Sie über Nikolai G. sagen?« ging er gnadenlos zum Verhör über.

Über Kolja G.? Er kämpfte bestimmt an der Front. Ich dachte voller Wärme an ihn. Er hatte mich, meine Schwestern und meine Mutter sehr gern gehabt.

»Kolja? Ein romantischer, gutherziger und anständiger Mensch.«

»Romantik! Romantik! Wann werden Sie lernen, alles mit nüchternen Augen zu betrachten? Warum verstecken Sie sich immer hinter Illusionen?«

Im Chaos der Verhöre hatte ich längst begriffen, daß mir der Ermittler seine Sicht aufzwingen wollte. Aber das war absurd. Was gehen ihn meine Illusionen an? dachte ich feindselig und verschloß mich allen »persönlichen Fragen«.

Da er mich nicht zur Fortsetzung des Gesprächs bewegen konnte, hielt er mir ein Blatt Papier hin.

»Protokoll der Vernehmung von G., Nikolai Grigorjewitsch, nach Artikel 58, 2 zu zehn Jahren verurteilt«, las ich. »1941.«

Kolja verhaftet? Verurteilt? Er ist auch diesen schweren Weg gegangen? Der Ärmste! Im Verhörprotokoll stand unter anderem die Frage: »Was können Sie über die Familie Petkewitsch sagen?«

Kolja antwortete, meine Mutter und ich hätten ständig antisowjetische Gespräche geführt und ihn mit hineingezogen. Wir hätten ihn vom rechten Weg abgebracht.

Mir wurde schwarz vor Augen. Nein! Das kann er nicht gesagt haben. Man hat ihn geschlagen und gezwungen.

Der Ermittler verbreitete sich über meine Verirrungen und mein Unvermögen, die Welt vernünftig zu sehen. Seine Sentenzen gingen an meinem Bewußtsein vorbei. Der Schlag war zu stark gewesen. Ich glaubte, keinen weiteren Schmerz mehr ertragen zu können. Doch das Schlimmste stand mir noch bevor.

Unverhofft fragte er, ob ich eine Bitte hätte. An meinem Geburtstag sei er bereit, mir jeden Wunsch zu erfüllen.

Eine Bitte? Ja. Die größte von allen. Eine lebenswichtige.

»Ich möchte meinen Mann sehen«, hauchte ich voller Hoffnung.

»Wozu?« fragte er frostig.

Was sollte ich darauf antworten? Um ihn wiederzusehen, um zu erfahren, wie es ihm ging, um zu spüren, daß er mich brauchte, um mich davon zu überzeugen, daß weder Verhaftung noch Gefängnis unserer Verbundenheit etwas anhaben konnten.

Der Ermittler wühlte wieder in Akten, zog ein handbeschriebenes Blatt Papier hervor und reichte es mir.

Voller Angst nahm ich es entgegen.

Es war, von Eriks Hand geschrieben, die Geschichte seiner Beziehung zu einer Verbannten. »Meine Beziehung zu Anna E. dauerte auch nach meiner Heirat mit Petkewitsch an«, schloß Erik.

Anna E.? Ich erinnerte mich sehr gut, wie Barbara Ionowna darauf bestanden hatte, daß wir sie besuchten. Die Frau hatte einen flüchtigen Blick auf mich geworfen, war in die Küche gegangen und hatte dort geschluchzt. Dann fielen mir noch zwei, drei sehr persönliche Details aus jüngster Zeit ein, Eriks Lügen, wenn er spät nach Hause kam. Für all das gab es plötzlich eine bittere und häßliche Erklärung.

Ich hatte das Gefühl, daß gleich etwas Wahnsinniges mit mir passieren würde. Was ich gelesen hatte, war schlimmer als Verhaftung und Gefängnis. Man hatte mir den Stolz meines Herzens und das Herz selber genommen, meinen Halt, alles. Nichts als Verrat!

Wie alle Betrogenen wiederholte ich endlos: Wofür? Warum? Es hatte eine Ljalja gegeben, das hatte ich verstanden. Aber was bedeutete ihm diese farblose, unscheinbare Anna E.?

Es wäre damals nur natürlich gewesen, zu zweifeln und zu fragen: Ist das nicht eine Fälschung? Nein, ich konnte nicht daran zweifeln. Ich fand in mir nicht das Recht, zu erklären: Das glaube ich nicht, ich kenne meinen Mann. Mit etwas mehr Lebenserfahrung wäre ich längst selbst darauf gekommen.

Wie konnte Erik mich betrügen? Also hatte ich es nicht verstanden, seine Liebe zu erringen. Der Fehler lag bei mir.

Mir war in diesem Moment ein nicht wiedergutzumachendes Unglück widerfahren. Für viele, viele Jahre war mein Selbstvertrauen zerstört worden.

Beim nächsten Verhör warf der Ermittler beiläufig hin:

»Sie wollten doch Ihren Mann so gern sehen. Heute werden Sie ihn sehen.«

Ich wurde in ein geräumiges Zimmer geführt, in dem schon einige Leute waren. Unter ihnen sah ich Erik, unrasiert, sehr bleich. Sein Gesicht zuckte krampfhaft. Er erhob sich mühsam und sagte etwas zu mir. Ich verstand es nicht. Nach zweieinhalb Monaten Haft sahen wir uns zum erstenmal. Sein zerquältes Aussehen erschütterte mich. Außer Mitleid fühlte ich nichts. Man wies mir einen Platz neben dem Tisch zu. Ein fremder Ermittler machte mich darauf aufmerksam, daß Falschaussagen nach Artikel soundso bestraft würden, und fragte mich dann, was für antisowjetische Gespräche Ch. in meiner Gegenwart geführt habe. Ob ich gehört hätte, daß sie Stalin einen Blutsäufer nannte?

Da erkannte ich in der Frau, die vor dem Tisch saß, Barbara Ionownas Freundin, über die mich mein Ermittler in einem Verhör ausgefragt hatte.

Ich antwortete, daß ich von Ch. nichts Derartiges gehört hätte. Der Ermittler wandte sich an Erik:

»Bestätigen Sie, daß Ch. solche Äußerungen getan hat?«

»Nein«, antwortete er.

»Aber Sie haben ausgesagt, daß Ch. Stalin verunglimpft hat«, bohrte der Ermittler.

»Ich habe nichts dergleichen gehört«, sagte Erik und nahm damit die Beschuldigung zurück.

Wie immer in straffer Haltung, ein wenig hochmütig, saß Ch. auf ihrem Stuhl, ohne die Augen zu heben. Sie schien erfüllt zu sein von Verachtung gegen den Ermittler, gegen Erik und mich. Unsere Antworten hatten auf sie keinerlei Wirkung. Ich hatte den Eindruck, daß diese verbitterte und stolze Frau die ganze Welt für das verantwortlich machte, was sie hier erlebte.

Die Situation war unerträglich. Ich wurde als erste hinausgeführt.

Hatte ich Erik gesehen? Ja und nein. Was hatte ich von ihm begriffen? Er war zermürbt.

Ich weinte nie bei Verhören. Aber einmal geschah es doch. Der Ermittler fragte mich wieder, ob ich eine Bitte hätte.

»Nein.«

»Wirklich nicht?«

»Nein.«

»Aber es muß nichts mit der Untersuchung zu tun haben. Vielleicht könnte ich etwas für Sie tun?«

»Ich brauche nichts.«

»Ich bekomme auf dem Postamt Ihre Post. Wollen Sie denn nichts über Ihre Schwester erfahren?«

Alles in mir erbebte.

»Doch.«

Er zog ein Schreibtischfach auf und nahm Valetschkas geöffnete Briefe heraus: »Warum schreibst du mir nicht, Tamussja? Wann holst du mich von hier weg?«

Irgendwo im Waisenhaus verging meine jüngere Schwester vor Sehnsucht, und ich wurde im Gefängnis des NKWD gepeinigt.

Ich weinte. Untröstlich. Lauthals.

Sicherlich berührte mein Kummer den Ermittler. Doch ich kam sofort zu mir, als er sagte: »Wenn alles so läuft, wie ich erwarte, werden Sie Ihre Schwester bald wiedersehen. Sollte jedoch das Schlimmste eintreten, werde ich mich um sie kümmern. Meine Mutter« (ihr Name wurde zum zweitenmal erwähnt) »ist ein guter Mensch, sie wird Valetschka bei sich aufnehmen.«

Der Ermittler verblüffte mich nicht zum erstenmal durch Worte und Handlungen, die nicht in den festgelegten Rahmen paßten. Seine Versprechen klangen in den Mauern dieses Gebäudes wie Hohn und Lästerung. Ich sah, daß er mitunter aufrichtig war. Doch das war nur eine Seite seines Charakters.

Mein Gespür ersetzte mir die Erfahrung. Und als er sagte: »Dieser Tage wird ein Mann mit Ihnen sprechen, bereiten Sie sich auf dieses Gespräch vor«, hörte ich aus seinen Worten eine ganz bestimmte dienstliche Absicht heraus, die mir angst machte.

Einen Tag später sagte der Ermittler, er habe noch andere an mich gerichtete Briefe. Er wolle mir einen Brief von Roxana zeigen.

Dem Brief war ein geschraubtes Epigraph vorangestellt: »Ich fürchte den goldenen Bann Ihres feuerroten Haars.« Dann folgten die Worte: »Liebste! Unvergleichliche!« Roxana beteuerte, wie einsam und verlassen sie sich ohne mich fühle.

»Roxana liebt Sie? Ja? Sehr?« fragte der Ermittler mit betontem Interesse.

»Ja«, antwortete ich. »Sie ist meine Freundin.«

Er kippelte auf seinem Stuhl, was er sonst nicht tat, und sah mich, ohne etwas zu sagen, durchdringend an. Ob mitleidig oder neugierig, konnte ich nicht erkennen. Ich rätselte angespannt, was hinter seinem ungewöhnlichen Verhalten stecken mochte, und wurde nervös. Plötzlich stand er auf und kam, sich im Gehen die Hose aufknöpfend, auf mich zu.

In unbeschreiblicher Panik sprang ich vom Stuhl hoch und stieß die Tür zum Korridor auf. Der Ermittler war mit einem Satz bei mir, riß die Tür zurück und schlug sie mir dabei gegen den Wangenknochen. Dann brachte er sich in Ordnung und stand, mit dem Rücken zu mir, lange am Fenster.

Ich zitterte noch immer vor Abscheu. Ohne ein Wort zu sagen, läutete er nach dem Begleitposten.

Zwei Tage wurde ich nicht zum Verhör geholt. Ich konnte mir überhaupt nicht vorstellen, wie der Ermittler die Verhöre fortsetzen würde. Als ich wieder geholt wurde, war es mir peinlich, den Mann, der sich so bloßgestellt hatte, anzusehen.

Entweder hatte er sich sorgfältig auf diese Begegnung vorbereitet, oder sein Verhalten erklärte sich aus einer plötzlichen Aufwallung von Reue.

»Ich muß Sie um Verzeihung bitten!« begann er. »Ich gebe Ihnen jetzt die Möglichkeit, mich für mindestens fünfzehn Jahre hinter Gitter zu bringen. Ach was! Ich vertraue Ihnen. Setzen Sie sich hierher. Lesen Sie das schnell!«

Er nahm einen Aktenordner aus dem Safe. Aber ich wollte keine Überraschungen mehr. Ich wollte nichts lesen, nichts erfahren.

Hartnäckig und befehlend wiederholte er:

»Lesen Sie! Sie müssen das lesen! Sie müssen das wissen!«

Ich öffnete den Ordner.

Auf der ersten Seite waren die Decknamen zweier Spitzel genannt: »Diamant« und »Nord«.

Dann folgte der Fragebogen des Spitzels »Diamant«: Roxana Alexandrowna Srogowitsch.

Also war Roxanas richtiger Name nicht Siobori, sondern Srogowitsch.

»Diamant« berichtete ausführlich, wer wann und zu welchem Zweck in unsere Leningrader Wohnung gekommen war, wer was gesagt hatte, wie Mutter und ich auf das eine oder andere Ereignis reagiert hatten. Datum, Uhrzeit, die Umstände. Tag und Nacht waren wir über Wochen, Monate, Jahre überwacht worden.

Also hatte uns Roxana damals ein einstudiertes Szenarium vorgespielt. Sie hatte sich krank gestellt, damit sie bei uns bleiben konnte, eine Spitzelin des NKWD, die auf uns »persönlich« angesetzt war.

Etwas unvorstellbar Grauenhaftes war geschehen. Ich konnte nicht weiterlesen und warf die Akte auf den Tisch, ohne nachzusehen, wer sich hinter dem Decknamen »Nord« verbarg. Es reichte. Alles verschwamm mir vor den Augen. Ich bat, mich in die Zelle bringen zu lassen.

Unsere Familie unter dem Mikroskop des NKWD. Was hatte das NKWD erfahren? Daß ich von der Unschuld meines Vaters überzeugt war? Daß ich den Komsomolausweis nicht zurückgenommen hatte? Daß ich bezeugt hatte: 1937 wurden Häftlinge gefoltert? Und was hatte meine unglückliche Mutter gesagt? Wieso waren wir, ganz normale Menschen, für das NKWD interessant?

Man hatte uns das Leben gestohlen. Man hatte kein Geld für spezielle Mitarbeiter gescheut, um zu dokumentieren, was ich im Alter zwischen siebzehn und zwanzig gesagt hatte. Und wer? Der Staat, die Macht!

Ich versuchte es zu begreifen, konnte es aber nicht. Demnach war ich nur von gemeinen, nichtswürdigen Menschen umgeben gewesen, die mich alle verraten hatten? Die alle nichts wert waren? Und was war ich selber wert, wenn ich sie für meine Freunde gehalten und geliebt hatte?

Das war das Ende. Ein wahnsinniger Mechanismus war an die Stelle natürlicher Lebensgesetze getreten, ein Krake, der Schicksale und Seelen veschlang.

Plötzlich quälte mich die Frage: Wer ist der zweite? Tag und Nacht ging ich alle Bekannten durch und grübelte, zu wem »Nord« passen könnte.

Alle konnten es sein! Wenn Erik mich betrügen konnte, wenn Kolja G. solche Aussagen gemacht hatte, wenn Roxana »Diamant« war, dann konnten es alle sein! Alle!

Ich wußte, daß ich nicht den Mut aufbringen würde, den Ermittler zu fragen: Wer ist der zweite? Er fürchtete bestimmt schon die Folgen seiner reuevollen Aufwallung. Er hatte mir gezeigt, was unter dem Stempel »Streng geheim« aufbewahrt wurde.

Ich verlangte von mir selbst, ihn zu finden. Und ich fand ihn.

Der Deckname »Nord« deutete auf einen romantischen Charakter hin. Bestimmt war der- oder diejenige in meinem Alter, denn wir waren damals alle begeistert von dem Polarforscher Papanin, von dem Flug Tschkalows. Ich sah Augen vor mir – die Augen einer Freundin.

Ja, »Nord«, das konnte nur sie sein! Der Deckname spiegelte ihre Liebe zu ihrem Freund, der an einer Nordpol-Expedition teilgenommen hatte. Hunderte, Tausende Male überprüfte ich in den folgenden Jahren meinen furchtbaren Verdacht. Mich quälte die Frage: Und wenn ich mich irrte und ihr unrecht tat?

Es vergingen über zwanzig Jahre. Wir begegneten uns drei- oder viermal. Ohne mir etwas anmerken zu lassen, wartete ich auf ein Bekenntnis von ihr, auf Erklärungen. Zufällig war ich in Leningrad, als sie starb. Ich stand auf dem Friedhof und dachte: Vielleicht war sie es doch nicht? Und warf gefrorene Erdklumpen auf den Sargdeckel.

Niedergeschlagen ging ich zur Straßenbahnhaltestelle. Ihr Mann sprach mich an. Mein Herz preßte sich zusammen.

»Sie müssen ihr verzeihen, Tamara!« sagte er.

»Ja. Natürlich.«

Also hatte sie sich ihrem Mann anvertraut. Also hatte sie darunter gelitten.

Für Polina und Vera näherte sich die Untersuchung dem Abschluß. Die Gerichtsverhandlung stand unmittelbar bevor. Nach der Urteilsverkündung würden sie ins städtische Gefängnis kommen und dann ins Lager.

Über das städtische Gefängnis erzählte jeder, was er wußte: In den Zellen eine Unmasse Leute, Kriminelle und Politische zusammen. Dort werde unflätig geflucht, geprügelt, vergewaltigt und um Menschenleben Karten gespielt.

Bei dem Gedanken an das Bevorstehende versteinerte ich. Schüchtern sagte ich zu Vera:

»Vielleicht kommen wir auch im städtischen Gefängnis in eine Zelle?«

»Nein, meine Tamara«, erwiderte sie, »mich müssen sie freilassen. Sie haben nichts gegen mich in der Hand.«

Sie glaubte noch immer an den Erfolg ihres Kampfes, machte sich nur Sorgen um ihre Mutter. Sie würden gemeinsam auf der Anklagebank sitzen.

Ich scheute mich, ihr einzugestehen, wie wichtig mir ihre Freundschaft war. Sie war nicht sentimental, aber als wir Abschied nahmen, weinten wir beide. Denn wir trennten uns ja wohl für immer.

Sie versprach, sowie sie in Freiheit sei, meine Schwester Valetschka ausfindig zu machen und mir von ihr zu berichten. Auch mit meiner Schwiegermutter werde sie reden, denn sie sei sehr betroffen, daß diese sich von mir losgesagt hatte.

»Kopf hoch, Tamara! Ich werde Sie nie vergessen!« waren ihre letzten Worte.

Die monatelangen Verhöre hatten gezeigt, wie tief der Staat nicht nur in mein »konterrevolutionäres«, sondern auch in mein privates Leben eingedrungen war. Wenn der Ermittler jetzt bei den Vernehmungen hinzufügte: »Das Gericht wird Sie freisprechen, aber Sie müssen auf mich hören«, war ich sofort auf der Hut. Er fuhr fort:

»Olga Krushko aus Ihrer Zelle ist freigelassen worden, nicht wahr?«

Diese Frage ergänzte schlagartig das, was er bei einem früheren Verhör gesagt hatte: »Bereiten Sie sich auf ein Gespräch mit einem Mann vor.« Ich begriff plötzlich: Olga, die solche Sehnsucht nach ihrem gemütlichen Zuhause hatte, war als Informantin in die Freiheit entlassen worden. Meinen Fall gedachte der Ermittler auf die gleiche Weise abzuschließen.

Die Angst, die mich schon früher ergriffen hatte, wuchs in einem Maße an, als hätte man mir eine Windhose aus Dreck und Unrat angekündigt.

Die allnächtlichen Verhöre der letzten drei Monate hatten mich derartig zermürbt, daß ich mir bloß noch eines wünschte: schlafen! Das war die letzte Stufe von Erschöpfung.

Im Zimmer des Ermittlers saß diesmal ein Mann in Zivil. Der Ermittler stand hinter ihm und stützte sich auf das Fensterbrett. Und ich? Apathisch und gedankenlos registrierte ich die Anwesenheit des angekündigten Mannes. Das änderte nichts. Ich wollte schlafen! Sogar hier, auf dem Stuhl. Auf den Fußboden fallen, aber schlafen.

Mit eintöniger Stimme fragte der Mann wie am Tag der Verhaftung: Name, Vorname und so weiter. Alles schien von vorn zu beginnen.

»Sie haben gesagt, daß siebenunddreißig die Häftlinge gefoltert wurden?«

»Ja.«

»Daß die deutsche Armee im Gegensatz zu unserer gut ausgerüstet ist?«

»Ja.«

»Daß Sie wollen, daß Hitler kommt?«

»Ja.«

Allmählich wurde es in meinem Kopf klarer. Endlich entließ ich mich selbst in die Freiheit, noch dazu vor Publikum. Ich sah, wie sich der Ermittler hinter dem Mann in Zivil an den Kopf griff, mir Zeichen machte, mich zu besinnen. Aber nein! Seine Panik trieb mich nur an.

»Ja!« antwortete ich auf alles. »Das habe ich gesagt! Ja! Ja!«

Mochte alles zu Bruch gehen. Es war angenehm zu spüren, daß es noch etwas gab, was zu Bruch gehen konnte. Die plötzlich empfundene Freiheit flößte mir das Gefühl von Leben ein.

»Abführen!« befahl der Zivile.

Am nächsten Tag sagte der Ermittler: »Das war der Staatsanwalt.« Und das hieß, ich hatte mit meinen eigenen Händen, mit meinem störrischen Charakter alles kaputtgemacht, was er mit solcher Mühe aufgebaut hatte.

Aber ich wußte in einer Art Hellsichtigkeit, daß ohnehin alles verloren war. Wenigstens wurde ich rasch in die Zelle geführt, wo ich in einen Schlaf fiel, in dem es keine Verhöre und keine Menschen gab, nicht einmal mich selbst.

Das nächste Mal holte man mich am Tag, um zu unterschreiben. Mein »Fall« bestand aus einem dicken rosa Aktenordner. Ich öffnete ihn wie ein Buch über einen fremden Menschen.

Auf der ersten Seite mein Foto mit dem Nummernschild um den Hals, en face und im Profil, meine Fingerabdrücke. Dann der Fragebogen.

Die Anklage stützte sich auf zwei Artikel: 58, 10 – konterrevolutionäre Agitation während des Kriegs, und 59, 7 – Antisemitismus.

Der Ermittler zeigte mir, wo ich mit meiner Unterschrift bestätigen mußte, daß ich die Anklage zur Kenntnis genommen hatte.

Dann sagte er:

»Hören Sie auf mich! Bitte! Sie müssen vor Gericht alles abstreiten!«

»Was alles?«

Ich versuchte nicht, zu ergründen, warum er einen so engagierten »persönlichen« Kampf um mein Schicksal führte. Mitleid? Das Bedürfnis, sich vor sich selbst für die Unsittlichkeit seines Dienstes zu rechtfertigen?

Er hatte mich nicht geschlagen, mich nicht mit grellem Licht angestrahlt, mir keine Papirossy auf dem Handgelenk ausgedrückt. Ich hatte gesehen, wie er mehrfach Protokolle oder Denunziationen in Stücke riß. Vielleicht hatte er das Schlimmste von mir abgewendet. Dennoch ließen mich seine Manipulationen kalt. Kraft seines Amtes und seines anmaßenden Rechts hatte er beschlossen, aus meinem Leben alles Unkraut auszureißen, nur um zu zeigen, wieviel falsche und unnötige Menschen es darin gab, und damit hatte er alle Grenzen überschritten.

Ich freute mich, daß die Qual der Ermittlung vorüber war und daß ich diesen undurchschaubaren »Heiler« nicht mehr sehen würde.

Ein paar Tage später wurde mir mitgeteilt: Morgen ist die Verhandlung.

Ich war in gehobener Stimmung. Der folgende Tag würde eine Begegnung mit Erik und eine Entscheidung des Gerichts bringen.

In der Zelle waren nur noch Neue. Ich wusch mir die Haare. Eine von den Frauen goß mir aus einem Becher Wasser über den Kopf.

Am Morgen des 4. Mai 1943 bekam ich von meinen Zellengenossinnen »die letzte Ölung«.

»Nein, nein, ziehen Sie das graue Kostüm an ... Frisieren Sie die Haare so wie vor einer Woche ... Nein, nicht so. Lassen Sie mich das machen. Wenn die Sie so sehen, werden sie lächeln und Sie freilassen. Denken Sie an meine Worte: Sie kommen frei. Alles Gute! Gott segne Sie.«

Ich verabschiedete mich von allen mit einem Kuß.

Das Herz drängte mit so wahnsinniger Kraft hoch hinaus, daß es wirklich unmöglich war, mich nicht freizulassen. Wieso wuchs auf der Brandstätte solche Kraft? Woher kam der unbegründete, unangebrachte Jubel? Ich wurde auf den Gefängnishof geführt.

Mai, Frühling! In der Luft war ein Geschmack von Jugend, ein seidiges Lüftchen schmeichelte. Alles strotzte vor Leben. Im Hof drängten sich die Begleitposten. Der Gefängnisleiter, ein grauhaariger schnurrbärtiger Frontkämpfer mit Orden auf der Brust, war auch im Hof, und er lächelte wirklich, als er mich sah.

»Na«, sagte er, »ich bin fast sicher, daß Sie freigesprochen werden.«

Frei sein! Mein Gott, frei sein! Mehr brauchte ich nicht.

Erst als ich durch das Tor des NKWD-Gefängnisses geführt wurde, sah ich, daß mich vier Wachposten begleiteten. Zwei vorn und zwei hinten, mit umgehängter MPi. Warum so viele? Einen Moment wunderte ich mich, dann sah ich die Straßen der Stadt, die klebrigen Blättchen der Bäume, die dahinsausenden Autos, die Sonne, die Menschen. Die Weite und der Frühling saugten mich beinahe körperlich ein, und die vier Begleitposten verwandelten sich in dünnes eisernes Spinngewebe, das kaum existierte in dem Ozean von Luft, Freiheit und Düften.

Benommen von der Weite, die ich nicht mehr gewöhnt war, ging ich wie im Schlaf, der seltsam von Wachheit durchsetzt war. Ich ging in diesen strahlenden Tag wie zum Fest eines Schutzheiligen.

Wissen diese Menschen, daß sie frei sind? Daß die Freiheit einen Geruch, einen Geschmack hat, daß sie unermeßlich ist? Doch diese Menschen standen in einer langen Schlange vor einem Brotladen an.

Es war ja Krieg! Krieg!

Passanten drehten sich um: Eine Staatsverbrecherin wurde vorbeigeführt. Da, ein bekanntes Gesicht ... Man sah mich an und wandte sich ab, als hätte man mich nicht gesehen. Nun ja, das kannte ich vom Jahr siebenunddreißig. Plötzlich kam uns der Professor vom Medizinischen Institut entgegen, der immer gesagt hatte: »Diese Studentin ist mein ganzer Stolz!« Er erkannte mich, wurde verlegen und wandte sich auch ab.

Ich wurde durch die Hauptstraße der Stadt geführt. Vom Gefängnis zum Gerichtsgebäude war es mehr als ein halber Kilometer.

Auf der Straße spielten ein paar zehn- bis zwölfjährige Jungs. Als sie die »Prozession« sahen, ließen sie von ihrem Spiel ab. Die Worte eines Jungen brannten sich tief in meine Seele ein:

»Laßt sie frei, Onkelchen!«

Noch ehe ich den unverhofften Ruf, ein Geschenk kindlicher Großmut, in mich aufnehmen konnte, wurde er von den Worten eines anderen Jungen übertönt:

»Erschießt sie, das Luder!«

Die Hauptstraße blieb zurück, aber die Rufe der Jungs nahm ich für immer mit.

Heute werde ich Barbara Ionowna sehen, dachte ich unaufhörlich seit dem Morgen. Sie steht vor dem Gerichtsgebäude und ruft: Tamara, ich habe einen Anwalt für dich genommen. Und dabei bricht sie in Tränen aus. Ich sage zu ihr: Nicht weinen, Mama. Wir hatten uns ja versöhnt, und sie war seitdem oft bei uns gewesen. Ich zweifelte keinen Moment, daß Barbara Ionowna zur Verhandlung kommen würde.

An Erik zu denken fiel mir schwer.

Vor dem Gerichtsgebäude stand eine kleine Gruppe Menschen. Ich suchte mit den Augen nach Barbara Ionowna, fand sie aber nicht. Immer wieder ließ ich den Blick über die Leute gleiten und begriff nicht, warum mir viele Gesichter bekannt vorkamen. Erst nach einer Weile drang in mein Bewußtsein, daß es Studenten meiner Seminargruppe waren. Sieben. Ganz vorn stand Tschingis. Warum waren sie da? Doch nicht meinetwegen?

Und plötzlich begriff ich: doch, meinetwegen!

Ich hatte sie völlig vergessen. Wir hatten ja nicht lange zusammen studiert. Kaum zu glauben, daß sie von der Verhandlung erfahren hatten, daß sie gekommen waren. Bestimmt mischten sich in ihnen Angst und Neugier, Mut und Verständnislosigkeit. Aber sie waren gekommen!

Der Ermittler hatte mir einmal gesagt: »Das Institut hat Ihnen eine glänzende Beurteilung gegeben.« Diese Worte waren damals aufgeblitzt und im Strudel der Ereignisse wieder untergegangen.

Wie wenig ich vom Leben wußte! Ich vermochte nicht das Wesentliche zu erkennen.

Tschingis bat die Begleitposten um Erlaubnis, mir ein Päckchen zu geben. Sie schauten hinein und erlaubten es.

»Das ist für dich, für dich!« Der kirgisische Junge gab mir rasch das Päckchen und drückte mir den Ellbogen.

Das Päckchen enthielt ein Pfund Butter, Zucker und Brot. Die übliche Ration, die man fürs Blutspenden bekam. Tschingis hatte Blut gespendet, um mir das zu bringen. Alles, was noch heil in mir war, weinte. Mit meinem ganzen Wesen empfand ich den Wert dieses Geschenks.

Ich habe Tschingis nie wieder gesehen und weiß nichts von ihm. Seinen Nachnamen habe ich vergessen.

Und er weiß nicht, daß es mir noch heute die Kehle zuschnürt, wenn ich an ihn denke. Dieser Junge hatte ein neues Konto des Guten in meinem Leben eröffnet. Gerade zur rechten Zeit.

Ich wurde in den Gerichtssaal geführt.

Richtertisch, Holzbarriere, Anklagebank. Der getäfelte Saal war leer. Ich setzte mich auf einen Stuhl. Die Posten stellten sich links und rechts neben mich.

Schnellen Schritts kam ein kleiner Mann herein.

»Ich heiße Baran und bin Ihr Verteidiger. Ihr Pflichtverteidiger.«

Also ein Vertreter des Gerichts. So schrieb es das Gesetz vor. Ohne Verteidiger konnte die Prozedur nicht stattfinden. Ein Spiel. Und das 1943!

»Was haben Sie für ein Gefühl?« fragte Baran. »Ich habe ein gutes. Ich glaube an den Erfolg. Juristisch liegt kein Straftatbestand vor.«

Juristisch – kein Straftatbestand! Dieser Satz sollte mich noch lange begleiten.

Der Anwalt stellte mir ein paar präzisierende Fragen. Und dann – dann wurde Erik in den Saal geführt. Das war wichtiger als die Gerichtsverhandlung.

Seine und meine Begleitposten sagten nichts, als er zu mir stürzte.

»Wann haben sie dich verhaftet?«

»Um acht Uhr morgens, kaum daß ich mein Dienstzimmer betreten hatte. Und dich?«

»Um elf. Als ich vom Markt kam, stand eine Frau in einem Persianermantel vor dem Haus und sagte, sie solle mich zum Institutsdirektor bringen. Ich hab dir noch eine Nachricht geschrieben und unter den Stein gelegt.«

»Glaub ihnen nichts. Ich hasse sie.«

Ich brachte es nicht über mich, ihn nach Anna E. zu fragen, danach, was er denen gesagt hatte, wenn er sie so haßte. Er sah mich ohnehin so gequält an, suchte zu ergründen, ob ich ihn verurteilte. Ich schob alles beiseite. Es ging um Größeres.

Der schwache Erik hielt sich tapferer, als ich erwartet hatte. Das war mir eine Hilfe.

Eriks Verteidiger kam. Für ihren Sohn hatte Barbara Ionowna einen Anwalt genommen.

Wir mußten uns auf die Anklagebank setzen.

Publikum wurde nicht zugelassen, doch mein »Publikum« – Tschingis – war auf eine Pappel geklettert, saß auf einem Ast vorm Fenster und verfolgte die Verhandlung.

»Aufstehen! Das Gericht!«

Leute mit gleichgültigen Gesichtern kamen herein und setzten sich auf ihre Plätze.

Mein Ich, das einmal ein Ganzes war, zerfiel in Stücke. Herz und Hirn weigerten sich, zu akzeptieren, daß ich mit Erik auf der Anklagebank saß. Ich bekam einen grausamen, erbarmungslosen Schüttelfrost. Erik drückte mir fest die Hand: Beruhige dich!

Ich antwortete auf die Fragen: Nachname, Vorname, hörte, wie Erik antwortete.

»Gegen Sie wird Anklage wegen konterrevolutionärer Agitation erhoben. Bekennen Sie sich schuldig?« wurde ich gefragt.

»Nein!«

Zu Erik:

»Gegen Sie wird ... Bekennen Sie sich schuldig?«

»Nein!«

Der Richter lächelte beinahe aufmunternd und freundschaftlich, die Leute am Tisch wechselten einen Blick. Also hatten sie alles richtig verstanden? Doch die Verhandlung ging weiter.

»Zeugin Muralowa, bestätigen Sie, daß sich Petkewitsch gegen die Sowjetmacht ausgesprochen hat?«

»Ja.«

»Was hat sie gesagt?«

»Daß es eine schlechte Macht ist.«

»Genauer.«

»Ich weiß nicht.«

»Was hat sie noch gesagt?«

»Ich kann mich nicht erinnern.«

Die Frau, die ich kaum kannte, kam völlig durcheinander, trat von einem Fuß auf den anderen und redete dummes Zeug. Andere Zeugen gab es in meinem Fall nicht.

Dann war Erik an der Reihe.

»Zeuge Worobzow, an welche antisowjetischen Äußerungen P.s können Sie sich erinnern?«

»Er wollte nicht am Subbotnik teilnehmen, auf der Baustelle des Großen Tschuja-Kanals.«

»Wie hat er das begründet?«

»Er hat gesagt: ›Wie soll ich nach dem Arbeitseinsatz Patienten operieren? Ich muß auf meine Hände achtgeben, kann keine Schwielen gebrauchen.‹«

»Vielleicht hatte er recht?« warf der Richter ein. »Würden Sie sich unter das Messer eines Chirurgen legen, der gerade erst den Spaten in die Ecke gestellt hat?«

»Nein!« antwortete Worobzow freudig.

»Demnach hatte P. recht?« fragte der Richter, mit sich zufrieden.

Mein Verteidiger operierte mit dem »Fehlen eines Straftatbestands« und verwies darauf, daß die ungebildete Zeugin Muralowa sich faktisch an kein einziges Gespräch mit der Angeklagten erinnere, das als verurteilungswürdig gelten könnte. Ferner suchte er das Gericht davon zu überzeugen, daß der Vorwurf des Antisemitismus gegenstandslos sei, da ich viele jüdische Freunde hatte.

Eriks Anwalt sprach unpräzise, verwaschen.

Das Plädoyer des Staatsanwalts änderte schlagartig die Atmosphäre der Verhandlung. Es bestand nur aus Schimpfwörtern. Mit Schaum vor dem Mund schleuderte er heraus: Verräter, Abtrünnige, feindliche, antisowjetische, asoziale Elemente, vor denen man das Land schützen müsse ... Zum Schluß verlangte er für uns beide je fünfzehn Jahre Freiheitsentzug.

Der Richter wandte sich an Erik:

»Ihnen steht das Recht auf das letzte Wort zu.«

Erik verzichtete. Dann wurde mir das Wort erteilt.

»Ich bitte, mich an die Front zu schicken«, sagte ich.

Das Gericht zog sich zur Beratung zurück. Erik und ich wurden in ein Zimmer neben dem Gerichtssaal geführt.

In Erwartung des Urteils konnten wir natürlich gar nicht anders, als uns gegenseitige Treue zu schwören.

»Wenn sie mich verurteilen, wartest du dann auf mich? Ich liebe dich, ich liebe dich, glaub mir«, sagte Erik hastig.

Ich sah ihn aufmerksam an. In diesen Minuten waren seine Worte das einzig Lebendige, trotz allem.

»Nach eingehender Prüfung«, verlas der Richter die feststehende Einleitung, »wird Erik P. nach Artikel 58, Absatz 2, und nach Artikel 59, Absatz 7, »zu zehn Jahren Freiheitsentzug und Verlust der bürgerlichen Rechte für fünf Jahre verurteilt, der persönliche Besitz wird eingezogen.

Tamara Wladislawowna Petkewitsch ... wird nach Artikel 58, Absatz 2 zu sieben Jahren Freiheitsentzug und Verlust der bürgerlichen Rechte für drei Jahre verurteilt, der persönliche Besitz wird eingezogen.«

Zehn und sieben Jahre Haft!

Uns wurde der kaum leserliche Text des Urteils ausgehändigt, der letzte, mit schlechtem Kohlepapier getippte Durchschlag. Innerhalb von drei Tagen hatten wir das Recht, bei den höheren Instanzen Berufung einzulegen. An der Heuchelei dieser Instanzen bestand kein Zweifel.

»Verabschieden Sie sich!« wurde uns gesagt.

Wir verabschiedeten uns.

Auf dem Rückweg sah ich kein Strahlen, keinen Frühling mehr.

Ich wurde in ein kleines Dienstzimmer mit vergittertem Fenster gebracht, in dem es keine Schlafgelegenheit gab. In die alte Zelle gehörte ich nicht mehr.

Das Urteil und die bevorstehenden sieben Jahre Haft zu erfassen war unmöglich. Das Gehirn hämmerte mechanisch: sieben Jahre ... sieben Jahre ... Erik zehn.

Auf dem abgenutzten Schreibtisch lag neben dem Urteil das Päckchen von Tschingis. Ich hatte dem Jungen geholfen, das Latein in den medizinischen Lehrbüchern zu verstehen, und nun hatte er mir dieses unschätzbare Geschenk gemacht und war obendrein auf die Pappel vor dem Gericht geklettert.

Die Seele wärmte sich an diesem Päckchen.

Zur Nacht warf mir der Wärter eine dünne Decke und ein schmutziges Kissen herein.

Ich stellte die Stühle zusammen und legte mich auf das harte Lager, um schneller Vergessen zu finden. Mich überkam ein schwerer, schwarzer Schlaf, vergleichbar einer dicken Schicht feuchter Erde, die auf mich herabgestürzt war.

Irgendwo quietschte und kreischte wieder Eisen. Das Schloß wurde aufgesperrt, der Riegel zurückgeschoben. Ich hatte nicht die Kraft, etwas aus der Realität aufzunehmen. Doch der Ermittler kam fast im Laufschritt herein. Erschrocken setzte ich mich auf, hob den bleischweren Kopf. Er war nicht wiederzuerkennen: zerzaustes Haar, entzündete rote Augen. Ein Brand? War Erik etwas zugestoßen?

»Ich glaubte, Sie hätten sich aufgehängt!« stieß er hervor.

Schadenfroh erwiderte ich:

»Daran hab ich nicht im Traum gedacht!«

Ich wollte ihm noch etwas Böses, Verletzendes, Abfälliges sagen. Ihn hinauswerfen.

»Solch ein Urteil habe ich nicht erwartet. Ich war überzeugt, daß Sie freigesprochen werden.« Ich müsse in Berufung gehen, sagte er und trat an das vergitterte Fenster.

»Siebenmal werden die Aprikosenbäume ohne Sie blühen. Beim achten Mal sind Sie wieder da.«

Ja, die Aprikosenblüte ist in Kirgisien wunderschön: die Bäume in den Gärten sind von weiß-rosa Blüten übersät.

»Haben Sie irgendeine Bitte?« fragte er wieder.

Es tat mir leid um die Fotos, die bei der Haussuchung beschlagnahmt worden waren: von meinen Eltern, von Renotschka und Valetschka.

»Bewahren Sie die Fotos auf.«

»Das tu ich.«

Einschlafen konnte ich nicht mehr. Die Angst vor dem städtischen Gefängnis übermannte mich. Das Entsetzliche rückte unausweichlich näher.

Wirklich: Warum hatte ich mich nicht aufgehängt? Der erfahrene Ermittler hatte in seinem Zimmer gesessen und sich ausgerechnet, daß ich mich umbringen würde.

Nein, in jener Nacht dachte ich noch nicht daran. Ich vermochte mir noch nicht vorzustellen, was mich erwartete.

Am nächsten Morgen wurde ich abgeholt.

»Machen Sie sich fertig.«

»Wohin?«

»Ins städtische Gefängnis.«

Mir kamen die Tränen.

»Na, na«, brummte der Gefängnisleiter.

»Ich habe Angst davor. Kann ich nicht hierbleiben?«

»Hier? Das geht nicht. Aber ich werde dafür sorgen, daß Sie nicht in eine Massenzelle kommen.«

Auf dem Gefängnishof stand der »schwarze Rabe«, das Fahrzeug für Gefangenentransporte.

Das Auto rumpelte über das Kopfsteinpflaster. Ich entdeckte eine Ritze in der Wand und spähte hinaus auf die bekannten Straßen von Frunse. Dann sah ich eine schmutzig weiße Mauer mit Stacheldraht obenauf. Das städtische Gefängnis! Am Eingang beratschlagten drei Begleitposten. Offensichtlich ging es um mich. Für einen Moment wurde meine Aufmerksamkeit abgelenkt von Häftlingen, die Essenskübel vorbeitrugen. Mich erschreckte ein durchdringender, aus tiefsten Tiefen kommender Blick, den mir einer der Männer zuwarf. Da kam ein Posten mit einer grauen Decke aus dem Gebäude zurück.

Er befahl mir, zur Vortreppe zu kommen, schüttelte die Decke aus und warf sie mir über den Kopf. Dann ergriff er das hintere Ende der Decke und kommandierte:

»Abmarsch! Ich sag dir, wo's langgeht.«

Und er sagte: »Geradeaus, nach unten, nach links.«

Ohne den geringsten Widerstand zu leisten, ging ich, wohin er mir befahl. Ich konnte unter der Decke nichts sehen. Das totale Ausgeliefertsein heizte die Phantasie bis zum Äußersten an. In völliger Finsternis die Füße setzend, erwartete ich: Gleich tut sich unter mir eine Luke auf, ich trete ins Leere und stürze in die Tiefe … Aus, vorbei. So ein Ende hat man sich für mich ausgedacht.

Dann hörte ich Stimmengewirr. Unter der Decke verborgen, ging ich durch ein schmales Spalier aufgeputschter Männer.

»Geradeaus! Schneller!« trieb mich der Posten an.

Um mich herum Gejohle, schmutzige Schimpfwörter, Zoten. Dann eine Schwelle, und hinter mir schlug eine Tür zu. Der Krach nahm ab. Mir wurde die Decke vom Kopf gezogen. Ich war in einem Baderaum.

Das halbtote, gealterte Herz beruhigte sich allmählich. Der Posten sagte:

»Wasch dich. In zwanzig Minuten komm ich wieder. Mach den Haken vor. Draußen sind Männer.«

Mit tauben Händen legte ich den Haken vor. Es war kalt. Holzbottiche lagen umgestülpt auf Bänken. Ich zog mich nicht aus, hatte nicht die Absicht, mich zu waschen, ich setzte mich auf eine Bank und versuchte, das Zittern nach der »Hinrichtung« zu unterdrücken. Sie hatte zwar nicht stattgefunden, aber ich hatte sie durchlebt. Wahrscheinlich hätte ich sie auch ohne Protest akzeptiert.

Das Zittern wollte nicht vergehen. Von draußen wurde an die Tür geklopft.

»He«, riefen Männer, »mach auf, wir werden dich gleich …«

Es folgten die entsprechenden Angebote.

Ich hörte es. Aber mir ging nicht gleich auf, daß es mir galt. Sie versuchten die Tür aufzubekommen.

Das kann nicht sein! Doch, von nun an kann alles sein!

Ich saß auf der Bank und starrte auf den sich bewegenden Haken. Gleich würden die tierisch brüllenden Männer hereinstürmen, und es würde etwas geschehen, was schlimmer war als der Tod.

Das Entsetzen durchdrang mein ganzes Wesen, lähmte die Beine, brannte in der Kehle, ergoß sich als Eiseskälte in mein Inneres. Ich sah, daß der Haken im nächsten Moment nachgeben würde. Ich wollte schreien, aber die Stimme war weg. Ich wollte aufspringen, konnte mich aber nicht bewegen.

In der Wand war neben dem Rohr ein Spalt, durch den der Hof zu sehen war. Ich kroch hin und versuchte zu schreien. Aber die Kehle war wie von einem Eisenreif umspannt.

Dann hörte ich einen Schrei und begriff erst nach einer Weile, daß ich schrie. Da brüllte jemand hinter der Tür:

»Verschwindet, wird's bald!«

Geschimpfe, dann Stille.

»Mach auf, hier ist der Diensthabende.«

Ich glaubte es, löste den Haken und stürzte ins Nichts. Klatschnaß von dem kalten Wasser, mit dem mich der Posten übergossen hatte, damit ich wieder zu mir kam, trottete ich, diesmal ohne Decke, durch die Korridore.

»Man hat die Kriminellen ins Bad geführt«, erklärte der Posten.

Er brachte mich über den Hof in ein anderes Gebäude. Dort saß ich lange in einer Ecke. Man schien mich vergessen zu haben. Ich existierte kaum noch.

»Sie kommt in Zelle hundertsechs!« hörte ich schließlich.

Ich klammerte mich an den Strohhalm des Versprechens, das mir der Leiter des NKWD-Gefängnisses gegeben hatte.

Der Posten schob den Schlüssel ins Türschloß. Wie viele werden dort sein? Wer wird dort sein?

Ja, der alte schnurrbärtige Gefängnisleiter hatte sich bemüht!

Durch die geöffnete Tür sah ich eine schmale Zelle und zwei Eisenbetten. Mitten in der Zelle stand eine junge Frau und kämmte sich ihr langes Haar. Bevor ich es begriff, spürte ich, daß diese Frau einer Gattung mir unbekannter Menschen angehörte.

»Welcher Artikel?« fragte sie und antwortete gleich selbst: »Ich seh schon.«

»Und Sie?« stellte ich die Gegenfrage.

»Ich bin vor einer halben Stunde aus der Todeszelle gekommen.«

»Ist das mein Bett?«

»Ja, deins.«

Die Frau war etwa siebenundzwanzig und bildschön. Mittelgroß, ovales Gesicht, zarte Haut, schöne graue Augen. Die Haare? Ein Wunder! Aber ... Vorerst bestand dieses »Aber« in ihrer Art zu sprechen. Sie hatte eine scharfe, knarrende Stimme und einen leblosen Blick. Sie betrachtete mich aufmerksam und sagte nur:

»Tausendschönchen!«

Ich fragte:

»Haben Sie Berufung eingelegt?«

»Der gute alte Opa Kalinin hat mich begnadigt, die Erschießung in zehn Jahre umgewandelt.«

Ich sah mich in der Zelle um. Das vergitterte Fenster war direkt unter der Decke. Von außen war eine Blechblende angebracht. Darunter konnte man ein Stückchen Himmel sehen. Die Wände waren feucht und bröckelig.

Alle Gespräche hatten Zeit. Ich fiel vor Erschöpfung um. Gott sei Dank durfte man sich hier am Tage hinlegen.

In diesem Gefängniskombinat waren die Geräusche und Gerüche deutlicher und schärfer als im NKWD-Gefängnis.

Für einige Zeit stand Valja, meine Zellengefährtin, zwischen mir und der Welt. Um mich wieder zum Leben durchzuschlagen, mußte ich durch sie hindurch.

»Erschießung«, »Opa Kalinin«, »begnadigt«, »Todeszelle«, das alles war für mich unendlich weit entfernt, genauso unbegreiflich wie Valjas Leben. Im Umgang war sie verträglich und unkompliziert. Mein Verhalten kommentierte sie so: »Dauernd schweigst du! Dauernd grübelst du! Hör auf damit, sonst wirst du noch verrückt.« Offenbar merkte sie nicht, daß sie selber stundenlang schwieg.

Ihre Geschichte war folgende. Sie war als Straßenkind aufgewachsen. Schon mit acht Jahren stand sie bei einer Bande Schmiere. Sie heiratete früh, bekam mit sechzehn einen Sohn. Ihren Mann, den Bandenführer, liebte sie. Er wurde bei einer »nassen Sache« geschnappt und eingesperrt. Sie ging weiter »ihrem Geschäft« nach. Dann flog sie auf. Saß ihre Frist ab. Kam wieder heraus. Ihre Schwester hatte inzwischen den Sohn zu sich genommen. Nach ihrer Entlassung lebten sie zu dritt. Und jetzt war sie wieder reingerasselt.

Das war der erste Teil ihrer Erzählung. Der zweite war schrecklicher.

Die Bande, der sie angehörte, beging »politische Morde«. Zu ihren Opfern gehörten Militärspezialisten. Valja mußte die Bekanntschaft des jeweiligen Todeskandidaten suchen. Sie verabredete mit ihm ein Rendezvous, lud ihn zum »Abendessen« in eine Wohnung ein, die ihr der Bandenchef angab. Dort wurde das Opfer ermordet. Die Dokumente des Toten wurden für »politische Ziele« gebraucht. Für welche? Das wußte sie nicht. Sie brachte Begriffe wie »Spionage« und »Erpressung« und viele andere durcheinander.

Der lange Aufenthalt in der Todeszelle hatte dazu geführt, daß sie völlig offen mit mir sprach. Sie erzählte, daß sie auch an Morden teilnehmen mußte. Nachdem ich in Valjas Augen geschaut und das leblose weiße Pünktchen darin gesehen hatte, erkannte ich später Mörder an ihren Augen.

Wie alle Menschen ihres Schlags hatte Valja das Bedürfnis, ausführlich den wichtigen Moment zu schildern. Wenn sie vom »spritzenden Blut« sprach, versuchte ich abzuschalten, die Ohren auf Durchgang zu stellen. Doch einmal wollte ich ihre Beichte bis zum Ende hören.

»Mir ist alles egal – Erschießung oder zehn Jahre«, sagte sie. »Wenn ich noch leben will, dann nur aus einem Grund, ich möchte meinen Sohn Schurka wiedersehen. Er hat mir eine Aufgabe gestellt.«

Die Aufgabe bestand in folgendem: In der Sache, für die Valja zum Tod verurteilt worden war, gab es mehrere Opfer. Entgegen der festgelegten Ordnung befanden sich die Dokumente der Ermordeten vorübergehend bei Valja. Sie hatte die Papiere, wie sie erzählte, in eine Schatulle gelegt und diese in einen Schrank gestellt. Die Wohnung hatte zwei Zimmer. Valja saß mit der Schwester und dem Sohn am Tisch und trank Tee, als es an der Tür klingelte. Fünf NKWD-Männer kamen herein. Sie wiesen den Haussuchungsbefehl vor und machten sich gleich an die Arbeit. Valja wußte: Das ist das Ende.

Da nichts mehr zu ändern war, blieb sie am Tisch sitzen und drehte sich nicht einmal um, als der Schrank durchsucht wurde. »Ich sitze da«, erzählte sie, »und rechne mir aus: Jetzt durchwühlen sie das untere Fach, dort finden sie nichts, gleich nehmen sie sich das nächste vor, greifen nach der Schatulle, öffnen sie und rufen: Aha!« Doch der Moment ging vorüber, kein Ausruf ertönte. Da drehte sie sich um und sah die Schatulle weder in den Händen der NKWD-Männer noch im Schrank. Krampfhaft versuchte sie sich zu erinnern, wo sie sie hingetan haben könnte. Inzwischen durchsuchten die Männer das andere Zimmer. Die Schatulle fanden sie nicht. Dennoch wurde Valja verhaftet. Beim Abschied paßte die Schwester einen günstigen Moment ab und flüsterte ihr zu: »Als es klingelte, hat Schurka die Schatulle geschnappt, ist übers Abflußrohr aufs Dach geklettert und davongelaufen. Er sagt, niemand wird je erfahren, wo er sie versteckt.«

»Ich zermartere mir das Hirn«, sagte Valja, »wie er ahnen konnte, daß die Schatulle mein Untergang ist. Er hat doch nichts gewußt. Ich habe doch nie was angedeutet. Wie ist er bloß darauf gekommen? Einen größeren Wunsch, als ihn zu sehen, habe ich nicht.«

Ich dachte auch über den Jungen nach. Seine Hellsichtigkeit kam aus seinem Innern, es war eine natürliche Begabung. Das versuchte ich Valja zu erklären.

Sie hörte mir zu.

Ich denke, es half uns beiden, daß sie mir die Geschichte mit dem Jungen erzählte. Ich war mit einer Mörderin allein in einer Zelle und konnte ihr nicht aus dem Weg gehen. Ich stand vor der Entscheidung, jegliches Leben zu akzeptieren und selbst zu leben. Oder nicht zu akzeptieren und nicht zu leben. So zu tun, als ob es solche Menschen nicht gäbe, wie ich es bisher getan hatte, war sinnlos geworden. Ich mußte das Herz ausschalten und vorwärtsgehen.

Die Tage im städtischen Gefängnis verliefen sprunghaft, hektisch. Nach dem Mittagessen wurden wir zum Hofgang in den »Hundezwinger« geführt. Das war ein vier Meter großes Quadrat, von anderen Quadraten durch eine drei Meter hohe Lehmziegelmauer getrennt. Statt eines Dachs der Himmel. Der Fußboden – bloße Erde. In diese »Hundezwinger«, die am Rand des Gefängnishofs aneinanderklebten, wurden die Häftlinge aus den kleinen Zellen geführt und eingeschlossen. In den anderen Teil des Hofes kamen die Häftlinge aus den großen Zellen.

Valja kannte die Regeln.

»Willst du deinen Erik sehen?« fragte sie. »Dann graben wir mit unseren Kämmen rasch ein Loch unter der Mauer. Ich muß meinen Kostja auch sehen.«

Von Kostja hatte sie mir bisher nicht erzählt. Doch auf zwei kleinen Kissen, die sie ins Gefängnis geschmuggelt hatte, stand geschrieben: »Gute Nacht, Kostja!« und »Liebster Kostja«.

Durch das gegrabene »Guckloch« zum Hof konnte Valja ihren Kostja nicht sehen. Sie überließ mir den Platz. Ich legte mich auf die Erde.

Unter den vierzig oder mehr Männern, die hintereinander im Hof gingen, war auch Erik. Die Hände auf dem Rücken, trottete er mit seinem unsicheren Gang, den ich nicht ohne Rührung sehen konnte. »Du bist so weit weg, Erik!« wollte ich schreien. In der Zelle weinte ich lange.

Nachts kroch ein Flüstern in den Schlaf: »Petkewitsch ...«

War es mir nur so vorgekommen? Nein! Das Flüstern wiederholte sich. Jemand rief leise durch die Klappe in der Tür. Ich sprang auf.

»Nimm. Von deinem Mann.« Der Wächter schob ein Stück Brot durch die Klappe.

Erik! Brot! Der Wächter! Zeichen des Lebens.

Valja wartete, bis ich mich beruhigt hatte. Dann fragte sie:

»Liebst du ihn?«

»Ja.«

»Hör zu, was ich dir jetzt sage, und schreib's dir hinter die Ohren«, begann Valja. »Wenn sie dich auf Transport schicken, guck dich um, ob du deinen Erik siehst. Wenn er nicht dabei ist, schlag Krach: beschimpf den Begleitposten, spuck ihm in die Fresse, tobe, damit er sich weigert, dich mitzunehmen. Hast du kapiert? Ich geh ohne Soika nirgendwohin, und wenn sie mich totschlagen.«

»Wer ist Soika?« fragte ich.

Valja setzte sich aufs Bett.

»Na schön. Hör zu. Das mußt du auch wissen. Mein Kostja, das ist Soika. Verstehst du nicht? Na, sie ist mein Mann! Klar?«

Sie erzählte von der Liebe zu dieser Frau, die wahrscheinlich auch eine Kriminelle war, als von einem Glück, das sie belastete, zu dem sie aber verurteilt war.

»Es ist in der Zelle passiert, als ich zum erstenmal saß. Wir schliefen nebeneinander. Sie machte sich an mich heran. Ich war damals verheiratet und liebte meinen Mann. Aber das geht tiefer. Seit ich Soika kenne, sind mir alle Männer zuwider. Ich weiß, das ist nicht gut, aber ich kann nicht anders.«

Valja erzählte mir ausführlich von der häßlichen Welt der Perversionen. »Was meinst du, wie eifersüchtig sie ist!« klagte sie. Dann sagte sie unerwartet:

»Denkst du, an dich werden sie sich nicht ranmachen? Und ob. Besonders, wenn du in ein Frauenlager kommst. Du bist zart. Wenn du ein Weib in Hosen siehst, das eine tiefe Stimme und kurzgeschorene Haare hat, nimm dich in acht!«

Nach solchen Lektionen schlief die »Lehrerin der Finsternis« ein, aber ich mußte immer öfter an die Worte des Ermittlers denken: »Ich dachte, Sie hätten sich aufgehängt!« Das Lager stellte sich mir nach Valjas Erzählungen als Lasterhöhle dar, als eine Welt von Verrückten, von Gewalt, Heimtücke und Blut. In meinem Kopf ging alles durcheinander.

Valjas nächste Anleitung zum Handeln war das »Gebot«: Du darfst nicht arbeiten.

»Komm nicht auf die Idee zu arbeiten«, sagte sie. »Die schinden dich zu Tode. Du alterst noch mal so schnell. Wirst krank. Wer braucht dich dann noch? Sei nicht blöd. Weigere dich von vornherein.«

Zuweilen sprach sie leidenschaftlich und überzeugend: »Es gibt in der Welt keine Gerechtigkeit! Das sind Ammenmärchen.« Ich hörte zum erstenmal, daß es im Lager »Verweigerer« gab, daß die Politischen »Dreck« und »Gesindel« waren, weil sie fleißig arbeiteten. Seine Strafe müsse man so und so absitzen.

Damals verstand ich das Wesen ihres eigenartigen »ideologischen« Protests noch nicht. Hinter der umgänglichen, gescheiten Valja existierte noch eine andere: schrecklich in ihrer katastrophalen Mißachtung aller Regeln und Normen, jeder Verantwortlichkeit, wem gegenüber auch immer, auch sich selbst. Und ich spürte, daß sie noch nicht das Äußerste an Verworfenheit war.

Früher hatte sich die Welt für mich in eine schlechte und eine gute geteilt. Jetzt verwandelte sie sich in ein einziges menschliches Gemisch von Abschaum, Güte, Grausamkeit, Bestialität und Schutzlosigkeit.

Nach etwa zehn Tagen rief der Wärter eines Nachts:

»Ch.! Mit Gepäck!«

Valja freute sich. Rasch packte sie alles zusammen. Dann verabschiedete sie sich von mir und sagte:

»Du tust mir leid. Bist ein nettes Mädchen, obwohl ...« Mit einer Geste deutete sie an – nicht ganz richtig im Kopf.

Zwei Stunden später wurde sie zurückgebracht. Mit einem blauen Auge.

»Soika war nicht dabei«, sagte sie. »Warten wir eben noch.«

Während sie das Auge befeuchtete, fluchte sie unflätig. Sie hatte den Begleitposten angespuckt, worauf er mit dem Gewehrkolben zugeschlagen hatte.

In der folgenden Nacht holten sie mich. Mir krampfte sich traurig das Herz zusammen, als ich die Worte hörte:

»Petkewitsch! Mit Gepäck!«

»Geh nicht ohne Erik auf Transport!« sagte Valja zum Abschied. »Sei nicht blöd! Du gehst kaputt! Ach, ich weiß ja, daß ich in den Wind rede.«

»Auf Wiedersehen, Valja! Danke!«

Nur Frauen wurden auf Transport geschickt. Viele sahen sich wie ich hilflos um. Ich begriff, daß es vorwiegend Frauen mit Artikel 58 waren. Mir wurde leichter. Irgendwer sagte, daß wir in ein Frauenlager kommen sollten, wohin, wußte niemand. Wir wurden durchsucht. Kurz geschoren. Handtaschen und andere Kleinigkeiten mußten wir abgeben. Angeblich wurden sie im Magazin aufbewahrt, doch wir sahen sie nie wieder.

Eine lange, qualvolle Nacht.

Schlief Erik irgendwo hier im Gefängnis? Oder war er schon auf Transport geschickt worden?

Vor mir lag der Weg ins Lager, in eine unbekannte, menschenfeindliche und gefährliche Welt.

5

Die ganze Nacht vor dem Transport verging ohne Schlaf. Rationen wurden ausgegeben: fünfhundert Gramm Brot und zwei bräunliche Heringe. In den Gefängnishof schaute schon die Sonne, aber wir mußten noch immer nicht antreten. Irgendwer brachte in Erfahrung, daß wir in das Frauenlager nach Dshangidshir kommen sollten.

»Wie weit ist das von Frunse?«

»Fünfzig oder sechzig Kilometer.«

»Und womit werden wir hingefahren?«

»Gefahren? Hast wohl keine Lust, die Füße zu bewegen?«

Die Ursache der Verzögerung wurde klar, als man eine Frau aus der Strafzelle brachte. Ihr Gesicht war geschwollen und voller Blutergüsse, Folge von Schlägen. Sie taumelte und blinzelte ins Licht.

Der junge Transport-Kommandeur, der ein hübsches Gesicht hatte, schrie ohrenbetäubend:

»Alle hersehen! Alle! Diese Vogelscheuche hat gedacht, sie kann aus dem Lager fliehen. Sie wird dafür bekommen, was sie verdient hat, aber jetzt wird sie euch den Weg führen, den sie gegangen ist. Wenn wir einen Umweg von hundert Werst machen, könnt ihr euch bei ihr bedanken. Klar? Ist das allen klar, frage ich?«

Die Frau mußte sich an die Spitze der Kolonne stellen.

Wir wurden gezählt: vierzig Frauen. Das Rechteck (zehn Viererreihen), eskortiert von Posten und Hunden, war zum Abmarsch bereit. Der Kommandeur gab uns mit auf den Weg:

»Bei Fluchtversuch wird geschossen. Drei Schritte nach rechts, drei nach links gelten als Fluchtversuch! Kapiert? Ich wiederhole: drei Schritte nach rechts, drei nach links, und ihr bekommt die Kugel.«

Das Gefängnistor wurde geöffnet. Wir traten auf die Straße.

An einem Ende der Stadt war das Haus mit unserem verwaisten Zimmer, am anderen Ende lagen meine Schwiegermutter, Lina und die dreijährige großäugige Tatotschka bestimmt noch in ihren Betten.

Wir gingen und gingen, ohne ein Wort miteinander zu wechseln. Der junge Kommandeur schrie immerzu auf die unglückliche Frau ein, die sich an der Spitze der Kolonne dahinschleppte.

Bis zehn kamen wir gut voran. Aber allmählich wurde alles, worüber wir uns nach dem dreimonatigen Eingesperrtsein in der Zelle anfangs gefreut hatten – Luft, Wind und Sonne –, zur Strafe. Der hellblaue Himmel nahm eine stählerne Färbung an und übergoß uns gnadenlos mit glühender Lava. Der Wind und die Schritte der Gehenden wirbelten Sand auf, der sich in Mund, Augen und Haaren festsetzte. Sand und Sonne. Die Kolonne. Die Bewachung.

Wir hatten schon die Grenzen unserer Kräfte überschritten, doch wir durften nicht stehenbleiben. Eine fiel hin, eine zweite. Wenn eine Frau nach dem Anruf: »Aufstehen! Oder ich schieße!« nicht aufstand, wurde sie auf einen der beiden Leiterwagen gelegt, die am Ende der Kolonne mitgeführt wurden.

Ich weiß nicht, nach wieviel Werst wir die erste Rast machten und unter die Leiterwagen kriechen durften, auf denen unter Bastmatten die Frauen lagen, die einen Hitzschlag bekommen hatten. Wir aßen Brot und Hering. Wasser bekamen wir nicht. Wir wandten uns ab, wenn die Begleitposten ihre Feldflaschen aufschraubten und sich wunderbar silbriges Wasser in den Mund laufen ließen.

Das Gesicht war von der Sonne verbrannt, von den Augen blieben nur Schlitze. Der Kommandeur lachte.

»Ich habe eine Polin auf Transport genommen und bringe eine Mongolin hin! Ha-ha!«

Und wieder mußten wir in der sengenden Sonne antreten.

Ich war die Jüngste in der Kolonne. Neben mir gingen ältere Frauen. Jede nahm sich zusammen so gut sie konnte. Wenn eine hinfiel, dann schweigend, ohne zu klagen. Hier wurde sofort klar, wie einsam man war.

Wenn wir da sind, werden wir schlafen und uns ausruhen, so trösteten wir uns.

Wir umgingen die Siedlung Dshangidshir, sie blieb links hinter uns zurück. Vor uns zeichneten sich, von mehreren Reihen Stacheldraht umgeben, zwei große Baracken und ein paar Nebengebäude ab. Das war das Lager. An allen vier Ecken stand ein Beobachtungsturm, auf dem Bewacher mit Maschinenpistole auf und ab gingen.

Aber etwas anderes ließ uns das Blut in den Adern gefrieren.

Dort, hinter dem Stacheldraht, standen in einer Reihe lebendige Wesen, die entfernt an Menschen erinnerten. Sie standen in der Höllenglut wie angewachsen.

Was oder wer war das? Um nicht verrückt zu werden, mußten wir das sofort begreifen.

Müdigkeit, physischer Schmerz, alles trat zurück hinter der Tatsache, daß so etwas existierte. Wir gingen näher heran und sahen: Ja, es waren Menschen! Ungefähr zehn Skelette unterschiedlicher Größe, überzogen von pergamentener brauner Haut; nackt bis zum Gürtel, mit herabhängenden, verdorrten, leeren Brüsten und kahlgeschorenem Kopf. Außer häßlichen schmutzigen Turnhosen hatten sie nichts an. Waren das Frauen?

Alle meine Leiden bis zu dem Moment, in dem ich diese Frauen von nahem sah, waren nur Einbildung gewesen, Kinderkram! Das hier waren wirkliche Leiden und Qualen!

Alles in mir erzitterte. War es Mitgefühl mit den lebenden menschlichen Leichnamen oder Entsetzen vor ihnen, ich weiß es nicht.

Hatte man auch uns zu diesem Zweck hergebracht?

Nachdem wir die Wache passiert hatten, mußten wir an diesen Skeletten vorbeigehen. Da hörten wir zu unserer Verwunderung vernünftige menschliche Worte.

»Ihr kommt von draußen? Was gibt's dort Neues?«

»Wir waren ein halbes Jahr im Gefängnis. Wir wissen nichts.«

Wir wurden »sortiert« und auf die beiden Baracken verteilt. Ich kam in die Arbeitsbaracke. Durchgehende Doppelstockpritschen standen entlang der Wände. Außer der Barackenältesten war niemand da. Alle arbeiteten auf dem Feld. Die »Schatten« kamen herein. Gleich drei traten auf mich zu und berührten mich mit ihren knochigen Fingern.

»Ich hab draußen eine Tochter wie dich.«

Andere fanden in mir Ähnlichkeit mit der Enkelin oder Schwester. Etliche blieben in einiger Entfernung stehen und starrten uns stumpf an.

Wie viele Grenzen mochten sie überschritten haben?

Die meisten von ihnen waren von einer Ärztekommission als arbeitsuntauglich »ausgemustert« worden und hätten entlassen werden müssen. Doch sie wurden nicht in die Freiheit entlassen und blieben auch nicht ohne Arbeit. Sie saßen in ihrer Invalidenbaracke auf der Pritsche und spannen Garn.

Jenseits des Stacheldrahts lag endlose Steppe. Der Wind wirbelte unaufhörlich Sand auf. Die Welt bestand aus würgender Hitze, Sand, Wachtürmen, unglaublicher Grausamkeit. Ich beschloß, sie zu verlassen! Mir das Leben zu nehmen. Dieser Entschluß entsprang weder Panik noch Verzweiflung. Er war ganz natürlich. Hier kam mir der Tod würdevoller vor. Ich überlegte, wie und womit. Es gab weder Gift, noch Rasierklingen, noch Wasserstrudel. Also wie?

Ich ging durch das Lager und fand ein Stück Strick. Jetzt mußte ich entscheiden, wo. Das Klosett war eine Grube in einer Ecke des Lagers, von einem niedrigen Schilfzaun umgeben, einsehbar für die Wachposten.

Die Balken, die das Barackendach stützten, kreuzten sich an einer Ecke und standen vor. Dort war es möglich. Aber die Stelle war von zwei Wachtürmen zu sehen. Also mußte ich die Dunkelheit abwarten, und dann … Nur ein paar Stunden warten. Der Ermittler hatte gewußt, wovon er sprach: »Ich glaubte, Sie hätten sich aufgehängt.«

Ich ging in die Baracke. In dieser ersten Baracke meines ersten Lagers wartete ich auf die Dunkelheit, um mein zerstörtes Leben zu beenden.

Aus meiner Stumpfheit riß mich Lärm. Die Baracke füllte sich mit »Arbeitstieren«. Also waren viele Stunden vergangen. Es war schon Abend.

»Ach, wir haben Neue? Ein Transport?« fragten die heimkehrenden Frauen.

Nur die eine Frage. Weiter wollten sie nichts wissen.

Auch diese Frauen waren mager und dunkelbraun gebrannt von der Sonne. Arme und Beine waren voller Wunden und mit Grüntinktur eingestrichen. Die einen ließen sich sofort auf die Pritsche fallen. Andere gingen emsig daran, sich etwas zu kochen. Sie heizten den Herd, dessen Rohr durchs Fenster führte.

Alles, was vor meinen Augen geschah, war abstoßend. Vier Frauen hockten sich vor den Herd und warfen Schildkröten ins Feuer, die sie in der Steppe gefangen hatten. Wenn der Panzer glühte, zogen sie die Schildkröte aus dem Feuer und schleuderten sie schwungvoll auf den Boden. Der Panzer zerbrach und gab einen angebrannten Klumpen Fleisch frei. Daraus wurde eine »französische« Suppe gekocht.

In einer Ecke hatte eine Frau etwas Weiß-Rotes und Glitschiges in den Händen, kratzte Därme und Eingeweide heraus. Mit der Konzentration eines hungrigen Menschen zerriß sie, wie sich herausstellte, ein Ziesel. Der Fang des Tierchens wurde aufgeregt erörtert. Da schwangen Neid auf die erfolgreiche Jägerin mit und Lob für den Wachposten, der sie hatte gewähren lassen.

Ich betrachtete die Frauen, die ihre zusätzliche Ration aufbereiteten, ließ den Blick von einer zur anderen wandern. Eine trug ein rotgeblümtes Kleid, das meine Aufmerksamkeit fesselte. Irgend etwas verband ich damit. Aber was? Ich versuchte mich zu erinnern. Dann fiel es mir ein. Ja, dieses Kleid hatte ich in der Zelle gesehen. Vera Nikolajewna hatte den Wärter gebeten, es ihrer Mutter zu geben. Dann war diese Frau also Maria Silvestrowna, Veras Mutter?

Aufgeregt trat ich zu der mageren Frau mit dem Bürstenschnitt, die mit dem Rücken zu mir saß, und berührte sie an der Schulter. Sie drehte sich um, und noch ehe ich sie erkannte, hörte ich den Ausruf:

»Tamara? Sie? Hier?«

Die Augen kannte ich. Aber das Gesicht ... Nur anderthalb Monate waren vergangen, und ich erkannte Vera kaum wieder. Ja, sie war es. Mein Herz öffnete sich unverhofft, und die Tränen flossen.

»Nehmen Sie es nicht so schwer, meine Liebe«, tröstete sie mich, »irgendwie überleben wir auch das. Was für ein Glück, daß wir wieder zusammen sind. Kommen Sie, ich stelle Ihnen meine Mutter vor. Sie ist auch hier.«

Maria Silvestrowna beeindruckte mich durch unglaubliche Magerkeit und innere Ruhe. Ihre Gefaßtheit erklärte sich daraus, daß ihre Tochter bei ihr war.

»Man hat Sie also doch nicht freigesprochen, Vera Nikolajewna?«

»Noch nicht, aber das kommt noch.«

»Wieviel haben Sie bekommen?«

Die Verteilung war genauso wie bei Erik und mir. Ihre Mutter hatte zehn Jahre bekommen, Vera sieben.

Das Wiedersehen mit Vera war für mich ein Fingerzeig. Ich sagte ihr nicht, was ich mir vorgenommen hatte, doch für heute war der Tod verschoben.

Vera überredete ihre Pritschennachbarin, ein Stück zu rücken, damit ich neben ihr Platz fand. Wir hatten graue, mit Stroh gefüllte Kopfkissen und zerrissene Deckenhälften bekommen. Das Licht der Glühbirne, die unter der Barackendecke hing, reichte nicht bis zum Kopfende der Pritschen.

»Schlafen Sie jetzt, Tamara«, schnitt Vera weitere Fragen ab, »morgen werden Sie auch zur Arbeit getrieben. Das hier ist richtige

Zwangsarbeit. Man braucht sehr viel Kraft. Ich werde den Arbeitsverteiler bitten, Sie in unsere Brigade zu stecken. Schlafen Sie.«

Um fünf Uhr morgens ertönte der Weckruf: Mit dem Hammer wurde gegen ein Stück Schiene geschlagen, das bei der Wache aufgehängt war. Schweigend von der Pritsche kletternd, hatte ich wie alle Frauen Mühe, den Schlaf abzuschütteln. Das Lagerleben begann.

Die Diensthabenden trugen einen Zinkkübel mit einer bräunlichen Flüssigkeit herein – »Kaffee«. Brotrationen wurden ausgegeben. Ihr Gewicht hing von der Arbeitsleistung des Vortages ab. Nach dem Frühstück Zählappell, Kontrolle. Dann Aufstellung nach Brigaden und Abmarsch zur Arbeit.

Die Brigade, in die ich gekommen war, sammelte auf dem Feld die geschnittenen Hanfstengel auf und stellte sie zu »Garben« zusammen. Vor der erbarmungslos sengenden Sonne gab es kein Entrinnen.

Bis zur Mittagspause vergingen etliche »Ewigkeiten«. Das Mittagessen wurde aufs Feld gebracht. Die Wassersuppe mit vereinzelten Maiskörnern hieß hier »Balanda«. Danach gab es wäßrigen Maisbrei.

Den Arbeitstag, der bis Sonnenuntergang dauerte, durchzustehen war so schwer, daß ich glaubte, einen zweiten würde ich nicht überleben.

Ich trennte das Futter aus meinem Mantel, faltete es zu einem Tuch mit Schutzblende und band es um den Kopf.

»Besser, es weiß keiner von unserer Freundschaft. Erzählen Sie niemandem davon«, sagte mir Vera unverhofft.

»Warum nicht?« wunderte ich mich.

»Das Lager duldet so was nicht.«

Als unabhängiger und mutiger Mensch stand Vera bei der Lagerleitung nicht in Ehren. Sie hatte sich bei der Arbeit auf dem Feld den Fuß an den Stoppeln verletzt. Auf der Fußsohle hatte sich ein Geschwür gebildet. Sie konnte es vor Schmerzen kaum aushalten. Weil viele Frauen im Lager Fieber hatten und das Limit erreicht war, wurde sie nicht von der Arbeit befreit. Da verkündete sie, sie werde nicht zur Arbeit gehen. Darauf stand Strafzelle. Doch die war überfüllt, und Vera wurde dazu verurteilt, vor der Wache in der Sonnenglut zu stehen. Von dem kranken Fuß auf den gesunden tretend – der Sand war so heiß, daß die Einheimischen darauf Eier garten –, stand sie zwei Stunden. Sie wurde mit Hitzschlag und geschwollenem Bein ins Lager getragen. Aber der Hitzschlag war keine moralische Niederlage, und Vera schien ungebrochen. Das Wort »Tansport« machte im Lager die Runde. Vera und ihre Mutter wollten dableiben. Sie hatten viele Jahre im nahe gelegenen Frunse gelebt. Veras Vater, der verschont geblieben war, schickte ihnen von dort Geldüberweisungen und kam mit Lebensmittelpaketen nach Dshangidshir.

Auf der Transportliste standen Veras und mein Name. Ihre Mutter war nicht dabei.

Vera empörte sich:

»Das ist unmenschlich! Wie können Sie mich von meiner alten Mutter trennen? Außerdem wissen Sie, daß meine Berufung im Obersten Sowjet geprüft wird. Ich werde bald frei sein.«

Die Reaktion auf ihren Ausfall war verblüffend. Man erklärte, mein Name sei aus Versehen genannt worden.

Vera hatte recht: Es ärgerte die Natschalniks, wenn Häftlinge miteinander befreundet waren; das entsprach nicht dem Geist und Sinn des Regimes. Nun bestraften sie uns, indem sie uns trennten.

Der Transport ging nach Nishni Tagil.

»Halte durch, Mama, paß auf dich auf, kümmre dich um Tamara«, flüsterte Vera beim Abschied.

Maria Silvestrowna und ich standen am Stacheldrahtzaun und blickten den Davongehenden nach.

Das Wiedersehen mit Vera hatte mir geholfen, schreckliche Gefühle und Tage durchzustehen. Nachdem sie weg war, schlug in meinem Innern eine Tür zu. Ich war außerstande, mich irgendwem anzuschließen. Wenn man mich etwas fragte, antwortete ich. Das war alles.

Ich fiel in eine Art Erstarrung.

In Dshangidshir befand sich ein Sowchos, der aus Hanfstengeln Spinnfasern gewann, den Ausgangsstoff für Seile und Sackleinen, die an der Front gebraucht wurden.

Das Ergebnis der Produktion wurde dem Sowchos gutgeschrieben. Faktisch jedoch leisteten Häftlinge die Arbeit.

Sie arbeiteten auf den Feldern und in der Fabrik. In einer großen Scheune standen drei Maschinen – ein System sich gegeneinander drehender Walzen. Darin wurde das Hanfstroh gebrochen. Die Fasern kamen dann auf ein Gitter mit großen Zähnen, das die holzigen Stengelteilchen herauskämmte. Die Abnehmerin hob Berge luftiger, lockiger Fasern von der Maschine.

Strafe dieser Arbeit waren Milliarden hauchfeiner Nadeln, die sich beim Brechen des Hanfs gebildet hatten. Sie drangen in jede Pore des Körpers und stachen einen ständig. Man konnte sie nicht aus der Kleidung schütteln oder sonst irgendwie entfernen. Man mußte die Qual Tag und Nacht ertragen.

Als schwierigste Arbeit galt das Einlegen des Hanfstrohs in die Maschine. Die Stengel mußten in einer Reihe ausgebreitet und auf die Walzen geschoben werden. Die Maschinen dröhnten und ratterten, der ganze Raum war in einen Nebel von Staub und Nadeln gehüllt. Die Abnehmerin am anderen Ende der Maschine war nicht zu sehen.

Es kam vor, daß plötzlich ein unmenschlicher Schrei das Rattern übertönte. Die von der Zwölfstundenschicht erschöpfte »Beschickerin« war mit der Hand in dem Geschlinge der Stengel hängengeblieben und in die Walzen geraten; es kam auch vor, daß eine Frau mit beiden Händen hineingeriet. Die Maschine konnte nicht so schnell abgestellt werden. Jede Hilfe kam zu spät. Die Frau verlor beide Hände und verblutete.

Es gab noch eine Zwangsarbeit, bei der sich die von der Sonne ohnehin ausgelaugten Häftlinge verletzten.

Der Hanf wurde in großen Mengen in Wasserbecken gelegt. Einen oder zwei Monate weichte er dort. Auf der Oberfläche des Beckens bildete sich eine dicke weißliche Schicht krabbelnder Würmer. Der durchgeweichte Hanf wurde auf ein Brettergerüst über dem Becken gelegt und mit Stampfhölzern bearbeitet. Die Stengel spalteten sich in weiße glänzende Fasern, die an Seidenfäden erinnerten.

Wer an den Becken arbeitete, war voller Wunden. Die Haut wurde von dem stinkenden Wasser und von Würmern zerfressen. Der faulige Geruch und die Würmer schädigten nicht nur Arme und Beine, sondern auch die Psyche der Arbeitenden. Die Frauen versuchten sich vor dieser Arbeit zu retten, indem sie sich bei der Arbeitsverteilerin und Brigadierin einschmeichelten.

Die Arbeitsverteilerin, Marina Wieclawska, war eine schöne Polin, die sich alle Merkmale ihres einst wohlhabenden Lebens bewahrt hatte. Der Arbeitsleiter Michalowski, der einzige Mann im Frauenlager, war auch Pole. Beide waren Häftlinge. Obwohl ich mich weder an sie noch an ihn wandte, bewahrten sie mich, wie ich glaube, vor dem Becken, das ich wie alle fürchtete.

Beim nächsten Transport wurde wieder mein Name aufgerufen. Ich wurde ins Kontor geschickt. Dort standen zehn Frauen. Alles Polinnen.

Ein »polnischer« Transport wurde zusammengestellt. Auch Michalowski und Marina waren dabei. Ich war jedoch nur eine »fiktive« Polin. Als sich beim Ausfüllen des Fragebogens herausstellte, daß ich in Rußland geboren und nie in Polen gewesen war, wurde ich in die Baracke zurückgeschickt.

Bald wurde ich von der Feldarbeit in die Fabrik versetzt, wo rund um die Uhr gearbeitet wurde. Ich kam als Beschickerin an die Maschine. Wie alle träumte ich von der Nachtschicht, in der die Hitze nachließ.

Manchmal wurde der Hanf nicht pünktlich geliefert. Dann verstummten die Maschinen, wir durften hinausgehen und uns auf die zu Würfeln gepreßten Fasern legen, die auf den Abtransport warteten. Es waren unvergeßliche Augenblicke der Erholung.

Ich kümmerte mich kaum um das, was man als Baracken- und Lagerleben bezeichnen könnte. Die Wachposten waren unterschiedlich. Manche verhielten sich erträglich, die meisten jedoch waren Ungeheuer.

Da war ein junger Posten, eiskalt, wie aus Stahl gegossen. Es wurde erzählt, daß er kürzlich eine Gefangene vergewaltigt und dann umgebracht hatte, daß sie »nicht die erste war und bestimmt nicht die letzte«. Man hatte ihm den Spitznamen »Tier« gegeben. Er saß auf den Hanfwürfeln über uns allen. Die MPi hielt er in der Hand. Der Mond schien ihm direkt ins Gesicht. Ich blickte gedankenlos zu ihm hinauf. Plötzlich hörte ich meine Stimme:

»Wieviel Menschen haben Sie schon umgebracht?«

Warum hatte ich das gefragt? Ich weiß es nicht. Alle hielten den Atem an.

Er wurde nicht verlegen, brauste nicht auf, sondern antwortete kalt:

»Wenn ich dich abknalle, sind's fünf.«

Bald darauf wurde Hanf gebracht. Die Frauen gingen zum Klosett, das etwa dreißig Meter entfernt war. Ich wollte auch gehen. Eine Frau berührte mich am Ellbogen.

»Geh nicht. Er sagt dann: Sie wollte fliehen.«

Ich hörte auf sie. Und wunderte mich darüber, daß noch jemand Kraft für Anteilnahme hatte.

Der Wachposten führte uns zur Arbeit. Regengüsse hatten den Boden aufgeweicht. Wir versuchten eine riesige Pfütze zu umgehen. »Tier« riß die MPi hoch.

»Im Glied bleiben! Oder ich schieße!«

Als wir bis zu den Knien im schmutzigen Wasser wateten, befahl er:

»Hinsetzen!«

Zuerst glaubten wir es nicht. Aber er brüllte wutschnaubend:

»Setzen, hab ich gesagt! Oder ich schieße!«

Wir setzten uns.

Als ich nach zwei Monaten im Türglas der Sanitätsstelle mein Spiegelbild sah, begriff ich nicht sofort, daß ich das war. Aber es war niemand anders in der Nähe. Ich fand nichts von mir wieder. Allmählich hatte ich mich in ein Skelett verwandelt.

Wir hatten ständig Hunger.

Die Frauen gingen unterschiedlich mit ihrer Brotration um. Die einen, auch ich, aßen sie gleich am Morgen, andere teilten sie in drei oder mehr Portionen für den ganzen Tag auf. Die letzteren waren vernünftig. Sie hatten nach der Arbeit etwas zu kauen. Wenn ich aus der Fabrik kam, legte ich mich sofort hin. Der Schlaf half ein wenig, das nagende Hungergefühl zu vergessen.

Einmal hatte ich hohes Fieber und war von der Arbeit befreit. Ich war mit der Barackenältesten allein im Raum. Plötzlich sah ich auf dem Platz meiner Nachbarin ein Stück Brot liegen, etwa zweihundert Gramm. Ich blickte weg, konnte den Gedanken an das Stück Brot aber nicht verscheuchen. Das Verlangen, es zu essen, war übermächtig. Da zwang ich mich, hinzuschauen, wobei ich mir einhämmerte: Es gehört mir nicht! Gehört mir nicht! Wenn ich die Hand danach ausstrecke, bin ich eine Diebin! Ich komme ohne aus! Ich schaffe es! Das aufreizende Stück Brot vor Augen, dachte ich an meine Mutter und die Schwestern während der Blockade. Sie hatten auch gehungert.

Es gelang mir, die Pein des Hungers, die mir den Atem abschnürte, zu überwinden. Ich brauchte mich nicht zu schämen.

Viele im Lager bekamen Pakete und Geldüberweisungen. Für das Geld konnten sie Buttermilch kaufen, die Einheimische zum Lager brachten. Vera hatte mich davon kosten lassen. Ich glaubte, noch nie etwas so Gutes getrunken zu haben.

Unerklärlicherweise wartete ich noch immer auf meine Schwiegermutter. Jeden Abend spähte ich zu dem »Plätzchen«, der Stelle, wo man sich mit Besuchern treffen konnte, und dachte: Gleich sehe ich sie mit einem ganzen Laib Brot. Sie kommt. Sie läßt mich nicht im Stich.

Ich erhielt keine Post. Doch plötzlich, so nach drei Monaten, kam von Erik ein Brief nach dem anderen. Ich konnte mich nicht satt sehen an den dreieckigen Umschlägen, an der Schrift und meinem Namen. Das Lager, in dem Erik war, lag näher bei Frunse. Er schrieb, er habe es gut getroffen und arbeite als Arzt.

Seine Briefe klangen überhaupt nicht verzagt. Vielleicht wollte er mich nicht betrüben und schrieb nicht die ganze Wahrheit? Er war genauso leidenschaftlich wie zuvor: »Meine Einzige! Ich liebe Dich, ich denke an Dich, träume von Dir. Ich kann ohne Dich nicht leben.«

Ich las die Briefe wieder und wieder, doch sie erinnerten eher an eine fremde Musik als an ein Gespräch von Seele zu Seele. In meinen Antwortbriefen hielt ich mich an den vorgegebenen Ton und beschrieb nicht, in was für ein Lager ich geraten war. Dafür hätte ich Eriks Sorge um mich spüren müssen.

In der Baracke waren überwiegend Ausländerinnen: Deutsche und Französinnen. Die meisten waren zurückhaltend und schweigsam und fielen nicht auf. Zwei sind mir jedoch in Erinnerung geblieben: Kraft und Schaap. Sie saßen beide wegen Spionage. Für wen sie gearbeitet hatten, war nicht herauszubekommen. Alle ihre Erzählungen über ihre »Spionagetätigkeit« liefen auf die Schilderung von Liebesabenteuern hinaus. Sie waren unwahrscheinlich abgezehrt, aber das Weibliche in ihnen war so stark, daß sie es sogar unter diesen Bedingungen bewahrten. Sie saßen tagsüber in der Baracke (als »Invalidinnen« mußten sie nicht zur Arbeit) und häkelten sich mit selbstgemachten Häkelhaken nicht nur Röcke, sondern auch Hüte aus Hanffasern. Einen mit Hanfblumen geschmückten Hut auf dem Kopf, gingen sie zur Abfallgrube in einer Ecke des Lagers und durchwühlten sie von oben nach unten. Stunden brachten sie dort zu und sortierten ruhig und bedächtig alles Brauchbare aus. Sie nagten Knochen ab, die das Personal weggeworfen hatte, pflückten Melde und Kräuter und hielten sich mit Brennesselsuppe am Leben. Mit Vorliebe erzählten sie von ihrer früheren Garderobe, ihren Empfängen.

In der Baracke wurde gestritten, wer im Lager besser dran sei: die Jungen oder die Älteren.

»Natürlich die Jungen! Die sitzen ihre Frist ab, und wenn sie rauskommen, haben sie noch viele Jahre vor sich«, sagten die einen.

»Nicht doch«, widersprachen die anderen. »Wir Älteren haben wenigstens was, woran wir uns erinnern können! Wir haben immerhin gelebt. Aber die Jungen? Die haben noch nicht gelebt, und wer weiß, ob sie noch dazu kommen.«

Ich dachte: Ihr habt es wirklich leichter, ihr verkriecht euch ins Gestrüpp eurer Biografie, eures gelebten Lebens. Ich habe nichts, um mich zu schützen.

Das Leben indessen erklärte solche Debatten zur Scholastik. Der Schmerz war für jedes Alter der gleiche.

Maria Silvestrowna wurde unverhofft in die Lagerverwaltung bestellt. In der Annahme, es handle sich um eine Nachricht von ihrer Tochter, nahm sie mich mit. Doch man legte ihr Papiere zur Unterschrift vor – ihr Mann hatte die Scheidung eingereicht.

Er hielt es für hoffnungslos, auf die Freilassung seiner sechzigjährigen, zu zehn Jahren verurteilten Frau zu warten. Er hatte inzwischen eine andere Frau kennengelernt und wollte sie heiraten.

Ich sah Maria Silvestrowna entsetzt an und dachte, sie würde auf der Stelle tot umfallen. Doch sie unterschrieb das Papier und ging betont aufrecht, unbeugsam, mit trockenen Augen hinaus. So war in einem Moment ihre Jugend, ihr Leben überhaupt ausgelöscht worden. Zusammen mit den »Invalidinnen« kam sie bald in ein anderes Lager.

Ich wurde ins Kontor beordert, zum neuen technischen Leiter. Es hieß, daß er früher Ingenieur in einem großen Werk gewesen war. Der unschöne, intelligente Mann teilte mir mit, daß er mich zur Brigadierin ernenne.

Dieses Amt verlangte Aktivität, die Mobilisierung aller Kräfte, die Fähigkeit, die Brigade auf Trab zu halten, all das, was ich nicht konnte und auch nicht wollte.

»Ich eigne mich nicht! Ich kann nicht!« sträubte ich mich erschrokken.

»Hier wird nicht gefragt, hier wird angeordnet«, schnitt er mir das Wort ab.

Warum zerren sie mich aus meinem Dämmerzustand? Was wollen sie von mir? Ich bin nur ein Zugochse, aber innerlich frei.

Ich war so schwach und deprimiert, daß ich mir das weitere Lagerleben nicht vorstellen konnte, nicht einmal den nächsten Tag. Und nun sollte ich einerseits für die Erfüllung der Norm verantwortlich sein, und andererseits dafür, daß neun Frauen, die nie zuvor körperlich gearbeitet hatten, satt wurden.

Die Brigade mußte Hanffasern liefern. Wollte man 600 Gramm Brot bekommen, so mußte man am Ende des Arbeitstages 750 Kilogramm Fasern auf die Waage legen. Leichte Hanffasern, die in der Sonne schnell ihr Gewicht verloren.

Nach meinem ersten Arbeitstag als Brigadierin blieb die Waage bei 450 Kilogramm stehen. Das bedeutete 400 Gramm Brot.

»So geht nicht«, sagten die Ausländerinnen, »müssen wir schummeln wie alle.«

Das bedeutete, jemand mußte eine zusätzliche Arbeit auf sich nehmen: zu dem hundert Meter entfernten schmutzigen Aryk laufen, mit dem Eimer Wasser schöpfen, einen Reiserbesen hineintauchen und die von der Maschine kommenden Fasern besprengen, um ihr Gewicht auf 750 Kilogramm zu erhöhen.

Wie würde sich der Wachposten dazu verhalten?

Der alte Archip verstand alles. Er schwieg. Dank sei ihm! Doch den »Freien«, die die Tagesproduktion abwogen, würde nicht verborgen bleiben, daß die Fasern angefeuchtet waren! Unterschiedliche Leute kamen die Fasern abholen, aber alle unterschrieben den Schein über die eingetragenen 750 Kilogramm. Dabei gaben sie durch ein Augenzwinkern zu verstehen: Was soll's, so ist das nun mal!

Die Jüngste in der Brigade war ich. Also mußte ich von der Maschine zum Aryk und zurück laufen.

Die Hitze von fünfzig Grad zehrte aus, die Beine knickten ein, aus den Augen sprühten Funken. Ich dachte: noch ein Schritt, und ich falle um. So ging es tagein, tagaus.

Nach etwa zwei Wochen, als wir gerade beim Besprühen waren, rief der alte Bewacher uns etwas zu. Ich drehte mich um. Der technische Leiter Portnow kam angeritten, direkt auf uns zu. Eimer und Besen wegzuwerfen, war sinnlos und zu spät. Ich war auf frischer Tat ertappt. Portnow brachte das Pferd neben mir zum Stehen und sagte, ohne abzusteigen:

»Von jedem anderen, aber von Ihnen hätte ich das nicht erwartet!«

Er ritt davon, ich aber stand da wie angenagelt. Vor Scham wäre ich am liebsten im Erdboden versunken. Ich hätte sagen können: Verstehen Sie, es ist doch nur, um nicht zu sterben! Aber war das nicht auch so klar?

Die aufgeregten Frauen rätselten, was nun passieren würde. Niedergeschlagen kehrten wir ins Lager zurück. Nach der Arbeit hatten sich alle Brigadiere beim technischen Leiter einzufinden, um die Anweisungen abzeichnen zu lassen. Mit einem Gefühl, als sollte ich an den Schandpfahl, ging ich hin. Ich erwartete, daß Portnow mich vor allen Leuten der Gaunerei beschuldigte, und tröstete mich nur damit, daß er mich nun als Brigadierin absetzen würde.

Ohne ein Wort zu sagen, unterschrieb er die Anweisung für das Brot.

Was sollten wir am nächsten Tag tun? Der Hunger war Skylla, das Gewissen Charybdis. Eine innere Harmonie konnte es nicht geben.

Wir besprengten weiterhin die Fasern, um auf wenigstens 500 Gramm Brot zu kommen.

Ich wunderte mich im stillen: Wie konnte der Mann in dem ausgelaugten todgeweihten Skelett, das ich war, mein eigentliches Ich erraten? Warum hatte er meine geringen Kräfte aktiviert und damit eine moralische Forderung erhoben, der ich nicht gerecht werden konnte? Die Worte: »Von jedem anderen, aber von Ihnen hätte ich das nicht erwartet«, hatten mich tief getroffen.

Nach der Arbeit mußte jemand von der Brigade unter die Hechelmaschine kriechen und, auf dem Rücken liegend, die Zähne der Maschine von Faserresten befreien. Man konnte sich in dem eisernen Gestell nicht bewegen.

Während der Reinigung durfte die Maschine nicht angestellt werden, weil sie den darunterliegenden Menschen verstümmelt oder getötet hätte.

Als ich eines Tages unter der Maschine lag, hörte ich plötzlich über mir Geratter und Getöse. Die Maschine lief, meine Hand wurde von den Zähnen hin und her gerissen. Vor Schmerz trübte sich mein Bewußtsein.

Genauso plötzlich war es wieder still. Mit vereinten Kräften zogen sie mich heraus. Die Fingerglieder der rechten Hand waren verletzt. Sie bluteten stark.

Ich wußte, daß nur eine Frau die Maschine angestellt haben konnte: Julia Eckert. Ihr feindseliger Blick verfolgte mich überall. Als wir ins Lager gebracht wurden, hatte Julia unter den pergamentenen »Schemen« gestanden, die uns so erschreckten. Sie war als einzige von ihnen noch am Leben. Seit einiger Zeit arbeitete sie in der Brigade, doch ihre Kräfte schmolzen zusehends dahin. Sie dürstete danach, sich an jemandem zu rächen. Ich bestand zwar nur noch aus

Haut und Knochen, aber ich war Brigadierin, in ihren Augen also erfolgreicher als sie.

Mühsam stillte ich das Blut, ich fühlte mich unglücklich und erwartete von meiner Brigade Anteilnahme. Margarita trat zu mir und sagte:

»Sie dürfen ihr nicht böse sein, Tamara.«

Ich lechzte nach herzlichen, tröstenden Worten, bekam aber belehrende zu hören. Ich wußte selbst, daß ich ihr nicht böse sein durfte. Aber trotzdem …

Wegen der Schwüle und der Wanzen schliefen wir oft draußen auf der Erde. Nach dem »Anschlag« hatte sich Julia besänftigt und suchte meine Nähe.

Ein paar Tage später sahen wir morgens nach dem Erwachen, daß Julia tot war. Wie recht die Frauen gehabt hatten, als sie Julia mehr bedauerten als mich.

Dem Lager wurde kein Brot geliefert, einen Tag, zwei, drei Tage. Der Lagerleiter ordnete an, uns nicht zur Arbeit zu schicken. Zweimal am Tag bekamen wir einen Napf Balanda.

Ich konnte nicht schlafen. Die Barackentür stand weit auf. Die Steppe hatte eine gute Resonanz, und aus dem Kontor war die Stimme des Lagerleiters deutlich zu hören. Er telefonierte mit einem Natschalnik in der Stadt, und sein erhobener Ton ging in Schreien über.

»Das Lager ist seit fünf Tagen ohne Brot. Das Lager arbeitet nicht! Ich kann die hungrigen Menschen hinter dem Stacheldraht nicht mehr sehen. Wenn Sie morgen kein Brot schicken, mach ich das Lager auf und lasse alle frei, die sich noch auf den Beinen halten. Sollen sie gehen, wohin sie wollen.«

Obwohl ich mit meinen Emotionen längst auf Hungerration war, der Ton des Lagerleiters erregte mich doch: Wagt es wirklich noch jemand auf der Welt, so furchtlos zu reden? Tritt wirklich jemand für solche wie uns ein?

Von dem Lagerleiter hatte ich bislang nur eine verschwommene Vorstellung gehabt. Er war noch recht jung, kam selten in den Wohnbereich. In einer stickigen Nacht suchte er mit einer Absolventin des medizinischen Instituts, die hier als Ärztin arbeiten sollte, unsere Baracke auf. Sie blieben an der Tür stehen. Die junge Frau trug ein rosa Kleid, er war in Uniform. Ich schaute von meinem Winkel auf der oberen Pritsche zu ihnen hinab und glaubte eine wundersame Erscheinung zu sehen. Wie jung sie waren! Es war deutlich zu erkennen, daß sie sich miteinander wohl fühlten. Ich segnete sie in Gedanken und wünschte ihnen, glücklich zu sein, um ihret- und um meinetwillen.

Es wurde Brot geliefert. Wieder arbeiteten wir, daß uns die Funken aus den Augen stoben.

Zur Arbeit gingen wir in zerschlissenen BHs und schmutzigen, einst bunten Baumwollpantalons. Jede andere Kleidung wurde von der Sonne verbrannt. Ergänzt wurde der absurde Aufzug unserer Brigade durch französische und deutsche Laute und den bewaffneten Begleitposten.

Wenn wir völlig ausgepumpt durch die Siedlung ins Lager zurückkehrten, blieben die Einheimischen stehen, schüttelten den Kopf, und mitleidige Seelen hielten es nicht aus und warfen jeder von uns eine Gurke zu.

Eines Tages stand bei dem einzigen Baum in der Siedlung, einer Feldulme, ein Personenwagen. Die Frauen fragten sich aufgeregt, wer wohl Besuch bekommen habe. Mir kam ein unsinniger Gedanke: Das ist mein Ermittler! Tatsächlich, ich erkannte sein Gesicht hinter der Windschutzscheibe. Er betrachtete angespannt die an ihm vorbeigehende, halbnackte Brigade. Und erkannte mich nicht.

Ich empfand keine Wut und keinen Haß mehr auf ihn.

Aus der Stadt kamen hin und wieder Kommissionen angereist. Wir mußten antreten und wurden gefragt:

»Haben Sie Beschwerden? Gibt es Wanzen, Läuse?«

Wir schwiegen.

Ich kann mich nicht erinnern, daß sich jemand über das Ungeziefer beschwert hätte, von dem die Baracke und die Kleidung nur so wimmelte. Das hätte auch nichts geändert.

Als wir wieder einmal angetreten waren, hörte ich meinen Namen.

»Zeigen Sie mir Petkewitsch«, bat eine der angereisten Damen.

Fremde Augen musterten mich ungeniert. Unter diesem Blick fühlte ich, wie verwahrlost und klapperdürr ich war, unendlich weit von der Welt entfernt, zu der diese Frau gehörte. Ich dachte: Vielleicht hat jemand im medizinischen Institut sie gebeten, sich nach mir zu erkundigen. Weit gefehlt.

Erst viel später erfuhr ich, daß diese Frau in dem Lager, in dem Erik war, die Sanitätsstelle leitete und daß sie ihn liebte. Sie wollte die Frau sehen, deren Platz sie jetzt einnahm.

Gut, daß ich das damals nicht wußte.

Als mir nach einiger Zeit gesagt wurde, für mich sei eine Geldüberweisung eingetroffen, konnte ich es kaum glauben. Zu lange hatte ich vergebens gewartet. Dennoch wandte ich das Gesicht in Richtung Stadt und flüsterte: »Danke, Barbara Ionowna! Danke. Ich wußte, daß Sie an mich denken.«

Schließlich kam auch ein Brief. Barbara Ionowna fragte, wie es mir ging, und berichtete, wie schwer sie es hatte.

Erst bei unserem Wiedersehen, zehn Jahre später, bekannte sie, daß sie mir die Geldüberweisung als »Zeichen des Protests« geschickt hatte. Die Leiterin der Sanitätsstelle hatte sie in Frunse aufgesucht und zu ihr gesagt: »Ich bin die Frau Ihres Sohnes und heiße Antonina.« Barbara Ionowna sagte mir, sie habe weder die »Heirat« noch die neue Schwiegertochter akzeptiert und mir unverzüglich Geld überwiesen.

Von Erik kamen sporadisch Briefe. Mal strömten sie nur so, mal trat eine längere Pause ein. Ich hatte dafür eine bittere Erklärung:

Wenn er nicht schreibt, geht es ihm gut; wenn er schreibt, fühlt er sich einsam.

Er beklagte sich nicht über sein Leben. Er praktizierte erfolgreich als Arzt und teilte mir mit, wieviel Häftlinge und auch Zivilangestellte er schon operiert hatte, sogar den Lagerleiter.

Brot wurde unregelmäßig geliefert: »Es ist Krieg!«

Es kostete mich immer mehr Mühe, aufzustehen und zu arbeiten. Vor Hunger und Schmutz fiel uns das Atmen schwer, die Hanfnadeln stachen. Das Leben versiegte. Hätte mich jemand gefragt: Welche Quelle hat dich dennoch gespeist?, so hätte ich aufrichtig geantwortet: Ich weiß es nicht, doch dann hätte ich mich an die mondhellen Steppennächte Kirgisiens erinnert. Sie waren ein Gotteshaus. Wenn wir nachts arbeiteten, befanden wir uns im Herzen der asiatischen Mondnacht. Sie rauschte, war erfüllt vom Rascheln des Sandes, der Gräser, vom Zirpen der Zikaden. Mal schwanden einem fast die Sinne vom ständigen Hunger, mal fühlte man sich emporgehoben. Es war, als ginge man im Weltall auf. Irgend etwas tat sich ringsum. Die Erde rief leidenschaftlich das Mondlicht zu sich herab, nährte sich von ihm, badete in ihm, nahm es in sich auf.

Wenn ich in der Baracke einschlief, hoffte ich, wenigstens einmal die Kraftlosigkeit zu überwinden, den Schlaf zu durchbrechen und hinauszugehen in die große Nacht. Diese Augenblicke stärkten mich.

Hatte ich mich nach der Tagesschicht ins Lager geschleppt, so setzte ich mich auf die Erde. An die Barackenwand gelehnt, blickte ich ohne Gedanken und Gefühle durch den Stacheldraht des Lagers in die Steppenweite und beobachtete, wie die glühende Luft vibrierte und sich zur Nacht beruhigte. Einmal sah ich in der Ferne ganz deutlich bizarre Silhouetten von Häusern und Dächern. Der Anblick der dunstigen rötlichen Stadt war faszinierend. Es war eine Fata Morgana der Steppe. Ein Geheimnis.

Einmal kam nach der Arbeit der technische Leiter in die Baracke. Mit den letzten Kräften haushaltend, lagen wir unbeweglich auf den Pritschen.

»Wer will noch ein bißchen im Sowchos arbeiten? Einen Gemüsespeicher bauen. Dafür gibt's was zu essen.«

Nach einer Pause meldeten sich sieben Frauen.

»Und wie wär's mit Ihnen?« fragte er mich.

Obwohl ich begriff, daß es eine Chance war zu überleben, fühlte ich mich außerstande, mich zu erheben. Aber er hatte mich persönlich angesprochen. Ich überwand meinen Wunsch, reglos liegenzubleiben, und kletterte von der Pritsche.

Es war acht Uhr abends. Die Hitze hatte nachgelassen. Im Sowchos sagten sie uns, daß wir erst einmal Lehmziegel herstellen sollten. Wir schaufelten eine Grube und rührten Lehm an. Die einen holten Wasser, andere hoben die Baugrube aus. Wir arbeiteten, ohne uns abzuhetzen. Es gab keine Norm. Der Wachposten saß uns nicht im Nacken.

Kinderstimmen waren zu hören, Eimer und Kannen klapperten. Eine Frau hatte gerade ihre Kuh gemolken und ging ins Haus. Ein Kind fing an zu weinen. In einer der Lehmhütten wurde das Licht gelöscht. Menschliches Leben. Gab es so etwas noch auf der Welt? Sich wenigstens einmal daran satt sehen!

Man war mit uns zufrieden. Es war schon dunkel, als wir an einem Tisch unter einem Vordach Platz nehmen durften. Wir bekamen jede 200 Gramm Brot, dazu Salz, Wassermelone und Gurken.

Davon hätten wir nicht zu träumen gewagt.

Am Morgen mußten wir wieder aufs Feld. Den ganzen Tag dachten wir nur das eine: Ob sie uns am Abend wieder holen? Die Sowchos-Leute gewöhnten sich an uns, und wir gewöhnten uns an sie. Jeden Abend bekamen wir Brot, Salz und Wassermelonen. Einmal wurden wir sogar mit gekochten Makkaroni verwöhnt. Und ganz unglaublich war das Angebot, ins Dampfbad zu gehen. Schon ewig hatten wir uns nicht mehr richtig gewaschen. Im Lager reichte dafür das Wasser nicht. Das einzige, was man im Lager tat – man behandelte regelmäßig unsere Lumpen mit Dampf, damit wir das Ungeziefer loswurden.

Ich ahnte, daß ich mit interessanten Frauen zusammen war, fand in mir aber weder die Kraft noch den Wunsch, mit ihnen zu sprechen.

Besonders sympathisch war mir eine hochgewachsene junge Frau namens Dagmar. Sie versuchte mehrmals, mich ins Gespräch zu ziehen. Doch ich war nicht in der Lage, mich zu unterhalten. Einmal sagte sie gekränkt:

»Mit Ihnen kann man ja nicht reden. Sie sind wie abwesend.«

Dennoch gelang es einem Menschen, mein Schweigen zu brechen.

Unsere Barackenälteste, Jewgenia Karlowna, eine ältere Frau, war häuslich und gefällig. Zur Arbeit ging sie nicht, sie hielt die Baracke in Ordnung, soweit dies unter den höllischen Bedingungen und ohne Wasser möglich war. Mal ersetzte sie das Stroh in meinem Kopfkissen durch Heu, damit ich weicher lag, mal hob sie für mich abgekochtes Wasser auf. Wenn ich von der Arbeit kam, empfing sie mich mit dem Ausruf: »Na endlich!«

Diese Aufmerksamkeit kam ganz unerwartet, ohne jeden Anlaß. Es war ein neues Gefühl, daß mich in der Baracke jemand erwartete, daß es jemandem nicht gleichgültig war, wieviel Brot wir erarbeitet hatten.

Eines Tages erzählte mir Jewgenia ihr Familiendrama. Sie vergötterte ihre Tochter und liebte ihren Mann. »Einmal sitz ich da und warte, daß mein Mann von der Arbeit kommt. Das Abendessen hab ich eingewickelt, damit es warm bleibt. Aber er kommt und kommt nicht. Es ist schon sehr spät, als er dann doch kommt. Er steht in der Tür, dreht den Schlüssel herum und sagt: ›Setz dich, Shenja, ich muß dir was sagen: ich hab Syphilis.‹«

Als Jewgenia das erzählte, weinte sie so, wie sie wohl damals geweint hatte. Ich hörte versteinert zu und bedauerte diese Frau.

»Erzählen Sie von sich, Tamarotschka!« bat sie. »Lebt Ihre Mutter? Ihr Vater? Haben Sie Geschwister?«

»Meine Mutter und eine Schwester sind während der Blockade in Leningrad verhungert. Die andere Schwester ist irgendwo im Waisenhaus. Mein Vater ist in Magadan im Lager, mein Mann in der Nähe von Frunse.«

Sie griff sich an den Kopf. »Ach, Sie armes Mädchen! Ich kann mir vorstellen, wie Ihnen ums Herz ist.«

Im November wurde ein neuer Transport zusammengestellt. Auch mein Name stand auf der Liste. Ich hatte Angst vor dem Weg, vor der unbekannten Gegend, vor den Kriminellen.

Ich wickelte meine Wolljacke und die Schuhe, die Erik mir vor der Verhaftung geschenkt hatte, in meinen Mantel ohne Futter und machte mich für den Transport bereit. Die Arbeitsverteilerin trat zu mir:

»Sie sollen zum technischen Leiter kommen.«

Nach dem Vorfall mit den befeuchteten Hanffasern hatte ich ihn nur noch gesehen, wenn er die Brotrationen absegnete oder uns zur Arbeit in den Sowchos rief. Er hatte mich nie angesprochen, ich ihn erst recht nicht. Warum bestellte er mich plötzlich zu sich?

Portnow sah müde und finster aus. Er bot mir Platz an und sagte ohne Umschweife:

»Ich habe darauf bestanden, Sie auf Transport zu schicken.«

Ich wußte nicht, was ich darauf sagen sollte, und er fuhr fort:

»Sie müssen vorsichtiger in der Wahl Ihrer Freunde sein. Verstehen Sie, wovon ich spreche?«

Ich verstand nicht. Was für Freunde? Ich hatte keine.

»Der NKWD-Mann interessiert sich für Sie. Ihre Jewgenia Karlowna erzählt ihm haarklein, was Sie ihr anvertrauen. Glauben Sie mir, ein Ortswechsel ist jetzt das Beste für Sie. Ich meine es doch nur gut mit Ihnen. Und machen Sie nicht wieder dieselben Fehler.«

Mein Gott! Wieso war ich unfähig, den Mechanismus des Lebens zu durchschauen? Draußen traten die Frauen in Kolonne an. Ich erhob mich.

»Danke.«

»Warten Sie«, hielt er mich zurück.

Er ging hinter die Trennwand, kam mit einem Paar Wollsocken zurück und hielt sie mir hin.

»Der Winter steht vor der Tür. Ich weiß nicht, wo Sie hinkommen. Nehmen Sie. Ich habe sie übrig. Gott segne Sie!«

Er legte mir die Socken in die Hände und küßte mich auf die Stirn. Sein Blick war herzlich und gütig.

»Ich möchte so sehr, daß sich für Sie alles zum Guten wendet, Sie liebes Mädchen.«

Ich weinte bitterlich und drückte die Socken an die Brust.

Unter denen, die uns verabschiedeten, war auch Jewgenia. Ich sagte im stillen vor mich hin: Miststück! Miststück! Warum bist du so ein Miststück?

Die Kolonne ging hinaus in die Nacht.

Wie auch schon auf dem Herweg rollten die toten Räder der Kollerdistel über die Steppe. Die Eskorte war friedlich. Die Wachhunde bellten. Später verstummten auch sie. Der Wind legte sich. Sterne schwärmten aus. Das blinkende Himmelsgewölbe wirkte lebendig, kühl und tröstlich. Mit Schuhen, die aus Hanfschnur gemacht waren, schlurfte die Kolonne über den Sand.

Der seelische Aufruhr legte sich nicht. Was hat sie dem NKWD-Mann gesagt? Was, was, was? Warum bin ich so dumm und falle immer wieder auf Spitzel herein? Und was wollen sie von mir? Warum verfolgen sie mich? Mein Leben ist hoffnungslos verpfuscht. Von Verrat geprägt.

Wir hatten schon viele Werst zurückgelegt. Die Empörung machte versöhnlichen Gedanken Platz. Ich ging und dachte an den Mann, der mich einmal beim Schummeln erwischt hatte und mich jetzt vor Schwierigkeiten bewahren wollte, an die Wollsocken, die ich gerade erst von ihm bekommen hatte; an das Lebensmittelpaket von Tschingis; an die Verquickung von Gut und Böse.

Und Erik! An ihn zu denken war besonders kompliziert. Er hatte geschrieben: »Der NKWD-Mann weiß nicht, wie er mir für die gelungene Operation danken soll«, »Der Natschalnik ist bereit, alles für mich zu tun, nachdem ich ihn von seinem Blinddarm befreit habe« usw. Es drängte sich der Gedanke auf: Wenn alle bereit sind, alles für ihn zu tun, warum bittet er dann nicht darum, mich in sein Lager zu verlegen? Aber sogleich schalt ich mich für die Schwäche und schärfte mir ein: Nicht nötig! Ich brauch von keinem was! Ich schaff's allein!

Auf jenem Nachtmarsch keimte in mir die stille Hoffnung: Irgendwann werde ich all das erzählen, was ich mir jetzt nicht einmal selber eingestehe. Vielleicht meinem Kind, vielleicht einem Menschen, der mir zuhört.

Sand drang in die Schuhe, rieb die Füße wund. Ein Ende des Wegs war nicht abzusehen. Außer Müdigkeit existierte nichts mehr.

Viele Menschen waren damals unterwegs zur Front und in die Lager. Die früheren Welten waren zusammengebrochen, neue Religionen entstanden. Niemals habe ich mich Gott so nahe gefühlt wie damals.

Aus zwei Lagern, die auf unserem Weg lagen, wurden Häftlinge unserer Kolonne angeschlossen.

Am Abend des folgenden Tages näherten wir uns als stattliche Abteilung Frunse. Bis zuletzt dachten wir, daß wir vor der Stadt abbiegen würden.

Doch wir wurden auf einer der zentralen Straßen zum Gefängnis geführt. Die Städter gingen zur Seite, machten uns Platz.

Wieder in der Stadt zu sein, den unveränderten Lauf des Lebens zu sehen, zu wissen, daß ein paar Viertel weiter Barbara Ionowna wohnte, daß die Familie jetzt vielleicht zu Abend aß oder sich einfach nur unterhielt, war schwer.

Plötzlich sah ich eine ehemalige Kommilitonin direkt auf uns zukommen. Auf ihren Schultern lag die weiße Boa, mit der sie immer zu den Vorlesungen erschienen war. Sie hatte sich bei einem jungen Mann eingehakt. Mein Herz hämmerte wie verrückt. Gleich würde sie mich erkennen und ... Würde sie mir etwas zurufen? Auf mich zukommen? Zumindest staunen?

Wir waren auf gleicher Höhe. Sie schaute kurz zu uns. Unsere Blikke schienen sich zu treffen, aber – sie erkannte mich nicht. Keine Anteilnahme, nicht einmal elementare Neugier zeigte dieses Paar für den Häftlingszug. Und ich besann mich. Mein Gott, wie sollte sie mich denn erkennen? Ich war Teil einer zerlumpten, gesichtslosen, von Soldaten bewachten Masse, die von den Freien als etwas Fremdes und Unpassendes empfunden wurde.

Am nächsten Morgen kam der Wärter in die Zelle und rief:

»Im Speicher müssen Kartoffeln sortiert werden. Bytowiki raustreten!«

Es meldeten sich nur wenige. Da wandte er sich an die Politischen, und ich trat vor.

Die überraschendsten Dinge geschehen wahrscheinlich im Krieg und im Gefängnis. Nachdem wir mehrere Viertel durchquert hatten, kamen wir in der Straße heraus, in der meine Schwiegermutter wohnte. Ich konnte schon ihr Haus sehen. Noch hätten wir nach links oder rechts abbiegen können, doch wir gingen genau auf ihr Haus zu.

Bis zu dieser Minute hatte ich nicht gewußt, was für ein Schmerz in mir gefroren war. Ich zitterte, Schluchzen würgte mich. Hier hatte ich gelebt. Da war der Garten. Erik hatte mich gerufen, damit ich mir die Apfelbäume anschaute. Im Garten hatte ich mich verkrochen, um mich zu besänftigen, wenn wir Streit hatten. Jetzt wurde ich unter Bewachung an dem Haus vorbeigeführt und hatte nicht das Recht, auf einen Sprung hineinzugehen, zu Eriks Mutter.

»Leise, leise! Beruhigen Sie sich!« redeten die Frauen auf mich ein und preßten meine Ellbogen.

Vor dem Haus hockte Tatotschka und grub mit einer Schaufel im Sand.

»Tatotschka, lauf und sag der Großmutter, Tamara wird vorbeigeführt!« riefen die Frauen im Vorbeigehen hastig dem Mädchen zu, nachdem sie mich nach den Namen meiner Verwandten gefragt hatten, die ich kaum hervorbrachte.

Die dreijährige Tatotschka stand auf, sah die merkwürdigen Frauen ernst an und antwortete zutraulich: »Unsere Tamara ist nicht da!«

In dem Augenblick sah ich im Fenster Lina, die ihr zweites Kind stillte. Die Frauen winkten ihr und zeigten auf mich, und schon waren wir vorüber.

Als Tatotschka dennoch zu Hause erzählte: »Die Tanten haben gesagt: Tamara wird vorbeigeführt«, begriff Lina alles. Eine halbe Stunde später erblickte ich ihren Kopf über dem Zaun des Speichers, wo wir Kartoffeln sortierten. Sie kam zu mir und gab mir ein Stück Brot.

»Morgen bringen wir dir ein Paket ins Gefängnis«, sagte sie.

Ich wartete auf eine seelische Regung, auf Worte. Lina blieb kühl. Da begriff ich wieder mit aller Klarheit, daß ich aus dem Leben dieser Familie getilgt war, daß sie mir tatsächlich die Schuld an allem gab.

Am nächsten Morgen wurde der Transport zusammengestellt. Ich wartete auf das versprochene Paket. Vergebens.

Als wir in Achterreihen angetreten waren, sah ich weder den Anfang noch das Ende der Kolonne. Die Bewachung war verstärkt worden. Die Hunde zerrten unruhig an der Leine und bellten.

Wir bekamen wieder Schuhe aus Hanfschnur, aber diesmal gingen wir über Kopfsteinpflaster.

Plötzlich sah ich, wie von einer der unteren Straßen Barbara Ionowna auf uns zugelaufen kam. Ihre stark ergrauten Haare waren zerzaust. Sie warf den Kopf zurück und schrie: »Ta-ma-ra! Ta-ma-ra!« Dieser Schrei drang tief in meine Seele. Die Verbindung zum Leben, die für jedes Herz so unentbehrlich ist, war wiederhergestellt. Am liebsten wäre ich zum Straßenrand gekrochen, um die Kolonne vorbeizulassen und meiner Schwiegermutter nur ein Wort zu sagen: Danke!

Entgegen dem gesunden Menschenverstand versuchte Barbara Ionowna, sich zu mir durchzudrängen, doch ein Posten stieß sie mit der MPi heftig beiseite. Sie taumelte, blieb am Straßenrand stehen und sah uns nach.

Ich weiß nicht, wieviel Werst wir zurücklegten. Das Pflaster scheuerte rasch die Schuhsohlen durch. Viele gingen schon barfuß. Bei einer Rast fiel mir das Geschenk des technischen Leiters ein, doch zu spät, die Socken halfen auch nicht mehr. Der Schmerz war unerträglich. Unser Stöhnen beachtete niemand. Die Posten befürchteten Fluchtversuche. Sie trieben uns weiter, um vor Anbruch der Dunkelheit an Ort und Stelle zu sein.

Etwa hundert Meter vor dem Nowotroizker Lager verlor ich das Bewußtsein. Ich weiß nicht, wer mich in die Baracke trug. Die Füße waren eine einzige schmerzende Wunde.

Die Baracke war riesengroß. Durchgehende Doppelstockpritschen säumten die Wände. Mit jenem Teil des Bewußtseins, der immer auf der Hut ist, nahm ich wahr, daß Männer und Frauen die Baracke füllten; daß ein Kübel, einer für alle, hereingebracht und neben die Tür gestellt und daß die Tür von außen zugeschlossen wurde.

Neben mir saß eine junge Frau auf der Pritsche und weinte, ihre Füße bluteten auch.

»Artikel achtundfünfzig?« fragte sie mich.

»Ja. Wie heißen Sie?«

»Sonja Bljacher. Ich habe auch den achtundfünfziger.«

Wir saßen beide im Mantel und zitterten vor Kälte und Schmerz.

In der Baracke wurde laut geredet und geflucht. Nicht alle waren müde und kraftlos. Die Angriffslustigsten taxierten sofort die Situation.

»Macht euch bereit, gleich holen wir uns eure Fressalien!«

In der Baracke waren viele Kirgisinnen. Ihre Angehörigen hatten ihnen Säcke mit Lebensmitteln gebracht.

Ein paar Minuten später gingen acht Männer, eindeutig Kriminelle, auf die Kirgisinnen zu und zerrten an den Säcken. Die Frauen schrien und bissen und klammerten sich an ihre Habe. Nun gerieten die Männer erst richtig in Rage, sie rissen die sich widersetzenden Frauen mitsamt der Beute von den Pritschen und schleiften sie in die Mitte der Baracke.

Eine, zwei, fünf Kirgisinnen. Die entfesselten, verrohten Kriminellen stießen die Säcke mit den Füßen beiseite, warfen die Frauen zu Boden und vergewaltigten sie. Etwas Tierisches und Gnadenloses griff um sich. Die Schreie der Frauen wurden übertönt von Gejohle und einem unmenschlichen Schnaufen.

Sonja verfiel in eine merkwürdige lautlose Hysterie und verkrallte sich mit den Fingernägeln in mich. Wir krochen in die dunkelste Ecke und hatten nur noch den Wunsch, uns in Nichts, in Staub, in Rauch aufzulösen, damit uns niemand sah, damit wir nichts sahen und hörten. Aber ich sah ... Ich sah, wie von der anderen Seite der Baracke fünf Männer auf uns zukamen. Was sollten wir tun? Sie anflehen? Schreien? An ihr Gewissen appellieren? Nein! Töten! Sie und uns selber töten! Egal wen!

Die Tür wurde nicht geöffnet, obwohl einige dagegenhämmerten und um Hilfe schrien.

Und die fünf kamen immer näher. Es war zu spät, etwas zu tun. Schon standen sie vor uns und setzten sich auf die Pritsche. Da begriffen wir – sie waren unser Schutz, wir waren außer Gefahr!

»Welcher Artikel?« fragte einer von ihnen.

»Achtundfünfzig«, preßte ich hervor.

»Woher kommen Sie?«

»Sonja aus Moldawanka. Ich aus Dshangidshir. Und Sie?«

»Aus Tokmak.«

Mein Herz erbebte.

»Dann müssen Sie meinen Mann kennen.«

»Wie heißt er?«

»Erik Andrejewitsch.«

»Das ist unser Doktor. Sie sind seine Frau? Richtig. Wir haben Ihr Foto bei ihm gesehen. Ähnlichkeit ist da, ein bißchen. Er sollte auch auf Transport gehen. Aber er wurde dabehalten von ... na, er wurde eben dabehalten. Sonst hätten Sie sich hier getroffen.«

Dieses Gespräch ließ mich aufatmen. Die Vorsehung hatte uns für heute vor dem bewahrt, was schlimmer war als der Tod. Im stillen vergötterte ich diese fünf Männer.

Erst am Morgen öffnete sich die Tür. Namen wurden vorgelesen. Die Baracke leerte sich. Auch die »nächtlichen Hausherren« wurden aufgerufen. An die dreißig blieben. Auch Sonja und ich. In der Baracke war es still, und wir schliefen wieder ein.

Wach wurde ich von einem Gespräch, das auf der oberen Pritsche zwei Männer halblaut miteinander führten.

»Seit wann bist du in der Partei?«

»Seit 1918.«

»Wie bist du siebenunddreißig davongekommen?«

»Weiß ich selber nicht. Und du?«

»Seit 1920.«

»Sag mir, verstehst du das?«

»Was gibt's da zu verstehen? Sie geben Bedarfsmeldungen an das NKWD. Auf Komi, im Osten, müssen soundso viele Eisenbahnlinien gebaut, muß soundsoviel Blei gewonnen werden. Dafür brauchen sie kostenlose Arbeitskräfte. Dich, mich und andere.«

»Red keinen Blödsinn. Es geht um was anderes.«

»Das ist kein Blödsinn. Das sind Tatsachen.«

»Weiß Er das?«

»Wie sollte er es nicht wissen? Aber ja! Was denkst du denn!«

»Es ist zum Verrücktwerden.«

»Genau.«

Ich sah sie später. Wir gingen zusammen auf Transport. Sie waren beide um die fünfzig. Die Gesichter von Falten durchfurcht. Parteimitglieder seit 1918 und 1920. Einer trug ein Matrosenhemd unter der Jacke. Auch sie hatten die Nacht der Massenvergewaltigung, die haßerfüllten Schreie, das höhnische Gelächter erlebt. Wie ordneten sie das historisch ein? Jedenfalls waren sie für niemanden eingetreten, hatten keine Frau geschützt.

Aber das Gespräch habe ich nicht vergessen.

In den folgenden anderthalb Monaten ging ich fünfmal auf Transport und arbeitete in Sowchosen Kirgisiens. Auf den Feldern lag Schnee. Wir ernteten mit dem Hackmesser gefrorenen Kohl, zogen Runkelrüben aus dem Boden, luden steinschwere Zuckerrüben auf Flachwagen; das »Grünfutter« hielt uns am Leben.

In einem Lager sah ich die Ärztin Polina wieder, mit der ich im NKWD-Gefängnis in einer Zelle gesessen hatte. Sie war noch genauso unverzagt und lachlustig. Über mein Aussehen war sie entsetzt. Sie erzählte mir von »ihrem Helden«, mit dem sie eine »einmalige Liebe« erlebe. Am Abend stellte sie ihn mir vor. Er war einer von den Fünfen, die Sonja und mich vor dem Grauen gerettet hatten.

Unter normaleren Bedingungen sah ich ihn mir jetzt genauer an. Ein gutaussehender, zurückhaltender Mann. Der Nachgeschmack der Situation, in der wir uns zum erstenmal gesehen hatten, machte mich befangen. Ich litt später noch lange darunter, daß ich nicht die richtigen Worte gefunden hatte, um ihm zu danken. Offenbar hatte er in jener Nacht die Initiative zu unserem Schutz ergriffen.

Zu diesem Zeitpunkt kannte ich schon eine kleine Gruppe von Menschen, die mir den Glauben wiedergaben, daß ein Leben auf dieser Welt möglich war. Dank Tschingis, dem technischen Leiter Portnow und den fünf Männern begann ich die Menschen wieder zu achten.

Das Belowodsker Lager, in das ich gebracht wurde und in dem ich lange blieb, lag am Fuße des Tienschan. Ob Belowodsk eine Siedlung oder eine kleine Stadt war, weiß ich nicht.

Das Lager war in eine Frauen- und eine Männerzone unterteilt. In der Männerzone waren Küche, Bad, Sanitätsstelle, außerdem fünf Baracken. In der Frauenzone stand ein langgestrecktes Gebäude mit winzigen Glimmerfenstern.

Wir kamen an einem kalten Tag an. Es goß in Strömen. Da die Baracke ein Stück in die Erde gebaut war, drangen Wasser und Schmutz ungehindert ein, und man stand bis zu den Knöcheln im Matsch.

Auf den oberen Pritschen drängten sich die neugierigen Alteingesessenen und begutachteten jede Neue, die über die schlüpfrigen Stufen die Baracke betrat.

»Da kommt ja ein Tausendschönchen! Guckt mal!« Sie zeigten auf mich.

Ich spürte ihre Feindseligkeit. In Dshangidshir waren nur Politische gewesen, hier überwogen die Kriminellen. In dem dunklen schmutzigen Raum brannte eine Petroleumlampe, saftige Flüche waren zu hören. Ich fand einen Platz auf einer kahlen oberen Pritsche. Da war keine Matratze, kein Kissen.

Ich legte mir das Bündel mit den Schuhen und der Wolljacke unter den Kopf. (Jedesmal, wenn ich in Dshangidshir die Jacke gegen Brot tauschen wollte, hatten mich die Frauen davon abgehalten, indem sie mir angst vor dem kalten Winter machten.)

Noch vor dem Wecken stieß mich jemand an. Auf den unteren Pritschen hatten sich die kleinen Ganovinnen entsprechend ihrer Rangordnung eingerichtet. Waldhexen ähnlich, tanzten sie mit scheußlichen Grimassen und Verrenkungen auf einem Brett, das sie auf den Boden gelegt hatten, und führten ihre neuen Sachen vor, die sie uns gestohlen hatten, während wir schliefen. Eine trug meine Schuhe, eine andere meine Wolljacke.

»Na? Nicht übel, was?«

So begann das Leben in Belowodsk.

Am Morgen sah ich, daß am Ende der Baracke die Pritschen auseinandergenommen waren und statt ihrer sechs oder acht Betten dort standen, jedes mit einem Federbett und zwei bis drei üppig gestopften Kopfkissen. Daneben wurde ein gußeiserner Ofen geheizt, und der Fußboden war trocken. Hier wohnte der privilegierte Teil der Frauenbaracke – die »Chefinnen«. Jeder Befehl der Kriminellen-Aristokratie wurde auf der Stelle von beflissenen »Dienerinnen« ausgeführt.

Eine Frau mit breitem ausgemergeltem Gesicht trat auf mich zu und sagte mit erkälteter Stimme, sie sei Brigadierin, und ich sei ihrer Brigade zugeteilt. Sie hieß Anja. Ihre Brigade schachtete die Baugrube für das Fundament einer aus Charkow evakuierten Zuckerfabrik aus.

Die Brigaden arbeiteten direkt in der Grube, vom Grund waren Stahlschienen nach oben verlegt. Die lehmige Erde blieb an den Rädern der Schubkarren und dem schlechten Schuhwerk haften. Um eine Karre mit Erde vom Fleck zu bewegen und nach oben zu schieben, brauchte man nicht wenig Kraft. Die Normen waren hoch. Für sechs-, siebenhundert Gramm Brot mußten wir uns abschinden.

Hundert Meter von uns entfernt saßen die Kriminellen im Kreis und spielten seelenruhig Karten. Sie spielten nicht nur um Geld. Sie spielten auch um Menschenleben. Wer verlor, mußte am Ende des Arbeitstages denjenigen, den er verspielt hatte, umbringen. Das Opfer wurde erstochen und sofort mit Erde zugeschüttet. Mit dem Eingreifen der Wachposten war nicht zu rechnen. Bewacher und Kriminelle kamen gut miteinander aus. Damit die Zahl der Häftlinge bei der Rückkehr ins Lager stimmte, grub der Wachposten, so wurde erzählt, den Ermordeten wieder aus, gab einen Schuß auf ihn ab und meldete, der Mann sei beim Fluchtversuch erschossen worden. Jeder, der hier Erde aushob, wußte: Die grausige Lotterie konnte auch ihn jederzeit ins Jenseits befördern.

Eines Tages, als ich etwa zwei Wochen im Lager war, hielt mir Anja, die die Brotrationen verteilte, ein Stück von vierhundert Gramm hin, obwohl ich siebenhundert Gramm erarbeitet hatte. Dabei blickte sie mir in die Augen.

Ich hatte nur einen Moment Zeit, um empört zu sagen: Gib mir die Ration, die mir zusteht! Doch aus Unsicherheit zögerte ich und ließ den Moment verstreichen und verlor weitaus mehr, als ich ahnte.

Ich wußte, daß Anja das einbehaltene Brot als Gegenleistung für ihre Sicherheit den »Chefinnen« gab, den Hausherrinnen des stinkenden Wohnheims. Hier war es an der Tagesordnung, zu stehlen und zu tauschen, sich zu schlagen und wieder zu vertragen, zu rechten und zu richten. Ich hörte die unflätigen, schmutzigen Flüche, ließ sie aber nicht an mich heran. Ich sah, wie die Frauen sich an das Leben der Baracke und aneinander gewöhnten. Viele Frauen, die früher nie ein häßliches Wort in den Mund genommen hatten, eigneten sich rasch die zotigen Flüche an und ordneten sich damit dem Lagergeist unter. Da ich mich instinktiv von allen fernhielt, wurde mir bald offene Feindseligkeit entgegengebracht.

Anfangs freute ich mich, als ich in eine andere Brigade versetzt wurde. Wir hatten die Aufgabe, das Gelände, über das ein Industriegleis zu dem künftigen Werk gelegt werden sollte, von Steinen zu säubern. Nachdem wir die Steine, sechzehn bis zwanzig Kilogramm schwer, auf einen Flachwagen geladen hatten, mußten wir diesen zum Abladeplatz schieben. Ich gab mir alle Mühe, um nicht zurückzubleiben hinter den kräftigen und gesunden Kriminellen, aus denen die Brigade bestand. Mein Herz stockte in einem schlimmen Vorgefühl, als eine von ihnen rief:

»Unser Tausendschönchen ist ja tüchtig! Guckt mal, wie sie sich anstrengt! Die kann den Wagen auch allein schieben.«

Wäre ich auf der Höhe gewesen, so wäre mir vielleicht eine rettende schlagfertige Antwort eingefallen. Aber wieder ließ ich den Moment verstreichen. Ich schob weiter den Wagen, auf dem der Wachposten stand und die Feldsteine lagen. Der Posten blickte über mich hinweg, als sähe er nichts, und die Ganovinnen brüllten:

»Na los, schieb, schieb, vorwärts!«

Die bösartige Zerstreuung erhitzte sie, und sie steigerten sich:

»Gib ihr 'n Tritt in den Arsch, damit sie schneller schiebt!«

Mir blieb nur eins: die Angst verbergen, schweigen, nicht betteln, wenigstens darin nicht nachgeben. Die Frauen hatten einmütig die Hände vom Wagen genommen und gingen hinterher. Irgendwie schob ich den Wagen noch ein paar Meter, dann sank ich auf die Erde.

Die Brigade machte eine Rauchpause. Die Frauen schienen mich vergessen zu haben. Aber das letzte Wort war noch nicht gesprochen. Das war mir klar.

Nach einem im Krieg erlassenen Dekret wurden eigenmächtiges Verlassen des Arbeitsplatzes und Zuspätkommen gerichtlich bestraft. An den Werkbänken arbeiteten fünfzehn-, sechzehnjährige Jugendliche, vorwiegend Mädchen. Viele hielten es nicht aus und liefen davon. Sie wurden zu fünf Jahren verurteilt und kamen ins Lager. Man nannte sie »Dekretlerinnen«. Die Eltern besuchten sie oft und brachten ihnen Lebensmittel, die ihnen aber von den Kriminellen weggenommen wurden. Die Mädchen weinten und baten um Rückgabe ihrer Eßwaren, aber sie wurden nur ausgelacht.

Ich lag auf der Pritsche und dämmerte wie gewöhnlich vor mich hin, als es in der Baracke wieder mal Krach gab. Ein Mädchen weinte, weil jemand ihre Lebensmittel gestohlen hatte. Das war nichts Neues. Doch das Mädchen gab nicht klein bei. Sie hatte begriffen, daß man sich an die Starken halten mußte, und ging furchtlos ans Ende der Baracke, um sich bei den Hausherrinnen zu beschweren. Die »nahmen die Beschwerde an«, und nun ging ein Spektakel los. Nackte, kriegerische Frauen, bewaffnet mit Brettern, die aus den Pritschen gebrochen waren, machten sich auf die Suche nach der Schuldigen, um vor aller Augen »die Gerechtigkeit wiederherzustellen«. Sie pflegten mit der Brettkante zuzuschlagen, bis die Knochen knackten. Nach der Abrechnung trugen sie den »Knochensack« weg.

»Gleich finden wir deine Sachen!« versprachen sie dem bestohlenen Mädchen.

»Wer war's?« fragten sie ihre »Dienerinnen«. »Die da?« Sie zeigten auf die oberen Pritschen.

»Die dort war's!« kreischte eine Kriminelle und zeigte auf mich. »Die hat's geklaut!«

Die nackten Weiber bewegten sich auf mich zu, fest entschlossen, die Diebin zu verprügeln.

Tödliche Kälte kroch mir vom Herzen in den Bauch und lähmte mich. Ich konnte weder Arme noch Beine bewegen. So lag ich da. Aus, vorbei! Was für ein Ende!

Mir war, als wäre ich schon gestorben, nur ein Rest von mir war noch auf der Welt, um den unmenschlichen Schmerz zu ertragen.

»Da ist ja der Sack!« rief plötzlich jemand von unten.

Die »Richterinnen« drehten sich unwillig um. Sie zogen den Sack mit den Lebensmitteln unter einer unteren Pritsche hervor und nahmen ihn mit in ihr »Vorwerk«, um den Inhalt zu vertilgen. Das Mädchen folgte den Retterinnen, um mit ihnen zu tafeln.

Ich lag auf der Pritsche und verlor von Zeit zu Zeit das Bewußtsein. Das tödliche Entsetzen ließ mich nicht los. Wie damals im städtischen Gefängnis »unter der Decke« hatte ich auch jetzt den Tod durchlitten. Fast hätten sie mich als Diebin erschlagen.

Das war das Äußerste, die Grenze.

Jeden Morgen mußten wir zum Zählen antreten und uns anhören, daß bei Fluchtversuch geschossen werde. Dann ging der Arbeitsleiter des Lagers mit seinem federnden Gang unsere Kolonne ab. Er trug einen Segeltuchumhang mit Kapuze und hielt einen Notizblock in der Hand. Mit seinen klaren schwarzen Augen musterte er jede, schätzte ihre Arbeitsmöglichkeiten ein und gab den Brigadieren Anweisungen. Er war Bulgare und hieß Christofor Ergijew. Unverhofft rief er mich heraus.

»Sie kommen in Baturins Brigade.«

Dann sagte er:

»Baturin, du nimmst sie in deine Brigade!«

»Bei mir wird gearbeitet!« entgegnete dieser.

»Sie wird arbeiten.«

»Bei mir werden Ziegelsteine geschleppt!« sagte Baturin jetzt zu mir.

»Ich werde Ziegelsteine schleppen«, versprach ich.

Grischa Baturin war ein besonnener Brigadier, »mit Prinzipien«, wie er von sich sagte. Ein pfiffiges Männlein mit dünner Weiberstimme, flink und gütig. Bei ihm randalierte niemand. Das Brot wurde ehrlich verteilt. Seine Brigade, die aus Männern und ein paar Frauen bestand, arbeitete auf der Baustelle des Werkes. Plötzlich befand ich mich innerhalb zwar eingeschränkter, aber menschlicher Normen.

Auch in Belowodsk gab es ein »Plätzchen« für Besucher. Wenn die Häftlinge von der Arbeit zurückkamen, hielten sie Ausschau, ob ein Angehöriger mit einem Brot dort stand. Die Hoffnungen vieler erfüllten sich.

Mit besessener Hartnäckigkeit träumte ich jede Nacht, daß Barbara Ionowna mit dem ersehnten Brot zu mir kam. Nachdem ich in Frunse ihren Schrei »Ta-ma-ra!« gehört hatte, war es für mich zur fixen Idee, zum Wahn geworden, auf sie zu warten. Viel später überwies sie mir zweimal zehn Rubel, das war alles.

Obwohl das Belowodsker Lager in der Nähe der Eisenbahnstrecke lag, wurde auch hier das Brot unregelmäßig angeliefert. Dann kam gar keins mehr. Der hiesige Natschalnik schrie nicht in den Hörer, daß er die hungrigen Häftlinge freilassen werde. Wir wurden nach wie vor zur Arbeit getrieben. Nach dreitägigem Hungern hörte ich lange vor dem Wecken ungewöhnliche Geräusche: Geflüster und Hin- und Hergehaste.

»Wenn sie uns kein Brot geben, gehen wir nicht zur Arbeit! Keine geht heute zur Arbeit!« Eine Frau gab es der anderen weiter.

Ein paar Wagemutige vernagelten die Barackentür von innen. Woher sie trotz der täglichen Durchsuchung Hammer und Nägel hatten, war unbegreiflich.

»Sind wir uns alle einig?« fragten die Organisatorinnen.

Ich spürte zum erstenmal, daß sich in mir etwas von früher regte. Wie sich herausstellte, gab es in der Baracke Frauen, die ich unterschätzt hatte. Auch wenn es Kriminelle waren, egal! Sie lehnten sich auf, versuchten zu protestieren! Im Grunde war das ein Streik. Alle schienen im gleichen Rhythmus zu atmen. Sogar der Federbetten-Winkel war verstummt.

Die an den Glimmerfensterchen lagen, informierten:

»Die Männer sind angetreten ... gucken zu unserer Baracke ... warten, daß wir rauskommen ... wechseln Blicke ... Sie haben's wohl begriffen.«

Die Spannung benahm uns den Atem, als sie flüsterten:

»Aus! Der Arbeitsverteiler und der Aufseher kommen her.«

Von draußen wurde gegen die Tür gehämmert. Sie gab nicht nach. Da merkten die draußen, daß sie vernagelt war.

»Aufmachen! Sonst könnt ihr was erleben! Habt ihr gehört? Macht sofort auf!« befahlen sie.

»Solange ihr uns kein Brot gebt, machen wir nicht auf!« riefen die Frauen. »Ohne Brot gehen wir nicht arbeiten!«

Die Frauen am Kontrollpunkt teilten mit:

»Sie gehen zurück, ins Männerlager ... Die Männer sind schon weg zur Arbeit.«

Und dann:

»Sie kommen wieder ... Mit Beilen und Brecheisen.«

Die Tür zerbarst unter den Beilschlägen. Die gesamte Lagerleitung kam herein.

»Wer ist die Anstifterin? Vortreten!«

Man kann sich leicht vorstellen, was dann folgte.

In jedem Fall führten die Wege in die dritte Abteilung, ins Büro des NKWD-Bevollmächtigen. Zuerst wurde ein Schub von sechs Frauen weggebracht, dann der nächste. Nach einiger Zeit kamen die Aufseher in die Baracke und holten die Frauen, die die Tür vernagelt hatten, in die Strafzelle.

»Käufliche Luder, billige Nutten«, schimpften die Frauen, die abgeführt wurden, auf die Verräterinnen.

Die Einigkeit war durch die Knute und die Angst zerschmettert worden. Trotzdem hatten die Frauen ein neues Gefühl erfahren, ihre Fähigkeit zum Widerstand entdeckt.

Als die beschämten, wütenden und hungrigen Männer von der Arbeit kamen, brach im Männerlager ein Tumult aus. Schreie waren zu hören und bald darauf Warnschüsse von den Wachtürmen. Erst zur Nacht trat Ruhe ein.

Am folgenden Tag wurde Brot geliefert, aber ich konnte nicht mehr auf den Beinen stehen.

Das Lazarett, in das ich kam, war hoffnungslos überfüllt. Auf den aneinandergestellten Pritschen lagen ausgemergelte Menschen mit weiß-gelb-grünen Gesichtern, Männer und Frauen durcheinander. Die Lazarettbaracke war auch in die Erde gebaut.

Helfen konnten nur der Schlaf und die Erholung von der Arbeit. Die Krankenration war der Heilung nicht förderlich. Medikamente gab es nicht. Es war kalt. Die dünne graue Decke, die ich bis ans Kinn zog, wärmte nicht.

Mir gegenüber lag die magere Frau, die mir erst den Rock gestohlen und mich später vor der Prügel bewahrt hatte, indem sie rief: »Da ist ja der Sack!« Ich wollte sie immer fragen, warum sie das getan hatte, aber ich wußte, daß sie mich nur anblaffen würde. Mitleid zu empfinden fiel ihr leichter als es zu begründen.

Der März kam. Gerade in diesem Frühlingsmonat setzte plötzlich starker Frost ein. Als ich den vierten Tag im Lazarett lag, kam spät in der Nacht ein Häftlingstransport an. Einer nach dem anderen wurde mit erfrorenen Händen und Füßen, mit erfrorenem Gesicht in den Lazarettkeller getragen. Viele waren bewußtlos.

Ein Gesicht kam mir bekannt vor, aber ich begriff nicht gleich, daß es der technische Leiter Portnow aus Dshangidshir war. Er war zu schwach, um die Augen zu öffnen. Was war in den letzten drei Monaten mit ihm passiert? In diesem Moment wollte ich nur eins: ein Stück Brot und einen Becher süßen Tee besitzen, um ihm zu helfen.

Unvermittelt wachte ich auf. Links und rechts von mir lagen Tote. Erst nach einiger Zeit wurden sie auf Bahren gelegt und weggebracht: fünf, sieben, neun ... Portnow warf sich in schwerem Schlaf hin und her.

Die Eindrücke der Nacht erschütterten mich. Ich saß auf dem Rand der Pritsche und versuchte angestrengt, einen Entschluß zu fassen. In diesem Keller hielt ich es nicht länger aus, aber bei dem Gedanken, in der Kälte im Freien zu arbeiten, verkrampfte sich alles in mir. Auf Hilfe konnte ich nicht hoffen. Ich mußte die restlichen Kräfte zusammennehmen, mußte über mich hinauswachsen und versuchen, eine Rekordration zu erarbeiten. Wenn ich achthundert Gramm Brot bekam, würde ich fünfhundert für mich behalten und dreihundert Portnow bringen. Nein, sechshundert für mich und zweihundert für Portnow.

Auf meine Bitte wurde ich aus dem Lazarett entlassen.

Um eine Rekordration zu erarbeiten, mußte man fünfzehn Ziegelsteine auf einmal zur Baustelle tragen. Ich ließ mir sieben aufpacken und zählte die Schritte. Keine überflüssige Bewegung. Nur die Ziegel, die Schritte. Ich redete mir selber gut zu: Schwer ist es nur am ersten Tag. Dann eß ich mich satt, und es wird leichter.

Der Weg führte über die Schienen einer Schmalspurbahn. Sie mit den Ziegeln zu überqueren war das Schwerste. Hier stolperte ich noch vor der Mittagspause und stürzte mit meiner Last hin. Völlig gleichgültig lag ich da, machte nicht mal den Versuch aufzustehen, und blickte in den blauen Himmel.

Jemand blieb neben mir stehen. Zuerst sah ich Stiefel, den unteren Teil eines Segeltuchumhangs. Der Unbekannte hockte sich neben mich.

»Wie alt sind Sie?«

»Dreiundzwanzig.«

»Wieviel?«

»Sieben Jahre«, antwortete ich mechanisch, quer über den Gleisen liegend.

»Welcher Artikel?«

»Achtundfünfzig.«

»Verstehe. Wollen Sie in der Fabrik als Normiererin arbeiten? Kommen Sie, ich helfe Ihnen hoch. Gehen wir zum Brigadier. Wo ist er?«

Wassili Lukasch, Vertragsangestellter aus Charkow und Chefingenieur des Baus, half mir beim Aufstehen.

Ich glaubte ihm kein Wort, obwohl es solche Glücksfälle gab. Ich hörte ihm zu. Die Werkleitung hatte die Lagerleitung gebeten, einige Spezialisten dem Werk zu überstellen, das dem Lager dafür Geld zahlte. Solche Geschäfte waren für beide Seiten vorteilhaft und verstießen nicht gegen das Lagerreglement. Freie Angestellte und Häftlinge trafen auf der Baustelle sowieso zusammen. Aber was hatte ich damit zu tun? Ich war keine Spezialistin.

Nach dem Gespräch mit dem Chefingenieur ging Brigadier Baturin zum Lagerleiter, und ich wurde dem Werk überstellt.

Wassili Lukasch brachte mich zum Chefnormierer. Der führte mich in die Schlosserei, in die Dreherei, zeigte mir alle möglichen Arbeitsprozesse, gab mir einen Leitfaden für Normierer, ließ mich zur Probe ein paar Aufgaben ausführen und sagte: »Geeignet!«

Ich nannte Wassili Lukasch im stillen meinen Schutzengel!

Mein Leben änderte sich von Grund auf. Ich verließ zwar morgens mit den anderen das Lager, ging dann aber ins Kontor. Regen, Schnee und Wind konnten mir nichts mehr anhaben. Ich arbeitete mich rasch ein.

Im Kontor war ein Lautsprecher. Die Angestellten lauschten den Meldungen des Informationsbüros, lasen Briefe von der Front vor, erzählten von Todesnachrichten. Der Krieg nahm hier im Bewußtsein den Platz ein, den er im Leben aller Menschen des Landes einnahm.

1944 wurden auch bislang zurückgestellte Männer einberufen. Auch mein Schutzengel Lukasch. Ich genierte mich, ihn an mich zu erinnern. Doch als er mich sah, kam er von selbst zu mir.

»Ich gehe an die Front. Ich habe meinen Stellvertreter gebeten, Sie im Werk zu behalten. Machen Sie sich keine Sorgen. Alles wird gut.«

In meiner inneren Erstarrung fand ich nicht die richtigen Worte, um ihm zu danken, und sagte ihm nicht: Kommen Sie gesund wieder, Sie guter Mensch. Später machte ich mir deshalb große Vorwürfe.

Nach einiger Zeit wurde auch sein Stellvertreter einberufen. Er vergaß nicht, Lukaschs Bitte an seinen Nachfolger weiterzugeben. So blieb ich im Werk. Der lange Arbeitstag machte mir nichts aus. Mich bedrückte nur, daß ich abends ins Lager zurückmußte.

Einmal war ich gerade in der Schmiede, als die Sirene zur Mittagspause heulte. Alle gingen hinaus, ich aber setzte mich in eine dunkle Ecke, um meine Ration zu essen. Draußen, jenseits der Wand, unterhielten sich Männer:

»Wer ist denn ihr Mann?«

»Ein Doktor. Erik Andrejewitsch. Ich war mit ihm im gleichen Lager. Er hat dort ein Verhältnis mit der Leiterin der Sanitätsabteilung. Die sorgt dafür, daß es ihm an nichts fehlt. Speck, soviel er will. Sie bringt ihm sogar Sekt ins Lager.«

Sekt, Speck? wiederholte ich im stillen. Dann blieb mir die Luft weg. Ein starker Schmerz drückte mich gegen die Wand, warf mich zu Boden.

Nun war ich unwiderruflich und endgültig allein.

In Belowodsk wurde Kleidung ausgegeben. Außer einer Wattejacke bekam ich eine Baumwollhose und eine Militärbluse mit fünf oder sechs aufgesteppten bunten Flicken. Dazu Gummistiefel.

Das Baden im Lager bestand in der Ausgabe von zwei Litern Wasser. Schwarze Schmutzrinnsale liefen an jedem herunter, der sich zu waschen versuchte. Wie die meisten zog ich es vor, mir nur die Haare zu waschen. Die heiße, aus der Desinfektion kommende Kleidung gaukelte einem vor, die Wäsche gewechselt zu haben.

Schwer zu sagen, was für einen Eindruck so ein verwahrlostes »Subjekt« wie ich im Werkkontor machte. Mit mir im Zimmer saßen zwei Betriebsabrechner, eine Paßbeauftragte und eine aus Leningrad evakuierte Familie: Mutter und zwei Töchter. Die ältere, Nirsa, war so alt wie ich und hatte vor dem Krieg das Konservatorium besucht. Sie gefiel mir sehr.

Die Reserviertheit, ja, Abwehr der freien Angestellten mir gegenüber schlug allmählich in Wohlwollen um. Mit Nirsa freundete ich mich an.

Einmal brachte sie eine richtige Rose mit ins Werk.

»Für dich!«

Das Geschenk rührte mich nicht nur, es warf mich um. Das qualvolle Gefühl, den früher geltenden Normen nicht mehr zu entsprechen, hemmte mich, versperrte mir den Weg zu den anderen. Die Rose bedeutete für mich in gewissem Sinne die Aufhebung der »Quarantäne«.

Zu dieser Zeit gab es im Belowodsker Lager viele Polen. Sie erzählten, daß man ihnen die sowjetische Staatsangehörigkeit angeboten hatte. Wer ablehnte, kam ins Lager.

Da ich hier die einzige Polin war, erklärten sie mich, obwohl ich nicht Polnisch sprach, zu einer der »Ihren« und nannten mich »pani Tamara«. Die Bekanntschaft mit ihnen gab mir viel. Sie nahmen das Lager nicht ernst, sahen darin nur einen Versuch, sie einzuschüchtern. Sie waren felsenfest überzeugt, daß ihre Regierung sie herausholen würde. »Zu Weihnachten sind wir zu Hause!« versicherten sie. Und als Weihnachten vorüber war, sagten sie lächelnd: »Also zu Ostern!« Auch Ostern ging vorüber. »Dann eben zum Jahrestag der Oktoberrevolution.«

Sie hielten zusammen, verloren nicht den Sinn für Humor. Ich glaube, ich lächelte zum erstenmal wieder, als einer von ihnen auf die Frage eines angereisten Kommissionsmitglieds, als was er hier arbeite, antwortete: »Als Lokomotive.«

»Ich verstehe nicht«, sagte der Mann pikiert. »Wie meinen Sie das?«

Der Pole erklärte ironisch:

»Ich ziehe eine Lore mit Steinen. Statt einer Lokomotive.«

Wir Russen aßen schicksalsergeben das, was man uns gab. Die Polen rebellierten:

»Entweder ihr gebt uns einen Nachschlag, oder wir arbeiten nicht.«

Sie durften in der Werkkantine Maisbrei kaufen. Wir nicht.

Wenn ich hörte, wie sie lachten und witzelten, dachte ich: Gibt es denn außer Angst, Hoffnungslosigkeit und Leiden noch etwas anderes? Warum ist mir das nicht zugänglich?

Meine Arbeit als Normiererin endete genauso plötzlich, wie sie begonnen hatte. Es war der Befehl ergangen, alle Häftlinge aus dem Werk abzuziehen – eine der vielen Kampagnen zur Verschärfung der Haftbedingungen.

Ich kam wieder in Baturins Brigade, die jetzt in der Kiesgrube arbeitete.

In den Abendstunden verstummten die Zurufe auf den Wachtürmen, und man hatte ein Stündchen für sich. Die »Arbeitstiere« setzten sich vor die Baracke und dösten vor sich hin. Auch ich lehnte mich an die Barackenwand, streckte die Beine aus und schaute in die Steppe. Die tagsüber erwärmte Erde spendete dem erschöpften Körper Wärme, linderte den bohrenden Schmerz.

»Ein Transport kommt!« wurde gerufen. Die Leute liefen zusammen. Es gab immer welche, die auf irgend etwas warteten.

Hier kam es tatsächlich zu erstaunlichen Begegnungen. Ein Staatsanwalt oder Ermittler traf nicht selten im Lager jemanden wieder, den er erst unlängst verurteilt hatte. Die Lagerinsassen erfuhren in Windeseile davon. Aufmerksam verfolgten sie, wie sich die Beziehungen der beiden entwickelten. Das Unterbewußtsein erwartete einen dramatischen Ausgang. Doch die Zeit tat ihr Werk. Zum Leidensgefährten geworden, versuchte sich der Ermittler mitunter vor dem ehemaligen Untersuchungsgefangenen zu rechtfertigen; der Wunsch nach Rache verlor seine Kraft und seinen Sinn. In kritischen Situationen mischte sich die Lagerleitung ein und schickte einen der beiden in ein anderes Lager.

An diesem Frühlingsabend begrüßten die Polen stürmisch den Transport. Sie hatten Landsleute und Freunde erkannt. Vor Freude rissen sie sich die Mütze vom Kopf und warfen sie in die Luft. Einer der Ankömmlinge wurde jedoch gleich in den Karzer gebracht. Am nächsten Morgen flüsterte mir der Pole Henryk zu:

»Pani Tamara, gestern ist Beniusz mit dem Transport gekommen. Das ist schlecht.«

»Wer ist das denn?«

»Oh! Beniusz, das ist ein Mann mit politischem Verstand und ein bißchen mein Freund.«

Das war der Mann, der gleich in den Karzer gekommen war. Für die Polen war Beniusz offenbar ein Schiedsrichter nicht nur in politischen Auseinandersetzungen. Sie gerieten oft aneinander, und er mußte schlichten. Drei Tage später sah ich ihn auf dem Werkgelände. In der Mittagspause kam er mit Henryk zu mir. Er war mager, akkurat, um die vierzig, trug wie die meisten Polen Militärjacke und Käppi. Er sprach mich auf russisch an: »Ich habe schon viel von Ihnen gehört, pani Tamara«, und stellte sich selbst vor: »Jozef.«

Wie alle Polen hielt er das Lager für eine vorübergehende Angelegenheit. Sein wahrer Charakter war gut verborgen hinter Spottlust. Mir gegenüber schlug er einen scherzhaften und galanten Ton an.

»Wie wollen Sie in Warschau zurechtkommen, ohne Polnisch zu sprechen?« fragte er lachend. »Sollen wir es Ihnen beibringen? Wie sind Sie hierhergeraten? Sind Sie am ersten Mai nicht zur Demonstration gegangen? Oder sind Sie eine Diversantin?«

Er schalt mich für meine »Widerstandslosigkeit«.

»So darf man sich nicht verhalten. Demut ist nicht die beste Art zu leben.«

Die beiden Freunde arbeiteten auf dem Werkgelände. Wenn meine Brigade die Loren mit Kies zum Werk schob und die beiden nichts zu tun hatten, halfen sie mir.

Ein paar Regentage verwandelten den Lehmboden in Matsch. Wie sehr ich mich auch bemühte, meine morschen Gummistiefel an den Füßen zu behalten, einer wurde doch vom Lehm eingesaugt. Wegen der nachfolgenden Loren konnte ich nicht stehenbleiben. Also mußte ich mit nur einem Stiefel weitergehen. Bei dem Gedanken, meine Beschützer könnten Zeugen meiner Ungeschicklichkeit werden, wurde ich nervös. Da kamen sie auch schon. Beniusz fiel über den Wachposten her und erhielt natürlich eine Abfuhr. Bis zur nächsten Fuhre beschafften sie irgendwoher einen Schuh.

Zur Arbeit gingen alle Häftlinge mit ihrem eigenen Eßgeschirr, das sie mit einem Strick am Gürtel über der Wattejacke festbanden. Die beiden Freunde hatten ein stabiles Kochgeschirr mit eingebogener Seitenwand. Ich schämte mich für mein verrostetes rundes Blechding und sonderte mich mit meinem Essen ab. Beniusz durchschaute das Manöver. Er schlug ein Abkommen vor: gemeinsam Mittag essen, zur Arbeit gehen und ins Lager zurückkehren. »Im Kollektiv, wie man bei euch sagt.«

Wenn es gelang, eine Portion Maisbrei dazuzukaufen, klatschte Beniusz sie in unsere drei Eßgeschirre, ohne auf meine Abwehr und Verlegenheit zu achten.

In einem fertigen Gebäudetrakt des Werks gab es einen Rohrbruch. Wir mußten alle hin. Mit Eimern, Kübeln und was sonst zur Hand war schöpften wir Wasser. Wir wurden naß bis auf die Haut. Obendrein hatte leichter Frühlingsfrost eingesetzt. Nach dem Großeinsatz stellten wir uns hastig auf, um so schnell wie möglich in die Baracke zu kommen. Die angefrorene Kleidung erinnerte an klirrende Rinde. Wir wurden gezählt, einmal, zweimal. Dann noch einmal und noch einmal.

»Flucht!« jagte es durch die Reihen. »Flucht!« Irgendein Tollkühner hatte es gewagt.

Die zusätzlich angeforderten Wachsoldaten durchsuchten das Werk, die Rohre, Kessel, Winkel. Es war klar: Solange der Flüchtige nicht ergriffen war, würden wir nicht in unsere Baracke kommen. Zitternd traten wir von einem Fuß auf den anderen, hüpften auf der Stelle. Die Männer boxten miteinander, um sich aufzuwärmen.

Es wurde dunkel. Sterne übersäten den Himmel. Henryk trat zu mir und sagte:

»Schauen Sie, da ist mein Lieblingsstern, die Wega. Wenn wir wieder frei sind, müssen Sie an mich denken, wenn Sie diesen Stern sehen.«

Noch einmal wurde das Gelände durchkämmt, aber der Flüchtige wurde nicht gefunden. Wir waren schon ganz steif, als wir endlich doch ins Lager geführt wurden. Beniusz war nicht neben mir. Ich winkte ihm, aber er reagierte nicht. Als wir am nächsten Morgen antreten mußten, stand er auch nicht neben mir. Erst am Abend kam er zu mir.

»Ich werde Henryk die Freundschaft kündigen. Gestern war ich auf ihn eifersüchtig. Das ist ein ganz neues Gefühl für mich.«

Die Verwirrung, die das Wort »eifersüchtig« hervorrief, verdrängte für einen Moment die Widerwärtigkeit des Lagers. Doch der erschossene Flüchtling, der vor der Wache lag, mit den Beinen im Graben, das junge Gesicht uns zugewandt, brachte mich sofort in die Realität zurück. Dieses Bild sagte alles: ein ermordeter Protest, ein erschossener Ausbruch in die Freiheit. Zur Mahnung für uns!

Ich konnte den Alatau sehen. Der vordere Berghang war mit purpurroten Tulpen bedeckt. Dahinter erhob sich ein brauner Gebirgspaß. Gekrönt wurde alles von bizarren eisbedeckten Gipfeln. Vor Kälte fröstelnd, bemühte ich mich, den Augenblick abzupassen, in dem die Sonne das Eis rosa färbte.

Baturins Brigade arbeitete jetzt an der Steinbrechmaschine auf dem Werkgelände. Das war etwas leichter.

Einmal holte ich Bolzen aus der Werkstatt. Die Warnschilder übersehend, ging ich eine Abkürzung und hörte plötzlich ein lautes »Halt!«, begleitet von saftigen Flüchen. Ich drehte mich um. Der Ruf galt mir. Nicht weit von mir zuckte noch ein Pferd, das auf blanke elektrische Kabel getreten war. Ich wußte nicht, was ich tun sollte. Da kam Beniusz, über die Kabel springend, angestürmt. Er trug mich aus der lebensgefährlichen Zone.

Als ich spätabends in der Baracke auf der Pritsche lag, versuchte ich mir über eine dunkle Unruhe klarzuwerden, die mich den ganzen Tag nicht verlassen hatte. In einem bestimmten Moment, als Beniusz mich fest an sich drückte, hatte ich gefühlt, daß ich Brüste habe, daß ich eine Frau bin. Das war peinlich und unangebracht. »Vergessen Sie, daß Sie eine Frau sind«, hatte die »Persianerdame« mir eingehämmert. Wie gut sie sich auf die Kunst der Vernichtung verstanden! Wie selbstherrlich sie nicht nur über das Schicksal eines Menschen verfügten, sondern auch über seine Natur! Ich hatte es wirklich »vergessen«.

Wieder goß es in Strömen. Wir blieben im Dreck stecken, auf der

Arbeit und in der Baracke, in die das Wasser ungehindert hineinfließen konnte.

Eines Nachts stieß mich jemand ein paarmal an.

»Geh raus, dort ruft dich jemand.«

Auf das schadhafte Barackendach trommelte der Regen. Unter den Blechschirmen der Laternen blinkten trübe Glühbirnen. Ein Hund lief kettenrasselnd am Stacheldraht entlang und bellte. Im Männerlager rief jemand meinen Namen. Hinter dem neutralen Streifen und der doppelten Stacheldrahtabsperrung sah ich verschwommen den hageren Beniusz.

»Ich will mich von Ihnen verabschieden«, hörte ich durch das Rauschen des Regens seine Stimme. »Man bringt mich weg.«

Man bringt ihn weg? Mitten in der Nacht? Zur Erschießung! durchfuhr es mich.

»Ich komme frei!« sagte er. »Hören Sie?«

Frei? Mein Gott! Er begreift nichts! Weiß er nicht, daß man Häftlinge nachts zur Erschießung wegbringt?

»Ich höre Sie, ich höre«, antwortete ich, um etwas zu sagen.

»Sie sind mir kostbar. Ich hätte nicht gedacht, daß wir so plötzlich freigelassen werden. Leben Sie wohl. Ich schenke Ihnen zum Andenken mein Kochgeschirr. Ich werfe es jetzt hinüber. Fangen Sie es auf.«

Sein Kochgeschirr flog über den Draht und plumpste in eine Pfütze.

Vom Wachturm wurde geschrien: »Wer ist da? Wer ist da?« Der Strahl eines Scheinwerfers strich am Draht entlang.

»Vielleicht sehen wir uns nicht wieder ... Ich küsse Ihre Hände. Gott schütze Sie!« sprach Beniusz hastig zu Ende.

Sein Glaube, daß ihn die Freiheit erwartete, war ansteckend. Wer hatte recht? Ich oder er? Ich drückte das schmutzige Kochgeschirr an die Brust und ließ die Worte »Gott schütze Sie« in meine Seele eindringen.

Damals wurde in der UdSSR die polnische Division »Tadeusz Kościuszko« aufgestellt. Man brachte einen Teil der Polen nachts ins

Belowodsker Kriegskommissariat und schlug ihnen vor, dieser Division beizutreten. Sie erkannten sie aber nicht als »ihre« an. Beniusz lehnte als erster kategorisch ab. Nach ihm auch die übrigen. Dabei wollten sie alle an die Front.

Nach ein paar Tagen wurden alle Polen abtransportiert.

»Nun sind Sie wohl verwaist?« wurde ich gefragt. »Jetzt haben Sie keine Beschützer mehr.«

»Ja. Ich bin verwaist.«

Doch ich hatte vieles gewonnen. Unvergeßlich ist mir der unbeirrbare Glaube der Polen an ihre Regierung, der Glaube, von ihr nicht im Stich gelassen zu werden. Sie hatten sich nicht demütigen lassen. Und sie hatten sich das Recht vorbehalten, zu wählen, in welcher Armee sie kämpfen wollten und in welcher nicht.

Im Lager lief alles weiter wie bisher: aufstehen, antreten, ausrücken zur Arbeit, schuften für ein Stück Brot. Da geschah etwas Eigenartiges. Der Brigadier bereitete mir eine Erschütterung ganz besonderer Art. Er blickte mich mit seinen schlauen Äuglein an und sagte mit dünner Stimme:

»Was ich noch sagen wollte … Wenn ich bloß wüßte wie!«

»Reden Sie, Grischa, was ist los?« fragte ich erschrocken.

»Sie sind gebildet, intelligent und so weiter … Mir ist eine Zeitung in die Hände gefallen, da stand eine Erzählung drin, die ist mir an die Nieren gegangen. Wie wär's, wenn Sie die im Kulturraum für alle vorlesen?«

Was redete er da? So ein Blödsinn!

Die Zeitung nahm ich trotzdem mit. Ich las die Erzählung »Die Ehefrau« von Jelena Kononenko. Ein Soldat verliert an der Front beide Beine. Aus dem Lazarett schreibt er seiner Frau einen Brief: Wenn sie ihn »so« sehen wolle, werde er kommen und am Bahnhof auf sie warten. Die Frau läuft zur angegebenen Zeit zum Bahnhof, ohne die Erde unter den Füßen zu spüren. Als sie aber den »Torso« des einst geliebten Mannes erblickt, bleibt sie wie angewurzelt stehen. Der Mann sieht ihr Entsetzen und wendet sich ab. Doch im nächsten Moment schreit die Frau voller Qual, Mitleid und Schmerz »Ser-joscha!«, stürzt zu ihrem vom Krieg verstümmelten Mann und fällt ihm um den Hals.

Die Erzählung ergriff mich. Ich hatte ein vortreffliches Gedächtnis. Was ich ein-, zweimal las, merkte ich mir. Ohne je zuvor etwas auf einer Bühne vorgetragen zu haben, sagte ich zu Baturin:

»Ich habe sie auswendig gelernt, Grischa.«

»Ich hab's gewußt! Zuerst spielt Wassili auf der Ziehharmonika. Danach sind Sie dran.«

Als bekannt wurde, daß ich »auftreten« würde, kamen zwei oder drei Frauen in der Baracke zu mir.

»Wollen Sie mein Kleid anziehen? Schauen Sie, vielleicht meins?«

Ich zog ein Kleid an, kämmte mich. Lampenfieber beutelte mich. Der kleine Kulturraum war überfüllt. Der Schrei der Frau aus der Erzählung war in mich eingegangen und übertönte mein eigenes Leid. Ich hörte ihn nachts. Aufgewühlt vom Schmerz der Erzählung, trug ich sie vor. Ich weiß nicht mehr, wie.

Der Brigadier Baturin weinte. Die kleine Ganovin, die mich damals gerettet hatte, weinte, Männer weinten.

Glück? Kann man das so nennen, was ich damals fühlte? Das Verhalten mir gegenüber änderte sich. Auch ich selbst wurde in gewisser Weise eine andere. Es war, als hätte ich mich wieder auf mich besonnen.

Der Lagerleiter, der regelmäßig die zur Arbeit angetretene Kolonne abschritt, blieb plötzlich vor mir stehen:

»Eine Neue?«

»Nein«, antwortete der bulgarische Arbeitsleiter für mich, »ich habe Ihnen von ihr erzählt. Sie hat als Normiererin im Werk gearbeitet.«

»Wir brauchen selber Normierer!« unterbrach ihn der Lagerleiter. Mich fragte er: »Warum habe ich Sie früher nie gesehen?«

Am selben Tag bekam ich den Auftrag, die Erdarbeiten zu normieren. Die »Gunst« bedrückte mich. Die Arbeit der Häftlinge zu normieren, bedeutete, die Brotration festzulegen, für Menschen wie mich!

Ich hatte weiche Knie, als ich mein Amt antrat. Am Tisch saßen ausgefuchste Kriminelle, harte, unnachgiebige Männer. Sie guckten mich schief an: Wie sollten sie das »Manöver« der Lagerleitung verstehen?

Ich vermaß die ausgehobenen Gräben und Baugruben. Die Zahlen, die ich herausbekam, waren bedeutend niedriger als die Zahlen in den Berichten der Brigadiere. Vor einiger Zeit hatte ich in Dshangidshir das gleiche gemacht, indem ich die Hanffasern anfeuchtete. Schweren Herzens unterschrieb ich den Schmu und erklärte den Männern, daß ich über alle dazugeschwindelten Zahlen informiert werden müsse. Ich hatte Angst, aber ich versuchte durchzuhalten. Wie gern wäre ich wieder in Baturins Brigade gewesen.

Als ein paar Tage später eine unverhoffte Überprüfung stattfand, endete alles mit dem Befehl: »Die Normiererin soundso kommt in den Karzer und erhält eine Strafration.« Ich freute mich: Sie werden mich absetzen! Doch sie setzten mich nicht ab!

Da ich für »die gemeinsame Sache« litt, schmuggelte man mir Brot in den Karzer. Ich kannte schon den Preis solcher Aktionen wie auch der Freundlichkeit der Ganovinnen, die mich noch vor kurzem mit Flüchen gehetzt hatten.

Der technische Leiter Portnow aus Dshangidshir, der eine schwere Form von Tuberkulose hatte, war längst auf Transport geschickt worden. Ich hatte ihm ein paarmal ein Stück Brot gebracht.

Eines Morgens erfuhren wir, daß ein Transport zusammengestellt wurde. Mein Herz klopfte diesmal besonders heftig: wegfahren! Nicht mehr auf Eriks Briefe warten, die er doch nicht schrieb. Nicht mehr Ausschau halten, ob Barbara Ionowna mir ein Brot brachte.

Mit der mir verbliebenen Kraft schämte ich mich für meine jämmerlichen Gefühle. Die Menschen, die ich für meine Familie hielt, hatten mir ihre Treulosigkeit bewiesen. Ich wollte alles abhacken, was noch weh tat und mich demütigte.

Morgen geh ich zum Arbeitsleiter und bitte ihn, mich auf Transport zu schicken, dachte ich und wunderte mich über meinen wiedererwachten Willen. Doch als am Morgen die Namen für den Transport vorgelesen wurden, war auch mein Name dabei. Es hatte sich von selbst entschieden.

Neben den Bahngleisen hatten die Wachposten Zelte aufgestellt. In einem wurde abgenutzte Kleidung ausgegeben. In einem anderen wurden wir durchsucht. Bevor die Aufseherin es tun konnte, zerriß ich Eriks Briefe, die er mir nach Dshangidshir geschrieben hatte. Der Wind erfaßte die Schnipsel, sie wirbelten hoch und legten sich auf die mittelasiatische Erde.

Aus den Nachbarlagern kamen immer neue Schübe von Häftlingen. Ich sah mich um, ob Erik vielleicht dabei war. Nein. Er wurde behütet.

Ein langer Güterzug stand bereit. Wir wurden in verdreckte, schmutzigrote Viehwaggons verladen.

6

Die Fahrt ging nach Norden. Wohin genau, blieb geheim.

Gruppenweise bestiegen wir die Waggons, und innerhalb weniger Sekunden stand die Hierarchie in unserem Waggon fest. Die durchgehende obere Pritsche am vergitterten Fenster belegte die hochgewachsene schwarzäugige Armenierin Natascha Schatalowa mit ihren Favoritinnen.

Die Wache befahl, eine Älteste zu wählen und den Kübeldienst festzulegen. Zur Ältesten wurde Natascha erklärt. Die Schönheit dieser willensstarken Frau beeindruckte sogar die Wachposten. Obendrein hatte sie eine angenehme Mezzosopranstimme und sang Zigeunerlieder.

Viele stellten sich die fernen Lager als fette Weideplätze vor. Aber erst einmal mußte man die Reise durchstehen.

In der Mitte des Waggons war ein Eisenofen. Darauf ein Teekessel. Daneben eine Handvoll Holzscheite und ein Eimer Steinkohle. Auf dem Boden, der hier als untere Pritsche diente, und auf den oberen Brettern lag ein dünner Strohbelag.

Mir war ein Platz am Boden zugefallen, in einer Ecke des Waggons, einer der schlechtesten Plätze, direkt an der kalten Waggonwand. Die ganze Fahrt über zitterte ich und hatte unerträgliche Schmerzen in den Gelenken.

Ein Teil der Frauen war verschlossen und schweigsam, aber die meisten spektakelten unentwegt. Im Waggon flammten Streitereien auf, Raufende mußten gewaltsam getrennt werden. Erst wenn das Öfchen geheizt wurde, verstummten die Frauen. Oder im Gegenteil, irgendeine fing hysterisch an zu heulen.

Eine ungefüge Frau, die wegen Mordes saß, hatte das Bedürfnis zu beichten, sie ging von einer zur anderen und erzählte, wie sie das Beil ergriffen und zugeschlagen hatte, wie das Blut an die Wand spritzte. Es war unerträglich. Die starren weißlichen Augen auf die Gesprächspartnerin gerichtet, schien sie in einem nur ihr bekannten Alptraum gefangen zu sein. Wenn ich nachts aufwachte, sah ich sie sitzen, mit leeren schrecklichen Augen.

Der Waggon beförderte eine Unmenge Not, absurde Phantasien, Neurasthenie, Schmutz.

Langsam, mit Unterbrechungen, fuhren wir noch einige Tage durch Mittelasien. Der Zug wurde oft auf Abstellgleise gelenkt, die Lok rangierte, schob die Waggons hin und her, dann ratterten wieder die Räder.

Wir fuhren eine Woche, acht Tage, neun Tage. Plötzlich ertönte es von der oberen Pritsche:

»Wir sind in Rußland! Rußland! Was für ein Wald!«

Alle krochen der Reihe nach zu dem vergitterten Fensterchen. In der Seele war ein schmerzliches Ziehen.

Nach einer Weile erklang Nataschas lautes Flüstern:

»Oh, Frauen, wieviel Waggons mit Verwundeten!«

Wieder stiegen alle auf die obere Pritsche. Schweigend blickten wir auf die Militärzüge. Einer nach dem anderen rollten die Sanitätszüge an uns vorbei. In den Personenwagen lagen verletzte, verbundene Köpfe, Arme, Beine. Diese Züge transportierten Bewußtlosigkeit, Schreie, Demut, Schmerzen, das blutige Unglück des Krieges.

In Sysran erwartete uns ein langer Aufenthalt. Unter Bewachung wurden wir in die Stadt geführt, ins Bad.

Ja, wir waren wirklich in Rußland! Was für ein Unterschied zu Mittelasien! Hier raschelten die Blätter der Pappeln und Birken. Ein frischer Wind zauste die Haare. Ende Mai. Frühling. Noch kühl, stürmisch und klingend. Saatkrähen. Etwas Vergessenes, Heimatliches durchdrang alle Körperzellen. Wie hatte ich ohne das alles leben können? In der Ferne schimmerte die Wolga. Von klein auf hatte ich davon geträumt, sie zu sehen. Auf diese Weise wurde mir nun der Anblick des großen Stroms zuteil. Aus der Brust stieg so etwas wie ein Schluchzer.

Wir wurden in ein richtiges Bad geführt. Aus einem, zwei, drei Hähnen lief Wasser. Die kräftiger waren, bespritzten sich und schrien: »Waaasser!« Das unbegrenzt fließende Wasser machte uns ganz wirr im Kopf. Bedeckt von einer monatealten Dreckkruste, seiften wir uns ein (jede hatte ein Stückchen Seife von 20 Gramm bekommen) und spülten uns ab, wieder und wieder, bis wir glücklich ermattet waren. Zum erstenmal seit langem hatten wir das Gefühl von Sauberkeit.

Und wieder Kälte, das Rattern der Räder, der geschäftige Rhythmus einer langsamen Fahrt. Ab Sysran bekamen wir unsere Brotrationen verspätet, dann bekamen wir gar nichts mehr. »Es gibt kein Brot!« wurde uns erklärt.

»Ihr habt kein Recht, uns ohne Brot zu lassen!« schrie Natascha.

Von draußen wurde mit dem Gewehrkolben gegen die Tür geschlagen.

»Ruhe! Oder willst du in den Karzer?« Nataschas Charme wirkte nicht mehr auf die Wachposten.

Auf dem Nebengleis hielt ein Militärzug, der an die Front fuhr. Die Soldaten bekamen so schnell nicht mit, was für ein Güterzug ihnen gegenüber stand, sie lehnten sich aus den Fenstern und witzelten:

»He, ihr Schönen, wo wollt ihr denn hin, so schick, wie ihr ausseht?«

Natascha riß sich vom Fenster los, sprang auf den Boden und trommelte mit der Faust gegen die Waggonwand.

»Wir haben Hunger! Wo ist unser Brot? Gebt uns unser Brot!« schrie sie wütend.

Ihr explosionsartiger Schrei hämmerte auf die Nerven ein, hakte sich fest und steckte die übrigen an. Schon trommelte und schrie der ganze Waggon, dann der nächste, der dritte. Bald wummerten in allen zwanzig Waggons Hunderte Fäuste gegen die Wände und Türen der Zellen auf Rädern.

»Gebt uns unser Brot! Wir haben Hunger! Brooot! Brooot!«

Wir brüllten nicht mit der Kehle, sondern mit dem hungrigen Bauch, in der unsinnigen Hoffnung, daß trotz der Willkür irgendwer für uns eintreten würde.

Draußen liefen die Wachposten und die Natschalniks hin und her. Sie hatten einen gehörigen Schreck bekommen und versuchten uns zu beschwichtigen. Zu spät. Die Häftlinge waren bereit, die Waggons auseinanderzunehmen.

Die Männer im Militärzug begriffen, was für ein Zug vor ihnen stand. Von unserem Gebrüll erschüttert, sprangen ein paar Offiziere aus dem Zug und gingen zu den Wachposten.

»Wer ist hier der Ranghöchste? Den Frauen steht eine Ration zu. Warum geben Sie ihnen kein Brot?«

Der Transportleiter schlug den Offizieren beflissen vor, zur Klärung in seinen Waggon zu kommen.

»Holen Sie die Begleitpapiere. Erklären Sie es vor den Frauen«, entgegneten die Offiziere. Ihr Ton wurde äußerst scharf. Eine durchdringende Stimme übertönte alle:

»Sie haben kein Recht, Menschen durch Hunger zu quälen!«

Als wir den fordernden, hitzigen Ton hörten, verstummten wir.

»Für wen setzt Ihr Euch ein, Genossen? Für wen?« versuchte der Natschalnik der Wache sie zu beschämen. »Für Ver-bre-cher.«

In der Totenstille, die aus seelischer Konzentration entstand, hörten wir die wütende und mutige Antwort des Frontkämpfers:

»Für wen? Für unsere Mütter und Ehefrauen, die in dem Zug sein können.«

Wie mit der Spitzhacke schlug diese Wahrheit alle Verkrustungen von der Seele. Unbeweglich in meiner Ecke liegend, preßte ich den Mund zusammen, um nicht zu schreien: Ja, ja, wir sind schuldlos, uns geschieht Gewalt. Wir begreifen nicht, wofür! Wie viele andere wurde ich von Hysterie geschüttelt.

»Ihr macht da einen Fehler, Genossen«, verteidigte sich der Transportleiter.

Doch die Frontkämpfer gaben nicht nach:

»Bringen Sie die Begleitpapiere! Und beeilen Sie sich! Wir kehren aus dem Lazarett an die Front zurück. Wir müssen wissen, daß im Hinterland alles in Ordnung geht!«

Der Zusammenstoß zwischen dem unerschütterlichen Wachpersonal, das im Hinterland frech geworden war, und den Frontkämpfern, die schon Feuer und Tod gerochen hatten und deren Nerven blank lagen, blieb mir mein Leben lang in Erinnerung.

Der Militärzug ruckte an und setzte sich in Bewegung. Da kamen die verstummten Frauen zu sich und waren nicht mehr zu halten. Aus ihrem Innern brach Zärtlichkeit hervor, durchsetzt mit Frivolität:

»He, Strubbelkopf, du kannst mich haben!« schrie eine Stimme dem unsichtbaren Verteidiger hinterher. »Ach, wir wären ein tolles Paar!« Aus dem davonfahrenden Zug wurde genauso offen geantwortet.

»Kommt gesund aus dem Krieg zurück, Jungs!« riefen die Frauen aus unserem Zug.

Die Frontkämpfer hatten erreicht, was sie wollten. Sie hatten gesehen, daß in den Begleitpapieren die tägliche Ausgabe von Brot und Seife festgehalten war. Die Wachposten verhökerten alles auf den Märkten der Städte, in denen wir Aufenthalt hatten.

»Er hat recht, hundertmal recht!« sagte eine Frau, die bislang geschwiegen hatte. »Wir sitzen für ein paar aufgesammelte Ähren, dafür, daß wir den Krieg verflucht haben. Sind wir etwa nicht ihre Mütter? Ihre Schwestern?«

Tag um Tag verging. Zwanzig Tage waren wir schon unterwegs. Die Strecke war jetzt eingleisig.

»Das zweite Gleis müssen wir bauen, Weiber!« sagte jemand.

»Ringsum nur Wald, kein einziges Haus«, wurden wir von der oberen Pritsche informiert. »He, das ist die Taiga!«

Wir warteten auf den Anbruch der Dämmerung, der Dunkelheit. Vergebens. Es blieb hell. Kalte weiße Nächte. Die Tageszeiten wurden nur durch die Ausgabe der kümmerlichen Rationen markiert.

Der dreiundzwanzigste Tag ... der vierundzwanzigste ... Mit dem Stiel ihres Aluminiumlöffels ritzte Natascha Striche in die Wand. Am fünfundzwanzigsten Tag verlangsamte der Zug die Fahrt und hielt.

Stille. Wie in einem Brunnen. Sie tönte sogar in den Ohren. Du lieber Himmel, das ist ja das Ende der Welt!

Die Wachposten schoben die Waggontüren auf.

»Rauskommen, Luft holen!« riefen sie und legten Laufplanken an die Türen.

Stolpernd vor Schwäche und Benommenheit nach einem Monat Fahrt krochen wir hinaus und setzten uns auf die Erde. In der Nähe war ein Graben, und viele schleppten sich dorthin, um zu trinken. Der Torfboden ließ das Wasser braun aussehen. Als Kind hatte ich in den Torfsümpfen, in denen mein Vater arbeitete, Kaulquappen und Käfer gesehen. Ich trank nicht.

An einem der nächsten Haltepunkte wurde der Großteil der Waggons abgekoppelt. Der restliche Zug fuhr noch etwa hundert Kilometer weiter, dann hieß es aussteigen. Station Swetik. An welchem geografischen Punkt waren wir? Im Norden, das war klar, aber wo?

Nicht weit vom Zug stand die örtliche Autokratie. Eine Frau in NKWD-Uniform, mit giftblondem Haar und dick geschminkten Lippen, sah aus wie eine Attrappe. Ihr Äußeres paßte nicht zu dem weißlichen Nebel der nördlichen Nacht, zu dem Dickicht ringsum, zu unserer Kraftlosigkeit. Sie zog Formulare hervor, rief unsere Namen auf, betrachtete jede mit erfahrenem Blick und sortierte uns nach Gruppen: »Hierhin!« und »Dorthin!«

Sie rief meinen Namen auf. Mein Herz hörte für Sekunden auf zu schlagen, als würde es begreifen, wie wichtig dieser Moment war.

Ihr Blick fixierte mich und wurde bleiern, und sie kommandierte: »Dorthin!« An ihrer schlagartig aufbrechenden Feindseligkeit, an den bereits ausgewählten Frauen begriff ich, daß »dorthin« unvergleichlich schlechter war als »hierhin«. Was hatte die geschminkte Beamtin an mir »entdeckt«? Nach welchen Merkmalen teilte sie die Menschen ein? Das Sortieren ging weiter. Aha, Natascha kam auch »dorthin«, und auch sie ließ den Kopf hängen. Hatte sie ebenfalls etwas begriffen? Gut, daß wir zusammen waren. Für ihre standfeste, fröhliche Art hatte ich sie fast liebgewonnen.

Wir mußten antreten, wurden gezählt, und dann setzte sich die Kolonne in Bewegung, von Wachposten und Hunden begleitet. Alles war so, als hätten wir nicht das Land von Süden nach Norden durchquert, als hätten wir nicht das Lager gewechselt.

Wir gingen drei Kilometer bis zu einem Staketenzaun mit Stacheldraht und mit Wachtürmen. Endlich eine Unterkunft! Egal was für eine, aber ein Obdach! Über einem der Dächer kräuselte sich Rauch. Ob sie für uns das Badehaus geheizt hatten? Aber man führte uns an der Wache vorbei und teilte uns mit: »Um fünf Uhr früh zur Arbeit!« Uns wurde eine Baracke zugewiesen. Darin standen sogenannte Wagonki – jeweils zwei Doppelpritschen unten, zwei oben. Ein durchdringender Geruch nach frisch behauenem Holz.

»Unmassen von Wanzen!« rief jemand entsetzt.

Es waren so viele, daß man es sich gar nicht vorstellen kann. Sie fielen wie wilde Raubtiere über uns her und waren stärker als die Müdigkeit nach der monatelangen Fahrt, stärker als der Wunsch, sich aufzuwärmen. Es gab vor ihnen keine Rettung. Einige Frauen nahmen ihre Strohmatratzen und versuchten, im Freien zu übernachten. Doch die Kälte trieb sie wieder herein. Und um fünf Uhr morgens der Schlag gegen ein Stück Schiene: zur Arbeit!

Das Lager hieß genau wie die Bahnstation »Swetik«, kleines Licht. Ein völlig unpassender Name. Die dichte Wand riesiger alter Fichten verlieh der Gegend ein mörderisch finsteres Aussehen. Entlang des

Wegs, auf dem wir zur Arbeit geführt wurden, wuchs übermannshohes Feuerkraut, das alles zu verschlingen drohte.

Hier gab es nur eine Arbeit: Bäume fällen. Ich kam in eine Brigade, die Stämme zersägte. Wir sägten den ganzen Tag, bis zur Abstumpfung, bis zum Schmerz und immer weiter bis zur Erstarrung, ohne uns aufzurichten und zu strecken. Im Nu bekamen wir Blutblasen. Die Notwendigkeit, sich dem Partner anzupassen, brachte Kräfte hervor, die man nicht mehr in sich vermutet hatte.

Neben uns fällten die Männer Bäume. Mit den Zweigen gegen die Nachbarbäume schlagend, krachten die Stämme mit unheilvollem Getöse zu Boden. Anfangs rannten wir bei dem Schrei »Vorsicht!« davon, aber dann wurden wir gleichgültig.

Schon nach einem Monat hatte uns die Schinderei völlig ausgelaugt. Das ungeheuerliche »Muß«, dem wir sklavisch unterworfen waren, saugte wie eine Spinne das Blut, die Nerven und Knochen aus.

Nachts wurde in der Baracke der Ofen geheizt, und die tagsüber durchnäßten Fußlappen, Hosen und aus alten Steppjacken genähten Strümpfe wurden getrocknet. Der Raum füllte sich mit einem dichten stinkenden Wrasen. Man wollte ihm entkommen, frische Luft schöpfen, schlief aber sofort ein, trotz der Wanzen.

Niemanden aus meiner nächsten Umgebung, kein einziges Gesicht, nicht einmal die Frauen, die neben mir schliefen, nahm ich wahr, behielt ich in Erinnerung. Der Wald, die Säge, die Stämme, der Gedanke an Brot, darauf war alles reduziert.

Das also waren die fernen Lager!

Es gibt Dinge, über die kann man erzählen. Über die Greuel des Lagers »Swetik« zu sprechen fällt schwer.

Nominell gab es natürlich auch dort eine Leitung von freien Angestellten. Doch das Schlimme war, daß in Wirklichkeit Häftlinge das Lager verwalteten. Leben oder nicht leben – das entschieden der Arbeitsverteiler und der Chef der KWTsch, der Kultur- und Erziehungsabteilung.

Als unser Transport ankam, suchte sich der Arbeitsverteiler als erstes ein schönes Mädchen als »Ehefrau« aus. Er durfte in einem eigenen Kabuff wohnen, das an die Baracke angebaut war, und einen eigenen Haushalt führen. Dieses Privileg bezahlte er mit blindem Gehorsam gegenüber der Leitung und den Planziffern. Klagen wie: »Mir ist schlecht!«, »Ich habe Fieber!«, »Meine Hände sind eine einzige Blutblase!« faßte er als Beleidigung auf. Dieser Koloß mit der großen roten Nase und den Wurstfingern tobte, stieß zotige Flüche aus und zerrte die um Schonung Flehenden höchstpersönlich von der Pritsche. Wer sich widersetzte, kam in die Strafzelle und erhielt eine Ration von dreihundert Gramm. Den restlichen Teil des Brotes behielt dieser Klotz für sich. Sein Lieblingsspruch war: »Der Wolf ist dein Freund!« In der Taiga klang das besonders zynisch.

Hier, in der Republik Komi, beim Holzeinschlag, fand ich den Gedanken, daß das NKWD einen »Plan« zu erfüllen hatte (worüber die beiden alten Bolschewiken in Nowotroizk gesprochen hatten), nicht mehr absurd. Wessen Sklaven oder Leibeigene waren wir?

Wenn ich eine gewisse Vorstellung davon hatte, was im Lager vorging, dann nur durch Natascha.

Sie war von ihren Landsleuten gerettet worden, die hier »Kommandoposten« innehatten. Ein Armenier hatte den Brotschneideraum unter sich und war deshalb allmächtig, ein anderer verwaltete die Kleiderkammer. Unter dem Schutz solcher Gönner versuchte Natascha, auch mir zu helfen. »Schrubbst du in der Kleiderkammer den Fußboden? Dafür kriegst du ein halbes Kilo Brot.« Ich schrubbte gewissenhaft den schartigen, schlecht abgehobelten Boden, kroch unter die Regale mit den Lagerjacken, Schuhen, Nägeln. Aber ich stellte den Herrn der Kleiderkammer nicht zufrieden. Ein halbes Kilo

Brot gab er mir zwar, ließ mir aber durch Natascha ausrichten, daß er mich nicht mehr brauchte.

Natascha verliebte sich. Als wir im »Swetik« ankamen, war von den Häftlingen nur das Dienstpersonal im Lager. Eine fünfundsiebzigjährige verrunzelte Frau mit den Augen eines gekochten Fischs war für die Badebaracke zuständig. Es wurde erzählt, sie habe ein Verhältnis mit einem genauso schweigsamen Burschen, Friseur genannt. Der Altersunterschied betrug fünfzig Jahre. Diese beiden machten den Eindruck, als wären sie halb Pflanze, halb Mensch. Was Natascha dazu brachte, sich in den rotblonden, tranigen Friseur zu verlieben, war mit dem Verstand nicht zu erfassen. Da er die Wachposten rasierte, brachten sie ihm von draußen eine Gitarre mit. Natascha sang, und er begleitete sie. Das führte sie wohl zusammen. Die groteske Geschichte endete damit, daß der wasserpflanzenartige Bursche die stattliche, schöne Natascha verließ und zu der fünfundsiebzigjährigen Badewärterin zurückkehrte.

Natascha kam auf die Idee, im Lager einen Unterhaltungsabend zu organisieren. Das gab ihr die Möglichkeit, nach dem Signal zur Nachtruhe noch zu proben und mit dem Friseur zusammenzusitzen. »Wer kann tanzen? Wer kann sonst noch etwas?« rief sie. Es fanden sich Freiwillige.

»Hilf uns!« redete Natascha auf mich ein. »Wenn du durch das Programm führst, kann was daraus werden. Tu es für mich! Sag ja. Bitte!«

Ich gab nach. Wir stellten ein Programm zusammen. Natascha hatte gewaltigen Erfolg. Man ließ sie gar nicht wieder von der Bühne. Ich hatte die Rolle des Conferenciers übernommen. Zu meinem Unglück! Am nächsten Tag wurde ich in die Kultur- und Erziehungsabteilung bestellt.

Was für eine Funktion diese Abteilung im Lager hatte, ist schwer zu erklären. Zeitungen? Bibliothek? Radio? Kino? Das alles fehlte natürlich.

Leiter der Kulturabteilung war Wassiljew, ein finsterer, kränklich aussehender, magerer, sehniger Mann, der von allen anderen Arbeiten befreit war.

»Setz dich, Genossin.« Er zeigte auf einen Stuhl.

Die Abteilung war in einer Kammer untergebracht. Darin standen ein Tisch, zwei Stühle und ein Herd. Hinter einem ausgeblichenen Baumwollvorhang war offenbar das Bett.

Wassiljew lobte mich, wie gut ich durch das Programm geführt hatte. Dann folgten die Fragen: Welcher Artikel? Wieviel Jahre? Wo zur Schule gegangen? Er selbst, sagte er, sei zweiter Sekretär des Komsomol-ZK der Ukraine gewesen.

Er fragte, ob mir die Arbeit beim Holzeinschlag schwerfalle, und antwortete selbst:

»Da kann ein Mensch leicht kaputtgehen. Ich denk mir was aus, wie ich dir Arbeit im Lager beschaffe, vielleicht hier in der Abteilung.«

Sein »Du« und »Genossin« berührten mich unangenehm. Wassiljew wirkte leblos und unbeseelt. Das Blecken seiner gelben Pferdezähne war unmöglich als Lächeln zu bezeichnen, obwohl er sicherlich versuchte, einen angenehmen Eindruck zu machen.

Plötzlich stand er auf und packte mich an den Armen. Schnaufend riß er mich an sich und zog mich zum Vorhang. Instinktiv stieß ich ihn mit ungeahnter Kraft zurück, so daß er gegen die Herdkante schlug und zu Boden krachte. Entsetzen lähmte mich: Ich habe ihn umgebracht! Doch ein paar Sekunden später richtete er sich auf und brüllte:

»Ver-fau-len laß ich dich! Verfaulen. Auf den Knien wirst du angekrochen kommen, mich anbetteln!«

Schon bei der Vorstellung, vergewaltigt zu werden, trübte sich mein Verstand. Das war für mich die höchste Stufe des Entsetzens.

Ich weiß nicht, wie ich zu meiner Baracke gelangte. Ich hatte nur das deutliche Gefühl, vom Leben abgeschnitten zu sein, und das rachsüchtige »Ich laß dich verfaulen« verhieß mir den Tod.

Tag für Tag, Woche um Woche ein und dasselbe: um fünf Uhr morgens aufstehen, hastig den dünnen Tee trinken, ein Stückchen Brot essen, das Kommando »In Viererreihen antreten!« Der moorige Boden stöhnte unter den Füßen, wenn die Brigaden in den Wald geführt wurden. Bei jedem Schritt drückte der Fuß Feuchtigkeit heraus. Es änderte sich nur eins: die Waldreviere. Die Sägen wurden stumpf, doch wir sägten und sägten die Stämme, die aus Stahlbeton zu sein schienen.

Die zermürbende Arbeit verwirrte manch einem die Gedanken. Hin und wieder hackte sich jemand einen Finger oder zwei ab, um dem Holzeinschlag zu entrinnen, der Entkräftung und den Moskitos, die unmittelbar in die Nerven stachen.

Mehr als fünfhundert, im besten Falle sechshundert Gramm Brot konnte man bei der Norm nicht erarbeiten. Das Brot enthielt Ölkuchen und war steinhart. Mittags wurde ein »Vitamintrunk« ausgegeben, ein Sud aus Fichten- und Kiefernnadeln. Aber konnte das helfen? Viele hatten schon Skorbut. Nun erwischte es auch mich. Anfangs bildeten sich an den Beinen lila Flecke, bald darauf Eiterherde, dann offene Geschwüre.

Unschlüssig ging ich eines Tages nach der Arbeit zur Sanitätsstelle. Der Feldscher behandelte meine Wunden und gab mir eine Arbeitsbefreiung. Ich glaubte an kein Gesetz, erst recht nicht an die Mildherzigkeit eines Arbeitsleiters, doch da mich der Feldscher krankgeschrieben hatte, blieb ich am nächsten Morgen liegen.

Als die angetretenen Brigaden durchgezählt und die Listen der Kranken überprüft waren, kam der Arbeitsverteiler in die Baracke gerannt.

»Aber fix«, sagte er zu mir. »Oder soll ich nachhelfen?«

Nein, nein! Bloß das nicht! Aus Angst vor seinen Wurstfingern, mit denen er die Leute von den Pritschen zerrte, kroch ich so schnell wie möglich herunter.

Wassiljew hielt es für seine Pflicht, das Ausrücken der Brigaden zu beaufsichtigen. Bei jedem Wetter stand er neben der Wache und prüfte, wer von der Arbeit befreit war.

Am Abend murmelte der Feldscher böse:

»Eine Arbeitsbefreiung geb ich nicht mehr. Wassiljew hat mir eine reingewürgt, daß ich mich kaum wiedergefunden hab.«

Das hätte er nicht sagen müssen. Es war auch so alles klar. Leute wie Wassiljew scherzten nicht. Nachdem er Rache angekündigt hatte, ging er methodisch und genüßlich daran, mich zu vernichten. Seine Drohung »Ich laß dich verfaulen!« erfüllte sich schon. Ich konnte nur noch mit Mühe die Füße setzen. Sie waren wie Holzklötze. Ich begann zu verfaulen.

Meist kehrten wir vom Abendessen als letzte in die Baracke zurück: meine Namensvetterin Tamara Timofejewna, die früher Literatur unterrichtet hatte, Natascha und ich.

»Wartet!« sagte Natascha eines Abends. »Begreift ihr, daß wir zugrunde gehen?«

Ich bemerkte erst jetzt, wie sehr sich Natascha verändert hatte. Warum? Was ging mit ihr vor? Sie zu fragen, mich zu interessieren wie früher, dazu hatte ich nicht die Kraft.

»Laßt uns einander schwören«, schlug sie vor, »wenn es einer von uns glückt, in ein anderes Lager zu kommen, muß sie die anderen nachholen. Das wollen wir uns schwören!«

Für einen Moment blitzte in der Seele etwas auf. Das hatte sie sich gut ausgedacht. Wir faßten uns bei den Händen, und jede sagte: »Ich schwöre!«

Die Fähigkeit, am Leben eines anderen Menschen Anteil zu nehmen, war völlig geschrumpft. Die Augen sahen, wie jemand gedankenversunken auf der Pritsche saß und sich wiegte; wie nachts die eine oder andere Frau geholt wurde – ins Bett des Arbeitsverteilers, des Arbeitsleiters oder Wassiljews; wie diese Frauen bei ihrer Rückkehr mit leeren Augen in die qualmige Barackenfinsternis starrten und sich gleich zur Wand drehten, um schnell einzuschlafen bis zum

Wecken. Gewöhnliche Bilder des Lagerlebens, die kaum Emotionen auslösten.

Aufrütteln konnten nur ungewöhnliche Ereignisse: jemand wurde bei der Arbeit von einem fallenden Baum erschlagen, jemand wurde erstochen, jemandem wurden in der Strafzelle die Knochen gebrochen.

Das Verletzlichste und Schutzloseste war bei den meisten die Psyche.

Im »Swetik« sah ich, wie Menschen vertierten. Ich wurde ein paarmal mit einer völlig ausgemergelten Frau zum Sägen eingeteilt. In der Baracke erzählte sie allen von ihren beiden Töchterchen, sieben und neun Jahre alt, die allein zurückgeblieben waren.

»Sie gehen zugrunde, sie sterben ohne mich!« sagte sie immer wieder. »Das verstehen Sie doch, wie können sie ohne mich leben? Wie denn?«

Mehr als zehnmal zählten die Wachposten unsere nach der Arbeit in Viererreihen angetretene Kolonne. Ein Häftling fehlte. »Flucht!« Sie durchkämmten mehrmals den Wald. Vielleicht war jemand gestorben? Oder bewußtlos? Sie fanden niemanden.

Es stellte sich heraus, daß die Mutter der beiden Kinder fehlte. Der verzweifelte Entschluß, zu fliehen, schien nicht zur Kraftlosigkeit dieser Frau zu passen und war doch aus ihr entstanden.

Die Wachleute wurden bestraft, wenn ein Häftling floh. Darum wurden sie in solchen Fällen fuchsteufelswild. Die Verschärfung der Haftbedingungen nahm die absurdesten Formen an. Wenn man jetzt zum Beispiel in den Wald austreten ging, geschah das unter der unmittelbaren Aufsicht eines Postens. Das wirkte auf die Psyche der Menschen. Die Gereiztheit wuchs und brauchte ein Ventil. So kam es, daß man dem die Schuld gab, der geflohen war.

Ein paar Tage wurde die Frau gesucht. In der Taiga gab es Posten, die sich in Erdlöchern versteckt hielten. Nach einer Woche verstummten mitten am Tag die Sägen und Äxte. Aus dem Wald kamen drei NKWD-Männer. Vor ihnen taumelte ein Wesen. Sie! Die Kleidung hing in Fetzen an ihr herab. Das Gesicht war rot und geschwollen. Die Moskitos hatten sie bis aufs Blut gepeinigt. Sie blieb stehen, gleichgültig gegenüber allem ringsum.

Doch nicht Mitleid, nicht Anteilnahme brach aus dem Innern der Häftlinge hervor, sondern zügellose Wut. Auf die halbtote Frau prasselten Holzklötze, Steine und schmutzige Beschimpfungen nieder. Die Häftlinge, die eine Woche lang durch die verschärften Bedingungen schikaniert worden waren, rächten sich dafür nicht an der Lagerleitung, sondern an der armen Frau, der Unglücklichsten von allen. Es war ein unerträgliches Schauspiel. Weder die NKWD-Männer, die die Flüchtige gefunden hatten, noch der Posten, der sich zum Rauchen hingesetzt hatte, versuchten, die wildgewordene Meute zur Ruhe zu bringen.

Aber da versiegte die Wut. Genauso plötzlich, wie sie aufgeflammt war. Die einen kamen von selbst zur Besinnung, anderen wurde Einhalt geboten.

Die Frau lag auf der Erde. Niemand ging zu ihr. Was sie durchgemacht hatte in den sieben Tagen, in denen sie durch die Taiga geirrt war, Wurzeln und Beeren gekaut hatte, das wußte nur sie, und Gott. Die einen sagten, man habe ihr noch eine Haftstrafe aufgebrummt; andere wußten zu erzählen, daß sie das Untersuchungsverfahren nicht überstanden habe und gestorben sei.

Wenn ihre Töchter noch am Leben sind, wissen sie natürlich nicht, was ihre Mutter aus Liebe zu ihnen durchlitten hat.

Der Gedanke an Flucht kam wahrscheinlich jedem. Als Phantasie suchte er auch mich heim. Der Verstand setzte aus, und alle Zellen meines Körpers schrien: Ich will nach Hause, nach Hause! Doch die Gewißheit, daß man sich vor dem NKWD nicht verstecken kann, wischte diese Idee weg wie Kreide von der Tafel. Und wohin sollte ich auch fliehen? Zu wem? Ich hatte kein Zuhause auf dieser Welt.

Im Lager tauchte ein neues Gesicht auf. Der Arzt Pjotr Schirotschinski, ebenfalls Häftling. Ihn hatte mir, wie man in solchen Fällen sagt, das Schicksal gesandt. Er untersuchte meine Wunden an den Beinen, zog die Brauen hoch und sagte:

»Das müssen wir kurieren, Kindchen.«

Die Geschichte mit der Arbeitsbefreiung wiederholte sich. Der Arzt schrieb mich krank, Wassiljew jagte mich zur Arbeit. Der Arzt versuchte zu widerstehen. Eines Abends bat er mich, noch zu bleiben, legte meine kranken Beine auf ein Bänkchen und erzählte von sich, vom Lager. Am meisten beeindruckte mich, daß es Lager gab, in denen hauptsächlich Intellektuelle saßen, fast keine Kriminellen. Am häufigsten tauchte in seinen Erzählungen der Name Tamara Grigorjewna Zulukidse auf. Sie war eine bekannte georgische Schauspielerin.

»Im Lager ›Protoka‹ hat Tamara Grigorjewna ein Puppentheater gegründet«, erzählte er. »Eine wunderbare Schauspielerin und eine bezaubernde und elegante Frau. Ich wünschte, Sie könnten sie kennenlernen. Wissen Sie, ich glaube, Sie werden sie kennenlernen.«

Sein Bestreben, mich aufzumuntern, rührte mich. Aber der Doktor war nicht nur ein weichherziger Träumer. Er erreichte das Unglaubliche: meine Versetzung in eine Brigade, die in den Gemüsegärten arbeitete. Zusammen mit anderen abgezehrten Frauen erfüllte ich jetzt gewissenhaft die Aufträge des Agronomen Saizew.

In der Mittagspause wärmte sich die Brigade am Feuer. Häufig kam eine vertragsangestellte blutjunge Agronomin zu Saizew. Die erfahrenen Frauen sagten, daß die beiden sich liebten, und knurrten:

»Warum lassen sie's drauf ankommen? Vor dem Wachposten! Wenn sie wenigstens vorsichtiger wären!«

Hätte ich geahnt, daß ich den tragischen Ausgang dieser Liebe miterleben würde, so hätte ich mir die Verliebten damals genauer angesehen. Eine Freie und ein Häftling? Gesetzwidrig! Strafbar!

Meine Versetzung in die Gemüsebrigade verletzte Wassiljews Eigenliebe. Als ehemaliger leitender Funktionär konnte er auf alles verzichten, nur nicht auf die Macht. Auf seine Veranlassung wurde ich nun zusätzlich der Brigade der Feuerwehrleute zugeteilt. Nach dem vollen Arbeitstag mußte ich von zwölf bis zwei Uhr nachts im Lager Wache halten. Auf diese Weise wurde mir Schlaf gestohlen. Wie ein aufgezogener Mechanismus schlief ich abends von zehn bis zwölf und stand dann zu meinem Nachtdienst auf. Ich ging durch das Lager und »behütete« die Lagergebäude vor einem Brand.

Die Häftlinge schliefen. Die Schäferhunde bellten. Die Wache auf den Türmen wurde abgelöst. Hinter dem Zaun rauschte, ja, heulte die Wand riesiger düsterer Fichten. Es kam mir vor, als lebte ich in prähistorischer Zeit, als gäbe es außer den Hunden und den Wachsoldaten niemanden und nichts auf der Welt.

Als wir eines Tages von der Arbeit zurückkamen, trieben sie uns an:

»Schnell essen! Und dann zur Sanitätsstelle!«

Wir erfuhren, daß eine Ärztekommission angereist war, um uns zu untersuchen und die Kranken ins Lazarett einzuweisen.

Als ich zur Sanitätsstelle kam, stand dort eine lange Schlange. Beim Anblick der Ärzte dachte ich: Daß es noch solche Gesichter gibt!

Endlich war ich an der Reihe. Schirotschinski sagte zu den anderen Ärzten:

»Ich habe Ihnen von ihr erzählt.«

Ein Arzt mit hellen Augen und lebhaftem Gesicht wandte sich mir zu und sagte lächelnd:

»Gehen Sie hinter den Schirm. Wickeln sie die Binden von den Beinen und ziehen Sie sich aus.«

Er hörte mich ab. Zwischendurch fragte er:

»Im Fragebogen steht, daß Sie Fremdsprachen studiert haben und später Medizin, richtig?«

Er fragte, ob ich Englisch sprechen könne. Vor Aufregung fiel mir nur ein: »A little.«

»Skorbut! Hospitalisierung!« sagte er nach der Untersuchung.

Schirotschinski nickte mir zufrieden und aufmunternd zu. Mir war, als erlebte ich etwas Gerechtes, Gutes, aber scheinbar in einer Theateraufführung, in der ich als rechtlose Statistin mitwirkte. Hospitalisierung? Bedeutete das etwa, daß ich in ein Krankenhaus kam? Schon der Gedanke war unglaublich.

Nach den Untersuchungen kam das Lager zur Ruhe. Es wurde Zeit für meinen Feuerwehrdienst. Nachdem ich eine Runde gegangen war, kam ich an der Sanitätsstelle vorbei. Die Tür knarrte, und die beiden angereisten Ärzte traten auf die Vortreppe. Der eine steckte sich eine Zigarette an, der andere sang: »Dunkel die Nacht, und die Kugeln durch die Steppe pfeifen ...« An die Wand der Nachbarbaracke gelehnt, lauschte ich dem Lied, das ich damals zum erstenmal hörte, und weinte. Einer der beiden Ärzte stieg die Vortreppe herunter und kam direkt auf mich zu.

»Ich denke, wessen Tuch leuchtet denn da? Dürfen Sie denn so spät noch draußen herumspazieren?«

»Ich spaziere nicht herum. Ich habe Feuerwehrdienst.«

»Dienst? Sie müssen liegen. Sie sind schwer krank.«

Der Arzt ergriff plötzlich meine Hände und küßte sie. Jesus! Die Welt stand kopf! Was war das? Ein freier Mann küßte mir die Hände?

»Doktor P. wollte Sie in sein Lazarett holen. Aber ich habe Sie ihm nicht gegeben. Sie kommen nach Urdoma. Bei uns gibt es elektrisches Licht und Bücher. Wir werden Sie kurieren, und alles wird gut.« Diese Worte, die wie ein Märchen klangen, hatten auf mich eine hypnotisierende Wirkung.

Wie konnte es sein, daß ein Arzt, den ich vor ein paar Stunden noch nicht gekannt hatte, so menschlich und wohltuend mit mir sprach? Noch dazu ein freier Mann. Das betäubte mich. Ich stützte mich gegen die Barackenwand, aus Angst, ich könnte vor Aufregung, vor plötzlich aufkeimender Hoffnung das Bewußtsein verlieren.

Am nächsten Morgen fuhren die Ärzte ab, und das Lagerleben ging seinen gewohnten Gang.

»Wie heißt dieser Arzt?« fragte ich Schirotschinski.

»Der Sie untersucht hat? Bacharew! Geschafft! Sie sind schon so gut wie im Lazarett«, versicherte er mir zufrieden.

Die Hoffnung, ins Lazarett zu kommen, raubte mir fast den Verstand. Würde ich noch bis zum Abtransport durchhalten? Die einen sagten, ich müßte eine Woche warten, andere sagten, zwei, drei oder vier Wochen.

Ich bekam einen Schreck, als der Wirtschaftsleiter des Lagers, ein Krimtatare, der nach Artikel 58 verurteilt war, plötzlich auf mich zutrat.

»Ich möchte mit Ihnen reden. Kennen Sie mich? Ich heiße Raschid.«

Sicherlich hatte ich ihn schon gesehen, aber für mich sahen alle gleich aus. Was er mir »darlegte«, empfand ich als brutalen Angriff auf die gerade erst aufleuchtende Hoffnung, daß sich das Schicksal endlich meiner erbarmte. Er sagte, er habe auf der Transportliste fürs Lazarett meinen Namen gesehen, was ihm verständlich sei, denn das sei für mich der einzige Ausweg, trotzdem sollte ich besser nicht nach Urdoma fahren; er habe mir schon lange helfen wollen, doch Wassiljew stelle im Lager eine Macht dar; ich gefiele ihm, weil ich ein reiner Mensch sei, was die Tataren zu schätzen wüßten; er habe mir das bis jetzt nicht gesagt, weil er fürchtete, ich könnte ihn für einen zweiten Wassiljew halten, doch jetzt müsse er mich davor warnen, zu Bacharew zu fahren.

»Dieser Doktor wird Sie nicht in Ruhe lassen. Er ist ein Schürzenjäger.«

Mein Gott, wozu mußte ich das wissen? Sollte ich hingehen und sagen: Streichen Sie mich von der Liste, ich bleibe freiwillig im »Swetik«?

In Belowodsk hatte mir Beniusz »widerstandslose Standhaftigkeit« vorgeworfen. Doch jetzt, als mir bewußt geworden war, daß ich zum »Existenzkampf« nicht taugte, an der Grenze zwischen Leben und Tod, äußerte sich mein Widerstand in dem Wunsch, um jeden Preis wegzukommen von dem Ort, wo die Drohung, mich »verfaulen« zu lassen, Wirklichkeit wurde. Es war der Wille zum Leben. Und genau in diesem Moment brachte mich der Wirtschaftsleiter durcheinander. Ich ließ ihn stehen.

Es fiel mir nicht leicht, doch ich ging zu Schirotschinski und fragte ihn:

»Was für ein Mensch ist Doktor Bacharew?«

»Was für eine Rolle spielt das?« antwortete er ärgerlich.

»Trotzdem, was ist er für ein Mensch?«

»Ich weiß schon, was Sie wissen wollen. Ja, man erzählt, daß er die Frauen liebt. Aber ich habe ihn über Sie aufgeklärt. Er wird es nicht wagen, sich Ihnen gegenüber ungebührlich zu verhalten. Sie müssen dringend von hier weg. Sie sind doch schon invalid.«

Erleichtert griff ich dieses Argument auf: invalid. Wirklich, wie konnte ich annehmen, Gegenstand seiner Nachstellungen zu werden? Wie kam der Wirtschaftsleiter auf so eine Idee? Wie konnte ich mich davon anstecken lassen? Ich war eine Todeskandidatin. Nur weg von hier.

Ich hielt den Atem an, als der Arbeitsverteiler nach ein paar Tagen in die Baracke kam und die Namen für den Lazarett-Transport verlas. Mein Gott, was wird mit mir?

Ich stand nicht auf der Liste. Hatte ich nicht gewußt, daß es so kommen würde? Ich hatte es gewußt, hatte nur Angst gehabt, daran zu denken. Wassiljew hatte sein Werk noch nicht zu Ende geführt! Und er würde es zu Ende führen.

Ich schleppte mich bis zur Wache, um Tamara Timofejewna, die auf Transport ging, zu verabschieden, und setzte mich dort auf Baumstämme. Mit der Gelassenheit eines Hausherrn sah Wassiljew zu, wie die Leute das Lager verließen. Ich blieb auf den Stämmen sitzen. Der Wind schlug gegen den Rücken, fuhr in den Kragen der morschen Steppjacke und holte das bißchen Wärme weg, das sich angesammelt hatte.

Morgen wieder derselbe Geruch nach Fußlappen, der Feuerwehrdienst, der schwarze Abgrund des todesähnlichen Schlafs und der Atem des Todes selbst.

Doktor Schirotschinski bat heimlich jemanden von den Freien, in Erfahrung zu bringen, ob noch etwas zu retten sei. Später erzählte er, daß Doktor Bacharew einen Versuch unternommen hatte, mich herauszuholen, und im Zusammenhang damit Ärger bekam. Das alles weiß ich nicht mehr genau.

Nach ein paar Wochen, als ich schon ganz erloschen war, kam jemand in die Baracke gelaufen, um mich abzuholen.

»Schnell! Mit Gepäck zur Wache!«

»Ich werde an unseren Schwur denken! Aber sollten wir uns nicht wiedersehen, ich werde dich nie vergessen!« konnte ich Natascha noch sagen.

»Ein tüchtiger Mann ist Bacharew! Ein tüchtiger Mann!« wiederholte Schirotschinski immer wieder begeistert.

Das alles haben Sie erreicht, lieber Doktor, nur Sie! wollte ich ihm sagen, aber ich hatte keine Kraft mehr.

»Wir werden uns wiedersehen, und dann ist das alles hier nur noch eine widerliche, scheußliche Anekdote«, sagte er.

Wir sahen uns nicht wieder. Dieser gute Mensch starb in dem verfluchten Lager.

Ich blickte mich noch einmal um, ob vielleicht Wassiljew angerannt kam und »Zurück!« schrie. Aber da schlug die Tür der Wache krachend hinter mir zu.

Doktor Bacharew, der es auf unvorstellbare Weise fertiggebracht hatte, mich als einzelne von einem Begleitsoldaten holen zu lassen, erschien mir jetzt als Magier und Zauberer.

Ich war an einen fröhlichen Posten geraten. Da ich kaum die Füße setzen konnte, nannte er mich »Muttchen«. Er trieb zur Eile an, damit wir noch den Zug erreichten. Als wir den Platzkartenwagen betraten, wurden wir argwöhnisch beäugt. Doch als eine Frau den

Posten fragte: »Darf sie ein bißchen Tee trinken?« und er antwortete: »Darf sie, meine Gute, darf sie«, bekam ich in diesem engen Abteil die grenzenlose russische Mildherzigkeit zu spüren.

Von der Station Urdoma gingen wir entlang der Bahnstrecke einen reichlichen Kilometer bis zum Lager. Es befand sich auf einer Anhöhe und war gut zu sehen. Der Posten brachte mich zur Wache. Ich wollte schon ins Lager gehen, da kam von dort energischen Schrittes eine Frau. In ihrem Blick las ich Mißtrauen und offene Feindseligkeit. Sie versengte mich buchstäblich mit ihren schwarzen Augen. Der Posten und der Wachhabende wechselten einen Blick, und meine freudige Stimmung verflüchtigte sich.

Das Lager sah sauber aus. Von einem Gebäude zum anderen führten akkurate Wege. Ich wurde zum Badehaus geschickt. Ein paar Minuten vor mir war ein kleiner Häftlingstransport eingetroffen.

Im Vorraum des Bades kümmerte sich ein gutaussehender junger Arzt, Jewgeni Lwowitsch Petzhold, um die Ankömmlinge. Ein paar Minuten später kam Bacharew, der Chefarzt des Lazaretts, angestürmt. Nachdem er sich die Patientinnen angesehen hatte, sagte er beiläufig zu mir:

»Aha, da sind Sie ja endlich.«

Die Fragebogen auf Stapel werfend, verfügte er, wer wohin kam. Mich legte er in die Chirurgie.

In einem Sechsbettzimmer war noch ein Bett frei. Das Kissen, die Decke, die Wäsche, das alles verblüffte mich nicht nur, sondern erschütterte mich geradezu. Anderthalb Jahre hatte ich in den Baracken nur eine Ölfunzel gesehen, und hier brannte abends eine Glühbirne.

Zur Wand gedreht, lag ich reglos in dem sauberen Bett, fast ohne Gedanken. Wenn die Tür aufging, erschrak ich noch. Vielleicht kam man mich holen? Zurück ins »Swetik«!

Mir wurde Bettruhe verordnet. Ich stand nur zum Verbandswechsel und zum Essen auf. Erst hier begriff ich, daß ich wirklich schwer krank war. Im »Swetik« hatte ich mir meine Wunden nicht angeschaut. Jetzt sah ich beim Verbandswechsel, daß die Geschwüre an den Beinen bis auf die Knochen gingen. Das Zahnfleisch war geschwollen, ebenso die Zunge, ich litt ständig unter einer inneren Kälte.

Es verging eine ganze Weile, bis ich mich wenigstens in der Chirurgie-Baracke ein bißchen auskannte. An sie war ein Operationssaal angebaut. Für die freien Angestellten gab es eine Entbindungsstation. Das eigentliche Lazarett hatte zehn Zimmer, die hoffnungslos überfüllt waren, hier lagen Patienten mit Knochenbrüchen, Verletzungen, Phlegmonen und sonstigen Krankheiten.

In der Baracke waren auch der Speisesaal und die Küche untergebracht. Zwei gewissenhafte, reinliche, sich lautlos bewegende Nonnen – Njura und Sascha – kochten das Essen. Ich weiß nicht mehr, nach welchem Artikel sie zu zehn Jahren verurteilt worden waren.

In der Chirurgie wurde nicht nur an den dafür vorgesehenen Tagen operiert, sondern gelegentlich auch nachts. Manche Patienten wurden als geheilt in die Arbeitslager zurückgeschickt, neue wurden in Gruppen oder einzeln aufgenommen, andere in die Leichenbaracke gebracht, die sich in einer Ecke des Lagers befand. Dann wurden sie im Wald in eine Gemeinschaftsgrube geworfen, was sich Beerdigung nannte.

Allmählich lernte ich meine Zimmergenossinnen näher kennen. Am umgänglichsten war Tante Polja, die wegen Schiebergeschäften saß. Sie war scharfsinnig, gewitzt und dabei gutmütig. Ihre Haftzeit ging in ein paar Wochen zu Ende.

Am Tag nach meiner Ankunft kam die schwarzhaarige Frau, die mich an der Wache mit Blicken durchbohrt hatte, ins Zimmer.

»Wer ist das?« fragte ich, als sie wieder gegangen war.

»Die Oberschwester in der Chirurgie. Jetzt wird sie mit Vera Petrowna angeredet, früher war sie einfach Verka«, erklärte Tante Polja bereitwillig. »Ich hab mit beiden in Korjashma gesessen.«

»Wie – mit beiden?«

»Sie ist doch die Frau des Chefarztes.«

Gott sei Dank, dachte ich und fragte:

»War Doktor Bacharew denn auch Häftling?«

»Aber ja. Was denn sonst? Er wurde siebenunddreißig verhaftet und hat seine Strafe abgerissen.«

»Welcher Artikel?«

»Irgendwas Politisches«, klärte mich Tante Polja auf, »und sie wurde wegen Unterschlagung verknackt. Im Lager haben sie sich gefunden. Er wurde vor ihr entlassen. Später ist sie auch hierhergekommen. Ein geschäftstüchtiges Weib, aber schrecklich eifersüchtig.«

In der Tat war Vera Petrowna in der Baracke die allmächtige Herrin. In den Krankenzimmern wurde für sie genäht und gestrickt. Mal probierte sie einen Morgenmantel an, mal eine Bluse oder sonst etwas. Dafür durften die geschickten Frauen länger im Lazarett bleiben. Sie kam und ging stets mit schweren Taschen. Das Mittagessen kochten die beiden Nonnen in der Lagerküche für sie. Sie durften sogar das Lager verlassen, um bei Vera Petrowna zu Hause sauberzumachen und die Wäsche zu waschen.

Die zweite Krankenschwester in der Chirurgie war die dickbeinige, unschöne Bronja, auch eine »Achtundfünfzigerin«. Sie sprach unterwürfig, in widerlich süßlichem Ton mit Bacharew und Vera Petrowna, überheblich und anmaßend mit den anderen. Sie verrichtete im wesentlichen die untergeordneten Arbeiten.

Jeden Morgen war Arztvisite. Manchmal kamen ein Arzt und eine Schwester ins Zimmer, manchmal mehrere Ärzte. Es wurde erzählt, daß unter ihnen auch ehemalige Kreml-Ärzte waren.

Das Urdomaer Lazarett hatte zwei Leiter. Der eine vertrat die WOChR, die militarisierten Wacheinheiten des NKWD, der andere war der Chefarzt, der das Leben im Krankenhaus organisierte. Sie kamen offenbar gut miteinander aus.

Nach Meinung aller war Bacharew ein talentierter Chirurg und Gynäkologe und ein verantwortungsvoller Chef. Er hatte alles unter Kontrolle, ihm entging nicht die geringste Kleinigkeit. Er machte Druck auf die Instanzen, so daß dem Lazarett die nötige Ausrüstung und rare Medikamente zugeteilt wurden. Man sah an allem, daß er es verstand, das Lagerchaos seiner Macht unterzuordnen. Er wirkte lebenslustig und selbstbewußt. Wie es schien, wußte er die Lagermöglichkeiten mit seinen Plänen und Wünschen in Übereinstimmung zu bringen.

Die Behandlung und die Krankenhausatmosphäre brachten mich allmählich auf die Beine. Bis zur völligen Heilung war es noch weit, aber ich ging schon im Gebäude herum. Von den Menschen hielt ich mich nach wie vor fern, wohl aus Selbstschutz.

Als der Doktor mich eingedenk seines Versprechens fragte: »Soll ich Ihnen etwas zu lesen bringen?«, antwortete ich überraschend für mich selbst:

»Noch nicht. Danke.«

Bücher? Nicht einmal dazu war ich imstande.

Doch er ließ nicht locker. In seiner fast terroristischen Aufmerksamkeit schwangen so viele einander ausschließende Töne mit, daß ich jedesmal in eine Sackgasse geriet. Manchmal, wenn er im Korridor stand und irgendeinen Patienten anhörte, riß er plötzlich die Tür zu unserem Zimmer auf und schaute, das Gespräch fortsetzend, immer wieder in meine Richtung, als sei das für ihn das Wichtigste.

Sein Ton konnte sich schlagartig ändern, wurde fast amtlich, wenn er etwas anordnete.

»Gehen Sie ins Dienstzimmer und helfen Sie Schwester Bronja, die gewaschenen Binden zusammenzurollen.«

Oder:

»Können Sie Latein? Dann helfen Sie Vera Petrowna, die Etiketten auf den Arzneiflaschen zu erneuern. Sie hat genug anderes zu tun.«

Die Oberschwester kniff die Lippen zusammen und sagte:

»Wenn er's angeordnet hat, dann tun Sie's.«

Meine dezenten Versuche, im Umgang mit ihr einen erträglichen Ton zu erreichen, wurden im Keim erstickt. Sie konnte ihre spontan entstandene Feindseligkeit mir gegenüber nicht mäßigen und betonte sie stets. Der Doktor tat, als ob er nichts merkte.

»Tamara Wladislawowna wird sich um die Krankenblätter kümmern«, sagte er zu seiner Frau. »Zeig ihr, wie man das macht.«

Ihre offene Antipathie belastete mich sehr, darum freute ich mich, als sie sich eines Tages von selbst an mich wandte:

»Könnten Sie Medikamente aus der Apotheke holen?«

Ich warf mir sofort die Wattejacke über den Krankenhauskittel und ging los. Die Apotheke war in einem Anbau auf der anderen Seite des Gebäudes untergebracht. Ein hakennasiger Mann mit fröhlichen Augen machte mir die Tür auf und stellte sich vor:

»Abram Matwejewitsch.«

Als er hörte, daß ich in Vera Petrownas Auftrag Medikamente holen sollte, stieß er einen Pfiff aus.

»Na, dann kommen Sie herein. Das ist nicht uninteressant.«

Mein Erscheinen unterbrach die Unterhaltung einer kleinen Gesellschaft, die in einem Kämmerchen hinter der Apotheke saß.

»Machen wir uns bekannt«, sagten sie, »setzen Sie sich.«

»Lena, Krankenschwester in Haus drei«, stellte sich eine attraktive junge Frau in weißem Kittel vor.

Zwei Männer erhoben sich leicht. Der eine war zurückhaltend und düster. Was der andere sagte, war banal und zeugte von wenig Geist.

»Was haltet ihr von dieser Neuerung?« sagte Abram Matwejewitsch. »Unsere Vera, die sonst keinem traut, schickt plötzlich eine Neue. Na? Sie ist also nicht auf den Kopf gefallen.«

»Bitte geben Sie mir die Medikamente. Man wartet darauf«, sagte ich, um mich der Situation zu entziehen.

»So setzen Sie sich doch«, sagte Lena melancholisch. »Sie hat Sie doch extra hergeschickt, damit Sie sich eine Weile bei uns aufhalten, denn wer weiß, vielleicht macht Ihnen ja einer von unseren Freunden den Hof und kommt Filipp zuvor.«

Ich hatte die widersprüchlichsten Gefühle, begriff aber, daß mir auf diese eigenwillige Art die Freundschaft angeboten wurde.

Bevor Tante Polja in die Freiheit entlassen wurde, brachte sie mir ihren Holzkoffer.

»Für dich zur Erinnerung. Damit du Tante Polja nicht vergißt!«

»Ich brauch ihn nicht, Tante Polja, danke. Ich hab nichts zum Hineinlegen.«

»Kränk mich nicht. Du mußt doch noch so viele Jahre sitzen. Da wirst du auch was zum Hineinlegen haben. Ich geb ihn dir von Herzen. Du tust mir leid.«

Die breitgesichtige, etwas derbe Frau sah mich aufmerksam an, sie kam mir plötzlich sehr weise vor, und mein Herz krampfte sich bei ihren Worten zusammen.

»Unser Doktor hat sich nämlich in dich verliebt. Sei auf der Hut. Glaub ihm nicht zu sehr, du wirst es nicht leicht haben.«

Ich hatte in jenen Tagen nur den Wunsch, daß Filipp Bacharew meine aufrichtige Dankbarkeit, mein Vertrauen in seine Anständigkeit als moralische Verpflichtung empfand und sein hartnäckiges Interesse für mich aufgab. Dieser Wunsch entsprang keiner Infantilität. Ich war sehr krank und befand mich auf einer anderen Ebene des Daseins. Mir konnten nur Zeit und Ruhe helfen. Aber der aggressive Geist des Lageralltags hatte, ebenso wie der energische Charakter des Arztes, eigene Gesetze.

Ich wurde zu ungewöhnlicher Zeit zur Untersuchung gerufen. Im Dienstzimmer war nur Bacharew.

»Wie fühlen Sie sich? Gehen Sie hinter den Schirm. Ich will Sie abhören.«

Will er mich gesundschreiben? Oder noch was Schlimmeres? Die ständig wache Angst preßte mir das Herz zusammen.

Es war das Schlimmere.

Der Arzt wollte seinen Lohn dafür, daß er eine Kranke als krank anerkannt, daß er Mühe aufgewandt hatte, sie aus dem »Swetik« herauszuholen. Alles in mir erstarb bis zur Gefühllosigkeit. Mein Wille und meine Kräfte verließen mich. Nachdem der Arzt gegangen war, blieb ich auf der Liege sitzen und konnte mich nicht von der Stelle rühren. Mir war sterbenselend.

Bronja kam herein. Ohne mich anzusehen, ging sie zum Tisch und zischte verächtlich durch die Zähne: »Tja!«, in einem Ton, als fühlte sie sich im Namen aller auf Erden Lebenden verpflichtet, mich zu vernichten. Über ihre Wangen rannen zwei Tränen.

Hat sie etwa Mitleid mit mir? durchzuckte es mich. Danach dürstete ich so sehr. Nein! Die Tränen galten nicht mir.

»Wie grausam das Leben doch ist!« sagte sie philosophisch. »Ich verehre Vera Petrowna so sehr. Sie tut mir so leid.«

Die Verurteilung durch Bronja war nichts im Vergleich zu meinem eigenen Urteil. Wie qualvoll, kleiner zu sein, als man von sich erwarten kann und als man im Grunde vielleicht ist. Bis zu diesem Augenblick hatte der Stolz, das Bewußtsein sittlicher Würde, mir die Kraft zum Leben gegeben, und nun? Mit »weiblichen« Mitteln voranzukommen, das konnte ich nicht akzeptieren.

»In Zimmer fünf liegt ein schwerkranker frischoperierter Patient. Bei ihm muß gewacht werden. Ob Sie das können?« fragte mich Bacharew am nächsten Tag. Bei diesem Dienst wurde mir leichter. Drei Tage und Nächte saß ich bei dem Sterbenden.

Nach ein paar Wochen wurde ich mit anderen vor eine Kommission geladen. Die Geheilten sollten in die Arbeitslager entlassen werden. Es konnte mir passieren, daß ich wieder in das Lager mußte, aus dem ich gekommen war. Diese Perspektive flößte mir unsägliches Entsetzen ein.

Am Tisch saßen drei Ärzte.

»Zeigen Sie Ihre Beine, die Zunge ...«

»Es ist wohl noch zu früh, sie gesundzuschreiben«, bemerkte ein Kommissionsmitglied.

»Wir schreiben sie gesund!« unterbrach ihn Bacharew.

Bevor ich das Gesagte erfassen konnte, hörte ich:

»Sie werden bei uns in der Chirurgie arbeiten! Wohnen werden Sie in der Baracke der Krankenschwestern.«

Die Entscheidung des Arztes kam so unerwartet, daß ich es kaum glaubte. Ich soll im Lazarett als Krankenschwester arbeiten? Aber? Ach, so ist das!

In dem einen Studienjahr am Medizinischen Institut hatte ich natürlich keine praktische Ausbildung bekommen. Das mußte ich jetzt alles lernen.

Jeden Morgen wurde auf einer kurzen Besprechung über die Geschehnisse während des Nachtdienstes und über den Zustand der Schwerkranken gesprochen. Ich war in Gegenwart der alten erfahrenen Ärzte aufgeregt, ob auf den Dienstbesprechungen oder im Seziersaal. Mein Eifer kannte keine Grenzen. Ich wollte nicht den geringsten Fehler machen. Unverhofft fielen mir sogar alle lateinischen Bezeichnungen wieder ein.

Frühmorgens warf ich mir die Wattejacke über und lief ins Krankenhaus (genauer, in die Baracke), wo ich bis zum späten Abend blieb. Ich hatte alle Hände voll zu tun: Ausgabe der Medikamente, Verbinden, Füttern. Eine Arbeit löste die andere ab. Man sagte mir, ich hätte geschickte Hände. Ich freute mich, daß die Patienten gern zu mir zum Verbinden kamen, daß sie mich baten, mich an ihr Bett zu setzen und beim Briefeschreiben zu helfen.

Unter einem Dach mit den Krankenschwestern wohnten die Buchhalterinnen des Lagers. Es waren überwiegend Frauen, die seit siebenunddreißig saßen. Zu mir verhielten sie sich freundschaftlich, obwohl ich einer anderen Lagergeneration angehörte, die nicht durch ihre Hölle gegangen war. Über das Jahr siebenunddreißig sprachen sie nicht oft. Doch wenn eine an das Vergangene rührte, beteiligten sich auch die anderen.

Das Lager, in dem wir uns befanden, war von ihnen errichtet worden. Sie waren in die unberührte, wilde Taiga gekommen, zu Fuß, denn eine Eisenbahn gab es noch nicht. An eine Kiefer war ein Schild mit der Nummer des zu bauenden Lagers genagelt, und die Häftlinge begannen mit dem Bau. Sie fällten Bäume, sägten und hobelten. Für sich bauten sie provisorische Hütten, für die Wache feste Gebäude und Wachtürme, sie gruben Brunnen, nährten mit ihrem Blut Schwärme von Moskitos und Mücken und beerdigten die Leidensgenossen, die die Qualen nicht aushielten. Als erste starben diejenigen, die bis siebenunddreißig an wissenschaftlichen Arbeiten gesessen hatten, die das »Hirn« des Landes gewesen waren und nicht mit Axt und Säge umgehen konnten. Krankheiten, Dreck, Kälte und die schwere Arbeit brachten sie um.

Bei diesen Erzählungen standen mir oft die Haare zu Berge. Konkrete Menschen berichteten von den Greueln, die sie erlebt hatten, und ich ordnete sie in die Geschichte des Staates ein, in dem ich lebte, in das reale Leben der Menschen und in mein eigenes. Wie hatten sie das ausgehalten? Wie hatten sie das überlebt? Was waren das für Menschen?

Mich zog es zu diesen klugen Frauen, doch Gespräche galten auch hier als Luxus. Sowie die Frauen mit der Arbeit fertig waren, eilten sie in die Wohnbaracke, um einen Brief zu schreiben, eine Tasse Tee »ohne alles« zu trinken, in ihrem winzigen Haushalt zu hantieren.

Allgemeine Sympathie genoß der sechzigjährige Matwej Iljitsch, von dem es hieß, er habe im Kreml gearbeitet. Ich interessierte mich nicht für seine frühere Tätigkeit. Im Lager war er dafür zuständig, die Lebensmittelrationen an die Häftlinge und Vertragsangestellten zu verteilen. In bezug auf ihn hörte ich zum erstenmal das Wort

»Überfälliger«. Davon gab es viele im Lager. Die vom Gericht verhängte Haftdauer dieser Menschen war abgelaufen, doch sie wurden nicht freigelassen. In ihrer Akte stand der Zusatz: »Bis zur besonderen Verfügung«. Ohne erneute Gerichtsverhandlung wurden die »Überfälligen« im Lager als Häftlinge festgehalten. Solch ein »Überfälliger« war Matwej Iljitsch. Diesem lebensfrohen Mann mit den strahlend-blauen Augen habe ich viel zu verdanken.

Später erzählte er, daß seine Frau gleich nach seiner Verhaftung gestorben war. Den Sohn hatten entfernte Verwandte zu sich genommen. Er studierte, wurde diplomierter Chemie-Ingenieur und träumte davon, in Moskau zu bleiben. Das war nicht umsonst zu haben. Er mußte sich schriftlich von seinem Vater lossagen.

Kurz nachdem ich in der Chirurgie angefangen hatte, schaute Matwej Iljitsch eines Abends bei mir vorbei.

»Ich konnte mir nicht das Vergnügen versagen, die Frau kennenzulernen, die hier so sorgsam versteckt wird.«

Ich ging nicht auf den spielerischen Ton ein. Es entstand eine verlegene Pause. Da hörten wir Bacharews Stimme im Korridor. Auf dem Gesicht meines Besuchers malte sich unverstelltes Erschrecken. Er rannte wie ein kleiner Junge hin und her und versteckte sich dann hinter der Tür. Auch mir stockte jedesmal das Herz, wenn der Chefarzt überraschend kam. Man sagte mir, ich sei immer kreideweiß geworden.

Nachdem der Doktor etwas aus dem Zimmer geholt hatte und wieder gegangen war, kam Matwej aus seinem Versteck hervor. Innerhalb weniger Sekunden hatten wir beide viel übereinander erfahren. Wir mußten lachen.

»Sie haben wohl mächtige Angst vor ihm?« fragte mein Besucher.

»Nein!« schwindelte ich.

Er beließ es dabei.

»Aber ich hab einen Schreck gekriegt! Ist das nicht peinlich für einen alten Dummkopf?«

In Matwej fand ich für alle Zeiten einen treuen Beschützer.

»Gehen Sie in die Kleiderkammer«, sagte er, »dort werden Filzstiefel für Sie genäht. Sie müssen sie anprobieren.«

Mir blieb die Luft weg: Ein fremder Mensch sorgte sich darum, daß ich trockene Füße hatte. Nach einigem Sträuben probierte ich die Stiefel an, deren Schäfte aus Teilen alter Decken genäht waren. Ich trug sie und segnete Matwej Iljitsch.

Er ließ mir auch so manches Mal ein zusätzliches Stück Brot zukommen. Eines Tages hielt er mir mit einem schelmisch schuldbewußten Lächeln ein eingewickeltes Stück Butter hin. Ein solches Geschenk wies ich zurück. Er gab es Bronja.

»Den Häftlingen steht keine Butter zu. Und die Wachleute kommen ohne diese Portion aus.« So versuchte er meine Bedenken zu zerstreuen.

Die treue Anhänglichkeit, die Bronja für Vera Petrowna gehegt hatte, wurde seit einiger Zeit mir zuteil. Wir brachen mit den Händen winzige Stückchen von der Butter ab, ließen sie im Mund zergehen und konnten uns nicht genug über den Geschmack wundern.

Meine Angst vor Bacharew hielt an, sie hinderte mich, ihm von dem Schwur zu erzählen, den Tamara, Natascha und ich uns im »Swetik« gegeben hatten. Tamara war auch im Lazarett. Was mit Natascha war, wußte ich nicht. Ich vertraute mich Matwej an. Er bat den Doktor, Natascha zu helfen. Der war verärgert, daß ich mich nicht an ihn gewandt hatte, brachte aber in Erfahrung, daß Natascha in ein anderes Lager gekommen war und es gut getroffen hatte. Das Angebot, sie ins Lazarett zu holen, verschob sie »auf schlechtere Zeiten«. Wir trafen uns später wieder.

Die Freundschaft mit Matwej Iljitsch riß auch nicht ab, als ich in ein anderes Lager kam. Wir schrieben uns. In einem Brief teilte er mit, er habe eine gute Frau liebgewonnen und sei glücklich. Doch nicht lange. Ebenso wie Doktor Schirotschinski erlebte er seine Freilassung nicht. Er starb in Urdoma im Lager.

Die Frau, von der er mir geschrieben hatte, war wirklich ein prächtiger Mensch. Sie bestattete Matwej Iljitsch neben dem Lager auf einem hohen Hügel. Wann immer ich später dort vorbeifuhr, ob am Tage oder in der Nacht, hielt ich am Fenster Wache und versuchte das Grabkreuz dieses feinen Menschen zu erspähen.

Der Winter brach an. Nasse Flocken lösten den leichten und trockenen Pulverschnee ab. Sie fielen und fielen, als wollten sie die Lagergebäude und alles Lebendige unter sich begraben. Um die Gehwege zwischen den Baracken wieder frei zu bekommen, schippten wir morgens alle gemeinsam. Wir türmten Schneeberge auf, die uns überragten. In den Schneekorridoren waren die Stacheldrahtzäune nicht mehr zu sehen und die menschlichen Stimmen nicht mehr zu hören.

Es war ein klarer sonniger Morgen. Wir kamen von einer Dienstbesprechung, Doktor Petzhold warf einen Schneeball nach mir, ich warf einen nach Lena, mit der ich mich inzwischen angefreundet hatte, und dann bewarfen wir alle zusammen den Pfleger Simon von Haus sechs.

Bacharew war ebenfalls herausgekommen, doch einem freien Chefarzt stand es nicht an, sich an einer Schneeballschlacht zu beteiligen. Er blieb stehen und befahl mir mit zornfunkelndem Blick, sofort mit dem Spiel aufzuhören.

Nach solchen Zwischenfällen verlor ich wieder allen Lebensmut. Ständig wurde mir meine seelische Bedrängnis bewußt gemacht. Allerdings hatte sich Bacharews Verhalten mir gegenüber sehr verändert. Er spürte meinen inneren Widerstand, wollte mein Vertrauen zurückgewinnen und gab sich ausgeglichen und umgänglich. Doch sein Blick verriet nach wie vor ein Übermaß von Gefühlen, ja, beinahe Vergötterung. Das war wie eine Belagerung und hielt mich in lähmender Spannung.

Und doch, wenn ich allein war, empfand ich das Glück meiner Wiedergeburt. Die Arbeit war erträglich. Ich hungerte nicht. In der

Wohnbaracke der Krankenschwestern standen nur acht Betten, ich trug bei der Arbeit einen weißen Kittel, hatte ausreichend Wasser und ein Stück Seife, mit dem ich mir jederzeit die Hände waschen konnte. Daran freute ich mich immer von neuem. Im Ofen knisterten Holzscheite, während draußen Frost herrschte. Die Abenddämmerung war von einem nie gesehenen Tiefblau, und die graue Morgendämmerung verhieß in aller Stille einen neuen Tag, verhieß Brot und Leben.

In Urdoma lernte ich Menschen kennen, mit denen mich später eine Freundschaft verband, die alles überstand.

Abends spielte im Lager jemand Geige.

»Wer spielt da?«

»Simon, der Pfleger aus Haus sechs.«

»Ist er Musiker?«

»Nein, Journalist, aus Moskau. Überzeugter Junggeselle.«

»Und wie kommt er zu der Geige?«

»Die haben ihm Freunde geschickt.«

Simon war ein ironischer Mensch. Er sagte von sich selbst: »Ich weiß, daß ich grundhäßlich bin, aber glauben Sie mir: Dumm bin ich nicht«, und seine Augen blitzten schelmisch.

Er verfiel auf die Idee, ein Unterhaltungsprogramm zusammenzustellen. Damit kam er zu mir, als ich Dienst hatte.

»Kapa wird einen spanischen Tanz vorführen. Ich spiele Geige, Pawel schlägt die Kastagnetten. Man hat mir versprochen, von draußen eine Ziehharmonika mitzubringen, darauf spielt Sergej. Und was machen Sie?«

»Ich kann nichts.«

»Tragen Sie irgendeinen Text vor. Bitte.«

Seit der Veranstaltung im »Swetik« hatte ich Angst davor. Aber ich ließ mich überreden.

In Belowodsk hatte ich die Erzählung »Die Ehefrau« von Kononenko vorgetragen. Noch immer bewegte mich das Schicksal der Frau, die ihrem verkrüppelten Mann entgegenstürzt. Den Text besaß ich nicht mehr. Er war mir bei einer Durchsuchung weggenommen worden. Aber mir half mein gutes Gedächtnis. Sowie ich auf der Bühne stand, war mein Lampenfieber wie weggeblasen. Ich trug die Erzählung vor. Viele weinten. Ich wurde sehr gelobt.

»Hören Sie, ich meine es ernst. Sie haben Talent!«

Mit Tanja Mironenko freundete ich mich später an, vier Jahre nach unserer ersten Begegnung. Aber auch in Urdoma half sie mir so manches Mal. Die magere, brünette Frau mit den grünen Augen und der Ponyfrisur kam mir sehr streng und ganz einmalig vor. Sie arbeitete zusammen mit Doktor S. im Labor. Sie selbst sagte mir, daß es damals eine glückliche Zeit für sie war. Mit Doktor S. verband sie ein tiefes Gefühl und gegenseitiges Verständnis. Sie gingen klug mit diesem kostbaren Gut um. Im Beisein anderer waren sie zurückhaltend und förmlich zueinander.

Eines Tages wollte ich einem Patienten die ihm verordneten Tropfen in die Augen träufeln. Doch im letzten Moment hielt ich in einer merkwürdigen Ahnung inne. Völlig verwirrt lief ich zu Tanja.

»Tanja, ich weiß nicht warum, aber ich hatte plötzlich das Gefühl, daß in dem Fläschchen nicht die Arznei ist, die draufsteht, die Farbe ist irgendwie anders.«

»Sie haben recht!« bestätigte sie meine Vermutung, nachdem sie die Flüssigkeit untersucht hatte. »Es hätte zu ernsten Komplikationen kommen können.«

»Wie ist das möglich? Das ist doch ...« Ich konnte es nicht bei seinem richtigen Namen nennen.

»Wie Sie sehen, ist es möglich.«

Sie gab mir den Rat:

»Zu keinem ein Wort! Besonders nicht zu ihr. Haben Sie verstanden? Sagen Sie Vera Petrowna, das Fläschchen mit den Tropfen wäre Ihnen runtergefallen. Lassen Sie sich mit keinem Wort, mit keinem

Blick anmerken, daß Sie alles durchschaut haben. Verstehen Sie mich?«

Ich hielt es für besser, mich mit Vera Petrowna auszusprechen. Aber mir wurde eiskalt bei dem Gedanken, daß sie das Leid eines Patienten in Kauf genommen hatte, nur um einen Anlaß zu haben, mich davonzujagen.

»Aber ...«

»Kein ›Aber‹!«

Die Weitsichtigkeit des Rats erkannte ich damals nicht, aber ich befolgte ihn.

Bald darauf kam ich wieder ins Labor, um Befunde abzuholen. Da sah ich unter den Patienten, die vor der Tür warteten, jenen Wassiljew aus dem Lager »Swetik«, der für mich nicht nur den Lagerunflat, sondern die Gemeinheit schlechthin verkörperte. Was machte er hier?

Tanja fragte erschrocken: »Was ist passiert?«

Ich erklärte es ihr, so gut ich konnte. Auf dem Rückweg mußte ich wieder an ihm vorbei. Mir knickten die Knie ein. Tanja brachte in Erfahrung, daß Wassiljew als Patient ins Lazarett gekommen war. Die Befunde ergaben, daß er ein Magengeschwür und eine schwere Form von Tuberkulose hatte. Ein paar Monate später starb er im Tuberkuloselager.

Dachte ich über meine Zukunft nach? Hier, im Lager? Nein. Wie die meisten Achtundfünfziger glaubte ich nicht, jemals wieder die Freiheit zu sehen. Dennoch kam manchmal etwas wie Panik auf, weil ich keine abgeschlossene Ausbildung, keinen Beruf hatte. Da sagte Bacharew auf einer Dienstbesprechung:

»Für morgen ist eine Operation angesetzt. Sie werden daran teilnehmen«, wandte er sich an mich. »Sie müssen sich einarbeiten. Prägen Sie sich ein, wie Vera Petrowna die Instrumente zureicht.«

Ich war richtig gerührt. Nur konnte ich mir nicht im mindesten vorstellen, wie der nächste Tag für mich ausgehen würde.

Auf Anweisung Bacharews erfüllte ich am folgenden Morgen die ersten Pflichten einer Operationsschwester: Ich wusch mir nach allen Regeln die Hände, entnahm der Box einen Kittel für den Operateur und half ihm beim Anziehen.

Der an gewöhnlichen Wochentagen verschlossene Operationssaal kam mir an diesem Morgen wie ein Prüfungssaal vor. Der von drei Seiten verglaste Anbau lag auf der barackenfreien Seite des Lagers. Der gestrichenene Fußboden glänzte. Es war kühl. Wie bei jeder Operation waren noch zwei weitere Ärzte dabei. Der Patient wurde hereingefahren.

Ich hörte die knappen Anweisungen Bacharews: Skalpell, Klemme, Pinzette. Vera Petrowna reichte augenblicklich das Geforderte. Bemüht, das viele Blut nicht wahrzunehmen und die Übelkeit niederzuringen, blickte ich auf das Tischchen mit den Instrumenten. Aber meine Aufmerksamkeit spaltete sich. Der letzte Gedanke war: Ich muß zum Fensterbrett, mich aufstützen. Doch da verlor ich das Bewußtsein.

Als ich zu mir kam, lag ich im Vorraum. Mein erstes Gefühl war Scham: Ich hatte nicht durchgehalten, nicht bestanden. Doch ganz flau wurde mir, als die Ärzte von der Operation kamen und mich nicht mit einem Lächeln ansahen, was unter den gegebenen Umständen verständlich gewesen wäre, sondern eher mit einem Grienen, dessen Sinn ich nicht erriet.

Bronja, die mir Salmiak gebracht hatte, erklärte:

»Doktor Petzhold ist Ihnen zu Hilfe geeilt und wollte Sie aus dem OP tragen, aber Bacharew schrie, ohne die Operation zu unterbrechen: ›Rühren Sie sie nicht an!‹ Doktor Petzhold fragte verdattert: ›Aber wieso nicht?‹ Der Chef antwortete: ›Das soll ein anderer machen, nicht Sie!‹«

Ich war wie versteinert.

Kaum war der Patient aus dem Operationssaal gefahren worden, begann Vera Petrowna zu kreischen. Sie gebrauchte gemeine Ausdrücke und sprudelte wüste Drohungen hervor:

»Noch in dieser Minute, unverzüglich verschwindet dieses Aas, diese Ratte! Auf der Stelle! Schick sie weg, sonst bring ich dich in den Bau, zusammen mit ihr!«

Aas? Ratte? War ich gemeint?

Außer mir vor Erregung ging ich in den Operationssaal.

»Ich will weg von hier! Sofort! Bitte, schicken Sie mich weg! Ich bitte Sie!« hörte ich wie von ferne mein tonloses Flüstern.

Ich hätte es nicht für möglich gehalten, eine solche Schande zu erleben. Ein paar Stunden vergingen. Ich lag in der Baracke auf meinem Bett. Tanja kam herein.

»Sie sitzt bei uns im Labor, dieses ›Elend‹. Ich soll Sie holen. Sie will mit Ihnen reden.«

Nicht hingehen! Nicht tun, was sie oder er will. Doch ich erhob mich.

Die Oberschwester Vera Petrowna, die im Labor saß, schien nichts gemein zu haben mit der Person, die vor ein paar Stunden so unflätig gekreischt hatte. Wie immer ein Wort auf das andere türmend, ratterte sie los: Wenn ich ein guter Mensch sei, müsse ich das Vorgefallene vergessen und sofort an meinen Arbeitsplatz zurückkehren. Sie hätte längst dafür sorgen können, daß man mich in ein Straflager schickt, und dort, das wisse ich sehr genau, hätte man mich schon unter die Erde gebracht. Aber sie habe es nicht getan. Also, wenn ich nicht wolle, daß ihr Mann sie davonjage, müsse ich alles vergessen und ihm sagen, daß wir uns versöhnt hätten. Ja, sie wisse, daß er nicht sie liebe, sondern mich. Aber sie könne ohne ihn nicht leben. Sie sei bereit, seine Putzfrau zu sein, ihm die Füße zu waschen, alles zu tun, was er wolle, nur um in seiner Nähe zu sein. Ich müsse noch lange sitzen, sie habe nachgezählt, fünf Jahre. In dieser Zeit werde er sich noch hundertmal verlieben. Das wisse sie besser als er, und darum müsse jetzt alles beim alten bleiben. Seine verliebte Anwandlung werde bald vergehen, wie schon so oft. Ob ich das begriffen hätte? Also Schwamm drüber, abgemacht?

Ich antwortete, daß ich hoffte, mit ihrer Hilfe in ein anderes Lager verlegt zu werden. Sie war außer sich.

»Dann wollen Sie also, daß er mich davonjagt? Ja? Wozu brauchen Sie das? Sie wissen doch, daß er mir das nicht verzeihen würde! Bitte, sagen Sie ihm, daß wir uns versöhnt haben. Und Sie …«

Und ich? Zum erstenmal hatte ich gehört, daß eine Frau bereit war, »Putzfrau zu sein«, »die Füße zu waschen«. Ich hatte gar nicht mitbekommen, wie es ihr gelungen war, alles so hinzustellen, als hätte ich zuerst einen Ausbruch von Leidenschaft provoziert und bedrohte nun das »freie« Leben zweier Menschen.

»Sagen Sie Filipp, daß wir uns versöhnt haben«, beharrte sie. »Und merken Sie sich: Sie müssen es für mich tun!«

Im Hinausgehen sagte sie noch einmal: »Sie müssen es tun! Für mich!«

Als sie draußen war, kam Bronja angerannt: Der Doktor suche mich, ich müsse sofort hinüberkommen. Ich glaubte zuerst, das Dienstzimmer sei leer, aber da erklang aus dem Dunkeln eine müde Stimme, die ich kaum wiedererkannte:

»Kommen Sie herein und setzen Sie sich. Kein Licht.«

Er schwieg lange. Dann fragte er:

»Soll ich Ihnen von Vera Petrowna erzählen?«

»Wozu?«

»Sie müssen wissen, daß sie mir völlig fremd ist.«

»Das will ich nicht wissen.«

»Und daß ich Sie liebe?«

Ich schwieg. Ich wußte genug. Zumindest über seinen Ruhm als Schürzenjäger. Bisher war für mich etwas Demütigendes und Grobes mit ihm verbunden gewesen; heute war etwas Beschämendes dazugekommen. Ja, er hatte mich aus dem Lager »Swetik« herausgeholt und damit vor dem Tod bewahrt. Ich war mir dessen bewußt, aber … Ich hatte nicht die Kraft, diese Für und Wider bis ins letzte abzuwägen.

»Sie sind für mich der kostbarste Mensch auf der Welt«, fuhr die Stimme fort. »Heute habe ich das begriffen.«

»Bitte, schicken Sie mich weg.«

»Wollen Sie das wirklich?«

»Ja.«

»Und Sie wissen, was Sie dann erwartet?«

»Ja.«

»Nun ja, es lohnt nicht, sich darum Gedanken zu machen. Das kann ohnehin jederzeit passieren. Aber ich werde es nicht tun.«

Er sprach ruhig und ernst, anders als sonst. Da war keine Spur seiner üblichen Geschmacklosigkeit. Wie war er wirklich? Er redete und redete: Erst jetzt habe sich ihm eine andere Welt aufgetan; erst jetzt habe er begriffen, wie abscheulich er bislang gelebt habe, ohne über den Sinn des Daseins nachzudenken; er liebe zum erstenmal im Leben.

Ich war innerlich leer und hatte nur den einen Wunsch – zu gehen.

»Möchten Sie mir nichts sagen nach dem, was Sie von mir gehört haben? Wollen Sie immer noch weg?«

Natürlich wollte ich nicht aus diesem Lager weg. Aber nicht seinetwegen.

Bis zum nächsten Morgen hatte ich mich nicht beruhigt. Ich mochte nicht an die bevorstehende Begegnung mit ihm und ihr denken. Das Leben meinte es nicht gut mit mir. Ich bat Bronja, mich für ein paar Stunden im Lazarett zu vertreten, und ging zum Haus drei.

»Lena, darf ich ein bißchen bei Ihnen bleiben?«

Sie gab mir einen Becher heißes Wasser, sagte: »Wärmen Sie sich auf«, und ging die Medikamente austeilen.

Vom Fenster aus war das Lagerkontor gut zu sehen. Vor Arbeitsbeginn meldeten sich dort alle freien Angestellten. Ich sah, wie ungewohnt schwerfällig der Chefarzt die vereisten Stufen der Vortreppe hinaufstieg. Der Mantelkragen war hochgeschlagen. Sonst immer forsch, setzte er mühsam ein Bein vor das andere. Das Leben schien aus ihm gewichen zu sein. Die unkontrollierte Haltung, die Bewegungen sagten mehr als Worte. Ich kannte diesen Zustand gut. Er litt? Meinetwegen?

Das Herz preßte sich mir zusammen. Er war doch mein einziger Beschützer. Hätte er mich nicht von den Waldarbeiten weggeholt, dann wäre ich längst in der Müllgrube gelandet. So etwas kann man nicht vergessen. Ich stürzte hinaus, um Lena zu suchen.

»Sagen Sie Filipp Jakowlewitsch, daß ich hier auf ihn warte.«

Ich sah ihn kommen, fast im Laufschritt. Er fiel auf die Knie und dankte mir. Bisher hatte mich mein gesunder Menschenverstand beschützt. Doch in diesem Moment glaubte ich: Er liebt mich wirklich. Es war absurd und seltsam, aber es war so. Außerdem hatte ich entdeckt, daß diesem freien, unbändigen Mann innerlich genauso kalt war wie mir. Ohne die frühere Demütigung zu vergessen, empfand ich, verwirrend für mich selbst, tiefes Mitleid mit ihm.

Das ständige Kommen und Gehen der Patienten brachte es mit sich, daß ich, und sei es nur für kurz, in das Schicksal vieler Menschen hineingezogen wurde.

Zu Beginn des Nachtdienstes ging ich wie immer durch alle Zimmer. Die Patienten schliefen. Meinen treuen Gehilfen, einen kasachischen Pfleger, schickte ich auch ins Bett. Wieder im Dienstzimmer, machte ich Licht und ging daran, aus den Krankenblättern neue Verordnungen herauszuschreiben. Plötzlich ging die Tür mit einem Ruck auf, jemand kam hereingesprungen, gelenkig wie ein Affe, und drehte den Schlüssel im Schloß herum.

Ich war zu Tode erschrocken. An der Tür stand ein Patient, der erst vor kurzem eingeliefert worden war. Seine Augen huschten hin und her.

»Gib mir Äther, Schwester.«

»Wozu?« Ich erkannte meine Stimme nicht wieder.

»Gib mir Äther! Wo ist er?«

Ich hatte bis zu diesem Moment nicht gewußt, daß manche Rauschgiftsüchtige Äther trinken.

»Ich habe keinen Äther«, stieß ich hervor.

»Doch! Gib mir Äther! Sonst erwürg ich dich!«

Das traute ich ihm zu! So irr, wie er guckte.

»Der Äther ist im Operationssaal. Und der ist verschlossen.«

»Gib mir den Schlüssel!«

»Den hat der Arzt.«

Ich hatte Angst. Keiner konnte mir helfen. Ohne zu wissen, was ich in der nächsten Sekunde tun würde, glaubte ich plötzlich, daß ich es schaffen könnte, ihn ohne Äther fortzuschicken.

Der Mann, bläulich-blaß, nur in Unterwäsche, stand zitternd an der Tür und wiederholte immer dasselbe: »Gib mir Äther!«

»Ich geb dir ein bißchen Sprit. Den kannst du trinken.«

»Nein! Äther! Ich brauch Äther!«

Bleib hart! sagte mir meine innere Stimme.

»Ich hab keinen Äther! Du kriegst keinen. Klar?«

Er kniete nieder. Flehte dumpf und böse: »Ich kann nicht mehr! Ich sterbe! Äther, gib mir Äther!«

Ich redete ihm gut zu: »Geh schlafen. Ich werde keinem was sagen. Du bleibst im Lazarett. Sonst, das weißt du selber, mußt du wieder zur Arbeit.«

Doch meine Worte schienen ihn nicht zu erreichen. Um Zeit zu gewinnen, redete ich unaufhörlich auf ihn ein. Schließlich ließ er sich von mir in sein Krankenzimmer führen. Als ich wieder am Tisch saß, überkam mich die schon bekannte trostlose Erschöpfung, die geeignet ist, den »Lebensstoff« aufzufressen. Angst ist unausrottbar. Und sie hat jedesmal ein neues, unbekanntes Gesicht, eine andere Ursache.

In einem der Gebäude lag eine freie Patientin mit über vierzig Grad Fieber. Diagnose: Malaria. Ihr Zustand war kritisch, die Laborwerte katastrophal. Der Fall wurde in der Dienstbesprechung erörtert. Bacharew befahl, die Patientin aus der inneren Abteilung in die Chirurgie zu verlegen. Als ich Dienst hatte, trat ich an ihr Bett. Ihr Gesicht kam mir bekannt vor. Die Agronomin Soja, die damals im »Swetik« immer zu dem Brigadier Grischa Saizew ans Feuer gelaufen kam? Ja, sie war es.

Soja war bewußtlos. Sie phantasierte. Nur für Augenblicke kam sie zu sich.

»Das ist nicht Malaria. Das ist Blutvergiftung!« sagte Bacharew. »Was haben Sie gemacht?« Er beugte sich über sie, sowie sie bei Bewußtsein war. »Sagen Sie, was haben Sie gemacht?«

»Nichts!« antwortete sie mit trockenen, aufgesprungenen Lippen. »Nichts.«

Ein Konsilium nach dem anderen trat zusammen. Es wurde angeordnet, ihr Sprit zuzuführen. Und intramuskulär eine Kochsalzlösung zu spritzen. Soja phantasierte: »Grischa, schau, wieviel Wasser, das ganze Feld steht unter Wasser ... so viele Mohrrüben. Hilf mir ... Du darfst nicht schwimmen, nicht schwimmen ...«

Eine große Operationslampe wurde am Bett aufgestellt. Die Ärzte umstanden das Bett. Bacharew beugte sich über Soja, paßte jeden wachen Moment ab und fragte sie immer wieder:

»Erzählen Sie, was haben Sie gemacht?«

Ich verstand nicht, was er von ihr wollte, warum er sie sinnlos quälte. Soja kam unverhofft zu sich, blickte alle verständig an, suchte mit den Augen Bacharew und sagte mit einem Gefühl verächtlicher Überlegenheit:

»Trotzdem hab ich Sie reingelegt, Doktor!«

»Sie haben sich selbst reingelegt«, antwortete er und kommandierte: »Noch mehr Kochsalzlösung!«

Als ich die Nadel in den nicht mehr reagierenden Oberschenkel stach, sagte Bacharew:

»Nicht nötig, nichts ist mehr nötig.«

Die Obduktion ergab ein grausiges Bild: Alles vereitert ... Sie hatte selbst einen Abort gemacht – mit einer Mohrrübe. Eine Bekannte, die davon wußte, teilte es uns mit, als es zu spät war.

Soja war nach Abschluß des landwirtschaftlichen Instituts zur Arbeit in den Norden geschickt worden, hatte dort einen Lagerhäftling kennengelernt, Grischa Saizew, und ihn liebgewonnen. Sie wurde schwanger und stand vor der Frage: das Kind oder Grischa. Wählte sie das Kind, so würde Grischa in ein Lager mit verschärftem Regime kommen. Beraten konnte sie sich mit niemandem. Ringsum gab es nur halbtote Häftlinge und die Frauen der Bewacher. Die hätten sie vielleicht angezeigt. Also machte die unerfahrene Soja alles allein.

Es war schon ein Uhr nachts, als jemand ans Fenster des Dienstzimmers klopfte. Das war noch nicht vorgekommen. Ich löschte das Licht, schob die Gardine etwas beiseite und sah ein Gesicht, das sich an die Fensterscheibe preßte. Draußen stand ein Mann und bat mich, ihm die Tür zu öffnen. Noch ehe ich ihn erkannte, erriet ich: Grischa Saizew! Aber wie war er hierhergekommen? Und was sollte ich ihm sagen?

Er erkannte mich nicht, war überhaupt wie blind.

»Wie ist Soja gestorben, Schwester? Erzählen Sie.«

Der Brigadier war durchgefroren, brachte kaum die Worte heraus, klapperte mit den Zähnen. Ich gab ihm heißes Wasser, sagte etwas. Er hörte kaum zu und unterbrach mich:

»Bei allem, was Ihnen heilig ist, bringen Sie mich zu ihr!«

»Wohin?«

»Zu ihr! Zu ihr! Dorthin, wo sie ist. Sie wissen schon.«

Ich wußte es. Der Mann, der sich auf abenteuerliche Weise bis hierher durchgeschlagen hatte, um die lebendige Soja zu sehen, wollte jetzt wenigstens einen Blick auf die Tote werfen.

»Zu ihr, Schwester! Zu ihr! Ich bitte Sie!«

Was hätte ich an seiner Stelle getan? Das gleiche! Ich nahm den riesigen Eisenschlüssel des Sezierraums vom Nagel. Wir gingen in die

Nacht hinaus zu dem kleinen abseits stehenden Haus, in dem schon so viele Menschen gelandet waren. Dort lag auf einem Tisch Soja. Grischa warf sich über sie und schluchzte: »Soja, Soja, was haben sie mit uns gemacht? Was hast du angerichtet? Hörst du mich, hörst du? Ich bin's, Soja! Ich ...«

Ich fürchtete, sein lautes Wehklagen und das Lampenlicht könnten Aufmerksamkeit erregen, und rüttelte ihn an der Schulter. »Nicht doch, Grischa, nicht doch.« Mit Gewalt riß ich ihn von der Toten weg, mit Gewalt führte ich ihn hinaus. Er saß noch ein Weilchen bei mir, den Kopf in den Händen vergraben. Dann ging er.

Bei Entbindungen war ich gern dabei. Nachdem ich gelernt hatte, wie ich das Köpfchen halten mußte, wartete ich jedesmal aufgeregt auf den Moment, in dem ein winziger Mensch auf die Welt kam.

Einmal wurde ein Patient mit einem Oberschenkelbruch gebracht, ein großer und schwerer Mann. Ich schnitt mit der Schere vorsichtig die feuchte Wattehose auf, um die verletzte Stelle für die Untersuchung freizulegen. Selbst Bacharew, der Patienten zu beruhigen verstand, war außerstande, den Charakter des Bruchs zu bestimmen, denn der Mann ließ sich nicht anfassen, schrie bei der geringsten Berührung auf. Bacharew ordnete an, ihn für die Operation vorzubereiten. Als dem Patienten Äther gegeben wurde, fluchte er verzweifelt. Seine Beine wurden fügsam, willenlos. Der Arzt betastete die riesige Beule am Oberschenkel.

»Das ist kein Bruch«, erklärte er, »sondern eine Knochenschwiele, die sich nach einem früheren Trauma gebildet hat. Damit hat er einen Bruch vorgetäuscht.«

Nun fluchten die Ärzte. Der diensthabende Arzt Dr. R., ein Häftling, wollte den Simulanten sofort ins Lager zurückschicken und erkundigte sich, ob der Begleitsoldat noch nicht abgefahren war. Mir tat der »Patient« leid. Alles sprach dafür, daß er aus der Hölle kam. Er hatte den Bruch simuliert, um die Möglichkeit zu erhalten, sich auszuruhen und zu Kräften zu kommen. Mit angehaltenem Atem wartete ich schweigend, was der Chefarzt sagen würde. Er zog den Kittel aus, warf mir einen Blick zu, begriff, was ich von ihm erwartete, und verfügte:

»Bringen Sie ihn in ein Krankenzimmer. Der Begleitsoldat ist überflüssig.«

Solch eine Art von Verständnis war wertvoller als alle möglichen Erklärungen. Schuldbewußt und friedlich lag dieser Mann ein paar Wochen bei uns.

Bacharew tat viel für mich und bewies dabei Phantasie. So richtete er im Lazarett einen Lehrgang für Krankenschwestern ein. Er holte fünf Leute vom mittleren medizinischen Personal zusammen, setzte Vorlesungen an und zog die Lazarettärzte zur praktischen Ausbildung heran. Die Verwaltung willigte sogar ein, den Abschluß des Lehrgangs mit einer Urkunde zu bestätigen.

Große Anstrengungen verwandte Bacharew darauf, meine Freilassung zu betreiben. Er machte einen Advokaten ausfindig, schrieb nach Moskau und war vom Erfolg überzeugt. Zeichen seiner Liebe! Das war das Festland, auf dem ich heimisch wurde. Leichtsinnigerweise glaubte ich an die »Einmaligkeit« seiner Liebe. Dafür sprach ja auch alles. Ich sah, wie die Unruhe aus seinem Gesicht wich, wenn er mich an meinem Platz sah, wie er seine Wange andächtig an meine Lagerjacke schmiegte, die an demselben Haken hing wie sein Militärmantel.

Von dem Leben der Menschen außerhalb des Lagers hatten wir eine ebenso verschwommene Vorstellung wie sie von unserem. Es waren verschiedene Welten.

Die vertragsangestellte Pharmazeutin Assja Arsentjewa, die zur Arbeit ins Lager kam, erzählte uns: »Na, Vera war ja gestern in Fahrt. Sie hat herumgebrüllt und Geschirr zerschmissen, da war was los!« Dafür nahm sich Vera Petrowna jetzt im Lager zusammen. Energisch wie eh und je verteilte sie Aufgaben: ausbessern, stopfen, häkeln, aber sie schikanierte uns nicht.

Leutselig erzählte sie uns:

»Wenn Filipp Jakowlewitsch auf Dienstreise fährt, brate ich ihm für unterwegs Buletten und koche Kartoffeln, und damit er sich nicht langweilt, leg ich noch ein Fläschchen dazu.«

Ihre Erzählungen beeindruckten mich. Dennoch schien das alles nichts mit meinem Leben zu tun zu haben.

Aus der Stadt, in der sie vor ihrer Haft wohnte, hatte Vera Petrowna ihren kümmerlichen Hausrat, ihre uralte Mutter und ihren achtjährigen Sohn aus erster Ehe hergeholt. Dem Jungen hatte sie gesagt, sie bringe ihn in den Norden zum Vater. Er sagte zu Bacharew Papa.

»Papa, komm mit nach Hause!« Der hübsche schwarzäugige Junge war ins Lager gekommen, um ihn abzuholen.

Sie gingen zusammen fort. Ich blickte ihnen nach. Bacharew drehte sich um und kam rasch zurück.

»Ich dachte, wenn ich kurz zurückkomme, wird dir leichter.«

Er konnte sehr einfühlsam sein.

In dieser Zeit hörten wir von den freien Angestellten, daß sie schon viele erbeutete Filme gesehen hatten. Das Wort »erbeutet« verstärkte unser Interesse.

»Du warst in der ganzen Zeit kein einziges Mal im Kino?« fragte Bacharew nachdenklich. »Ich laß mir was einfallen.«

Und er ließ sich was einfallen. Er erwirkte gegen alle Regeln eine Sondererlaubnis, und eines Tages brachte man uns, an die fünfzehn Häftlinge, in den Klub der freien Angestellten, zwei Kilometer vom Lager entfernt.

Wir gingen schweigend, in Marschordnung, und konnten es kaum fassen. In einiger Entfernung folgten uns der Chefarzt und Vera Petrowna. Ich sah wie von außen dieses Bild: unsere Kolonne, die Begleitposten mit Gewehr und das freie Ehepaar, das uns folgte.

Die Frauen der Bewacher waren entsetzt, als wir in ihre Zitadelle eindrangen. Unter ihren strengen Blicken gingen wir durch zur letzten Reihe. Das Licht war kaum erloschen, als im Saal jemand rief: »Bacharew! Zum Ausgang!« Das bedeutete, daß ein Schwerkranker eingeliefert worden war und der Doktor den Film nicht sehen würde. Der Apparat fing an zu knattern. Auf der Leinwand, die aus einem Laken bestand, wurde die Wochenschau »Leningrad« angekündigt. Ein wahnsinniger Schmerz drohte mir den Brustkasten zu sprengen. Ich biß mir in die Hand, um nicht zu stöhnen. In der Vorkriegswochenschau floß die Newa wie eh und je, die unzerstörten Brükken und Uferstraßen waren unsagbar schön. Es war, als hätte ich die Stadt, in der ich geboren war und gelebt hatte und in der meine Mutter und Renotschka begraben lagen, in den letzten Jahren völlig vergessen. Die Wochenschau, die mir zeigte, daß meine Heimatstadt auf demselben Planeten existierte wie das Lager, durchbohrte mich mit tausend Splittern des Schmerzes.

Der amerikanische Film hieß »Dann kam der Orkan«. Die ausgehungerte Phantasie wurde gefangengenommen von der romantischen Geschichte mit dem tragischen Ende.

Am nächsten Tag nach dem Abendessen erzählte ich im größten Krankenzimmer der chirurgischen Abteilung den Film. Er wühlte die Patienten so auf, daß sie bis in die Nacht nicht zur Ruhe kamen. Sie forderten: »Noch mal von Anfang bis Ende! Noch mal von vorn!«

Und wieder erzählte ich von der Liebe zwischen Merami und Terangi, davon, wie er ins Gefängnis kam, wie er floh und wieder eingefangen wurde, davon, wie ihm schließlich die Flucht gelang und beide Hochzeit feierten. Wie Merami, die am Morgen als erste aufwachte, die Vögel von der Insel wegfliegen sah. Am Abend brach der Hurrikan los. Die Inselbewohner liefen ins Gotteshaus. Sie fielen auf die Knie, berührten mit der Stirn den Boden, beteten, flehten um Schonung. Aber Wind und Wasser rissen die Wände der letzten menschlichen Zuflucht nieder und spülten die blühende Insel vom Angesicht der Erde.

Ich nahm einen Bleistift und schrieb auf einem Fetzen Papier den Film Szene für Szene für Filipp auf.

Das Jahr 1944 ging zu Ende.

Am Abend des 31. Dezember sollte Bronja mich ablösen, aber ich hatte darauf bestanden, erst noch die Medikamente auszugeben. Ich hatte schon seit langem für diesen Tag Sprit zusammengespart.

Die Nonne Njura hatte in den Zimmern die Wäsche gewechselt. Wie immer an Feiertagen waren die Patienten trübsinnig. Ich wußte, wem ich ein freundliches Wort sagen, wem ich das Kissen aufschütteln, wen ich nach einem Brief fragen mußte. Statt der üblichen Mixtur goß ich ein paar Gramm Sprit in die Medizingläschen und brachte sie den Genesenden. Nachdem sie den »Neujahrsschluck« getrunken hatten, lächelten sie selig und schlossen schweigend die Augen.

Matwej Iljitsch hatte unserer Schwesternbaracke Brot und Butter gestiftet. Filipp hatte eine kleine Tanne geschickt. Ich schmückte sie mit Watteflocken, heizte den Ofen und setzte mich ans Feuer. Gegen zehn Uhr ging unverhofft die Tür auf, und Filipp stürmte herein. »Ich konnte nicht gehen, ohne dir ein gutes neues Jahr zu wünschen! Ich liebe dich fürs ganze Leben!«

Dann ging er mit Vera Petrowna in den Klub, um dort mit der Lagerleitung Silvester zu feiern.

Lena traf in der Apotheke Vorbereitungen, um mit Abram das neue Jahr zu begrüßen. Tanja war mit Doktor S. im Labor. Alle waren ausgeflogen. Ohne Mitternacht abzuwarten, legte ich mich schlafen. Mich weckten gleich zwei: An der einen Seite des Bettes stand Lena, an der anderen Abram.

»Schnell! Noch fünfzehn Minuten bis zwölf! Wir haben sogar Bonbons gekocht. Los!«

Ich war gerührt: Sie hatten an mich gedacht. Dabei waren sie doch am liebsten zu zweit! In der eisigen Weite über dem Lager funkelten klare Sterne. In der Apotheke war es warm und gemütlich. Wir hofften, daß die Bewacher auch Silvester feierten und nicht kontrollieren würden.

»Auf ein gutes Jahr neunzehnhundertfünfundvierzig! Auf die Freiheit! Auf das Ende des Krieges! Auf die Amnestie! Ich danke euch, daß ihr an mich gedacht habt!«

Gegen eins war ich wieder in der Baracke. Um sechs mußte ich Bronja ablösen.

Am späten Abend des 1. Januar, als ich meinen Dienst hinter mir hatte, kam ein Sanitäter zu mir.

»Der Doktor will Sie sprechen.«

Kaum hatte ich die Schwelle des Lazaretts überschritten, als Filipp mich am Arm packte und in ein kleines Zimmer zerrte, das zum Glück leer war.

»Wie hast du Silvester gefeiert?«

Der unerwartet scharfe Ton verwirrte mich.

»Gut. Lena und Abram haben mich eingeladen.«

»Ich denke die ganze Zeit an dich, und du feierst in der Apotheke!«

Mit eisernen Händen umklammerte er meinen Hals und drückte zu. Das Entsetzen löschte alle Gedanken und Gefühle aus. Er kam zu sich und sprang zurück. Im nächsten Moment lag er vor mir auf den Knien, bat um Verzeihung und versuchte mir die Hände zu küssen. Doch sein jähzorniger Ausbruch hatte mich zutiefst verletzt. Ich konnte sein ewiges Mißtrauen und die Nachstellungen Vera Petrownas nicht länger ertragen.

»Bronja, übernehmen Sie meinen Dienst. Sagen Sie dem Arzt, daß ich nicht mehr zur Arbeit komme. Sollen sie mich woandershin schicken. So schnell wie möglich. Ich kann nicht mehr! Ich kann nicht!«

Bronja richtete es aus.

Ich saß mit ihr in der Wohnbaracke, als die Tür aufgerissen wurde und Filipp hereinkam. Er war so betrunken, daß er sich nicht mehr auf den Beinen halten konnte und im Uniformmantel bäuchlings auf mein Bett fiel.

Im Lager konnte keiner unbeobachtet einen Schritt tun, schon gar nicht der Chefarzt. Jeden Augenblick konnten Bewacher erscheinen. Was uns dann blühte, war nicht schwer zu erraten. Bronja rannte aufgeregt hin und her.

»Filipp Jakowlewitsch, Bürger Natschalnik! Stehen Sie auf! Sie dürfen sich hier nicht aufhalten! Stehen Sie auf! Ich bringe Sie hinüber. Bitte. Kommen Sie, ich helfe Ihnen, na los ...«

Bacharew rührte sich nicht vom Fleck. Er murmelte mit schwerer Zunge:

»Ich gehe erst, wenn sie mir verzeiht!« Und dann: »Ich stehe erst auf, wenn sie wieder ins Lazarett kommt.«

Ich warf mir die Wattejacke über und ging hinaus. Er kam mir hinterher.

»Wenn du mir nicht sofort verzeihst, mache ich etwas ganz Schreckliches. Wenn du mich nicht liebst, will ich nicht mehr leben.«

Mit dem betrunkenen Mann zu streiten war sinnlos. Auf sein »Verzeih mir« antwortete ich: »Ich verzeihe dir.« Auf sein »Sag, daß du mich liebst«, versicherte ich: »Ich liebe dich.«

Sowie ich das gesagt hatte, war er wie ausgewechselt; eben noch hilflos und schwach, war er plötzlich nüchtern und siegessicher. Er hatte seine Rolle wunderbar gespielt.

Der nun völlig nüchterne Filipp bat um Verzeihung für seine Eifersucht, Unvernunft und Heftigkeit. Nicht mit Worten sparend, wiederholte er, wie sehr er mich liebe, daß er mich niemals weglasse, daß er mich besser kenne als ich mich selbst, daß ich vielseitig begabt sei, er sehe ja, wie ich arbeite, und er habe tief beeindruckt meine Nacherzählung des Films gelesen und so weiter und so fort.

Er ging sogar so weit, sich selbst schlecht zu machen: Ja, er habe viele Frauen geliebt, habe jeden »Sieg« notiert, und erst jetzt habe er begriffen, wie abgeschmackt und widerlich das sei. Diese Art von Offenheit berührte mich unangenehm.

Das frühere Leben machte sich manchmal als dumpfer Schmerz bemerkbar. Erinnerungen, vergleichbar den Trümmern eines geborstenen Schiffs, trieben im Bewußtsein. Manchmal aber tauchte vom Grund der Seele die gespenstische, doch als Ganzes erhaltene Silhouette des einstigen Lebens an die Oberfläche und schien etwas von mir zu fordern. Der trügerische Ruf wurde immer stärker und vorwurfsvoller. Ich dachte: Keiner weiß, wo ich bin. »Keiner«, das waren natürlich Erik und Barbara Ionowna.

Das Gefühl unausweichlicher schwarzer Einsamkeit suchte mich auch weiterhin heim. In einem solchen Moment schrieb ich Erik einen kurzen, aber bitteren Brief mit meiner Adresse.

Die Antwort kam postwendend.

»ITK Nr. 1, Moldawanka

Meine unendlich geliebte Frau! Heute, kurz vor Neujahr, nach so vielen qualvollen Monaten ohne Nachricht von Dir, halte ich Deinen Brief in den Händen. Mein Gott! Ich weine. Verstehst Du, meine Liebste, ich weine. Wie sehr ich Dich liebe, wie weh es tut, Deine Zeilen zu lesen! Du bist doch meine Tamara, meine Frau, mein guter Freund, der beste in diesem Leben. Du bist so schnell aus Kirgisien weg; im Zusammenhang mit meiner Ernennung zum Chefarzt und Leiter der chirurgischen Abteilung solltest Du hierher verlegt werden. Die Leitung in Frunse hatte es genehmigt. Vor kurzem ging ein entsprechendes Schreiben an den GULAG. Ich liebe Dich wahnsinnig, irrsinnig. Wie früher schaut mich auch jetzt Dein Bild von der Wand an. Ich habe es immer bei mir. Die restlichen Tage des Lebens gehören uns, Dir und mir. Ich liebe Dich. Dieses Gefühl ist noch stärker geworden. Schreib mir, was wir tun sollen, vielleicht darum bitten, daß man mich zu Dir verlegt?«

Der Brief war lang. Die Wiederholungen glichen Beschwörungen, aber ich glaubte kein Wort. Ich hatte ein aufrichtiges und ernsthaftes Bekenntnis erwartet, das wenigstens einen Teil der Vergangenheit gerettet hätte. Aber nichts dergleichen. Aus dem Brief wurde eines deutlich: es ging ihm nicht besonders. Der chaotische Wortstrom verriet Hilflosigkeit, das dringende Bedürfnis nach einem Halt. Ich mußte mir jedoch eingestehen, daß dies auch die Bilanz meines Lebens war. In seiner Verlorenheit, seiner Bedrängnis fand ich mich wieder.

In den folgenden Jahren blieben wir mit langen Pausen miteinander in Kontakt. Zu spät, erst 1949, schrieb mir Erik das, worauf ich 1944 und 1945 gewartet hatte.

»Tamara!« schrieb er. »Mein einziger Freund und meine Liebe – meine größte und schmerzlichste! Ich möchte Dir gleich eines sagen: Ich war damals ein anderer als ich jetzt bin. Jetzt leide ich und begreife nicht, wie ich Dich in jenen schrecklichen Tagen im Stich lassen konnte. Zu meiner Entschuldigung kann ich nur sagen, daß ich es damals schwer hatte. Ich war dumm und unerfahren. Seit ich nach vielen erfolglosen Versuchen, Dich zu finden, die Postkarte erhielt, geschrieben von Deiner lieben Hand, quält mich bis heute, daß ich Dich so häßlich hintergangen habe. Ich habe es Dir nie eingestanden und so getan, als wäre nichts gewesen, aber mit wieviel schlaflosen, qualvollen Nächten hat sich mein Gewissen dafür gerächt ... Gott allein weiß es und ich auch. Wie gut, daß Du mir geschrieben hast. Verzeih mir, mein Herz! Verzeih und habe Erbarmen! Wenn Du mir nur verzeihst. Ich habe sehr, sehr schlecht an Dir gehandelt. Inzwischen habe ich vielen Menschen Gutes getan und tue es noch, und dann denke ich immer: Das ist für meine Sünde gegenüber Tamara.

Wenn ich die Augen schließe und an die Vergangenheit denke, bist Du immer bei mir. Als es mir in der Eiseskälte des Belowodsker Winters ganz elend ging, flüsterten meine Lippen ›Tamara‹, und mir wurde wärmer. Und dann im fernen Suljukta, wo ich tief unter der Erde in einem alten Schacht bis zum Gürtel im Wasser stand, dreckig und verlaust, flüsterte ich den Namen ›Tamara‹. Er hat mich auch dort gewärmt. Dann Sibirien, wo ich entsetzlich gefroren und gehungert habe. Flecktyphus und kruppöse Lungenentzündung, dann Pyonephrose, ich phantasierte im Fieber, doch der Name Tamara hat jeden in meiner Nähe überzeugt, daß du alles für mich bist. So versteh mich doch. Kann ich denn ohne Dich sein, kann ich weiterleben in dem Wissen, daß Du mich nicht brauchst? Mögen alle Härten und Schicksalsschläge, die ich ertragen habe, alle Qualen, die ich um Dich gelitten habe, Dir sagen, daß ich nicht ohne Dich sein kann.

Ich liebe Dich grenzenlos. Versteh mich, meine Frau, und verzeih mir. Ich sage Dir noch einmal: Wenn Du mich verläßt, werde ich nicht weiterleben ... Ich muß zwar drei Jahre länger sitzen als Du, aber wir bleiben doch zusammen? Ja?«

Als dieser Brief kam, war nichts mehr rückgängig zu machen. Aber damals in Urdoma bekam ich Eriks ersten Brief und setzte mich in einer freien Minute ins Dienstzimmer, um ihm zu antworten. Filipp kam herein. Er hatte es eilig, denn er war zur Lagerleitung zitiert worden.

»Was schreibst du?«

»Einen Brief an Erik.«

»Sieh mal an!«

Er zögerte kurz, dann zückte er seinen Füllhalter, schnappte sich den Brief und setzte auf das von mir zur Hälfte beschriebene Blatt schwungvoll seinen Namen.

»Wenn ich zurückkomme, gibst Du ihn mir zu lesen.«

Die Tür schloß sich hinter ihm. Ich starrte stumpf auf den Namenszug. Filipp traute mir nicht. Er traute niemandem. Und genierte sich nicht, das offen zu zeigen.

Mit einem Transport Kranker wurde die Witwe des Schriftstellers Sergej Tretjakow, der unter anderem das Theaterstück »Brülle, China!« geschrieben hatte, ins Lazarett eingeliefert.

Olga Viktorowna Tretjakowa kam zu Kräften und arbeitete nach ihrer Genesung als Buchhalterin im Lagerkontor.

Der Schriftsteller Tretjakow, ein Freund Majakowskis, war 1937 erschossen worden. Seine Frau wurde zu zehn Jahren Lager verurteilt.

Als ich Olga 1944 kennenlernte, saß sie das siebente Jahr. Der Umgang mit ihr brachte mir viele frühere Empfindungen und Themen, die mich einst so bewegt hatten und ohne die ich mir seit langem verloren vorkam, wieder ins Bewußtsein.

Sie war damals vielleicht fünfundvierzig (ich habe mich nie für das Alter meiner Freunde und Bekannten interessiert). Schlank, mittelgroß, mit Brille und angegrautem Haar sah sie aus wie eine ältere Studentin. Wenn sie von der Vergangenheit sprach, blühte sie auf, rückte sich aber nie in den Vordergrund ihrer Erzählungen.

Sie kam abends nach der Medikamentenausgabe oft zu mir ins Dienstzimmer. Ich sah durchs Fenster, wie sie auf dem Pfad zwischen den Schneebergen langsam näher kam, in der Hand einen Korb, in dem zwei Tassen, eine kleine Kaffeekanne und gemahlener Kaffee lagen, den ihre Tochter ihr schickte. Ich heizte den Kanonenofen. Unsere »rituelle« Stunde begann. »Im Herbst neunzehnhundertsoundso«, begann Olga, und ich war ganz Ohr, »fuhr ich mit Serjosha nach Paris, und wir wollten als erstes ...« Oder: »Als wir in Berlin waren ...« Für sie waren Paris, Berlin, New York reale Städte mit Museen, Kirchen, Schriftstellern und Dichtern, die sie kannten. Für mich war das ein Königreich hinter sieben mal sieben Bergen. Ich lauschte begierig ihren Erzählungen über Reisen und Abenteuer, doch das Schönste war, wenn sie Gedichte vortrug und von ihrem Mann oder von Majakowski sprach.

Manchmal saß Olga schweigend da und wärmte sich am Feuer. Oder sie bat mich, von mir zu erzählen. Aber was konnte ich ihr mitteilen? Ich hatte mein fest zusammengerolltes Inneres lange nicht mehr ausgebreitet und wußte nicht, was da heil geblieben und was von der giftigen Säure des Verrats zerfressen war. Es kam aber nur Ungetrübtes zum Vorschein:

»Ich war mit Jachontow bekannt.«

»Mit Wolodja? Mein Gott, ich habe ihn sehr gut gekannt!« rief sie aus. »Wie er Majakowski vorgetragen hat! Und Jessenin! Und Puschkin! Ein Meister!«

Ich freute mich, daß ich ihr von unserer Begegnung in Frunse erzählen konnte, von unseren Leningrader Spaziergängen im Nebel. Hier nahm sich das alles wie ein wunderschönes und wehmütiges Phantasiegebilde aus. Und seine Angst? Ich dachte: Merkwürdig, daß er gerade durch seine Angst so gegenwärtig ist! Was würde er wohl sagen, wenn er wüßte, wo Olga Viktorowna und ich uns befinden?

Das gemeinsame Kaffeetrinken und die Erinnerungen verschönten unser beider Leben. Noch etwas Wesentliches habe ich ihr zu verdanken. Sie hatte in anderen Lagern viele Freunde. An der offiziellen Post vorbei, »von Hand zu Hand« tauschten sie Briefe und das, was im Lager geschaffen und geschrieben wurde. Ich war fassungslos. Kreativität? Hier? Ich hatte gedacht, daß jede Verbindung unterbrochen, daß jeder in seinem Lagerkäfig, in seinem Unglück eingeschlossen wäre. Aber nein, die Menschen hielten Kontakt.

»Ich wäre sehr froh, wenn Sie Boris Krejzer kennenlernen könnten. Er ist jetzt im Lager Solwytschegodsk. Ein kluger Mann. Zeichnet wunderbar!« sagte sie.

Sie brachte mir bald diesen, bald jenen ihrer Freunde nahe. Später wurden sie auch meine Freunde. Olgas Bestreben, alle, die sie kannte, zu vereinen, spielte dabei eine große Rolle.

»Haben Sie ›Die verzauberte Seele‹ von Romain Rolland gelesen?« fragte sie mich eines Tages.

Ich schüttelte betrübt den Kopf.

»Schade, ich habe es nicht hier. Aber ich werde es Ihnen schenken.«

Nachdem ich dieses Buch gelesen hatte, fühlte ich lange Zeit ein ungewöhnliches Glück in mir.

Wenn Olga in ihre Baracke gegangen war, meldete sich die Gegenwart mit den Perversionen des Lagerlebens zurück. Ein kleiner flinker Aufseher, der von mir intravenöse Glukoseinjektionen erhielt (das wurde nur freien Angestellten verordnet), kam ins Lazarett, krempelte den Ärmel seiner Feldbluse hoch, hielt mir seinen blutarmen kindlichen Arm hin und erzählte ganz zutraulich, wie er Menschen auflauerte.

»Der NKWD-Mann hat mich rufen lassen und mir befohlen, die beiden« (er nannte die Namen eines Häftlingspärchens, das ich kannte) »auf frischer Tat zu ertappen und ihnen einen Denkzettel zu verpassen, weil sie im Lager ein Verhältnis haben. Ich hab mich also ins Gras gelegt. Dort, wo es hoch ist … Ich liege da und warte. Na, denk ich, gleich hab ich sie! Da seh ich, er kommt aus seiner Baracke und schleicht sich hinter die Kleiderkammer. Ich gucke, sie kommt auch aus ihrer Baracke, und huscht dorthin. Ich hab noch so lange wie nötig gewartet. Dann bin ich hingekrochen und hab sie gestellt, genau im richtigen Moment. Haben die einen Schreck gekriegt! Ganz blaß sind sie geworden. Und schlotterten nur so, brachten kein Wort hervor. Das hab ich gut hingekriegt, was?«

Der Aufseher lachte vor Begeisterung über seine Pfiffigkeit. Er war die Macht! Er konnte sich alles herausnehmen! Mir wurde ganz schlecht.

»Warum machen Sie so etwas? Versetzen Sie sich mal in deren Lage.«

»Warum soll ich mich in deren Lage versetzen? Ich bin kein Faschist, kein Lumpenpack wie die! Erschießen muß man so was! Jawohl!«

Doch der Wachdienst und die Einteilung der Welt in seinesgleichen und in »Lumpenpack« gingen auch an dem kleinen Aufseher nicht spurlos vorüber. Eines Tages jagte er sich eine Kugel in die Stirn. Irgend etwas Grausiges muß auch über seine Kraft gegangen sein.

In meiner Gegenwart wurde nie das Thema Filipp berührt. Die Leute, die hier viele Jahre verbracht hatten und mit allen Wassern gewaschen waren, hatten wohl Mitleid mit mir. Und nicht nur das. Sie behüteten mich. Machten mir keine Vorhaltungen und Vorwürfe.

Ich erfuhr eine der größten menschlichen Kostbarkeiten: die »Festlands«-Verbundenheit der Menschen, erwachsen aus Not und kleinen Freuden. Hemingway stellte seinem Roman »Wem die Stunde schlägt« Worte von John Donne voran, die das in vollkommener Weise zum Ausdruck bringen:

»Kein Mensch ist eine Insel, allein vollständig: jeder Mensch ist ein Stück des Festlands, ein Teil des Erdreichs; wenn eine Scholle fortgespült wird von der See, ist Europa darum kleiner, genauso, wenn es ein Vorgebirge wäre, genauso, wenn es ein Haus deiner Freunde oder dein eigenes wäre; jedes Menschen Tod verringert mich, weil ich einbezogen bin in die Menschheit; und darum schicke niemals aus, zu erfahren, wem die Stunde schlägt; sie schlägt dir.«

Zufällig hörte ich einen scharfen Wortwechsel zwischen dem Pfleger Simon von Haus sechs und Filipp mit an. Simons erregte Einmischung erstaunte mich und deutete eine mir drohende Gefahr an, die ich noch nicht wahrgenommen hatte. Ich war zu sehr davon in Anspruch genommen, mich an meine Rückkehr ins Leben zu gewöhnen.

Simon sagte zum Chefarzt, der früher sein Freund gewesen war:

»Du richtest sie zugrunde, Filipp. Wenn du ein Fünkchen Anstand besitzt, läßt du sie in Ruhe.«

»Du verstehst überhaupt nichts. Ich liebe sie. Und schließlich und endlich geht es dich nichts an.«

Völlig ratlos war ich, als Simon zu mir kam und offen mit mir redete.

»Ich kann nicht vergessen, wie Sie auf der Bühne ›Die Ehefrau‹ vorgetragen haben. Ich habe Bekannte in der Agitbrigade. Wenn Sie wollen, empfehle ich Sie.«

Da ich noch nicht wußte, wovor er mich eigentlich retten wollte, beschränkte ich mich auf ein unbestimmtes »Ich weiß nicht«. Aber Simon ließ nicht locker.

»Verzeihen Sie, daß ich mich einmische. Aber Sie scheinen nicht zu begreifen, daß über Ihnen ein Damoklesschwert schwebt. Ich räume ein, daß er Sie auf seine Weise liebt. Aber von Vera wird er sich nie trennen. Die beiden haben sich gesucht und gefunden. Allein das Geld, das die beiden mit Abtreibungen verdienen, kettet ihn an sie, das ist stärker als seine Liebe zu Ihnen. Er hat Angst vor ihr. Und zu recht. Vera ist schlau und böse, sie wird nicht eher Ruhe geben, als bis sie Sie zur Hölle geschickt hat.«

Ich hielt das für Verleumdung. Geld mit Abtreibungen? Unsinn. Wie denn? Wo denn? Ich war empört. Auch die Bemerkung, daß Filipp und Vera Petrowna sich gesucht und gefunden hatten, verletzte mich. Aus Leichtsinn, aus mangelnder Lebenserfahrung hatte ich das Ehepaar Bacharew nie als eine Einheit, als Familie gesehen.

Ich konnte mir damals auch nicht vorstellen, daß Simon, der sich so rabiat in mein Leben einmischte, mir später seine aufrichtige, tiefe Freundschaft schenken würde. Genausowenig wußte ich, daß die Wechselfälle des Lebens mich veranlassen würden, mich an jedes Wort dieses unbarmherzigen Gesprächs zu erinnern.

Im Lager wurde immer öfter von der baldigen Ankunft der Agitbrigade, des TEK, gesprochen. Die Namen einzelner Schauspieler wurden genannt. Ich begriff nicht: Was hatten Schauspieler im Lager zu suchen? Was war das: Agitbrigade, TEK?

Sie kamen am späten Abend bei klirrendem Frost. Ich hatte Dienst. Es war einer von den ruhigen Lazarettabenden, und in die Seele war Stille und Friede eingezogen.

Da klappte die Tür, und auf der Schwelle stand eine unbekannte, nicht mehr junge Frau mit fröhlichen Augen. Über die Lagerjacke und die Ohrenmütze aus grauem Kaninchenfell hatte sie ein Stück Decke gewickelt. Statt zu grüßen, rief sie:

»Oho, was haben wir denn da für eine Königin! Donnerwetter! Wer sind Sie, meine Schöne? Krankenschwester? Wir holen Sie ruckzuck hier raus! Ach ja, ich hab mich ja gar nicht vorgestellt. Wir sind vom TEK – Theater- und Estraden-Kollektiv, also von der Agitbrigade. Ich heiße Wanda Mickiewicz. Und Sie?«

Dann fragte sie, wo sie den Chefarzt finden könne.

Ich erklärte es ihr.

Gleich darauf setzte eine regelrechte Wallfahrt ein. Einander die Klinke in die Hand gebend, schauten die Schauspieler einer nach dem anderen bei mir herein und stellten immer dieselbe Frage: »Sagen Sie, wo kann ich hier den Chefarzt finden?« Ich ahnte, daß mir der von Wanda organisierte Besucherstrom Ärger einbringen würde.

Und richtig, schon kam der Doktor angesaust, um mir einzubleuen: Schauspieler sind ein leichtsinniges Völkchen. Das hätte ich doch wohl begriffen, oder? Er rate mir, den Umgang mit ihnen zu meiden. Das war eine kategorische Forderung.

Am nächsten Abend gab das TEK eine Vorstellung.

Wir beeilten uns mit dem Abendessen, denn der Speisesaal mußte in einen Klub verwandelt werden. Von überallher wurden Bänke gebracht und in Reihen aufgestellt.

Wie sich die Frauen auf das Lagerkonzert vorbereiteten, war für mich neu und spannend. Ich beschloß, im weißen Kittel hinzugehen, als käme ich gerade vom Dienst. Aber die Frauen vom Kontor protestierten. Sie boten mir drei Kleider zur Auswahl an. Von der freudigen Erregung angesteckt, suchte ich mir eins davon aus. Das harmlose, schon vergessene Vergnügen, etwas Hübsches anzuhaben, machte mich schwindeln.

Der Klub war brechend voll. Alle saßen dicht gedrängt. Ruhe trat ein. Da bewegte sich der aus grauen Lazarettdecken bestehende Vorhang, ging ruckweise auf und gab einen grellgemalten Hintergrundvorhang frei, der eine Prärie darstellte. Das Orchester setzte ein. Bei den Klängen der Musik erbebte ich, verlor den Boden unter den Füßen. Tränen schossen mir aus den Augen. Alle weinten, als sie so plötzlich mit dieser sprachlosen Elementargewalt konfrontiert wurden. Ein Radio hatten wir im Lager nicht. Und ich hatte völlig vergessen, daß es Musik gibt und daß sie so vieldeutig das ausdrücken kann, was der Mensch vor sich selbst verbirgt.

In exotischen Kostümen erschienen die Darsteller der Operette »Rose-Marie« auf der Bühne. Das Operettensujet, das aus der komplizierten Architektonik der Gefühle nur das Schlichte und Melodramatische ausgewählt hatte, bewegte die Zuschauer.

Dann traten Tänzer auf, ein Akrobatenpaar. Am meisten beeindruckten die Solisten Allilujew, Golowin und Slanskaja, ebenso die humoristische Darbietung Jeruchimowitschs. Alles auf der Welt vergessend, lauschten wir und lachten und weinten, ohne uns voreinander zu schämen.

Als nach der Vorstellung verkündet wurde: »Und nun wird getanzt«, glaubte ich es nicht. Allein das Wort »tanzen« kam mir kriminell vor; das mußte ja bestraft werden. Doch schon waren die Bänke an die Wand geschoben und übereinandergestellt, und es gab eine Tanzfläche.

Filipp sah mich ausdrucksvoll an und befahl mir mit seinem Blick: Geh! Aber in die Baracke zu gehen, während das Orchester einen Walzer spielte und alles in mir in Aufruhr geriet, das überstieg meine Kraft. Mich wenigstens einmal im Walzer drehen, nur einen Tanz, dann geh ich. Zu groß war das Bedürfnis, mich zu erinnern, wie ich in Leningrad durch die Säle gewirbelt war, als flöge ich irgendwohin, nichts fühlend als Leichtigkeit, Freude und Begeisterung.

Schon kam Allilujew auf mich zu. Ich füge mich nicht dem Befehl! Ich bleibe! Ich wollte mich drehen, immer schneller, immer schwungvoller den weiten Raum erobern. Doch daran hinderte mich nicht nur das Lager, sondern auch das wütende »Geh«. Ich zwang mich, den Klub zu verlassen.

Die erleuchteten Fenster des Speisesaals warfen ihr Licht in die Frostnacht. Durch die dünnen Wände drang die Musik heraus. Völlig trunken lief ich im Walzerschritt um eine Baracke, um eine zweite. Wie gern wäre ich mit einem lauten Pfiff zu den Sternen hinaufgeflogen und hätte, zur Hexe geworden, die silberne Mondsichel gesattelt. Mein Gott!

Als die Frauen vom Tanzen kamen, sanken die einen sofort in tiefen Schlaf, andere rauchten, erinnerten sich an die Liebe, an ihr Zuhause, ihren Mann, lagen mit offenen Augen und träumten vor sich hin.

Am nächsten Tag wurde mir ausgerichtet, Jeruchimowitsch, der Direktor des TEK, wolle mit mir reden. Mein Herz pochte aufgeregt.

»Ich habe gehört, daß Sie auf einer Veranstaltung ›Die Ehefrau‹ von Kononenko vorgetragen haben, und das sehr gut. Was halten Sie davon, bei uns zu arbeiten? Ich glaube, Sie würden es nicht bereuen. Der Weg wäre folgender: Ich stelle den Antrag beim Leiter der Politabteilung, der schaut sich Ihre Akte an, und wenn es nicht gar zu schlimm ist, schickt er eine Anforderung. Was meinen Sie?«

Am liebsten hätte ich sofort gesagt: Mein Gott! Ja, ja, ja, ja! Natürlich! Ich bin einverstanden! Doch daran hinderte mich der Gedanke: Und Filipp? Hatte ich das Recht, meine Zustimmung zu geben, ohne ihn zu fragen? Schließlich verdankte ich ihm mein Leben. Ich begriff, daß dies ein Sklavengefühl war. Aber ich konnte mich nicht darüber hinwegsetzen, denn ein Ja wäre für mich einem Verrat gleichgekommen.

»Ich muß es mir überlegen.«

»Überlegen Sie es sich. Obwohl sonst niemand darum bittet.«

Der junge Direktor mit dem sympathischen Lächeln war geduldig und diplomatisch. Er unterhielt sich noch mit mir, wollte vieles über mich wissen. Bevor er ging, wiederholte er:

»Überlegen Sie es sich! Bei uns ist es schön!«

Wo war meine Entschlossenheit geblieben? Oder hatten die bitteren Erfahrungen etwas in meiner Seele blockiert? Wenn Filipp mich freigäbe! Wenn er selbst sagte: Willige ein! Du hast es dort besser! Genau das mußte er sagen. Aber ich wußte, daß er mich nicht weglassen würde.

Ich wich einer Begegnung mit dem Theaterdirektor aus. So blieb ich ihm die Antwort schuldig.

Nach etwa einem Monat schickte die Politabteilung trotzdem eine Anforderung. Filipp kam wutentbrannt zu mir.

»Das hast du eingefädelt. Du hast darum gebeten!«

Er glaubte meinem Nein nicht. Wollte nichts hören. Aber der Politabteilung mußte er sich fügen.

Der Tag der Abreise stand fest. Filipp legte mir seinen Plan dar. Er selbst würde mich nach Knjash-Pogost zur Lagerverwaltung bringen. Dann würde er zum Chef des Sanitätsdienstes gehen und mich zurückholen mit der Begründung, daß ich als OP-Schwester gebraucht wurde.

Ich weiß nicht, wie er es fertigbrachte, den Begleitposten loszuwerden, der mich bei der Lagerverwaltung abliefern sollte, aber er schaffte es, ließ sich dessen Vollmachten und sogar den Nagantrevolver geben.

»Ich werde in der Politabteilung hinter der Tür stehen, und wenn ich höre, daß du antwortest: ›Ich will zum TEK‹, dann bring ich dich mit diesem Revolver um.«

»Du brauchst mich nicht umzubringen. Ich werde ablehnen«, antwortete ich.

Ich verabschiedete mich von meinen Freunden, von den Patienten. Zum Schein brachte mich der Begleitposten zum Zug. Dann verschwand er. Nicht mehr mit skorbutkranken, sondern mit gesunden Beinen stieg ich in den Waggon. Bis Knjash-Pogost waren es etwa vier Stunden. Filipp war bei mir.

Wie im Theater beobachtete ich im Waggon das, wie mir schien, sorglose Leben der freien Menschen: Sie entnahmen ihren Körben Proviant und Wodka; sie streckten sich auf den Bänken aus und schliefen; sie unterhielten sich. Vor den Zugfenstern aber wuschen sich an einem langen Waschtrog Sträflinge. Gleich würden sie zum Abendessen gehen und dann in ihre verwanzten Baracken. Da waren die Wachtürme, und wieder die Taiga, und wieder Lager.

In Knjash-Pogost kamen wir gegen ein Uhr nachts an. Der Zug hielt kurz und fuhr weiter nach Norden, nach Workuta. Plötzlich bekam ich panische Angst. Ich vermochte mich nicht von den Menschen, von den Orten loszureißen, mit denen mich das Schicksal zusammengeführt hatte. Gleich würde mich Filipp in das unbekannte Lager bringen und abgeben, und dann ? Ihm ging es nicht besser. Er war außerstande, mich hinzubringen, mich »abzugeben«. Den Kopf an die Wand gelehnt, hämmerte er mit der Faust gegen das Stationsgebäude und stieß hervor:

»Ich kann nicht! Ich kann nicht!«

Mir wurde kalt vor Angst, als er sagte: »Warte hier«, und zu einem Holzhaus mit dem Schild »Hotel« ging. Ich fragte nicht, zu welchem Preis er ein Zimmer bekommen hatte. Ein paar Stunden saßen wir im Dunkeln wie in einer Höhle, gelähmt vor Angst, und zählten die verrinnenden Minuten. Von einer Illusion der Freiheit konnte keine Rede sein. Selbst der sonst so draufgängerische Filipp war maßlos niedergeschlagen.

Zu Beginn des Arbeitstages standen wir vor dem einstöckigen Haus, in dem die Politabteilung untergebracht war. Dort erwartete uns der Wachposten, der mich begleiten sollte.

»Ich bringe auf Anforderung die Strafgefangene Petkewitsch«, meldete der Posten im Vorzimmer.

»Aha, fürs TEK? Bringen Sie sie ins Zentrallager.«

»Bitte«, begann ich, »ich möchte weiterhin als Operationsschwester im Lazarett von Urdoma arbeiten ...«

Ich wurde unterbrochen:

»Das können Sie dem Leiter der Politabteilung sagen, wenn er wieder da ist. Zur Zeit ist er auf Dienstreise. So lange bleiben Sie im Zentrallager.«

Zu dritt gingen wir schweigend zu dem Lager. Vor der Wache blieben wir stehen. Filipp und ich mußten Abschied nehmen. Für immer? Ich sah ihn an. Er war blaß.

»Ich liebe dich mehr als mein Leben. Das mußt du wissen. Merk es dir. Ich werde dich immer lieben. Ohne dich kann ich nicht leben. Ich fahre jetzt gleich zum Chef des Sanitätsdienstes. Ich werde alles tun, um dich zurückzuholen!« Er griente kaum merklich. »Ich werde ihm mein goldenes Zigarettenetui schenken. Das wirkt vielleicht mehr als Bitten. Ich hole dich zurück. Ganz bestimmt!«

Erschüttert vom Ausmaß seines Kummers und vom Zynismus dieser Leibeigenenmoral – ein Mensch für ein Zigarettenetui – betrat ich wie im Traum die Wache des fremden Lagers. Filipp blieb vor dem Zaun zurück, in der Freiheit.

Man zeigte mir die Richtung, wo ich die Baracke des TEK zu suchen hatte.

Es goß in Strömen, der Schnee verwandelte sich in Matsch, in breiige Pfützen. Die Pfützen umgehend, trottete ich in die mir gewiesene Richtung und weinte. Das Lager war unheimlich groß. Die Reihen der Baracken nahmen kein Ende. Eine sah aus wie die andere.

Ein bärtiger älterer Mann, der sich auf einen Stock stützte, holte mich ein.

»Sagen Sie bitte, wissen Sie, wo hier die Theaterbaracke ist?« fragte ich ihn.

»Gewißlich weiß ich das!« antwortete der Mann und sah mich mit großer Neugier und lachenden Augen an. »Ich gehe gerade dorthin.«

»Kann ich mit Ihnen gehen?«

»Gewißlich!« antwortete er etwas ironisch. »Aber warum denn weinen? Muß das sein?«

»Nein ... ja ...«

Ohne noch ein Wort miteinander zu reden, kamen wir bei der Baracke an. Was für eine Beziehung konnte dieser ungewöhnliche, geistig unabhängig wirkende Mann zum Lager haben? Warum war er hier?

Gott segne den Augenblick, in dem ich Alexander Ossipowitsch Gawronski kennenlernte, den Regisseur des TEK! Bis in alle Ewigkeit! Amen!

Entlang der Barackenwände standen Pritschen. Die Mitte des unförmigen Raums nahm ein langer Tisch ein. Die Baracke war Probenraum und zugleich Wohnraum für die männlichen Mitglieder des TEK.

In der hinteren linken Ecke trennte ein verschlissener Plüschvorhang ein Kabuff für den Direktor ab. In der rechten Ecke, auf gleicher Höhe mit dem Kabuff, lag auf einem Ziegelfundament ein auf die Seite gedrehtes Eisenfaß, das zum Ofen umfunktioniert war. Darin zischten große feuchte Scheite. Das Feuer versuchte, mit dem Wasser in den Scheiten fertig zu werden, gab auf, zog sich zurück und stürzte sich von neuem auf das Holz.

Die Männer saßen auf ihren Pritschen und beendeten ihre morgendlichen Verrichtungen vor der Probe.

»Na so was, wer beehrt uns denn da!« wurde ich begrüßt.

»Setzen Sie sich ans Feuer! Kommen Sie, ich gieß Ihnen einen Becher heißen Tee ein. Machen Sie es sich bequem.«

Ich fühlte mich bei Freunden. Der junge Direktor des TEK erklärte:

»Sie wurden nicht auf unsere Initiative hergeholt. Ich hatte begriffen, daß Sie nicht aus Urdoma wegwollen. Der Chef der Politabteilung hat die Akten durchgesehen, ist auf Ihr Foto gestoßen und hat Sie auf die Liste gesetzt. Also seien Sie mir nicht böse.«

Ich war nicht die einzige Neue. Um die Truppe aufzufüllen, waren diesmal sechs Leute angefordert worden. Vom Fach war nur ein Musiker, der hervorragende Pianist und Dirigent Dmitri Karajanidi. Dieser zauberhafte Mann, Absolvent des Konservatoriums von Baku, hatte sieben Jahre Schwerstarbeit hinter sich. Die übrigen hatten keinerlei Beziehung zur Kunst.

Die nicht mehr junge, gesellige Miliza Alexejewna war bemüht, jugendlich und lebhaft zu wirken, und welkte sofort, wenn man sie nicht anschaute. Die hübsche Olga und noch ein paar Frauen freuten sich aufrichtig, daß das Schicksal sie hierher verschlagen hatte. Ich fühlte mich an mein Wort gebunden, das ich Filipp gegeben hatte, und bat den Direktor:

»Bitte, sagen Sie dem Chef der Politabteilung, daß Sie für mich keine Verwendung haben. Ich muß wirklich zurück.«

»Wenden Sie sich an unseren Regisseur, der hat wohl schon ein Stück im Auge, in dem Sie mitspielen sollen«, antwortete er liebenswürdig und zeigte auf den bärtigen Mann, den ich unterwegs getroffen hatte. »Reden Sie mit ihm.«

Alexander Gawronski stellte keinerlei Fragen. Meine Bitte, mich für theateruntauglich zu erklären, verstärkte wohl nur seine Neugier. Beide versprachen, sich nicht einzumischen und nicht auf meiner Einstellung zu bestehen. Der Leiter der Politabteilung mußte jeden Tag zurückkommen. Er allein traf die Entscheidung.

Das Leben hier war völlig anders als alles, was ich bisher gesehen hatte. Instrumente wurden gestimmt. Die Sänger sangen sich ein, die Tänzer machten Lockerungsübungen. Im Zimmer herrschte ein merkwürdiges klangliches Durcheinander, das aus unerfindlichem Grund ein Gefühl von Übereinstimmung und Gemütlichkeit aufkommen ließ.

Es war wie ein Wunder, in den Rationen der Theaterleute amerikanisches Eipulver, Makkaroni und Speck zu sehen. Alles trug den Stempel der Exklusivität. Mit dem übrigen Lagerleben hatte das Theater nur eins gemein, die Unfreiheit.

Ein paar Tage nach meiner Ankunft im Zentrallager betrat eine

Frau den Raum, die mich dadurch beeindruckte, daß sie ebenso wie Gawronski nicht wie ein Lagerhäftling aussah.

»Wer ist das?«

»Tamara Grigorjewna Zulukidse.«

Über sie hatte im »Swetik« Doktor Schirotschinski mit solcher Hochachtung gesprochen. Und hinzugefügt: »Ich bin sicher, daß Sie sich begegnen werden.«

Jetzt sah ich sie vor mir, eine bezaubernde Frau voller Charme und Eleganz. Ich bewunderte sie, scheute mich aber, sie anzusprechen.

Von allen Seiten stürmten neue Eindrücke auf mich ein. Alle hier schienen Meister zu sein, jeder war auf seine Weise interessant. Doch ich fühlte mich nur als zeitweiliger Gast. Ständig sah ich Filipps zerquältes, krankes Gesicht vor mir, seine fordernden und flehenden Augen. Ich hatte noch im Ohr, wie er mit der Faust gegen das Stationsgebäude gehämmert und gesagt hatte: »Ich kann nicht!« Aber ich war nicht mehr so niedergeschlagen. Mir gefiel hier alles.

Alexander Gawronski betrat die Baracke. Er setzte seinen Stock mit einer eleganten Bewegung auf, stützte sich auf ihn, stieß einen bekümmerten Seufzer aus und verkündete:

»Mein Weib ... ist fremdgegangen!«

Das kam so unerwartet und paßte so wenig zu seinem Gesicht, daß ich völlig verdattert war. Doch gleich darauf mußte ich lachen, so unbändig, wie ich seit Jahren nicht mehr gelacht hatte. Eine Fessel schien von mir abgefallen zu sein, ich fühlte mich befreit. Lange konnte ich mich nicht beruhigen. Gawronski sah mich verschmitzt an.

Das war der Beginn unserer »persönlichen« Bekanntschaft.

Es ging damals um die Schauspielerin des Puppentheaters Mira Halpern, eine treue Verehrerin Gawronskis.

Endlich traf der Leiter der Politabteilung Schtanko im Lager ein, begleitet von einem vielköpfigen Gefolge. Die Lageroberen, in gebügelten Militärmänteln aus gutem Tuch und geputzten knarrenden

Stiefeln, kamen in die Theaterbaracke. Unter besänftigendem Gezischel wurden wir Neuen aufgefordert, uns mitten im Raum aufzustellen. Mit übergeworfenem Mantel trat der »Bürger Natschalnik« näher, um den Zuwachs zu besichtigen.

»Was können Sie?« wandte er sich an die Älteste von uns, Miliza Alexejewna.

»Tanzen kann ich, und singen«, antwortete sie.

»So, so!« Er lachte höhnisch auf.

»Und Sie? Und Sie?« fragte er eine nach der anderen.

Ich hatte mir das Kopftuch in die Stirn gezogen und wartete, bis ich an der Reihe war, bemüht, ruhig und gleichgültig auszusehen, obwohl mir das Herz fast aus der Brust sprang.

»Wie heißen Sie?«

Ich nannte meinen Namen. Schtanko kniff die Augen zusammen. Also hat der Chef des Sanitätsdienstes ihn gebeten, mich zurückzuschicken, dachte ich.

»Womit können Sie uns erfreuen?«

»Ich kann nichts!« Mutig hielt ich seinem Blick stand.

»Singen können Sie doch?«

»Singen? Nein.«

»Tanzen?«

»Nein.«

»Vorlesen? Spielen?«

»Nein. Kann ich nicht.«

Nach einer Pause resümierte er:

»Also nicht? Was soll's! Wenn Sie es nicht können, werden Sie es eben lernen! Sie bleiben hier!« Dies sagte er schon deutlich gereizt.

Der Direktor des TEK nutzte die Gelegenheit, den Natschalnik mit Bitten zu attackieren. Er erinnerte ihn an das Versprechen, neue Kostüme für die Darsteller nähen zu lassen, neue Lieder ins Programm aufzunehmen und dergleichen mehr.

Ich war eher verwirrt als verzweifelt. Woher ich den Mut nahm, weiß ich nicht, aber ich sprach den Leiter der Politabteilung an.

»Bürger Natschalnik! Erlauben Sie mir, meine Sachen aus Urdoma zu holen.«

Schtanko drehte sich um. In seinen Augen blitzte Neugier auf.

»Haben Sie so viele Sachen?« Seine Augen lachten unverhohlen.

»Nein. Aber ...«

»Aber was? Sie wollen Bacharew sehen?«

Die Frage war so gestellt, daß ich nur noch mit Ja antworten konnte. Dieses Ja entschied alles.

»Geben Sie ihr einen Begleitposten mit! Soll sie für drei Tage fahren. Nicht länger! Das wär's!« ordnete er an.

So erwarb ich mir den Ruf, tollkühn zu sein. Von Schtankos »königlicher« Geste waren alle tief beeindruckt.

In drei Tagen wurde ich im TEK zurückerwartet. Alles hatte sich bestens gefügt.

Wie hätte ich wissen können, wohin meine Eigenmächtigkeit führen würde!

Vom sanft abfallenden Hügel des Urdomaer Lagers war jeder zu sehen, der sich ihm näherte. Wie ich mir das Wiedersehen auch ausgemalt hatte, Filipp übertraf alle Erwartungen. Ich war einfach fassungslos, als ich sah, wie er, jede elementare Vorsicht außer acht lassend, mir entgegengerast kam.

»Du bist da! Du bist da!« wiederholte er, ohne sich seiner Tränen zu schämen.

Das Vertrauen darauf, »wahnsinnig geliebt« zu werden, ist eine bekannte Falle für ein junges Herz. Und ich redete mir gut zu: Wie er mich liebt! Da mußte ich doch einfach kommen!

Tanja Mironenko, die ein sehr strenges Urteil in dieser Frage hatte und nie viele Worte machte, sagte mir an jenem Abend:

»Ich wußte natürlich, daß er von Ihnen angetan ist, aber ich hätte nicht gedacht, daß es ihn so gepackt hat, daß er Sie so liebt. Ohne Sie ist er wie tot.«

Die dreitägige Frist verstrich rasch. Ich wußte, daß wir uns nun für immer trennen mußten. Im stillen wunderte ich mich über Filipps Ruhe, ja, Sorglosigkeit. Da erklärte er unvermutet:

»Du fährst nirgendwohin. Alles ist geregelt. Du arbeitest hier.«

Ein Mann wie Schtanko dürfte kaum seinen Entschluß geändert haben, dachte ich, wollte aber mein Vertrauen zu Filipp nicht durch Fragen untergraben. Dennoch schnürte sich mir das Herz zusammen.

Das Arbeitsleben lief wieder in den gewohnten Bahnen. Ich legte Verbände an, gab Spritzen, bereitete Operationen vor, reichte die Instrumente.

Olga Tretjakowa kam mich wieder besuchen. Ich erzählte ihr von Alexander Gawronski.

»Er hat nicht nur auf Sie so großen Eindruck gemacht. Viele sind von ihm bezaubert. Er ist sehr klug, aber auch sarkastisch. Hüten Sie sich vor seiner scharfen Zunge. Als Regisseur ist er erstklassig.«

So vergingen zwei Wochen. Eines Abends kam Filipp ins Lager, um mir zu sagen, daß er dringend ins »Swetik« müsse, weil dort ein Mann unter den Zug geraten sei.

»Bleib nach Dienstschluß hier«, bat er mich, »sowie ich zurück bin, komme ich vorbei.«

Er lief los. Eine halbe Stunde später betraten zwei mir unbekannte NKWD-Wachposten mein Dienstzimmer. Ich wußte noch nicht, was jetzt passieren würde, aber alles in mir erstarb.

»In fünf Minuten sind Sie abmarschbereit! Und dann zur Wache!«

Die Männer hatten den Auftrag, mich ins Straflager zu bringen.

Ich ging in die Wohnbaracke, um meinen »historischen« Holzkoffer zu holen. Der ältere Posten konnte seinen tobenden Schäferhund kaum bändigen. Wir machten uns auf den Weg, die beiden Wachposten, der Hund und ich.

Ich kann mich nicht erinnern, ob wir gingen oder fuhren. Die Angst vor dem Straflager hatte meinen Verstand getrübt.

Vor dem Straflager fürchteten sich selbst hartgesottene Kerle und berüchtigte Kriminelle. Wer dorthin kam, hatte im Lager jemanden umgebracht oder einen Fluchtversuch unternommen oder einen politischen Aufstand organisiert oder Flugblätter geschrieben.

Solch ein Grauen hatte ich bisher nur in jener Nacht empfunden, als der Ermittler mir den Haftbefehl zeigte.

Das berüchtigte Straflager befand sich am rechten Ufer des Flusses Wytschegda. Es war von mehreren Reihen Stacheldraht umgeben und wurde von einer verstärkten Wachmannschaft und einer großen Hundestaffel bewacht. Bevor ich die Gesichter der Insassen sah, erschreckten mich die Visagen der Posten.

Ich kam in der Nacht an. In der Baracke herrschte der vom »Swetik« bekannte Gestank nach am Ofen trocknenden Fußlappen und Steppstrümpfen. Nicht alle schliefen. Wie in jeder Baracke, in der viele Menschen lebten, »zauberte« sich nachts jemand am Ofen ein Essen aus Lebensmitteln, die er geschickt bekommen oder gestohlen hatte. Die noch wach waren, reagierten nicht auf mein Erscheinen. Ich suchte mir einen freien Platz und kletterte hinauf. Die Phantasie der Angst geizte nicht mit Bildern: Gleich kommen sie und stechen mit dem Messer zu ... Sie zerren mich auf den Boden und treten mich mit Füßen. Ich konnte der Angst nicht Herr werden. Doch schließlich übermannte mich der Schlaf. Wie üblich erklang noch im Dunkeln der Schlag gegen ein Stück Schiene: Aufstehen!

In der Baracke wuselten unausgeschlafene, mürrische Frauen herum. Doch die »ideologischen« Verweigerinnen, die ihren Standpunkt so formulierten: »Nicht arbeiten! Kein Schaf werden! Wer braucht dich noch, wenn du alt aussiehst?«, träumten furchtlos weiter. Der Arbeitsverteiler rührte sie auch hier nicht an.

Ich sah verstohlen zu den Frauen, mit denen ich zur Wache geführt wurde. Die Erfahrung hatte mich gelehrt, daß offene Neugier sofort tödlichen Haß hervorrufen konnte. Es war sicherer, mit gesenkten Augen zu gehen.

Ich wurde einer Brigade zugeteilt, die Gräben aushob. Hier kam mir die Belowodsker Erfahrung zugute. Als mich mittags die Kräfte verließen, wußte ich, daß ich die erste und die zweite Grenze der Erschöpfung überschreiten und immer weiter Erde ausheben würde. Man erzählte, daß es vor kurzem einen Aufruhr im Lager gegeben hatte. Die Häftlinge hatten wegen gekürzter Brotrationen rebelliert und eine Überprüfung verlangt. Die Posten auf den Wachtürmen richteten die Maschinengewehre ins Lager, um die Leute zum Schweigen zu bringen. Auf diejenigen, die sich nicht fügten, wurde geschossen. Ungefähr ein Dutzend Menschen war getötet und im Wald verscharrt worden. Die psychische Niedergeschlagenheit hing noch in der Luft.

Also wieder der Kampf um die Norm, Dreck, unflätige Flüche und Angst. Gott sei Dank zog mich niemand ins Gespräch. Nachts träumte ich von Kubikmetern Erde und vom Spaten, der die gefrorenen Schichten durchstieß.

Ich wurde in die Sanitätsstelle bestellt. Filipp hatte gebeten, mir irgendwie zu helfen.

»Fragt sich bloß wie«, sagte der Feldscher des Lagers. »Es steht nicht in unserer Macht, Sie von der Arbeit zu befreien. Wir können höchstens darum bitten, Sie in eine Werkstatt zu versetzen.«

In der Schlosserei mußte man wie überall die Norm schaffen.

»Ich heiße Miloslawski und bin aus Moskau«, stellte sich ein Häftling vor. »Weswegen sind Sie hier?«

Ich hatte Mühe, das zu formulieren.

»Und Sie?«

»Ich habe gewagt, an die GULAG-Verwaltung zu schreiben und mitzuteilen, daß die Lagerleitung die Häftlinge bestiehlt. Haben Sie schon mal so einen naiven Trottel gesehen?«

Miloslawski gab mir eine Reihe von Ratschlägen: »Freunden Sie sich in der Baracke mit niemandem an. Äußern Sie keine Unzufriedenheit. Sonst bekommen Sie eine zusätzliche Frist aufgebrummt. Hier werden viele in die dritte Abteilung bestellt und zur Mitarbeit aufgefordert. Stellen Sie sich dumm. Rühren Sie sich nach der Arbeit nicht mehr aus der Baracke. Nicht einmal, um Wasser zu holen. Nichts sehen und nichts hören.«

Zehn Tage nach meiner Versetzung in die Werkstatt wurde ich wieder in die Sanitätsstelle gerufen.

»Nehmen Sie diesen Stapel Wäsche und bringen Sie ihn in die Desinfektionskammer. Dort wartet jemand auf Sie.«

Mir schlug das Herz bis zum Hals. Nur einer konnte auf mich warten: Filipp. Wie war es ihm gelungen, in dieses schreckliche Lager vorzudringen?

In der Desinfektionskammer zeigte die Badefrau schweigend auf eine kleine Treppe, die in den Dampfraum führte. Es wurde gerade nicht geheizt. Ich öffnete das Türchen zu dem Raum, in dem man nicht aufrecht stehen konnte, und stieß mit dem Kopf gegen die Dekke. Auf dem Fußboden saß – Vera Petrowna!

»Setzen Sie sich schnell zu mir. Ich habe nur ein paar Minuten Zeit«, drängte sie.

Warum war sie hier?

Sie sprudelte umwerfende Neuigkeiten hervor.

»Erstens, ich habe Ihnen Schuhe mitgebracht, Filipp fürchtet, daß Sie keine für den Frühling haben. Ich seh schon, Sie haben ganz nasse Füße. Zweitens, er bemüht sich über den Leiter des Sanitätsdienstes darum, daß Sie nach Meshog verlegt werden, das ist das größte Lagerkrankenhaus. Er hat völlig den Kopf verloren. Er glaubt, daß man Sie hier umbringt oder Ihnen noch Schlimmeres antut. Darum begeht er eine Dummheit nach der anderen. Hier haben Sie ein Stück Papier, schreiben Sie ihm ein paar Zeilen, damit er nicht überschnappt. Ich soll es Ihnen eigentlich nicht erzählen, aber Sie erfahren es ja sowieso. Gegen Filipp läuft ein Untersuchungsverfahren.«

Sie berichtete von den Ereignissen der letzten Zeit:

»Der Unglücksfall, zu dem Filipp gerufen wurde, war natürlich fingiert. Er sollte außer Reichweite sein, wenn Sie abgeholt werden. Als er dort ankam und sah, daß es keinen Verunglückten gab, begriff er sofort und raste zurück. Auf Ihrem Platz saß Chan-Dadasch.« (Ein Pfleger aus einem anderen Gebäude.) »Von ihm erfuhr Filipp, was mit Ihnen passiert war. Ihm wurde schlecht. Wie zum Trotz wurde am nächsten Morgen die Frau des NKWD-Chefs zur Entbindung gebracht. Filipp lag im Bett und fühlte sich außerstande aufzustehen. Wenn er wenigstens den Mund gehalten hätte, aber er verkündete: ›Ich geh nicht! Ich bin krank und basta. Er‹ (der NKWD-Chef) ›hat sie einfach wegbringen lassen, nun soll seine Frau entbinden, wie sie will.‹ Und wie sich Doktor R. vor Entbindungen fürchtet, wissen Sie ja. Während man nach einem anderen Arzt suchte, entband die Frau im Dienstzimmer, fast ohne Hilfe. Nun wurde die Sache dem Staatsanwalt übergeben. Das wird man Filipp natürlich nicht verzeihen. Sie wissen vielleicht gar nicht, daß er Sie fünfzehnmal vom Transport freigekauft hat.«

Nachdem die energische Vera Petrowna ihre Mission erfüllt hatte, fuhr sie wieder zurück.

Das Gehörte schmetterte mich nieder. Ich versuchte Fakt um Fakt zu erfassen. Es fiel mir schwer zu glauben, daß sich Filipp geweigert hatte, eine Entbindung vorzunehmen. Er war Arzt. Und der »Freikauf« kam mir ganz unwahrscheinlich vor. Dann sollte ich schon lange ins Straflager? Und er hat das gewußt? Und hat mich nach dem Verstreichen der dreitägigen Frist in Urdoma behalten?

Unverhofft wurde ich »mit Gepäck« zur Wache bestellt. Außer dem bewußten Koffer hatte ich nichts. Meine ganze Habe – die Filzstiefel, das Kopftuch aus Mull und die Schuhe von Filipp – hatten mir die Kriminellen gestohlen.

In der Wache wartete ein älterer Häftling.

»Doktor Fedossow«, stellte er sich vor. »Kommen Sie auch nach Meshog? Haben Sie keine Angst, das ist nicht nur ein psychiatrisches Krankenhaus.«

»Wollen wir über den Fluß gehen?« fragte der Begleitposten. »Das Eis ist noch fest. Oder lieber den Umweg? Das sind fünf Kilometer mehr.«

Ein scharfer schneidender Wind trieb uns voran. Wir warfen keinen Blick zurück auf die Hölle, die wir verlassen hatten.

Im Lager Meshog waren eine psychiatrische Abteilung, eine Kindersammelstelle, ein Lazarett, Treibhäuser und andere Einrichtungen untergebracht.

Das medizinische Personal und die Arbeiterinnen des Sägewerks, denen ich zugeteilt wurde, wohnten in einer riesigen Baracke. In einem Teil der Baracke waren Wagonki (Viererpritschen) aufgestellt, in dem übrigen Raum standen dicht an dicht Bettgestelle mit Holzlatten.

Ich fühlte mich unter den vielen fremden Menschen beengt. Alles bedrückte und belastete mich, verstärkte mein physisches Unwohlsein, alles war mir zuwider. Erst nach einiger Zeit kam mir der schockierende Gedanke: Ich bin schwanger!

Die Notwendigkeit, nachzudenken und einen Entschluß zu fassen, trieb mich aus der Baracke in einen einsamen Winkel des Lagers. Ich versuchte in mir einen objektiven Ratgeber zu finden, verfiel aber immer tiefer in Panik und Verzweiflung.

Zweifel quälten mich. Nach der Geburt müßte das Kind noch mehr als vier Jahre hier mit mir im Lager bleiben. Würde ich damit fertig werden? Würde ich es aushalten? Aber die Tochter von Mira Halpern, mit der Alexander Gawronski befreundet war, wuchs auch im Lager auf. Ein wunderbares Mädchen.

Mein Bett stand neben dem der Agronomin Agnessa Alichanowna.

Jeden Abend vor dem Einschlafen nahm sie das Foto eines Jungen aus der Schublade des Nachttischs und betrachtete es. Es war ein sehr hübsches ossetisches Kind mit schwarzen Augen.

»Wer ist das?« fragte ich sie eines Tages.

»Mein Sohn Shenja.«

Das Foto konnte einen verzaubern. In meinem jetzigen Zustand hätte ich es immerzu betrachten mögen. Solch ein Kind haben? Einen Sohn oder eine Tochter in den Armen halten? Ist das nicht ein Glück?

Die mir verbleibende Zeit für einen Entschluß raste dahin. Ich fühlte es fast physisch. Doch etwas Größeres gewann immer mehr Macht über mich. Hoffnung! Wann, wenn nicht jetzt? Ich werde ein Kind haben! Allem zum Trotz. Ein Kind, dem ich mein Herz gebe. Die verzehrende Traurigkeit und die abgrundtiefe schwarze Einsamkeit werden vergehen. Ich will das Kind!

Aber ein Abend in Meshog hätte beinahe alles umgestoßen. Ich stand in der Baracke an dem Fenster, von dem die Kinderkrippe zu sehen war. Das chemisch wirkende Himbeerrot des Himmels kündigte einen Sturm an. Diese aggressive, beinahe schreiende Färbung zeigte das wahre Gesicht des Lagers in all seiner Abnormität und Häßlichkeit. Es war ungeheuerlich, daß kleine Kinder, die es gewagt hatten, auf die Welt zu kommen, hinter Stacheldraht leben mußten. Wie konnte ich so etwas wollen? Es war Wahnsinn! Ein Verbrechen.

Doch in eine andere Welt entfliehen konnte ich nicht, ich mußte in dieser zurechtkommen. Ich vertraute darauf, daß mit der Mutterschaft meine leidvolle Isolation durch tiefe, ewig menschliche Bindungen zum Leben abgelöst werden würde.

Ich schrieb Filipp. Bei ihm war zu dieser Zeit auf unbegreifliche Weise alles wieder ins Lot gekommen, die Gefahr einer Gerichtsverhandlung gebannt. In seinem Antwortbrief flehte er mich an, ja nichts zu unternehmen, äußerte seine helle Freude und versprach, sich um mich und das Kind zu kümmern und auf unsere Freilassung zu warten. »Ich habe mein Leben lang von einem Kind geträumt. Ich bin glücklich! Für immer der Eure!« schrieb er.

Wir waren gerade von der Arbeit zurück, als der Arbeitsverteiler in die Baracke kam und mir befahl, ihm mit Gepäck zur Wache zu folgen. Wohin würde man mich bringen? Vom Theater konnte wohl keine Rede sein. Dort hatten sie bestimmt den Bannfluch über mich verhängt. Doch die Anforderung kam von dort.

7

Bei meiner Ankunft im Zentrallager verblüffte mich alles: die elektrischen Lichter der Siedlung, die vom Lager aus zu sehen waren, eine richtige Bank vor der Kantine, ein Kulturraum. Am meisten verwunderten mich die Menschen und ihr ungewohnt freies und selbstbewußtes Auftreten. Es gab hier viele Intellektuelle und erstaunliche Frauen. Da sie nicht im Freien arbeiten mußten, war es vielen gelungen, ihre Haltung, ihren Gang und sogar ihre Frisur zu bewahren. Die Frauen hatten jugendliche Gesichter, aber meist graue Haare.

Hier war es in der Baracke üblich, daß einer den anderen wahrnahm, ihm zuhörte und ihn aufmunterte.

Das Theater war gerade auf der Trasse unterwegs. Es wurde jeden Tag zurückerwartet. Man wies mir einen Platz in der allgemeinen Baracke zu und jagte mich zu meinem größten Erstaunen nicht zur Arbeit. Am nächsten Morgen ging die Barackenälteste Wasser holen, und ich blieb mit noch einer Frau allein. Die blasse nördliche Sonne kroch über die Decken der verwaisten Pritschen.

»Warum sind Sie so verzagt?« fragte mich die Frau.

Um nicht die wahren Gründe zu offenbaren, antwortete ich, das Leben sei vorbei, und es habe alles keinen Sinn mehr. Da ging eine so geballte Entrüstung auf mich nieder, daß ich sehr verwirrt war.

»Was soll das heißen, das Leben ist vorbei?«

Offensichtlich hatte ich bei dieser Frau etwas ganz Persönliches angerührt. Sie sprang vom Bett auf, lief wie ein Tiger im Käfig hin und her und las mir die Leviten.

»Wer gibt einer jungen Frau wie Ihnen das Recht, nicht jeden Augenblick als Leben anzusehen? Ja, ja, auch diesen jetzt! Auf was für ein anderes Leben warten Sie? Ich sitze seit bald vierzehn Jahren!

Auf was für ein anderes Leben soll ich Ihrer Meinung nach warten? Das hier ist mein Leben! Wenn Sie wüßten, wie viele Menschen umgekommen sind, wie viele nicht mehr leben!«

Später verband mich vieles mit der ungestümen, lebenslustigen Wanda Rasumowskaja. Damals aber schleuderte sie Blitze, beschimpfte mich für meine Worte.

Wie oft hatte ich mir gesagt: Nein, nein, nein! Dieses Leben ist nicht meins! Das richtige Leben wird erst nach der Freilassung beginnen. Oder mit der Geburt meines Kindes. Wandas Schelte half mir.

Als das Theater zurückkehrte, wurde ich sofort in die Baracke verlegt, in der vierzehn Frauen vom TEK und vom Puppentheater wohnten.

Ich war sehr nervös. Mir wurde kalt bei dem Gedanken an mein schauspielerisches Unvermögen. Das würde bald offenbar werden, und was dann? Dennoch lebte ich mich an dem neuen Ort ein und fühlte in der Tiefe meiner Seele ab und zu Ruhe. Dieses neue Gefühl lief jeder Logik zuwider.

Schon am nächsten Tag ging ich mit den anderen »zur Arbeit« in die Theaterbaracke. An der Tür hing ein Blatt Papier mit der Mitteilung: »Inszenierung von A.P. Tschechow ›Das Jubiläum‹. Rollenbesetzung:

Schiputschin – G.L. Newolski
Schiputschina – T.W. Petkewitsch
Mertschutkina – W.K. Mickiewicz
Chirin – J.K. Stanislawski
Regisseur: A.O. Gawronski

Ich las das Geschriebene, las es noch einmal, saugte es in mich ein. Unglaublich! Dieses Blatt Papier bestätigte meine Zugehörigkeit zum Leben. Mein Name stand nicht auf einer Transportliste, sondern auf einem Theaterzettel! Ich tanzte in Gedanken etwas zwischen Menuett und Quadrille.

Zuerst lasen wir an einem langen Tisch das Stück mit verteilten Rollen. Dann sollte jeder sagen, wie er seine Figur verstand. Mir gegenüber saß der Regisseur mit den spöttischen Augen. Er scherzte, witzelte, foppte, neckte. Dieser Ton gefiel mir. Ich war in gehobener Stimmung. Morgens stand ich auf und ging mit einem unerklärlichen Vorgefühl von Glück zur Probe. Bald probten wir richtig.

Gawronski feilte lange an jeder Inszenierung, er suchte, dachte sich etwas aus, ergänzte. Die freudige Atmosphäre der Proben wirkte befreiend. Kaum hatte Gawronski ausgesprochen, was er von mir erwartete, da reagierte ich schon, wie verzaubert von seinen Worten, mit einer überdachten Replik, einer Bewegung. Mich trieb eine unbekannte Kraft.

All das Unerwartete, das mir damals widerfuhr, hatte auch etwas Transzendentes. Das Wunder, auf das ich so begierig und lange gewartet hatte, hier geschah es! Ein realer Mensch brachte es zustande – Alexander Ossipowitsch Gawronski. Ich wußte: Wenn er weggeht, wird alles in mir matt und trüb werden. Damals begriff ich, daß manche Menschen ein regenerierendes Talent besitzen. Über diese Gabe verfügte Gawronski. Keine andere Kraft wäre imstande gewesen, den Reifen zu sprengen, der mir seit der Verhaftung die Brust zusammenpreßte.

Jeder, der mit Gawronski näher zu tun hatte, erfuhr das Glück der eigenen Wiedergeburt, des Über-sich-Hinauswachsens.

Noch drei, vier Monate, dann würde man mich nach Meshog schicken. Doch noch war ich hier, freute mich auf jeden Tag, auf die Proben, war begeistert von jedem raffinierten Einfall des Regisseurs und freute mich unbändig über sein Lob.

Im Mai zerhackte frühmorgens ein lauter, langgezogener Schrei den Schlaf. Alle fuhren hoch: Mein Gott, was ist passiert?

»Der Krieg ist aus! Der Krieg ist vorbei! Sieg! Frieden! Kein Krieg mehr, Brüder! Friiieden!« schrien nun schon zehn, zwanzig Leute.

Vor Erregung wie von Sinnen, liefen wir in andere Baracken, umarmten einander, heulten. Was da vor sich ging, war unendlich aufrichtig und erschütterte uns bis ins Innerste. Frieden! Frieden! Das Grauen war vorbei! Und wie eine Explosion der Gedanke: Werden sie uns freilassen? Was denn sonst? In welcher Form wird das geschehen? Eine Amnestie? Ein Erlaß? Oder wird man einfach die Lagertore öffnen? Sofort? Morgen? Mein Gott!

»Worüber die sich wohl freuen, die Kontras? Habt ihr so was schon mal gesehen? Schauspieler!« kommentierten die Bewacher unsere Freude, unsere Tränen.

Wir begriffen sehr schnell, daß das Kriegsende keinen Einfluß auf unser Schicksal hatte. Nicht einmal die »Überfälligen«, in deren Akte stand »Bis zum Kriegsende«, wurden freigelassen. Die inhaftierten Ausländer konnten es nicht fassen.

Unterdessen wurde dem Volk eine Amnestie zum Geschenk gemacht. Der Staat ließ Diebe und Mörder frei.

Der Leiter der Politabteilung erteilte dem Direktor des TEK den Befehl, einen Chor zu gründen, und fügte hinzu: »Im Theaterkollektiv gibt's genug Junge und Hübsche. Du stellst alle Tänzer und Schauspieler auf die Bühne. Sollen sie singen.«

Musiker hatten wir genug. Sie wurden unsere Lehrer. Nach den »Jubiläum«-Proben gesellte ich mich zu den anderen Chormitgliedern.

Abends traten wir im Kulturhaus der Siedlung vor den freien Angestellten auf.

Die Arbeit und der Alltag im TEK verschmolzen zu einem Ganzen. Da wir oft auf Gastspielreisen waren, mußten wir selber kochen. Wir aßen in Gruppen. Ich wurde einem »Kolchos« zugeteilt, der aus dem Direktor Jeruchimowitsch, Makari Golowin und der hübschen Olja bestand. Olja und ich kochten abwechselnd und hatten damit keine Probleme. Jeruchimowitsch, Golowin und Olja brachten von ihren

Konzerten mal eine Büchse Schweinefleisch, mal Eipulver mit, Olja sogar ein paar Kartoffeln. Ich bekam als Chormitglied ein Sträußchen nördlicher Blumen. Golowin sagte lachend:

»Kräuter sind gesund. Die mußt du essen.«

Auf Anforderung kam aus dem Urdomaer Lazarett der Pfleger Simon zum TEK. Er erzählte wenig über Urdoma und blieb bei seiner Meinung: »Sie müssen mit Filipp brechen!« Filipp schrieb mir oft und ausführlich. Ich ihm auch. Daß ich ein Kind erwartete, wußte außer ihm keine Menschenseele.

Im Zentrallager erschloß sich mir eine Welt ungewöhnlich markanter Menschen und Schicksale.

Das Puppentheater und das TEK bespielten die Lager. Daß beide Theater zur gleichen Zeit im Zentrallager neue Programme einstudierten, war reiner Zufall. Aber ihm verdankte ich die Bekanntschaft mit Menschen, deren Freundschaft eine der wichtigsten Kostbarkeiten meines Lebens wurde. Tamara Zulukidse hatte Andersens Märchen »Die Nachtigall« bearbeitet, Gawronski war von der Fassung begeistert und, wie mir schien, auch von Tamara.

»Sie waren noch nicht im Puppentheater? Das müssen Sie sehen. Heute ist die Generalprobe«, sagte er zu mir.

Auf der Bühne stand ein bemalter Wandschirm. In schwarzem Samtkleid und mit hochhackigen Pumps betrat Tamara Zulukidse die Bühne und stellte sich vor den Schirm. Leicht gedehnte Redeweise, sparsame, elegante Gesten. Die schöne Georgierin war unwiderstehlich.

Tamara war zu zehn Jahren strenger Einzelhaft verurteilt worden.

Jeder Mensch trägt in sich die Erinnerung an den Moment, der sein Schicksal bestimmt hat. Tamara Zulukidse erinnerte sich, wie der Ermittler zu ihr gesagt hatte: »Sie waren mal wer, aber jetzt sind Sie ein Nichts.«

Ja, sie »war mal wer«: die geliebte und liebende Frau des bekannten georgischen Regisseurs Achmeteli, die zärtliche Mutter ihres Sohnes

Sandik, die in ihrer Heimat vergötterte Schauspielerin, die den Geschmack des Ruhmes kannte. Sie war glücklich gewesen.

Ein Jahr hatte Tamara im Jaroslawler Gefängnis in Einzelhaft gesessen. Dann kam sie von einem Lager ins andere. Viele Jahre später erzählte sie mir, daß sie im Tuberkulose-Lager »Protoka«, in dem sie als Krankenschwester arbeitete, auf die Idee gekommen war, ein Puppentheater zu gründen. Der Chirurg Trofimenko hatte die Idee aufgegriffen und aus einem Stück Holz den Kopf eines Jungen geschnitzt. Wollfäden wurden die Haare und zwei Knöpfe die Augen. Den Neugeborenen nannten sie Stjopka. Tamara dachte sich einen Text aus. Der Komponist Dasmanow schuf die Musik.

Die Lagerleitung erfuhr von dem Programm und verlangte eine Vorführung. Tamaras Mutter nähte in Tbilissi rasch ein Samtkleid für dieses Ereignis und schickte auch Schuhe.

Dem Lagerleiter Schemin gefielen die Puppen und das Programm. Er ordnete an, dem Theater die nötigen Leute zur Verfügung zu stellen und Vorstellungen für Kinder zu geben. »Unsere Kinder wachsen zu Rowdys heran, sie haben keine Abwechslung. Ihr Theater wird für sie spielen.«

Die mit Gawronski befreundete Kinderbuchautorin Nina Gernet reagierte unverzüglich auf die Bitte, das Repertoire aufzufüllen. Sie schickte nicht nur ihre eigenen Stücke und die Anleitung »Wie stellt man Puppen her«, sondern auch ein Paket mit Perlen, Samt- und Seideresten, Kleister und Flitter.

Die Kinder der freien Angestellten warteten ungeduldig auf die Ankunft des Puppentheaters. Aber man muß schon viel Phantasie haben, um sich vorstellen zu können, was dieses Theater für die Kinder der Häftlinge bedeutete. Die Lagerkinder wußten nicht, was Freiheit ist, sie hatten nie eine Kuh, ein Huhn oder Kamillenblüten auf dem Feld gesehen. Sie kannten nur die Hunde, die das Lager bewachten. Als darum in dem Stück »Das Katzenhaus« ein Hund auf der Bühne erschien, fingen die Kinder lauthals an zu weinen und waren nicht mehr zu beruhigen. Die Vorstellung mußte abgebrochen werden. Nach der Aufführung der »Nachtigall« kam ein fünfjähriger Knirps zu Tamara und berührte schüchtern ihr Kleid. Als sie sich zu ihm herabbeugte und fragte, was er wolle, hob er die Augen und sagte leise: »Tante, ich hab dich lieb.«

In einem Winkel unserer Baracke stand ein Ofen. Auf ihm kochten wir, an ihm wärmten wir uns. Auf einem Berg Reisig saß die tschechische Kommunistin Hella Frischer, deren Aufgabe es war, den Puppen Rümpfe anzunähen, stundenlang vor dem Ofen und blickte entrückt ins Feuer.

Sie war eine auffallende Erscheinung. Ihr gekräuseltes schwarzes Haar sah unordentlich und ungekämmt aus. Ihre Gesichtszüge wie auch ihre ganze Gestalt schienen zu einer anderen Kultur und wohl auch zu anderen historischen Zeiten zu gehören. In ihren schwarzen Augen loderte Unbändigkeit.

»Sie hat schon fünf- oder sechsmal versucht, sich das Leben zu nehmen«, erzählten die Frauen. »Als wir mit dem Schiff hergebracht wurden, ist sie in den Fluß gesprungen. Sie konnten sie gerade noch herausziehen.«

Sie gehörte der Komintern an. 1937 wurde sie zusammen mit ihrem Mann verhaftet. Ihr Mann wurde erschossen, sie zu zehn Jahren verurteilt.

1945 kamen aus Deutschland Zugladungen mit allem möglichen Trödel. Die Lagerleitung teilte Stoffe und Kleidung unter sich auf. Auf Befehl des Leiters der Politabteilung Schtanko wurde dem TEK und dem Puppentheater etwas zugeteilt.

Für mich wurde ein bodenlanges Kleid für die Premiere genäht. Ich zog die über und über geflickte Militärbluse aus und probierte diese Herrlichkeit aus Seide an. Im Stil der Jahrhundertwende gekleidet, erkannte ich mich selbst nicht wieder. Ein qualvoll junges Lebensgefühl durchflutete mich.

Man hatte mir erzählt, das Publikum des Zentrallagers sei nicht weniger anspruchsvoll als das Moskauer Theaterpublikum. Hier befanden sich Stammgäste des Künstlertheaters, des Tairow- und Meyerhold-Theaters.

Es kam der Tag der »Jubiläum«-Premiere. Wie im Fieber hörte ich die Geräusche des sich füllenden Saals, hörte, wie die Darsteller genannt wurden, wie der Vorhang aufging. Die Vorstellung begann. Da war auch schon mein Stichwort. Mir war, als würde ich in einen Abgrund gestoßen.

Nach den ersten Sätzen spürte ich, daß mir Wohlwollen entgegenschlug, und atmete auf.

Gawronski wußte, daß die Menschen, die schon so viele Jahre hinter Stacheldraht lebten, ein starkes, fast kindliches Bedürfnis hatten zu lachen. Er hatte das Stück als ketzerische Farce inszeniert.

Die Zuschauer lachten aus vollem Herzen. »Das Jubiläum« war ein großer Erfolg. Auch mir wurde gratuliert. Ich trat zu Gawronski, um ihm zu danken, brachte aber kein vernünftiges Wort heraus. Wie sollte ich ihm danken für meine Wiedergeburt, für den Zauber der Kunst, für die erschlossenen Weiten? Mit Ehrfurcht. Ich hatte Ehrfurcht vor diesem Mann.

Nach der Premiere trat Ilja Jewsejewitsch, ein Mitarbeiter der Verwaltung, auf mich zu.

»Das ›House of the Lords‹ gibt zu Ehren Ihres Debüts heute ein Essen.«

Das »House of the Lords« war ein für fünf Häftlinge abgetrennter Teil einer Baracke, in dem die Verwaltungsleiter wohnten.

Der überaus zurückhaltende und kluge Boris Kagner, ein Literatur- und Theaterkenner, leitete die Planabteilung. Man erzählte, er sei nach wie vor ein überzeugter Trotzkist. Darum hatte er zu seinen zehn Jahren Haft im Lager noch eine zweite Strafe bekommen.

Der zweite war Nikolai Belonenko, ein Leningrader, früher ein bedeutender Ingenieur. Wegen »wirtschaftlicher Konterrevolution« war er zu fünfzehn Jahren Lager verurteilt worden. Seine zahllosen Rationalisierungsvorschläge brachten dem Lager große Gewinne.

Ilja Jewsejewitsch hatte in Freiheit als Journalist gearbeitet. Im Lager war er stellvertretender Leiter der Finanzabteilung. Er hatte sich in mich verliebt. Jeden Morgen brachte mir sein Gehilfe einen Brief oder ein Poem von ihm.

Und nun ein Essen zu Ehren der Premiere, die im Lager ein Ereignis war.

Wir hielten uns jeden Tag so lange wie möglich in der Arbeitsbaracke des Theaters auf. Die einen hofften auf eine Partie Schach, andere wollten sich unterhalten. Ich dürstete danach, Gawronski zuzuhören. Er sprach über Moissi, den er für einen großen Schauspieler hielt, erzählte von der Tänzerin Isadora Duncan. Er brachte es fertig, uns aus dem Lager in den »Kirschgarten« des Künstlertheaters zu entführen, und in mir verwischten sich die Grenzen zwischen Wachen und Träumen.

Doch zur festgesetzten Stunde ging die Tür auf, der hinkende Oberaufseher Sergejew kam herein, überflog alle mit einem strengen Blick seiner stahlgrauen Augen und beendete die Gespräche mit dem Wort »Nachtruhe!« Wir mußten in unsere Baracken gehen.

Ich schrieb Filipp vom Erfolg der Premiere, von Alexander Gawronski, der an mir das Wunder bewirkt hatte, daß ich mich glücklich und frei auf der Bühne fühlte.

Filipp bekam einen gehörigen Schreck. Ich kann nur ahnen, wie er wirbeln mußte, um mich im Zentrallager besuchen zu dürfen. Er war ungewöhnlich sanft und aufmerksam. Vor allem beunruhigte ihn die Frage, ob das Theater meinen Entschluß, das Kind auszutragen, umgestoßen hatte.

»Nein!« antwortete ich.

So war es auch. Ich war zutiefst überzeugt, daß mit der Geburt des Kindes mein eigentliches Leben beginnen würde, das mich in dieser Welt verankerte. Filipp beruhigte sich. Er sagte, daß er mir in allem vertraue. Und plötzlich bat er mich, ihn mit Gawronski bekannt zu machen. Das war mir unangenehm, aber Filipp ließ nicht locker. Da gab ich nach.

Sie betrachteten einander neugierig. Hinterher sagte Filipp niedergeschlagen:

»Er wird dich mir wegnehmen.«

In seiner Bitterkeit war keine männliche Eifersucht. Also hatte er alles richtig verstanden. Aber was würde Gawronski sagen? Ich befürchtete, Worte der Ablehnung zu hören. Abends sagte er zu mir:

»Nun ja, er ist doch sehr lieb, Tamarotschka!« Und fügte nach einer Pause hinzu: »Und rührend!«

Da weder das eine noch das andere auf Filipp zutraf, begriff ich, daß meine schlimmste Befürchtung eingetroffen war: Er gefiel ihm nicht. Mühsam die Tränen zurückhaltend, versuchte ich mich zu trösten: Rührend? Vielleicht hat er wirklich die Hilflosigkeit in dem energischen Mann gespürt, die auch mich angesprochen hatte?

Als ich mich erhob, um zu gehen, hielt Gawronski mich zurück. Auf einen Fetzen Papier irgendein Profil zeichnend, sagte er:

»Wissen Sie, Tamarotschka, ich bin diesem Mann sehr dankbar. Immerhin hat er Sie gerettet. Daran kommt man nicht vorbei!«

Das überwältigte mich. Er war dankbar? Meinetwegen?

Die Lagerleitung wirkte wie ein in sich geschlossener Clan. Aber dem war nicht so. Jeder hatte seine Geschichte.

Der Leiter der Politabteilung, der hochgewachsene, vor Gesundheit strotzende, gutaussehende Schtanko, lebte seinem Vergnügen. Er betreute das TEK und das Puppentheater. Doch von Kunst verstand er rein gar nichts. Seine kuriosen Äußerungen waren Nährboden für unzählige Witze über ihn.

Sein erster Stellvertreter, Pawel Bashenow, war von Beruf Eisenbahningenieur. Die Partei hatte ihn zum Bau der Nördlichen Eisenbahnlinie geschickt, und erst hier war er in die Politabteilung versetzt worden.

Der Lagerleiter Schemin galt bei den Mitarbeitern der Verwaltung als gebildeter und anständiger Mann, der auch in den Häftlingen Menschen sah. Dieser Posten bedeutete für ihn Verbannung und Strafe, denn 1937 war seine Frau, eine Polin, verhaftet worden, und er hatte sich nicht von ihr losgesagt. Bis dahin war er Militärvertreter der Sowjetunion in der Tschechoslowakei gewesen.

Es wurde erzählt, daß Gawronski längst in ein Arbeitslager gekommen wäre, hätte nicht der berühmte Schauspieler Nikolai Tscherkassow einen Brief an Schemin geschrieben.

Einen solchen Brief gab es wirklich. In jenen Zeiten war das ein außergewöhnliches Ereignis. Wie viele Kinder, Ehemänner und Ehefrauen sagten sich damals von ihren verhafteten Angehörigen los, um ihre Arbeit zu behalten oder einen wissenschaftlichen Grad zu erlangen. Und da setzte sich ein berühmter Schauspieler für einen namhaften Regisseur ein.

Solange Schemin Lagerleiter war, schien Gawronski geschützt zu sein. Doch der wahre Herr im Lager war die dritte Abteilung, das NKWD.

Gawronski beschäftigte sich auch im Lager mit Mathematik und Philosophie. Eines Tages kam aus seiner Baracke ein Mann zu mir gelaufen.

»Alexander Ossipowitsch geht es schlecht. Er bittet Sie, zu ihm zu kommen.«

Ich war so verwirrt, daß ich nicht mehr klar denken konnte. In der langen Männerbaracke standen die Bettgestelle dicht nebeneinander. Aber an zwei Stellen gab es so etwas wie eine Zwischenwand. Hinter der einen stand Gawronskis Bett. Aus ein paar Brettern war eine Art Schreibtisch zusammengezimmert worden. Gawronski lag mit geschlossenen Augen auf dem Bett. Der Boden war mit Papierfetzen übersät.

»Es war eine Durchsuchung. Sie haben alle seine Aufzeichnungen mitgenommen«, erklärte jemand.

Gawronski öffnete die Augen einen Spalt. Sie waren trüb vor Qual.

»Ja, sie haben alles mitgenommen. Weggenommen!« sagte er und schloß wieder die Augen.

Was sollte ich tun? Was sagen? Heute wüßte ich es. Damals fand ich keine Worte. Ich saß einfach bei ihm. Als Gawronski später sagte: »Wieviel Kraft es kostet, die eigene Hilflosigkeit zu ertragen!«, erinnerte ich mich sofort an diesen grauen Tag, die Baracke, seinen Schmerz.

Die inneren Konflikte verzehrten meine Seele und machten mich vielem gegenüber taub. Aber ich wollte »den Sinn des Lebens« ergründen. War es möglich, in diesem Wirrwarr den eigenen Weg zu finden, Übereinstimmung mit sich selbst zu erreichen? Wenn ich abends in meine Baracke zurückkehrte, schrieb ich meine Gedanken auf irgendwelche Zettel und gab sie am nächsten Tag Gawronski. Von ihm erhielt ich ebensolche Zettel. Über viele Jahre waren Gawronskis Antworten für mich eine Offenbarung. Der Briefwechsel mit ihm heilte mich von einer Unmasse an Komplexen, wurde zur Hauptachse meines Daseins.

Ich konnte mich lange nicht entschließen, mit Gawronski über das zu sprechen, worüber ich mir selbst nicht klar war, über Filipp und mich. Die Geschichte unserer Beziehung blieb eine schwere seelische Last. Vieles darin nannte ich »Verrat an mir selbst«. Eines Tages faßte ich mir ein Herz und berührte in abstrakter Form auch dieses Thema.

»Du darfst nicht von deiner Schuld sprechen«, antwortete Gawronski, »du weißt selbst, daß es nicht das passende Wort ist, daß alles, nicht als Faktum deines Lebens, der jüngsten Vergangenheit, sondern als Einstellung zu dem Faktum viel komplizierter ist und dich in keiner Weise herabsetzt, weil dich nichts herabsetzen kann.

Das Faktum, das Ereignis, die Situation besagen nichts, sondern nur das Schöpferische, Menschliche, das geistig erhebt und die Persönlichkeit befreit.«

Alexander Gawronski wurde mein erster, mein wichtigster Lehrer.

In seinem Fragebogen hatte er geschrieben: »Sohn eines Kapitalisten.« Er wurde 1888 als Sohn des Tee-Fabrikanten Wyssozki geboren. In der Fabrik seiner Eltern veranstaltete er für die Arbeiter Lesungen politischer Literatur, Zusammenkünfte und Kundgebungen. Er wurde Sozialrevolutionär.

Als ich ihn kennenlernte, saß er einschließlich Verbannung bereits das neunte Jahr. Da man seine Strafe verlängert hatte (man hatte eine Provokateurin auf ihn angesetzt, die ihn denunzierte), mußte er noch sechs Jahre sitzen. In Wirklichkeit saß er länger. Ihm standen noch viele Strapazen bevor.

Die wichtigste Aufgabe des Theaters war es, in den Arbeitslagern entlang der Eisenbahnstrecke Vorstellungen zu geben. Einen eigenen Waggon hatte das Theater damals noch nicht. Wir fuhren mit normalen Zügen. Die Wachposten räumten für uns ein paar Abteile, damit wir nicht mit Freien zusammenkamen. Diese wichen auch selbst vor uns zurück. Anfangs verletzte uns das. Dann gewöhnten wir uns daran.

Von den Bahnstationen gingen wir zu Fuß in die Außenlager. Manchmal begegneten uns schmutzige, graue Häftlingsbrigaden, die zur Arbeit oder von der Arbeit zurück geführt wurden. Die Baracken in den Lagern waren überfüllt. Wir wurden untergebracht, wo gerade Platz war, neben dem Kontor, in der Sanitätsstelle oder im Kulturraum. Es gab nicht genug Pritschen, und wir mußten auf dem Boden und auf Tischen schlafen.

Vormittags probten wir. Abends traten wir auf. Wenn die Häftlinge aus dem Wald oder vom Verladen kamen und von unserer Ankunft erfuhren, wuschen sie sich rasch, aßen schnell ihre Ration und strömten in den Kulturraum oder den umgeräumten Speisesaal. In den ersten Reihen saßen die Bewacher, dahinter die Häftlinge.

Ich wußte aus eigener Erfahrung, daß in den entlegenen Außenlagern der Taiga ein Mensch, der ständig hungerte und über seine Kräfte arbeiten mußte, mit der Zeit dachte, es gebe auf der Welt längst keine Musik und keine Lieder mehr.

Allilujew und Golowin, Tenor und Bariton, traten auf die Bühne und stimmten das bekannte Lied an: »Leb wohl, geliebte Stadt ...« Durch ein Loch in der »Kulisse« spähend, sah ich, wie über die ausgemergelten Gesichter der Männer und Frauen Tränen rannen. Mir selbst die Tränen wegwischend, blickte ich unverwandt auf diese Menschen und glaubte fest daran, daß wir einander brauchten. Nur dieser Glaube löschte das Schuldgefühl, daß es uns im TEK unvergleichlich besser ging als ihnen.

Auf die Tränen folgte ein Lächeln, wenn Akrobaten oder ein Tanzpaar auf die Bühne kamen. Beim »Jubiläum« explodierten die Gefühle geradezu, und das Lachen ging zuweilen in ein allgemeines Stöhnen über. Allabendlich auf der Bühne zu stehen, bedeutete für mich Glück, ja es wurde zum Sinn meines Lebens.

In jedem Lager hatten die Theaterleute Freunde und Bekannte. Die Häftlinge, die nie aus dem Lager herauskamen, betrachteten uns als halbfreie Menschen.

»Was hört man so?« fragten sie uns. »Spricht man von einer Amnestie? Erzählt, was sich draußen tut.«

Die Außenlager lagen tief in der Taiga, auch in der Tundra. Wir versanken in Dreck und Morast, schleppten uns dahin und konnten kaum die schweren Koffer tragen. Dann blieben wir einen oder zwei Tage in einem Lager, gaben eine Vorstellung, packten unsere Habseligkeiten wieder ein und machten uns auf den Weg. So sah ich die Eisenbahn-Lager, die sich bis zur Petschora erstreckten. In ihnen saßen Tausende und Abertausende Leidensgenossen. Überall Lager, Lager, Lager.

Als wir am frühen Morgen in Mikun ankamen, ahnte ich nicht, was mich erwartete. Am Abend gaben wir im Lager eine Vorstellung. Nach dem »Jubiläum« stieg ich auf einem wackligen Treppchen von der Bühne und ging in das Schminkzimmer. Unser Leiter flüsterte mir zu:

»Jemand möchte Sie sprechen.«

Vor der Tür stand ein grauhaariger Mann in einem Leinenhemd. Ich wartete darauf, daß er sich vorstellte. Doch er schwieg und streckte mir die Hände entgegen, eine halb einladende, halb abwehrende Geste.

»Reg dich nicht auf, Tamusja. Bitte, reg dich nicht auf. Ich bin's, Platon. Alles halb so schlimm. Ja, ja, ich bin's«, sagte er hastig.

Die Stimme drang in mein Bewußtsein. Aber ich konnte nicht glauben, daß vor mir Platon Romanowitsch stand, ein Mensch aus meinem früheren Leben in Freiheit.

»Reg dich nicht auf, reg dich nicht auf«, hörte ich wie im Fieber seine Stimme. »Als ich dich heute auf der Bühne sah, hab ich's nicht geglaubt. Ich dachte, das Herz zerspringt mir. Du im Lager! Du hier! Moment, ich kann nicht mehr ...«

Alle um uns herum weinten. Ich war völlig benommen, konnte es nicht fassen. Wir gingen ins Freie und setzten uns auf Baumstämme.

»Erzähl mir alles. Wie bist du hierhergeraten? Ich glaube, ich werd verrückt.«

Wie früher sagte er »Tamusja« und »du«, und ich sagte wie früher »Platon Romanowitsch« und »Sie«.

»Und Sie? Sie waren doch an der Front! Ihren letzten Brief habe ich am zweiten Mai zweiundvierzig in Frunse erhalten.«

»Im September wurden wir eingeschlossen, dann gerieten wir in Gefangenschaft, und von dort ging's hierher.«

»Wieviel haben Sie bekommen?«

»Weniger als zehn kriegt keiner.«

Nach dem Krieg brachten unzählige Züge Frontsoldaten, die in Gefangenschaft geraten waren, in die Lager. Sie waren nach Artikel 58, 1 (Verrat an der Heimat) zu zehn Jahren verurteilt worden.

Wir erzählten einander von unserem Leben der letzten Jahre in Freiheit und dann im Lager.

»Wie geht es deiner Mutter und den Schwestern?«

»Mama und Renotschka sind tot. Nur Valetschka lebt noch. Sie wurde mit dem Waisenhaus aus Leningrad evakuiert. Wo sie jetzt ist, weiß ich nicht.«

»Hast du etwas von deinem Vater gehört?«

»Nein, ich weiß nur, daß wir beide sitzen.«

»Was macht Erik?«

»Er ist in Mittelasien. Auch im Lager. Zehn Jahre. Manchmal schreibt er.«

»Und?«

»Er ist allein, und ich bin allein.«

»Du bist allein?«

»Nein.«

Ich erzählte ihm alles. Als ich das Entsetzen in seinem Gesicht sah, packte auch mich das Entsetzen über alles Vergangene und Gegenwärtige. Mein Gott! Warum weint er so? Über mich? Über sich? Über etwas Größeres? Warum weint er denn so?

»Nicht doch, nicht doch.«

»Und dein Entschluß steht fest? Du willst hier ein Kind bekommen?«

»Wo denn sonst? Und wann? Machen Sie sich keine Sorgen. Ich schaffe es. Ich weiß, daß ich es schaffe.«

»Erinnerst du dich an meine Bitte? Wenn es ein Sohn wird, nenn ihn Sergej. Ich werde sein Taufpate sein.«

Er hatte Krieg und Gefangenschaft hinter sich, war grauhaarig und alt geworden. Plötzlich lief er in seine Baracke und kam mit einem Bündel zurück.

»Nimm das, bitte. Auf der ganzen Welt bist du mir der nächste Mensch. Ich hätte nie gewagt, dir zu schreiben, wo ich bin. Und nun ... Das ist Schicksal! Hier hast du warme Wäsche. Du brauchst sie nötiger als ich. Und hier eine Konserve aus einem Paket.«

»Nein, das nehm ich nicht.«

»Mach mir die Freude, Tamusja. Bitte!«

»Wer schickt Ihnen Pakete?«

»Erinnerst du dich an meinen Freund, den rothaarigen Semjon? Er schickt mir Pakete, allerdings nicht unter seinem Namen. Er arbeitet bei der Staatssicherheit, und wenn herauskommt, daß er Kontakt zu mir hat, wird er gefeuert. Darum können wir uns auch nicht schreiben, leider. Aber wohin kann ich dir jetzt schreiben? Wirst du mir antworten?«

»Nach Meshog. Ich werde antworten. Bestimmt.«

Die Theaterleute waren hingerissen von Platon Romanowitschs Güte und Hilfsbereitschaft.

Als wir abfuhren, stand er neben dem Lastwagen und bat meine Kameraden: »Paßt gut auf sie auf.« Er hielt meine Hand und versuchte zu lächeln. Im letzten Augenblick sagte er:

»Ich liebe dich! Bis ans Ende meiner Tage!«

Ich wußte, daß er die Wahrheit sagte. Nun weinte ich, weinte um das uns gestohlene Leben, um Platon Romanowitsch. Er war einsam. Er mußte schwer arbeiten und hatte keine Aussicht auf Erleichterungen. Und in meiner Verwirrung war ich nicht sehr feinfühlig zu ihm gewesen.

Mitte Juli bewegte sich zum erstenmal mein Kind in mir. Dieses Gefühl erschütterte die Seele. Ich kapselte mich vom äußeren Leben ab, war nur noch auf mich konzentriert, auf mein Kind. Zwischen mir und meiner Umgebung entstand eine gewisse Trennwand.

Inzwischen wußten alle von meinem Zustand. Ich ermüdete leicht, war unausgeschlafen. Doch an das Bevorstehende dachte ich mit innerer Ruhe.

In einem Lager trafen wir mit dem Puppentheater zusammen. Neben Tamara Zulukidse war eine Pritsche frei. Wir unterhielten uns. Vor dem Schlafen zeigte sie mir Fotos von sich, ihrem Sohn Sandik und ihrem Mann. Die Fotos waren ein Zeugnis der Liebe zweier Menschen. Diese Frau hatte wirklich eine glückliche Vergangenheit! Unmöglich, sich vorzustellen, was sie fühlte, wenn sie an ihren berühmten Mann dachte. Ihre südliche Heimat war weit weg. Ihr Sohn wurde von anderen Menschen erzogen. Was hielt sie am Leben?

Das Puppentheater fuhr nach Urdoma.

»Könnten Sie für Filipp Jakowlewitsch einen Brief mitnehmen?«

»Gern. Ich kenne ihn. Er nimmt uns immer freundlich auf.«

Eines Tages bekamen wir über die Telefonzentrale die Anweisung des Leiters der Politabteilung, von unserer Route abzuweichen und ein Lager mit deutschen Kriegsgefangenen zu bespielen. Wir hatten gar nicht gewußt, daß es solche Lager gab.

Von der Bahnstation gingen wir lange zu Fuß. Grüppchenweise überquerten wir eine knarrende, schwankende Hängebrücke, die einen kleinen Fluß überspannte. Der Weg führte in die Tiefe der Taiga.

Die Wege im Lager waren nicht nur gefegt, sondern auch mit Sand bestreut. Die Baracken standen auf einem Fundament. Der Kulturraum verblüffte uns durch seine Geräumigkeit.

Ein deutscher Dolmetscher erschien und studierte das Programm. Hin und wieder fragte er nach einem Wort.

Die Bewacher saßen mit ihren Familien längst auf ihren Plätzen. Das Konzert sollte beginnen, doch die Deutschen weigerten sich, den Kulturraum zu betreten. Verwirrung machte sich breit. Wachposten liefen los. Nach kurzer Zeit wurden die Deutschen in Marschordnung hereingeführt. Sie setzten sich gesittet, mit undurchdringlichen Gesichtern auf die Bänke. In unguter, angespannter Stille begannen wir mit dem Programm.

Wir sangen das erste, zweite, fünfte Lied. Kein Laut, kein Klatschen. Die Bewacher versuchten zu applaudieren, es wirkte kläglich. Bis zum Schluß herrschte Grabesstille.

Es war das Jahr 1945. Der Krieg war zu Ende. In den Lagern saßen russische Polithäftlinge, von denen viele wegen »Verherrlichung der deutschen Technik« verurteilt worden waren, und deutsche Kriegsgefangene. Wir sahen in ihnen die Eroberer, das Böse. Was dachten sie von uns? Haß und Feindseligkeit hatten beide Seiten blind gemacht.

Nach dem Konzert kam ein hochrangiger Natschalnik und lud uns sozusagen als Wiedergutmachung zum Abendessen ein. Der Tisch war schon gedeckt. In Scheiben geschnittenes Weißbrot, eine längst vergessene Delikatesse, Schüsseln mit Buchweizengrütze und, kaum zu glauben, Krapfen mit Marmeladenfüllung. Wir standen da und trauten unseren Augen nicht. So werden die Deutschen verpflegt? Kränkung schnürte uns die Kehle zu.

»Setzen Sie sich doch! Setzen Sie sich«, wurden wir aufgefordert.

Plötzlich sagte unser nervöser und kapriziöser Tenor Allilujew mit nicht wiederzuerkennender hoher Stimme:

»Wir essen dieses deutsche Futter nicht. Geben Sie's denen, für die es bestimmt ist.«

»Wieso deutsch? Es sind unsere Lebensmittel. Sie müssen doch verstehen: politische Rücksichten.«

Verletzt und bedrückt verließen wir diesen Ort. Manch einer fluchte unflätig, andere weinten hilflos, die meisten schwiegen.

Ungewöhnlich war auch unser Auftritt in Jarensk, einer Stadt, in der es keine Lager und keine Häftlinge gab.

Wir gingen zu Fuß dorthin. Der Weg schlängelte sich durch Felder. Hafer und Gerste reiften, im Roggen leuchteten Kornblumen. Mich bestürmten Erinnerungen an die Kindheit, an die weißrussischen Felder, an die Erntezeit.

»Wißt ihr, was das ist?« fragte ich.

»Nein.«

»Das ist Klee. Und das sind Wicken. Und das ...«

Die Sonne stand hoch. Die Vögel sangen. Freiheit – für einen Moment!

In Jarensk gab es ein Problem mit der Unterbringung. Auf die Häuser konnte man uns nicht verteilen, denn uns bewachten nur zwei Posten. Man entschied sich fürs Hotel. Doch die darin wohnenden Dienstreisenden empörten sich.

»Mit Verbrechern unter einem Dach wohnen? Unverschämtheit! Die beklauen uns! Erschlagen uns! Ach, das sind keine Diebe und Mörder? Um so schlimmer, mit politischen Lumpen wollen wir nichts zu tun haben.«

Nach einer Weile beruhigten sie sich wieder. Ein Teil fuhr ab. Die Mehrheit blieb. Das Hotel erschien uns als Paradies. Richtige Betten mit Decken, Laken, Kopfkissen. Gestrichene Fußböden, Läufer, behagliches Knarren der Türen, ein Boiler mit heißem Wasser. Und wieviel Frieden lag in der Landschaft vor dem Fenster! Die Freiheit roch und klang so angenehm, wirkte so urtümlich. Vor Wonne konnten wir nicht einschlafen.

Den Jarensker Zuschauern gefielen unser Konzert und das Stück so gut, daß sie die Politabteilung baten, uns noch für ein paar Konzerte dazubehalten. Es wurde genehmigt. Die Vorstellungen kosteten Geld. Wir nahmen eine Menge ein.

Ein Erlebnis in Jarensk aber schnürt mir noch jetzt die Kehle zu, wenn ich daran denke.

Am Tage wurden wir unter Bewachung in die Kantine geführt. Zu beiden Seiten der Straße dösten friedliche ebenerdige Häuschen mit winzigen Gardinen und mit Blumen auf den Fensterbrettern vor sich hin. An einem Haus war ein Schild: Kinderheim Nr. 7. Auf der Vortreppe standen fünf- bis sechsjährige Kinder und spektakelten aufgeregt. Zwei Erzieherinnen erklärten ihnen etwas. Die Kinder schubsten einander und blickten sich ungeduldig um. Kaum waren wir auf gleicher Höhe mit ihrem Haus, als sie auf uns zuflitzten und uns hastig kleine Tüten zusteckten. Ein Durcheinander von Kinderstimmen: »Nehmen Sie! Das ist für Sie! Für Sie!« In unserer Verwirrung versuchten wir, das eine oder andere Kind in die Arme zu nehmen, doch sie sausten zurück. In den Tütchen, aus beschriebenen Heftseiten gefaltet, lagen je eine Mohrrübe und zwei Stückchen Zucker.

Der ältere Wachposten verriet sich durch heiseres Schnaufen. Er weinte als erster.

In Gedanken nahm ich bereits Abschied vom Zentrallager. Nach einem etwas wehmütigen Gespräch lud mich Gawronski in seine Baracke ein. Ich setzte mich an sein selbstgebautes Tischchen. Er holte etwas aus dem Koffer und sagte:

»Ich möchte dich mit meiner Frau Olja bekannt machen.«

Er hielt mir ein Foto hin. Ich sah ein wunderschönes und trauriges Frauengesicht. Kurzgeschnittenes Haar. Wintermantel mit Pelzkragen. In den Augen erstarrter Schmerz.

»Das ist meine Frau, Tamarotschka. Eines Tages wirst du sie kennenlernen und liebgewinnen.«

Das also ist die heimliche Kraftquelle meines verehrten Alexander Ossipowitsch, dachte ich. Seit über zehn Jahren waren sie getrennt. Ich hatte gehört, daß sie ihm in all den Jahren Pakete und Briefe schickte, daß sie zu ihm hielt. Damals ahnte ich nicht, daß ich sie sechs Jahre später wirklich kennenlernen und ins Herz schließen würde.

»Danke«, sagte ich und gab ihm das Foto zurück.

Das Puppentheater kam von seiner Reise zurück. Tamara Zulukidse brachte mir einen Brief von Filipp mit. Er machte sich Sorgen um mich, fragte, wann ich nach Meshog ginge.

»Er hat mir lange und ausführlich erklärt, wie sehr er Sie liebt«, erzählte Tamara. »Es scheint so zu sein. Er hat mir erzählt, daß er in den Wald geht und in die Richtung blickt, wo Sie sind, daß er niederkniet und kurz davor ist, zu beten. Ich mag so was Pathetisches nicht, aber das liegt wohl in seinem Charakter? Vertrauen Sie ihm?«

»Ja.«

»Dann bitte ich Sie tausendmal um Verzeihung.«

Ich vertraute ihm wirklich.

Am Kulturhaus der Siedlung kündigte ein Schild die Vorführung einer Moskauer Truppe unter der Leitung des bekannten Schauspielers Pokrass an. Da der Leiter der Politabteilung in guter Stimmung war, erlaubte er uns, die Vorstellung anzuschauen. »Aber nur aus dem Orchestergraben.«

Pokrass betrat die Bühne, um das Publikum zu begrüßen, und ließ den Blick über die Reihen gleiten. Als er im Orchestergraben gespannt zu ihm hinaufschauende Menschen mit Wachposten zu beiden Seiten sah, stockte er. Es folgte eine kurze Bedenkpause, und dann verbeugte sich Pokrass nicht vor dem Saal, sondern vor uns. Diese öffentlich demonstrierte Anteilnahme benahm uns den Atem. Aufgewühlt von dieser herausfordernden Kühnheit eines freien Schauspielers kehrten wir ins Lager zurück.

Das TEK bereitete sich wieder auf eine Tournee vor. Die Reise führte zu den Lagern des südlichen Eisenbahnknotenpunkts. Also konnte ich bis Meshog mit ihnen fahren. Am Abend ging ich in die Theaterbaracke. Dort war alles wie immer. Es wurde geredet, Olja kochte, jemand schrieb Briefe. Mich packte plötzlich eine wilde Angst bei dem Gedanken, daß ich das Theater verlassen, mich von der Truppe, von Gawronski trennen mußte.

Ich nahm Abschied von meinen Freunden.

In Meshog stiegen die Theaterleute mit mir aus dem Zug. Sie versprachen, mir zu schreiben.

Mit dem Begleitposten machte ich mich auf den Weg. Ich drehte mich um, bis der Zug nicht mehr zu sehen war.

8

Ich mußte mit dem schweigsamen Wachposten sechs Kilometer gehen. Die Taiga ließ die Sonnenstrahlen nicht in ihre finsteren Tiefen eindringen, sondern nur bis zum Waldsaum. Dafür schienen die Felder und Lichtungen nicht nur die Wärme, sondern auch die Farbe der Sonne zu trinken. Die Vögel zwitscherten. Begierig nahm ich die letzten Schlucke Freiheit in mich auf.

Ich kam in dieselbe Baracke, in der ich bei meinem ersten Aufenthalt ein paar Tage gewohnt hatte. Aber die Bewohnerinnen waren andere. Die Frauen, die hier Kinder hatten, wurden »Ammen« genannt. In dieser Bezeichnung schwang vieles mit: Anerkennung einiger Rechte, die sie hatten, Mitleid und zugleich Verachtung.

Es gab unterschiedliche »Ammen«: blutjunge und ältere, Kriminelle und Intellektuelle; manche hatten einen Vater für ihr Kind, andere nicht. Ein Vater war natürlich immer wünschenswert, doch das Kostbarste war das Kind. Die Entschlossenheit, im Lager ein Kind auszutragen, war ein einsamer Aufstand der Frauen, Widerstand gegen die gesellschaftliche Kraft, die auch dieses unverrückbare Recht des Lebens tilgen wollte.

Meine Bettnachbarin war die junge Krankenschwester Oletschka Udres, die ein kränkliches Mädchen zur Welt gebracht hatte. Der Vater des Kindes, ein älterer Arzt aus demselben Lager, kümmerte sich zärtlich um beide. Doch Oletschka weinte oft: »Die Kleine hat die Augen einer Erwachsenen. Ich glaube, sie will sich von mir verabschieden.« Das Mädchen starb bald darauf.

Seit ich in Meshog war, verzehnfachte Filipp seine Aufmerksamkeit für mich. Er schrieb mir oft, trug jedem, der hierherkam, Grüße an mich auf, schickte alle möglichen Stoffreste, Seife, Kleinigkeiten, bis hin zu Zwirn und Zahnpulver. Seine Liebe behütete mich. Oft bekam ich zu hören: »Wie sehr er Sie liebt! Sie Glückliche!« In meiner Seele war es ruhig.

Ich wurde der Landwirtschaftsbrigade zugeteilt. Auf dem Feld und in den Treibhäusern mußte man gebückt arbeiten. Ich ermüdete rasch. Wenn ich ins Lager zurückkam, wusch ich mir die Hände, aß zu Abend und wollte mich hinlegen, doch die älteren Frauen belehrten mich:

»Nein, das darfst du nicht! Geh ein bißchen spazieren.«

Ich hörte auf sie, drehte meine Runden um die Baracke. Was würde ich bekommen? Ein Mädchen? Einen Jungen? Vor mir lag etwas Grandioses und Wunderbares.

Mein Kind strampelte mit den Beinchen. Ich bekam immer schwerer Luft. Die Ärzte waren beunruhigt.

Über den Leiter der Sanitätsabteilung versuchte Filipp für mich eine leichtere Arbeit zu erwirken.

Unverhofft wurde ich in die Verwaltung gerufen. Vera Nikolajewna Saranzewa, meine Freundin aus dem NKWD-Gefängnis in Frunse und dem Lager in Dshangidshir, hatte mich ausfindig gemacht. Nicht meine Angehörigen, nein, eine Leidensgefährtin. Im Gefängnis wurden wirkliche Freundschaften geknüpft. Unser Briefwechsel, der nun begann, sollte dreißig Jahre anhalten. Vera war doch noch freigekommen, nachdem sie ein gutes Jahr gesessen hatte. Bei der Freilassung teilte man ihr mit, sie dürfe nicht in Frunse leben, und wies ihr als Wohnort Kasalinsk zu. Dort bekam sie keine Arbeit. Sie beschrieb ausführlich, wie sie hungerte, sich mit Gelegenheitsarbeiten durchschlug und von Melonenschalen ernährte. Ihre Mutter war noch im Lager. Als Veras Vater endlich die Genehmigung bekam, seine Tochter bei sich anzumelden, nahm sie an der Philosophischen Fakultät ein Fernstudium für Spanisch und Italienisch auf.

Wieder in Frunse, besuchte Vera meine Schwiegermutter Barbara Ionowna. Sie erzählte ihr, wie wir uns im Gefängnis kennengelernt und im Lager wiedergetroffen hatten. Ich weiß nicht, was sie ihr noch erzählte, aber Barbara Ionowna schrieb mir von da an häufig, und ihre Briefe wurden von Mal zu Mal herzlicher. Sie bat mich, ihr die Härte und Ungerechtigkeit zu verzeihen. Ich sei ihr viel näher und vertrauter als der eigene Sohn: »Verzeih mir, verzeih, Tamara. Ich bin so schuldig vor Dir. Wenn Du freigelassen wirst, bitte, komm zu mir, wir werden zusammenleben ...«

Mit einem Transport kam Olga Tretjakowa nach Meshog. Wir freuten uns beide über das Wiedersehen.

Ein Schlag traf uns hier beide. Ich saß nach der Arbeit auf meiner Pritsche, als Olga die Tür aufriß und mit überkippender Stimme schrie:

»Tamarotschka, Wolodja« (so nannte sie Jachontow) »ist tot!«

Ich erschrak. Die Frauen fielen über Olga her:

»Wie können Sie nur? Sie hat sich ins Gesicht gefaßt. Jetzt wird das Kind ein Muttermal bekommen!«

»Er hat Selbstmord begangen«, sagte Olga weinend. »Lesen Sie: ›... hat sich vom sechsten Stock in den Treppenschacht gestürzt.‹ Er hat eine Nachricht hinterlassen: ›Ich fliege in die Stratosphäre!‹«

Hatte Jachontow seinem Leben ein Ende gesetzt, um sich von seiner Qual zu befreien?

Der Dezember brach an. Erst zwei Wochen vor der Geburt wurde ich von der Arbeit befreit. Im Ofenrohr heulte unentwegt der Wind. Wenn ich aufwachte, schaute ich aus dem Fenster und sah die Reihen der zugeschneiten Baracken, die Schneewehen und den Himmel. Ich kämmte mich sorgfältig und zog das Barchentkleid an, das Filipp mir geschickt hatte. Dann setzte ich mich hin, um Babyhemdchen zu nähen. Es tat mir gut, wenn die Frauen in der Baracke sagten: »Schön siehst du aus.«

Tagsüber leerte sich die Baracke. Alle gingen zur Arbeit. Es blieben nur die Krankenschwestern, die nach der Nachtschicht schliefen, und die Barackenälteste, der ich half, den Ofen zu heizen, damit die Baracke bald warm wurde.

Ich dachte über Leben und Tod nach. Seit einiger Zeit glaubte ich, bei der Entbindung sterben zu müssen. Ein Halt war der Gedanke an Filipp: Er wird nicht zulassen, daß ich sterbe. Doch teilte ich nicht ihm meine Ängste mit, sondern Gawronski. Filipp hätte mir geschrieben: Das ist eine normale Reaktion in deiner Situation. Gawronski aber verstand mich. Er schrieb mir, die Frau seines Bruders habe auch unter solchen Ängsten gelitten, und das beruhigte mich.

Am 7. Dezember fanden die Frauen in der Baracke meine Runden um den Ofen beunruhigend und brachten mich mit guten Wünschen ins Krankenhaus. Dort bestätigten die Ärzte, was sie schon früher gesagt hatten: »Sie gefallen uns nicht. Wahrscheinlich hat Ihnen das ständige Bücken nicht gutgetan.«

Ich fühlte mich scheußlich. Am dritten oder vierten Tag ging es mir noch schlechter. Die Ärzte stritten sich. Ich biß die Zähne zusammen. Jemand beugte sich über mich.

»Filipp Jakowlewitsch ist ganz aufgeregt. Er ruft jede Stunde an.«

Auch anderes hörte ich: »Kaiserschnitt.«

Ich verlor das Gefühl für Zeit und Realität und tauchte irgendwohin. Aber Qual und Schmerz holten mich wieder zurück. Verwundert dachte ich: Warum helfen sie mir nicht? Worauf warten sie? Ich sterbe doch. Hektisches Hin und Her. Dann wieder Zaudern. Sie wollten offenbar mich und das Kind retten, hatten Angst, sich vor dem freien Arzt zu blamieren. Das Prestige war wichtiger als ich.

Dann ertönte die empörte tiefe Stimme der Chefärztin Malinowskaja:

»Haben Sie den Verstand verloren? Sehen Sie nicht, daß wir sie verlieren? Legen Sie sie sofort auf den Tisch. Kaiserschnitt!«

Und gleich darauf ein erleichterter Ausruf:

»Er ist da! Er ist da! Schnell, Filipp Jakowlewitsch, schnell!«

Ich konnte es kaum fassen, als ich Filipps konzentriertes Gesicht über mir sah und seinen energischen Befehl hörte:

»Eine Spritze mit Pituitrin! Kleine Dosen Chinin. Noch eine Spritze.« Und zu mir: »Gleich wird alles gut! Gleich! Hörst du mich? Versuche alles so zu machen, wie ich es sage. Verstehst du mich? Hörst du mich?«

Ich hatte so auf ihn gewartet, und er war gekommen. Ich hatte es geschafft. Aber was für unendliche Schmerzen!

Jetzt kommandierte er allein, hob mir den Kopf an, gab mir zu trinken. Wieder Spritzen. Wieder sein Flüstern: »Gleich wird alles gut.«

Ich brachte einen Sohn zur Welt. Meinen Sohn! Ich lebte. Filipp war bei mir und hielt ihn in den Armen.

Bald drängten sie ihn zur Eile:

»Sie müssen gehen, Filipp Jakowlewitsch. Es kann jeden Moment jemand hereinplatzen. Danke für alles. Gehen Sie.«

Ich rollte einen Abhang hinunter, stürzte in Finsternis, tauchte wieder auf und sah noch, daß Filipp weinte. Hätte ich die Kraft gehabt, das tiefe Gefühl, das mich ergriff, in Worte zu fassen, so wäre es ein flehentlicher Schrei gewesen: »Wag nicht, mich jetzt zu verlassen! Geh nicht! Bleib bei mir!« Doch als freier Arzt durfte er nicht in einem fremden Lager bei einer Gefangenen bleiben.

Ich wurde in ein winziges Kämmerchen gebracht, dessen Wände rosa gestrichen waren. Ich war allein. In derselben Nacht hatte ich einen Traum, der ganz real zu sein schien: Hier, in Meshog, geht die Tür dieser Kammer auf, und herein taumelt Erik. Er ist sehr unglücklich. Nur ich weiß, wie schwer er es hat. Er kniet an meinem Bett nieder, vergräbt das Gesicht in der Decke. Er leidet so sehr, daß ich es nicht ertragen kann. Es zerreißt mich. »Ich bin schuldig vor dir, Erik. Ob du ein guter oder schlechter Mensch bist, ist deine Sache, trotzdem bin ich irgendwie schuldig. Aber vielleicht weniger vor dir als vor mir selber? Ich weiß es nicht. Um Gottes willen, weine nicht. Laß mich los. Ich habe jetzt ein ganz anderes Leben.« Als ich aufwachte, konnte ich meiner Verwirrung lange nicht Herr werden. In dieser Nacht hatte ich mich für immer von Erik verabschiedet.

Ein wunderbarer Tag brach an, ein, wie mir schien, wunderbares Leben. Ich wartete, daß mir mein Sohn gebracht wurde.

Filipp schrieb: »Bin glücklich! Danke! Fürs ganze Leben der Deine, der Eure. Nenne den Sohn Juri. Meine Liebe möge euch schützen!«

Platon Romanowitsch hatte mich gebeten, das künftige Patenkind Serjosha zu nennen. Aber nun gab ich ihm den Namen Juri. Er bekam meinen Familiennamen, als Vatersnamen Filippowitsch. In der Rubrik »Vater« – ein Strich.

Da ich eine schwere Entbindung hatte, durfte ich länger als üblich im Krankenhaus bleiben. Ein paar Tage die Illusion von einem normalen Leben zusammen mit meinem Sohn!

Die Seele war offen. Ein neues Gefühl. Ich lebe nicht umsonst auf der Welt. Ich bin tüchtig. Ich bin glücklich.

Bei einer Visite sagte die Chefärztin Alexandra Malinowskaja:

»Ich hole Sie zu mir. Solche wie Sie brauche ich. Sie werden in der OP arbeiten.«

So war ich schon zur Arbeit eingeteilt, als ich noch im Krankenhaus lag.

Der Tag der Entlassung kam. Mein Sohn wurde in die Kindersammelstelle gebracht. Jetzt lief ich alle drei Stunden in eine der Säuglingsbaracken, um ihn zu stillen.

Ich hatte einen strengen Tagesablauf. Um sechs Uhr morgens zum erstenmal stillen. Dann zur Arbeit. Alle drei Stunden von dort zum Stillen. Das letzte Mal um zwölf Uhr nachts. Danach ein kurzer Schlaf. Dann alles wieder von vorn. Und immer die Unruhe: Ist er trocken? Weint er nicht? Ist er satt?

Die Kinder wurden den Müttern durch ein Schalterfenster gereicht. In dem großen Raum saßen auf einer niedrigen Bank fünfzehn stillende Mütter. Ich mußte lernen, mich von den anderen abzuschirmen: »Es gibt nur dich und mich, mein Sohn. Uns beide. Was um uns herum auf der Welt geschieht, ist uns egal. Stimmst du mir zu, mein Junge?«

Von der ewigen Kälte und der Zugluft bekam ich Mastitis. Trotz Fieber lief ich durch Schneesturm und klirrenden Frost dorthin, wo mein Sohn war. Er nahm zu. Bei der Geburt wog er dreitausendsechshundert Gramm, jetzt schon fünf-, sechstausend … Er begann mich zu erkennen, lächelte mich mit seinem zahnlosen Mündchen an, wenn ich ihm die für uns beide wichtigen Worte zuflüsterte. Die Welt mit ihm verdrängte alles andere.

OP, das war die Erholungsstation. Die Lagerleitung hatte sie erfunden, um die »PS« der Häftlinge zu erhalten und damit ihre Arbeitsleistung. Ausgemergelte junge Männer wurden hier aufgepäppelt, um dann zu besonders schweren Arbeiten geschickt zu werden. Es waren vorwiegend Bytowiki.

Alexandra Malinowskaja führte mich in eine der Baracken.

»So. Sie sind für vierzig Burschen zuständig. Überlegen Sie, wie Sie ihnen das Leben organisieren. Ich bin sicher, Sie schaffen es.«

»Allein?«

»Selbstverständlich.«

Vor Hilflosigkeit hätte ich mich in der leeren Baracke am liebsten auf den Fußboden gesetzt und einmal richtig ausgeweint. Das kann ich nicht! Das schaff ich nicht! Ich allein mit vierzig unbekannten Häftlingen. Was soll ich für sie sein? Krankenschwester? Erzieherin?

Ein paar Stunden später füllte sich die Baracke mit vierzig jungen Männern, manche waren noch halbe Kinder. Sie hatten in der Kleiderkammer Unterwäsche und für alle zusammen zehn Krankenhauskittel bekommen. Ich schaute in ihre Gesichter, und mir schien, es sei leichter zu sterben als mit ihnen umzugehen. Mit fremder Stimme erteilte ich ihnen Aufgaben:

»Sie holen Brennholz. Sie heizen den Ofen. Im Speicher bekommen Sie Schüsseln und Becher. Aus Fichtenzweigen binden Sie Besen.«

Ich lief durch die Baracken und trieb irgendwelche Bücher auf, versuchte mir Gedichte in Erinnerung zu rufen, fragte die Älteren der Gruppe:

»Vielleicht erinnern Sie sich an irgendeinen Film? Ach ja, wir wollen einen Barackenältesten wählen.«

Die Chance, zu überleben, die Freude, eine Verschnaufpause zu haben, berauschte die Männer. Sie warfen sich auf die Pritschen und schliefen süchtig. Natürlich wurden die ausgehungerten jungen Männer von der Ration nicht satt. Sie sprachen nur von Brot.

Am fünften oder sechsten Tag kamen zwei zu mir.

»Schwester, mir hat nachts jemand die Decke geklaut.«

»Mir auch.«

Wem sollte ich den Verlust melden? Wie sollte ich ihn begleichen? Ich hatte kein Geld.

»Wer hat sie gestohlen?« fragte ich bestürzt.

Vergebens! Es war ein leichtes, Lagersachen zu verkaufen oder gegen Brot zu tauschen. »Brot! Brot!« Nur davon war die Rede.

Abends las ich ihnen aus Büchern vor. Allmählich glaubte ich, daß ich es schaffen würde. Doch so manches Mal bekam ich, sowie ich Boden unter den Füßen fühlte, vom Leben eine solche Ohrfeige, daß ich mich kaum noch auf den Beinen halten konnte.

Wie überall gab es auch in Meshog »ideologische« Arbeitsverweigerer, die nicht für den Staat »malochen« wollten. In Lagern wie diesem wurden sie dafür hart bestraft. Und ihre Haftzeit wurde erheblich verlängert. Um einer Gerichtsverhandlung zu entgehen, simulierten sie gekonnt Krankheiten. Es gab genug Methoden: Sie durchstachen mit einer Nadel das Handpolster am Daumen, spritzten Kerosin unter die Haut, atmeten staubfein zerstoßenen Zucker ein usw.

Eines Abends öffnete sich unverhofft die Tür meines Dienstzimmers. Zwei berüchtigte Banditen des Lagers kamen herein – Iwan, genannt Bazille, und ein Kumpan. Sie hatten die Hände in den Taschen.

»Sie müssen einem Kumpel helfen. Und zu keinem ein Wort!«

An das Entsetzen kann man sich nicht gewöhnen. Es kriecht ins Innere, scheint Kopf und Kehle zu sprengen.

»Was hat er?« fragte ich.

»Nimm alle Instrumente mit. Los!«

Ich warf mir etwas über und folgte ihnen. Über eine Leiter mußte ich auf den Dachboden klettern. Der Arm des »Kumpels« war blau angelaufen und stark geschwollen. Von dem gespritzten Kerosin hatte sich eine Phlegmone gebildet. Sie wußten genauso gut wie ich, daß hier dringend ein Chirurg gebraucht wurde. Aber dem Arzt alles zu erklären hätte Haftverlängerung bedeutet. Ich überwand mein Grauen, nahm ein Skalpell, machte einen Schnitt, wusch die Wunde mit Rivanol und verband sie.

Wie in allen Lagern wurden auch hier morgens und abends die in Reih und Glied angetretenen Häftlinge gezählt. Von beiden Seiten gestützt, erschien auch der kranke Ganove zum Zählappell. Es gab einen Gott. Dem »Patienten« ging es bald besser.

Genauso unverhofft wie beim erstenmal kam Bazille wieder in die Baracke. Mit der Stimme eines Aufsehers schrie er:

»Alle aufstehen!«

Die Jungs kannten ihn und hatten vor ihm nicht weniger Angst als ich. Von einem zum anderen gehend, blickte er jedem prüfend in die Augen. Vor einem Burschen blieb er stehen. »Du Aas hast eine Dekke geklaut.« Dann vor einem zweiten. »Du auch. In zwei Stunden sind die Decken wieder da. Und daß hier nichts mehr verschwindet. Ihr kriegt's mit mir zu tun!«

Sie brachten die gestohlenen Decken zurück. Es kam nie wieder etwas weg. Auf diese Weise dankten mir die Banditen.

Der Name der vertragsangestellten Leiterin der Kindersammelstelle, Metrjakowa, wurde mit einer Mischung aus Furcht und Achtung ausgesprochen. Das kraftstrotzende, pockennarbige Mannweib ähnelte eher einem Feldwebel oder Wachtmeister als einer Ärztin. Ihre Philosophie war schrecklich: »Das Kind hat überlebt? Also ist es gesund und soll leben. Ist es gestorben, dann war es eben zu schwach!« Dennoch kümmerte sie sich um die Kinderkrippen und verbrachte dort viel Zeit. Das Personal wurde eisern gedrillt und hatte Angst vor ihr. In den Krippen arbeiteten die glücklichen »Ammen«, die ständig in der Nähe ihrer Kinder sein durften. Für dieses Privileg zahlten sie mit unbedingtem Gehorsam gegenüber der Despotin.

Von der Säuglingsbaracke, in der mein Jurik war, bis zu meiner Arbeitsbaracke waren es hundert Meter. Als es warm wurde und die Kinder ins Freie getragen wurden, hörte ich unter hundert weinenden Kindern die Stimme meines Sohnes heraus. Ich rannte sofort los, kroch durch ein Loch im Zaun und lief prompt der Metrjakowa in die Arme.

»Was machen Sie zu dieser Zeit hier?«

»Mein Sohn weint!«

»Was Sie nicht sagen! Soll er weinen.«

»Er weint ganz furchtbar. Bestimmt tut ihm was weh.«

»Kann schon sein. Wenn es nicht mehr weh tut, hört er auf zu weinen.«

»Ich möchte nur mal nachsehen.«

»Nein.«

»Nur einen Blick, bitte.«

Sie ließ sich nicht erweichen. Als ich meinen Sohn einmal stillte, trat sie dicht an mich heran, raffte den Saum ihres Kittels hoch und fuhr mir damit über die Wange.

»Sieh an, keine Farbe! Und ich dachte, du hättest dich angemalt.«

Ich sprang auf und schrie: »Was fällt Ihnen ein?« Wir standen einander gegenüber, ich mit dem Kind im Arm, sie mit dem Privileg eines freien Menschen und Natschalniks. Grienend wartete sie, was ich noch sagen würde. Ich schluckte einen harten Klumpen Bitternis hinunter und schwieg.

Die Metrjakowa haßte die »Ammen«, die für sie Gesetzesverletzerinnen waren. Manchmal kam sie zu den Stillzeiten.

»Wie hältst du das Kind, du Idiotin? Und du? Was machst du da, du dumme Gans? Du solltest lieber einen Schakal stillen, aber keine Tochter!« warf sie bald der einen, bald der anderen an den Kopf.

»Die Visage hat mein Bengel von seinem Vater«, brüstete sich eine Kriminelle. »Unser Vater ist Arbeitsleiter. Kräftig, ein Kerl, wie er sein muß.« Sie nannte den Namen des Vaters ihres neun Monate alten Sohns. Da stellte sich heraus, daß er auch der Vater einer zwei Monate alten Tochter war, die ebenfalls gerade von ihrer Mutter gestillt wurde.

Anfangs belustigte die Situation alle Anwesenden. Doch als die Flut verbaler Gemeinheit die Wut nicht dämpfte, wurden die beiden Frauen handgreiflich. Zerkratzt und blutüberströmt suchten sie einander zu beweisen: Der Kerl gehört mir. Immer mehr in Rage kommend, packte das kräftige Weib ihren Sohn bei den Beinen und schlug ihn der Rivalin um den Kopf. Der halbtote Junge konnte gerade noch gerettet werden. Die herbeigeeilte Metrjakowa schrie: »Soll er doch krepieren!« Und dieses Mal hatte sie vielleicht recht.

Ich sah und hörte alles, was um mich herum vorging, aber ich hatte eine Zuflucht; ich drückte Jurik an meine Brust und war weit weg. »Lächle mir zu. Lach doch mal, mein Junge!« Er lachte. Und ich war glücklich. Wir hatten unsere eigene, riesige Welt.

Ich stickte auf seine Hemdchen und Jäckchen eine Sonne, Häschen, seine Initialen. Mein Sohn war das bezauberndste von allen Kindern. Es gab schönere, aber keines war so freundlich und sanft wie er.

»Meine Liebste! Geliebte Frau!« schrieb Filipp. »Jetzt ist es zehn vor sechs am Morgen. Ich kann nicht schlafen. Überall, in allem erscheinst Du mir. Gerade geht die Sonne auf. Ich sehe sie vom Fenster aus. Und in ihrem goldenen Kreis bist Du, meine Liebste. Ich liebe Dich wahnsinnig. Was für eine Freude, daß es Dich gibt … Schreib mir, was ihr beide braucht. Der Deine. Der Deine. Der Deine.«

Administrativer Leiter des Krankenhauskomplexes war Rodion Malachow. Er war als Aufklärer an der Front gewesen, hatte sich irgend etwas zuschulden kommen lassen und war zu den Truppen des NKWD versetzt worden, um die »Häftlinge zu bessern«. Leiter wie er hatten das Lagerleben auf militärische Art umgestaltet. Aufstehen, Abmarsch der Brigaden zur Arbeit, Mittagessen, Schlafengehen, alles mußte auf die Minute genau erfolgen. In seinem kurzen Fellmantel tauchte er überall auf: in der Baracke, in der Kantine, in der Wache, wenn die Arbeitsbrigaden hinausgeführt wurden. Mit seinen raubtierhaften Nüstern und seinem klaren Adlerblick wirkte er kerngesund. Er sprach abgehackt und etwas schroff. Die Leute fürchteten und achteten ihn und hielten ihn für gerecht.

Ich war nie mit ihm zusammengestoßen und konnte mir darum nicht erklären, weshalb ich eines Tages zu ihm bestellt wurde. In seinem Arbeitszimmer brannte eine Tischlampe mit Blechschirm.

»Tamara Wladislawowna? Treten Sie ein. Setzen Sie sich.«

Mir fiel ein Stein vom Herzen, als er mich mit Vor- und Vatersnamen ansprach.

»Wie kommen Sie hier zurecht?«

»Gut.«

»Gefällt Ihnen Ihre Arbeit?«

»Ja.«

»Sind Sie mit Ihrer Baracke zufrieden?«

»Ja.«

»In welcher sind Sie untergebracht?«

»In der medizinischen.«

»Soll ich Sie in die Bürobaracke verlegen?«

»Nein, danke. Ich habe mich hier eingelebt.«

»Also brauchen Sie nichts?«

»Nein.«

»Ahnen Sie, warum ich Sie das frage? In der Verwaltung sitzt ein Mann, den ich seit langem kenne und sehr schätze: David Schwarz. Er hat mir geschrieben und mich gebeten, Ihnen zu helfen.«

Es war nicht schwer, zu erraten, daß meine Freunde vom Theater, vor allem Gawronski, sich an Schwarz gewandt hatten.

»Also, wenn Sie etwas brauchen, kommen Sie zu mir.«

Ich stand auf. Malachow hielt mich zurück.

»Wenn Sie keine Bitte an mich haben, ich habe eine an Sie. Könnten Sie ›Das Mädchen und der Tod‹ von Gorki auswendig lernen und hier auf der Bühne vortragen?«

»Ich werde es versuchen.«

Ich lernte also das Poem von Gorki auswendig und trug es vor. Malachow war zufrieden. Die Zuschauer klatschten, baten mehrmals um Wiederholung.

Mit Malachow führte mich das Leben später noch einmal zusammen, in einem sehr kritischen Moment, und hätte ich auf diesen Mann gehört, wäre ich jetzt glücklicher. Aber davon später.

Die Häftlinge hatten der Chefärztin Malinowskaja, einer Psychiaterin, den Spitznamen Katharina die Zweite gegeben. Für mich war sie eine der bemerkenswertesten Frauen, die mir im Leben begegnet sind. Man sagte von ihr: »Sie ist mannstoll.« Mag sein. Aber nicht das war das Wesentliche an der klugen und leidenschaftlichen Frau. Sie hatte fünf Jahre im Lager gesessen und nach der Freilassung hier eine Arbeit angenommen. Sie war klein und korpulent, und die herabgezogenen Mundwinkel verliehen ihr einen gekränkten und ironischen Ausdruck. Die psychiatrische Station im Lager war das Werk ihrer Hände. Dort wurden Freie und Häftlinge behandelt.

Bevor ich nach Meshog fuhr, hatte Gawronski der Chefärztin einen Brief geschrieben, in dem er sie bat, mir beizustehen. Aber er hatte zu mir gesagt: »Sie mag Frauen nicht. Ich weiß nicht, wie sie sich dir gegenüber verhalten wird. Ich fürchte, feindselig. Trotzdem ist sie ein außergewöhnlicher Mensch.« Ich gab ihr den Brief nicht. Die »Frauenhasserin« war mir nicht nur gewogen, sondern tat so viel für mich, daß ich ihr fast mein Leben verdanke. Später schätzten wir einander sehr.

Eine der grausigsten Lagergeschichten, von denen ich hörte, war mit ihr verbunden.

Einer ihrer Patienten in der Psychiatrie, der ehemalige NKWD-Mitarbeiter Woinow, hatte eine fixe Idee: »Nur ein schlechter Soldat träumt nicht davon, General zu werden!« Als Ermittler im Lubjanka-Gefängnis hatte er davon geträumt, in größeren Maßstäben operieren zu können. Doch er kam ins Lager. In die Psychiatrie wurde er als Tobsüchtiger eingeliefert. Sein krankes Hirn plante eine der blutigsten Seiten unserer Geschichte, und er hängte im Korridor des Krankenhauses Befehle aus: »Ich befehle, am soundsovielten alle Frauen Moskaus zu verhaften ... alle Einwohner der Stadt da und dahin zu verbannen ... binnen 24 Stunden die und die zu erschießen« usw. Unterschrieben mit: »Stellvertretender Volkskommissar für Innere Angelegenheiten der UdSSR Woinow.« Wenn er einen Befehl ausgehängt hatte, beruhigte er sich für eine Weile, doch dann bemerkte er: Keine Schüsse waren zu hören, keine Bewegung war zu sehen, wenig Tränen.

Das verdüsterte Bewußtsein verlangte Genugtuung. Im verborgenen bereitete Woinow sorgfältig eine Aktion vor.

Dafür wählte er die Stunde aus, in der das Personal Schichtwechsel hatte. Er schloß die Tür zur Station und verbarrikadierte sie. Sein Befehl lautete: »Alle niedermachen!« Die von Woinow beschafften Beile sollten die Sache entscheiden. Mit einer Gruppe Kranker, die er bewaffnet hatte, stürmte er zum Zimmer der Chefärztin. Unterwegs schlugen sie mehreren Menschen Arme und Beine ab. Das Blut floß in Strömen. Die Chefärztin befand sich gerade eine Etage tiefer. Als sie die verzweifelten Schreie hörte, lief sie mit dem Personal nach oben. Sie brachen die Tür auf und rissen die Barrikade nieder. Die ersten Vordringenden wurden erschlagen.

Auf die Chefärztin ging Woinow persönlich mit dem Beil los. Der alte Pfleger Michejewitsch wollte sie schützen und warf sich ihm entgegen. Er wurde getötet. Woinow holte mit dem Beil gegen Alexandra Malinowskaja aus, aber sie riß die Hände hoch und rief gellend mit fordernder Stimme: »Wo ist das Urteil? Wann war die Gerichtsverhandlung?« Woinow hielt inne. In seinem Bewußtsein war immerhin die Prozedur der Gerichtsverhandlung verankert. Er war verunsichert und zögerte.

»Die Troika muß das Urteil fällen!« rief die Chefärztin zornig. »Und du selbst mußt die Verhandlung leiten! Ich verlange, daß du die Verhandlung leitest!«

Es war wichtig, Zeit zu gewinnen. Und das in dem blutigen Chaos. Die »Troika« war im Nu zusammengestellt. Woinow eröffnete das »Gerichtsverfahren«. Die Chefärztin stritt mit ihm, verlangte, das Gericht müsse ihr zugute halten, daß sie alle kuriere, sie gut behandle usw. Unter Berücksichtigung ihrer Verdienste verurteilte die »Troika« sie »zum Verlust eines Fingers durch das Beil«. Noch immer war keine Hilfe eingetroffen. Da legte die Chefärztin den abgespreizten Finger auf den Tisch. Das Beil hackte ihn ab.

Erst jetzt schlugen Feuerwehrleute und Wachposten die Scheiben ein und bahnten sich mit Wasserschläuchen einen Weg.

»Tamara Wladislawowna! Wachen Sie auf! Ich muß mit Ihnen reden!« sagte jemand.

Das Wecksignal war noch nicht ertönt. Neben meiner Pritsche stand Vera Petrowna.

»Wo können wir uns hinsetzen? Ich habe sehr wenig Zeit.«

Mir krampfte sich das Herz zusammen. Was wollte sie hier? Ich zog mich hastig an. Sie erklärte, sie habe aus Urdoma eine Gefangene nur deshalb persönlich hergebracht, um mich zu sehen. Jetzt müsse sie sich beeilen, um den Zug zurück zu schaffen.

»Wie geht es Ihnen? Wie schön Sie geworden sind! Wie geht es Ihrem Sohn? Also alles in Ordnung? Ich freue mich für Sie.«

Und wie immer ratterte sie ohne Übergang los:

»Sie müssen den Kampf aufnehmen, Tamara Wladislawowna! Glauben Sie mir: Es geht mir nur um Ihre Interessen.« Sie hielt mir zwei beschriebene Blätter hin. »Lesen Sie! Lesen Sie! Schnell.«

Filipps Handschrift. Auf dem Blatt stand: »Ljolja! Nach unserem gestrigen Treffen denke ich nur noch an dich ...«

»Wer ist diese Ljolja?«

Auf diese Frage hatte Vera Petrowna nur gewartet.

»Vor einiger Zeit ist ein Transport gekommen. Darunter waren viele Polinnen. Eine davon ist verdammt schön, bloß unförmig dick. Sie heißt Ljolja. Mit ihr hat sich Filipp eingelassen. Eine Hyäne. Eine Bestie. Das ganze Gegenteil von Ihnen. Die achtet keinen, läßt keinen gelten. Ein berechnendes, kaltes Aas. Sie nutzt Filipp für ihre Ziele aus. Sie müssen ihm schreiben, müssen ihm drohen, daß Sie das nicht hinnehmen werden. Es ist doch ein Kind da. Und er? Was für ein Schweinehund! Aber sagen Sie ihm nicht, daß Sie es von mir wissen.«

Nachdem Vera Petrowna ihre Mission erfüllt hatte, fuhr sie ab.

»Heute war in aller Herrgottsfrühe eine Frau hier, um sich Ihr Kind anzugucken«, sagte mir eine Krankenschwester in der Krippe.

Ich war schon sechsundzwanzig, doch in Vera Petrownas Besuch sah ich nichts weiter als Neugier und den Wunsch, mich und Filipp auseinanderzubringen. Seit langem fürchtete ich Betrug und Verrat, und ich hatte Filipp in meinen Briefen gefragt, ob er ein Freund sein könne. Er hatte geantwortet:

»Meine geliebte, vertraute Frau! Erst jetzt fühle ich den Sinn und den Zauber dieser Worte. Alle meine Gedanken sind untrennbar mit Dir verbunden. Ob ich Dein Freund sein kann? So zu lieben und kein Freund zu sein ist unmöglich. Aber habe ich Dich richtig verstanden?

Ein Freund zu sein bedeutet, nichts zu verheimlichen, keine Gedanken oder Handlungen. So geht es mir mit Dir. Vieles, sehr vieles haben wir einander noch nicht gesagt. Aber wir werden einander alles sagen, alles.«

Nun hatte mir Vera Petrowna seinen Brief an Ljolja gezeigt. Daß es »sie« gab, war eine unbestreitbare Tatsache. Alles brach zusammen.

Ohne Vera Petrowna preiszugeben, schrieb ich ihm, ich hätte gehört, daß es eine andere Frau in seinem Leben gebe.

»Noch nie hast Du mir eine solche Kränkung zugefügt wie in Deinem Brief vom 18./19.9.46«, antwortete Filipp. »Für mich gibt es nur Dich, nur Dir gehöre ich. Ich liebe Dich nicht nur als wunderschöne Frau, nicht nur als einen Menschen, der mir mit seiner Liebe und Freundschaft, Treue und Ergebenheit lebendige Freude schenkt. Ich liebe Dich in allen Erscheinungsformen der menschlichen Existenz, der auch unschöne Seiten eigen sind. Mir ist für immer die Fähigkeit verlorengegangen, mich für eine andere Frau zu interessieren, geschweige denn sie zu lieben. Und da schreibst Du mir: ›Ich habe gehört ...‹ Und das wagst Du zu glauben?«

Filipps anklagender Ton beengte mir das Herz. Geschickt hatte er die Schuld von sich auf mich abgewälzt. Ich hatte »gewagt zu glauben«.

Das Lager hatte seinen Rhythmus, seine Ordnung, seine Sorgen. Wanda Rasumowskaja hatte recht gehabt, als sie entrüstet sagte: »Auf was für ein anderes Leben warten Sie?« Ich wehrte mich nicht mehr dagegen, ich begriff zunehmend: Wie immer das alltägliche Leben sein mochte, es war meins. Aber obwohl ich das begriff, vermochte ich mich nicht richtig einzufügen.

Auf einer Besprechung erklärte Malinowskaja:

»Ab morgen gehen Sie jeden Tag in die Küche und kosten das Essen.«

Ich war gerührt: Hinter dem Befehlston verbarg sich der Wunsch, mich aufzupäppeln.

Am nächsten Morgen stand ich um vier auf. Ich war aufgeregt. Aus einem kleinen Topf, der auf dem Herd stand, goß mir der Koch schweigend fette Suppe in einen Napf und stellte ihn auf einen kleinen Tisch. Am Boden des Napfes lag ein großes Stück Fleisch. Der Koch »bewirtete« mich, als ob er einem Hund einen Knochen hinwarf.

Was hatte diese Suppe mit dem allgemeinen Kessel gemein, über dessen Inhalt ich schreiben sollte: »annehmbar«? Ich brachte es nicht über mich, die Almosen aus dem Sondertopf zu kosten.

»So eine dumme Trine! Wie kann man bloß so blöd sein!« schimpfte die Chefärztin.

Nach der Arbeit ging ich einmal in ein Schwesternzimmer, in dem fünf junge Frauen dicht gedrängt auf einer Liege saßen und Dämmerstündchen hielten. Sie erzählten sich prickelnde Witze, lachten gedämpft und zogen über die Männer her. Sie geizten nicht mit treffsicheren, gewagten Charakteristiken ihrer Umgebung. Der leichtsinnige, ungezwungene Ton wirkte anziehend, lebensnah. Ich hätte mich gern an dem Gespräch beteiligt, mich »angepaßt«, aber es ging nicht. Ich spürte, daß sie sich durch mich gehemmt fühlten, und als ich aufstand, um zu gehen, hielt mich keine zurück. Es tat weh, aber ich sah, daß ich nicht zu ihnen gehörte.

Auf dem Weg zu meiner Baracke schaute ich noch bei einer Krankenschwester vorbei. Die lebhafte schwarzäugige Valja empfing mich freudig:

»Mach kein Licht. Laß uns ein Weilchen im Dunkeln sitzen.«

Die Dämmerung war immer schön. Dann verloren die Umrisse des Lagers ihre Schärfe. Alles wurde gemildert. Wir unterhielten uns leise. Vom Lager her stahl sich jemand zum Fenster.

»Ein Dieb«, sagte Valja. »Sei still.«

Überzeugt, das Dienstzimmer sei leer, prüfte der Einbrecher, wie er am besten durchs Fenster einsteigen könnte.

»Wenn er sich am Rahmen festhält, zieh ich ihm die Klinge über die Finger. Dann wird er die Tür finden, um sich verbinden zu lassen«, flüsterte Valja energisch und griff nach dem Rasiermesser.

Ich konnte Valja verstehen. Einem Strolch eine Abfuhr zu erteilen war immer gut. Aber mit dem Messer? Ich stand geräuschvoll auf. Der Dieb rannte davon.

Das Leben meinte es nicht gut mit mir. Ganz in meiner Nähe war mein Sohn, aber ich durfte ihn außerhalb der Stillzeiten nicht sehen. Filipp? Er war nicht treu. Ich ging in meine Baracke und vergrub den Kopf im Kissen. Die Einsamkeit brachte mich um den Verstand. Nirgends fand ich Geborgenheit.

»Tamarotschka! Ich möchte Ihnen etwas Leckeres zu kosten geben. Nehmen Sie. Heute habe ich ein Paket von meiner Tochter bekommen.« Neben mir stand die Krankenschwester Olga Tarassowa und hielt mir ein Stück trockenen Kuchen hin.

»Wie kommen Sie dazu, nein, danke.«

»Nehmen Sie schon. Hier haben Sie noch Sojakonfekt. Nicht weinen.«

»Ich weine ja nicht. Aber es ist nicht leicht.«

Um mich abzulenken, erzählte mir Olga von den glücklichen Tagen, die sie mit ihrem Mann in Italien, in der Schweiz und in Paris verbracht hatte. Meine Verzweiflung legte sich langsam.

Olga hatte davon geträumt, Ärztin zu werden. Aber damals wurden Studenten erst mit einundzwanzig Jahren immatrikuliert. Sie fuhr nach Genf und studierte dort Medizin.

Bald kam auch ihre Schwester Seta nach Genf, eine aktive Revolutionärin, Mitglied der sozialdemokratischen Partei. Olga, die eigentlich Landärztin werden wollte, begeisterte sich für die Ideen dieser Partei und wurde auch Revolutionärin.

Sie hatte unterm Zarenregime neun Monate in der Peter-Pauls-Festung gesessen und wurde siebenunddreißig, unter der Sowjetmacht, zu zehn Jahren Haft verurteilt.

Früher als erwartet kam das Theater nach Meshog. Auch Gawronski war dabei. Wegen seiner kranken Beine fuhr er sonst nirgendwohin. Daß er die Fahrt auf sich genommen hatte, zeugte davon, wie sehr er an meinem Schicksal Anteil nahm. Sein Sohn war in der Verbannung gestorben.

»Ich muß mir doch deinen Sohn ansehen!« sagte er.

»Zeig ihn uns!« drängten die anderen.

Die Draufgänger wagten sich durch Metrjakowas Sperren hindurch in die Kinderkrippe.

Aber was sollte ich mit Gawronski machen? Nach vielen demütigenden Bitten erlaubte mir die Kinderschwester, meinen Sohn mit ins Dienstzimmer zu nehmen, nachdem die Metrjakowa das Lager verlassen hatte. Mein freundlicher Sohn krallte die Händchen in Gawronskis Bart, zupfte kräftig daran und krähte sein süßes: »A-a-a-a.«

»Beschwerst du dich über deine Mama? So, so. Na, erzähl mir alles, deshalb bin ich ja gekommen«, plauderte Gawronski mit ihm.

Beide waren mit der Bekanntschaft zufrieden.

Ich hastete zwischen Arbeit und Krippe hin und her. Mit Mühe konnte ich mich für zwei, drei Stunden freimachen, um mit Gawronski zu reden.

1946 änderte sich die Zusammensetzung des Lagers von Grund auf. Die frühere Einteilung in Politische und Kriminelle wurde modifiziert: Vaterlandsverräter, Grüne, Wlassow-Leute, Bandera-Anhänger usw. Der Krieg, die Gefangenschaft, die Besetzung, die Partisanenbewegung und der Widerstand in den baltischen Ländern spülten ein unermeßliches Heer von Menschen mit unbekannter Psychologie und ungewöhnlichem Verhalten ins Lager.

Am schwersten war es, den erbitterten Gesprächen der Männer zuzuhören, die drei oder vier Jahre an der Front gekämpft hatten und dann in Gefangenschaft geraten waren. Ihre Nerven lagen blank. Beim geringsten Anlaß fluchten sie und gingen fast mit Fäusten auf einen los. Und sie besänftigten sich sofort, wenn man freundlich zu ihnen war.

Durchs Lager huschten Bäuerlein mit schlauen Äuglein und krummgebogenem Rücken. Für eine Arbeitsbefreiung waren sie bereit, den Zuständigen nicht nur die Hände, sondern auch die Stiefel zu küssen.

Manchmal wurde vorsichtig an die Tür meines Dienstzimmers geklopft. Ein junger Mann trat lächelnd ein und holte unter der Jacke ein Stück gesalzenen Speck hervor, in einen sauberen weißen Lappen gewickelt.

»Nehmen Sie, Schwester.«

Das war einer der Balten. Es kränkte mich, daß sie annahmen, sie könnten alle und alles kaufen, und ich warf sie hinaus. Sie warteten eine Weile ab, als wollten sie mich prüfen. Dann baten sie mich vorsichtig, aber schon vertrauensvoll oder auch ganz hilflos, das Evangelium oder kleine Gebetbücher, die sie bis jetzt durchgeschmuggelt hatten, vor Durchsuchungen zu verstecken.

Die jetzigen Kriminellen unterschieden sich auch von den früheren Gewohnheitsverbrechern. So arbeitete in der Apotheke die Frontkämpferin Mascha, eine kräftig gebaute, angenehme, einfache Frau. Sie trug auch hier ihre Militärbluse. An der Front hatte sie ein Verhältnis mit einem Leutnant gehabt. Er wurde in den Regimentsstab versetzt, und als er sie einmal mit dem Motorrad besuchen kam, sagte sie zu ihm: »Ich kriege ein Kind!« Der Leutnant antwortete: »Was soll ich damit? Leb wohl!« und setzte sich auf sein Motorrad. Mascha rief von der Treppe: »Warte!« Er drehte sich nicht um. Da zog sie den Revolver und schoß dem Davonfahrenden in den Rükken. Er war auf der Stelle tot. Das Gericht verurteilte Mascha zu fünf Jahren.

Eines Tages wurden im Lager plötzlich die Baracken geweißt. In einem Großeinsatz wurden die Wanzen vernichtet. Die Wege wurden geebnet. Angereiste Kontrolleure drehten die Tische um, fuhren mit einem Staubtuch über die Unterseite und schüttelten vorwurfsvoll den Kopf.

»Wo haben Sie bloß Ihre Augen? Staub! Eijeijei!«

»Was ist denn eigentlich los?«

»Man erzählt, daß eine Kommission der UNO die Lager besichtigen wird.«

In der Abkürzung UNO klang der Wind der fernen Welt. Ob er bis zu uns dringen würde? In der Seele regte sich etwas wie Hoffnung.

Der Lieblingsplatz in der Baracke war am riesigen Ofen. Die Leute preßten sich an ihn, um sich zu wärmen. Dort stand auch der achtundzwanzigjährige Nejman. Seit einiger Zeit bemerkte ich in seinen Augen einen besonderen Glanz. Ich sah, daß er mir etwas mitteilen wollte.

»Ich sage es nur Ihnen, Schwester. Ich werde bald frei sein. Ich habe einen Brief bekommen. Die Juden im Ausland haben eine Gesellschaft gegründet. Sie sammeln Geld, um uns Juden hier zu befreien. Wirklich. Es wird nicht mehr lange dauern. Glauben Sie mir? Ich verspreche Ihnen: Ich werde alles tun, daß Sie auch freikommen. Verstehen Sie, dort setzen sie sich für uns ein!«

So hatten in Belowodsk die Polen daran geglaubt, daß ihre Regierung ihnen helfen würde. Nejman war überzeugt, daß ihn seine Glaubensbrüder retten würden. Und ich? Ich war nicht einmal sicher, ob ich mich als legale Bewohnerin der Erde betrachten konnte. Ich teilte nicht die Hoffnung des lieben rothaarigen Nejman.

Jemand kam zu mir gelaufen. »Filipp Jakowlewitsch ist da. Er wartet in der Krippe auf Sie.«

Wir durften das Zimmer betreten, in dem Juriks Bettchen stand. Filipp nahm seinen Sohn in die Arme, betrachtete ihn und drückte ihn an sich. »Mein Kleiner! Meine Freude! Mein Sohn!«

Er war tief gerührt und aufgewühlt und sagte zu mir:

»Ich bin dir ja so dankbar, Ljolja!«

»Ich bin Tamara!« verbesserte ich ihn.

»So was Dummes! Du hast doch wohl nicht eine Sekunde gedacht, daß es in meinem Leben jemanden außer euch gibt? Es gibt nur uns drei. Sonst niemanden. Und nichts. Bis ans Ende meines Lebens. Glaub mir! Ich bitte dich! Glaub mir! Und verzeih mir! Das war so dumm ... verzeih.«

Wieder einmal vollzog sich vor meinen Augen eine Metamorphose. Der eitle, selbstherrliche Mann wurde aufrichtig und schlicht, von einem Moment zum anderen, noch ehe mich der Schmerz versengte.

»Sag, daß du mir in allem vertraust! Beruhige mich. Vertraust du mir? Ja?« wiederholte er immer dieselbe Frage. Er flehte und forderte.

»Ich vertraue dir«, antwortete ich, weil ich nichts anderes ertragen konnte und weil ich mich in diesem Augenblick stark fühlte als Mutter.

»Danke! Ich bin dein Hafen. Verlaß dich auf mich. Vertrau mir in allem! Ich werde dein Vertrauen nicht enttäuschen! Ich bin vierzig und habe so lange von einem Sohn geträumt! Erst jetzt habe ich eine Familie. Laß uns über alles reden.«

Wir hatten nie genug Zeit zum Reden. Seine Besuche waren illegal, die Minuten überschattet von Angst um uns selbst und um diejenigen, die ihn ins Lager gelassen hatten. Die wichtigste Neuigkeit, die er mir mitzuteilen hatte, war, daß er endlich von Vera Petrowna losgekommen und von Urdoma weggezogen sei. Er lebe nun allein und werde auf mich und das Kind warten, auch wenn es noch eine ganze Weile dauern werde. Er wolle sich auch künftig um meine Freilassung bemühen. Er sei jetzt Chef einer großen Sanitätsabteilung, und er sei glücklich. Er liebe mich und den Sohn. »So, wie noch nie ein Mensch einen anderen geliebt hat.«

Ich bekam einen Brief von Vera Nikolajewna. Es war ihr gelungen, meine Schwester ausfindig zu machen. Valetschka lebte in Moskau.

Ich war verwirrt. Sollte ich meiner jüngeren Schwester schreiben, daß ich im Lager saß? Verurteilt war? Wofür? Was würde sie verstehen? Was nicht? Ich wollte wissen, wie sich ihr Leben gefügt hatte. Schließlich nahm ich all meinen Mut zusammen und schrieb ihr. Valetschka antwortete mir und schilderte, wie sie aus dem Uglitscher Waisenhaus nach Moskau verpflichtet worden war, zum Bau der Gasleitung, ohne die Schule beenden zu können. Sie lebte in einem Wohnheim, verdiente wenig. Was mir widerfahren war, konnte sie nicht verstehen. Sie stellte mir die simpelsten Fragen, auf die ich keine Antwort wußte.

Ich mußte ihr von meinem Sohn schreiben. Von Filipp. Ich wollte es ihr nicht verschweigen, aber ich schob es immer wieder auf.

Filipp hatte einen Urlaubsplatz im Süden, in Jessentuki. Er wollte über Moskau fliegen und bat mich um die Adresse meiner Schwester. »Ich möchte Valetschka kennenlernen, sie ist doch deine Schwester.«

Ich war hin und her gerissen, gab ihm die Adresse aber nicht. Filipp machte Valetschka in Moskau selber ausfindig und besuchte sie. Sie war inzwischen ein erwachsenes Mädchen von neunzehn Jahren, aber ich sah sie immer noch als schutzlose Halbwüchsige. Die Blokkade, der Krieg, das Waisenhaus und die Baustellen, auf denen sie arbeitete, hatten sie geprägt. Und der Brief, in dem sie mir ihre Meinung über Filipp mitteilte, erschütterte mich:

»Entschuldige bitte«, schrieb sie, »aber weißt Du, Dein zweiter Mann hat keinen sonderlich guten Eindruck auf mich gemacht. Vielleicht ist er ein guter Mensch, ich habe ihn ja nur einmal gesehen. Du tust mir sehr leid, aber ich war ganz erschlagen, als er mir sagte, daß ihr einen Sohn habt. Er hat mir erzählt, wie Du lebst, daß Du bei Frost nur eine Wattejacke hast. Er hat gesagt, daß er Dich wahnsinnig liebt. Aber wie kann er denn nach Sotschi und Jessentuki in Urlaub fahren, während Du im Lager arbeitest und Dich quälst? Für das Geld hätte er Dir lieber etwas Warmes kaufen sollen.«

Die praktische Sicht meiner Schwester war das Resultat ihres harten Lebens. Es tat mir weh, daß sie mit den Kriegs- und Nachkriegsschwierigkeiten allein fertig werden mußte. Aber das war nicht alles. Mich verwirrte die Geradlinigkeit ihres Urteils, ihr »Blick aufs Leben«. Vor allem verblüffte mich, daß in Valetschkas Betrachtungen ein ausgeprägtes »Maß der Dinge« zum Ausdruck kam. Mehr noch – Würde. Ich mußte mir eingestehen, daß ich mein Maß noch nicht gefunden hatte.

Mit der nächsten Kommission zur Überprüfung des Lagers kam Oberst Warsch. Der untersetzte, robuste Mann mit den buschigen Brauen glich einem Panzer. Die Hände auf dem Rücken, schritt er hochmütig vor seinem Gefolge her.

»Jetzt kommen sie zu uns!« riefen meine Schützlinge, die Wache standen.

Alle mußten antreten. Oberst Warsch ging die Reihe ab.

»Sauber«, bemerkte er. »Ordentlich. Gibt es Beschwerden?«

»Nein!« antworteten alle wie aus einem Mund.

»Warum ist es in den anderen Baracken nicht so gemütlich? Wer ist hier die Krankenschwester?«

»Petkewitsch!« wurde ihm gemeldet.

»Sie?« fragte er mich und befahl dem Arbeitsverteiler: »Auf die Liste setzen.« (Er meinte die Liste für vorfristige Entlassungen.)

Die Kommission verließ das Gebäude.

Es war längst Zeit zum Stillen. Ich schlüpfte wie gewohnt durch das Loch im Zaun und eilte in die Krippe. Nachdem ich meinen Sohn gestillt hatte, hielt ich ihn noch in den Armen. Da rief das Personal: »Sie kommen hierher!«

Warsch sah mich mit dem Kind im Arm.

»Wessen Kind ist das?«

»Meins.«

»Sieh mal an!«

Der Oberst sprach nicht aus, was ihm im Gesicht geschrieben stand: Er hatte sich geirrt, sich in mir getäuscht, ich war kein »Musterhäftling«.

»Runter von der Liste!« sagte er.

Ich hatte mich keine Sekunde in der Hoffnung auf vorfristige Entlassung gewiegt. Ich hätte auch nicht daran geglaubt, wenn ich auf der Liste geblieben wäre. Hauptsache, es kam nicht schlimmer.

Von mir verlangte Alexandra Malinowskaja mehr als von den anderen Krankenschwestern. Als der nächste Transport zu einem zweimonatigen Erholungsaufenthalt eintraf, sagte sie:

»Sie werden in der Aufnahmekommission sitzen. Wir machen es diesmal anders. Alle Gewohnheitsverbrecher stecken wir in eine Baracke, die Strafbaracke, dann haben die anderen mehr Ruhe.«

»Und welche Krankenschwester bestimmen Sie für die Strafbaracke?«

»Na wen schon? Tamara Petkewitsch.«

Ich hielt das für einen ihrer hinterhältigen Scherze, dennoch fühlte ich einen Stich im Herzen. Doch sie hatte nicht gescherzt. Also bildete ich mir nur ein, daß sie mich mochte?

»Alexandra Petrowna, Sie wollen mich in die Strafbaracke schikken? Aber ich kann das nicht!«

»Sie werden es können!« schnitt sie mir das Wort ab. »Sie werden es können.«

Unvorstellbar! Wofür? Ich begriff nichts. Sie tat, als bemerke sie meine Panik nicht. Ich hatte Todesangst vor den Kriminellen. Mich erschreckten ihre lasterhaften erdfarbenen Gesichter, ihre Augen, die Signale anderer menschlicher Systeme nicht akzeptierten.

Vor dem Tisch stand eine Schlange abgearbeiteter, ausgemergelter Menschen. Die meisten von ihnen waren über und über tätowiert. Auf Brust, Rücken, Bauch und Armen prangten blaue Nixen, Frauengesichter, Tiere, verschlungene Gebilde, Namen und saftige

Aphorismen. Manche schämten sich, andere schienen gar nicht mehr zu wissen, was auf ihren Leibern abgebildet war. Sie wollten jetzt nur eines: eine zweimonatige Verschnaufpause und besseres Essen, weiter nichts.

Die Reihe kam an einen entkräfteten blassen Mann. Ich erkannte ihn sofort.

»Name?« fragte Malinowskaja.

»Sie kennen mich doch, Lwow.«

»Aha, der berühmte Lwow ist wieder bei uns. Was sollen wir mit dir anfangen?«

»Schicken Sie mich in die Erholungsstation!«

»Damit du hier wieder randalierst? Ich weiß nicht, ich weiß nicht. Alles hängt von Tamara Wladislawowna ab. Wenn sie dich in ihre Strafbaracke aufnimmt, dann meinetwegen, lieg ein bißchen auf der faulen Haut. Wenn nicht, schick ich dich zurück, ohne mit der Wimper zu zucken. Na? Nehmen Sie ihn?« fragte sie mich.

Hinter Lwow stand Lawnjajew. Auch ihn hatte ich gleich erkannt.

Die Chefärztin wußte nicht, was sich vor ein paar Monaten abgespielt hatte, als die beiden hier im Lager gewesen waren.

Abends hatte ich in der Baracke gesessen und etwas für meinen Sohn genäht. Lawnjajew kam herein, in der Hand einen hellblauen Wollpullover.

»Sie können ihn haben. Für nur dreißig Rubel.«

Ich stellte mir vor, wie gut das zarte Blau Jurik stehen würde. Ich müßte den Pullover allerdings auftrennen und neu stricken. Filipp hatte mir gerade dreißig Rubel geschickt.

»Ich nehme ihn.«

Genau in dem Moment, als ich das Geld aus der Hand gegeben hatte und den Pullover ergriff, kam Lwow in die Baracke gestürmt.

Er spielte den Empörten und stürzte sich auf Lawnjajew.

»Du Lump! Du hast meinen Pullover geklaut. Gib ihn zurück, oder ich bring dich um!«

Lwow sollte mir den Pullover wieder abnehmen. Auf diese Weise hätten sie beides gehabt. Doch mit mir ging etwas Außergewöhnliches vor. Als ich begriff, daß es ein abgekartetes Spiel war, schrie ich: »Ich geb ihn nicht zurück!«

Und ich wußte: Ich würde ihn wirklich nicht zurückgeben! Der Betrug machte mich rasend. Das Wichtigste auf der Welt war jetzt, nicht nachzugeben. Die Frauen in der Baracke sagten zutiefst erschrocken:

»Gott steh Ihnen bei! Geben Sie ihn zurück!«

Aber ich war keiner Vernunft zugänglich. Mich hatte eine Raserei gepackt, die nur in den Abgrund führen konnte.

Der bleich gewordene Ganove trat mit wutverzerrtem Gesicht auf mich zu.

»Ich bring dich uuum! Ich bring dich uuum!«

Ich haßte ihn in diesem Moment aus ganzem Herzen. Jede Kontrolle über mich verlierend, schleuderte ich ihm entgegen:

»Bring mich doch um! Ich geb ihn nicht zurück!«

Ich hatte Angst, doch der Haß war stärker. Für alles bislang Erlittene rechnete ich mit dem Banditen ab: für die Ganovinnen in Belowodsk, die mich mit einem Brett schlagen wollten, für ihre gemeinen Flüche, ihren Hohn: »Na los, schieb den Wagen allein, schieb!«, für alles, was man mir schon gestohlen hatte, für das ganze demütigende Leben.

Lwow rüttelte vor Wut so an einer Viererpritsche, daß alles auf den Boden fiel. Hysterisch riß er sich das Hemd auf, begriff jedoch mit seinem Raubtierinstinkt, daß er eine ihm an Energie ebenbürtige Raserei gegen sich hatte. Aus der Baracke rennend, drohte er noch einmal:

»Nimm dich in acht, ich bring dich um!«

Die Frauen starrten mich an, als sähen sie mich zum erstenmal. Immer still und höflich, und nun auf einmal so was!

Der Sturm war vorüber. Scham überkam mich: Wie konnte ich nur? Was war in mich gefahren? Etwas Ähnliches hatte ich nur in meiner

Jugend erlebt, damals, als ich mit meinem Vater aneinandergeraten war.

Das alles schoß mir nun durch den Kopf, und ich antwortete: »Ich nehme ihn nicht!«

Die Chefärztin, die mich als Autorität aufgebaut hatte, sagte abschließend:

»Wenn sie dich nicht nimmt, geht's nicht. Ich schick dich auf Transport.«

Die Frage war erledigt. Ich fühlte mich nicht wohl. In der Pause rief mich Lawnjajew hinter den großen Ofen mitten in der Baracke. Dort wartete auch Lwow.

»Schwester, nimm uns auf!« sagten sie drohend, aber vor allem bittend.

»Damit ihr wieder was ausheckt?« sagte ich mutig.

»Wir verhalten uns ruhig, nimm uns.«

»Gebt mir euer Wort!«

»Ehrenwort!«

Ihr Verhalten stimmte mich um. Ich war den beiden Kriminellen fast dankbar, weil sie mir gezwungenermaßen Frieden anboten.

Sie blieben zwei Monate im Lager, ohne etwas auszufressen. Lwow hatte Tuberkulose.

Nach welchem Prinzip die Strafbaracke aufgefüllt wurde, habe ich nicht begriffen. Lwow und Lawnjajew galten als »Greise«. Vorwiegend kamen achtzehn-, zwanzigjährige Jungs, die für Vergehen in der Armee verurteilt worden waren.

Was hatten sie getan? Der achtzehnjährige Serjosha Beketow zum Beispiel, der 1944 eingezogen worden war, mußte in Leipzig in einem zerbombten Lagerhaus Konzertflügel bewachen. Er wurde nicht abgelöst und schlief ein. Die Musikinstrumente wurden gestohlen. Serjosha bekam sieben Jahre aufgebrummt. Oder Viktor Lunew, ebenfalls achtzehn, er wurde von seinem Vorgesetzten zu einem Waggon mit Kaffee abkommandiert, der verschoben werden sollte.

Der Kommandeur und seine Kumpane redeten sich heraus. Viktor bekam sieben Jahre.

Die Jungs waren verbittert und hilflos. Sie pöbelten die Aufseher an und widersetzten sich der Lagerordnung. Bei einer Auseinandersetzung mit den Bewachern sagte der Zugführer abfällig zu ihnen: »Menschlicher Abschaum!«

Das vergaßen sie nicht. Böse schrien sie, es gebe nur Lüge und Gemeinheit auf der Welt. Und gleich darauf sprach aus ihren hellen Augen die Bereitschaft zu Güte und Ritterlichkeit.

Als der Leiter der Sanitätsabteilung zu mir ins Dienstzimmer kam, um mir seine »Gefühle« zu offenbaren, und dabei seinen Händen freien Lauf ließ, brauchte ich nicht erst an die Tür zu klopfen. Jura Strachow kam herein und zischte:

»Ich bring dich um, du Strolch!«

Durch sein Auftreten als Beschützer kam mir der junge Mann näher. Da sein Hemd über und über geflickt war, nähte ich ihm aus einem Stück grauer Leinwand ein neues. Wir wurden Freunde und trafen uns auch später noch manchmal.

Die Jungs verteilten rasch die Aufgaben und Pflichten. Ich erwirkte bei Alexandra Malinowskaja für sie das Recht, sich im Brotschneideraum, in der Küche und in der Vorratskammer etwas dazuzuverdienen. Hungrig und gierig vertilgten sie alles, was eßbar zu sein schien. Zwischen uns bildete sich eine vertrauensvolle, ja, freundschaftliche Beziehung heraus. Die Bereitschaft der Jungs, diese Baracke für zwei Monate zu ihrem Zuhause zu machen, wirkte mitreißend.

Wir bekamen zum Heizen nasse runde Holzkloben. Sie brannten nicht, und wir hatten nichts, um sie zu spalten. Irgendwo im Müll fand ich ein rostiges Beilblatt. Die Jungs fertigten einen Stiel, dann stellten wir eine Wache auf und schlugen uns mit den Holzkloben herum. Doch wir waren nicht wachsam genug, und der Kommandant erwischte uns. Er holte die Bewacher. Das Beil wurde weggenommen.

»Wer hat das Beil hergebracht?«

»Ich.«

Viktor Lunew fiel mir ins Wort und schrie:

»Das stimmt nicht! Ich hab es gefunden.«

Ich kam für drei Tage in eine Isolierzelle, Viktor in eine andere. Die Jungs paßten auf, wann ich zum Stillen meines Sohnes geführt wurde, um mir Brot zuzustecken, das sie sich von ihrer Ration abgespart hatten.

Es waren erstaunliche Jungs.

Doch war bei weitem nicht alles idyllisch. Ein Durchgang folgte auf den anderen. Mit einem Transport kamen wirklich Gewohnheitsverbrecher. Angsteinflößende Männer. Ein gewisser Kondratow kündigte an, mich mit dem Beil zu erschlagen. Gefahren lauerten überall.

Mein ganzer Trost und meine ganze Hoffnung war mein Sohn. Er war die Gegenwart und die Zukunft. Ich drückte ihn an die Brust, und die Welt wurde hell, alles kam in Einklang. Er lachte, schwenkte die Ärmchen, als wolle er fliegen. Die ersten Zähnchen brachen durch. Und endlich sagte er das heißersehnte Wort: »Mama.«

Dann kam der Tag, an dem Jurik seinen ersten Schritt machte. Sein Gesichtchen wurde unwahrscheinlich ernst, um gleich darauf zu strahlen. Er begriff den Schritt als eigene Tat und war mit sich zufrieden. Ich flüsterte ihm zu:

»Na! Noch einen Schritt! Na! Komm zu mir!«

Mir in die Augen schauend, hob er das Beinchen zu seinem zweiten Schritt und fiel lachend zu Boden oder mir direkt in die Arme. Ich hätte es der ganzen Welt mitteilen mögen. Filipp war weit weg. Ich lief zu Olga Tarassowa. »Jurik hat seinen ersten Schritt gemacht!«

Wieder in meiner Baracke, schrieb ich meinem Sohn Tagebuch-Briefe und versprach ihm: »Wir werden zusammen auf Bäume klettern. Bei uns zu Hause wird es ein Klavier und viel Musik geben ... Wir beide werden deinen Vater schon zurechtbiegen ...« Filipp seinerseits schrieb: »Nun lebe ich schon ein halbes Jahr allein, und zum erstenmal in meinem bewußten Leben kann ich meine Träume und Wünsche verwirklichen. Ich warte auf euch, meine Lieben. Ihr seid mein Leben.«

Durchs Lager kroch das Gerücht, daß ein Transport in ein entferntes Lager zusammengestellt wurde. Nach Mariinsk. Den Sinn der Verlegungen gewaltiger Menschenmassen aus einem Lager in ein anderes zu begreifen war unmöglich.

Diesmal blieb ich verhältnismäßig ruhig. Ich wußte, daß Alexandra Malinowskaja mich nicht hergeben würde.

Im Lager wurde geweint und gestöhnt. Viele »Ammen«, die ihre Kinder nicht mehr stillten, waren für den Transport vorgesehen.

Wenn Mütter auf Transport geschickt wurden, kamen die Kinder in normale Waisenhäuser außerhalb des Lagers. Wie eine Mutter später ihr Kind wiederfinden sollte, blieb unklar. In der Baracke tat sich Unerhörtes. Eine Kriminelle, die sich nicht von ihrem Kind trennen wollte, zog sich nackt aus, lief über die oberen Pritschen, fluchte unflätig und schwor, sie sei wieder schwanger und dürfe nicht auf Transport geschickt werden. Fünf herbeigerufene Bewacher fingen sie ein, wickelten sie in eine Decke und trugen sie in den Karzer. Noch lange waren ihre Schreie zu hören, die einem die Seele umstülpten. Und wenn sie mich von meinem Kind wegreißen? Was werde ich dann tun?

Zwei von meinen Schützlingen kamen zu mir, als ich gerade dabei war, Injektionen zu geben.

»Schwester, wir haben den Befehl, Sie auf einer Trage in die Chirurgie zu bringen.«

»Was soll der Unsinn? Laßt die dummen Scherze!«

»Die Malinowskaja hat es befohlen.«

Mir wurde kalt, aber ich konnte nicht auf das unwürdige Spiel eingehen.

»Ich komme gleich und kläre die Angelegenheit.«

Da erschien sie persönlich. In betont herrischem Ton sagte sie:

»Mit Ihrem Zustand ist nicht zu spaßen. Legen Sie sich sofort auf die Trage und ab in die Chirurgie.«

Also war etwas Außergewöhnliches passiert. Klar: Ich stand auf der Transportliste. Obwohl es mir peinlich war, legte ich mich auf die Trage.

Die diensthabende Schwester Vera war eingeweiht. Ich wurde in ein Krankenzimmer gelegt. Alexandra Malinowskaja kam und kam nicht. Ich wußte, daß sie mit der Abfertigung des Transports viel zu tun hatte, aber ...

Der Abend brach an. Die Nacht. Als Vera alle Patienten versorgt hatte, kam sie zu mir und legte sich auf das Nachbarbett. Wir suchten nach einer Antwort: Warum? Wir weinten ein bißchen und schliefen ein. Vera wachte auf und schleppte sich aus dem Zimmer. Eine Patientin, die zur Toilette wollte, fand sie im Korridor auf dem Boden. Wir hatten eine Kohlengasvergiftung. Eine Pflegerin hatte zu früh die Ofenklappe geschlossen. Doktor Golubjowa, deren Kind mit Jurik in einer Gruppe war, holte mich ins Leben zurück. Sie erzählte mir später, sie habe in einer »Eingebung« zum erstenmal im Leben gewagt, Adrenalin in den Herzmuskel zu spritzen.

Später kam Alexandra Malinowskaja ins Zimmer und setzte sich mir gegenüber.

»Bei der dritten Abteilung ist ein Telegramm eingegangen: Petkewitsch nach Mariinsk schicken Kind in Meshog lassen Warsch.«

Ich versuchte zu verstehen, was sich hinter dem unmenschlichen Text verbarg, aber vergeblich.

»Sie bleiben noch ein bißchen hier liegen. In ein paar Tagen schreibe ich Sie gesund«, sagte sie.

Auch als ich wieder arbeitete, konnte ich mich lange nicht von der Angst erholen. Wer wollte mich von meinem Sohn losreißen? Was hatte Warsch damit zu tun?

Malinowskajas Entschlossenheit, sich Warsch zu widersetzen und mich für krank zu erklären, zeugte von Wagemut und Sympathie für mich. Wie sollte ich ihr danken? Ich liebte sie einfach.

Eines Abends kam sie zu mir ins Dienstzimmer. Bittere Falten um den Mund, lebenserfahrene Augen. Nach einer Weile sagte sie:

»Tamara, ich stelle Ihnen jetzt eine komplizierte Frage. Denken Sie nach. Antworten Sie nicht sofort. Kann Filipp Bacharew dahinterstecken?«

Es war keine komplizierte, sondern die furchtbarste Frage von allen. Aber sie war gestellt.

Ich suchte selbst fieberhaft nach den Ursachen. Filipp? Nein, unmöglich! Weshalb sollte er? Ich verwarf diesen schrecklichen Gedanken. An ihm zweifeln? Das wäre das Ende. Nein! Tausendmal nein! Ließ es sich als persönliche Feindseligkeit von Oberst Warsch erklären? Wohl eher nicht.

Um das Herz am Leben zu erhalten, mußte ich an Filipps Liebe glauben und mir selbst treu bleiben.

Malachow wurde versetzt. Ein neuer Lagerleiter kam nach Meshog. Seine Frau, Assja Arsentjewna, kannte ich von Urdoma, wo sie in der Apotheke gearbeitet hatte.

Das Jahr 1946 ging zu Ende. Am 12. Dezember wurde Jurik ein Jahr alt. Lager hin, Lager her, mein Sohn hatte Geburtstag!

Die Metrjakowa ließ sich erweichen: Ich durfte den ganzen Tag mit Jurik zusammen sein. Ich stillte ihn, zog ihn an und aus, legte ihn in sein Bettchen, übte mit ihm laufen, spielte mit ihm. Es war ein schöner Geburtstag.

Von Filipp kamen ein erstaunlicher Brief und Geschenke für den Sohn. Er schrieb:

»Meine liebe, liebe Frau! Kostbare Mutter unseres Sohnes! Meine vertraute, geliebte Frau! Von ganzem Herzen gratuliere ich unserem Kleinen und Dir zum Geburtstag. Ich bin von großer Dankbarkeit für Dich durchdrungen, weil Du trotz schwerer moralischer und materieller Bedingungen meine Bitte erfüllt und unseren Sohn zur Welt gebracht hast. Du hast mir vertraut. Ich werde Dein Vertrauen nicht enttäuschen. Ich habe noch nicht die Hoffnung verloren, Dich und Jurik hierherzuholen, darum ist es wichtig, daß Du unerschütterlich entschlossen bist, in allem mein Schicksal zu teilen und immer zu mir zu halten und zusammen mit mir alle Hindernisse zu besiegen, die uns noch trennen. Und da ich mir Deines Entschlusses gewiß bin, fühle ich mich ruhig wie nie zuvor, und nichts kann meine Hoffnung trüben, daß wir vereint sein werden. Bitte, enttäusche nicht meine Hoffnungen, Träume und Sehnsüchte. Ich denke, es wird für Jurik besser sein, wenn ich ihn zu mir nehme, und so bitte ich Dich darum. Es würde mir leichter fallen, auf Dich zu warten, wenn er bei mir wäre. Wir würden beide auf Dich warten, auf unsere wunderbare Mama. Schicke mir Dein Einverständnis. Du wirst selber sehen, wann es an der Zeit ist, mir den Sohn zu übergeben. Sei beruhigt. Stelle Dir nicht die sorgenvolle Frage: ›Was soll ich tun?‹ Ich bin aufrichtig zu Dir. Wir haben uns ja versprochen, aufrichtig zueinander zu sein.«

Klirrender Dezemberfrost. Ein sternenklarer Himmel, der Mond schien. Filipps Brief war ein Beitrag zu diesem Festtag. Doch von meinem Sohn würde ich mich nicht trennen.

Als ich auf dem Weg zu meiner Baracke war, wurde ich zu dem neuen Lagerleiter gerufen. Er hatte Filipp ins Lager gelassen.

»Ich mußte doch zum Geburtstag unseres Sohnes kommen. Ich habe alles stehen- und liegenlassen und mich in den Zug gesetzt. Sie werden schon irgendwie ohne mich zurechtkommen.«

Sein Besuch war ein würdiges Geburtstagsgeschenk. Wir gingen in die Kinderkrippe. Jurik schlief.

Filipp erzählte von seiner Arbeit. Er war voller Elan und von überschäumender Energie. Er lernte Englisch, trieb Sport. Und er war sicher, daß ihm die Welt zu Füßen lag, daß er die Situation beherrschte, daß ihm niemand etwas abschlagen konnte. Da er allein lebe, brauche er jemanden, der sich um ihn kümmere, und er habe die Absicht, Olga Iwanowna, die ich aus dem Urdomaer Lager kannte, als Haushälterin zu sich zu nehmen. Die rührige, umsichtige Frau, die über Sechzig war und keine Familie hatte, arbeitete seit ihrer Freilassung als Hausangestellte bei den Lager-Natschalniks.

Filipps Vorschlag, den Sohn zu sich zu nehmen, lehnte ich ab, was er auch erwartet hatte. Nun schlug er folgendes vor: Er würde seinen Chef bitten, mich zusammen mit Jurik anzufordern; wir sollten bei der nächsten Gelegenheit nach Rewash übersiedeln, was näher bei ihm lag. Damit war ich einverstanden.

Überhaupt hatte er weitreichende Pläne. Seine Brüder lebten bei Kursk. »Ich habe ihnen von uns geschrieben. Sie lieben dich schon jetzt und warten auf uns. Sie freuen sich mit mir, daß ich Vater geworden bin. Wenn du frei bist, fahren wir sofort zu ihnen, und dann in den Süden.«

Über das Telegramm war Filipp ehrlich bestürzt. Ein paar Sekunden lang schien er eine Aufgabe mit einer Unbekannten zu lösen. »Ach nein, nichts Ernstes. Reg dich nicht auf. Unsinn.«

Da dachte ich erstaunt: Wieso ist mir die einfachste aller Erklärungen nicht eingefallen? Natürlich, Vera Petrowna ist zu Warsch gefahren und hat ihn dazu gebracht, mich auf die Liste zu setzen. Ich hätte sofort darauf kommen müssen. Aber seit mehr als einem halben Jahr hatte mir Filipp in Briefen und Gesprächen versichert, daß sie nichts mehr mit unserer Situation zu tun hätte.

Drei Wochen vergingen. Die Anforderung, auf die ich wartete, kam nicht. Filipp schickte besorgte Briefe und schrieb, daß er einen Transport aus unserem Lager in Empfang genommen hatte und enttäuscht feststellen mußte, daß wir nicht dabei waren. Er fragte: »Hast Du es Dir vielleicht anders überlegt? Warum hast Du mir das nicht mitgeteilt?«

Im Januar ging ein erschreckendes Gerücht im Lager um, das auch von Alexandra Malinowskaja bestätigt wurde: Alle Kinder über ein

Jahr sollten auf die Waisenhäuser und Kinderkrippen der Republik Komi verteilt werden. Diese Verordnung war vor einigen Monaten erlassen worden, und jetzt sollte eine Kommission nach Meshog kommen, um die Listen zusammenzustellen. Bisher waren die Kinder bis zur Entlassung der Mutter in Meshog geblieben.

Die Waisenhäuser hatten einen üblen Ruf. Der enorme Prozentsatz von behinderten, tuberkulosekranken und verkrüppelten Kindern sprach für sich. Die Mütter bekamen von dort Kinder zurück, die mit vier, fünf Jahren kaum sprechen konnten. Bei den Erzählungen über die unterentwickelten, mit eitrigem Grind bedeckten Kinder erstarrte alles in mir.

Seit meiner Kindheit zitterte ich bei dem Wort Waisenhaus. Und hier handelte es sich obendrein um Waisenhäuser für die Kinder von Häftlingen.

Ich wußte, daß ich mich in einer unvergleichlich besseren Lage befand als viele andere. Meinen Sohn konnte der Vater zu sich nehmen. Er bat ja darum. Doch ich schwankte. Ich hätte ihn lieber meiner Schwester gegeben, aber sie war zu jung und lebte im Wohnheim. Ich dachte sogar an Platon Romanowitschs Moskauer Freunde. Er selbst schrieb mir regelmäßig und fragte besorgt, wie es mir ging. Die natürlichste Variante, der Vater, kam an letzter Stelle.

Ich schrieb Filipp, er solle sich um eine zweite Anforderung für uns bemühen. Doch die Verfügung, Kinder in Waisenhäuser zu bringen, konnte jetzt auch auf Rewash zutreffen.

Alexandra Malinowskaja gab mir keine Ratschläge. Aber einmal sagte sie:

»Bacharew kann das Kind auch ohne Ihre Zustimmung aus der Kindersammelstelle holen. Oder Sie müssen nachweisen, daß er nicht der Vater ist.«

Da ich nicht ein noch aus wußte, willigte ich schließlich ein, daß Filipp das Kind zu sich nahm. Das Wichtigste war, daß Jurik es gut hatte. Filipp schrieb, er werde mit Olga Iwanowna kommen, um den Jungen abzuholen.

Sie kamen an einem dunklen Wintermorgen bei beißendem Frost.

Mit Filipp wurde auch Olga Iwanowna durch die Wache gelassen. Ich hatte ihr Gesicht freundlicher in Erinnerung. Wahrscheinlich erwartete ich Mitgefühl von der älteren Frau. Filipp beruhigte mich: »Sie ist gütig und fürsorglich, und wie sie aussieht, ist nicht so wichtig.« Ich hatte auch von Filipp besondere Worte erwartet. Bis zu meiner Freilassung blieben noch drei Jahre, eine Ewigkeit. Ich tröstete mich damit, daß sich Filipp etwas ausdenken würde, um mich mit dem Sohn zu besuchen. Ich würde ihn sehen.

Olga Iwanowna packte die von mir genähten Sachen meines Sohnes in ihre Tasche. Während ich ihr half, blickte ich sie einschmeichelnd an: Bitte, Olga Iwanowna ... Ich bitte Sie sehr!

Jurik baumelte vergnügt mit den Beinchen, er ahnte nicht, was vorging. Ich wickelte ihn in die Wattedecke, die Filipp mitgebracht hatte. Er nahm den Sohn auf den Arm.

Bis zur Wache begleitete ich sie. Ich wurde gleichsam in Stücke gerissen. Der abgestorbene Teil von mir blieb im Lager.

»Seid ihr gut angekommen? Hat er geweint? Wie ißt er? Wo steht sein Bettchen? Zieht ihm das graue Jäckchen über das weiße. Bitte Olga Iwanowna, oft mit ihm spazierenzugehen. Achte selber darauf ...«, schrieb ich, kaum daß sie weg waren.

Filipp gab mir in seinen Briefen Rechenschaft. Er beschrieb in allen Einzelheiten, wie Jurik schlief, wie er aufwachte, was er plapperte. Auf meine besorgte Frage, wie sich Olga Iwanowna zu dem Jungen verhielt, antwortete er: »Du hast geschrieben: ›Da Du Olga Iwanowna ausgewählt hast, muß sie gut sein.‹ Sie ist ein großer Griesgram und fast immer unzufrieden (sie hat nun mal so einen Charakter). Aber sie ist unheimlich tüchtig.«

Ein paar Tage später wurden die Kinder von Meshog in die Sammelstellen nach Komi geschickt. Ich hatte keinen Zweifel mehr, richtig gehandelt zu haben. Natürlich ging es meinem Jungen besser. Aber ich hatte große Sehnsucht nach ihm und litt furchtbar unter der Trennung. Jetzt hing mein ganzes Leben von Filipps Briefen ab. Ich studierte sie, klopfte jedes Wort ab.

Filipp hielt sein Versprechen aufrecht, mich in seine Nähe zu holen. Ich wartete auf die Anforderung.

Nach einiger Zeit bekam ich einen Brief von Filipp, der mich tief verletzte. »Wieviel Fürsorge«, schrieb er, »wieviel aufmerksame Pflege ist notwendig, damit er (der Sohn) gesund und fröhlich ist, wieviel liebevolle Zuwendung, damit das Lächeln nicht von seinem bezaubernden Gesichtchen weicht. Und wie entsetzlich muß es für ihn dort gewesen sein. Darum war er so mager und krank und hatte rachitische Anzeichen.«

»Krank, rachitische Anzeichen?« Das hatte niemand festgestellt, kein Arzt, und auch Filipp nicht, der gesagt hatte: »Wieviel Freude und Energie in ihm steckt.«

Noch etwas erschreckte mich: Ich kam in Filipps Briefen immer seltener vor. Nur am Ende eines Briefes schrieb er: »Du hast mir als Mutter sehr gefallen. Das hätte ich nicht erwartet. Du hast eine solche Mütterlichkeit, daß sie alle anderen Gefühle überstrahlt. Was für eine kostbare Frau Du bist!«

Ich kämpfte gegen die Unruhe an, die mich erfüllte. Jurik hat es dort wirklich besser. Das ist die Hauptsache. Und sie warten beide auf mich!

Filipp erfüllte umgehend meine Bitte, mir ein Foto von Jurik zu schicken.

»Liebe Mami, schau, was für ein Dickerchen ich bin. Wenn Du mich ansiehst, soll all Dein Kummer verfliegen. F. Das haben wir zusammen geschrieben.« Filipp hatte Juriks Hand geführt.

Ich wurde zu dem neuen Lagerleiter bestellt. Er saß mit seiner Frau, Assja Arsentjewna, im Arbeitszimmer. Als ich eintrat, verließ er gleich das Zimmer.

»Ich habe Sie hergebeten«, sagte Assja Arsentjewna. »Setzen Sie sich, Tamara. Es wird kein leichtes Gespräch.«

Bei diesen Worten kamen mir schon die Tränen.

»So geht das nicht. Entweder Sie sind tapfer, dann reden wir, oder das Gespräch findet nicht statt«, sagte sie.

»Ich werde tapfer sein. Reden Sie.«

»Ich habe lange hin und her überlegt, ob ich es Ihnen sagen soll. Ich habe mich mit meinem Mann beraten. Wir mögen Sie und wollen Ihnen gegenüber nicht als Lumpen dastehen. Kurzum, Sie müssen wissen: Ihren Sohn erzieht Vera Petrowna.«

»Olga Iwanowna ...«

»Olga Iwanowna ist nur die Hausangestellte.«

Assja Arsentjewna redete immer weiter. Das konnte doch nicht wahr sein! Wenn das keine Verleumdung war, bedeutete es, daß Filipp grausam und heimtückisch war. Oder wahnsinnig.

Ich war entsetzt über mich selbst. Simon hatte mich in Urdoma zur Vernunft zu bringen versucht, als er mich vor Filipp warnte. Raschid hatte mir im »Swetik« die Wahrheit gesagt. Später hatte Ilja Jewsejewitsch sie angedeutet. Nur ich hatte Filipp geglaubt. Warum hatte ich ihm geglaubt? Ich rief mir das Durchlebte in Erinnerung: Er hatte mich aus der Hölle des »Swetik« herausgeholt, hatte bei der Entbindung so viel für mich getan. Im Grunde hatte er mir zweimal das Leben gerettet. Aber warum hatte ich trotz allem Angst vor ihm? Warum stockte mir das Blut, wenn er unverhofft ins Zimmer kam? Ich schrieb einen vernichtenden, zusammenhanglosen Brief, wie er wohl dümmer nicht hätte sein können.

Er antwortete: »Als ich nach einer zehntägigen Dienstreise zurück war, bin ich in die Stadt gefahren und habe Deinen Brief vom Postamt abgeholt. Kalter Schweiß brach mir aus, als ich ihn las. Was für ungeheuerliche Dinge Du schreibst. Weshalb? War es nicht Dein Entschluß, daß Jurik zeitweilig bei mir leben soll? Du argwöhnst, daß ich Dich loswerden will? Du mußt verrückt sein! Du schreibst sogar, daß ich mit V. P. glücklich wäre. Du mußt blind sein! Du siehst nicht, daß ich nur eine bestimmte Pflicht, ein Versprechen erfülle. Du verstehst nicht, daß alles nur für Dich und Jurik geschieht.

Nie zuvor habe ich Dich so ergeben, so aufrichtig geliebt wie jetzt! Wie oft ich an Dich denke! Wie inbrünstig ich wünsche, daß Du nach allem, was Du durchgemacht hast, in meinen Armen die ganze Welt des Kummers und der Sorgen vergißt, daß Du bei mir den Glauben an die Menschen wiederfindest, den Glauben an Gefühle, den Glauben an Dich selbst. Wenn Du wirklich liebst, dann glaube mir ...«

Nur eines hatte ich lesen wollen: »Vera Petrowna ist nicht mit unserem Sohn zusammen! Man hat Dich belogen.« Doch das hatte er nicht geschrieben. Gerade darüber war er hinweggegangen wie über ein unwichtiges Detail.

Alle seine Worte waren eine unglaubliche, bombastische Lüge.

»Erinnern Sie sich, daß Vera lange weg war?« hatte in Urdoma eine Krankenschwester erzählt. »Sie war zu einer Schlammkur. Im Lager hatte sie viele Abtreibungen gemacht. Als sie Filipp kennenlernte, wollte sie ihn um jeden Preis halten. Aber sie konnte keine Kinder mehr bekommen. Die Schlammbäder halfen auch nicht.« Mein Gott! Ich hatte den Erzählungen damals keine Bedeutung beigemessen.

Jetzt begriff ich auch, warum sie mich in Meshog besucht hatte. Bevor sie weitere Schritte unternahm, wollte sie sich meinen Jungen angucken. Er gefiel ihr. Sie liebte Filipp und kämpfte mit allen Mitteln und aller Schläue um ihn. Und mein Sohn wurde der wichtigste Posten in ihrer Rechnung.

Diese Erkenntnis half mir nicht weiter. Mein Sohn war bei ihnen. Und ich saß im Lager. Die Erde tat sich auf.

Sollte ich den Briefwechsel abbrechen? Aber leben, ohne etwas von meinem Sohn zu wissen, bedeutete, nicht zu leben. Ich mußte mich überwinden.

Filipp hatte nun keine Hemmungen mehr und zögerte nicht, mir den schlimmsten Schlag zu versetzen. Als er über eine Erkrankung Juriks schrieb, packte er die Gelegenheit beim Schopfe. »Ich will Dir nicht verschweigen«, schrieb er, »daß Vera Petrowna ihn niemandem anvertraut, sie ist immer bei ihm. Nur ich darf ihn, wenn ich von der Arbeit komme, auf den Arm nehmen und mit ihm durchs Zimmer gehen. Als es ihm sehr schlechtging, hat sie geweint. Sie hängt fanatisch an ihm. Um sich ihm ganz widmen zu können, hat sie einen zweimonatigen Urlaub genommen. Sie vergöttert ihn und liebt ihn uneigennützig. Sie lebt für Juri.«

Dann der Zusatz: »Ich umarme Dich, meine einzige, meine geliebte Frau.«

So rechnete Filipp mit mir ab. So zwang er mich auf die Knie.

Hundert Werst vom Lager entfernt standen in ihrem Haus das Bettchen meines Sohnes, sein Stühlchen, sein Tisch. Dort war es warm. Dort aßen und tranken sie und berieten sich. Mein Sohn lernte sprechen. Ihn wusch und liebkoste eine fremde, schwarzhaarige Frau, die von kämpferischer Kraft erfüllt war.

Ich glaubte schon, daß sie meinen Sohn gut betreute. Aber nach welchem menschlichen Recht tat sie das? Wie konnte sie es wagen? Wer von beiden war gerissener? Oder nahmen sie sich beide nichts?

Im nächsten Brief gab mir Filipp den Rest:

»In Deinem letzten Brief schreibst Du: ›Ich glaube, daß V.P. gut zu J. ist.‹ Dieses Wort ist viel zu schwach für die Beziehung, die V.P. zu J. hat. Sie liebt ihn abgöttisch, mehr als ihren eigenen Sohn. Sie kann sich ein Leben ohne ihn nicht mehr vorstellen, sie würde, wenn nötig, freudig ihr eigenes Leben für ihn opfern. Und J. vergilt es ihr mit ebensolcher Liebe. Würde man die beiden auseinanderreißen, so würde man Juris Seele für immer verkrüppeln und V.P. zugrunde richten.«

Das schrieb mir Juriks Vater aus der Freiheit ins Lager, um die Seele meines anderthalbjährigen Sohnes und Vera Petrowna vor mir zu schützen.

Fast wäre ich in Alexandra Malinowskajas psychiatrischer Abteilung gelandet. Ich wollte überhaupt nichts mehr fühlen.

9

Das Jahr 1947.

Die Menschen, die in der undurchdringlichen Taiga die Lager aufgebaut hatten, bereiteten sich auf ihre Freilassung vor. Sie sahen die Freiheit als die Wiederherstellung der unbestreitbaren alten Werte. So viele Briefe waren noch nie im Lager geschrieben worden. Man schrieb an Verwandte und Bekannte, besserte die armseligen Sachen aus, betrachtete sich verstohlen im Spiegel. In den Augen mischte sich halbirre Freude mit tief eingefressener und begründeter Angst. Irgendwo im Dickicht der Bürokratie entschied eine anonyme Kraft willkürlich, ob jemand entlassen wurde oder nicht. Trotz Urteil und abgesessener Strafe kamen auch jetzt nicht alle frei. Das ganze Kontingent von 1937 war wie elektrisiert: Bloß raus aus dem Lager! Menschen, die zehn Jahre durchgehalten hatten, sei es aus Liebe zur Familie oder aus Unnachgiebigkeit, und jetzt nicht freigelassen wurden, verwandelten sich binnen weniger Wochen in hinfällige Greise und verfielen zusehends.

Von den ersten Freigelassenen hörten wir etwas Unerwartetes: Es war ihnen untersagt, in Leningrad, Moskau oder den Republikhauptstädten zu leben. In den örtlichen Milizrevieren bekamen diejenigen, die wegen konterrevolutionärer Tätigkeit und nach Artikel 58 verurteilt worden waren, statt des Passes einen provisorischen Ausweis. Darin wurde die Zahl 39 eingetragen. Das bedeutete, daß sie sich in 39 Städten des Landes nicht ansiedeln durften. In Wirklichkeit kamen die Küsten- und Grenzstädte hinzu. Zu den angegebenen neununddreißig Städten mußte eine Entfernung von hundert Kilometern eingehalten werden. Wenn also eine Familie mit dem entlassenen Angehörigen wieder zusammenleben wollte, mußte sie in eine entfernte Stadt ziehen oder zwei Wohnsitze in Kauf nehmen.

Es war alles viel dramatischer, als wir es uns im Lager vorstellten. Viele erfuhren erst jetzt vom Zerfall ihrer Familie. Sie hatten mit bebendem Herzen davon geträumt, ihre Kinder wiederzusehen, und eines nicht bedacht: Nach zehn Jahren Trennung waren sie für ihre Kinder Fremde. Es kam auch vor, daß die Kinder inzwischen von anderen Familien adoptiert worden waren und nun ihre leiblichen Eltern, die »für Gott weiß was für Verbrechen« in Gefängnissen und Lagern gesessen hatten, gar nicht sehen wollten.

Viele meiner Freunde, die nach der Freilassung nach Hause gefahren waren, kehrten in den Norden zurück. Das kam uns damals unerklärlich vor und erschreckte uns zutiefst.

Früher als die anderen verließ Tamara Zulukidse das Lager. Auf Betreiben der Politabteilung wurden ihr für ihre aufopfernde Arbeit im Puppentheater sieben Monate Haft erlassen. Sie fuhr nach Tbilissi. Während sie im Lager saß, hatten Verwandte ihres Mannes ihren Sohn großgezogen. Es war einer der seltenen Glücksfälle, daß der Junge fest überzeugt war, eine wunderbare Mutter zu haben, die völlig unschuldig war. Der fünfzehnjährige Sandik umarmte seine Mutter und sagte, ohne sich seiner Tränen zu schämen:

»Endlich kann ich das Wort ›Mama‹ laut aussprechen!«

Tamara ging zu einer Aufführung im Rustaweli-Theater. Man erkannte die beliebte Schauspielerin, sowie sie den Saal betrat. Ringsum wurde getuschelt. Es fanden sich Mutige, die auf sie zutraten und sich verneigten. Einer kniete vor ihr nieder und küßte den Saum ihres Kleides. Doch diese Ehrerbietung erschreckte sie nur.

Was mögen bei der Rückkehr der Lagerhäftlinge jene Menschen empfunden haben, die sie siebenunddreißig bei Gegenüberstellungen freiwillig oder unfreiwillig verraten hatten? Unzählige hatten sich durch Falschaussagen besudelt. Viele von ihnen hatten inzwischen Karriere gemacht. Nun wurde es kompliziert. Die damals Verleumdeten erhielten jetzt die Möglichkeit, die Ungeheuerlichkeit der Aussagen ihrer früheren Bekannten und Freunde nachzuweisen. Meist taten sie das allerdings nicht. Und was sollten die ehemaligen Zeugen tun? Ihre Schuld eingestehen? Ihre Kleinmütigkeit, ihre Zwangslage? Oder ihre »politische Wahrheit« verteidigen? Es gab nur wenige, die sich aussprechen wollten.

Tamara kaufte ein Flugticket und kehrte in den Norden zurück. Sie nahm das Angebot an, in Syktywkar ein Puppentheater zu gründen, und übersiedelte dorthin. Sie hatte jemanden, für den sie leben konnte, ihren Sohn Sandik. Er blieb noch in Tbilissi, um die Prüfungen abzulegen, und wollte dann zu ihr nach Syktywkar kommen. Mutter und Sohn zählten die Tage bis zum Wiedersehen.

Im Dezember sechsundvierzig, als ein unvorstellbarer Frost herrschte, kam kurz vor ihrer Freilassung Wanda Rasumowskaja zu mir nach Meshog. Kälteschwaden drangen in die Baracke, als sie die Tür aufmachte. In ihrem zerlumpten Kutscherpelz erkannte ich sie nicht gleich. Sie holte ein in viele Lappen und in Papier gewickeltes Töpfchen mit einer rosa Primel hervor und streckte es mir entgegen. Wo sie dieses Wunder aufgetrieben und wie sie es bei solchem Frost zu bewahren vermocht hatte, blieb ihr Geheimnis.

Wanda bereitete sich mit besonderem Enthusiasmus auf die Freiheit vor. Doch kurz vor der Entlassung wurden ihr die offizielle Lossagung ihres Sohnes und ein Brief ihres ehemaligen Mannes übergeben. Dieser protestierte energisch gegen Wandas Absicht, den Sohn zu besuchen: »Vergiß ihn«, forderte er. »Denk an seine Zukunft. Er muß leben und Karriere machen. Dein Kommen und Deine Vergangenheit würden ihn zugrunde richten! Sei eine vernünftige Mutter.«

»Komm nicht! Mach nichts kaputt! Störe nicht unser geordnetes Leben!« Solche Worte bekamen viele vor ihrer Freilassung zu hören. Man scheute sich auch nicht, an das Gewissen zu appellieren: »Wenn Du Dein Kind liebst!« oder »Wenn Du eine richtige Mutter bist!«

Wanda hatte auch eine Tochter, Kira. Sie lebte in einem Waisenhaus im Gebiet Wologda. Aus dem Lager hatte ihr Wanda Dörrbrot geschickt, das sie sich vom Munde absparte. Die Tochter wartete ungeduldig auf den Tag, an dem ihre Mutter sie zu sich holte. Wanda hatte kein Zuhause, keine Verwandten. Sie entschloß sich, im Norden zu bleiben. In einem der Knjash-Pogoster Kindergärten fand sie eine Arbeit als Musikerzieherin und holte sofort ihre Tochter zu sich.

Später erzählte sie uns, was für ein grausiges Hungerdasein die Kinder in dem Waisenhaus fristeten. Als Wanda hinkam, wühlte ihre Kira gerade in einer Abfallgrube und suchte nach Eßbarem. Das Mädchen mußte nicht nur gewaschen und geschrubbt, sondern auch kahlgeschoren werden. Die eingeschüchterte, unterentwickelte Kira dürstete nach mütterlicher Wärme und Zärtlichkeit. Sie konnte ungewöhnlich anschmiegsam und dann wieder sehr aggressiv sein. Häufig hatte sie schwere hysterische Anfälle. So begann das qualvolle gemeinsame Leben von Mutter und Tochter, das die Verbrechen des Jahres siebenunddreißig spiegelte.

Olga Tretjakowa siedelte sich nach ihrer Freilassung ebenfalls im Norden an.

1947 hätte auch mein Vater freigelassen werden müssen. Vielleicht hatte er überlebt? Vielleicht war er schon frei? Ich stellte mir vor, wie er nach Leningrad kam, dort nach Spuren seiner Familie suchte und niemanden fand.

Durch einen Boten ließ mir Alexandra Malinowskaja mitteilen, daß Filipp im Lager war. So war ich auf seinen Besuch vorbereitet.

Dann stand er auf der Schwelle meines Dienstzimmers und streckte schon die Hände aus, um mich zu umarmen.

»Wie geht es Jurik? Was macht mein Sohn?« sagte ich und wehrte ihn ab.

»Was für ein Wahnsinn, daß eine Mutter solch eine Frage stellen muß«, rief er pathetisch aus und fuhr lachend fort: »Wenn du sehen könntest, wie er sein Spielzeug zerbricht, wie er mir entgegenfliegt, wenn ich von der Arbeit komme. Er macht uns so viel Freude! Er stimmt uns so fröhlich!«

Ich zweifelte nicht mehr daran, daß Filipp Vera Petrowna bedauerte und liebte. Sie demonstrierte ihm, mit welcher Hingabe sie sich um Juri kümmerte, nur um »in Filipps Nähe sein zu können, und sei es als Dienerin«. Für ihn war das eine lebenswichtige Entdeckung, es schmeichelte ihm und erhöhte ihn in den eigenen Augen. Er hatte sich dem unumstößlichen Gesetz der freien Angestellten gefügt, keinen privaten Umgang mit Häftlingen zu haben, und damit endgültig »den Staub von den Füßen geschüttelt«. Jetzt hatte er den Ruf eines »einsichtigen« Sünders und kam auch im Dienst erfolgreicher voran.

Aber in mancher Hinsicht war ich auch selbst schuld. Ich hatte es nicht geschafft, mich eigenständig aus dem Lagerstrudel zu befreien. Ich hatte Filipp geglaubt, war unfähig gewesen, ihn zu durchschauen. Nun waren Jurik und ich seine Geiseln.

Ich mußte vorsichtig im Umgang mit ihm sein. Der Gedanke an die Zukunft, an meinen Sohn marterte meine Seele und mein Hirn. Bei meiner Freilassung würde Jurik vier sein. Wie würden Filipp und seine Frau bis dahin meinen Platz im Bewußtsein des Jungen bestimmen? Nur das war in den nächsten drei Jahren wichtig! Mich für weitsichtig haltend, verzichtete ich auf Erklärungen, hütete mich, die Dinge beim Namen zu nennen, und behielt einen »friedliebenden« Ton bei, wie künstlich er auch sein mochte. Kleinmütig klammerte ich mich an den Gedanken, der Vater meines Sohnes müsse noch Reste von Menschlichkeit haben: Er weiß doch, wie sehr ich das Kind wollte, unter welchen Qualen ich es zur Welt gebracht habe. Wenn er Vera Petrowna bedauert, wird er später auch mit mir Erbarmen haben.

Filipp fuhr mit Vera Petrowna, deren Sohn und Juri in den Süden, um Früchte zu essen und im Meer zu baden, wie er schrieb. Von dort zurückgekehrt, schickte er Fotos: Auf dem einen stand Juri am Sandstrand vor dem Meer und blinzelte in die Sonne, auf einem anderen vor einem Blumenbeet, mit einem Teddy in der Hand. Ich sah, daß es meinem Jungen gutging, doch als ich sein Gesichtchen betrachtete, bedrückte mich der Gedanke: Mein Sohn wird mich vergessen, er ist in fremden Händen.

Wieder einmal wurden die Haftbedingungen verschärft – Durchsuchungen, Häftlingstransporte in entlegene Gegenden. Der Lagerleiter Schemin wurde von Oberst Kljutschkin abgelöst. Das nutzte die dritte Abteilung sofort, um Gawronski in das Lager Rakpas zu schicken. Auf dem selben Transport war auch Hella Frischer.

Zum Glück verkraftete Gawronski die seelische Erschütterung besser, als zu erwarten war. Im neuen Lager bekam er Arbeit in der Kulturabteilung. Und er erhielt die Erlaubnis, in einem abgetrennten Winkel seines Arbeitsraums zu wohnen, was für ihn ein Segen war. In seinen Briefen bat er, sich um ihn keine Sorgen zu machen, es gehe ihm sogar »sehr passabel«. Mit Hella und mit Ani Kolb konnte er nach Herzenslust Deutsch sprechen. Er versammelte interessante, schöpferische Menschen um sich und gewann auch neue Freunde unter den Jüngeren, zum Beispiel Ariadna Efron, die Tochter von Marina Zwetajewa. Er war inspiriert und bereitete für das »Publikum« in Rakpas ein Vaudeville von Tschechow und Novellen von Mérimée vor.

Einen besonderen Platz nahm in seinen Briefen Boris Majewski ein. »Beeindruckend und vielseitig talentiert. Ich kann mit ihm über alles sprechen. Ihr müßt einander kennenlernen.«

Am häufigsten erwähnte er in seinen Briefen eine Motja. Sie hatte früher als Übersetzerin gearbeitet. Nachdem Ariadna Efron nach Sibirien geschickt worden war, vertraute Gawronski die Hauptrollen Motja an und war sehr gern mit ihr zusammen. Aber mir streute dieses ständige »Motja, Motja« Salz in die Wunde. Das war keine Eifersucht. Das Gefühl von Unbehaustheit und Verlassenheit und furchtbare Angst brachten mich um den Verstand. Ich hatte keinen Boden mehr unter den Füßen. Seit eh und je sah ich alles Kostbare der Welt in seiner Einzigartigkeit und Beständigkeit: einzige Mama, einziger Sohn, einziger Freund, Mann, einzige Heimatstadt.

Ich war mit meinen siebenundzwanzig Jahren für niemanden einzigartig. Nicht einmal für meinen Sohn. Wenigstens der Platz der einzigartigen, unersetzlichen Schülerin Gawronskis sollte mir vorbehalten bleiben! Daran klammerte ich mich mit der Kraft einer Ertrinkenden. Dem Schicksal, der Logik und den Tatsachen zum Trotz mußte ich wenigstens für einen Menschen einzigartig sein!

Und ich schrieb Gawronski einen unzulässigen Brief, der einem primitiven Urschrei glich. Ich warf ihm vor, er habe sich von mir abgewandt. Gesegnet sei Alexander Gawronski und das Andenken an ihn. Er erfaßte meinen Seelenzustand und schrieb mir einen Brief voller Liebe und Freundschaft. Er verstand es wie kein anderer Mensch, mich aufzurichten und zu stärken. Damit half er mir, meine innere Hysterie zu überwinden.

Ein Ausweg aus meiner Situation schien mir die Rückkehr zum TEK zu sein. Nur wenn ich mit dem Theater herumfuhr, konnte ich hin und wieder meinen Sohn sehen. Ich schrieb dem Theaterdirektor Jeruchimowitsch und seinem Stellvertreter Newolski. Sie antworteten, daß sie mich gern wieder bei sich sähen und eine Anforderung schicken wollten.

Im TEK hatte sich zu dieser Zeit vieles verändert. Nachdem Gawronski die neue Truppe gesehen hatte, schrieb er mir, das Theater habe viele begabte Solisten, Musiker und professionelle Schauspieler dazubekommen. »Besonders beeindruckt hat mich«, schrieb er, »ein Schauspieler, ein Oscar-Wilde-Typ. Er ist sehr talentiert.«

Das Theater hatte auch einen neuen Regisseur: Boris Semjatschkow, der aus Komi stammte. Er hatte das Moskauer Lunatscharski-Institut für Theaterkunst absolviert und galt als begabt, temperamentvoll und aufgeschlossen.

Diese Neuigkeiten verschreckten mich. Professionelle Schauspieler? Aber vor allem – ohne Gawronski? Würde ich das schaffen?

Die Tage gingen dahin. Wecken. Ich kochte Spritzen aus, machte Infusionen, gab Injektionen, setzte Schröpfköpfe. Die Monotonie dieses Lebens stumpfte ab. Ich verzehrte mich vor Sehnsucht nach meinem Sohn.

Alexandra Malinowskaja hatte für das medizinische Personal längst das Recht erwirkt, im Krankenhaus zu wohnen. Ich blieb oft allein im Dienstzimmer und schrieb meine Gedanken und Gefühle nieder.

»Ein Druck liegt auf der Brust. Was soll ich tun, um nicht ganz zu versteinern? Zu Eis zu werden?« – »Was wird, wenn ich das ganze Ausmaß des Leids erfasse, daß nicht ich meinen Jungen schlafen lege, daß nicht ich jeden neuen Tag mit meinem Sohn begrüße, daß er nicht mir die Händchen entgegenstreckt? Was soll ich tun? Was? Was?« – »Höllisches Alpdrücken wird von Demut abgelöst. Grabesstille, ausweglos wie der Tod.« – »Was empfinde ich für den Vater meines Sohnes – Verachtung oder Haß? Nein. Vor allem empfinde ich Scham, unerträgliche Scham, so blind gewesen zu sein ... Wir werden zusammensein, mein Sohn. Von der ersten Stunde meiner Freilassung an ... Behalt mich in Erinnerung, mein Junge, behalt mich in Erinnerung ...«

Einmal nahm ich gerade den Sterilisierbehälter mit den Spritzen vom Herd, als eine Krankenschwester vom Nachbargebäude hereingestürmt kam.

»Tamara Zulukidse ist ein furchtbares Unglück zugestoßen.«

»Was ist passiert?«

»Ihr Sohn ist in Tbilissi unter eine Straßenbahn geraten und war sofort tot!«

Der Behälter fiel mir aus den Händen. Gerade er, dieser fünfzehnjährige Junge, der so auf die Freilassung seiner Mutter gewartet hatte? Wofür? Warum?

Später wurde erzählt, daß Tamara augenblicklich die russische Sprache vergaß und hastig etwas auf georgisch sagte. Niemand verstand sie. Sie hatte kein Geld für die Reise nach Tbilissi. Es wurde gesammelt.

Zu allem in der Welt stellt der Mensch eigene Beziehungen her. Sogar zur Sonne, zum Morgen, zu den Bäumen. Die unerbittlichsten Beziehungen hatte ich zum Schmerz. Er verbarg sich in allem, womit ich zu tun hatte. Der Schmerz als gnadenlose Naturgewalt. Er fraß meine Hoffnungen und Kräfte. Erst wenn er von mir abließ, konnte ich verschnaufen. In einer solchen Stunde fand ich in der Natur endlich einen neuen Bezugspunkt. Ich sah, hörte und spürte wieder den Wald jenseits des Lagers, den veränderlichen Himmel, einen Grashalm, der durch die Erde brach. Wenn ich nachts aufwachte, fuhr ich in die Stiefel mit den Kunststoffschäften und trat hinaus in die Finsternis. Die Schäferhunde klirrten mit den Ketten. Der feuchte Nebel vermischte sich mit dem Geruch frischgesägter Baumstämme. Über der Taiga hallte der schmachtende Ton einer weit entfernten Lokomotive.

Nach dem Regen hingen Tropfen in gleichmäßigen Reihen am Stacheldraht des Lagers. Vom Wachturm beleuchtete der suchende Scheinwerfer die Vollkommenheit der Wasserkügelchen. Vom eigenen Gewicht herabgezogen, plumpsten sie in Pfützen. Der Wind schüttelte mich durch, ich stand in dem Matsch, nur um zu fühlen: alles atmet, klingt, alles ringsum ist unerträglich lebendig, und ich bin ein Teil des Ganzen.

Karge, armselige Lebenszeichen. Doch die sich öffnende Seele reagierte auf sie. Ich spürte wieder das Leben außerhalb des eigenen Schicksals.

Tagsüber lief ich in jeder freien Minute zur Westgrenze des Lagers. Von einer kleinen Anhöhe war durch den Stacheldraht etwas von dem Fluß zu sehen, der nahe am Lager vorbeifloß. Er strömte geruhsam und kümmerte sich nicht darum, was zwischen den Menschen an seinen Ufern vorging. Ich konnte mich nicht satt sehen an dem Wasser und der sinkenden Sonne, die dem Himmel bald zarte, bald düstere Farbtöne verlieh. In Gedanken streckte ich die Hände der Flußfrische entgegen. Ich fühlte mich damals so jung, so aufgewühlt wie nie zuvor.

Mein Inneres wurde förmlich gesprengt von einem plötzlichen Lebenswillen, einem Zustrom unverbrauchter Kräfte, einer Macht noch unbekannter Energie. Das war kein Gefühl, sondern ein Zustand, erschreckend und wohltuend zugleich, als sei ich erst jetzt fürs Leben reif geworden.

Über die Route des Theaters wußte immer irgendwer genau Bescheid: »Sie sind schon in Mikun!«, »Morgen sind sie bei uns!«

Und wirklich – sie kamen.

Mein Herz hämmerte ohrenbetäubend. Gleich sind sie bei mir und sagen die langersehnten Worte: Pack deinen Krempel zusammen, wir haben die Anforderung für dich in der Tasche! Ein paar Minuten darauf hörte ich Newolskis Stimme:

»Wo steckt sie denn? Wollen Sie nicht Ihre Freunde begrüßen? Kommen Sie, alle warten auf Sie.«

Kein Wort von der Anforderung. Also hatten sie keine?

Ich ging mit den Freunden durch das Meshoger Lager und freute mich, daß sie da waren. Ich schritt über den eisenharten Boden und hatte das Gefühl: Jetzt gleich, im nächsten Augenblick, muß mit meinem Herzen, meinem ganzen Leben etwas passieren, eine Katastrophe, ein Glück.

Die Theatertruppe war diesmal im Badehaus untergebracht, weil sonst nirgendwo Platz war. Also ging ich mit Newolski zum Badehaus. Er stieß die niedrige Tür zum Vorraum auf und ließ mir galant den Vortritt. In dem Lichtrechteck war ein großgewachsener Mann zu sehen, nackt bis zum Gürtel, über den Schultern eine beigefarbene Weste. Er suchte irgendwem im Raum etwas mit Verve zu beweisen. Als die Tür ganz offen war, drehte er sich um. Er sah mich an.

Ich sah ihn an, fassungslos, gebannt, außerstande, sonst noch jemanden wahrzunehmen.

Das brünette schöne Gesicht mit den großen dunkelgrauen Augen verriet Rebellengeist und hatte auf merkwürdige Weise mit meinem Leben zu tun. Es war, als hätte dieses Lichtrechteck aus der gesamten materiellen Welt nur diesen wunderbaren, ersehnten Menschen herausgegriffen und fragte mich: Erkennst du ihn?

Die Zeit blieb stehen. Sie existierte nicht mehr. Während ich über die Schwelle des Badehauses trat, schien ich durch das Heute und Gestern zurück zum Anfang allen Lebens zu fliegen, wo es noch keine Lager und keine Zeitrechnung gab, sondern einzig die Macht und den Willen der Gefühle, ihre völlige Freiheit. Ich verstand nicht, was mit mir vorging. Alles zerbrach, wurde hinweggefegt. Ich war fast frei und schon völlig unterjocht. Und ich wußte bereits: Das lasse ich mir von niemandem nehmen.

Wie im Traum ging ich dem Unvermeidlichen entgegen. Jemand sagte: »Macht euch bekannt.« Wir gaben einander die Hand. Die Freunde umringten mich, überschütteten mich mit Fragen. Ich antwortete, interessierte mich mechanisch für ihre Neuigkeiten und hatte doch nur den Wunsch, allein zu sein mit dem, was in mir vorging.

»Ich muß gehen!«

Newolski sagte:

»Ich begleite Sie.«

Darauf seine Stimme:

»Darf ich mitkommen?«

Ich hatte gewußt, daß er das fragen würde. Ich hatte es gewollt. Mit einer beängstigenden Freude und zugleich Qual fühlte ich: Er ist bei mir! Er geht neben mir! Aber bin ich das?

Ich wirbelte herum, setzte Teewasser auf, war wie betäubt von dem Umbruch in mir und davon, daß das gesamte Universum in meinem Dienstzimmer saß – in Gestalt eines Menschen, den ich vor ein paar Minuten noch nicht gekannt hatte.

Wir tranken zu dritt Tee. Unterhielten uns. Ich lauschte auf das Unausgesprochene in jedem seiner Worte, vertiefte mich in die Geheimschrift seiner Blicke, als überprüfte ich, daß alles übereinstimmte. Die Worte. Das Lächeln. Die Falten um Mund und Lider. Alles stimmte. Nach welchem mir bekannten Urbild überprüfte ich die sichtbaren, lebensvollen Züge dieses Mannes?

Mein Gott, wie wunderbar war das alles!

Ich erinnere mich kaum an die erstklassige Aufführung. Die neue Truppe war perfekter als unsere alte. Sie hatte eine vorzügliche Sängerin, einen starken Vortragskünstler und etliche Tänzer dazubekommen. Dann betrat er die Bühne – Nikolai Danilowitsch. Er war um die dreißig. Groß. Schön. Hager. Elegant. Professionell. Er trug »Graf Nulin« von Puschkin vor. Ich hörte ihm gebannt zu und begriff plötzlich, daß Gawronski ihn gemeint hatte, als er schrieb: »Ein Oscar-Wilde-Typ. Er ist sehr talentiert.«

Nach der Vorstellung durfte getanzt werden. Rasch wurden die Bänke beiseite geschoben. Das Orchester spielte auf. Während ich bei meinen Freunden stand und ihre Auftritte »rezensierte«, wartete ich nur auf ihn. Er kam auf mich zu und holte mich zum ersten Walzer.

Dieser Walzer, dieses Sich-Drehen, geschah das im Lager, inmitten meiner Leidensgefährten, in dem armseligen und stickigen Kulturraum? Woher kam dieser Höhenflug? Diese Weite?

Der kleine Generator stellte seine Arbeit ein, das Licht ging aus. Gegen die Bestimmungen verstoßend, setzten wir uns in das Kämmerchen hinter der Bühne. Wir unterhielten uns halblaut, verschmolzen zu einer »gemeinsamen Seele«. Irgendwer sang leise zur Gitarre.

Es regnete. Der Wind heulte. Wir gingen langsam durch das Lager. Nikolai begleitete mich zu meiner Baracke. Ich wußte nicht, was weiter werden würde. Sonst stets unsicher und zweifelnd, hob ich in jenem Moment kraft meines Willens die im Lager geltenden Verbote auf. Ich war absolut sicher, daß nichts Unwürdiges diese Augenblicke des Lebens antasten würde.

Es war eine Verbindung von Unerfahrenheit und Feuer. Sie verhieß Glück und Verderben.

Wir bemühten uns, in die menschliche Sprache zu übersetzen, was unserer Begegnung vorausgegangen war. Er sagte:

»Wenn wir mit dem Zug unterwegs waren, bin ich auf die Plattform gegangen. Der Wind zerrte, wütete, drohte mich umzuwerfen, ich schnappte nach Luft. Sehnsucht schnürte mir die Kehle zu … Ich starrte in die Dunkelheit, lauschte den Stimmen. Ich wartete, wartete …«

Darauf ich:

»Und ich bin nachts ins Freie gegangen, in die feuchte Kälte der Taiga. Ich habe gespürt, wie die Erde anschwoll, wie die Sterne klingelten. Mir schien, im nächsten Augenblick müsse etwas Unwahrscheinliches geschehen …«

»Hast du Angehörige?«

»Einen Sohn. Eine Schwester. Und du?«

»Außer meiner Mutter niemanden. Ich weiß nicht, wo sie ist und ob sie noch lebt.«

»Ich habe außerdem noch einen Lehrer – Alexander Gawronski.«

»Ich kenne ihn. Ein wunderbarer Mensch.«

Ein dumpfer Schlag gegen die Schiene. Aus welcher Welt drang er herein? Der Name dieses Lautes war: Realität, Lager, Meshog. Es war fünf Uhr morgens. Fast ein Schock. Schmerz. Doch die Freude gab mir die Kraft, das Lager diesmal nicht für das Wichtigste zu halten. Jetzt triumphierte etwas anderes!

Ausgabe der Medikamente. Frühstück. Verbandswechsel. Ich hatte alle Hände voll zu tun. Ein Blick aus dem Fenster. Draußen saß auf einem Baumstumpf Nikolai. Wir wußten beide, daß wir von nun an zusammengehörten.

»Mach ruhig weiter. Ich will hier nur sitzen. Ich störe dich nicht«, sagte er, als er ins Dienstzimmer kam.

Drei Tage war das Theater im Lager – Momente des Vergessens, des Glücks und der Angst vor der unausweichlichen Trennung.

Kolja! Nikolai Danilowitsch! Ich wußte damals wenig von ihm und doch alles.

Die Häftlinge, die nach dem Krieg die Lager füllten, waren vorwiegend nach Artikel 58, 1 – »Vaterlandsverrat« – abgeurteilt worden.

Nach diesem schrecklichen Artikel war Kolja zum Tod durch Erschießen verurteilt worden. Zwei Monate später wurde das Todesurteil in zehn Jahre Haft umgewandelt. Siebenundfünfzig Tage hatte er darauf gewartet, zur Erschießung geholt zu werden. Davor Gefangenschaft, das Grauen in deutschen Konzentrationslagern.

Als beste Zeit seines Lebens empfand er die Studienjahre bei Juri Sawadski in Moskau und in Rostow.

»Wir müssen zusammensein, zusammen arbeiten. Du mußt ins Theater zurückkommen.« Diese dutzendfach wiederholten Worte gaben Hoffnung. Mit der Anforderung des Theaters verknüpfte ich jetzt zwei Lebensziele: Jurik und Kolja. Doch sie wurde durch Umstände verzögert, die sich die Theaterdirektion nicht erklären konnte.

»Ich werde alles tun! Alles, was in meinen Kräften steht und darüber hinaus!« sagte Kolja beim Abschied.

Hinter ihm schlug der Wind die Tür der Wache zu, wie bei Juriks Abreise. Ich war wieder allein. Für eine gewisse Zeit reichten die wunderbaren Erinnerungen. Die Begegnung mit Kolja war ein tiefer Einschnitt in meinem Leben. Ich erkannte mich selbst nicht wieder. So ist das also, wenn man liebt. Es geschah mir zum erstenmal. Und das in der Unfreiheit!

Der Briefwechsel zwischen den Lagern lag ganz in der Hand gewissenhafter Dienstreisender, die mit diesem oder jenem Auftrag von einem Lager zum anderen fuhren.

In einem Brief, den ich auf diese Weise erhielt, schrieb Kolja:

»Du wirst diesen Brief wahrscheinlich an einem für mein Leben bedeutungsvollen Tag erhalten. Du kennst ihn. Dieser Tag war die Grenze zwischen Tod und Leben. 1946 wurde mir an diesem Tag um 12 Uhr die Begnadigung verkündet. Nachdem ich 57 Tage in der Todeszelle der Erschießung entgegengesehen hatte, wurde ich in eine Gemeinschaftszelle gebracht. Von dieser Stunde an begann ein anderes Leben. Wenn ich jetzt an all das zurückdenke, kann ich nicht glauben, daß es mir widerfuhr.

Nun bin ich Dir begegnet, das bedeutet, ich habe mich gefunden.

Und ich bin Gott dankbar für den ganzen Weg, der uns zueinander geführt hat. Der Himmel hat mir Dich geschenkt, meinen Leitstern. Du bist mein Glück. Mein Leben! Mein Atem!«

So überwältigend der Brief auch war, im Grunde war er schrecklich.

Wenn ich als junges Mädchen historische Romane gelesen hatte, in denen die Scheiterhaufen der Inquisition loderten, in denen die Strafe jeden Unschuldigen treffen konnte und die Menschen durch Verrat und Folter zugrunde gingen, hatte ich mir die Frage gestellt: Wie konnten sie damit leben? Das Leben hatte diese gar nicht so naive Frage beantwortet. In dieser schrecklichen Gegenwart war mir die Liebe begegnet. Nur in der Liebe war das Leben. Doch warum war sie von solcher Qual begleitet? Mein Sohn war in fremden Händen. Kolja und ich hatten nicht das Recht, uns frei zu bewegen.

Die Anforderung vom Theater kam und kam nicht. Aber Kolja und ich konnten die Trennung nicht akzeptieren. Wir glaubten nicht an die Barmherzigkeit der Macht, bettelten nicht um Freiheit, wir wollten nur eins: Wenn schon hinter Stacheldraht, dann zusammen.

Von einer merkwürdigen Erregung ergriffen, dachte ich in jener Zeit mehr als sonst über den Charakter meines Vaters nach. Ich erinnerte mich an seine Besessenheit, seinen Fanatismus. Nun erkannte ich mich in ihm wieder. Sein Vermächtnis, daß man kämpfen müsse, bekam einen neuen Sinn. Ich begriff, daß mein Vater mir ein kostbares Erbe hinterlassen hatte. Dafür dankte ich ihm im stillen. Zugleich quälte mich die Frage: Warum hatte er das, was er mir schenkte, selbst beschädigt? Warum hatte er mich als Kind geschlagen und mir damit Minderwertigkeitsgefühle eingepflanzt? Sie hatten vieles in mir verbogen.

Damals in Meshog fielen plötzlich alle Schranken, die mich von mir selbst trennten. Meine Mutterschaft, mein Liebe zu Kolja hauchten der Seele neues Leben ein. Ich erkannte entsetzt, wie gefühllos ich damals meiner Mutter gegenüber gewesen war. Wie verzweifelt muß sie nach der Verhaftung meines Vaters gewesen sein, daß sie Trost im Alkohol suchte! Plötzlich hatte ich wieder ihren schuldbewußten und flehenden Gesichtsausdruck vor Augen, wenn sie ein Kleid von mir verkauft hatte. Erst jetzt empfand ich bis ins letzte, wie meine Mutter sich gequält hatte. Auch darin erkannte ich mich.

Lilja Gross kam ins Dienstzimmer und rief freudestrahlend:

»Man hat gerade durchgegeben, daß das TEK auf dem Weg zu uns ist!«

Seit der Begegnung mit Kolja waren vier Monate vergangen. Wer hatte diesen außerplanmäßigen Besuch des Theaters durchgesetzt? Auch diesmal brachten sie die Anforderung nicht mit. Wie sich herausstellte, hatte Oberst Warsch sich jedesmal geweigert, sie zu unterschreiben. Die Verleumdungen der umtriebigen Vera Petrowna, ihre Bemühungen, mich auf Transport zu schicken, lagen noch nicht lange zurück. Warsch konnte offenbar auch nicht vergessen, daß sein persönlicher telegrafischer Befehl nicht befolgt worden war.

Ich begriff, daß aus den Theaterplänen nichts werden würde. »Ohne Alexander Gawronski kann ich sowieso nichts machen«, sagte ich zu Kolja.

»Ich kann dir helfen!« rief er leidenschaftlich. »Du wirst ins TEK kommen! Glaube mir! Wenn du da bist, beginnen wir die Arbeit mit einem Auszug aus Lermontows ›Maskerade‹. Und er rezitierte halblaut:

»Hör mich an: Wir sind
Durch Schicksalsbande, wie man sagt, verbunden,
Auf immer, irrtümlich vielleicht, doch können
Wir's nicht entscheiden.

Du bist jung
An Jahren und im Fühlen. In dem Buch,
In dem ich las, als du ein Kind noch warst,
Hast du die erste Seite erst gelesen …

Ich liebe anders. Sieh, ich habe viel
Erlitten und begriffen, oft geliebt,
Doch mehr noch habe ich gehaßt …«*

Ich hörte zu und versuchte in seltsamer Verwirrung herauszufinden, warum er gerade diese Verse gewählt hatte, die mich seit eh und je aufwühlten.

Kaum war das Theater abgefahren, als die Tür meines Dienstzimmers aufging. Alexandra Malinowskaja kam herein und fragte drohend und ohne Umschweife:

»Der Schauspieler, ist das was Ernstes?«

»Ja, etwas sehr Ernstes.«

»Willst du weg von hier?« Sie duzte mich, wie schon manchmal in kritischen Momenten.

»Ja.«

»Merk dir: Ich laß dich nicht weg!«

---

* *Nachdichtung: Heinz Czechowski*

»Warum nicht?« fragte ich verwirrt.

»Wer es gut hat, braucht nichts Gutes mehr zu suchen«, antwortete sie gekränkt.

Ich stand tief in ihrer Schuld. Wie wäre es mir ohne sie ergangen? Ich hätte mir für meine Undankbarkeit Vorwürfe machen müssen, aber ich suchte ja nichts Gutes; ich hatte die Liebe gefunden, um derenwillen Kolja und ich unseren schrecklichen, tödlichen Kampf begannen.

Olga Tarassowas Haftzeit ging zu Ende. Es gibt Menschen, deren bloße Existenz anderen hilft, lebendig zu bleiben. Zu diesen Menschen gehörte Olga. Ich sah sie an und dachte, daß sie auf ihre Art weniger der Revolution als vielmehr der Liebe gedient hatte. Olgas Liebe reichte für alle. Für ihre beiden wunderbaren Töchter Vera und Katja, für ihre Enkel, für ihre Freunde und für mich.

Sie hatte begriffen, was Kolja mir bedeutete, und gab dieser Beziehung ihren Segen. Das war sehr wichtig für mich.

Ich begleitete sie zur Wache und ahnte nicht, daß unsere Freundschaft Jahrzehnte dauern würde.

Der Arbeitsverteiler trommelte ans Fenster des Dienstzimmers.

»Die Anforderung ist da!«

Doch noch? Freude. Gleich darauf Angst. Alexandra Malinowskaja hatte ihre Drohung ernst gemeint. Sie konnte mildherzig sein, aber auch sehr hart. Die Leibeigenenstruktur des Lagerlebens verführte jeden, der Macht besaß.

Was sollte ich tun? Als ich sie mit ihrem Gefolge – den Ärzten, dem Wirtschaftsleiter, dem Arbeitsleiter – kommen sah, verfiel ich auf einen aberwitzigen Gedanken. Ich stürzte ihr entgegen.

Mit einer Handbewegung ihrem Gefolge Einhalt gebietend, blieb sie stehen und rief ärgerlich:

»Was ist denn noch? Was soll das?«

»Mütterchen! Gebieterin! Erbarme dich meiner! Zürne nicht und entlasse die Magd Gottes ins TEK!« heulte ich und fiel vor ihr auf die Knie.

Die »Gebieterin« wurde schwankend. Ihre Untertanen traten vielstimmig für mich ein:

»Geben Sie sie frei, Alexandra Petrowna! Soll sie fahren!«

»Geh mir aus den Augen! Ich will dich nicht mehr sehen!« So spielte sie das simple Szenario zu Ende.

Ich riß mich von dem Ort los, wo ich meinen Sohn zur Welt gebracht hatte, wo die Krippe war, in der ich ihn gestillt, mich mit ihm unterhalten, von unser beider Zukunft geträumt hatte. Hier hatte ich auch den Schock erlitten, daß sich der Vater meines Sohnes von mir lossagte.

Für meine jungen Schützlinge war ich hier unversehens zur »Lehrerin« geworden, ich hatte mich bemüht, sie vor Enttäuschungen und Zynismus zu bewahren.

Aus dem geheimnisvollen Nirgendwo war ein Mensch hierhergekommen, den ich liebgewonnen hatte und zu dem es mich jetzt unwiderstehlich zog.

Der Abschied von Alexandra Malinowskaja fiel mir schwer. Wir umarmten uns. Sie sagte heiser: »Du verläßt mich? Dann gib mir auch mein Herz zurück!«

Der Begleitposten wartete.

Dieses Mal verließ ich Meshog für immer.

Die astronomische Ferne des Glücks, von dem ich zu Beginn des Lebens geträumt hatte, das waren plötzlich ganz konkrete irdische Kilometer bis zu Kolja. Den Umstand, daß dieser Raum von Stacheldrahtsperren umgeben war, ignorierte ich.

Der alte lahme Knjash-Pogoster Oberaufseher Sergejew nahm von dem Begleitposten die Dokumente entgegen und ließ mich ins Lager. Das Theater war auf Tournee im nördlichen Abschnitt der

Trasse.

Ich wurde in der allgemeinen Baracke untergebracht. Die bezaubernden Frauen von siebenunddreißig waren durch jüngere abgelöst worden, unter denen es auch bemerkenswerte Schönheiten gab, Russinnen und Ausländerinnen.

»Hier haben Sie es bequemer«, sagte eine meiner alten Bekannten zu mir und trat mir ihre untere Pritsche ab. Sie verzichtet freiwillig auf einen solchen Platz? wunderte ich mich im stillen und setzte mich auf die Pritsche. Die Frauen verstummten. Neugierige Blicke waren auf mich gerichtet. Was ging hier vor?

Auf der Nachbarpritsche saß eine sehr schöne Frau. Füllig, aber mit einem Madonnengesicht.

»Machen Sie sich bekannt!« sagten die Frauen.

Ich gab ihr die Hand und nannte meinen Namen.

»Ljolja N.«, sagte sie.

Ach, so war das! Die Frau, von der Filipp so hingerissen war, daß er mich mit ihrem Namen anredete. Sie war tatsächlich schön. Wir musterten uns mit Interesse und fanden wohl Gefallen aneinander. Zur großen Enttäuschung der anderen Frauen, die über alles informiert waren, kam es zu keiner Szene zwischen »Rivalinnen«.

Ich verbrachte diese Tage in gehobener Stimmung. Ich wartete, zählte die Stunden und Minuten bis zur Rückkehr des Theaters. Schließlich kamen sie, es war spätabends. Als ich es hörte, konnte ich vor Erregung nicht sofort aufstehen.

An den Pfosten der offenen Barackentür gelehnt, stand Kolja und wartete. Hinter ihm herrschte lebhaftes Treiben in der Baracke.

Ich wurde fast ohnmächtig: Gleich kommt er mir entgegengestürmt. Doch Kolja stand in tragisch-feierlicher Pose reglos da und sah mir entgegen. Weder er noch ich brachten auch nur ein Wort heraus. »Der dunkle Wald war ihr Altar, der freie Wind hat sie getraut.«

10

Ende 1947 gab es einige Lockerungen im Lagerregime. Das TEK bekam die Möglichkeit, begabte Leute heranzuziehen, egal, nach welchem Artikel sie verurteilt worden waren.

Neben anderen talentierten Künstlern wurde eine ganz außergewöhnliche Frau in die Theatertruppe aufgenommen. Margot Went-Pitschugina war Kostümbildnerin. Ihre Mutter, eine Deutsche, hatte einen russischen Brückenbauingenieur geheiratet und war in Rußland geblieben. 1926 war Margot zu ihrer Tante nach Deutschland gefahren, um zu studieren; sie heiratete einen Deutschen und blieb dort. Sie hatte vier Kinder. Nachdem 1946 Stalin, Churchill und Roosevelt das Abkommen über die Rückführung aller Russen geschlossen hatten, wurde auch Margot in die »Heimat« gebracht. Nach Artikel 58,1 wurde sie zu zehn Jahren Lager verurteilt.

Sie trug stets einen grobgestrickten, von einem dünnen Ledergürtel zusammengehaltenen Pullover. Die dichten Haare waren zu einem Knoten gesteckt, den ein Netz umhüllte. Auf ihren Lippen lag ein rätselhaftes leichtes Lächeln. Sie sprach wenig. Margot, die Sphinx. Die Männer verliebten sich reihenweise in sie.

Blech, Mull und Glasscherben verwandelten sich in den Händen der wundertätigen Margot in Kopfputz für die Tänzerinnen, in Taschen, Kronen, Schmuck. Sie färbte Stoffe, nähte Kleider. Den Saum verzierte sie mit raffinierten Ornamenten aus Kordel, und fertig war ein Abendkleid, das die Phantasie der eingesperrten Frauen entzündete und den Neid der freien Angestellten weckte.

Als wir einmal zu einem Außenlager unterwegs waren, begegneten wir einer Frau mit Kindern. Margot und ich sahen ihr lange nach. Margots Kinder befanden sich im Ausland. In gewissem Sinne war auch mein Sohn jenseits einer Grenze. Ich glaube, daß damals unsere Freundschaft begann.

Senja Jeruchimowitsch und Dmitri Karajanidi hatten ihre zehn Jahre abgesessen und wurden freigelassen. Beide blieben im Norden und arbeiteten als Vertragsangestellte: Senja als Direktor des TEK, Dmitri als Dirigent und Pianist.

Als Senja frei war, kam seine alte Mutter mit seiner jüngeren Schwester Fira aus Leningrad zu ihm. Sie wollten sich nicht noch einmal von ihm trennen und blieben in Knjash-Pogost. Die Freiheit verschönte Senja. Von Natur aus freundlich und heiter, war er jetzt in einem Zustand ständiger Beschwingtheit. Er hatte den naiven Glauben, daß das Leben für ihn nur noch Freude bereithalten werde. Sein Charme, sein friedfertiges Wesen und sein unwandelbares Wohlwollen erleichterten dem Theater das Leben.

Wir probten das Stück »Die russische Frage« von Konstantin Simonow. Ich bekam eine der Hauptrollen, und der Regisseur Semjatschkow schien sich sehr zu freuen, daß ich nun da war.

»Ich setze große Hoffnungen in Sie!« sagte er zu mir. Nicht ahnend, was auf mich zukam, freute ich mich auf meine Rolle.

Der Regisseur arbeitete völlig anders als Gawronski und warf mit Begriffen um sich, die mir nichts sagten und mich verwirrten. Ich brachte nichts zustande. Ohne Gawronski, ohne seine magische Sprache konnte ich keinen Schritt tun.

Dumpfe Verzweiflung, bittere Ernüchterung überkam mich: Ich bin ein Nichts! Unbegabt. Ungebildet. Ich bin siebenundzwanzig und kann nichts mehr lernen. Die Freundlichkeit des Regisseurs wich offener Enttäuschung, und einmal hörte ich, wie er ratlos zu Newolski sagte: »Aber sie kann ja rein gar nichts.«

Eine Schande. Eine Katastrophe. Ich war darauf gefaßt, weggeschickt zu werden.

Kolja war sehr behutsam, er tröstete mich und bat:

»Laß uns zu zweit proben. Ich helfe dir. Versuchen wir's.«

Aus brennender Scham zog ich mich von ihm zurück. Die Hilflosigkeit brachte mich um. Wie immer in extrem schweren Minuten descrtierte ich in meinen dumpfen, blinden Untergrund.

Einmal fand mich Kolja in einem Winkel des Lagers. Ich wollte ihn nicht sehen.

»Laß mich! Geh weg!«

Ich war wütend. Er kam näher. Ich wollte ihn davonjagen. Er forderte:

»Du mußt mir alles sagen, was dich quält. Du bist dazu verpflichtet. Du darfst nicht schweigen! Sprich alles aus. Eher geh ich nicht weg.«

Ich glaubte ihn zu hassen.

»Rühr mich nicht an! Geh weg! Laß mich in Ruhe!« wehrte ich ihn ab, doch er ließ nicht locker.

»Ich gehöre doch zu dir. Ich möchte, daß wir zusammen deine Qual überwinden. Hör mir zu! Nimm alles, was ich habe. Begreifst du denn nicht, daß mein Herz einzig für dich schlägt? Es gibt nur ein Wir. Kein Du. Kein Ich. Nur ein Wir! Wir!«

Er sprach Worte, von denen ich einst geträumt hatte, an deren Aufrichtigkeit ich aber nicht mehr zu glauben vermochte. Nachdem ich so oft verraten worden war, hatte ich mir angewöhnt, den größten Schmerz in Einsamkeit zu ertragen. Ich war von Mißtrauen erfüllt, war menschenscheu geworden. Als Kolja nun daranging, diesen Schutzpanzer herunterzureißen, tat es weh. Doch zugleich machte es mich glücklich.

Der Begriff »öffentliche Einsamkeit« hatte für das Lagerleben einen ganz konkreten Sinn. Durch das ständige Zusammensein mit anderen Menschen schien sich eine unsichtbare Schutzhülle zu bilden, in der sich etwas verbergen ließ. Dann wurde es unwichtig oder ganz bedeutungslos, daß man von vielen Menschen umgeben war.

Kolja und ich brachten es fertig, in der Baracke über das Innerste miteinander zu reden, das Verborgene in der Seele des anderen zu entdecken. Wir schufen »unser Leben«.

Kolja begriff, daß Jurik ein ständiger, nicht vergehender Schmerz war. Er fragte nicht: »Was hast du?« Er sagte: »Weine nicht. Ich habe erfahren, daß wir demnächst nach Welsk fahren, da wirst du deinen Sohn sehen. Bald wirst du ihn zu dir holen.« Er erzählte mir, daß er im Krieg von seiner Mutter getrennt wurde. Und er fühlte sich schuldig, daß sie nichts von ihm wußte. Im stillen schwor ich mir, sie nach meiner Freilassung um jeden Preis ausfindig zu machen.

Meiner schauspielerischen Unerfahrenheit nahm sich Kolja ganz praktisch an. Von ihm lernte ich das Einmaleins der Schauspielkunst. Wir probten oft zu dritt: Kolja, sein Freund und ich. Ich wurde innerlich immer freier. Schließlich überzeugte ich den Regisseur bei einer Probe so sehr, daß ihm die Tränen übers Gesicht liefen. Von nun an hatte ich keine Angst mehr vor ihm. Die Proben nahmen ihren normalen Lauf. Auch unsere persönlichen Beziehungen besserten sich. Wir bewahrten das ganze Leben Freundschaft und Achtung füreinander.

Für die Fahrten auf der tausend Kilometer langen Trasse bewilligte die Lagerleitung dem Theater schließlich zwei Güterwaggons, einen für die Männer, einen für die Frauen. Wir wurden unterwegs mächtig durchgerüttelt. Nachts wurden wir an einen Güterzug angekoppelt oder auf ein Abstellgleis geschoben. Ein fürchterlicher Ruck, und die Koffer mit den Reqisiten fielen herunter. Während wir schliefen, erschütterten Stöße den Kopf, die Nerven. Die Lokführer wußten wohl nicht, daß sie in ihrem Zug außer Kohle auch Menschen beförderten. Die dünnen Bretterwände schützten auch nicht vor den Winterfrösten. Wenn ich Dienst hatte, kam Kolja aus dem anderen Waggon und half mir, Wasser zu holen und am Bahnhof Kohle zu stehlen. Wenn das Öfchen und die Rohre glühten, wurde es warm im Waggon, und wir kochten uns Tee.

Dann nahmen wir unsere Koffer und gingen zu Fuß zum nächsten Lager. Dort wurden uns irgendwelche Winkel und Kabuffs zugewiesen. Wir packten unsere Sachen aus und richteten uns ein.

In den entlegenen Außenlagern spielten wir beim Schein von Petroleumlampen oder Talgkerzen. Wenn wir die verqualmte »Bühne« betraten, konnten wir kaum die Leute sehen, die auf Bänken saßen und uns zuschauten.

Ein Lager nach dem anderen. Auf den Winter folgte der Frühling. Endlose Wege, das Gepäck auf den Schultern, unsere Aufführungen. Lachen und Tränen der Zuschauer. Doch die Hauptsache – Kolja und ich waren zusammen. Die Welt um uns herum war scheußlich und wunderschön.

In den mir bekannten Fällen war Flucht ein spontaner Entschluß, selten ein genau durchdachter Plan.

Da war eine Mutter angereist, um ihre achtzehnjährige Tochter wiederzusehen, und hatte die Erlaubnis erhalten, mit ihr zwei Tage außerhalb des Lagers zu verbringen. Sie flohen beide in die Taiga. Die Mutter wurde zu einer Haftstrafe verurteilt, und die Tochter bekam noch ein paar Jahre dazu.

An einem frühen Morgen stiegen wir aus unseren Waggons und machten uns auf den Weg zu dem Lager, in dem wir auftreten sollten. Vom Weg aus sah ich einen Steinpilz, dahinter noch einen und noch einen. »Darf ich sie holen?« fragte ich die Begleitposten und malte mir ein leckeres Mittagessen aus. Sie erlaubten es. Ich füllte rasch ein Gefäß und wechselte mit Kolja Zurufe. »Komm zurück, es reicht!« rief er. Aber die braunen Pilzkappen neckten mich: Hier bin ich, hier. Ein Pilz fester und knackiger als der andere. Ich legte sie nun in mein Kopftuch. Noch einer und noch einer. Plötzlich undurchdringliche Stille. Kein Vogelgesang. Kein Zuruf. Ein Brunnen des Schweigens. Ich hatte mich verirrt. In Panik stürzte ich bald in die eine, bald in die andere Richtung.

Nach kurzer Zeit hatte ich jede Orientierung verloren. Plötzlich hörte ich Zweige knacken und ging darauf zu. Das Blut erstarrte mir in den Adern. War es ein Baumknorren oder ein menschliches Wesen, das mich mit irrsinnigen Augen anstarrte? Dann begriff ich, daß diese Erscheinung eine verwilderte Frau war, die ihren schrecklichen Blick auf mich heftete.

Einen Moment konnte ich mich vor Entsetzen nicht von der Stelle rühren. Dann raste ich aufs Geratewohl los. Ich lief, bis mich die Kräfte verließen, und blickte zurück. Keiner war hinter mir her.

Hoffnungslose Stille. Ich war selbst kurz davor, den Verstand zu verlieren. Aus! Ich würde nie hier herausfinden. Nicht das Gehör, sondern der Instinkt erkannte ein unklares Geräusch als hilfreich. Ich verlangte von ihm, sich zu wiederholen, um seinen Sinn zu verstehen. Ich rief: »Noch mal! Noch mal! Rette mich!« Aus der Ferne kam der Klang einer Trompete, wie mir schien. Sie wollten mir helfen. Ich hastete dem schwachen Laut entgegen. Er schwoll an. Unser Trompeter war auf einen Elevator geklettert und blies von dort. Die Theaterleute standen wie eine Mauer und sahen mich vorwurfsvoll an, als ich aus dem Wald kam. Den Begleitsoldaten und meinen Kollegen saß der Schreck in den Gliedern, vor allem aber Kolja. Er zitterte am ganzen Körper. Wenn man mir einen Fluchtversuch anhängte, hätten auch die anderen darunter zu leiden.

Ich erzählte von dem »Wesen«. Wir einigten uns darauf, daß die Frau aus einem Lager geflohen war, sich in der Taiga verirrt hatte und verrückt geworden war. Was tun? Sie suchen und zu den Wachleuten bringen? Wir waren ratlos.

Erst im Sommer 1948 erhielten wir die Anweisung, ins Lager Rakpas zu fahren, in dem Gawronski war. Wir hatten uns lange nicht gesehen. In meinem Leben hatte sich vieles geändert. Ich wünschte mir, daß Kolja, der nicht sehr umgänglich war, Gawronski gefiel.

Wie immer war Gawronski von den unterschiedlichsten Leuten umgeben. Ständig kam jemand mit einem Anliegen. Die bildhübsche Motja mit dem Porzellangesichtchen hielt sich abseits.

An einem Abend jagten uns die Wachen nicht davon, und wir saßen bis zum Morgen in Gawronskis Kammer. Es war eine weiße Juninacht. Er trug uns die »Drei Schwestern« vor, so, wie nur er es vermochte, brachte sich selbst und unsere Leiden mit ein.

Hier in Rakpas war auch Hella Frischer.

Gawronski hatte eine unverhoffte Seite an ihr entdeckt:

»Sie ist eine begabte Dichterin!«

Sie dachte und schrieb Deutsch, und alle, die diese Sprache beherrschten, behaupteten damals und später, daß ihre Gedichte in der Übersetzung ihren Zauber einbüßten. Dennoch verschlang ich sie begierig.

Als Gawronski mir einmal schrieb: »Ich habe mit Hella eine richtige Liebesbeziehung«, hatte ich das nicht wörtlich genommen. Jetzt las ich ihre Gedichte und war erschüttert, in welch tödlicher Abhängigkeit von Gawronski sie lebte. Er war ihr einziger seelischer und geistiger Halt.

Auch Boris verbrachte in Rakpas viel Zeit mit uns. Er lud Kolja und mich in sein Atelier ein, zeigte uns seine Bilder. Er malte unermüdlich, erfüllte offizielle und private Aufträge der Lager-Natschalniks.

Als wir am Abfahrtstag schon im Lastwagen waren, stieg Boris auf ein Rad und sagte: »Kolja, du mußt wissen, ich liebe Tamara.« Kolja legte mir fürsorglich eine Plane über die Schultern, um mich vor dem Wind zu schützen, setzte sich neben mich und nahm mich fest in die Arme.

Vor uns lagen wieder weite Strecken, aber mein Gott, wie wohl war mir! Weder Kälte noch Wind machten mir angst. Ich war mit Kolja zusammen.

Auf Reisen fühlten wir uns besser als in Knjash-Pogost. Besonders im Sommer und wenn wir passable Begleitposten hatten. Wir fuhren durch die Taiga, schoben die Tür des Güterwagens auf, setzten uns auf den Boden und ließen die Beine baumeln. Die Räder ratterten gleichmäßig. Die Streifen von Nadel- und Laubwald taten den Augen wohl. Bei der geringen Geschwindigkeit konnten wir im grünen Moos rote und schwarze Beeren erkennen. Am Bestimmungsort angekommen, rangierte die Lok und schob unsere Waggons aufs verrostete, grasüberwucherte Abstellgleis, und wir versanken in der Stille eines unbewohnten Haltepunkts. Nach den Aufführungen warteten wir darauf, an einen hier haltenden Zug angekoppelt zu werden, und machten in der Zwischenzeit ein Feuer. Die Flamme stieg qualmend und knisternd gen Himmel. Aus dem Wald wehte feuchte Kühle. Nebelschwaden krochen heran.

Personenzüge rasten vorüber. Kolja und ich standen am Bahndamm und sahen zu, wie das elektrische Licht die Finsternis durchschnitt. Die orangefarbenen Schirme der Tischlampen in den Schlafwagen glitten an uns vorbei in Richtung Moskau. Die Erde bebte noch lange.

In Knjash-Pogost erreichten uns gewöhnlich Anweisungen, Instruktionen und Verordnungen über diese oder jene Einschränkung. Die Häftlinge sollten nicht zur Ruhe kommen.

Noch vor unserer Tournee war der Befehl ergangen: Alle Frauen müssen vom Zentrallager in das landwirtschaftliche Außenlager umziehen, das drei Kilometer entfernt lag. Tagsüber arbeiteten wir mit den Männern in der Theaterbaracke, zum Übernachten wurden wir weggebracht. Nun mußten die Männer selber kochen, wir Frauen bekamen nur Kaltverpflegung.

Eines Morgens empfing mich Kolja wie gewöhnlich. Wir frühstückten zusammen. Erst danach sagte er:

»Versprich mir, ruhig zu bleiben, ich muß dir etwas sagen.«

Ich wußte schon, was folgen würde. Ich wußte es, weil wir ständig Schikanen von der dritten Abteilung fürchteten.

»Sie haben dich hinbestellt?«

»Heute nacht.«

»Was wollten sie?«

»Entweder ich arbeite für sie, oder sie trennen uns. In beiden Fällen verliere ich dich. Doch im Falle meiner Einwilligung für immer. Im anderen Fall arbeitet die Zeit für uns. Weißt du«, fügte er hinzu, »der MGB-Mann ist so alt wie ich. Ich fragte ihn: ›Zittert Ihnen nicht die Hand? Sie bringen es fertig, uns zu trennen?‹ Da fuhr er mich an: ›Vergessen Sie sich nicht! Das hätten wir schon längst tun sollen.‹«

Als wir abends abgeholt wurden, begleitete mich Kolja und sagte halb fragend, halb bittend:

»Betest du vor dem Schlafen?«

Wir hatten früher nie über Gott gesprochen. Kolja wird ihn damals, in der Todeszelle, angerufen haben, dachte ich.

Ich betete ohnehin jeden Tag: »Lieber Gott, gib, daß wir zusammenbleiben können!«

Wir hatten ständig Angst, daß einer von uns auf Transport geschickt wurde, und wir sahen mit Bangen der unvermeidlichen Trennung entgegen: Nach meiner Freilassung mußte Kolja noch fünf Jahre im Lager bleiben.

Koljas Vorladung war nur ein Versuch der Banditen, ihn als Spitzel zu gewinnen, denn der Befehl, alle Häftlinge mit dem Artikel 58,1 auf Transport zu schicken, lag längst auf dem Tisch der Lagerleitung.

Als wir Frauen am nächsten Morgen ins Lager gebracht wurden, sahen wir die kahlen Pritschen der Abtransportierten. Kolja war nicht mehr da.

Die anderen ließen mich in Ruhe. Keiner kam zu mir. Ich war unzurechnungsfähig.

In der Abnormität des Lagers hatten sich zwei Menschen gefunden und waren trotz allem glücklich gewesen. Die Leute um uns herum hatten gesagt: »Danke, daß es so etwas gibt.«

Wir schrieben uns jeden Tag. Kolja beteuerte, daß unsere Zusammengehörigkeit unzerstörbar sei und daß er dafür alles erdulde. »Du stehst über allen«, schrieb er. »Deine Tränen kann ich nicht einmal mit dem Tod sühnen. Ich lebe für Dich ... Ich werde Dich überall finden ...«

Nur einmal fuhren wir in jener Zeit mit dem Theater nach Rakpas, wo Kolja war. An die Fahrt dorthin kann ich mich nicht erinnern, nur an den Moment, in dem ich ihn erblickte; an die Stunden, in denen wir nach Herzenslust miteinander redeten.

Gawronski sagte damals:

»Ich habe verstanden, warum ausgerechnet er. Ich habe alles verstanden, Tamarotschka!«

Ich wußte nicht, wie ich mit der Verzweiflung fertig werden sollte, und sagte immer nur das eine:

»Ich ertrage die Trennung nicht! Ich kann nicht! Ich kann nicht!«

Noch vor kurzem hatte Gawronski mir geschrieben: »Denke daran, daß Dein Leben Dich nicht verkrüppelt, sondern Dir trotz allem das Recht und die Kraft gegeben hat, das zu werden, was Du bist.« Jetzt sagte er statt der gewohnten tröstenden Worte leise und zurückhaltend:

»Du kannst nicht? Dann mußt du dich ändern.«

Es war paradox, daß die Lagerleitung, um die Truppe wieder aufzufüllen, wirkliche Spione ans Theater holte. Eine umwerfende Logik! Die Ausländerin Elena N. kam zu uns. In Prag war sie als Tänzerin in einem Kabarett aufgetreten. Die gepflegte, aufreizend attraktive Frau mit der rosigen Haut sagte:

»Ja! Ich sitze wegen Spionage.«

Als wäre es ganz normal, erzählte sie, ein spezieller Arzt habe in ihre Zähne einen Hohlraum gebohrt, um einen chiffrierten Text darin zu verstecken; in Haarspangen und in der Frisur habe sie Mitteilungen befördert. Der menschliche Körper erschien in ihren Erzählungen als eine Kommode mit vielen Schubladen für Spionagenachrichten.

Alles an ihr verblüffte uns, am meisten aber die Haftstrafe, die sie bekommen hatte: sechs Jahre. Sechs Jahre für erwiesene Spionage. Ich hatte »ohne Tatbestand eines Verbrechens« sieben Jahre bekommen, Margot sogar zehn. Irgendwer fand den Mut, ihr das zu sagen. Sie antwortete, ohne verlegen zu werden:

»Ich habe nicht nur für einen Staat gearbeitet. Auch Ihr Land ist mir verpflichtet.«

Elena hatte die Erlaubnis erhalten, drei Truhen voll Kleidung ins Lager mitzunehmen. Sie wurden im Speicher aufbewahrt, und Elena holte von Zeit zu Zeit eines ihrer luxuriösen Kleidungsstücke und führte es den Frauen vor.

In der Baracke hatten die Wachleute bei den regelmäßigen Durchsuchungen zunehmend Erfolg. Sie wußten, wer was wo versteckt hatte. Wir fanden heraus, daß Elena immer kurz vor dem Abtransport ins Landwirtschaftslager aus der Theaterbaracke verschwand und ins Zimmer des MGB-Bevollmächtigten schlüpfte.

Die Zuträgerin loszuwerden erwies sich als hoffnungslos.

In Knjash-Pogost wollte die Lagerleitung etwas Besonderes auf die Beine stellen. Sie verlangte vom Theater ein »interessantes, umfangreiches Programm«. Die Theaterleitung antwortete kühn: »Die besten Schauspieler und Musiker sind nach Rakpas geschickt worden. Wenn Sie die zurückholen, machen wir ein tolles Programm!«

Natürlich glaubte niemand daran, daß es wahr werden könnte. Doch wenn die Natschalniks ein Vergnügen haben wollten, war alles möglich. Binnen weniger Stunden erging der Befehl: Zurückholen! Ein Lastwagen wurde mit Begleitposten nach Rakpas geschickt. Kolja und mir wurde das Leben zurückgegeben. Unsere Vorstellung hatte einen unglaublichen Erfolg.

Obwohl wir nicht wußten, was der nächste Tag bringen würde, studierten wir neue Konzertnummern und Ausschnitte aus der Operette »Die Bajadere« ein.

»Die Bajadere« war ein lang gehegter Traum von Kolja. Er führte selbst die Regie. Da ich mir nichts aus Operetten machte, lehnte ich die Rolle der Marietta ab. Auf der Bühne singen und tanzen? Das kann ich nicht! Unmöglich! Doch Kolja argumentierte leidenschaftlich, daß gerade die Operette die Möglichkeit biete, uns alle am Theater zu halten, und verlangte despotisch, daß ich mich im Tanzen und Singen vervollkommnete. Mit Selbstüberwindung übte ich. Margot zauberte mir Kostüme. Wie Kolja vorausgesagt hatte, nahm die Lagerleitung die Ausschnitte aus der »Bajadere« begeistert auf:

»Machen Sie weiter so. Noch eine Operette, viel Musik und schön lustig. Arbeiten Sie!«

Mit der Premiere feierten wir auch Koljas dreißigsten Geburtstag.

In einem Lager wurden wir nicht in Baracken, sondern in Zweifamilienhäusern untergebracht. Wohnen hier etwa Häftlinge? wunderten wir uns. Aber ich wurde krank und bekam hohes Fieber, so daß ich den Komfort nicht genießen konnte.

Vom Bett aus hatte ich den Flur und die Tür im Blickfeld. Ich wartete auf Kolja. Ich wußte, daß er nach seinem Auftritt sofort zu mir kommen würde. Und richtig, nach einer Weile hörte ich seine Schritte. Aber er kam nicht zu mir ins Zimmer. Als ich die Augen aufschlug, sah ich ihn reglos an der Tür stehen. Das war so unnatürlich, daß ich zweifelte, wirklich wach zu sein. Endlich kam er näher.

»Eben ist mir etwas Merkwürdiges passiert. Ich kann es nicht begreifen. Ich gehe auf die Bühne und trage meinen Text vor. Plötzlich habe ich alles vergessen. Einer aus dem Orchester souffliert. Ich verstehe es nicht. Dann ist genauso plötzlich alles wieder da, und ich spreche weiter.«

So was kommt doch vor, dachte ich. Warum ist er so verstört? So hatte ich ihn noch nie gesehen.

Endlich lag auf unserer Route die Stadt, in der mein Sohn lebte. Die Fahrt dorthin war immer wieder verschoben worden. Ich unterrichtete Filipp in einem Brief von meinem Kommen.

Auf meine Bitte kaufte unser Dirigent Dmitri Karajanidi für meinen Sohn ein großes graues Pferd und andere Spielsachen und brachte sie gleich in unseren Waggon. Ich bemühte mich, nicht an die Umstände und Bedingungen des Wiedersehens zu denken. Ich stellte mir immer wieder vor, wie ich meinen Sohn in die Arme nehmen und an mich drücken, wie er mir die Ärmchen entgegenstrecken würde.

Wir waren kaum im Lager angekommen, als Filipp erschien und erklärte, ihm als Amtsperson sei es unangenehm, den Sohn ins Lager zu bringen, deshalb habe er Vera Petrowna darum gebeten. Es gebe zu viele Leute, die alles beobachteten.

Wirklich, nach der Vorstellung, als die Zuschauer gegangen waren, kam Vera Petrowna in den Klub, Jurik auf dem Arm.

Ich streckte ihm die Hände entgegen und stieß hervor:

»Jurik! Jurotschka!«

Er sah mich an und schwieg.

»Na, sag ›Guten Tag!‹« drängte ihn Vera Petrowna.

Er hatte ihr ein Ärmchen um den Hals gelegt und blickte mich ein-, zweimal lächelnd an, dann warf er sich zurück, umschlang Vera Petrowna auch mit dem anderen Ärmchen und drehte mir den Rücken zu. Ich rief ihn weiter bei seinem Namen, möglichst leise und ruhig. Ohne Vera Petrowna loszulassen, sah er alle der Reihe nach aufmerksam an, darunter auch mich. Zu mir auf den Arm wollte er nicht.

Ich begriff, daß ich warten, Geduld haben mußte. Wenn ich nur mit ihm allein sein könnte! Aber genau das, was lebenswichtig war, erwies sich als unerreichbar.

»Na, was stellst du dich so an«, sagte Vera Petrowna. »Schau doch, wer da ist, schau doch ...«

Aber sie sagte nicht, wer ich war.

Ich streichelte ihm den Rücken, die Arme. Er schwieg.

»Nun sag schön ›Guten Tag‹«, redete sie auf das Kind ein. Da sie nichts erreichte, sagte sie gespielt schelmisch, offenbar schon oft erprobt, zu meinem Sohn:

»Willst du mich blamieren? Na aber! Dann zeig wenigstens, wie lieb du deine Mama hast!«

Sich noch fester an sie schmiegend, »zeigte« Jurik, wie lieb er »seine Mama« hatte. Sie bat ihn, noch etwas vorzuführen. Doch die schrecklichen Worte: »Zeig, wie lieb du deine Mama hast!«, schmetterten mich nieder. Der Sohn und sie, alles verschwamm mir vor den Augen.

Die Theaterleute gingen hinaus. Wir blieben zu dritt. Ich streckte immer noch die Hände nach meinem Sohn aus und rief ihn beim Namen.

»Sehen Sie, wie er sich rausgemacht hat! Er ist gewachsen, nicht wahr?« fragte Vera Petrowna lebhaft. »Wissen Sie, er hat Hunde sehr gern.«

Jurik schaute mich schon ein bißchen zutraulicher an, fast ohne Verlegenheit. Doch bald begann er zu quengeln und wollte nach Hause, und sie gingen. Von weitem, offensichtlich auf ihr Zureden hin, winkte mir mein groß gewordener, lieber Junge.

Ich bekam Schüttelfrost, wie damals in Frunse während der Gerichtsverhandlung, und wollte nichts mehr sehen und hören. Ich verkroch mich hinter den Kulissen und lehnte mich an die kalte Wand. So etwas Ähnliches hatte ich mir manchmal vorgestellt. Aber was ich nun erlebt hatte, war noch grausiger.

Kolja rüttelte mich an den Schultern und befahl:

»Weine! Weine! Um Christi willen, weine!« Und er weinte selbst.

Die mehr oder weniger normalen Reaktionen setzten erst nach einer Weile ein. Ich klammerte mich an Vera Petrownas Versprechen: Zu meiner Verwunderung hatte sie gesagt, ich solle am nächsten Abend einen Wachposten überreden, mich aus dem Lager zu bringen, sie werde um sechs mit Jurik in die Poliklinik kommen.

Am nächsten Abend bat ich den Begleitposten, im Korridor der Poliklinik zu warten, solange ich bei meinem Kind war.

Vera Petrowna führte mich in ein Zimmer, in dem kein Licht brannte, »wegen der Konspiration«, wie sie sagte. Von draußen schien das helle Licht einer Laterne ins Zimmer.

Diesmal ließ sich Jurik von mir sofort in die Arme nehmen. Ich drückte ihn endlich an mich und wartete darauf, daß Vera Petrowna sagte: »Ich habe noch etwas zu erledigen, ich komme gleich wieder«. Doch sie ging nicht.

Mein kleiner, rätselhafter Mensch, mein Sohn! Ich muß in dein Gedächtnis vordringen! Du mußt dich doch an mich erinnern! flehte ich.

Jurik war ganz still. Ich wußte, fühlte, daß in ihm gleich das erwachen würde, was sich nicht in Worte fassen läßt – unser lebendiger Faden, die Verbindung, nach der ich mich so verzehrt hatte, daß ich vor Sehnsucht gealtert war.

Es machte mich rasend, daß Vera Petrowna pausenlos redete. Ich hatte schon begriffen, daß sie absichtlich schnatterte, um das aufkeimende Gefühl der Nähe zwischen mir und meinem Sohn zu zerstören. »Das ist überflüssig, das brauchen wir nicht«, wies sie meine armseligen Geschenke zurück: das Pferd, die Sachen, die ich für meinen Sohn genäht hatte. »Er hat alles. Unser Haus quillt von Spielzeug über. Kekse? Die darf er nicht essen.«

Selbst für strategische Zwecke wirkte ihr Geschnatter reichlich nervös und übertrieben. Aber ich hatte keine Lust, nach den Gründen zu suchen. Ich hielt meinen Jungen in den Armen, und im Korridor wartete der Begleitposten.

Plötzlich ging durch Vera Petrowna ein Ruck, sie stieß einen hysterischen Laut aus, rutschte vom Hocker und kniete vor mir nieder.

»Tamara Wladislawowna, überlassen Sie mir Jurik! Sie sind jung. Sie werden noch Kinder haben. Ich kann keine mehr bekommen. Überlassen Sie ihn mir!«

Ich kannte alle möglichen Ängste. Aber darauf wäre ich nie gekommen.

»Was reden Sie da? Mein Gott! Sie haben doch einen Sohn, Ihr eigenes Kind.«

Aber sie brauchte Filipp. Und darum auch meinen Sohn. Ich mußte diese gefährliche Kraft stoppen und beeilte mich, dieser Frau zu versichern, daß ich keinerlei Absichten auf Filipp hatte. Ich tat alles, um sie davon zu überzeugen.

Ich weiß nicht warum, aber ich konnte niemandem von dem Vorfall in der Poliklinik erzählen. Die Erinnerung daran war wie ein Alptraum und stürzte mich in schwere Depressionen. Ich konnte nicht begreifen, woher die beiden das Recht nahmen, nur sich gelten zu lassen.

Nach etwa einer Woche – wir waren nicht weit vom Wohnort der Bacharews entfernt – hörte ich, daß mein Sohn an Masern erkrankt war. Er hatte hohes Fieber.

Als Jurik in Meshog einmal krank war, hatte er das Köpfchen hin und her geworfen, und in seinen Augen erschien die erste Erfahrung von Leid. Dieses Bild verfolgte mich: Mein Sohn wälzt sich herum und schnappt nach Luft. Und ich bin ganz in der Nähe und helfe ihm nicht. Der anfangs aberwitzig scheinende Gedanke, meinen Sohn zu besuchen, setzte sich fest, wurde zur Manie; nachdem ich von meinem Chef die Erlaubnis erhalten hatte, machte ich mich mit einem Begleitposten auf den Weg.

Ich zitterte an allen Gliedern, als wir uns dem Holzhaus näherten, in dem sich mein Sohn befand. Vera Petrowna öffnete die Tür.

»Darf ich hereinkommen? Wie geht es Jurik?«

»Schlecht. Da entlang, ins Schlafzimmer«, antwortete die Hausherrin böse.

Jurik lag im »Erwachsenenbett«. Er atmete schwer. Filipp erhob sich aus dem Sessel.

»Nichts Schlimmes. Es geht ihm schon besser. Wir haben alles Erforderliche getan.«

Vera Petrownas Mutter war mir gefolgt und maß mich mit einem grimmigen Blick. Nachdem sie begriffen hatte, wer ich war, klapperte sie mit den Schüsseln und schimpfte laut:

»Häftlinge haben hier nichts zu suchen. Die können kommen, wenn sie frei sind.«

Ich kniete mich neben das Bett und legte den Kopf auf das Kissen meines Sohnes. Er sah ernst und fiebrig aus. Ich flüsterte ihm etwas zu, sprach mit ihm. Vera Petrowna stand am Fußende des Bettes. Die Hausherrin. Die zweite Mutter.

Jurik ging es bald wieder besser, wie sie mir in einem Brief mitteilten.

Frühjahr 1949. Das letzte Jahr meiner Haft brach an. Ich erhielt einen Passierschein und hatte nun das Recht, den Weg vom Landwirtschaftslager zum Zentrallager allein zurückzulegen. Ich genoß es, nicht in Reih und Glied und ohne Bewachung zu gehen. Eines Abends lief ich in der Dunkelheit zu Wanda Rasumowskaja. Ich war neugierig auf ihre Tochter Kira, die sie aus dem Waisenhaus zu sich geholt hatte.

»Herein!« antwortete Wanda auf mein Klopfen.

Als hätte sie das unerträgliche Lagerfell abgeworfen, stand sie nackt und herausfordernd da, berauschte sich an der Freiheit ihrer Haut. Sie hätte wohl gern gehört: Wie schön Sie sind! Aber ich genierte mich.

Wanda wollte mir etwas Leckeres anbieten und holte unter einem alten Schreibtisch einen Teller mit billigen Karamelbonbons hervor.

»Ich muß sie verstecken«, erklärte sie den seltsamen Aufbewahrungsort. »Kira ißt alles auf.«

Mir tat Kira leid, die noch vom Waisenhaus einen unbezähmbaren Heißhunger hatte und sich auf alles Eßbare stürzte. Mich dauerte auch Wanda, die in zwölf Jahren Haft verlernt hatte, Mutter zu sein.

Die ganze Siedlung beobachtete gebannt das Verhältnis von Mutter und Tochter.

Wandas Nachbarin (die Leiterin des Kindergartens) hörte eines Tages jemanden in der Scheune weinen. Sie fand dort Kira und nahm sie mit zu sich. Später las sie im Tagebuch des Mädchens: »Warum ist meine Mama keine Mama? Sie liebt mich nicht. Aber ich will, daß sie mich liebt.«

Wanda tobte. Sie verlangte ihre Tochter zurück. Die wollte nicht. Beide litten. Niemand konnte ihnen helfen.

Einst hatte sie mir die Leviten gelesen: »Auf was für ein anderes Leben warten Sie? Das hier ist Ihr Leben.« Doch ihr eigenes hätte sie gern anders gesehen. Wanda konnte sich nicht mit dem Altwerden abfinden. Auch hatte ihr das Schicksal kein Frauenglück beschert. Die Männer, die sie kennenlernte, waren ihr nicht gewachsen.

Den Freigelassenen fiel es schwer, sich an die Freiheit zu gewöhnen. Es kam zu dramatischen Szenen.

Eines Tages sah ich in Knjash-Pogost auf dem Bahnsteig Olga Tretjakowa, die mit dem Vorortzug gekommen war. Wir hatten in Urdoma und in Meshog wunderbare Stunden miteinander verbracht, und ich lief ihr erfreut entgegen. Sie sah mich erschrocken an und tat so, als kenne sie mich nicht.

Eine Freiheit, die die Menschen nicht von der Angst befreite, unterschied sich wenig von der Unfreiheit.

Kolja sparte eisern: »Für einen Mantel zu deiner Freilassung!« (Seit zwei Jahren bekamen wir ein paar Rubel ausgezahlt.) Irgendwo an einem entlegenen Haltepunkt fanden wir einen Dorfladen und baten den Wachposten, mit uns hineinzugehen. Die Regale waren voller Stoffballen. Kolja ließ sich mehrere herunterholen. Schließlich entschied er sich für einen schönen dunkelblauen Stoff und sagte:

»Die Farbe steht dir am besten. Messen Sie drei Meter ab, damit es auch für eine Kapuze reicht.«

Den Mantel nähte unser Theaterschneider. Margot beriet ihn.

Meine Entlassung rückte rasch näher. Ich bekannte damals keinem, daß mein Herz bei dem Gedanken an die Freiheit noch nicht freudig klopfte.

Wie ein Kranker, der jahrelang in Gips gelegen und verlernt hat, sich zu bewegen, war ich ganz verzagt, wenn ich an meine ersten Schritte in Freiheit dachte. Probleme wie Arbeit und Wohnsitz bekümmerten mich wenig: Wenn andere sich durchgeschlagen haben, schaffe ich es auch. Mich ängstigte vor allem die Frage: Wie werden die Bacharews reagieren, wenn ich meinen Sohn holen komme?

Trotz allem, was Filipp getan hatte, glaubte ich: Bei meiner Freilassung wird die Menschlichkeit in ihm die Oberhand gewinnen, und er wird mir meinen Sohn ohne Gerichtsverhandlung geben. Darauf baute ich.

Einmal gingen wir Theaterleute entlang der Bahnschwellen zu einem Lager. Plötzlich kam uns Filipp entgegen. Zuerst hielt ich ihn für eine Halluzination, aber er war es. Sein Gesicht zeigte gegen alle Logik aufrichtige Freude. »Was für ein Glück, dich zu sehen«, rief er und küßte mir vor meinen Kollegen die Hände. »Mein Gott, was für ein Glück!« Nach der Vorstellung überbrachte man mir einen Brief von ihm. Das zwischen uns Vorgefallene bezeichnete er als Tragödie, und die Krankheiten, an denen er seit kurzem leide, rührten nur daher. Fast vertraulich erklärte er: »In letzter Zeit drückte mich alles so nieder, daß ich wie gelähmt war und Dir nicht einmal schreiben konnte. Ich habe nur unaufhörlich an Dich gedacht. V. P. tut mir leid. Aber ich liebe nur Dich.«

Ich maß nur dem Ton des Briefes Bedeutung bei. Er war ernsthaft. Doch die wichtigste Garantie war für mich ein Brief, den er mir kurz zuvor geschrieben hatte:

»Falls Du Befürchtungen wegen des Kindes hast, sie sind überflüssig. Der Junge gehört Dir, und auch wenn ich ihn mehr liebe als das eigene Leben, auf Dein Verlangen gebe ich ihn Dir zu jedem Zeitpunkt, und sei es in zehn Jahren, Hauptsache, Dir geht es gut ...«

Diesen Brief hielt ich für ein fast göttliches Dokument. Ich verließ mich auf ihn, obwohl Filipp so schändlich an mir gehandelt hatte und ich nicht das Recht besaß, dem Brief mehr zu vertrauen als dem Menschen.

Als Platon Romanowitsch, der inzwischen in den Hohen Norden deportiert worden war, in einem Brief das aussprach, was ich vor mir selbst geheimhalten wollte, kam ich zur Besinnung.

»Was ist aus unserem Leben geworden, Tamusja? Dein Sohn wächst ohne Dich auf. Du brauchst einen Anwalt. Ach, Unsinn! Das bringt nichts. Man muß sich etwas ausdenken. Begreifst Du, daß der Vater Dir den Sohn nicht zurückgeben will? Genauso ist es. Er wird alles tun, um ihn zu behalten ... Kolja? Du liebst ihn! Ich sehe es. Ich verstehe es. Aber er kann Dir auch nicht helfen. Er ist, genau wie ich, an Händen und Füßen gebunden. Wie wirst Du zurechtkommen? Ich mache mir große Sorgen um Dich. Mein Gott! Wenn ich nur bald aus dem Lager käme, um Dir eine Stütze zu sein. Wohin wirst Du nach Deiner Freilassung gehen? Wo wirst Du leben? Du hast kein Geld. Kein Obdach.«

Platon Romanowitsch hat recht, dachte ich, sie werden mir den Sohn nicht freiwillig geben. Ich werde vor Gericht gehen müssen. Obwohl ich mir noch nicht bis ins letzte bewußt war, was die sieben Jahre, die ich vom Leben ausgeschlossen war, aus mir gemacht hatten, erstarrte ich bei dem Gedanken an Gesetze, Juristen und Gerichte.

Zwei Monate vor meiner Freilassung wurde das Theater in ein Außenlager geschickt, das in der Nähe von Bacharews Wohnort lag. Nach der Vorstellung kam Filipp zu mir. Alle waren gegangen. Wir waren beide allein in dem kleinen Zimmer hinter der Bühne. Filipp nahm von einem wackligen Regal Zeitungen, drehte sie in den Händen und legte sie wieder zurück.

»Du willst sicher mit mir reden?«

»Natürlich«, antwortete ich, und mich fröstelte bei dem Gedanken, daß nun das alles entscheidende Gespräch begann. »Du weißt, daß ich bald entlassen werde, daß ich dann meinen Sohn hole?«

»Ich nehme an, nicht sofort. Erst wenn du eine Arbeit und eine Unterkunft hast.«

»Das wird nicht lange dauern.«

»Wir werden sehen.«

Ich hatte gedacht, er werde mich darum bitten, mir in der Nähe von Welsk eine Arbeit zu suchen, damit er häufiger den Sohn sehen könne. Aber er schien sich geschworen zu haben, kein überflüssiges Wort zu verlieren. Er wartete, was ich sagen würde. Plötzlich begriff ich mit aller Deutlichkeit, daß das keine Zurückhaltung war, nein, er wollte mich bei einem Fehler oder einem falschen Wort ertappen. Da verlor ich allen Mut.

Vor mir saß ein Mensch, der alle früheren Gefühle abgestreift hatte. Mit dem Interesse eines Jägers beobachtete er mich kühl und versuchte herauszufinden, inwiefern ich ihm gefährlich werden könnte. Wenn ich am Ertrinken gewesen wäre, hätte er vielleicht geweint, aber er hätte mir nicht die rettende Hand gereicht.

Es gab nichts mehr zu sagen. Ich mußte handeln. Mich zumindest darauf vorbereiten.

Die Worte »Alle Rechte für die Mutter!« waren fest in meinem Bewußtsein verankert. Seit langem. Da ich einen Passierschein hatte, ging ich in Kuloi, einem größeren Ort, in dem mich niemand kannte, zu einer Rechtsberatung.

Seit sieben Jahren hatte ich keine offizielle Behörde aufgesucht und stieg nun beklommenen Herzens die knarrende Holztreppe hinauf. Der Jurist hörte mich an. Er stellte Fragen, präzisierte Details, schlug im Gesetzbuch nach und nannte die Nummern der entsprechenden Paragraphen.

Er kam zu folgendem Schluß: Das Beste sei, das Problem gütlich zu regeln. Wenn nicht, lasse sich das Gericht in solchen Fällen vor allem von den Interessen des Kindes leiten. Man werde die moralischen und materiellen Möglichkeiten beider Seiten berücksichtigen, denn aus der Sicht des Staates müsse das Kind unter den günstigsten Bedingungen aufwachsen. Die unbestreitbaren Rechte der Mutter erwiesen sich in seiner Darstellung als relativ, wenn nicht zweifelhaft.

»Es ist doch bekannt, daß die Mutter das Recht auf ihrer Seite hat«, beharrte ich.

»Natürlich. Unter der Bedingung, daß sie in der Lage ist, eine normale Entwicklung des Kindes zu gewährleisten. Haben Sie Wohnraum? Arbeit? Warum machen Sie sich dann Gedanken? Stellen Sie einen Antrag. Man wird Auskünfte und Beurteilungen einholen.«

Das Gesagte bedeutete: Nach meiner Freilassung mußte ich den gleichen Lebensstandard wie Filipp erreichen, um gegen ihn »streiten« zu können. Ich ging völlig deprimiert und verwirrt hinaus. Nach ein paar Schritten konnte mich nicht mehr beherrschen und weinte wie noch nie in meinem Leben. Wenn mir doch einer erklären könnte, warum die Qual nie aufhörte.

Jemand berührte mich an der Schulter.

»Was ist denn passiert? Wer wird denn so weinen? Na aber ... Ach, Sie sind das?«

Ich erkannte ihn. Vor mir stand der ehemalige Leiter des Meshoger Lagers, Rodion Malachow.

»Was ist Ihnen zugestoßen? Erzählen Sie der Reihe nach.«

Ich erzählte ihm von meinem Gespräch mit dem Juristen.

»Er hat Ihnen doch gar nichts Schlimmes gesagt. Ist alles richtig. Sie werden arbeiten, denn Sie müssen ja leben, und Wohnraum wird man Ihnen auch irgendwann zuweisen.«

Aber wie sich im weiteren herausstellte, war er über meine Angelegenheit weit besser informiert, als ich dachte. An eine glückliche Lösung des Problems glaubte er auch nicht, und er gab dem Gespräch eine völlig andere Wendung.

»Ich werde Ihnen jetzt was sagen. Sie sind ein prachtvoller Mensch. Also, machen Sie alles so, wie ich es Ihnen sage. Gut? Werden Sie auf mich hören? Ich habe fünfhundert Rubel bei mir. Die gebe ich Ihnen. Keine Angst. Wenn es Ihnen bessergeht, können Sie mir das Geld zurückgeben, wenn Sie unbedingt wollen. Also folgendes: Passen Sie Ihren Jungen ab, wenn er draußen spielt, laufen Sie mit ihm davon und setzen Sie sich ins erstbeste Flugzeug. Sagen Sie keinem, wohin Sie fliegen. Hier haben Sie das Geld.«

Ich erklärte, daß ich noch gar nicht frei sei, sondern noch knapp zwei Monate sitzen müsse und daher das Geld nicht annehmen könne. Und vor allem: Ich soll meinen Sohn stehlen? Das bringe ich nicht fertig.

»Schade. Ich wünschte, Sie würden meinen Rat befolgen.«

Es mußte noch viel geschehen, bis ich seinen weitsichtigen Rat richtig zu schätzen wußte!

Nachdem Kolja meinen Bericht über das Gespräch mit dem Juristen und die Begegnung mit Malachow gehört hatte, sagte er:

»Leider hat Malachow recht. Das ist der sicherste Weg. So mußt du es machen.«

»Was? Ich soll meinen eigenen Sohn stehlen, auf den ich ein Recht habe? Ich habe seine Geburtsurkunde. Jurik trägt meinen Namen.«

»Du verstehst nicht, mit was für gefährlichen Menschen du zu tun hast.«

»Und du? Was wird mit dir? Wie soll ich ohne dich leben? Wir haben doch beschlossen, daß ich Jurik zu mir nehme und mir in Knjash-Pogost eine Arbeit suche.«

Darauf wußte er auch keine Antwort. Meine Entlassung, das bedeutete Freiheit, Jurik und die Trennung von Kolja. Sowie ich darauf zu sprechen kam, sagte Kolja immer denselben merkwürdigen Satz:

»Ich habe dir doch gesagt, daß ich bald jenseits des Lagers sein werde.«

Kurz vor der Freilassung hatte ich viel zu tun. Ich lief zu allen möglichen Stellen, um nach Arbeit zu fragen. In der Verwaltung? In der

Poliklinik? Stand Senja Jeruchimowitsch zu seinem Versprechen, mich nach Syktywkar ans Theater zu holen, wenn ich nichts anderes fand? (Er hatte dort als Direktor angefangen.) Ich mußte mir auch eine Unterkunft suchen.

Unverhofft bat mich Georgi Newolski zu einem Gespräch.

»Tamara Wladislawowna, ich habe eine große Bitte. Ziehen Sie zu meiner Klawa. Sie hat ein großes Zimmer und würde sich sehr freuen. Ich bitte Sie inständig.«

Newolski wollte mir und zugleich seiner molligen hübschen Frau Klawa helfen. Er hoffte, in meiner Gegenwart würde sie sich genieren, zur Flasche zu greifen, was sie seit ihrer Freilassung sehr oft tat.

Ilja Jewsejewitsch bestellte mich in die Lagerverwaltung.

»Wenn Sie Ihre Papiere bekommen, schreiben Sie eine Erklärung, daß Sie von hier wegfahren, und geben Sie einen möglichst weit entfernten Punkt an, damit ich Ihnen das Reisegeld anweisen kann.« (Das Lager bezahlte die Fahrkarte.)

Bis zu meiner Freilassung blieben zwölf Tage. Da erhielt das Theater die Anweisung, nach Norden zu fahren.

Vor Angst zitternd, daß man mich zurückschicken würde, stieg ich mit den anderen in den Waggon. Für jeden Tag, jede Stunde, jede Minute, die ich mit Kolja verbringen konnte, war ich bereit, alles zu ertragen. Wenn ich nur bei ihm sein konnte. Immerhin zwölf gemeinsame Tage. Aber der Tag verging, ohne daß wir an einen Zug angekoppelt wurden. Da erinnerte sich die Verwaltung an mich. Am späten Abend des 21. Januar hämmerte jemand mit dem Gewehrkolben an die Waggontür.

»Petkewitsch, zurück ins Lager.«

Also doch! Aus! Vorbei.

Ich zerrte meinen Holzkoffer von der Pritsche, fühlte nur ein Zittern und Kälte und verabschiedete mich von meinen Freunden.

»Halt dich tapfer! Paß auf dich auf! Wird schon alles werden ... Vergiß uns nicht«, sagten sie zu mir und ließen ihren Tränen freien Lauf.

»Wir glauben an dich. Du wirst uns fehlen. Wie sollen wir ohne dich auskommen? Kopf hoch! Du wirst frei sein! Frei!«

Die beiden Wachposten drängten mich zur Eile.

Kolja und ich stiegen aus. Finsternis. Klirrender Frost. Gleise. Zwei Posten mit Maschinenpistolen. Sterne hoch oben.

Kolja und ich waren wie tot. Unsere unterschiedlichen Haftzeiten zerrissen unser Leben.

»Schluß jetzt. Gehen wir«, unterbrach einer der Posten unseren Abschied.

Wir konnten uns nicht trennen. Wie sollte ich meine Füße dazu bringen, einen Schritt von Kolja wegzugehen? Ihn für fünf Jahre allein hinter dem Stacheldraht zu lassen? Wieder die Aufforderung des Postens: »Schluß jetzt!« Und noch einmal ... und noch einmal.

Kaum war ich hinter den Posten her bis zur Wegbiegung gegangen, als der sonst immer beherrschte Kolja mit unmenschlicher Stimme schrie:

»Tamara!«

Dieser Schrei durchdrang das Eis und die Erde von Komi.

Als die Posten ihn hörten, verstummten sie. Sie wagten keine Zurechtweisung.

Wie von Sinnen stürzten Kolja und ich wieder aufeinander zu.

Die letzten neun Tage bis zur Freilassung lebte ich im Landwirtschaftslager vor mich hin, sehnte mich nach Kolja und hatte wahnsinnige Angst vor der Zukunft.

Plötzlich wurde mir bewußt: Wenn ich erst einmal frei bin, wird man mich nicht mehr ins Lager lassen. Das bedeutet, ich werde Alexander Gawronski nicht wiedersehen.

Ich ging zur Kulturabteilung und bat um die Genehmigung, nach Rakpas zu fahren. Sie lehnten ab. Ich bat immer wieder. Letzten Endes dachten sie sich eine Dienstreise aus: Überprüfung des Kulturraums.

Mühsam kämpfte ich mich durch den Schneesturm. Ich stellte mich an den Straßenrand und hob die Hand. Irgendwer erbarmte sich und nahm mich mit.

In Rakpas wollten sie mich erst nicht ins Lager lassen. »Was für eine Überprüfung? Wer hat Sie geschickt? Was soll das für eine Dienstreise sein?« Ich bat, Boris eine Nachricht zu überbringen: »Bin hier. Man läßt mich nicht ins Lager.« Boris lief zum Kommandanten, überzeugte ihn, mich hineinzulassen.

Gawronski lag mit einer Lungenentzündung im Lazarett. Ich setzte mich in dem dunklen, kalten Zimmer an sein Bett.

»Tamarotschka ist gekommen! Meine Tamarotschka! Du bist gekommen!« rief er mit leiser und schwacher Stimme. »Du bist gekommen, um dich zu verabschieden. Ja, ja, um dich zu verabschieden.«

Weder über sein Befinden noch über die Einsamkeit klagend, hielt er meine Hand und sagte immer wieder:

»Tamarotschka ist zu mir gekommen. Sie ist gekommen. Zu mir. Danke!«

Der Arzt ermahnte mich:

»Sie haben versprochen, nur ein paar Minuten bei ihm zu bleiben.«

Aber ich mußte ihm noch so viel sagen: Wie kostbar und unentbehrlich er mir war; daß ich es nur ihm verdankte, daß ich alles überstanden hatte.

»Wir werden uns nicht wiedersehen, Tamarotschka. Unterbrich mich nicht. Wir werden uns nicht wiedersehen! Höre mein Vermächtnis. Wenn du irgend kannst, meine Gute, dann fahre möglichst bald, bei der erstbesten Gelegenheit, nach Odessa zu meiner Olja. Du wirst sie kennenlernen. Erzähl ihr von mir. Ich weiß, daß ihr einander liebgewinnen werdet. Ja, ja. Das werdet ihr. Das ist alles. Andere Bitten habe ich nicht.«

Ich versprach es. Ich schwor es.

Als ich das Lager verließ, dauerte der Schneesturm noch immer an. Autos fuhren nicht. Ich ging zu Fuß nach Knjash-Pogost und heulte mit dem Sturm um die Wette, klagte über die vergangenen und die künftigen Leiden. Nach etwa drei Kilometern kam ein Kipper aus dem Wald gefahren und nahm mich mit.

Der 30. Januar 1950 brach an, ein trüber grauer Morgen. Es waren genau sieben Jahre vergangen seit dem Morgen in Frunse, als die Frau im Persianermantel an der Pforte stand, um mich zu verhaften.

Der Arbeitsverteiler kam in die Baracke.

»Gehen Sie in die Verwaltung und erledigen Sie die Formalitäten.«

Der Inspektor blätterte meine Akte durch, sah sich die eingeklebten Belege der Verhöre an.

»Man hat Sie ja ganz schön in die Mangel genommen«, bemerkte er. »Wir lassen Sie also frei. Alles in Ordnung. Schlecht ist bloß, daß Sie Ihren Mann vergessen haben. Er hat uns geschrieben und bittet uns, Sie zu ihm zu schicken, damit Sie dort auf seine Freilassung warten. Wieviel hat er noch? Aha, nur noch drei Jährchen. Das geht ja.«

Er hielt mir zwei von Eriks Hand geschriebene Anträge hin. In dem ersten bat er darum, mich zu ihm nach Taischet fahren zu lassen, der andere war an das Volksgericht adressiert:

»Wenn das Gericht prüft, ob meiner Frau T.W. Petkewitsch das Sorgerecht für ihren Sohn zu übertragen ist, bitte ich, mein Gesuch vorzulegen, ihrer Bitte zu entsprechen. Ich versichere meinerseits dem Gericht, daß ich alle Anstrengungen darauf wenden werde, das Kind gemeinsam mit meiner Frau zu erziehen und es zu adoptieren. 7.11.1949.«

Mit einem Gefühl der Verblüffung faltete ich die Bescheinigung über meine Freilassung und Eriks absurde Gesuche zusammen. In der Kleiderkammer gab ich die staatseigenen Sachen ab. Ich überschritt die Schwelle der Wache. Die in der Baracke zurückgebliebenen Frauen schauten mir durchs Fenster mit müdem Neid hinterher.

11

Die ersten Minuten der Freiheit.

Vom Lager ging ich hundert Meter bis zur Siedlung. Dort stellte ich den Koffer auf die gefrorene Erde, setzte mich darauf und wartete: Vielleicht kam doch noch Freude auf? Nein. Im Lager waren Kolja, Gawronski, meine Freunde und die sieben durchlebten Jahre zurückgeblieben.

In der Siedlung kläfften die Hunde. Die Welt sah öde und flach aus.

Ich brauchte Brot und ein Obdach.

Das Häuschen, in dem Klawa wohnte, grenzte fast unmittelbar an das Zentrallager, was kein geringer Vorzug war. Nicht nur ihr Mann, auch Klawa selbst hatte mich darum gebeten, bei ihr zu wohnen. Ich stellte den Koffer bei ihr ab und machte mich gleich wieder auf den Weg.

Meine Wünsche waren klar und einfach: eine Arbeit in Knjash-Pogost und eigene vier Wände, um möglichst bald meinen Sohn zu mir zu holen; von Zeit zu Zeit Kolja sehen und auf seine Freilassung warten. Ich lief all die Stellen ab, wo man mir einen Monat zuvor versprochen hatte, »sich etwas zu überlegen«, und bekam überall eine Absage. Einige gute Bekannte in der Verwaltung kurbelten noch, um eine Stelle für mich zu finden. Sie versuchten, mich wenigstens befristet irgendwo unterzubringen. Doch es war nichts zu machen.

Drei Jahre zuvor, 1947, war es überhaupt kein Problem gewesen, im Lagersystem eine Arbeit zu finden. Man brauchte Arbeitskräfte, und den Freigelassenen wurden keine Hindernisse in den Weg gelegt. Jetzt aber war, wie sich später herausstellte, gerade eine geheime Anweisung ergangen, nach der es verboten war, ehemalige Häftlinge einzustellen. Ohne sich auf dieses Rundschreiben zu beziehen, sagte man in den Kaderabteilungen: »Kein Bedarf. Keine Stelle frei!« Die Befehlskraft dieses Dokuments war wirksamer als das in der Verfassung verankerte »Recht auf Arbeit«.

Blieb nur noch eines: Jeruchimowitschs Versprechen, mich in die neue Filiale des Theaters in Syktywkar zu holen. Dort ließ man mich vorsprechen und war bereit, mich zu engagieren. Ich bekam ein paar Stunden Bedenkzeit. Sollte ich einverstanden sein, so müßte ich um Mitternacht mit dem Theater zum Gastspiel nach Uchta abfahren. Simon und andere Bekannte redeten mir zu: »Überlegen Sie nicht lange! Das ist ein Glücksfall!« So war ich am Abend Mitglied des freien Theaters.

Ohne auch nur eine Nacht bei Klawa geschlafen zu haben, war ich wieder unterwegs. Diesmal in einem Personenzug Moskau – Workuta. Ringsum friedlich schlafende Menschen. Ich war aufgewühlt. Wieder auf Rädern? Wann werde ich endlich mein Heim haben, meinen Sohn? Ein Trost: Die Reise ging nach Norden, dorthin, wohin vor kurzem auch das TEK aufgebrochen war.

Die Truppe war bunt zusammengewürfelt. Die Hälfte waren aus dem Lager entlassene »Harbiner«. Zwei Schauspieler kamen aus Moskau, vier aus russischen Provinztheatern.

Mit Natascha S., die eine Schauspielschule absolviert hatte, freundete ich mich etwas an. Wir gingen zusammen zu den Proben, zu den Aufführungen, in die Kantine. In sieben Jahren hatte ich den Umgang mit Messer und Gabel verlernt, und ich fing Nataschas befremdeten Blick auf, wenn ich die Bulette oder ein anderes Gericht mit dem Löffel aß.

Von dem Reisegeld, das ich bei der Entlassung bekommen hatte, kaufte ich Spielsachen für Jurik, Zigaretten und verschiedene Kleinigkeiten für Kolja. Erst, wenn ich alles bei der Post aufgegeben hatte, war ich beruhigt. Manchmal fand ich eine Möglichkeit, mit dem TEK zu telefonieren, manchmal erfand Kolja einen phantastischen Grund, um mich ans Telefon rufen zu lassen. Ich schrieb ihm ellenlange Briefe. Ich schrieb auch den Bacharews. Sie antworteten nicht. Von Kolja bekam ich jeden Tag Post. Aus seinen Briefen und nur aus ihnen schöpfte ich Energie.

In den ersten Wochen hatte unser Theater ordentliche Einnahmen. Dann sanken sie. Es konnten nur noch Tagesgelder gezahlt werden. Und auch die nicht immer. Für eine Vorstellung wurden nur zwanzig Karten verkauft. Die Direktion beschloß, die Aufführung abzusetzen. Es war acht Uhr abends. Wir konnten die Zeit nach eigenem Gutdünken verbringen. Das TEK war in Ishma, zwölf Kilometer von uns entfernt. Würde die Freiheit endlich zu etwas gut sein?

Ich lief zum Bahnhof. Alle Züge waren weg. Der letzte Bus war auch vor einer Viertelstunde abgefahren. Aber ich konnte den Gedanken, Kolja zu sehen, nicht mehr aufgeben.

»Wo lang geht es nach Ishma?« fragte ich Einheimische.

»So spät am Abend? In den Wäldern kommt alles mögliche vor. Es gibt auch Wölfe.«

Der Frost nahm zu. Kein Mensch weit und breit. Ich ging, lief, rannte zu dem Mann, der mir geschrieben hatte:

»Du bist die ganze Welt, mein Ein und Alles! Ich will zu Dir! Ich würde zehn Jahre meines Lebens hingeben, wenn ich schon jetzt bei Dir sein könnte, um Dir in allem zu helfen. Ich will auch die tiefsten Deiner Wunden heilen. Ich träume von Dir. Manchmal stelle ich mir die Frage: Gibt es auf der Welt überhaupt noch solche Menschen wie Dich? So gütig und wahrhaftig! Meine Liebe kennt keine Grenzen, keine Zeit ...«

Der Eisenbahnknotenpunkt Ishma. Gleise, Gleise, Gleise, überall Güterzüge. Hunderte. Würde ich die Waggons des TEK finden? Sie unterschieden sich von den anderen durch vergitterte Lichtritzen unterm Dach. Es war schon tiefe Nacht. Ich fand den Waggon und klopfte. Eine verschlafene Stimme fragte: »Wer ist da? Was gibt's?«

Ich nannte meinen Namen. Drinnen wurde geschrien: »Kolja! Kolja!« Die Tür wurde aufgeschoben, und ich wurde unter vielen Ausrufen hinaufgezogen. Ich war durchgefroren, sah aus »wie ein Schneeball«, wie jemand knurrte. Sie setzten Wasser auf.

Für ein paar Stunden war ich bei meinen Freunden, bei dem vertrauten, geliebten Mann. Ich hatte eine Atempause.

Unser freies Theater zog weiter nach Norden. Die Tundra. Die dünne Luft machte müde und kraftlos.

Wir kamen nach Inta.

Bis vor kurzem hatte hier ein berühmter Tenor gelebt, Nikolai Petschkowski. Er hatte hier eine Art Studio eingerichtet, und viele bezeichneten sich als seine Schüler. Wir durften an einem Konzert teilnehmen.

Da die Truppe aus Häftlingen und Freien bestand, mußten Bewacher dabeisein, jeder persönliche Kontakt mit den strafgefangenen Künstlern war uns untersagt.

Wir nahmen entlang der Wände Platz. Die Solisten aus Inta sangen Romanzen und Arien. Der Pianist M., ein Häftling, begleitete sie auf dem Klavier. Aus seinen Blicken, die immer wieder von mir zum Klavier wechselten, begriff ich, daß ich von dort etwas mitnehmen sollte. Aber wie konnte ich das unter den strengen Blicken der Bewacher tun? Ich überredete Natascha, in stürmische Begeisterung auszubrechen, und lief mit ihr zum Klavier. Wie zufällig griff ich nach dem Klavierauszug. Und richtig: ein Brief!

Wie in allen Sonderlagern hatten die Häftlinge auch hier kein Recht auf Briefwechsel. Der Pianist schrieb, er habe vom Regisseur erfahren, daß ich aus Leningrad sei, darum bitte er mich, den Brief seiner Schwester persönlich zu übergeben, nicht in den Briefkasten zu werfen.

Aber wann würde ich in Leningrad sein? Würde ich überhaupt je wieder dorthin kommen?

Unser Theater war unrentabel, darum wurden noch während der Reise Personalkürzungen vorgenommen. Es traf auch mich. Mir wurde vorgeschlagen, als Requisiteurin mit bedeutend geringerem Gehalt zu arbeiten. Alles in mir empörte sich. Mit einem Theater herumziehen, das keine schöpferische Freude brachte, und für ein jämmerliches Gehalt die Bühne dekorieren? Nein, nein, nein! Ich brauchte ein Heim und ein ordentliches Gehalt, um meinen Sohn zu mir nehmen zu können. Doch ich fand kein Mitgefühl, nicht einmal bei Senja Jeruchimowitsch.

»Meinst du, ich hätte hier meine Bestimmung gefunden?« fragte er vorwurfsvoll. »Halte noch anderthalb Monate durch. Wenn wir in Knjash-Pogost sind, suchst du dir eine andere Arbeit, wenn du glaubst, eine zu finden.«

Ich glaubte nicht sehr daran. Aber es mußte doch Möglichkeiten geben, die ich noch nicht ausgeschöpft hatte.

Kolja riet mir auch eindringlich, zu bleiben. Also nahm ich mich zusammen.

Wir fuhren nicht bis Workuta, sondern bogen nach Süden ab. Wieder war das TEK in unserer Nähe. Ich bekam die Erlaubnis, einen Tag früher abzufahren. Ich würde dann in den Zug meiner Truppe zusteigen.

Nachdem ich für die Wachposten Wodka und für meine Freunde ein paar Kleinigkeiten wie Seife, Zigaretten und Kämme gekauft hatte, löste ich eine Fahrkarte. In dem öden Tschikschina stieg außer mir niemand aus. Der Zug fuhr weiter. Um mich herum Tundra. Finsternis. Schneetreiben. Auf einem Abstellgleis fand ich die zwei Waggons des Theaters. An beiden hingen stabile Vorhängeschlösser. Alle waren im Lager und gaben eine Vorstellung. Ich versteckte mein Gepäck unter einem Waggon und ging zum Lager. Es gelang mir, den Theaterleuten eine Nachricht zukommen zu lassen. Man brachte mir umgehend die Schlüssel.

Die Wände des Waggons bebten unter den Windstößen. Ich heizte das Öfchen. Das Feuer beleuchtete die Pritschen, die herumliegenden Sachen. Immer noch dieselbe irreale Welt. Immer wieder spähte ich hinaus in die Finsternis des Schneegestöbers. Ich sah undeutlich eine näher kommende Gestalt. Kolja! Wir stürzten aufeinander zu. In welcher Welt waren wir? Gab es außer uns überhaupt noch irgendwen auf irgendeinem Planeten? Wenn nicht, war es auch gut.

Es ging auf den Frühling zu. Die Gastspiele unseres Theaters waren beendet. Mit Zwischenhalten kehrten wir nach Knjash-Pogost zurück.

Senja traf im Zug einen Bekannten und kam mit ihm zu mir.

»Doktor Sch. möchte dich kennenlernen.«

Der Name des Mannes war mir gut bekannt. Es war Filipps engster Freund aus der Zeit gemeinsamer Ausschweifungen.

»So sehen Sie also aus!« Er betrachtete mich neugierig.

»So sehen Sie also aus!« antwortete ich.

Doktor Sch. schlug vor, in ein leeres Abteil zu gehen, damit wir ungestört reden konnten. Er erzählte mir, daß er nach seiner Freilassung vor drei Jahren seine Familie hergeholt hatte, Frau und Tochter. »Aber ich liebe eine andere Frau. Zu ihr fahre ich jetzt. Nur mit ihr bin ich glücklich. Meiner Frau kann ich es nicht sagen. Sie hat zehn Jahre auf mich gewartet. Wie ich damit fertig werden soll, weiß ich nicht.« Ich hoffte, er werde mit der gleichen Offenheit etwas über Filipp sagen. Aber er wich aus. Ans Fenster gelehnt, blickte er lange hinaus in die Finsternis. Dann sagte er:

»Ihnen werden die Skelette entlang der Bahnstrecke wenig sagen. Aber ich erinnere mich an alle. Sie liegen hier in Abfallgruben. Ohne Grab, ohne Kreuz. Die einen wurden von Hunger und Läusen aufgefressen, die anderen von Krankheiten.«

Er fragte, wie es mir ging. Ob ich Verwandte hätte. Wo ich eine Arbeit zu finden hoffte. Bevor er sich verabschiedete, sagte er:

»Ich würde Ihnen gern helfen. Sie müssen stark sein. Bei Filipp gehen Juristen ein und aus.«

Der Satz »gehen Juristen ein und aus« war für mich keine Überraschung, dennoch setzte er sich im Bewußtsein fest. Ich kam nicht dagegen an. Kein Dach über dem Kopf, keine Arbeit, noch fünf Jahre warten auf Koljas Freilassung, keine Möglichkeit, den Sohn zu mir zu holen, der Gedanke an eine Gerichtsverhandlung, das alles brachte mich um den Verstand. Es schien keinen Ausweg zu geben. Ich war verzweifelt und wollte nicht mehr leben. Als ich nach Knjash-Pogost zurückkam, beschloß ich, Kolja ein letztes Mal zu sehen.

Kaum zu glauben, aber auf mein Klopfen öffnete Kolja. Er war allein im Waggon.

»Bist du krank? Warum ist dein Hals verbunden? Angina? Warum hast du mir nichts davon geschrieben?«

»Kein Grund zur Panik. Die Drüsen sind geschwollen. Das geht vorbei!«

Ich zwang ihn, den Verband abzunehmen. Eine Geschwulst! Ihr Anblick traf mich wie ein Schlag.

»Nein! Nein! Nein!« schrie ich hysterisch.

»Es tut nicht weh!« versuchte mich Kolja zu beruhigen. »Schau: Ich binde zwei Halstücher um und gehe so auf die Bühne. Siehst du. Keiner merkt was.«

Doch die Angst ließ mich nicht los. Ich lief in Ishma von einem Arzt zum anderen. Die Diagnose lautete einhellig: Drüsentuberkulose. »Er braucht Lebertran. Bestrahlung mit der Quarzlampe.« Lebertran beschaffte ich. Verehrer von Kolja sorgten dafür, daß er ein paarmal mit der Quarzlampe behandelt wurde. Aber war es denn denkbar, im Lager Drüsentuberkulose auszuheilen? Alles kam zusammen. Nun auch noch Koljas Krankheit. Ich stieß überall gegen »Mauern«. Die Freiheit erwies sich für mich als Falle.

Ich holte tief Luft und sagte zu Kolja:

»Laß uns zusammen aus dem Leben gehen. Ich kann keine Leiden, keinen Schmerz mehr ertragen. Versteh doch, ich kann nicht mehr.«

Kolja redete mir behutsam gut zu:

»Wie oft wollten sie unser Leben gewaltsam beenden, gegen unseren Wunsch und Willen! Mein Leben durch Erschießen, deins durch Hunger und Erniedrigung. Wir selber dürfen das nicht tun. Wir haben kein Recht dazu. Ja, du bist müde. Aber wir werden glücklich sein, bestimmt. Glaubst du denn nicht daran? Warum glaubst du nicht mehr daran?«

Und wieder sagte er die seltsamen und schrecklichen Worte:

»Ich schwör's dir! Ich werde bald jenseits des Lagers sein!«

Am 29. März 1950 wurde ich dreißig. Die Nacht vor meinem Geburtstag verbrachte ich bei meinen Freunden im Waggon, auf meinem alten Platz, neben der schönen Margot.

Das erste, was ich am Morgen sah, war ein Ölgemälde, das der Maler Miller nach einem Foto von mir gemalt hatte. Es war Koljas Geschenk. Das Öfchen bullerte. Alle gratulierten mir mit Gedichten, Zeichnungen und aufgespartem Tee. Mir wurde etwas leichter. Vielleicht ist uns das Leben doch noch gnädig!

Ich wurde wegen Personalkürzung entlassen. Wieder klapperte ich die Behörden in Knjash-Pogost ab. Überall Absagen. Das einzige, was ich selber ablehnte, war eine Stelle als Badefrau im Stadtbad. Das Gehalt, das ich für meine Theaterzeit bekommen hatte, reichte höchstens noch für einen Monat.

Ich wollte meinen Sohn in Welsk besuchen. Kolja schrieb mir einen langen Brief, in dem er mir etwas Unglaubliches vorschlug:

»Wenn Du sowieso nach Welsk fährst, brauchst Du bis Leningrad nur wenig dazuzuzahlen und kannst fünf Tage dortbleiben. Du mußt Deine Schwester wiedersehen. Dort kannst du auch zu einem Rechtsanwalt gehen. Vielleicht weiß einer von den Verwandten einen vernünftigen Rat. Ich bitte Dich: Fahre. Eine solche Gelegenheit wird sich so bald nicht wieder ergeben. Tu es für mich! Für Dich!«

Welsk – Leningrad? Den Sohn, die Schwester und die Vergangenheit wiedersehen? In meiner Situation war mir so etwas überhaupt nicht in den Sinn gekommen. Koljas Idee war bestechend, unendlich aufmerksam und verwegen. Er hatte mir einen Schluck Lebenswasser eingeflößt.

Ich wollte fahren. Obwohl ich mich für eine solche Erschütterung nicht gewappnet fühlte, dachte ich: Vielleicht zerschmettert sie mit einem Schlag den Reif, der mich zusammenpreßt.

Ich schrieb den Bacharews, bat sie, mit Jurik zum Bahnhof zu kommen, und kündigte an, daß ich fünf Tage später auf dem Rückweg in Welsk Zwischenstation machen würde. Ich schrieb auch an Valetschka.

Ich hatte Glück, daß Simon zu einer Dienstreise nach Leningrad rüstete. Als er vor drei Jahren freigelassen wurde, hatte er von den Möglichkeiten der Freiheit auf eigenwillige Weise Gebrauch gemacht: Er wurde Handlungsreisender. Das Wichtigste war für ihn, eine Arbeit zu haben, des öfteren in Moskau und Leningrad zu sein, alte Freunde zu sehen, Theater zu besuchen und Bücher für seine wunderbare Bibliothek zu kaufen. Wir fuhren zusammen.

In Welsk sah ich vom Zugfenster aus meinen Sohn. Ich sprang vom Trittbrett, breitete die Arme aus und lief ihm entgegen. Jurik, als fühlte er meine Hingabe, riß sich von Vera Petrownas Hand los und kam mir entgegengerannt. Ich wirbelte ihn herum, er lachte. Solange der Zug stand, glaubte ich, daß uns Freude beschieden sei.

In Leningrad kamen wir am frühen Morgen an. Der Zug fuhr langsam in den Bahnhof ein. Auf dem Bahnsteig stand meine Schwester Valetschka. Zuletzt hatte ich sie als vierzehnjährige Halbwüchsige gesehen, jetzt war sie ein schönes, molliges Mädchen. Nach neunjähriger Trennung saugten sich unsere Blicke durch das Fenster gierig aneinander fest. Erschüttert von den Veränderungen, konnten wir uns nicht beherrschen und weinten beide lauthals. Auch als ich sie umarmte, konnte ich mich nicht damit abfinden, daß statt der mageren jüngeren Schwester eine erwachsene Frau vor mir stand.

Mein Wiedersehen mit der Schwester beeindruckte auch Simon. Er lud uns zum Frühstück ein, doch Valetschka mußte zur Arbeit.

»Du wohnst bei Tante Dunja. Sie erwartet dich.«

»Und wo wohnst du?«

»Im Wohnheim.«

Nach der Rückkehr aus dem Uglitscher Waisenhaus hatte Valetschka mehrfach bei Gericht die Rückgabe eines Zimmers beantragt, was jedesmal abgelehnt worden war.

Es war ein festlicher Frühlingstag. Die Sonne blendete. Simon lud mich zu einem fürstlichen Frühstück im Hotel Europa ein: roter Kaviar, saure Sahne, Salat, ein Ei. Ich war ganz benommen.

Dann mußte ich zu Tante Dunja fahren. Simon schärfte mir ein:

»Überqueren Sie die Straße nur an den Übergängen. Wenn Sie trotzdem ein Milizionär anspricht, bezahlen Sie ohne zu fragen Strafgeld. Zeigen Sie auf keinen Fall Ihren provisorischen Paß! Sagen Sie, Sie hätten ihn vergessen. Paragraph neununddreißig gibt denen das Recht, Sie aus der Stadt wegzubringen, und zwar im Häftlingstransport.«

Zu Tante Dunja waren wir früher nach Weißrußland gefahren, sie hatte mir Mamas Tod mitgeteilt, doch zeigte sie keine große Gemütsbewegung, als sie mich sah, und fragte kaum etwas. Sie führte mich ins Zimmer, und ich begriff nicht gleich, warum ich eine solche Beklemmung fühlte. Ich sah mich genauer um: unsere Möbel! Der Tisch. Die Stühle. Sogar die Wachstuchdecke mit den Tintenflekken – ein Andenken an die Hausaufgaben der jüngeren Schwestern. An der Wand der Spiegel in dem verschnörkelten, scharfkantigen Bronzerahmen, von dem ich fürs ganze Leben eine Narbe auf der Stirn zurückbehalten hatte.

Das Leningrad der Blockade hatte seine Geheimnisse, seine Rechte. Ich wagte nicht, daran zu rühren. Doch das Herz krampfte sich zusammen.

Ich bereitete mich innerlich auf ein offenherziges Gespräch mit Valetschka vor: Wie war alles? Mit Mama? Mit Renotschka? Ich wartete begierig darauf, daß sich eine vertrauensvolle Nähe zwischen uns einstellte. Doch bald begriff ich: Sie wich dem Gespräch aus, weil es für sie zu schmerzhaft war. Auf die eine oder andere Weise versuchte ich, das Vertrauen meiner Schwester zu erringen, aber ich kam nicht an sie heran. Ich ging mit in ihr Wohnheim. Ein riesiges Zimmer, in dem sechzehn oder achtzehn Betten standen. Einige Frauen hatten Besuch, andere aßen, eine spielte Gitarre. So lebte meine Schwester, die Arbeiterin in einer Maschinenfabrik war. Krieg, Blockade und Krankheit hatten sie gehindert, die Schule zu beenden.

Ihre Zimmergenossinnen sahen uns neugierig an.

»So eine Ähnlichkeit! Von wo ist denn die Schwester gekommen?«

»Von weit. Sie hat sich für den Norden anwerben lassen«, antwortete meine Schwester. Da meine unbegreifliche Vergangenheit ihr angst machte, hatte sie meine Existenz offenbar verschwiegen.

»Hast du einen Mantel?« versuchte ich mit ihr ins Gespräch zu kommen.

»Aber Tamusja, natürlich hab ich einen«, wehrte sie ab.

»Und Freundinnen? Einen Freund?«

»Hab ich, so wie alle anderen«, antwortete sie abweisend.

Nur einmal brach plötzlich etwas in ihr auf.

»Bevor Mama starb, hat sie Renotschka und mir eingeschärft: ›Versucht euch um jeden Preis zu Tamotschka durchzuschlagen. Ihr müßt euch zu ihr durchschlagen!‹«

Ich fühlte mich schuldig für alles, was meiner Familie widerfahren war, und sprach im stillen etwas wie ein Gebet: »Verzeiht mir! Verzeiht mir! Ich wollte euch so gern helfen! Ich habe in Frunse so auf euch gewartet, daß ich bald verrückt geworden bin.« Davon zu reden schien überflüssig und unangebracht zu sein. Nun hatte mich noch ein Unglück getroffen: Meine einzige Schwester brauchte mich nicht.

Ich bat Valetschka nicht, mich zu der Wohnung zu begleiten, wo sie zuletzt mit unserer Mutter und Renotschka gewohnt hatte, wo »alles« passiert war. Doch ich schlug vor, gemeinsam zu unserer vorletzten Wohnung auf der Wassili-Insel zu fahren.

Eine unbekannte Frau öffnete uns die Tür.

»Wir haben hier früher gewohnt. Dürfen wir nur mal einen Blick hineinwerfen?«

»Kommen Sie herein, bitte. Sie sind bestimmt Schwestern?«

Alles sah anders aus als bei uns damals. Doch mitten in der fremden Einrichtung prangte unsere geschnitzte Eichenanrichte. Bei dem Umzug in die kleinere Wohnung hatte Mama sie dagelassen.

»Unsere Anrichte!« riefen wir beide.

»Holen Sie sie ab. Ist doch immerhin ein Andenken!« sagte die Frau.

»Nein, danke! Wir wissen auch gar nicht wohin damit.«

Wir fragten, ob unser Vater hier nach uns gesucht habe.

»Niemand war da, niemand hat gefragt.«

Dann standen wir noch eine Weile im Hof unserer Kindheit.

»Weißt du noch, wie dich Jura Butschel hier verprügelt hat und wie ich ihm ein Holzscheit über den Kopf gehauen hab? Und weißt du noch … Was hältst du davon, wenn wir zu David hinaufgehen?« fragte ich schließlich.

Mein Schulfreund David, der so lange neben dem Zug hergelaufen war, als ich nach Frunse abreiste!

Auf das Klingeln öffnete seine Mutter.

»Ach, das gibt's doch nicht! Nein, so was! Das ist ja eine Überraschung!« Sie brach in Tränen aus.

Fast gewaltsam zog sie uns in die Wohnung.

David war auch zu Hause. Neben ihm stand eine schöne, nette junge Frau.

»Das ist meine Frau Lisa«, stellte er sie vor.

»Was für ein Feiertag! Was für ein Ereignis!« rief Sofja Sacharowna.

»Hol Wein. Wir wollten gerade Mittag essen. Und deine Mama ... dein Vater ... Was hattet ihr für schöne Eltern! Ach, was für ein Unglück hat euch getroffen, soviel Kummer und Leid!« Sie schüttelte bekümmert den Kopf und hantierte emsig in dem Wunsch, uns so herzlich wie möglich zu empfangen. David wirkte verlegen.

Nachdem ich unser Haus auf der Wassili-Insel und die Wohnung meines Schulfreundes gesehen hatte, in der alles unverändert war, bis hin zu dem Samtvorhang, der das Zimmer teilte, konnte ich mich nicht mehr beherrschen. Aus dem tiefsten Innern, von dem wir so wenig wissen, strömten die Tränen. Ich begriff, daß ich nicht innehalten, mich nicht zusammennehmen konnte, und stand auf.

»Kommt wieder! Besucht uns!« klang es uns hinterher. »Kommt uns besuchen, Tamarotschka, Valetschka!«

Niemand konnte uns die Stelle zeigen, wo Mama und Renotschka begraben waren. Da mein Vater nicht zurückgekehrt war, hatte wohl auch er an einem unbekannten Ort sein Grab gefunden.

Ich kam nirgends zur Ruhe und ging schließlich in eine Kirche. Im Jahre fünfzig suchten viele trauernde Menschen in den Kirchen Trost. Ich stellte Kerzen für meine Angehörigen auf und flehte auf Knien die höheren Mächte an, mir meinen Sohn zurückzugeben, Kolja zu verschonen und mir zu helfen, im Leben heimisch zu werden.

In der Rechtsberatung verstand man meine Ängste nicht. »Was beunruhigt Sie eigentlich? Wenn Sie Wohnraum und Arbeit haben, gehen Sie vor Gericht, und Sie bekommen Ihr Kind.«

Ich versuchte weiter in die Vergangenheit einzutauchen und besuchte meine ehemals beste Freundin Nina Isenberg.

Wie Davids Mutter rief auch Ninas Mutter fassungslos:

»Mein Gott, bist du das, Tamara? Du lebst? Wo kommst du her?«

Nina hielt meine Hände und sah mir in die Augen, als wolle sie mir Ruhe und Zuversicht einflößen. Sie war ein außergewöhnlicher Mensch, der die Gabe besaß zu besänftigen.

»Ihr wart also den ganzen Krieg über in Leningrad?« fragte ich.

»Von Anfang bis Ende. Wir haben Brandbomben vom Dach geworfen. Wir haben gehungert und sind fast gestorben. Aber wir haben überlebt. Ein Wunder«, erzählten sie abwechselnd.

»Wie schrecklich die Blockade gewesen sein muß! Ich kann mir das überhaupt nicht vorstellen!«

»Bestimmt nicht schrecklicher als das, was du durchgemacht hast«, erwiderte Ninas Mutter. »Ich lauf schnell hinunter zum Bäcker und kauf zum Tee Napoleonschnitten und Baisers, die ißt du doch so gern.«

Jemand erinnerte sich, was für Gebäck ich gern aß? Das griff mir ans Herz.

In ihrer gemütlichen Wohnung war, wie bei David, alles am alten Platz: die Wandleuchten mit den Glasvolants, die weißen Stühle und Sessel, die Blumenständer, die Bücherregale.

»Wer von den alten Bekannten ist noch in Leningrad?«

»Lisa ist hier. Der weiße Kirill ist an der Front gefallen.«

Ich hatte mir geschworen, nicht nach Roxana und nicht nach »Nord« zu fragen, die mich denunziert hatten. Aber gegen meinen Willen stellte ich mit stockendem Herzen die Frage:

»Hast du Roxana gesehen?«

»Dieses Scheusal ist hier!« antwortete Ninas Mutter. »Ich möchte dich so gern nach allem fragen, aber ich habe Angst, daran zu rühren. Vielleicht tut es dir weh?«

»Fragen Sie nur. Keine Bange. Jetzt tut mir nur das weit Zurückliegende weh. Alles, was dann passiert ist, scheint nichts mit mir zu tun zu haben, sondern mit einem anderen Menschen.«

Aber sie fragte mich nichts, sondern sagte mit überraschender Geradlinigkeit:

»Denk nicht, daß ich dir in die Seele kriechen will. Aber sie haben dein Leben kaputtgemacht. Du hast nichts vom Leben gehabt! Du bist jetzt weder Ehefrau noch Mutter. In deine Stadt darfst du nicht zurückkehren. Du hast kein Dach über dem Kopf. Das Institut konntest du nicht beenden. Das ist alles entsetzlich. Ich kann mir vorstellen, wie du sie haßt!«

»Hassen? Wen?«

Meine Frage war überflüssig. Ich hatte alles verstanden. Aber als wäre es ein körperlicher Mangel, war es mir peinlich, einzugestehen, daß ich keinen Haß empfand. Ich war noch am Grund des Brunnens, hatte noch keinen Abstand zu dem Durchlebten. Insgeheim jedoch wußte ich: Wenn ich herausgeklettert bin, wird mich ein größeres Gefühl als Haß überkommen.

Die Leningrader Begegnungen führten mich wieder in die Welt meiner Jugend, rieben die Seele wund. Man brachte mir Liebe und Herzlichkeit entgegen. Meine Tante Maria weinte und kramte in ihren Sachen, um mir etwas zu schenken. Als Lili meine Stimme hörte, schrie sie in den Hörer:

»Wo sind Sie? Wo? Ich schnapp mir sofort ein Taxi und komme hin! Oder Sie kommen zu mir. Ich will vor Ihnen niederknien. Denn ich habe Sie ja damals überredet, nach Frunse zu fahren. Ich!« sagte sie mit erstickter Stimme. »Wenn Sie nicht auf mich gehört hätten, wäre all das Schreckliche nicht passiert.«

Ich widersprach:

»Doch, es wäre passiert. Genauso!«

Sie wollte das nicht einsehen.

Nach der Gegenwart fragten mich alle nur beiläufig. Ich lebte? Na, Gott sei Dank! Niemand wußte, wie er mit mir umgehen, wie er auf meine Lagerhaft reagieren sollte. Die Menschen, die vom Unglück des Krieges noch sensibilisiert waren, zeigten Anteilnahme, aber sie sehnten sich nach Gesundung, nicht nach Krankheit.

Ich mußte noch den Brief des Pianisten seiner Schwester überbringen. Die Zeit war knapp. Am Tage traf ich sie nicht zu Hause an. Das zweite Mal fuhr ich mit Valetschka um elf Uhr abends zu ihr. Eine Mitbewohnerin machte die Tür auf:

»Das Zimmer da, das dritte.«

Ich klopfte. Schweigen. Noch mal. Und noch mal. Keine Reaktion. Ein letztes Mal. Hinter der Tür explodierte eine Frauenstimme:

»Haben Sie kein Gewissen? Was dringen Sie zu nachtschlafender Zeit hier ein? Eine Frechheit!«

»Verzeihen Sie«, versuchte ich mich zu rechtfertigen, »ich war schon am Tage hier. Ich muß Sie kurz sprechen.«

»Verschwinden Sie!« schrie die Frau hinter der Tür. »Nicht genug, daß mir die Leute auf der Arbeit keine Ruhe lassen, rennen sie mir auch noch die Bude ein.«

Valetschka zog mich empört am Ärmel: Gehen wir! Wieso läßt du dir das gefallen? Doch ich konnte nicht weggehen. Ich trat ganz dicht an den Türspalt und sagte:

»Ich will nichts von Ihnen, ich habe etwas für Sie!«

Die Tür wurde aufgerissen. Vor uns stand eine wutschnaubende Frau, die sich hastig einen Kittel übergeworfen hatte.

»Was haben Sie für mich?« zischte sie.

»Ich bringe Ihnen einen Brief von Ihrem Bruder. Nehmen Sie. Er hat mich gebeten, ihn persönlich zu übergeben.«

Die Frau wich ins Zimmer zurück.

»Von wem?«

»Von Ihrem Bruder.«

»Leise! Um Gottes willen, leise! Kommen Sie herein!«

Ich wandte mich zum Gehen. Die Frau krallte sich an mir fest. Dann lief sie Valetschka hinterher, die schon an der Wohnungstür war.

»Ich flehe Sie an, kommen Sie zurück!« Dann wieder zu mir: »Verzeihen Sie! Mein Gott! Ich verstehe nicht. Wo kommen Sie her?«

»Von dort.«

»Haben Sie ihn denn gesehen?«

»Ja.«

»Er lebt? Wann haben Sie ihn gesehen?«

»Vor einem Monat.«

»Ist er mager? Was hat er an?«

»Eine Jacke, an die Farbe erinnere ich mich nicht mehr.«

»Ist er kahlgeschoren?«

»Nein.«

»Nein? Dann hat er noch seine üppige schwarze Mähne?«

Sie preßte beide Hände an den Mund, um nicht zu weinen. Dann riß sie den Brief auf, überflog die Zeilen und fiel vor mir auf die Knie.

»Verzeihen Sie mir! Wie hab ich Sie bloß empfangen?! Das kann ich mir nicht verzeihen! Ich arbeite im Smolny. Jeden Tag Unmengen von Besuchern. Eingaben. Sie bringen meine Adresse in Erfahrung. Kommen zu mir nach Hause. Verzeihen Sie! Sie müssen mich verstehen!«

Ich verstand: Auf der einen Seite Parteiarbeit im Smolny, auf der anderen Seite der Bruder mit der Nummer auf dem Rücken. Zwischen diesen beiden Extremen zu leben war nicht einfach.

Auf dem Nachhauseweg gingen meine Schwester und ich lange schweigend. Plötzlich sagte sie mit brutaler Offenheit:

»Ich habe das Gefühl, daß ich dich nicht kenne. Irgendwann warst du meine Schwester, dann ist etwas passiert und … eigentlich bist du tot.«

»Wieso, Valetschka?« fragte ich, meinen unerträglichen Schmerz überwindend.

»Ich weiß nicht.«

»Versuch es zu erklären. Das ist wichtig für mich.«

»Ich kann nicht. Du kommst aus einem anderen Leben. Ich verstehe dich nicht.«

»Bin ich zu düster? Ist alles um mich herum zu düster? Ja? Weine ich viel?«

»Nein. Du gibst dir ja Mühe, fröhlich zu sein, aber ich glaube es nicht.«

»Was glaubst du nicht?«

»Eigentlich bist du mir fremd.«

Alles in mir krampfte sich zusammen. Am liebsten hätte ich gefleht: Du bist meine einzige Schwester. Bezeichne mich nicht als Fremde! Ich kann das nicht hören.

Ohne Stütze zurückgeblieben, war Valetschka mit allem Unglück allein fertig geworden. Der Begriff »ältere Schwester« war für sie nur noch ein leeres Wort. Sie wußte ja nicht, wie ich vor meiner Verhaftung darum gekämpft hatte, sie aus dem Waisenhaus herauszuholen und zu mir zu nehmen. Jetzt hatte sie recht: Ich »gab mir Mühe«, wollte gleichsam ein Mensch ohne Vergangenheit sein. Ich fürchtete sie zu erschrecken und stieß sie damit offenbar erst recht vor den Kopf.

Am nächsten Tag gab mir eine Verwandte, die bei Tante Dunja wohnte, den Rest.

»Du solltest Valja nicht überall mit hinschleppen. Laß sie in Ruhe. Belaste uns nicht. Deine Fröhlichkeit ist auch nicht echt.«

Es zog mich zurück in den Norden. Valetschka brachte mich zum Bahnhof. Sie dachte angespannt über etwas nach, hielt es schließlich nicht mehr aus und fragte:

»Eins möcht ich doch wissen: Weswegen hast du gesessen?«

Eine normale Frage. Wenn jemand sieben Jahre gesessen hat, muß es doch dafür einen Grund geben. Wie verstand meine Schwester die Antwort: »Wegen nichts«? Als Lüge oder als mangelnde Offenheit?

Sie bedauerte mich in ihrem verwirrten Herzen:

»Paß auf dich auf! Komm wieder, Tamusja!«

In Welsk suchte ich eine Bekannte aus Urdoma auf. Sie bot mir mehr als nur ein Nachtlager an:

»Sie sollen deinen Sohn zu mir bringen. Dann kannst du hier mit ihm zusammensein.«

Filipp war wohlweislich auf Dienstreise gefahren.

»Er hat mich mit allem beauftragt«, teilte mir Vera Petrowna mit.

Jurik wirkte verkrampft und blickte immer zu ihr hin.

»Warum haben Sie ihm das gekauft? Wir brauchen nichts«, wies sie mich wieder zurecht.

»Ich komme Jurik bald holen, Vera Petrowna!«

»Sie haben noch nicht Fuß gefaßt. Wird Ihnen das Herz nicht weh tun, wenn Jurik es bei Ihnen schlechter hat als bei uns?«

»Bei seiner Mutter kann es ein Kind nicht schlechter haben.«

»Filipp hat mir untersagt, mich auf Gespräche mit Ihnen einzulassen.«

»Sie haben doch eben gesagt, daß er Sie mit allem beauftragt hat.«

»Er hat mich beauftragt, Jurik nicht aus den Augen zu lassen.«

»Wie meinen Sie das?«

»Na, ihn nicht mit Ihnen allein zu lassen.«

»Ich werde jetzt mit meinem Sohn spazierengehen.«

»Nein, Tamara Wladislawowna, das geht nicht. Hier wird alles beobachtet. Das gibt bloß überflüssiges Gerede.«

Ich konnte ihren herrischen, selbstsicheren Ton nicht ertragen. Ich wollte ihr nicht alle Rechte einräumen. Ich wollte ihr nicht für irgend etwas dankbar sein. Aber ich fürchtete die offene Auseinandersetzung mit ihr und Filipp.

In Knjash-Pogost erfuhr ich, daß Kolja nicht ins Lazarett aufgenommen worden war, obwohl es ihm schlechtging. Das Theater war unterwegs.

Auf der Suche nach Arbeit klapperte ich wieder alle Stellen ab, ergebnislos.

Klawa machte mir in ihrem Zimmer eine Lagerstatt zurecht und gab mir etwas zum Zudecken.

Wenn sie aus dem Spital kam, wo sie als Krankenschwester arbeitete, trank sie Wodka, sang traurige Lieder und sagte mit schwerer Zunge: »Ich sage dir, du wirst nichts finden!«

Später vergiftete sie sich.

Wenigstens einer Anstrengung war Erfolg beschieden. Nachdem ich die Einwohnermeldeämter südlicher Städte mit Anfragen bombardiert hatte, fand ich endlich Koljas Mutter. Aus Kirowabad schickte man mir ihre Adresse. Ich teilte es jubelnd Kolja mit. Der Sohn hatte seine Mutter wiedergefunden, die Mutter ihren Sohn.

»Meine liebe Tochter Tamara!« antwortete mir Darja Wassiljewna. »Ich habe Ihre beiden Briefe bekommen, die für mein Herz und mein Leben kostbar sind. Vor allem küsse ich Sie als Koljas Mutter und von nun an auch als die Ihre und gebe Ihnen meinen mütterlichen Segen für ein langes gemeinsames Leben mit Kolja und mit mir, sofern es uns vom Schicksal vergönnt ist. Gott hat sich unser erbarmt, nach all dem Leid hat er uns Freude geschickt. Die Freude sind Sie, meine liebe Tochter Tamara. Ihnen meine Aufregungen und Kümmernisse der letzten zehn Jahre zu schildern geht über meine Kraft. Ich sage nur, daß ich meinen Sohn gesucht habe, und nun haben Sie ihn mir geschenkt. Ich bin wieder Mutter!«

Darja Wassiljewna fragte, womit sie Kolja helfen könne. Sie selbst lebte bei einer fremden Familie, hatte keinen eigenen Winkel.

Ich schickte Kolja ihre Briefe, die durch ihre Natürlichkeit anrührten, und bat ihn, seiner Mutter so bald wie möglich zu schreiben und ihr alles so zu erklären, wie er es für richtig hielt.

Kolja zögerte. Ich begriff, daß es ihm schwerfiel, das Herz seiner Mutter mit der Nachricht zu betrüben, daß er nicht in Verbannung war, wie ich ihr geschrieben hatte, sondern im Lager, dennoch bestand ich darauf: Schreib ihr!

1950 setzte die offene Verfolgung »der ehemaligen Häftlinge« ein. Senja Jeruchimowitsch wurde nach einer Theatervorstellung auf der Straße verhaftet. Seine Schwester Fira teilte es mir mit.

Ich konnte es nicht fassen. Auch mir entfuhr die übliche Frage: »Weswegen?«

Senjas Mutter schrie wie von Sinnen: »Mein Junge! Mein Junge!«

Ich wurde in die Verwaltung gerufen, wo ehemalige Häftlinge das Ereignis aufgeregt erörterten. Sie bestürmten mich mit Fragen.

»Sie waren mit ihm auf Gastspielreisen. Vielleicht hat er Eintrittskarten verschoben?«

»Na hören Sie! Nie im Leben!«

»Vielleicht hat er was gesagt, was er nicht sollte?«

»Nein.«

Sie hatten graue Gesichter und fragten einander:

»Verstehst du das?«

»Was gibt's da zu verstehen?« sagte schließlich einer von ihnen. »Das Jahr siebenunddreißig wiederholt sich! Sie fangen mit den Juden an.«

Was haben die Juden damit zu tun? dachte ich, ohne mich darüber zu wundern, daß sich das Jahr siebenunddreißig wiederholte.

Fira erwirkte eine Besuchserlaubnis bei ihrem Bruder. Ich begleitete sie und nahm für Senja meine alte Lagerjacke mit.

»Keine neuen Anschuldigungen«, sagte er. »Dieselben wie bei der ersten Verhaftung. Sie bringen mich zum Verhör nach Syktywkar. Aus einer anderen Zelle habe ich eine Nachricht von Tolubenko bekommen. Gegen ihn haben sie auch keine neuen Anschuldigungen vorgebracht. Sie haben ihm gesagt: Wir schicken Sie zur lebenslangen Ansiedlung nach Sibirien.«

In Syktywkar wurde Mira Halpern verhaftet, dann ihr Mann. Auch Tamara Zulukidse wurde zum zweitenmal verhaftet. Die Angst vor Verhaftung und Verbannung beherrschte uns wieder rund um die Uhr. Wir bereiteten Dörrbrot vor. Warteten.

Nein, es war nicht das Jahr siebenunddreißig. Es ging leiser zu.

Nach ihrer Freilassung hatte Hella Frischer am Theater in Ust-Kulom eine Arbeit als Kostümbildnerin gefunden. Jetzt war sie entlassen worden und kehrte zurück. Der Rumäne Tarno, der als Apotheker in der Eisenbahner-Poliklinik in Mikun arbeitete, brachte sie als Wirtschaftsschwester unter. Beide bemühten sich intensiv um eine Stelle für mich, und schließlich wurde ich als Pflegerin in Mikun eingestellt.

Einen Schlafplatz fand ich bei dem Ehepaar Schpakow, in der Küche, zusammen mit Hella.

Jetzt brauchte sich Kolja, der endlich ins Lazarett des Zentrallagers gekommen war, um mich keine Sorgen mehr zu machen.

Als Mitarbeiterin der Eisenbahner-Poliklinik bekam ich Freifahrkarten bis Knjash-Pogost, das hundert Kilometer von Mikun entfernt war. Am Vorabend jedes dienstfreien Tages fuhr ich hin. Ich übernachtete bei Klawa. Ständig suchte ich jemanden aus dem Lager zu treffen, um ihm Essen für Kolja mitzugeben und um zu erfahren, wie es ihm ging.

Ich bekam einen Brief von Kolja, der mir den Boden unter den Füßen wegzog.

»Mir geht es sehr schlecht, Tom! Ich kann Dir das nicht verschweigen. Schade, daß Du meiner Mutter schon von meiner Existenz geschrieben hast. Vielleicht wäre es besser gewesen, die vernarbten Wunden nicht wieder aufzureißen. Was für einen Nutzen hat die kranke und einsame alte Frau von mir? Sie hat ihr Leben in hoffnungsloser Armut und in täglichem Leid verbracht. Verzeih mir diesen Brief, mein Liebes. Ich habe lange nicht die Kraft in mir gefunden, Dir das zu schreiben. Es geht mir sehr schlecht. Und nicht erst heute, sondern schon gestern und vorgestern. Die Geschwülste sind unverändert. Fieber ist dazugekommen.«

Ich brachte in Knjash-Pogost die Adresse der zuständigen Ärztin in Erfahrung. Sie empfing mich feindselig. Ich bat sie, mich anzuhören, flehte sie an, für Kolja alles Menschenmögliche zu tun, mir zu sagen, was für Medikamente er brauchte.

Allmählich wurde sie zugänglicher.

»Er hat Drüsentuberkulose. Das ist unangenehm, aber nicht weiter schlimm. Ich kann ihn ins Tuberkuloselager überweisen.«

»Nein. Das reicht nicht. Ein Konsilium muß einberufen werden«, sagte ich kühn. Ich traute mir zu, die Knjash-Pogoster Koryphäen zu überreden, Kolja zu untersuchen.

»Geben Sie Ihre Zustimmung! Ich werde selbst die Ärzte darum bitten! Stimmen Sie dem Konsilium zu! Es ist kein Mißtrauen gegen Sie!«

»Na gut«, sagte sie. »Die Kollegen werden ohnehin meine Diagnose bestätigen.«

Nachdem drei Ärzte – Landa, Abraham und Perelman – Kolja untersucht hatten, verlangten sie, daß alle Laboruntersuchungen wiederholt wurden. Als Kolja fühlte, daß er nicht der Willkür des Schicksals ausgeliefert war, lebte er auf. Seine Briefe wurden zuversichtlicher. »Es geht mir besser. Die Schmerzen haben nachgelassen. Bloß Fieber habe ich noch. Es geht mir besser.«

Ich mußte daran denken, daß Kolja auf der Bühne einmal seinen Text vergessen hatte. Er hatte mir nie von den deutschen Konzentrationslagern erzählt. Nur einmal ließ er beiläufig fallen: »Manche von uns haben sie dort bestrahlt.«

Ich suchte alle drei Ärzte auf. Doktor Abraham sagte: »Es ist Lymphogranulomatose.« Doktor Landas Diagnose war noch schlechter: Lymphsarkom. Er fügte hinzu: »Die Behandlung mit der Quarzlampe war ein Verbrechen.«

Weder der eine noch der andere machte mir Hoffnung, daß Kolja geheilt werden könnte.

Kolja glaubte an seine Gesundung. Er wollte leidenschaftlich gern leben.

Ich kann mich nicht erinnern, wie ich meine Arbeit machte. Ich fuhr jeden Tag nach Knjash-Pogost, besorgte für Kolja Medikamente, Essen.

Die drei Lazarettbaracken standen auf der Nordseite des Lagers.

»Verlange, in die Baracke verlegt zu werden, die gleich am Zaun steht«, bat ich Kolja in meinen Briefen.

Die Baracke stand direkt Klawas Haus gegenüber. Ich nahm Nägel und Hammer und stieg unter dem Vorwand, etwas auszubessern, aufs Dach. Von dort konnte ich nicht nur Koljas Fenster und sein Bett sehen, sondern auch ihn selbst.

Von mir vorher schriftlich benachrichtigt, wartete er auf mein Erscheinen, das er »Sonnenaufgang« nannte. Er kam zur Lüftungsklappe. Manchmal gab er mir mit Zeichen zu verstehen, wie es ihm ging.

»Runter vom Dach!« schrien mir die Posten vom Wachturm zu.

Doch Kolja wartete auf die »Sonnenaufgänge«, und ich stieg immer wieder aufs Dach. Die eifrigsten Posten richteten das Maschinengewehr auf mich: »Sofort runter!« Bei Regen konnte ich mich schlecht auf den morschen Brettern halten und rutschte hinunter. Dann stieg ich wieder hinauf. Allmählich gewöhnten sich die Posten an mich. Manche »bemerkten« mich nicht mehr. Ich nickte ihnen zu: Danke.

Dann konnte Kolja nicht mehr ans Fenster kommen. Vom Dach, durch den Zaun und das Fensterglas des Krankenzimmers hindurch erriet ich Bewegungen seiner Hände, die besagten: Ich sehe dich.

Von der behandelnden Lagerärztin hatte ich jetzt die Erlaubnis, sie jederzeit zu Hause aufzusuchen. Als ich einmal kam, brach sie in Tränen aus.

»Was für ein wunderbarer Mensch! Ich habe nicht gewußt, daß man so lieben kann, wie er Sie liebt. Ich komme heute in sein Zimmer, da fragt er mich: ›Welche Farbe haben Ihre Schuhe, Frau Doktor? Wann werde ich meiner Tamara solche Schuhe kaufen können? Ich möchte, daß sie auch so fröhlich mit den Absätzen klappert.‹«

»Kann er den Kopf nicht mehr drehen? Warum nicht?«

»Metastasen. Er ist sehr beunruhigt. Manchmal ist es einfach schlimm.«

Das Leben war nur noch eine einzige Qual. Wie konnte ich helfen? Was tun? Ich füllte Hefte mit meinen Briefen, dachte mir Märchen aus. Ich wollte Kolja meine Kräfte einflößen. Immer wieder kletterte ich aufs Dach.

»Meine Liebste! Mein Tom! Als ich Dich sah, war alles wie weggeweht. Mein Mädchen, gestern konnte ich Dir nicht schreiben. Heute fühle ich mich besser, aber unsagbar schwach. Vorgestern nacht hatte ich von elf bis drei Uhr einen neuralgischen Anfall. Ich dachte, ich würde den Morgen nicht mehr erleben. Das Herz wurde von einem Krampf gepackt, und ich habe keine Luft mehr bekommen.«

Ich mußte ständig bei ihm sein. Wenigstens neben dem Lager. Wieder bat ich meine Bekannten, sich in Knjash-Pogost nach einer Arbeitsstelle für mich umzusehen.

Zu jener Zeit fügte sich Ilja Jewsejewitschs Leben glücklicher als das anderer. Erstens war er nicht zum zweitenmal verhaftet worden, zweitens war seine Frau mit den beiden zauberhaften Töchtern zu ihm gekommen. Er arbeitete an seinem alten Platz in der Finanzabteilung. Ich wußte, daß er für mich eine Arbeit finden würde. Da wurde mir ausgerichtet, ich solle zu ihm in die Verwaltung kommen. Ich stürmte sofort hin.

»Tamara«, sagte er, »Sie benehmen sich unmöglich. Ständig unterhalten Sie Kontakt mit dem Lager. Über Sie gehen die unglaublichsten Gerüchte um. Man sieht Sie dauernd vor dem Lager. Es wird sogar erzählt, daß Sie aufs Dach steigen. Und bei einem solchen Verhalten erwarten Sie, daß sich Freunde für Sie um Arbeit bemühen? Unser Schicksal hängt am seidenen Faden. Jetzt läuft gerade eine Verhaftungswelle. Sie müssen doch verstehen ...«

Da ging die Tür auf. Simon schaute herein.

»Simon! Simon!« rief Ilja Jewsejewitsch. »Kommen Sie herein! Sprechen Sie mit ihr! Bringen Sie sie zur Vernunft. Sie muß sich mäßigen. Ich rede auf sie ein, aber sic bleibt stur. Sie weiß nicht, wie man sich zu benehmen hat.«

Simon entgegnete klar und deutlich:

»Ilja, Sie sind ein Schuft. Lassen Sie sie in Ruhe. Sie handelt so, weil sie nicht anders kann.«

Noch vor einer Sekunde schien mir die Schlinge des »gesunden Menschenverstands« die Luft abzudrücken. Simons Worte ließen mich wieder atmen. Er war in jenen schwarzen Tagen am einfühlsamsten.

»Hier haben Sie den Schlüssel zu meiner Bude, ruhen Sie sich dort aus. Sie sind ja ganz abgekämpft von dem Hin und Her. Ich finde schon ein Plätzchen für mich. Nehmen Sie das Geld. Nicht für sich, für Kolja.«

Mein Gehirn arbeitete fieberhaft: Ich kann Kolja nicht dem Tod überlassen. Heidnische Instinkte erwachten in mir. Ich schloß einen Pakt mit den dunklen Mächten. Nachts wachte ich mit einem Ruck auf und dachte: Wenn ich aufstehe und barfuß bis zum Wald gehe, bleibt er am Leben. Ich stand auf und ging. Erst als ich die mir gestellte Aufgabe erfüllt hatte, fand ich für eine Stunde Ruhe.

Ilja Jewsejewitschs Standpauke war nützlich. Ich begriff, daß ich nicht aufs Dach klettern, sondern ins Lager gelangen mußte, um Kolja zu sehen und in die Arme zu nehmen.

Wenn der Name des Leiters der dritten Abteilung, Astachow, fiel, lief mir eine Gänsehaut über den Rücken. Er schickte Häftlinge auf Transport, sanktionierte Verhaftungen, Verlegungen in Straflager, Verhöre. Ich hatte ihn nie persönlich gesehen, aber ich beschloß, zu ihm zu gehen. Er soll mir einen Passierschein fürs Lager geben!

Man versuchte mir das auszureden: »Sind Sie übergeschnappt? Bei den Verhaftungen jetzt läßt er Sie nicht wieder raus. Besinnen Sie sich!« Aber mein Entschluß war unumstößlich.

»Tun Sie das nicht. Man wird Sie verhaften.«

Bis zur Schwelle des ebenerdigen Hauses mit den vergitterten Fenstern raste ich im Sturmschritt. Ich hätte alles, was sich mir entgegenstellte, hinweggefegt!

»Ich muß zum Leiter.«

»Er macht Mittag.«

Ich wartete. Mit herrischem Gang näherte sich Astachow seinem »Reich«.

»Ich muß Sie sprechen.«

»In welcher Angelegenheit?«

»Empfangen Sie mich. Dann sag ich's Ihnen.«

Ohne einer Antwort gewürdigt worden zu sein, folgte ich ihm. Mit einer Handbewegung befahl er der Wache: Durchlassen! Nachdem er sich auf seinem Stuhl niedergelassen hatte, blätterte er gemächlich in Papieren, dann bot er mir auf dem Stuhl ihm gegenüber Platz an. Ich senkte nicht die Augen unter seinem metallischen, vernichtenden Blick.

»Also, was gibt's?«

»Erlauben Sie mir, einen Kranken im Zentrallager zu besuchen.«

Wieder ein eisiger Blick.

»Mit welcher Begründung?«

»Ich liebe diesen Mann, und er liebt mich. Sie wissen das.«

»Begreifen Sie, worum Sie bitten?«

»Ja.«

Er sah mich lange und durchdringend an. Ich hielt seinem Blick stand. Schweigend zog er den Schreibblock zu sich heran und stellte mir einen Passierschein aus. Er stellte ihn aus!

Man glaubte mir erst nicht, als ich, mit Lebensmitteln beladen, zur Wache gelaufen kam.

Ich lief ohne Halt zum Lazarett. Kaum hatte ich die Zimmertür geöffnet, als Kolja, ohne sich zu bewegen, mit brüchiger Stimme rief:

»Bist du's? Tomik? Du? Du bist es. Ich weiß es!«

Dann sah ich ihn.

Ungeheuerliche Metastasen lähmten Beine und Arme, wucherten überall. Aber er lebte. War voller Hoffnung, fast glücklich.

Versteinert, erstarrt, versuchte ich zu lächeln, zu reden, zu trösten. Ich wärmte den ans Gefängnisbett gefesselten vertrauten Mann, meinen über alles geliebten Kolja.

»Ich wußte, daß du kommst. Ich wußte, daß mein Tomik mich nicht im Stich läßt«, sagte er voller Freude. »Siehst du, was aus mir geworden ist?« Er lachte auf. »Ja? Siehst du's? Aber ich werde wieder gesund. Setz dich hierher. Da kann ich dich besser sehen.«

Doch von einem Moment zum anderen erlosch seine so offenkundige Freude, und er stellte die teuflisch nüchterne Frage:

»Warum weinst du nicht?«

Diese Frage durfte ich nicht in mich hineinlassen. Begriff ich etwa selber, wie ich es fertigbrachte, nicht zu weinen, nicht zu stöhnen?

»Sie werden dich krankheitshalber freilassen. Das schaffen wir. Ich hole dich zu mir. Wir werden alles tun!« flüsterte ich.

»Du kommst wieder? Du kommst? Versprich es!« Seine Hände hielten voller Glauben und Leidenschaft die meinen.

Meine Besuchszeit war vorbei.

»Unbedingt! Ich versprech's! Ganz bestimmt, mein Liebster. Ich komme wieder.«

Kolja konnte nicht mehr selbst schreiben.

Mit ihm im Zimmer lag ein Krimineller. Ich bekam nun, von seiner Hand geschrieben, fehlerhafte Briefe, für die ich ihn segne.

»Tomotschka, ich helfe ihm ein bißchen und schimpfe oft mit ihm, weil er nichts ißt, bloß Wasser trinkt. Vielleicht können Sie ihn dazu bringen? Glauben Sie mir, er träumt Tag und Nacht von Ihnen. Als Sie neulich wieder weg waren, hat er sich die Haare gerauft und die Lippen blutig gebissen. Ich habe ihn gebeten, es nicht so schwerzunehmen. Am Montag ist wieder ein Konsilium. Auf Wiedersehen. Viele Grüße, Michail.«

Das Leben lief mechanisch weiter. Ich ging wieder zu Astachow, ohne die vorige Kraft, niedergeschmettert von der Wahrheit, die ich jetzt nicht von irgendwem gehört, sondern mit eigenen Augen gesehen hatte. Astachow, gut informiert über Koljas Zustand, stellte keine Fragen und unterschrieb den Passierschein.

Kolja hatte seiner Mutter doch noch einen kleinen Brief geschrieben. Aber was konnte ich ihr jetzt mitteilen?

Koljas Zimmergenosse Michail gab mir gewissenhaft Auskunft über den Tagesablauf:

»Um vier Uhr wollte er essen. Wir haben ihn gefüttert: eine Tomate, ein Ei, 300 Gramm Milch und etwas Butter. Glaub mir, Toma, das war noch nie da. Er ist sehr gutherzig und schenkt mir manchmal etwas, einen Pfirsich oder so was, aber glaub mir, Toma, ich rühre nichts an. Ich weiß, wie schwer es Ihnen fällt, diese Dinge zu beschaffen. Sie tun mir sehr leid. Sie müssen so viel durchmachen und geben die letzte Kopeke aus. Ich bitte Sie noch einmal: Kaufen Sie keine teuren Lebensmittel. Er hat noch ein paar Riegel Schokolade und zwei Büchsen Kondensmilch. Die ganze letzte Nacht hat er phantasiert. Er hat Dich gebeten zu kommen, hat mit Dir gesprochen … Toma, heute morgen wollte er, daß wir ihn aufsetzen. Glaub mir, das war noch nie da. Er hat drei Minuten gesessen. Ich bitte Dich, Du bist noch so jung: reg Dich nicht auf. Mit Hochachtung Michail.«

Ich vertiefte mich in die Briefe des jungen Kriminellen und fand in ihnen, so seltsam es klingt, Antworten auf alle Fragen.

Am frühen Morgen des 27. Juni kam ich mit dem Zug nach Knjash-Pogost. In meiner Tasche lag die dritte Besuchserlaubnis. Ich würde ihn selbst waschen, ihm das Bett richten.

Noch auf dem Bahnsteig traten ein Mann und eine Frau, die ich beide nicht kannte, auf mich zu.

»Seien Sie tapfer, Tamara Wladislawowna. Ihr Kolja ist gestorben. Heute nacht gegen fünf Uhr.«

Irgendwo war ich. Ich weiß es nicht. Ich erinnere mich nicht.

Plötzlich durchfuhr mich der Gedanke: Sie werden meinen Kolja in eine Grube für Häftlinge werfen. In Leningrad hatten sie Mama auf die Treppe gelegt und Renotschka irgendwo verscharrt, und mein

Vater lag in Kolyma in einer Grube. Und nun Kolja? Das ertrug ich nicht! Ich ging zur Lagerwache und sagte zum Oberaufseher Sergejew:

»Wenn es auf der Erde etwas gibt, wenn überhaupt etwas …«

Er ließ mich nicht ausreden. Seine Stimme zitterte. Darin konnte ich mich nicht irren.

»Schon gut! Gehen Sie und heben Sie auf dem Friedhof ein Grab aus. Kommen Sie um drei in der Nacht her. Dann können Sie ihn abholen.«

Auf dem Stadtfriedhof bezahlte ich jemanden dafür, ein Grab auszuheben.

Um drei Uhr saß ich in der weißen Juninacht auf einem Stapel Stämme vor der Lagerwache.

Auf seinem kranken Bein lahmend, kam der Aufseher heraus. Ich erschrak: Hatte er es sich anders überlegt? Er blickte mich kurz an und hielt mir ein Bündel hin: meine Briefe an Kolja. »Seine Sachen können Sie morgen holen«, sagte er.

In der Stille der Juninacht des Jahres 1950 öffnete sich knarrend das Lagertor. Ein Pferd mit Wagen wurde herausgeführt. Auf dem Wagen stand der von Freunden gezimmerte Sarg mit Kolja.

Das Pferd blieb stehen. Ich kniete vor dem Wagen nieder.

Sergejew gab mir die Zügel in die Hand und sagte:

»Begraben Sie ihn.«

Der Weg führte durch die Siedlung. Vor einigen Häusern standen Menschen. Sie hatten Kolja gekannt und geliebt. Sie schlugen das Kreuz und weinten. Ich danke den Menschen, die in jener Nacht herausgekommen waren und am Weg standen.

Hinter der Siedlung folgte Dmitri Karajanidi dem Leichenwagen.

Ich nahm Abschied von Kolja.

So hatte er seinen ungeheuerlichen Schwur doch gehalten: »Ich werde schneller jenseits des Lagers sein, als du denkst. Ich versprech's! Ich schwör's!«

Das Grab wurde zugeschüttet. Kolja gab es nicht mehr. Und es gab auch mich nicht mehr.

Dmitri blieb bei mir. Ich bat ihn, mich allein zu lassen. Ich befahl es ihm. Dann legte ich mich auf den Hügel. Die Erde war lebendig. Schließlich rüttelte mich jemand an der Schulter.

»Genug jetzt. Kommen Sie morgen wieder. Hier dürfen Sie nicht allein bleiben.« Es war Sergejew, der mit dem Diensthabenden auf einem zweirädrigen Wagen gekommen war, um das Pferdegespann und mich zu holen.

Hella fand mich immer wieder auf dem Friedhof. Sie kam mit einer Gabel und einer Konserve und befahl: »Iß! Oder ich lege mich hierhin und sterbe.«

Die aufrichtige Anteilnahme meiner Freunde half mir, am Leben zu bleiben.

12

Um vor Gericht das Sorgerecht für meinen Sohn zu beantragen, brauchte ich mindestens neun Quadratmeter Wohnraum und eine polizeiliche Anmeldung.

»Ich kann Ihnen als ehemaligem Häftling doch keinen Wohnraum zuteilen, wenn ich sogar die Leningrader Spezialisten außerhalb unterbringen muß«, antwortete die Leiterin der medizinischen Abteilung auf meinen Antrag.

Doch mein Leben hing davon ab, ob ich eine Unterkunft bekam. Von meinem Gehalt konnte ich mir kein Privatzimmer leisten. Ich erkämpfte mir die Genehmigung, auf einer zweiten Stelle als Laborantin zu arbeiten.

Ein Arbeiter des Bahnbetriebswerks, der sich gerade ein Haus gebaut hatte, in dem er mit seiner Frau und seiner fünfjährigen Tochter wohnte, suchte eine Untermieterin. Ich zog in ein leeres quadratisches Zimmer, dessen zwei Fenster direkt auf den Wald blickten. Aus Brettern zimmerte ich mir ein Bettgestell. Der erprobte Koffer wurde wie gewohnt zum Tisch. Und zum erstenmal seit vielen Jahren machte ich hinter mir die Tür zu.

Ich malte mir aus, wo ich Juriks Bettchen hinstellen würde, kaufte in Gedanken schon Wäsche und Geschirr. Doch als die Wirtsleute erfuhren, daß ich eine »Ehemalige« war, wurden sie unfreundlich. Auf meine Versuche, ihr Wohlwollen zu erringen, reagierten sie nicht.

Eines Morgens kam ihre fünfjährige Tochter zu mir ins Zimmer.

»Komm zu mir, Katenka, wir malen zusammen unser Haus und das Eichhörnchen.«

Den Daumen im Mund, stand das Mädchen da und betrachtete mich.

»Mach, daß du hier wegkommst!« sagte es nach einer Weile. »Du bist eine Bettlerin. Hunger-lei-ber wollen wir nicht!«

»Ziehen Sie aus! Wir brauchen das Zimmer für Verwandte«, sagten am Abend die Erwachsenen.

So kehrte ich zu den Schpakows in die Küche zurück, wo auch Hella noch wohnte. Überall, im Dienst und im Alltag, scheiterte unser Bestreben, mit den anderen als Gleichberechtigte umzugehen, an dem Stempel: »Lagernik«, »Ehemalige«.

Im Bewußtsein der »Nichtehemaligen« waren gegen uns Zäune errichtet, die nicht niedriger waren als die im Lager. Man sprach von einem »nichterklärten Bürgerkrieg«.

Ich verzehrte mich nach meinem Sohn, und ich nahm jede Dienstreise an, um über Welsk zu fahren und Jurik in die Arme zu schließen.

Ich schrieb beiden Bacharews, mal ihm, mal ihr, und bat sie, mir von Jurik zu berichten.

Nach langem Schweigen schrieb mir Filipp:

»Liebe Tamara! Ein ehrliches Schweigen ist mehr wert als hundert unwahre Briefe. Du mußt mich nicht kränken mit Worten wie: ›Du schreibst nicht, weil ich ohne Jurik nicht leben kann.‹ Ich lebe auch nur für ihn. Er muß nichts entbehren. Er ist meine Freude, meine Hoffnung. Für sein Glück bin ich bereit, mich in Stücke reißen zu lassen. Ich bitte dich, beunruhige Dich nicht, vertraue mir, habe gute Gedanken. J. wächst zusehends. Ich bin bei ihm, wenn er einschläft und wenn er aufwacht. Wir schauen zusammen die Fibel an, die Du geschickt hast, aber zum Lernen ist es noch zu früh.

Über mich: Ich fahre heute nach Petschora. Von dort schicke ich Dir ein Telegramm, damit Du an den Zug kommst. Immer der Alte. Filipp.«

Ein paar Tage später kam das Telegramm. Ich ging zum Bahnhof.

»Ich habe beschlossen, mit dem nächsten Zug weiterzufahren. Er geht in fünf Stunden«, erklärte Filipp. »Zeigst du mir, wo du wohnst?«

»Ich wohne zusammen mit Hella. Sie schläft jetzt nach der Nachtschicht. Gehen wir zur Poliklinik«, wich ich aus.

Wir setzten uns vor der Poliklinik auf eine Bank. In Filipps Gegenwart schien selbst die Luft zu erstarren. Unbegreiflich, daß dieser fremde Mensch einmal mein Schutz gewesen war.

»Erzähl, wie es dir geht«, sagte er.

»Dich interessieren meine Lebensumstände? Mit der Arbeit ist alles in Ordnung. Ich habe sogar zwei Stellen. Ein eigenes Zimmer hat man mir versprochen«, sagte ich möglichst überzeugend. »Sowie ich es bekomme, hole ich Jurik. Ich hoffe, wir werden das alles unter uns regeln?«

»Ich weiß, daß du kommen wirst. Doch vorläufig hast du keinen Platz für ihn. Ich weiß, wie und wo du wohnst. Bei mir hat er alles – Nahrung, Pflege, Spaß. Er ist daran gewöhnt. Jurik ist der Sinn meines Lebens. Aber ich habe dir versprochen, daß alles gut wird. Und ich wiederhole jetzt: Alles wird gut.«

»Sprichst du mit Jurik über mich? Erklärst du ihm das alles? Fragt er nach mir?«

»Für solche Fragen ist er noch zu klein. Ich darf seine Kinderseele nicht damit belasten.«

»Natürlich darfst du ihn nicht belasten. Aber er wird doch irgendwann fragen. Was anwortest du ihm?«

»Beruhige dich. Und mach dir keine Sorgen.«

»Es geht mir unerträglich schlecht ohne meinen Sohn.«

»Das verstehe ich.«

Ich fühlte zwischen uns einen unüberwindbaren Abgrund, an dessen Rand wir einander gegenüberstanden und zwischen Frieden und Krieg balancierten. Unerwartet für mich selbst stellte ich ihm die wohl unangebrachteste aller Fragen:

»Sag, was hast du an mir vermißt?«

Es war das verzweifelte Bedürfnis, irgendwie zu seinem wahren Wesen vorzudringen. Er schluckte und schwieg.

»Mein Gott, stellst du Fragen!«

»Was war es?«

»Ich habe nicht geglaubt, daß du mich liebst.«

Vielleicht war das die egoistische Wahrheit, die Filipp unwillkürlich entschlüpft war.

Er fuhr ab. Warum war er gekommen? Wollte er sich vergewissern, daß ich kein eigenes Zimmer hatte? Herausfinden, ob ich entschlossen war, vor Gericht zu gehen?

Plötzlich durchzuckte mich ein Gedanke oder eher ein Gefühl: Er war gekommen, um mich zu töten!

Der Friedhof in Knjash-Pogost blieb für mich ein ständiger Anziehungspunkt. Jeden freien Tag fuhr ich zu Koljas Grab. Ich zäunte es ein, errichtete ein Kreuz, pflanzte Blumen, stellte eine kleine Bank hin. Lange saß ich dort und erzählte Kolja alles.

Dann besuchte ich in Knjash-Pogost Bekannte. Ich ging jedesmal zu Fira.

»Gibt's was Neues über Senja?«

»Ja. Kannst du dir vorstellen, wohin sie ihn verschleppt haben? In die Nowosibirsker Gegend. Zweihundert Werst von der Eisenbahn entfernt. Er arbeitet im Kolchos als Zimmermann.«

»Was habt ihr beschlossen?«

»Was sollen wir da beschließen? Er schreibt: Sowie er ein Dach über dem Kopf hat, sollen Mama und ich nachkommen. Das werden wir tun. Wir können ihn doch nicht allein zugrunde gehen lassen.«

Für uns, die wir vom offiziellen Leben in eine Art Reservation abgedrängt waren, reduzierte sich die ganze Welt mit ihren Wandlungen auf die Beziehungen untereinander.

Wenn Simon nicht auf Dienstreise war, ging ich auch zu ihm. Er begrüßte mich freudig:

»Oh! Was für ein lieber Besuch! Gleich trinken wir Tee. Moskauer Gebäck ist auch da. Auf Sie wartet ein hinreißendes Geschenk. Nehmen Sie und genießen Sie: Shakespeares Sonette in der Nachdichtung von Marschak. Nein, nein. Bleiben Sie sitzen. Lassen Sie sich bedienen. Ich mache alles selbst.«

Eines Tages erfuhr ich, daß auch er verhaftet worden war. Simon war mir in all den Jahren ein treuer Freund gewesen.

Alle wurden hinweggefegt. Die Macht hatte Angst vor ihren Opfern, fühlte sich in ihrer Behaglichkeit von ihnen bedroht.

Endlich bekamen Hella und ich eine Zuweisung für ein elf Quadratmeter großes Zimmer.

»Was soll's, solange wir noch frei sind, schlafen wir in unseren eigenen Betten«, ermunterten wir uns gegenseitig.

Wir richteten uns notdürftig ein: Zwischenwand aus Sperrholz, Bettgestelle. Wir kauften einen Teekessel, zwei Becher, hängten Mullgardinen auf. Sich satt essen? Das kannten wir nicht. Wir hatten vergessen, was ein Hauptgericht ist. Bei uns gab es Suppe, Tee mit Brot und Zucker. Das war alles.

Als wir jetzt zu zweit in einem Zimmer lebten, begriffen wir, daß das gemeinsame Schicksal das persönliche Leid nicht mindert. Unter anderen Menschen hatten wir uns zusammengenommen. In den eigenen vier Wänden ließen wir uns zum erstenmal gehen. Und was geschah? Wir waren einfach krank.

Wenn ich von der Arbeit kam, ging ich in die Küche und brühte Tee auf. Brachte ich ihn dann ins Zimmer, so lag Hella auf den Knien, preßte das Gesicht ins Kissen und schluchzte herzzerreißend. Der Tee wurde kalt. Wir waren außerstande, einander zu helfen, wir kamen nicht mit uns zurecht, weder zusammen noch jeder für sich.

Nach einiger Zeit sagte Hella:

»Wenigstens eine von uns beiden soll es besser haben! Hol Juri her. Ich fahre nach Syktywkar. Fürs erste werde ich bei den Belows wohnen. Später sehen wir weiter. Schreibe in deinem Antrag nicht, daß ich hier angemeldet bin. Für das Gericht ist es dein Zimmer.«

Die Dokumente für das Gericht hatte ich beisammen.

Vor der Fahrt nach Welsk sah ich, sicherlich vor Aufregung, nicht meinen fünfjährigen Sohn vor mir, sondern den einjährigen aus Meshog, in dem grauen Jäckchen, das ihm so gut stand.

Ich flog wie auf Flügeln dahin. Endlich! Endlich!

Vor der Begegnung mit den Bacharews hatte ich große Angst. Je näher der Zeitpunkt heranrückte, desto verschwommener stellte ich mir vor, wie das Gespräch mit ihnen verlaufen würde, was für Argumente ich abwehren mußte. Aber wie auch immer, dieses Gefecht mußte durchgestanden werden. Ich besaß jetzt alles: die Freiheit, Arbeit, ein Zimmer. Ein Telegramm schickte ich nicht. Als ich in Welsk ankam, ging ich sofort in die Poliklinik, in der Vera Petrowna arbeitete. In der Hoffnung auf mütterliche Solidarität hatte ich beschlossen, zuerst mit ihr zu reden.

In der Poliklinik wurde mir gesagt: »Sie arbeitet nicht mehr hier.« Ich ging zu ihnen nach Hause. Ein unbekannter Mann öffnete die Tür.

»Sie sind weggezogen.«

»Wohin?«

»Weiß ich nicht.«

Weggezogen? Ich konnte es nicht fassen.

Als Bacharew mich in Mikun beruhigen wollte: »Ich verspreche dir, alles wird gut«, hatte ich das Gefühl gehabt, er sei gekommen, um mich zu töten. Was sie nun getan hatten, kam einem Mord gleich. Sie hatten mir meinen Sohn gestohlen.

Erst später, als ich imstande war, objektiv zu sein, begriff ich, daß die Abscheulichkeit der gewissenlosen Zeit in den Bacharews ihren Ausdruck gefunden hatte. Alles war erlaubt. Lüge. Diebstahl. Die in Jahrhunderten erworbenen Gefühle für Anstand wurden abgetötet.

Ich hatte meine Kräfte für Angst verausgabt, sie die ihren für Berechnung und Gerissenheit. Ich hatte im Lager bei Durchsuchungen gezittert und die Briefe mit Filipps Zusicherungen immer wieder woanders versteckt, um sie zu bewahren, denn ich hielt sie für menschliche Dokumente. Sie hatten sich in dieser Zeit gefälschte Papiere gekauft, die sic als unbescholtene Menschen auswiesen.

Eingedenk meiner Erfahrungen bei der Suche nach Koljas Mutter zweifelte ich nicht daran, die Bacharews zu finden.

Nachdem Simon zwei Monate im Gefängnis gesessen und zahlreiche Verhöre ertragen hatte, wurde er nach Petschora verbannt. Er litt dort unter Einsamkeit.

Aus der »Goldenen Taiga« schrieb mir ein Mann, der mir über viele Jahre Liebe entgegenbrachte und dem ein schweres Los beschieden war, Platon Romanowitsch. Nach seiner zweiten Verhaftung ereilte ihn eine besonders harte Verbannung.

»Stell Dir vor, im Haus wohnen neun Arbeiter und eine Putzfrau. Solange man drin ist, geht es, aber sowie man hinauskommt ... Unser Haus ist weit und breit das einzige. Ringsum Taiga. Die Mine, eine Ansammlung von vielleicht dreißig Baracken, ist drei Kilometer von uns entfernt. Dort gibt es einen Laden, die Schule, die Post, Werkstätten. Einmal im Monat wird ein Film gezeigt. Aber wenn man den ganzen Tag gearbeitet hat und acht Kilometer durch die Taiga gestapft ist, hat man nicht immer Lust, noch einmal sechs Kilometer zurückzulegen. So sieht mein Leben aus.«

Er fragte in seinen Briefen: »Wer hackt Dir Holz? Wer heizt den Ofen? Wer holt Wasser?«

Das Holzhacken fiel mir leichter, wenn ich an die fürsorglichen Worte dachte, die aus dem Herzen eines liebenden Menschen gekommen waren. Die Verliebtheit und die Liebe meiner Freunde hielten mich aufrecht.

Platon Romanowitsch starb in völliger Einsamkeit in der Verbannung.

Auf Anforderung wurde Boris Majewski in das Mikuner Lager verlegt. Er hatte noch drei Jahre abzusitzen. Als Maler und Bildhauer sollte er das Kulturhaus gestalten, das die Eisenbahn-Verwaltung hier bauen ließ. Er erhielt das Recht, ohne Wachposten vom Lager zur Arbeitsstelle zu gehen.

»Unsere Freundschaft ist stiller und feinfühliger als jede Intimität«, sagte Boris später über unsere Beziehung.

»Still« war unsere Freundschaft nicht zu nennen, aber ihre Spannung, ihre Irrungen und Umbrüche griffen ins Leben ein. Wir waren füreinander Medium, Verbündete, Zugmaschinen und Opponenten.

In jener Zeit erschien eine Unmenge übersetzter Romane. Bücher von Howard Fast, »Das siebte Kreuz« von Anna Seghers, »Reiter der Nacht« von Abrahams und andere. Alles schien von uns zu handeln, von der Luft, die wir im 20. Jahrhundert atmeten.

Ich war gefesselt von der Lebenswahrheit der furchtlosen ausländischen Literatur. Mit leidenschaftlicher Wißbegierde stürzte ich mich aus meiner Abgeschlossenheit in die sich öffnende Welt. Dabei halfen mir Boris, das von ihm geschenkte Radio, das die Nachtstunden mit Stimmen und Musik aus anderen Ländern belebte, und Bücher.

Mit dem ihm eigenen Optimismus bezeichnete Boris die Tragödie des Jahrhunderts einfach als zufällig. Die Geschichte hatte seiner Meinung nach recht. Er bezweifelte nicht, daß die erworbene sozialhistorische Erfahrung zum »Sonnenstaat« führen würde, von dem sein geliebter Thomas Campanella geträumt hatte.

Während ich nicht von der Vergangenheit loskam, stellte er den heutigen Tag über alles. Er verwendete viel Energie darauf, mich als seine Verbündete zu gewinnen, ins Heute zu ziehen.

Boris dürstete nach Wärme, aber ob er das akzeptierte oder nicht, mein Herz blieb bei Kolja. Ich bat ihn, mich nicht zu drängen. Ich brauchte Stille und viel Zeit, um zu genesen. Zeit hatte ich nie gehabt. Immer hatte mich etwas aus dem Gleis geworfen. Die Attacken von Boris ermüdeten mich. Ich begriff, daß er mich liebte, und hatte

Mitleid mit ihm, doch mitunter empfand ich beinahe Feindseligkeit. Auch in ihm loderte zuweilen Haß auf.

Dienstreisen nach Leningrad waren für mich immer wieder eine Versuchung. Leningrad war, biografisch und psychologisch, ein anderes Territorium. Es zog mich ständig dorthin.

Die Aufgaben, die ich zu erfüllen hatte, waren nicht leicht: Kinder von Eisenbahnern in ein Sanatorium bei Leningrad zu bringen, einen Schwerkranken zu einer Konsultation zu begleiten. Ich nahm alles an.

Das Wichtigste in Leningrad waren natürlich die Begegnungen mit meiner Schwester. Mir gefiel alles an ihr: ihr Lächeln, ihr Gang. Ich fühlte, daß ich das Eis in ihrer Beziehung zu mir zum Schmelzen bringen könnte.

In einem Gespräch antwortete Valja auf meine Frage:

»Ja. Ich liebe einen Mann.«

»Und er?«

»Er liebt mich auch.«

»Was macht er, Valetschka? Lebt er in Leningrad?«

»Nein, in Moskau.«

»Wollt ihr heiraten?«

»Nein.«

»Warum nicht?«

Valja schwieg.

»Du hast mir nicht gesagt, wo er arbeitet. Was macht er?«

»Er dient bei den Streitkräften des Innenministeriums. Gehört zur Kreml-Wache.«

Ach, das war es also! Die ganze Zeit hatte es meine Schwester belastet. Empfand sie Kummer oder Ärger? Oder war es ein noch stärkeres Gefühl? Schließlich war das keine Kleinigkeit: Die Braut eines Kreml-Bewachers hat eine Schwester, die sieben Jahre als Polithäftling im Lager gesessen hat!

Valja, die die Blockade durchgemacht hatte, die aus dem Waisenhaus zum Bau der Gasleitung geholt worden war, die beengt in einem Wohnheim lebte, konnte meinetwegen nicht glücklich werden! Wieder ein neues Problem.

Ich schrieb Arkadi (so hieß der Bräutigam), und wir trafen uns in Moskau.

Mir gefiel der adrette, gutaussehende junge Mann.

»Was machen wir nun mit solchen Verwandten wie mir?« fragte ich ihn ganz offen.

»Verwandte bleiben Verwandte«, wehrte er ab. »Sie haben Ähnlichkeit mit Valjuscha.«

»Was soll ich tun, Arkadi?« beharrte ich. »Sagen Sie mir, wie Sie darüber denken. Vielleicht soll ich weit weg fahren? Oder soll es mich gar nicht geben?«

»Selbst wenn Sie sterben, was ändert das? In den Fragebogen muß ich trotzdem schreiben, wo Valjuschas Vater begraben liegt und wo die Schwester«, sagte er ruhig.

»Nun, wo wer begraben ist, muß man doch wohl nicht in den Fragebogen schreiben?«

»Sie irren sich. Man muß. Offensichtlich haben Sie seit langem keinen Fragebogen mehr in der Hand gehalten.«

Ich hoffte noch immer auf einen konkreten Rat, aber der Leutnant sagte unvermittelt:

»Zerbrechen Sie sich nicht den Kopf. Ich geh weg und basta!«

»Sie gehen weg? Von wo?« Die Möglichkeit einer so einfachen Lösung und die seelische Klarheit dieses Mannes verblüfften mich.

»Das wird nicht ganz leicht sein, aber ich quittiere den Dienst. Ich liebe Valjuscha.«

Einen integren, geradlinigen Mann hatte meine Schwester gefunden. Er quittierte den Dienst. Beide lebten ihr Leben lang nach ihrem Gewissen, in Würde. Vielleicht wuchsen darum ihre beiden Söhne zu wunderbaren Menschen heran.

Wenn ich nach Leningrad kam, suchte ich jedesmal die Begegnung und das Gespräch mit meiner Freundin Nina, die gleichbleibende Ruhe und Gelassenheit ausstrahlte. Sie hatte ihren Weg in der Religion gefunden.

»Hilf mir, mich zurechtzufinden! Ich kann etwas ganz Wichtiges im Leben nicht begreifen! Wozu ist dem Menschen überhaupt der Verstand gegeben?«

»Du mußt begreifen, Tamusja, daß von uns selbst nichts abhängt.«

»Überhaupt nichts? Alles ist vorbestimmt? Auch, daß man mir meinen Sohn weggenommen hat?«

»Ich weiß, das ist nicht leicht zu akzeptieren. Aber Prüfungen werden uns gesandt, um etwas in uns zu ändern. Sie weisen uns den Weg.«

Nicht einfach.

Ich blätterte das Leningrader Telefonbuch durch und fand bekannte Namen. Ach, da war ja die Familie D. aus meiner Kindheit. Ihre Wohnung hatte eine Treppe höher gelegen. Blankgebohnerte Fußböden. Auf dem Schreibtisch ein Mikroskop. »Mama, darf ich zu Ljolja und Wowa?« – »Geh nur.«

Wowa hatte ich später wiedergetroffen, als er Medizin studierte und ich Fremdsprachen. Er hatte mir eine Diplomatenkarriere vorausgesagt: »Du wirst eine zweite Kollontai!« In den weißen Nächten waren wir auf unseren Rädern über die Uferstraßen gebraust. Er war mein Ritter gewesen, der mir jeden Wunsch erfüllte.

Ljolja hatte ich nicht mehr gesehen, seit wir von der Karpowka weggezogen waren. Im Telefonhörer vernahm ich ihre etwas tiefe Stimme:

»Ich werd verrückt, Tamara! Wo kommst du her? Was? Ich will dich sehen!«

Mein Gott, wie schön, daß jemand rein gar nichts über mich weiß!

»Ist Wowa in der Stadt?«

»Ruf ihn unbedingt an. Schreib dir seine Nummer auf. Er wohnt jetzt für sich. Allein. Er wird sich sehr freuen. Ich geb dir auch seine Dienstnummer.«

Ich rief ihn im Dienst an.

»Du? Nicht möglich! Wirklich, das gibt's doch nicht! Ich hab erst gestern an dich gedacht«, rief er im Baß. »Wo bist du? Gib mir deine Adresse. Ich komme nach der Arbeit zu dir. Geht das? Bist du allein? Ich muß jetzt zu einer Operation.«

»Bist du Chirurg?«

»Das erzähl ich dir alles, wenn wir uns sehen. Sag mir deine Adresse! Ich will dich sehen.«

»Mein Zug geht gleich.«

»Wohin?«

»In den Norden.«

»Warum in den Norden?«

»Ich lebe dort. Wenn ich das nächste Mal komme, sehen wir uns.«

»Nein, nein, gib mir deine Adresse im Norden. Bist du verheiratet? Nein? Dann komme ich hin, ja?«

»Ich schreibe dir.«

»Warte. Häng nicht ein. Ich muß dich sehen. Gib mir dein Wort, daß du schreibst.«

»Ehrenwort!«

Wir schrieben uns. Als ich das nächste Mal nach Leningrad kam, verabredeten wir uns.

Es schneite. Wowa wartete schon. Er trug einen Militärmantel. Ohne mich zur Besinnung kommen zu lassen, stieg er mit mir in die Straßenbahn, die gerade hielt.

»Wir fahren zu mir!«

Ich stellte fest: ein selbstbewußter Mann, hat sich äußerlich kaum verändert.

Er wohnte auf der Kamenny-Insel. Die Fenster seines Zimmers gingen auf einen Seitenarm der Newa.

»Tritt ein. Das ist meine Klause. Warte, ich mache Licht. Gib mir den Mantel. Hör mal, das ist ja irre, daß du dich überhaupt nicht verändert hast.«

»Schon gut. Ich bin ja völlig eingeschneit.«

»Der Schnee steht dir! Ist das nicht phantastisch? Du lebst, und ich lebe. Und wir haben uns heute wiedergetroffen. Wo möchtest du sitzen? Hier! Da hast du eine Fußbank.«

»Ganz so alt bin ich noch nicht.«

»Nein, du bist noch ganz jung. Das Bänkchen ist nur zur Gemütlichkeit. Und hier noch ein Kissen.«

»Das könnte mir gefallen.«

»Ich mache jetzt Abendbrot. Du kannst inzwischen Musik hören und dich darauf vorbereiten, mir alles der Reihe nach zu erzählen.«

Er lief zwischen Küche und Zimmer hin und her und deckte den Tisch, wobei er mich fröhlich ansah.

»Gleich ist es soweit. Du wirst Augen machen!«

In meiner Erinnerung war Wowa ein dreijähriger, fünfjähriger Knirps, dann ein junger Bursche ... Jetzt war er ein erwachsener Mann. Warum spürte ich keine Last auf den Schultern? Wo und wann hatte ich den Rucksack mit dem Leid und den Kränkungen abgeworfen? Was geschah mit mir? Kam ich zur Ruhe?

»Fertig. Ich bitte zu Tisch.«

Das wäre gar nicht nötig gewesen. Wenn nur dieses Davonschweben andauerte, dieses Versinken in Wärme und Stille.

»Erzähl. Alles. Nimm an, du hast ein leeres Blatt vor dir und mußt es vollschreiben«, sagte er.

Ohne zu überlegen, antwortete ich:

»Gut. Zuerst Verbannung – drei Jahre. Dann Verhaftung. Gefängnis. Sieben Jahre Lager. Jetzt praktisch auch Verbannung, schon das dritte Jahr. Das ist alles. Und du?«

Die Pause dauerte lange. Im übrigen war es mir gleich, wie er das aufnahm.

Er stand langsam auf. Holte ein Plaid aus dem Schrank, legte es mir behutsam um die Schultern. Setzte sich auf das Bänkchen zu meinen Füßen.

»Du und Verbannung? Du und Gefängnis? Und Lager? So viele Jahre! Rede doch!«

»Ich mag nicht.«

»Wenigstens das Wichtigste.«

»Das habe ich gesagt. Über mein Innerstes kann ich sowieso nicht reden.«

»Aber weswegen denn?«

»Und wenn es wegen nichts war? Diese Frage hättest du mir besser nicht gestellt. Davor war mir so leicht ums Herz.«

»Verzeih. Ich bin ein ungehobelter dummer Klotz. Verzeih mir.«

»Und wie ist es dir ergangen?«

»Mir? Militär-medizinische Akademie. Leningrader Front. Ladogasee, ›die Straße des Lebens‹. Operationen, Operationen. Bombardierungen. Blut. Ich wär fast im Ladogasee ertrunken. Wurde verwundet. Eine mißglückte Ehe. Jetzt lebe ich allein. Ich liebe die Chirurgie, schreibe wissenschaftliche Arbeiten. In der Medizinischen Enzyklopädie steht ein ganzer Absatz über mich. Plötzlich ist mir das alles peinlich ...«

»Was redest du!«

»Weißt du, ich dachte, von dort kommen die Leute als Invaliden zurück, mit erloschenen Augen, verbittert, böse. Aber du? Deine Augen strahlen. Unmöglich, sich vorzustellen, daß du das alles durchgemacht hast. Ich kann es nicht glauben.«

»Wirklich? Wie schön! Vorhin hatte ich selber das Gefühl, daß es das gar nicht gab, daß ich noch Lust aufs Leben bekommen könnte.«

»Könntest du das alles vergessen?«

»Nein, vergessen nicht.«

»Soll ich dir was sagen?«

»Ja.«

»Ich möchte, daß du nie mehr von hier weggehst.«

»Red weiter.«

»Ich glaube, du möchtest das auch.«

»Red weiter. Daraus wird sowieso nichts. Also red weiter.«

»Du bringst Freude. Heute hab ich gespürt, daß mein Herz wieder pochen kann.«

Wir verabredeten uns für den nächsten Tag am Ehernen Reiter. Es war kurz vor den Revolutionsfeierlichkeiten. Leichter Frost herrschte, aber die Newa war noch nicht zugefroren. Schiffe liefen ein, mit Flaggen und Girlanden. Die Stadt war damit beschäftigt, sich für die Feiertage herauszuputzen. Wowa erschloß mir Vergessenes. Er »erschloß« auch mich.

Im Haus der Schriftsteller aßen wir zu Mittag.

»Setz dich hier ans Fenster«, sagte er. »Da kannst du die Petersburger Laternen sehen. Schau, wie sie im Wind schaukeln.«

Ich hatte noch zwei Tage Zeit. Wir verbrachten jede freie Stunde zusammen.

Am sechsten November trafen wir uns vor dem Sommergarten. Alles war zugeschneit. Es sah sehr schön aus.

»Morgen habe ich Dienst in der Klinik. Versprich mir, daß du mich dort besuchst. Wir sehen uns das Salutschießen an. Kommst du? Ehrenwort?«

Keine Stimmungsnuance machte mich hellhörig. Alles war, wie ich es mir wünschte. Nur beim Abschied blinkte in seinen Augen etwas Nüchternes auf.

Am Abend des 7. November tobte ein Schneesturm. Ich kam zur vereinbarten Stunde in die Klinik. Wowa, im weißen Kittel, empfing mich im Vestibül. Wir gingen in sein riesiges Arbeitszimmer, dessen hohe Fenster auf die Newa gingen.

»Bist du mir auch nicht böse, daß ich dich gebeten habe, hierherzukommen?«

»Ich freue mich, deinen Arbeitsplatz zu sehen. Hier ist alles so pompös. Und dein weißer Kittel so offiziell.«

»Das ist Absicht«, sagte er nach einer kleinen Pause.

Da wußte ich, daß ich gleich einen schmerzhaften, sehr schmerzhaften Schlag bekommen würde. Ich wollte mich schützen. Aber ich fragte:

»Was für eine Absicht? Ist etwas passiert?«

»Soll ich jetzt gleich?«

»Ja.«

»Setz dich dort in den Sessel und ich hierhin.« (Zwischen uns lag das ganze Zimmer.) »Ich ... Soll ich es wirklich sagen?«

»Natürlich.«

»Ich kann, ich darf dich nicht mehr sehen. Ich kenne mich. Noch eine Begegnung, und ich bin verloren.«

»Verloren?«

»Genau. In dem Sinne, daß ich nicht mehr von dir loskomme. Ich war die letzten Tage wie im Fieber, auch jetzt. Ich habe immer nur an dich gedacht. Du schweigst? Du verstehst doch, daß ich mich entscheiden muß: entweder Parteibuch, Klinik, wissenschaftliche Arbeit, alles, was ich im Leben erreicht habe, oder du.«

Wann hatte ich so etwas schon mal gehört? Ach ja, nach Papas Verhaftung. Damals hatte Mischa K. zu mir gesagt: »Man hat mich vor die Wahl gestellt: entweder Sie oder die Akademie.« Ich hatte ihn damals nicht ausreden lassen und geantwortet: »Sie haben sich richtig entschieden, Mischa. Natürlich die Akademie!« Er war mir gleichgültig gewesen, trotzdem hatte es weh getan. Das war 1937 gewesen. Jetzt hatten wir 1952. Und nichts hatte sich vom Fleck bewegt? Ich wiederholte die Worte von damals:

»Du hast dich ganz richtig entschieden.«

»Nein, warte! Geh nicht!«

»Laß mich! Laß mich los!«

»Noch eine Minute. Können wir denn nicht wie alte Freunde miteinander reden?«

»Du hast mir als alter Freund gesagt, was zu sagen war. Wir kennen uns seit unserem dritten Lebensjahr.«

»Was sollen wir denn tun?«

»Nichts. Ich bin dir nicht böse. Ehrenwort, ich verstehe dich. Weh tut mir nicht, daß du so entschieden hast. Nein ... Aber ich hatte mich gerade dem Leben wieder geöffnet. In seinem Namen hast du mir jetzt einen Schlag versetzt. Das ist alles.«

Auf der Litejny-Brücke beugte mich der Wind, zerrte an mir, riß mir das Tuch vom Kopf. Es wurden Leuchtkugeln zu Ehren des Jahres 1917 abgefeuert.

Das Mikuner Kulturhaus, geschmückt mit Bildern und Skulpturen von Boris (er hatte alles allein gemacht), wurde endlich eröffnet. Die Leitung der Siedlung hatte beschlossen, eine Musik- und eine Theater-Gruppe ins Leben zu rufen. Für die Musik-Gruppe wurde Dmitri Karajanidi verpflichtet. Die Theatertruppe sollte Anna Bersin übernehmen.

Anna Bersin konnte hart und verletzend sein, doch wenn sie jemanden unter ihre Fittiche nahm, wurde sie sanft und mitfühlend. Sie kam zu mir.

»Wenn Sie bei mir mitspielen, willige ich ein, das Theaterkollektiv zu leiten. Na?«

Ich hatte dafür keine Zeit. Auch keine Lust. Sie redete mir zu:

»Wir werden für Sie etwas Interessantes finden. Na, womit kann ich Sie locken? Soll ich Ihnen einen Pullover stricken? Das mach ich nicht schlecht«, fügte sie scherzend hinzu.

»Und sei's nur deswegen«, ging ich auf ihren Ton ein. »Na schön. Ich will's versuchen.«

»Vielleicht haben Sie etwas für die Eröffnung?«

Bei mir lag ein Zeitungsausschnitt mit dem Poem »Eine Mutter spricht« von Gesler. Es auswendig zu lernen machte keine Mühe. Anna Bersin war von der Idee angetan. »Wunderbar. Ich nehme es ins Programm.«

Bei der Eröffnung des Kulturhauses zitterten mir die Knie, denn ich hatte zwei Jahre nicht auf der Bühne gestanden. Halb ohnmächtig trug ich das Poem vor.

Ich bekam großen Beifall und wurde mehrere Male auf die Bühne gerufen.

In der Poliklinik waren schon alle gegangen. Ich saß noch an einem statistischen Bericht. Plötzlich ging die Tür auf. Noch ehe mir bewußt wurde, wer das war, preßte sich mein Herz zusammen.

Ich ging in der Siedlung täglich am Haus dieses Mannes vorbei und sah, wie er in Reithosen und weißem Unterhemd Holz hackte oder aufstapelte oder wie er in der MGB-Uniform die Pforte hinter sich schloß und zur Arbeit ging. Verhaftung?

Er nahm sich in Hausherrenmanier einen Stuhl und setzte sich mir gegenüber.

»Sie haben morgen um acht in der Kreisdienststelle des MGB zu erscheinen. Vorerst ohne Gepäck. Das braucht niemand zu wissen.«

Er war längst gegangen, aber ich konnte nicht zu mir kommen. Abgelagerte, giftige Angst erfüllte mein ganzes Wesen. Nichts fürchtete ich so wie eine Vorladung ins MGB. Fürchten ist nicht das richtige Wort, ich verlor die Fähigkeit, einen klaren Gedanken zu fassen. Alles Unglück, alles Grauen in meinem Leben ging von dieser Behörde aus: Vaters Verhaftung, die Not meiner Familie, meine Verhaftung, Koljas Vorladung, die erneuten Verhaftungen, die Schicksale meiner Freunde.

Bei allem, was ich im Lager erlebt hatte, war mir das Entsetzlichste bisher erspart geblieben. Nun hatte es mich eingeholt! Sie werden mich schlagen. Sie werden auf meine Seele einschlagen. Und diesmal versetzen sie mir den Todesstoß.

Das Haus der MGB-Kreisdienststelle war wie die übrigen Häuser in Mikun aus Holz und ebenerdig, hatte aber vergitterte Fenster. Am Tisch saß der ältere, runzlige Natschalnik der »Behörde«. Über dem Tisch ein Stalinbild.

»Nehmen Sie Platz. Na, wie gefällt Ihnen Ihre Arbeit? Wie geht es Ihnen?«

»Gut.«

»Richtig. Wie verhalten sich Ihre Arbeitskollegen zu Ihnen?«

»Gut.«

»Ja, das wissen wir. Und wie verhalten wir uns zu Ihnen?«

»Ich weiß nicht.«

»Na so was! Wie oft sind Sie nach Leningrad gefahren? Haben wir Sie daran gehindert? Hätten wir es nicht auch verbieten können? Was meinen Sie?«

»Bestimmt.«

»Eben. Also, wie verhalten wir uns zu Ihnen? Gut. Wir vertrauen Ihnen. Vertrauen wir etwa jedem? Nein, bei weitem nicht jedem. So ist das. Na, und was schreiben Ihre Freunde Ihnen so aus der Krasnojarsker und Nowosibirsker Gegend?«

»Sie leben. Arbeiten.«

»Das versteht sich von selbst. Bei uns arbeiten alle. Müssen auch alle arbeiten. Und die Schwester, sind Sie mit ihr zufrieden? Wie lange hatten Sie sich nicht gesehen? Da ist das Wiedersehen ja bestimmt ... zu Herzen gegangen, nicht wahr?«

»Ja.«

»Toll, wie Sie das Poem über die Mutter vorgetragen haben. Tüchtig! Eine Schauspielerin! Meiner Frau sind die Tränen gekommen, müssen Sie wissen. Sie haben ja mächtig viele Freunde, kriegen Unmassen von Briefen.«

So wurde ich daran erinnert: Wir wissen alles! Uns bleibt nichts verborgen. Das kannte ich von den Verhören. Wie würde es weitergehen?

»Also, konstatieren wir: Wir verhalten uns gut zu Ihnen. Darum sollten Sie uns auch entgegenkommen. Sie müssen uns helfen. Verstanden?«

»Nein.«

»Was ist daran unverständlich? Jeder ehrliche Mensch ist verpflichtet, uns zu helfen. Wenn was ist, uns rechtzeitig zu warnen, Hinweise zu geben. Anders geht es nicht.«

»Wenn was ist … Ich verstehe.«

»Äh, nein. Nicht aus einem bestimmten Anlaß. Nicht von Fall zu Fall. Wir müssen rechtzeitig alles über die Menschen wissen, mit denen Sie Umgang haben, über Fakten, Stimmungen. Dabei müssen Sie uns helfen.«

»Das kann ich nicht.«

»Nicht so voreilig. Nicht gleich ›Das kann ich nicht!‹ Eine schmutzige Arbeit, oder was? Nichts für Sie? Das sollen andere machen?«

»Ich kann nicht. Verstehen Sie! Ich kann nicht!«

»So ist das also? Wir kommen Ihnen freundlich entgegen, und Sie zeigen uns die kalte Schulter. So geht das nicht. So geht das nicht, sage ich.«

Der »freundschaftliche« Ton wurde ärgerlich, dann drohend.

»Dafür ist man sich zu fein, was? Wir können Sie …«

»Was? Was können Sie?«

»Wir haben Holzeinschläge, dreihundert Werst von der Eisenbahn entfernt. Haben Sie davon gehört? Dort kann der Kopf besser nachdenken als hier. Aber dann ist es zu spät. Also, überlegen Sie sich das. Sie hören von mir.«

Beim nächsten Gespräch die gleichen Drohungen. Dann die Ankündigung, mich wieder vorzuladen.

Seit meiner Verhaftung war in meinem Bewußtsein eingegraben: Alles, auch das Leben, hing von der Laune dieser Institution ab. Juristische Rechte? Nur Bluff. Gegen das MGB kam nichts an.

Bei der Arbeit blickte ich jetzt ständig zur Tür. Ich hatte keine Lust, nach Hause zu gehen, mochte niemanden sehen.

Zu Boris sagte ich, ich sei krank. Er glaubte es nicht.

»Was ist los? Ich bitte dich! Ich verlange eine Antwort! Ich flehe dich an!«

Man hatte mir verboten, jemandem davon zu erzählen. Na wenn schon. Das war sowieso das Ende. Ich erzählte es Boris.

»Womit drohen sie?«

»Mit Verbannung zu einem Holzeinschlag, dreihundert Werst entfernt.«

»Die machen das auch. Verstehst du?«

»Ich hätte es lieber nicht verstanden.«

Um mich in die Enge zu treiben, wurde mir bei der nächsten Vorladung präsentiert, was ich alles den Sicherheitsorganen zu verdanken hatte: Ich war nicht wie viele andere zum zweitenmal verhaftet und verbannt worden, ich hatte ein Zimmer bekommen, ich hatte meine Arbeit behalten.

Der Natschalnik zerschmetterte mich mit eiserner Logik:

»Wer spricht hier mit Ihnen? Ein Feind? Ein Faschist? Wem sollen Sie helfen? Der Macht, die Sie schützt« (schützt? mich?) »die will, daß das Volk lebt und freudig arbeitet.«

»Aber ich kann mich nicht mit einem Menschen unterhalten und ihn dann denunzieren.«

»Wir brauchen keine Denunziationen. Sowjetbürger zu verunglimpfen, das erlauben wir nicht. Wir brauchen die objektive Wahrheit!«

»Aber um mich herum gibt es keine antisowjetischen Stimmungen. Solche Menschen kenne ich nicht.«

»Sieh mal an! Dann ist die Verschwörung der Ärzte wohl aus der Luft gegriffen? Von Ihrer Freundin D. wissen Sie doch auch alles? Oder?«

»Sie hat nichts Verwerfliches getan oder gesagt.«

»Sie nehmen sie also in Schutz.«

»Wovor?«

»Sie selbst haben mit ihr antisowjetische Gespräche geführt. Wer von Ihnen ist die treibende Kraft?«

»Wo? Wann?«

»Das wissen Sie nicht? Ich kann Ihrer Erinnerung aufhelfen. Wer hat von Lokuschins Unschuld geschwafelt?« (Ein Mitarbeiter der Poliklinik, der kürzlich verhaftet worden war.) »Sie haben sehr hitzig geurteilt. Also stehen Sie gar nicht so fest auf unserer Seite. Es kostet keine Mühe, Sie zu belangen.« Er änderte die Strategie.

»Wofür?«

»Eben dafür. Für viele Ihrer Äußerungen. Für die Verbindung mit dem Häftling Boris Majewski.«

»Was heißt: Verbindung?«

»Was es eben heißt. Renne ich zu ihm ins Atelier oder Sie? Und Ihr Briefwechsel mit Verbannten, was sagt der über Ihre Einstellung aus? Wählen Sie, Petkewitsch. Entweder ein ehrliches Leben, damit wir Ihnen glauben können, oder ... Unzuverlässige brauchen wir nicht.«

»Ich bin nicht unzuverlässig«, verteidigte ich mich kläglich.

»Beweisen Sie es. Durch die Tat. Gerede hilft uns nicht. Wir kommen ohne Sie aus. Aber Sie schwerlich ohne uns. Ziehen Sie den Wald vor? Er wird Sie fertig machen. Aber auch dort werden wir nicht zulassen, daß Sie gegen unsere Gesellschaftsordnung hetzen.«

In meiner Angst, beim Holzeinschlag wieder unter eingefleischte Banditen zu geraten, klammerte ich mich an die Illusion eines möglichen Auswegs. Der »Treiber« fuhr fort:

»Wir strecken Ihnen die Hand entgegen. Wir wollen einem jungen Menschen helfen zu leben. Sie müssen entscheiden, ob Sie auf unserer Seite stehen oder nicht.«

»Ich kann nicht.«

»Also: entweder Sie unterschreiben, oder Sie gehen nach Hause und warten.«

Die Angst vor der Finsternis im schweigsamen Wald überwältigte mich. Der Kleinmut siegte. Ich unterschrieb das Papier.

So scheußlich hatte ich mich noch nie gefühlt. Sie hatten mir den Todesstoß versetzt. Mich zerquetscht. Ich war im Nirgendwo. Meine Versuche, mich von dort zum Licht durchzukämpfen, schlugen fehl.

Nach zwei Tagen kam ich ins Krankenhaus. Ich lag im Bett, zur Wand gedreht. Und als jemand ins Zimmer kam und mich mit meinem Namen ansprach, begriff ich nicht gleich, daß es der MGB-Mann war, der mich in der Poliklinik aufgesucht hatte.

»Haben Sie denn hier nichts zu lesen?« fragte er. »Sie müssen sich doch schrecklich langweilen.«

Haben die mich ins Krankenhaus gelegt, um mich endgültig zu erwürgen? Sadisten! Ich bat den Arzt, mich sofort zu entlassen.

Hinter der verschlossenen Tür meines Zimmers verbrachte ich ein paar Tage und Nächte. Wahnsinnige Tage und Nächte! Habe ich Angst vor dem Tod? Will ich leben? Was erwarte ich noch? Welches Grauen habe ich noch nicht erlebt? Ich fühlte mich an jenem Scheidepunkt des Lebens, wo ich endlich definieren mußte: Was bin ich? Bin ich ein Mensch oder nicht? Entweder ich verschwinde aus einer solchen Wirklichkeit, weil der Tod sauberer ist, oder ich lebe im Schmutz. Für immer. Entweder Klarheit des Geistes oder Finsternis. Gegen Dutzende kleiner und großer Ängste ankämpfend, ohne Vermittler und Retter, mich mit allen Roxanas und »Nords« vergleichend, die mich denunziert hatten, kroch ich auf allen vieren zum Licht, fand zu mir selbst. Ob ich von selber ging, ob Gott mich lenkte, weiß ich nicht, aber ich spürte endlich, daß ich bereit war, alles abzuwehren, mich keiner Drohung der Macht zu unterwerfen.

Der unbezwingbare Impuls, meinen eigenen Weg zu gehen, wie er auch sein mochte, war stärker als die vernichtende Angst. Alles mündete in den Willen, meine Seele zu behalten.

Als ich in der Nacht aufwachte, fühlte ich, wie mir immer mehr Kräfte zuwuchsen. Ich sprang aus dem Bett und wirbelte durchs Zimmer, drehte mich in einem urtümlichen Tanz ohne Musik, verschmolz mit den Rhythmen des Weltalls. Kraftvoll die Arme zur Seite werfend, zerschlug und zerschmetterte ich die eigene Angst. Ich erfaßte mit meinem ganzen Wesen, warum der Mensch geboren wird, warum ihm eine Seele gegeben ist.

Endlich hatte ich die Angst besiegt, hatte mit ihr abgerechnet. Das war der erste und wichtigste Sieg in meinem Leben.

Jetzt hätte ich der Mutter meiner Leningrader Freundin auf ihre Frage antworten können. Ich wußte, wen und was ich haßte. Aber ich wußte nun auch etwas anderes: Um nicht in Haß zu versinken, mußte man den Tod als unabdingbaren Bestandteil des Lebens akzeptieren.

Ich wurde immer wieder vorgeladen. Auf meine Weigerung folgte der immer gleiche Strom widerlicher Drohungen.

»Sie werden noch selber darum bitten. Dann wollen wir nicht mehr! Ich gebe Ihnen noch eine Woche. Sie hören von uns.«

Eine ganze Weile erhielt ich keine Vorladung. Dafür wurde in meiner Arbeitsstelle die Atmosphäre um mich herum bedrohlich. Ich bekam keine Dienstreise mehr. Der von mir erstellte Jahresbericht verschwand spurlos.

Spät am Abend bat mich Anna Bersin zu sich.

»Reden wir im Freien. Erklären Sie mir: Was geht vor? Der Direktor des Kulturhauses hat angeordnet, Sie nicht mehr auftreten zu lassen.«

Ich erklärte: Sie wollen mich anwerben.

»Diese Lumpen!« empörte sie sich. »Ach, was für Lumpen! Seien Sie bloß auf der Hut.«

Bald spürte ich, daß ich völlig isoliert war. Ein Boykott. Ich rechnete jeden Tag mit Verhaftung oder Verbannung.

Boris steckte mir Briefe zu:

»Was redest du vom ›Ende‹? Noch ist nichts passiert. Solange der Mensch lebt, solange es für ihn ein Morgen gibt, besteht Hoffnung, und er hat das Recht und die Pflicht zu hoffen, für die Hoffnung zu kämpfen. Schrecklich ist nur der Tod.«

Der Tod ist schrecklich. Natürlich. Doch ich hatte mich mit ihm abgefunden.

Als ich nach längerer Pause wieder vorgeladen wurde, stellte sich heraus, daß in der Leitung ein Wechsel stattgefunden hatte. Am Tisch saß ein neuer Natschalnik. Schon nach den ersten Sätzen war klar, daß der frühere loyaler gewesen war.

Er blätterte in meiner Akte und begann das Gespräch mit einer unerwarteten Frage:

»Bacharew ist also Ihr Mann?«

»Nein.«

»Aber Sie haben einen Sohn von ihm.«

»Ja.«

»Also Ihr Mann. Wie konnte er so mit Ihnen umgehen?«

»Er konnte es eben.«

»Warum so wortkarg? Fehlt Ihnen Ihr Sohn? Keine Sorge, wir werden ihn ganz schnell finden. Wie stellen Sie sich Ihr weiteres Leben vor, Petkewitsch?«

»Ich lebe. Arbeite.«

»Klar. Wir haben uns lange mit Ihnen abgegeben, haben viel Zeit verloren. Werden Sie uns helfen?«

»Das habe ich schon gesagt: Nein.«

»Wenn Sie sich gut machen, schicken wir Sie zum Studium. Können Sie Englisch? Wir helfen Ihnen auch dabei. Sie bekommen eine interessante Arbeit, gliedern sich ins richtige Leben ein.«

»Nein! Darüber brauchen wir nicht mehr zu reden.«

Mir wurde wieder eine Bedenkzeit gegeben. Beim nächstenmal verlor er die Geduld und schrie:

»Haben wir es denn leicht? Denken Sie, ich bin von mir aus hierhergekommen? Ich kann nichts anderes? Mich hat die Partei auf diesen Posten berufen. Sie hat gesagt: Du wirst hier gebraucht. Darum bin ich hier!«

Er ging im Zimmer auf und ab, überzeugt, das Recht und die Wahrheit auf seiner Seite zu haben.

»Natürlich ist es einfacher, die Hände in den Schoß zu legen.«

»Ich arbeite!«

»Ich appelliere noch einmal an Ihr Gewissen. Na, was ist?«

»Ich habe immerhin gesessen!«

»Um so besser. Dann wird Sie keiner im Verdacht haben«, freute er sich plötzlich. »Über solche wie Sie müssen wir alles wissen.«

»Nein! Ich kann nicht! Ich sag's noch einmal: Ich tu's nicht.«

Plötzlich ging er zum Du über. »Du könntest meine Tochter sein. Begreifst du, zu wem du nein sagst? Zu Stalin persönlich. Da steht er auf dem Roten Platz auf der Tribüne, wie im Krieg, und wendet sich an das Volk: Wir brauchen eure Hilfe! Und du sagst zu ihm: ›Ich kann nicht!‹ Was geschieht, wenn ihm alle so antworten? Es liegt bei dir, das Vertrauen zu rechtfertigen, das dir entgegengebracht wird. Man verspricht dir, deinen Sohn zu finden. Bist du überhaupt ein Mensch?«

Ich hielt das nicht mehr aus. Ich haßte ihn! Und ich schrie außer mir vor Wut:

»Wagen Sie nicht, so mit mir zu reden!«

Er brüllte etwas und verließ das Zimmer. Ich blieb allein. Nach und nach beruhigte ich mich und dachte: Das kann doch nicht nur eine Anwerbung sein. Sie brauchen mich, um durch mich an eine konkrete Person heranzukommen.

Wie bei meiner Verhaftung wollten sie mich mit Einsamkeit quälen. Fünfzehn Häuser weiter war mein Zimmer. Ich hätte mich ins Bett legen und in einer anderen Zeit wieder aufwachen mögen, am besten in der Vergangenheit.

Schließlich kam der Natschalnik wieder herein.

»Na?« fragte er kurz.

»Sinnlos.«

»Das denke ich auch.«

Er drückte auf einen Klingelknopf unter der Schreibtischplatte. Wie im Gefängnis von Frunse kam auch hier sofort der Diensthabende.

»Mitkommen.«

Galt das mir? Die Beine gehorchten schlecht. In den Ohren rauschte es. Er führte mich in ein Kabuff. Schloß die Tür ab. Nun war wirklich alles aus. Ich setzte mich auf die Bank. Dann legte ich mich hin. Ich wollte schlafen, nichts fühlen. Das hatten sie alle durchgemacht: Senja, Ilja, Tamara Zulukidse, Simon, Mira, Alexej.

Es war fünf Uhr morgens, als der Schlüssel im Schloß knirschte.

»Rauskommen.«

»Wohin?«

Ich wurde wieder in das Arbeitszimmer geführt.

»Also, kommen wir zum Ende. Sind Sie einverstanden, mit uns zusammenzuarbeiten?«

Hatte der Natschalnik mit der niedrigen Stirn und den breiten Pratzen etwa die ganze Nacht hier gesessen? Oder hatte er sich zu Hause ausgeschlafen und war wieder hergekommen?

»Nein! Machen Sie, was Sie wollen. Ich habe alles gesagt.«

»Gehen Sie. Ich lasse Sie wieder vorladen.«

Ungläubig ging ich zur Tür. Alles in mir bebte: Ich war nicht verhaftet? Ich ging am Waldrand entlang. Der dichte milchige Nebel, der aus dem Sumpf kam, löste sich zusehends auf. Die Vögel sangen. Die Frösche quakten. Ich ging nicht, ich schritt aus.

Als ich die Wohnungstür aufschloß, kam meine Nachbarin Fanja aus ihrem Zimmer gerannt, und nach ihr die Krankenschwester Anna, die seltsamerweise zu dieser frühen Stunde hier zu Besuch war. Beide waren volltrunken. Offenbar hatten sie die Nacht durchgemacht. Ich lehnte mich kraftlos an den Türrahmen. Die tränenverquollene, rothaarige Fanja sauste wie ein Meteor in ihr Zimmer und kam mit einem Wasserglas Wodka wieder, und beide zwangen mich, es auszutrinken.

»Ich dachte, ich seh Sie nicht wieder. Verzeihen Sie mir, ich bin ja so gemein«, wehklagte Fanja.

Ach, so war das! Natürlich. Daher hatten die Sicherheitsleute über jeden meiner Schritte Bescheid gewußt. Darum hatten wir beide eine Zuweisung für die Wohnung bekommen. Wie viele waren es in meinem Leben? Serebrjakow, Roxana, Jewgenia Karlowna in Dshangidshir … Ich konnte sie gar nicht alle aufzählen.

»Schon gut, arme Fanja, weine nicht.«

Wenigstens hatte sie es über sich gebracht, mich um Verzeihung zu bitten.

Sonst vertrug ich nicht mal ein Schnapsglas Wodka, aber jetzt hatte ich ein Wasserglas ausgetrunken und spürte keine Wirkung. Mein Kopf war völlig klar. Nachdem ich die Tür hinter mir geschlossen hatte, dachte ich nach, um zu einem Entschluß zu kommen. Ich konnte keine Vorladung mehr ertragen, konnte diese Finger mit den gelben Nägeln nicht mehr sehen. Meinen Paß hatte ich. Das Arbeitsbuch? Ich würde jemanden bitten, es mir nachzuschicken. Meine paar Sachen? Die würde ich dalassen.

Ich wußte nur nicht, wohin ich fahren sollte. Und vor allem, ich hatte kein Geld. Wo sollte ich welches hernehmen?

Um acht Uhr morgens wurde Boris aus dem Lager gelassen. Ich ging ihm entgegen.

»Sie haben mich die ganze Nacht eingesperrt und so getan, als wollten sie mich auf Transport schicken. Ich kann nicht mehr. Ich fahre weg.«

»Mach das! Fahr weg! Geld? Das beschaffe ich dir sofort. Ich bring's dir. Fahr zu meiner Mutter. Dort überlegt ihr, wie es weitergeht. Warte auf der Station an der Waldseite auf mich.« Boris freute sich über meine Entscheidung.

Er brachte mir das Geld und sagte:

»Der Zug fährt am Lager vorbei. Ich verabschiede mich dort von dir. Viel Glück. Bis zum Wiedersehen in der Freiheit.«

Alles geschah mit atemberaubender Schnelligkeit. Ich kaufte die Fahrkarte nicht selbst, sondern bat umsichtigerweise einen gerade vorbeikommenden Bekannten darum. Als ich im Zug stand, blickte ich in Richtung Knjash-Pogost.

»Verzeih mir, Kolja, mein Lieber, verzeih. Ich konnte nicht mehr zu dir kommen, um Abschied zu nehmen. Leb wohl, mein Einziger! Leb wohl.«

Das an der Bahnstrecke liegende Mikuner Lager sah vom Zug wie eine akkurate Zeichnung aus: das Quadrat des Lagers mit den Türmen an den Ecken, innen die Reihen rechteckiger Baracken. Da die Häftlinge schon zur Arbeit ausgerückt waren, stand in dem leeren Raum zwischen den Baracken nur ein Mensch – Boris. Den Kopf in den Nacken gelegt, warf er in einer Abschiedsgeste beide Arme hoch und breitete sie dann aus. Er sah aus wie gekreuzigt. Ich empfand tiefe Dankbarkeit.

Ich floh aus dem Norden. Praktisch tat ich das, was mir der Lagerleiter Malachow seinerzeit geraten hatte. Nur mit dem tragischen Unterschied, daß ich meinen Sohn nicht bei mir hatte.

Der Zug ging nach Moskau. Aber was dann?

Nachdem ich in Moskau bei der Mutter von Boris gewesen war, wollte ich mein Versprechen einlösen und Gawronskis Frau Olga Petrowna besuchen. Ich wagte nicht, direkt nach Odessa zu fahren, und kaufte eine Karte bis Tschernowizy. Dort wohnte die Zahnärztin Anna Borodina, die früher in der Mikuner Poliklinik gearbeitet hatte und mich seit längerem einlud.

Nach anderthalb Wochen bekam ich in Tschernowizy einen Brief von Boris' Mutter. Sie teilte mit, daß die Mikuner Kreisdienststelle des MGB die landesweite Fahndung nach mir eingeleitet hatte.

Ich rührte kein Essen an, konnte nicht schlafen. Fünf Tage verließ ich kein einziges Mal Annas Wohnung. Schließlich hielt ich die Selbsteinkerkerung nicht mehr aus. Ich mußte raus und ging ins

Kino. Mit dem Hinterkopf spürte ich, daß mich jemand mit Blicken durchbohrte. Von dem Film bekam ich nichts mit. Schicksalsergeben verließ ich als letzte den Saal.

Vor dem Kino wartete ein großgewachsener Mann auf mich.

»Haben Sie es eilig?« fragte er.

In dem Wunsch, bei der Verhaftung tapfer zu sein, antwortete ich: »Nein.«

»Dann gehen wir vielleicht ein bißchen spazieren? Ich zeige Ihnen die Stadt.«

»Danke«, antwortete ich. »Ich habe mir schon alles angesehen.«

»Auch das Gefängnis?« fragte er lächelnd.

»Das Gefängnis? Noch nicht.«

Ich ging mit. Er erzählte von sich, und ich begriff, daß er seine Familie gerade erst in den Kurort gebracht hatte und »nun frei war«. Das Ganze war kein Drama, sondern eher eine Farce. Um nicht endgültig den Verstand zu verlieren, beschloß ich, unverzüglich nach Moskau zu fahren, das Ministerium für Staatssicherheit aufzusuchen und in der Höhle des Löwen zu klären, was sie von mir wollten. Ich würde ihnen sagen, daß ich keine Angst vor dem Tod hatte und daß ich Selbstmord begehen würde, wenn sie mich nicht in Ruhe ließen.

Naiv? Natürlich. Aber da es mich beruhigte, begriff ich, daß es richtig war. Ich hatte keinen anderen Ausweg. Ohne mich länger vor der Fahndung zu verstecken, fuhr ich zunächst nach Odessa.

Die hitzeträgen, braungebrannten, lachenden Odessaer Frauen in ihren leuchtendbunten ärmellosen Kleidern kamen mir sonderbar vor, und das Leben in der südlichen Stadt empfand ich als unnormal. Aber es war wohl eher so, daß ich hoffnungslos krank und dieses Leben schamlos gesund war.

Mit einer quietschenden Straßenbahn fuhr ich bis zur Pawlow-Straße.

Ich drückte den Klingelknopf. Nach einer Weile öffnete sich die

Tür mit einem schnalzenden Laut. Dahinter war niemand. Von irgendwo oben kam eine Frauenstimme:

»Wer ist da? Zu wem wollen Sie?«

Wie sich herausstellte, trat oben jemand auf ein Pedal, um die Tür im Erdgeschoß zu öffnen.

»Ich möchte zu Olga Petrowna«, sagte ich.

»Sie ist in Kischinjow«, wurde mir geantwortet. »Sie arbeitet jetzt dort bei ›Moldowafilm‹.« (Und ich war gerade an Kischinjow vorbeigefahren.)

»Danke. Entschuldigen Sie die Störung.«

Ich wollte schon gehen, als von oben gerufen wurde:

»Sie haben nicht gesagt, wer Sie sind. Kann ich etwas ausrichten?«

»Mein Name wird ihr nichts sagen. Sie kennt mich nicht.«

»Einen Augenblick! Warten Sie.«

Jemand kam die Treppe herunter. Ich erblickte eine ältere Frau mit gütigem Gesicht.

»Trotzdem, wer sind Sie? Ich bin Olga Petrownas Schwester, Jelena Petrowna. Und Sie?«

»Richten Sie ihr aus: Tamara Petkewitsch hat nach ihr gefragt.«

»Wer? Wer?« Sie zog erstaunt die Brauen hoch. »Tamara Petkewitsch? Sie sind das? Und Sie hätten es fertiggebracht, gleich wieder zu gehen? Wer tut denn so was?«

Ich war verlegen.

»Alexander hat so oft von Ihnen geschrieben!« Jelena Petrowna wiegte den Kopf. »Wir haben so auf Sie gewartet! Und Sie wollen gleich wieder gehen. Sie kommen sofort mit hinauf.«

Ich fügte mich dem Befehlston. Jelena Petrowna fuhr fort zu kommandieren:

»Ziehen Sie diese Schuhe an. Gleich mache ich Sie mit unserer Mutter bekannt. Sie ist fünfundneunzig. Setzen Sie sich aufs Sofa. Ich lasse Ihnen eine Wanne ein, und während das Wasser einläuft, gehe ich nach unten und gebe ein Telegramm an Olga auf, wir haben die Post im Haus. Da haben Sie ein Buch. Hier sind Beeren, essen Sie, ruhen Sie sich aus.«

Ich fühlte mich zu Hause. Auf das Telegramm hin kam Olga Petrowna noch am selben Abend nach Odessa. Von ihr ging ein inneres Strahlen aus, das sie, wie mir schien, durch äußere Strenge zu dämpfen suchte.

Von Alexander Gawronski kamen keine Briefe. Ob er unter der neuen Adresse ihre Pakete erhalten hatte, wußte sie nicht. An eine Lockerung der Bestimmungen in den »Sonderlagern« war nicht zu denken. Olga Petrowna fragte mich nach ihrem Mann aus. Ich erzählte. Vor mir saß eine feinfühlige, teilnahmsvolle Frau. Sie hatte sich nicht von ihrem Mann losgesagt, was von ihr verlangt worden war. Sie war schikaniert und in ihrer Arbeit als Regisseurin behindert worden. Schließlich hatte sie das Odessaer Filmstudio verlassen und bei »Moldowafilm« angefangen.

Die Schwestern versuchten mich zu überreden, eine Weile bei ihnen zu bleiben und an den Strand zu gehen. Ich erzählte ihnen nichts von meinen Umständen, sagte nur, ich müsse nach Moskau.

Sie brachten mich zum Bahnhof. Jelena Petrowna sagte zu ihrer Schwester:

»Findest du nicht, daß sie unsere jüngste Schwester ist?«

Ich fuhr zu meinem »letzten Gefecht« mit dem Gefühl, eine unverhoffte Kostbarkeit erworben zu haben – ich war die »jüngste Schwester« von Gawronskis Frau und ihrer Schwester geworden.

In Moskau ging ich ins MGB und reihte mich in die Warteschlange ein. Ich mußte endlich klären, warum ein Mensch nicht das Recht hatte, die Zusammenarbeit mit den Sicherheitsorganen zu verweigern und wieso landesweit nach mir gefahndet wurde, als wäre ich eine besonders wichtige Verbrecherin.

Mich quälte, daß sie ein Zeugnis meiner Panik und Verstörtheit hatten – die Unterschrift auf ihrem Papier. Alle Knoten mußten hier durchgehauen werden, ein für allemal.

Ein ranghoher Offizier ging durch das Wartezimmer und blieb plötzlich vor mir stehen.

»Was haben Sie auf dem Herzen? Kommen Sie mit in mein Zimmer.«

Da brach es aus mir heraus. Ich erzählte fieberhaft, wie ich schikaniert und bedroht worden war. Zum Schluß sagte ich, daß ich allein auf der Welt sei, und wenn man mich nicht endlich in Ruhe ließe, würde ich mich vor das erstbeste Auto werfen.

Man brachte mir ein Glas Wasser. Und als ich mich beruhigt hatte, sagte der Offizier:

»Gehen Sie jetzt ins Wartezimmer. Sie werden aufgerufen.«

Ich mußte lange warten. Sie zogen Erkundigungen ein, überprüften meine Aussage. Schließlich wurde ich aufgerufen.

»Sie können fahren, wohin Sie wollen, mit Ausnahme der in Paragraph neununddreißig festgelegten Städte. Suchen Sie sich eine Arbeit. Niemand wird Sie mehr behelligen. Wenn es Probleme gibt, hier haben Sie unsere Adresse, das hier ist mein Name. Schreiben Sie mir. Wenn nötig, kommen Sie her. Haben Sie noch Fragen? Bitten?«

»Nein.«

»Dann wär das alles.«

Ich glaubte diesem Mann. Er hatte die tödliche Last von mir genommen. Diesmal habe ich Glück gehabt, sagte ich zu mir selbst. Ich bin auf einen Menschen getroffen, der mir zugehört hat.

Erst in diesem Moment hatte ich wirklich das Lager verlassen. Erst jetzt war ich frei.

Trunken vor Freiheit, ging ich gemächlich zum Haupttelegrafenamt. Am Schalter gab man mir ein paar Briefe, ein Telegramm und eine Überweisung über dreihundert Rubel, was ich für ein Versehen hielt, denn keiner meiner mittellosen Freunde konnte eine solche Summe schicken.

Ich überflog das Telegramm, las es dann ganz aufmerksam, las es noch einmal und konnte den Sinn nicht erfassen. Es lautete: »Tamarotschka Alexander angekommen Alles ist gut Ihren Brief erhalten Überweise telegrafisch 300 Wir lieben und küssen Sie Brief folgt Olja.« Olja, das war Olga Petrowna! Und Alexander – Gawronski? Er war frei? War das möglich?

Ich kaufte von dem überwiesenen Geld eine Fahrkarte nach Odessa.

In Odessa traf ich weder Gawronski noch seine Frau an. Jelena Petrowna erzählte, daß einen Tag nach meiner Abreise Olga Petrowna zur Staatssicherheit bestellt und gefragt worden war, ob sie bereit sei, für den Unterhalt ihres Mannes aufzukommen, der krankheitshalber entlassen worden sei. Er müsse aber hundert Kilometer von Odessa entfernt leben.

»Alexander ist nicht wiederzuerkennen.« Jelena Petrowna schüttelte den Kopf. »Er war doch einmal schön wie ein Gott. Es geht ihm schlecht.«

Olga Petrowna hatte den Ort Wesjoly Kut ausgesucht und dort ein Zimmer für ihren Mann gemietet. Ich fuhr sofort dorthin.

Sich vorzustellen, wie Gawronski allein in einem ukrainischen Dorf lebte, ohne Bibliothek, ohne geistreiche Gesprächspartner, war schwer. Dennoch war seine Freilassung in jenen Jahren ein außergewöhnliches Ereignis.

Spät am Abend, als alle schon schliefen, begleitete mich Olga Petrowna zu dem Bauernhaus, in dem ich mein Nachtquartier hatte. Wir gingen lange auf der Dorfstraße auf und ab.

Olga Petrowna erzählte:

»Ich erinnere mich an die schreckliche Versammlung im Kiewer Filmstudio. Die Menschen, die wir für unsere Freunde hielten, meldeten sich einer nach dem anderen zu Wort und vernichteten Alexander. Sie beschuldigten ihn, daß er in seinen Filmen die sowjetische

Wirklichkeit verzerrt hätte. Keiner stand zu seiner Verteidigung auf. Nicht einer. Im besten Falle schwiegen sie.«

Damals begann ihr gemeinsames Leben.

1934 wurde ihre Familie, ihr Leben zerstört. Seine Filme »waren dem Proletariat fremd«. Das reichte, um den Regisseur zwei Jahrzehnte in Lagern gefangenzuhalten.

Ich bekam ein Theaterangebot im Ural.

Es fiel mir schrecklich schwer, mich von Gawronski und Olga zu trennen, allein in den Ural zu fahren. Ich ahnte damals nicht, daß Dmitri Karajanidi mich dort ausfindig machen und zu mir kommen würde. Wir verbrachten sieben gute Jahre zusammen.

Nach einem Jahr bekamen wir ein Theaterangebot in einer Stadt an der Wolga. Später bestand Olga darauf, daß Dmitri und ich nach Kischinjow übersiedelten. Und erst zehn Jahre nach meiner Freilassung kehrte ich allein in meine Vaterstadt zurück, nach Leningrad.

13

In all den Jahren suchte ich wie besessen nach meinem Sohn und schickte unzählige Anfragen an die Einwohnermeldeämter größerer und kleinerer Städte. Die Antwort war immer die gleiche: »Nicht hier wohnhaft«, »nicht gemeldet«. Meine Freunde versuchten, mir zu helfen. Sie schrieben ihren Bekannten im Norden und fragten, ob jemand etwas von Bacharew gehört habe. Manchmal teilte jemand mit, er sei in dieser oder jener Stadt gesehen worden. Aber auf meine Anfragen bekam ich die Antwort: »nicht gemeldet«.

Erst 1956, als mein Sohn schon elf war, erhielt ich von Anna Bersin die Nachricht: »Zufällig habe ich erfahren: Die Bacharews leben in ...« Und sie nannte die Stadt.

Nelli K., eine Juristin, die ich gut kannte, bot mir ihre Hilfe an. Ich kümmerte mich in aller Eile um die nötigen Dokumente und Beurteilungen. Nelli fuhr unverzüglich in die Stadt, in der die Bacharews lebten. Von dort schickte sie ein Telegramm nach dem anderen.

»Habe fast alles erledigt«, teilte sie mit, »mit Juri geplaudert Er ist Bestschüler Mit Bacharew geredet Einzelheiten im Brief Warte bis ich Dich herrufe«; »Bacharew erschrocken Schlägt friedliche Lösung vor Ich denke er wird Ehe anbieten Erwartet Dich zwecks Absprache Nimm Flugzeug Nicht aufregen Alles in Ordnung Nelli.«

Ich glaubte keinen Augenblick an Bacharews Absicht, die Sache »friedlich« zu lösen. Er war für mich der Inbegriff von Gerissenheit und Bösartigkeit.

Bacharew wartete nicht, bis ich ins Flughafengebäude kam, sondern lief mir auf dem Rollfeld entgegen. Den Schneesturm überschreiend, fragte er sofort:

»Wir heiraten? Ja? Wir heiraten?«

Ich war irritiert von der Aufforderung, mich in seinen Wagen zu setzen, und von Nellis hastigen Belehrungen: »Sag jetzt zu allem ja! Das übrige später!«

Als Bacharew kurz wegging, erzählte mir Nelli:

»Ich bin zu ihm ins Krankenhaus gegangen, in die Sprechstunde. Er fragte: ›Was fehlt Ihnen?‹ Als er erfuhr, daß ich von dir komme, ist er kreideweiß geworden. Er hat die Sprechstunde abgebrochen. Hat lange geschwiegen. Dann hat er gefragt: ›Was meinen Sie, ob sie mich heiratet?‹ Ich habe Jurik gesehen. Ein netter Junge. Sehr schlecht gekleidet.«

Bacharew fuhr mit mir zum Krankenhaus, um dort mit mir zu reden.

Man hatte mich belehrt: Gefühle sind jetzt unangebracht, unter diesen Umständen sogar schädlich. Aber gegen meinen Willen entfuhr mir: »Was haben Sie angerichtet? Was haben Sie getan?« Und als Bacharew vor mir auf die Knie fiel, stieß ich ihn, außer mir vor Wut, mit dem Fuß zurück. Ich konnte nicht anders.

Selbst durch den Schleier des Hasses, und erst recht, nachdem der Anfall vorüber war, war mir bewußt, daß er sich grausam an mir rächen würde. Gleich würde er wieder der alte sein.

Und richtig, auf meine Frage: »Wann und wo kann ich meinen Sohn sehen?« antwortete ein Mensch, der sich und die Situation völlig im Griff hatte:

»Morgen.«

»Nein. Heute.«

»Na schön! Heute«, gab er nach. »Unter folgenden Bedingungen. Erstens: Ich stelle Sie ihm als Tante vor. Zweitens: Keine Erinnerungen an die Vergangenheit.«

Wie vorsichtig ich sein mußte, wußte ich auch ohne ihn. Anfangs erschreckte mich nicht einmal die »Tante« allzu sehr.

Wenn ich mir jetzt jenes Krankenhauszimmer in Erinnerung rufe, in das Bacharew meinen Sohn brachte, habe ich ein feuchtes, kaltes

Souterrain mit abblätternder Farbe vor Augen. »Hier sind wir vor Neugierigen sicher«, erklärte er.

Der Junge, der eine braune Cordjacke mit zu kurzen Ärmeln anhatte, sah sich verwirrt um.

»Juri, das ist Tante Tamara!« hörte ich Bacharews Stimme.

Tante! Ohne eine weitere Erklärung. Eine nahe Tante? Eine entfernte? Eine gute? Von wo?

Ich stellte meinem Sohn Fragen:

»Spielst du gern Schach, Jurik? Was ist dein Lieblingsfach in der Schule?«

Nur von dem einen Wunsch beseelt, seine Erinnerung an mich zu wecken, versuchte ich fieberhaft, einen gemeinsamen Nerv zu ertasten. Jurik wirkte gehemmt und angespannt. Er antwortete mir höflich. Aber die in den Fragen verborgene Bitte: Erinnere dich, Jurik, erinnere dich an mich, ich bin deine Mama! erreichte ihn nicht.

Er kam mir sehr schüchtern vor. In ihm schienen weder Ausgelassenheit noch Übermut oder kindliche Neugier angelegt zu sein. Der kleine Mensch ließ mich nicht in sich hinein.

»Darf ich gehen, Papa? Ich muß noch Hausaufgaben machen.«

»Geh nur.«

Ich nahm mir vor, mich nicht von Haß auf die Bacharews leiten zu lassen. Um das Vertrauen meines Sohnes zu erringen, mußte ich vieles tun. Das schreckte mich nicht. Wenn ich nur öfter und länger mit ihm zusammensein konnte! Seine Erinnerung an mich ist nur verschüttet, dachte ich. Sie kann nicht ganz verloren sein. Sie wird wieder erwachen! Ich werde Zugang zu seiner Welt finden. Schon morgen! Aber ein Morgen gab es nicht.

Am nächsten Tag teilte mir Bacharew mit:

»Ich habe Juri zu Verwandten außerhalb der Stadt gebracht. Die Begegnungen belasten Sie und ihn.«

Entmutigt von seinem eigenmächtigen Verhalten, sagte ich nur:

»Entweder Sie bringen meinen Sohn sofort zurück und geben mir die Möglichkeit, ihn zu sehen, oder ich gehe noch heute mit den Dokumenten zum Gericht.«

»Das Gericht wird Ihnen nicht helfen«, parierte er.

»Wer wird mir dann helfen? Helfen Sie mir!«

Bacharew kniff die Lippen zusammen und schwieg.

So hatte er schneller als gedacht dafür gesorgt, daß das Gericht eingeschaltet werden mußte.

Die Richterin, eine anziehende Frau um die Dreißig, mit klaren Augen, hörte mir halb ungläubig, halb bestürzt, aber sehr aufmerksam zu. Sie nahm die Dokumente entgegen. Außerdem hatten meine Freunde Briefe an das Gericht geschrieben, in denen sie schilderten, was sie von der Geburt Juriks wußten, wie er gestohlen worden war und wie ich nach ihm gesucht hatte.

Die Richterin setzte für den nächsten Tag ein Gespräch mit mir und Bacharew fest, unter Teilnahme von drei Schöffen. Ich mußte alles von Anfang an erzählen. Vom Lager, von der Geburt meines Sohnes, von den Versprechungen und dem Wortbruch Bacharews. Als ich erzählte, wie die Bacharews mit Jurik untergetaucht waren, unterbrach mich die Richterin und fragte den Vater meines Sohnes:

»Filipp Jakowlewitsch, sagt diese Frau die Wahrheit?«

Auf Streit und Lügen gefaßt, staunte ich über seine kurze Antwort: »Ja!« und über die Erregung, die er nicht verbergen konnte. Man hätte denken können, daß ihm erst jetzt bewußt wurde, was er getan hatte.

Die Schöffen beschlossen einmütig: Das Kind ist zurückzuholen, die Mutter muß Gelegenheit bekommen, ihren Sohn zu sehen. Bacharew focht die Entscheidung nicht an. Seine Nachgiebigkeit stimmte mich mißtrauisch.

»Kommen Sie morgen um drei zu uns nach Hause«, sagte er, als wir hinausgingen.

»Aber sprechen Sie vorher mit Jurik. Erklären Sie ihm, wer ich bin. Sie können ihm ja sagen, ich wäre todkrank gewesen und zur Behandlung in die Berge verschickt. Und weil Sie dachten, ich würde es nicht überleben, hätten Sie ihm bis jetzt nicht die Wahrheit gesagt.«

Ich war auf jede Tücke gefaßt, zum Beispiel, daß ich den Sohn nicht antreffen würde. Aber was mich erwartete, war noch hinterhältiger und schlimmer.

Kaum hatte ich mit Nelli das Zimmer betreten, in dem Jurik am Eßtisch seine Hausaufgaben machte, als Bacharew, der Jurik nicht vorbereitet hatte, auf mich zeigte und hervorstieß:

»Juri! Das ist deine Mutter!«

Der Junge hob erschrocken die Augen und sagte leise:

»Wie-so?«

Die leise und schreckliche Frage meines Sohnes ließ mich erstarren. Um noch irgend etwas zu retten, stammelte ich:

»Jurotschka, hab keine Angst. So was kommt vor. Du wirst gleich alles verstehen. Erinnerst du dich nicht mehr an mich, hast du vergessen, wie ich dich in Welsk besucht habe? Ich war viele Jahre krank und mußte das Bett hüten. Jetzt bin ich wieder gesund. Und da bin ich sofort zu dir gekommen. Wir haben dich alle lieb ...«

Ohne jemanden anzusehen, drehte sich Jurik um und verließ das Zimmer.

Bacharew waren nicht die Nerven durchgegangen. Er hatte einen ausgeklügelten Schlag gegen uns beide geführt. Für Juri war es ein Schock, der beizeiten alle Gefühle verhinderte, die sich in ihm ganz natürlich für mich herausgebildet hätten.

Grundbedingung für weitere Begegnungen mit meinem Sohn war, wie Bacharew erklärte, die Anwesenheit von Vera Petrowna.

In ihrem Beisein mit Juri sprechen? Nie mit ihm allein sein? Was könnte heimtückischer und unerträglicher sein?

»Nein, nein, nein!« protestierte ich. »Bloß das nicht!«

»Wie Sie wollen. Dann dürfen Sie ihn nicht sehen. Das kann kein Gericht von mir verlangen«, beharrte Bacharew.

Da die beiden Erfahrung im Stehlen hatten, befürchteten sie, ich könnte ein Gleiches tun.

Vera Petrowna folgte uns nun überallhin.

»Jurik, verstehst du, warum der Held des Films ...« Ich beugte mich im Kino zu ihm herab.

»Für solche Spitzfindigkeiten ist er noch zu klein«, mischte sie sich ein. »Weiß du noch, Jurotschka, wie du mit Papa in solch einem Meer gebadet hast?«

Wir fuhren zum Planetarium. Vera Petrowna hatte ihren Neffen Serjosha mitgebracht. Unterwegs stellte der lebhafte, aufgeweckte Junge immerzu Fragen. Jurik schaute aus dem Fenster.

»Willst du nicht ins Planetarium? Dann sag's!« Vera Petrowna stieß ihn mit dem Ellbogen an. »Warum sagst du nichts?«

Doch, er wollte mitfahren, und er lauschte interessiert der Geschichte von Tom Sawyer, die ich ihm und Serjosha erzählte. Ich bemerkte sogar, daß er unzufrieden zu Serjosha schielte, weil ich den oft ansprach.

Im Planetarium, im Reich der uns umkreisenden Sterne, unterdrückte ich mein Bedürfnis, meinen Sohn an mich zu drücken. Gar zu unnachgiebig und angespannt waren seine Schultern.

Es war schwer für mich. Ich ging in einen Winkel des Gartens. Nelli kam hinterhergesaust.

»Kaum warst du weg, da hat Jurik mich gefragt: ›Wo ist Mama?‹«

»Das ist nicht wahr, Nelli! Das hat er nicht gesagt.«

»Ich schwör's! Das hat er gesagt.«

Darauf eingestellt, sehr lange warten zu müssen, bis ich dieses Wort von meinem Sohn hören würde, glaubte ich auch Nellis Schwur nicht.

Als ich mit Jurik kurz allein war, nutzte ich die Gelegenheit und sagte zu ihm:

»Jurotschka, wir beide fahren in den Süden, in eine schöne, grüne Stadt.«

»Wozu? Ich will nicht.«

»Ich hab dich sehr lieb. Ich konnte so lange nicht bei dir sein. Wir werden es gut haben. Du wirst dort zur Schule gehen. Und hierher kannst du kommen, so oft du willst.«

»Nein.«

»Warum nicht, Jurotschka?«

»Ich will nicht.«

Niemand hatte meinem Sohn geholfen, sich von mir eine Vorstellung zu machen. Er kannte mich nicht.

Jurik war nicht adoptiert worden. Bacharew wußte, daß ich dazu nicht meine Einwilligung gegeben hätte.

»Wieso wird Ihr Sohn in der Schule als Bacharew geführt, wenn in der Geburtsurkunde des Jungen Petkewitsch steht?« fragte die Richterin.

Die juristisch berechtigte Frage führte zur Aufdeckung eines Gaunerstreichs der Bacharews.

»Sie werden jetzt etwas Sensationelles erfahren«, sagte mir die Richterin bei unserer nächsten Begegnung. »Nehmen Sie alle Kraft zusammen. Also, Sie sind gar nicht Juris wirkliche Mutter. Nicht Sie haben ihn geboren, sondern Vera Petrowna.«

Vor mir auf dem Tisch lagen drei Geburtsurkunden meines Sohnes. In der Rubrik »Mutter« stand: Vera Petrowna Bacharewa. Geburtsort: eine erfundene Stadt, nicht Meshog. Statt des wirklichen Geburtsdatums – 12. Dezember 1945 – gab es drei Varianten. Als ich die gefälschten Geburtsurkunden sah, die den Raub meines Sohnes legalisierten, glaubte ich, die Welt müßte einstürzen.

Nichts stürzte ein. Alles blieb heil, außer mir.

Ich hatte volles Vertrauen zu der Richterin. Sie hatte sich sehr engagiert, dennoch spürte ich ein Hindernis.

»Ich bin verpflichtet, Sie darauf hinzuweisen. Es ist nämlich so, daß Sie ein Jahr zu spät gekommen sind«, erklärte sie. »Ein Jahr! Nach dem Gesetz entscheidet ein Kind ab elf selbst, bei welchem Elternteil es leben möchte. Sie wissen, was Ihr Sohn vor Gericht erklären wird?«

»Sie weisen meine Klage ab?«

»Natürlich nicht. Für Sie spricht vieles. Aber das Gericht ist verpflichtet, den Wunsch des Kindes zu berücksichtigen. Das müssen Sie verstehen.«

Ich hatte mir selbst schon oft vorgestellt, wie mein Sohn im Gerichtssaal in Anwesenheit fremder Menschen auf die Frage antworten muß: Bei wem willst du leben? Und ich hatte »gesehen«, wie er die Augen niederschlug und mit stockendem Herzen sagte: Bei ihnen! Sollte ich Juri der Prozedur einer Gerichtsverhandlung unterwerfen, auf diese Weise um ihn kämpfen? Das konnte ich nicht. Ich litt jedesmal darunter, wenn er sich aus dem Gespräch zurückzog, sich verschloß. Er hatte schon seinen eigenen Willen. Ich fürchtete, ihn ganz zu verlieren.

»Und wie steht es damit, daß mein Sohn von Menschen erzogen wird, die alles auf Fälschungen aufgebaut haben?« fragte ich die Richterin.

»Dafür wird man sie zur Verantwortung ziehen. Alles, was hier in der Akte liegt, ist die Grundlage für einen Prozeß, der irgendwann stattfinden wird. Irgendwann! Sie haben mein tiefstes Mitgefühl, aber womit kann ich Ihnen jetzt helfen? Mir hat sich das Herz umgedreht, als ich die Briefe Ihrer Freunde las.«

»Was raten Sie mir?«

»Nehmen Sie die Dokumente an sich. Ich gebe Ihnen sogar alle Briefe, denn ich möchte nicht, daß irgendein Advokat sie in die Hände bekommt. Übrigens, Bacharew hat sich den besten von allen genommen. Versuchen Sie, sich mit ihnen gütlich zu einigen. Es muß doch etwas Menschliches in ihnen geben.«

Ich verzichtete auf ein öffentliches Verfahren.

Trotz der gerichtlichen Entscheidung, »Treffen nicht zu behindern«, brachte Bacharew Juri oft weg. Jedesmal mußte ich kämpfen und betteln, um meinen Sohn zu sehen. Nelli riet mir ständig, diplomatisch mit den Bacharews umzugehen. Das hatte ich im Norden getan. Jetzt ignorierte ich diesen Rat und machte einen Fehler nach dem anderen.

Nelli war die einzige Zeugin meines Schmerzes, der sich nicht in Worte fassen läßt. Ihr Urlaub war zu Ende, und sie reiste ab. Ich blieb allein.

Ehe ich mich versah, ging ich als Bittstellerin zu den Bacharews. Es blieb nur noch eine schmale Landenge, auf der ich zum Herzen meines Sohnes vorzudringen hoffte.

Mittelpunkt der trostlosen Wohnung der Bacharews war eine Anrichte, vollgestopft mit Glasgegenständen.

»Bei Ihnen gibt es kein einziges Buch«, bemerkte ich.

»Heute kein einziges, morgen eine ganze Bibliothek«, antwortete der Hausherr.

»Zeig mir deine Fotos«, bat ich meinen Sohn.

»Welche?«

»Alle, auf denen du drauf bist.«

Jurotschka geht mit dem Vater über ein Feld, wohl zu einem Fluß. In den Ferien. Auf einem anderen Foto stehen beide neben einem Kälbchen. Jurik streichelt es. Vater und Sohn füttern in gebückter Haltung Hühner. Der Vater sitzt auf einem Hocker und repariert etwas, und Jurik steht neben ihm.

Ich sah diese Fotos, die das Leben meines Sohnes festhielten, sah Vera Petrowna geschäftig in der Wohnung hin und herlaufen, sah das Gefunkel ihrer Brillantohrringe und erkannte erst jetzt bis ins letzte: Mein Sohn liebt diese Menschen. Er liebt sie und basta. Und sie lieben ihn. Er ist mit ihnen verwachsen.

Gespräche mit Bacharew konnten nichts ändern. »Juri ist mein Erbe. Meine Zukunft«, behauptete er. »Der Junge muß die Schule in seiner gewohnten Umgebung beenden, an die Hochschule gehen. Denken Sie etwa, Sie können ihm mehr geben als ich?«

»Ja, das denke ich. Ich bin seine Mutter.«

»Und ich bin sein Vater. Sie müssen sich damit abfinden, daß daran nicht mehr zu rütteln ist.«

Auf meine Briefe, Pakete und Telegramme bekam ich kein Wort von der Hand meines Sohnes. Die Bacharews antworteten. Zweistimmig, einander unterbrechend, teilten sie mir mit, wie sehr meine Briefe Juri verdrossen und daß er sich strikt weigere, sie zu beantworten.

Auf Antrag des Staatsanwalts erklärte das Gericht die gefälschten Geburtsurkunden für ungültig.

Das hatte nicht ich in die Wege geleitet, aber es bot den Bacharews Gelegenheit, meinem Sohn eine falsche Vorstellung von mir einzuimpfen. Vera Petrowna schrieb mir: »Juri hat die Benachrichtigung des Gerichts gesehen und gesagt: ›Dahinter steckt T. W.‹ Dabei hat er das Gesicht verzogen.«

Durch Verschweigen, Verleumdung und andere Methoden zertrampelten sie in der Seele meines Sohnes jede Achtung vor mir. Ich kam nicht an Jurik heran. Alle Versuche schlugen fehl. Aber ich konnte mich damit nicht »abfinden«. Ich fuhr in die Stadt, in der er lebte, und beobachtete von weitem meinen heranwachsenden Sohn. Ich verzehrte mich vor Sehnsucht nach ihm. Immer wieder litt ich unter Schlafstörungen. Wochenlang schlief ich überhaupt nicht. Wofür? Wofür? Man brachte mich in die psycho-neurologische Klinik. Aber dort konnte man mir auch nicht helfen. Es gab keine kompetenten Ärzte für solche Leiden.

Alles, was mit meinem Sohn verbunden ist, bleibt der einzige Schmerz in meinem Leben, den ich nicht kompensieren konnte.

Bacharew starb.

»Vater hat stenografierte Tagebücher hinterlassen«, sagte mir Juri bei einer Begegnung.

»Kannst du sie entziffern?«

»Ja, obwohl es nicht leicht ist. Er hat einen alten Schlüssel aus den zwanziger Jahren benutzt.«

»Solange du sie nicht dechiffriert hast, wirst du nicht zur Ruhe kommen, stimmt's?«

»Ja.«

Ich weiß nicht, was Bacharew seinen Tagebüchern anvertraute, was für eine »Wahrheit« er offenbarte. Aber meinen Sohn erfüllte ein unersättliches Interesse für seinen Vater. Und ihn interessierte nichts, was mich betraf. Sein Herz hing in unwandelbarer Treue an Vera Petrowna, die ihn aufgezogen hatte.

»Sie mögen die beiden nicht?« sagte er einmal halb feststellend, halb fragend zu mir.

»Sie haben mir meinen Sohn weggenommen.«

Diese Geschichte ist noch nicht zu Ende. Sie ist lebendig. Vielleicht wird sich alles klären, wenn mein Leben abbricht. Aber ich glaube, jeder wird verstehen, daß ich das Zarte, Zerbrechliche, das in den letzten Jahren ganz zaghaft aufgekeimt ist, nicht berühren möchte.

Statt eines Epilogs

Ich weiß nicht, was Barbara Ionowna am meisten quälte, aber ihre Bitte: »Ich möchte dich sehen! Hab Mitleid! Laß mich nicht sterben, ohne dich um Verzeihung gebeten zu haben!« konnte mich nicht gleichgültig lassen. Das Zurückliegende, hinter das noch kein Punkt gesetzt war, wollte noch nicht Vergangenheit werden.

Barbara Ionowna lebte damals mit ihrer Enkelin und dem ältesten Sohn nicht weit von Moskau. Nach einigem Zaudern fuhr ich hin. Barbara Ionowna fiel vor mir auf die Knie.

»Verzeih mir, verzeih, Tamara! Verzeihst du mir?«

Wie sollte ich meiner alt gewordenen, bettelarmen einstigen Schwiegermutter nicht verzeihen? Sie weinte. Dann weinten wir beide. Sie hatte sich lange nach einem Gesprächspartner gesehnt und erzählte mir nun ausführlich, wie sie nach Eriks und meiner Verhaftung gelebt und was für Not sie gelitten hatte.

»Aber du hast ja auch genug hinter dir«, besann sie sich, »was du alles durchmachen mußtest ... Mein Verhältnis zu Erik hat sich nicht wieder eingerenkt. Wir kommen nicht miteinander zurecht. Er war mit seiner Familie hier, den beiden Kindern. Seine Frau ist Ukrainerin, ziemlich dick, aber gutherzig. Sie liebt Erik und die Kinder.«

Meine unausrottbare Angewohnheit, immer die Wahrheit zu sagen, hatte dazu geführt, daß ich bei Erhalt meines Passes auf die Frage, ob ich verheiratet sei, Eriks Namen und den Ort der Eheschließung angegeben hatte. Erik war pfiffiger gewesen. Er hatte seine erste Ehe unterschlagen. Obwohl sich Barbara Ionowna mit ihrem Sohn nicht vertrug, bat sie mich:

»Mach das nicht bekannt. Weißt du, er hat seiner Frau verschwiegen, daß er mit dir verheiratet war. Jetzt sind in seinem Paß die Kinder und diese Frau eingetragen.«

Beiläufig fügte sie hinzu:

»Er denkt immer noch, daß er nicht ins Lager gekommen wäre, wenn er dich nicht geheiratet hätte.«

Damit traf sie einen wunden Punkt. Und ein Schlag ist ein Schlag. Ihre Enkelin Tatotschka, die in die achte Klasse ging, milderte ihn.

»Tante Tamara, Tante Tamara«, flüsterte sie impulsiv. »Machen Sie sich nichts draus. Haben Sie kein Mitleid mit ihm! Denken Sie nicht mehr an ihn …«

Ich fuhr mit dem Bus nach Moskau zurück. Es goß in Strömen. Regenrinnsale liefen die Scheibe hinab. Ich redete mir gut zu: Vergiß, was du über Erik gehört hast. Es soll von diesem Regen weggespült werden. Immerhin war es Verrat.

Er hatte seiner Frau verheimlicht, daß er schon mal verheiratet war? Wozu? Warum?

Ein paar Jahre später erhielt Barbara Ionowna anstelle ihrer früheren komfortablen Wohnung für sich und die Enkelin ein neun Quadratmeter großes Zimmer in Leningrad.

Eine Zeitlang kamen beide jeden zweiten Sonntag zu mir zum Mittagessen. Die magere, ärmlich gekleidete Barbara Ionowna hatte ihre frühere Würde bewahrt. Sie lächelte selten. Ich wartete immer auf ihre Besuche und wollte ihr wenigstens etwas Freude bereiten. Irgendwie konnte ich sie gut verstehen.

Sie starb, ohne sich mit Erik ausgesöhnt zu haben. Er kam zur Beerdigung. Tatotschka erzählte mir, daß er etliche Stunden neben seiner toten Mutter saß und gealtert das Zimmer verließ.

Ich kann mich nicht erinnern, daß eine Behörde auch nur in einem Fall zugunsten eines Bittstellers entschieden hätte. Es ging über die Kräfte der selbstgefälligen Bürokraten, sich mit den Folgen der Gesetzlosigkeit auseinanderzusetzen.

Das Bedürfnis, den albernen Stempel über meine Ehe mit Erik aus meinem Paß zu tilgen, trieb mich in Kanzleien und Behörden. Man zuckte die Achseln und sagte: »Ja wirklich ... Aber da können wir nichts machen. Gehen Sie zu einem Anwalt.«

Der Jurist urteilte so:

»Zuerst muß sich Ihr ehemaliger Mann von seiner jetzigen Frau scheiden lassen. Dann kann er bei Gericht die Scheidung von Ihnen beantragen. Danach kann er heiraten, wen er will.«

Als ich 1959 nach Leningrad zurückkehrte, lebte Erik schon ein paar Jahre in der Stadt. Ich schrieb mit Schreibmaschine: »Bitte die- und die Nummer anrufen« und schickte ihm die Nachricht per Post. Er rief sofort an.

»Ich soll Ihnen etwas von Tamara Wladislawowna ausrichten«, sagte ich.

»Und wo ist sie?«

»In Leningrad.«

»Dann wäre es doch besser, persönlich miteinander zu reden, statt über Dritte.«

»Also gut, ich bin's.«

»Mein Gott!« Dann folgte eine lange Pause. »Kann ich jetzt gleich kommen?«

»Morgen.«

Wir verabredeten uns für den nächsten Abend.

»So sehen sich Mann und Frau nach siebzehn Jahren wieder. Siebzehn Jahre seit dem Morgen ... Bist du's wirklich? Oder träume ich? Was haben sie mit uns gemacht, Tamara?«

Er war dick geworden. Genau wie früher rückte er die Brille zurecht. Das letzte Mal hatte ich ihn im Gefängnishof in Frunse gesehen, als ich mit den bloßen Händen ein Loch unter die Lehmmauer gegraben hatte.

»Setzen wir uns in ein Café?« fragte ich.

»Wo so viele Leute sind? Nein, nein!«

»Gut. Ich wohne ganz in der Nähe. Gehen wir zu mir.«

Wir setzten uns einander gegenüber.

»Weißt du noch, wie du mich immer von der Arbeit abgeholt hast? Wie du mir einmal entgegengelaufen und hingefallen bist?«

»Daran kann ich mich nicht erinnern.«

»Wenn ich dort daran gedacht habe, hat mir immer das Herz weh getan. Weißt du noch, wie du den gußeisernen Ofen mit masutgetränkten Lappen geheizt und Fladen gebacken hast?«

»Ja.«

»Weißt du noch, wie ich dich geliebt habe?«

»Geliebt?«

»Ja. Immer nur dich. Damals und auch später.«

»Laß gut sein, Erik. Es war alles anders.«

»Nein, es war genau so. Nur dir habe ich es zu verdanken, daß ich das Institut abgeschlossen habe.«

»Bist du jetzt glücklich?«

»Das Glück ist in unserem Zimmer in Frunse zurückgeblieben.«

»Na schön. Wenn du meinst. Du hast Kinder?«

»Zwei. Und wo ist Juri?«

»Er lebt nicht bei mir. Darüber spreche ich mit niemandem.«

»Wie konntest du das alles ertragen?«

»Irgendwie.«

»Lieber hätten sie mir die doppelte Zeit aufbrummen sollen. Ich konnte mir nicht vorstellen, wie du das erträgst.«

»Ich dachte auch, du hältst es nicht aus, du hast ja mal gedroht: ›Die sollen nur wagen, dich anzurühren, dann zeig ich's ihnen!‹«

»Sie haben es gewagt. Und ich habe es ihnen nicht gezeigt.«

»Das konntest du auch nicht.«

»Nein. Darum hast du mich nicht mehr geliebt. Ich habe damals den Lagerleiter operiert. Er hätte unsere Zusammenführung durchgesetzt. Aber ich habe es nicht fertiggebracht, ihn darum zu bitten.«

»Sie hätten uns ja doch wieder getrennt.«

»Und wenn schon, aber es wäre wichtig gewesen. Wir beide haben so gut zusammengelebt. Wir haben uns nie gestritten. Wir würden auch jetzt noch so leben.«

»Wir haben uns gestritten, Erik.«

»Ich kann mich nicht erinnern. Nein. Ich weiß noch, wie wir das schwarze Kleid für dich gekauft haben. Das hat dir so gut gestanden. Wenn ich einen Trost brauchte, habe ich mir vor dem Einschlafen gewünscht: Ich möchte von Tamara im schwarzen Kleid träumen! Und ich habe von dir geträumt, aber du hattest nicht das schwarze Kleid an, sondern Sackleinen, und ich bin mit Herzschmerzen aufgewacht.«

»Laß doch, Erik.«

»Was für Angst ich um dich hatte, als du auf Transport mußtest, weit weg. Als ich nach Belowodsk kam, warst du nicht mehr da. Damals bin ich ein anderer geworden. Seitdem weiß ich, was Wut ist. Und Rache.«

»Da muß jeder durch.«

»Du denkst, ich bin da schon durch?«

»Das denke ich. Du hast Familie, Kinder. Das stimmt milder. Hör zu, was ich mit dir bereden möchte. Ich meinem Paß ist noch der Ehestempel. Das ist natürlich meine Dummheit ...«

In seinen Augen blitzte Erschrecken auf. Nach einer Pause sagte er:

»Und du denkst, daß ich in die Scheidung einwillige?«

Es hatte keinen Zweck, ihn daran zu erinnern, daß er mit einer anderen Frau verheiratet war. Mir wurde klar, daß er mir nicht helfen würde. Es war auch sinnlos, darüber zu reden, wieso er mir die Schuld an seiner Verhaftung gab. Aber sicherlich dachte er das gar nicht wirklich. Ich sah zur Uhr.

»Soll ich gehen?« fragte er.

»Ja.«

Wir sahen uns dann noch einmal, als er darauf bestand. Wir gingen ins Kino.

»Weißt du«, erzählte er, »meine Tochter hat mich gestern gefragt: ›Papa, was hast du? Ist was passiert?‹ Sie spürt, wenn was mit mir ist. Sie ist mir der nächste Mensch.«

»Wie alt ist sie?«

»Neun.«

»Schon ein großes Mädchen. Schön, daß du solch einen Freund hast.«

Er saß neben mir und sah nicht auf die Leinwand. Auch ich bekam von dem Film nichts mit.

»Ich hab was vergessen«, sagte er plötzlich. »Ich muß noch mal ins Institut.«

Er brauchte nichts zu erklären. Ich wußte, daß ihm klargeworden war, was für ein gutes Zuhause er hatte, daß er davoneilte, um sich und seine Familie vor seinen eigenen flüchtigen Aufwallungen zu retten.

Ich hatte nicht den Wunsch, einen Stein auf Erik zu werfen. Fühlte ich noch Schmerz? Ja.

So trennten wir uns für immer. Wir lebten in einer Stadt, begegneten uns aber nie wieder und hörten auch nichts voneinander.

Einmal besuchte ich in Moskau eine Bekannte aus dem Norden. In ihrer Wohnung hatten sich acht ältere Frauen versammelt, die 1937 verhaftet worden waren.

Aufgeregt erörterten sie eine Moskauer Neuigkeit: Sie alle, alte Bolschewikinnen, waren zu Parteiinstanzen eingeladen worden, wo man ihnen gesagt hatte: »In der Leninbibliothek ist für euch ein Zimmer eingerichtet worden, in dem ihr eure Erinnerungen über eure revolutionäre Vergangenheit und auch über die Lager niederschreiben könnt.«

Am Tisch herrschte aufrichtiger Jubel darüber, daß sie nicht links liegengelassen wurden, daß der Staat sie wieder an seine Brust drückte.

»Was wollen Sie? Daß ich Groll gegen die Partei hege? Das werden Sie nicht erleben!« sagte die Lautstärkste von ihnen.

»Wir sind Leninisten! Die alte Garde! Bolschewiken, die die Ideale ihrer Jugend nicht verraten haben.«

»Man hat uns mit wirklichen Feinden verwechselt. Aus Versehen eingesperrt! Ja, es sind Fehler vorgekommen!«

Diese Frauen machten nicht einmal den Versuch, »die lichten Ideale« mit den Schicksalen derer in Zusammenhang zu bringen, die in Abfallgruben oder unter den Gleisen östlicher und nördlicher Eisenbahnstrecken lagen, sie setzten sich nicht nur über die Leiden anderer, sondern auch über ihre eigenen hinweg. Sie wollten nur eines – die politische Unfehlbarkeit ihrer Partei bestätigen. Hauptsache, die Illusionen wahren. Diese menschliche Deformierung war abstoßend und schrecklich.

Ohne mich zu verabschieden, verließ ich für immer dieses Haus.

Alexander Gawronski. Das Leben in Wesjoly Kut bedeutete für ihn faktisch eine unbefristete Verbannung.

Er war sehr gealtert. Das Gehen fiel ihm schwer. Ob im Herbst bei Matschwetter oder im Winter, er mußte sich regelmäßig in der Kreisstadt melden, bis sich schließlich ein Milizionär erbarmte und selbst vorbeigeritten kam.

Seit ich nach Kischinjow gezogen war, besuchte ich ihn oft.

Bei Gawronski drängten sich die Dorfkinder. Dem einen gab er Nachhilfe in Mathematik, einem anderen brachte er Deutsch oder Schach bei. Er schrieb auch weiterhin philosophische Artikel und löste mathematische Aufgaben.

Olga kam regelmäßig nach Wesjoly Kut, bezahlte die Miete und füllte die Lebensmittelvorräte ihres Mannes auf, wobei Kaffee die Hauptsache war.

Freunde von früher und aus der Lagerzeit besuchten ihn. Am häufigsten und längsten hielt sich Hella in Wesjoly Kut auf.

Wir waren damals alle scheußlich arm und hatten keine Möglichkeiten, ihm den kargen Alltag zu verschönern.

1956 wurde Gawronski rehabilitiert.

Nachdem er drei Haftstrafen abgesessen hatte, erhielt er vom Militärkollegium des Obersten Gerichts eine Bescheinigung über »das Fehlen eines strafbaren Tatbestands«. Olga konnte ihren Mann nun nach Kischinjow holen.

Als Regisseurin für Dokumentarfilme reiste Olga viel durch Moldawien. Sie wollte ihren Mann in ihre Arbeit einbeziehen und beriet sich mit ihm über ihre Filmpläne. Einmal brauste sie auf: »Das läßt dich kalt! Du hörst dir alles nur herablassend an, Sascha!«

Wahrscheinlich ließ es ihn wirklich kalt.

Er war müde. Er war todkrank. Und sein Zustand verschlimmerte sich zusehends.

Die Benachrichtigung von der Rehabilitierung gab Olga die Möglichkeit, ihren Mann im Regierungskrankenhaus Moldawiens unterzubringen.

Alexander Gawronski starb im Juli 1958.

Nach dem Tod ihres Mannes lebte Olga noch zwanzig Jahre.

Die Freundschaft mit ihr, einer der wunderbarsten Frauen, denen ich auf meinem Weg begegnet bin, wurde für mich Zuflucht und Trost. Niemand gab mir so viel Wärme, Güte und Anteilnahme wie sie.

Hella Frischer starb mit achtzig Jahren 1984 in Moskau.

Tamara Zulukidse lernte in der Verbannung den weißrussischen Schriftsteller Ales Paltschewski kennen. Später zog sie zu ihm nach Minsk, wo sie auch starb.

Boris heiratete nach seiner Freilassung eine gute Frau. Er wurde berühmt.

Gestorben ist Simon, der Freund aus Urdoma. Er hinterließ eine Sammlung »weiser Gedanken«.

Der begabte Semjon Jeruchimowitsch überstand alle Schicksalsschläge. Nach Lager und Verbannung schloß er in Leningrad glanzvoll das finanz-ökonomische Institut ab, aber die größte Freude war für ihn wohl seine Familie: seine Frau Mary und die beiden Söhne Marik und Wowa.

Wanda Rasumowskaja blieb im Norden und starb dort an Krebs.

Ende 1972 fuhr ich das erste Mal wieder nach Knjash-Pogost.

Die Reise in die Vergangenheit begann in Welsk. Hier hatte ich Vera Petrownas Worte gehört: »Jurik, zeig, wie lieb du deine Mama hast.« Hier hatte das Ehepaar den Plan ausgeheckt, mir meinen Sohn zu stehlen.

Kuloi. Hier hatte der ehemalige Lagerleiter Rodion Malachow mir zugeredet, meinen Sohn abzupassen und mit ihm in ein Flugzeug zu steigen.

Kotlas. Hier war ich mit Kolja bei den Gastspielreisen umgestiegen. Todmüde waren wir auf dem verdreckten, vollgespuckten Fußboden des Bahnhofs eingeschlafen.

Swetik. Die Kälte ging bis auf die Knochen. Der Holzeinschlag. Skorbut. Das rachsüchtige: »Ich laß dich verfaulen!«

In Urdoma suchte ich Matwej Iljitschs Grab – vergebens.

Meshog, wo ich meinen Sohn zur Welt gebracht hatte, lag abseits. Hatte ich dort wirklich eigenhändig meinen einjährigen Sohn in eine Decke gewickelt und dem Vater ausgehändigt?

Ich kam auch durch Mikun. Hier hatte ich die lebenslange Angst vor dem MGB niedergekämpft.

Knjash-Pogost. Hier ruhte Kolja. Zum Friedhof nahm ich hellblaue Ölfarbe für den Zaun mit, Nägel und einen kleinen Hammer, um Bretter festzuklopfen und die Bank auszubessern. Da war der Eingang, dann nach links. Noch ein paar Meter. Hier. Alles war ausgebessert. Von wem? Nur das Kreuz stand schief. Innerhalb der Umfriedung zählte ich fünfzehn kleine Kiefern. Die trockenen, rissigen Bretter der Umzäunung saugten die Ölfarbe unersättlich auf. Es war still. Dunstig.

Ich wartete, daß mich unerträglicher Schmerz oder Besänftigung überkam. Weder das eine noch das andere trat ein.

Ich erinnerte mich an Koljas Güte, seine künstlerische Begabung, an unsere Liebe. Mehrere Stunden blieb ich auf dem Friedhof. Die Vergangenheit sprach nicht mit mir. Sie war nicht da. Sie nahm mich nicht an.

Daß Koljas Grab existierte, verdankte ich dem Aufseher Sergejew mit den stahlgrauen Augen. Das werde ich ihm nie vergessen. Ich wollte ihn finden oder wenigstens seine Adresse erfahren und fragte in der Siedlung in jedem Haus.

»Den hab ich wohl gekannt«, sagte endlich einer. »Er hat hier noch lange als Schuster gearbeitet. Dann ist er in die Ukraine gezogen, glaub ich.«

Ich ging zu der Stelle, wo früher das Zentrallager war. Die Wachtürme waren weg, die Zäune niedergerissen. Nur die verödete Wache markierte die Grenze des ehemaligen Lagers. Neben die halbzerfallenen, tief in die Erde eingesunkenen Baracken waren neue Einfamilienhäuser hingesetzt worden. Zwischen den Häusern und den Barackenresten liefen Schweine und gackerten Hühner.

Ich ging durch die Siedlung.

Vor einem baufälligen Haus stand, die Ellbogen auf den niedrigen Zaun gestützt, eine magere Frau. Ihr Gesicht kam mir bekannt vor. Ich blieb stehen.

»Guten Tag!«

»Guten Tag, Tamara!« antwortete sie gleichgültig. »Haben Sie Koljas Grab besucht?« Sie fragte das so, als hätte sie mich nicht vor zweiundzwanzig Jahren zum letztenmal gesehen, sondern vor einer Woche.

Und da öffneten sich alle Schleusen. Endlich brachen die Gefühle über mich herein, nach denen ich mich so gesehnt hatte.

Vielen von uns wurde oft die Frage gestellt: »Wie konnten Sie das alles überleben?« Hella hatte einmal darauf geantwortet: »Wer sagt Ihnen, daß wir das überlebt haben?«

Diese Beichte ist nur ein Versuch, die Frage »Wie konnten Sie?« zu beantworten und das Erlebte zu begreifen.

Ich danke dem Leben für alles Menschliche, was mir auf meinem Weg begegnet ist.

Militärtribunal des Leningrader Militärbezirks
28. September 1957
Nr. 6864
Bescheinigung
Das Strafverfahren gegen den Bürger Petkewitsch, Wladislaw Iossifowitsch, geboren 1890 in Riga, verhaftet am 23. November 1937, wurde vom Militärtribunal des Leningrader Militärbezirks am 16. September 1956 überprüft. Die Entscheidung der Kommission des NKWD und des Staatsanwalts der UdSSR vom 20. Januar 1938 gegen W.I. Petkewitsch wird aufgehoben und das Verfahren mangels eines strafbaren Tatbestands eingestellt.
Der Bürger W.I. Petkewitsch wird postum rehabilitiert.
Stellvertr. Vorsitzender des Militärtribunals des
Leningrader Militärbezirks
Oberst der Justiz
(Unterschrift) Ananjew

Oberstes Gericht
der Kirgisischen Sozialistischen Sowjetrepublik
Bescheinigung
Das Oberste Gericht der Kirgisischen SSR teilt mit, daß mit der Entscheidung des Präsidiums des Obersten Gerichts der Kirgisischen SSR vom 17. Januar 1957 das Urteil des Gerichtskollegiums des Gebietsgerichts Frunse vom 4. Mai 1943 und der Beschluß des Gerichtskollegiums des Obersten Gerichts der Republik vom 18. Mai 1943 gegen Tamara Wladislawowna Petkewitsch aufgehoben werden und das Verfahren mangels Beweisen eingestellt wird.
T. W. Petkewitsch wird vollständig rehabilitiert.
Stellvertr. Vorsitzender des Obersten Gerichts der
Kirgisischen SSR
(Unterschrift) Gutitschew

Glossar

ANDERS, WLADYSLAW (1892–1970) – polnischer General, 1941 Oberbefehlshaber der polnischen Armee in der UdSSR, die er 1943 nach Nordafrika führte; lebte nach 1945 im Exil in London.

BANDERA, STEPAN (1909–1959) – ukrainischer Nationalistenführer.

BUCHARIN, NIKOLAI IWANOWITSCH (1888–1938) – 1924–1929 Mitglied des Politbüros der Partei der Bolschewiki; 1938 zum Tode verurteilt.

BYTOWIKI – im Unterschied zu Gewohnheitsverbrechern wie auch zu politischen Häftlingen quasi »zivile« Gesetzesbrecher, für deren Bezeichnung es in der deutschen Sprache kein Äquivalent gibt; sie genossen im Gegensatz zu den »Politischen« in den Lagern Privilegien.

DRITTE ABTEILUNG – so wurde im Lager das Büro des Bevollmächtigten der Sicherheitsorgane genannt.

ENTKULAKISIERUNG – Enteignung der Kulaken 1928–1932. Kulak (Faust) nannte man Bauern, die Hilfskräfte »ausbeuteten«. Die meisten dieser Bauern wurden nach Sibirien verbannt oder inhaftiert. Die Entkulakisierung forderte (auch durch die in deren Folge entstandene Hungersnot) Millionen Todesopfer.

GROSSES HAUS – Untersuchungsgefängnis des NKWD-MWD-KGB in Leningrad.

HARBINER – Russen, meist hochqualifizierte Arbeiter, die bei der Ostchinesischen Eisenbahn angestellt waren; kehrten in den dreißiger Jahren in die Sowjetunion zurück und wurden fast sämtlich als »japanische Spione« verurteilt.

JESHOW, NIKOLAI IWANOWITSCH (1895–1940) – 1936–1938 Chef des sowjetischen Sicherheitsapparats.

KALININ, MICHAIL IWANOWITSCH (1875–1946) – führender Bolschewik, 1938-1946 Staatspräsident der UdSSR.

KAMENEW, LEW BORISSOWITSCH (1883–1936) – prominenter Parteipolitiker; 1936 zum Tode verurteilt.

KIROW, SERGEJ MIRONOWITSCH (1886–1934) – Parteichef von Leningrad und Sekretär des ZK der KPdSU. Seine Ermordung diente Stalin als Vorwand für Massenverhaftungen und -hinrichtungen.

KISCHLAK – mittelasiatisches Dorf (bedeutet ursprünglich »Winterlager der Nomaden«).

KOMSOMOL – Kommunistischer Jugendverband.

KRESTINSKI, NIKOLAI NIKOLAJEWITSCH (1883–1938) – Mitkämpfer Lenins, nach 1912 Sekretär des ZK; Diplomat; 1938 zum Tode verurteilt.

»NASSE SACHE« – im Ganovenjargon Ausdruck für Mord.

ORDSHONIKIDSE, GRIGORI KONSTANTINOWITSCH (1886–1937) – führender Bolschewik, seit 1930 Mitglied des Politbüros.

PETLJURA, SIMON WASSILJEWITSCH (1879–1926) – ukrainischer Nationalist und Führer der ukrainischen Sozialdemokratie. In der Emigration in Paris ermordet.

PJATAKOW, GEORGI LEONIDOWITSCH (1890–1937) – prominenter Parteipolitiker; 1937 zum Tode verurteilt.

SMOLNY – Palast in Sankt Petersburg, bis 1917 Institut für adlige Mädchen, danach Sitz des ZK der Bolschewiki. Von hier aus leitete Lenin den militärischen Aufstand. Heute ist darin u. a. das Bürgermeisteramt untergebracht.

SOLOWKI (SOLOWEZKIJE) – Kurzbezeichnung für die Solowezkije-Inseln und das gleichnamige Kloster auf der Hauptinsel; 1923 entstand hier das erste Zwangsarbeiterlager der Sowjetunion.

SOWJETISCHE STAATSSICHERHEITSBEHÖRDEN:
1922–1934: OGPU (Vereinte Staatliche Politische Verwaltung)
1934–1946: NKWD (Volkskommissariat für Inneres)
1946–1953: MGB (Ministerium für Staatssicherheit)
1953–1954: MWD (Innenministerium).

TROIKA – Dreipersonengremium (Vertreter von NKWD, Partei und Sowjet) mit außerordentlichen Urteilsvollmachten bis hin zum Tod durch Erschießen.

VOLKSTÜMLERIN – Narodniki; in den sechziger Jahren des 19. Jahrhunderts entstehende revolutionäre Bewegung; spaltete sich später in einen terroristischen und einen nichtterroristischen Flügel.

WLASSOW ANDREJ ANDREJEWITSCH (1901–1946) – sowjetischer General, der nach seiner Gefangennahme 1942 eine Freiwilligenarmee auf deutscher Seite aufbaute; in Moskau gehenkt.